古希腊神话故事

Ancient Greek Myths

温兰芳 编

民主与建设出版社
·北京·

© 民主与建设出版社，2023

图书在版编目（CIP）数据

古希腊神话故事 / 温兰芳编 . -- 北京：民主与建设出版社，2023.4
ISBN 978-7-5139-4160-0

Ⅰ.①古… Ⅱ.①温… Ⅲ.①神话 – 作品集 – 古希腊 Ⅳ.① I545.73

中国国家版本馆 CIP 数据核字（2023）第 062916 号

古希腊神话故事
GU XI LA SHEN HUA GU SHI

编　者	温兰芳
责任编辑	刘树民
封面设计	黄　辉
出版发行	民主与建设出版社有限责任公司
电　话	（010）59417747　59419778
社　址	北京市海淀区西三环中路 10 号望海楼 E 座 7 层
邮　编	100142
印　刷	三河市天润建兴印务有限公司
版　次	2023 年 4 月第 1 版
印　次	2024 年 3 月第 2 次印刷
开　本	640mm×920mm　1/16
印　张	20
字　数	492 千字
书　号	ISBN 978-7-5139-4160-0
定　价	59.80 元

注：如有印、装质量问题，请与出版社联系。

前　言

古希腊神话是世界文学艺术宝库的一朵奇葩，以浪漫史诗的形式再现了古希腊人的社会面貌和精神生活，对西方文学的发展和繁荣产生了深刻而久远的影响。古希腊神话流传至今近3000年，它显示出恒久的魅力，以奇幻的故事情节、纯真的艺术形象和深邃的思想内涵，吸引我们去倾听古希腊的声音，领略古希腊时代的旖旎风光，欣赏古希腊人民集体创作结晶中的艺术美感。它不仅为我们提供了一个了解古希腊历史的平台，而且能够让我们在感受古希腊神话王国美丽的同时，加深对古希腊文化的理解，激起内心潜藏的想象力和创造力。

古希腊神话不仅是西方文明产生和发展的源头，更是全人类文明的重要组成部分，深刻影响着人类的文化生活和精神追求，是颇为重要的世界文化遗产。反映了古希腊人民在历史蒙昧时期对神秘自然的执着探求，对英雄神圣的信仰崇拜，对和平生活的热烈向往以及对美好未来的无限憧憬。

古希腊神话是欧洲最早的文学形式，包括神的故事和英雄传说两个部分。神的故事包括神的出世、神的家庭、神的创造、神的战争、人类世界的起源、人神爱恋、人与神的合作与斗争等。英雄传说起源于对祖先的崇拜，它是古希腊人对远古历史和对自然界斗争的一种艺术回顾。阅读古希腊神话，在一定程度上对古希腊神话进行了解，已成为人们构筑知识结构过程中不可或缺的一环。

不熟悉古希腊神话，就无法全面了解璀璨的希腊文明。鉴于此，我们推出了这本《古希腊神话故事》。本书收录了流传广、影响大、具有代表性且深受人们喜爱的古希腊神话故事，由第一卷《天地变幻与诸神传说》、第二卷《英雄传说》和第三卷《战争与英雄》三部分组成，内容经典、意蕴深刻、情节动人、趣味性强。翻开本书，犹如进入一个神奇的世界，历史与想象在这里交织，神秘与浪漫在这里互融。在这里，你可以从精彩生动的神话故事中，找到与自己心灵产生共鸣的情感体验，可以从富有智慧的语言中汲取营养、获得感悟、引发思考，为自己的人生营造一方纯净的圣土。

目 录

第一卷　天地变幻与诸神传说

欧律诺墨：开天辟地的混沌之神 ·· 2
该亚：大地女神 ·· 3
乌拉诺斯：第一代天神 ·· 4
克罗诺斯：第二代天神 ·· 6
宙斯：第三代天神 ·· 8
宙斯时代的十二主神 ··· 11
人类五代：从黄金时代到黑铁时代 ·· 13
普罗米修斯 ··· 15
潘多拉的盒子 ··· 17
大洪水后人类众生的始祖 ·· 19
好胜的音乐家阿波罗 ··· 21
阿波罗与月桂树 ·· 23

第二卷　英雄传说

阿耳戈英雄们的故事 ··· 27
　伊阿宋和珀利阿斯 ··· 27
　阿耳戈英雄们踏上征程 ··· 29
　阿耳戈英雄们在雷姆诺斯岛 ·· 31
　阿耳戈英雄们与杜利奥纳人 ·· 36
　赫拉克勒斯被阿耳戈号遗忘了 ·· 38
　波吕丢刻斯与珀布律喀亚国王的拳击赛 ···························· 40
　为菲纽斯驱逐妇人鸟 ·· 42
　伊阿宋认亲 ··· 45
　阿耳戈英雄在埃厄忒斯的宫殿里 ··· 49
　美狄亚和埃厄忒斯 ··· 50

阿耳戈斯的建议 ………………………………………… 53
　　美狄亚答应帮助阿耳戈英雄 …………………………… 55
　　伊阿宋和美狄亚 ………………………………………… 56
　　伊阿宋完成埃忒式斯交代的任务 ……………………… 61
　　美狄亚取得金羊毛 ……………………………………… 65
　　阿耳戈英雄们带着美狄亚逃跑 ………………………… 67
　　阿耳戈英雄们在归途中 ………………………………… 70
　　大海、黑夜、星空 ……………………………………… 72
　　科尔喀斯人追击而来 …………………………………… 73
　　阿耳戈英雄们的最后一次冒险 ………………………… 75

七英雄远征底比斯 ………………………………………… 79
　　阿德拉斯托斯的女婿：狮子与野猪 …………………… 79
　　七英雄在远征途中 ……………………………………… 81
　　围困底比斯 ……………………………………………… 84
　　墨诺扣斯的牺牲 ………………………………………… 86
　　血战底比斯 ……………………………………………… 88
　　两兄弟对阵 ……………………………………………… 91
　　克瑞翁的残酷决定 ……………………………………… 93
　　安提戈涅和克瑞翁 ……………………………………… 95
　　海蒙为安提戈涅殉情 …………………………………… 96
　　克瑞翁受到惩罚 ………………………………………… 98
　　安葬亚各斯的英雄们 …………………………………… 99

第三卷　战争与英雄

特洛伊的故事 ……………………………………………… 102
　　特洛伊城的建立 ………………………………………… 102
　　普里阿摩斯、赫卡柏和帕里斯 ………………………… 103
　　海伦被劫 ………………………………………………… 106
　　希腊人 …………………………………………………… 109
　　希腊和平使团造访普里阿摩斯 ………………………… 111
　　阿伽门农和伊菲革涅亚 ………………………………… 113
　　菲罗克忒忒斯被遗弃 …………………………………… 120
　　希腊人进攻密西埃 ……………………………………… 120
　　帕里斯的归来 …………………………………………… 122

希腊人兵临特洛伊城下	123
战争开始	125
希腊人被偷袭	125
帕拉墨得斯之死	127
阿喀琉斯和埃阿斯各自攻城	128
阿喀琉斯的愤怒	129
阿伽门农试探军心	133
帕里斯和墨涅拉奥斯的决斗	136
潘达洛斯射伤墨涅拉奥斯	140
两军血战	142
狄奥墨得斯	144
格劳科斯和狄奥墨得斯	150
赫克托耳在特洛伊城	151
赫克托耳和埃阿斯决战	153
两军休战	156
特洛伊人的胜利	158
希腊人去见阿喀琉斯	162
双方互派探子打探军情	164
希腊人第二次溃败	167
特洛伊人冲向希腊人的壁垒	172
为战船而战	175
波塞冬激励希腊人	180
赫克托耳放火烧船	183
帕特洛克罗斯之死	188
争夺帕特洛克罗斯遗体之战	194
阿喀琉斯重新武装	199
阿喀琉斯和阿伽门农的和解	202
奥林匹斯众神各助一方	205
赫克托耳之死	209
帕特洛克罗斯的葬礼	211
普里阿摩斯去见阿喀琉斯	214
彭忒西勒亚	219
门农	223
阿喀琉斯之死	227
大埃阿斯之死	230
涅俄普托勒摩斯	235

菲罗克忒忒斯在雷姆诺斯岛 239
帕里斯之死 242
围攻特洛伊 244
木马计 246
特洛伊城的毁灭 252
墨涅拉奥斯、海伦和波吕克塞娜 255
归途中的灾难 257

奥德修斯返乡记 260
独眼巨人 260
喀耳刻的魔杖 263
女妖塞壬 265
太阳岛 266
淮阿喀亚公主瑙西卡 268
踏上故土 269
暗中会见牧猪人 273
忒勒马科斯回家了 277
父子相认 280
动 乱 282
忒勒马科斯、奥德修斯和欧迈俄斯来到城里 284
奥德修斯成了乞丐 287
奥德修斯和乞丐伊洛斯角力 290
珀涅罗珀面对肆无忌惮的求婚人 292
奥德修斯受到讥讽 293
家人团聚 294
奥德修斯再次受辱 297
射箭比赛 299
真 相 300
复仇开始了 302
惩罚不忠的女仆们 305
爱情的甜蜜 306
父亲拉厄耳忒斯 308
冥界的幽灵 309
神明平息叛乱 311
奥德修斯胜利了 311

第一卷

天地变幻与诸神传说

欧律诺墨：开天辟地的混沌之神

太初茫茫之时，世界处于一种杂乱无序的"混沌"状态：太阳尚未出世，月亮也没诞生，大海、陆地、天空纠结在一起，混作一团：陆地尚不坚固，海洋还未起波，天空也没有光明。可是在这一团混沌之中，大海、陆地、天空彼此冲突着，冷热软硬干湿轻重互相斗争。斗争到了一定时候，逐渐地，变化出现了，这些原始物质开始分化：大地和天空被一道地平线分割为二；陆地和海洋互相区别；清虚之气和混浊之气开始脱离。

世界乱糟糟的面貌改变了，形成了初步的秩序，彼此能够和谐相处了：轻的部分上升为瓦蓝的苍穹，在最高的地方找到了它们的安身之处；沉重的部分聚集在一起，成为沃黑的大地；大地和天空之间是无所不在的空气；回旋流动的水泛起了波涛，将陆地环绕了起来；而在地下的最底层，则是一个最为黑暗的地方，叫作塔耳塔洛斯。

就在天地分开形成海洋陆地的时候，从一片混沌之中出现了开天辟地的天神欧律诺墨。她长发飘飘、赤身裸体，在天地尚未形成的宇宙混沌之中，找不到任何立足之点，于是她用手一挥，划分出天空和海洋。她立在叠浪起伏的波涛之上翩翩起舞，并顺着一股强劲的南风，向前方飞过去。飞到爱琴海上空，女神欧律诺墨渴望能够控制自己的方向，就在急速旋转之中，随手抓住了擦肩而过的北风。一阵揉搓，北风在她充满神力的手中变成一条河流似的蜿蜒盘旋的大蛇俄菲翁。这个时候的大蛇俄菲翁浑身冰冷、僵硬。女神欧律诺墨抓起大蛇一阵狂舞，大蛇在她的手中弯来折去，获得了热量。它的身体变得暖和，就慢慢地新陈代谢，见风就长，皮肤渐渐地变为燃烧的火焰色。它盘绕起身体，在女神的胸脯上纠缠了一圈，扭动着身子和女神结合。有孕的女神摇身变成一只白色的轻捷的鸽子，在波涛上伏窝，七七四十九天之后产下了一枚光闪闪的宇宙卵。女神命令这只大蛇在这枚卵上盘旋七次，随后宇宙卵一声轰响，裂成两半。裂为两半的宇宙卵在波涛之上翻滚一阵之后，万物都诞生了：日月星辰、大地山河、草木植物出现在世界上。随后，女神又创造了一对巨人，一男一女。

完成创世之后，欧律诺墨带着俄菲翁在希腊的奥林匹斯山上安家。他们两个过了一段安稳的日子之后，俄菲翁就不满足了。他自恃功高，以为创世是他一个人的功劳，他才是真正的创世主，女神应该听从他的命令。这让女神欧律诺墨十分恼火，两个人就搏斗起来。在剧烈的打斗之中，欧律诺墨手疾眼快，一腿后撩，脚后跟踢中俄菲翁的头。不一会儿，俄菲翁的头肿成一个葫芦包。他的牙齿也被踢掉了，从空中落到了地上。斗输了的俄菲翁只能接受失败的结果，被发配到了大地上最黑暗的洞穴——塔耳塔洛斯居住。他跌落的牙齿落入尘土之中，并慢慢发育成长，成为大地上的第一批人类。这群人类始祖都从土里生出，生活在女神为他们创造的世界里。

该亚：大地女神

根据古希腊传说，该亚是大地的化身，是从混沌之神欧律诺墨中分离出来的。她一出生，就陷入了昏噩的沉睡之中。她的酣睡之地是奥林匹斯山上一块光秃秃的大石头。她躺在上面一丝不挂，胸脯宽广，双腿叉开。一阵暖风在她双腿之间盘桓片刻，该亚就怀孕了。虽然遭到暖风的骚扰，该亚却仍然沉睡如泥。在昏睡之中，怀胎十月后的该亚一连产下了三个孩子：天神乌拉诺斯、老海神蓬托斯和时序女神。

刚生下孩子的该亚体质虚弱，仍然神志不清。她的第一个孩子——天神乌拉诺斯迎风就长，很快就长成一个高大的年轻人。他的皮肤颜色随心情而变，可以变出蔚蓝、乌黑或者苍灰之色。他蹦蹦跳跳地在山水之间游玩着，登上了山顶，借着天生的千里眼，他看见双腿叉开的大地女神该亚。他一阵冲动，该亚又怀孕了。

醒来的该亚感觉到了肚子疼痛。她在地上来回地滚动着，一直转了十二圈，生下十二个提坦神（又称泰坦神，都是巨大的意思）之后，疼痛才停止。她的丰满的乳房微微有些胀疼。这十二个提坦神，一生下来就高大健硕。他们咿咿呀呀地爬到母亲身边，没长牙齿的小嘴巴大张着，本能地摸索吮吸着。这群提坦神之中，最聪明的就是小儿子克罗诺斯。他最先摸索到该亚的乳房处。他含住乳头，一伸一缩地吮吸起来。白色的乳汁流进了嘴里，克罗诺斯满足地发出了幸福的吱吱呜呜之声。这个时候，其他几个孩子纷纷地伸过头来，要去够那黑泥色的乳头。于是，他们互相争斗起来。他们力量相当，智慧一般，只有喝了乳汁的克罗诺斯，力气大增，其他孩子被他打得鼻青脸肿，倒在一边。克罗诺斯吃饱喝足后，离开母亲四处玩乐，这时候才轮到他那些嗷嗷待哺的哥哥姐姐们。

孩子们慢慢长大了。十二个孩子之中，克罗诺斯年纪最小，却是最为勇敢而又最有智谋的一个。

这个时候，他们的父亲乌拉诺斯已经战胜大地女神该亚，成为宇宙的主宰，该亚则成为他的王后。这对夫妻又生下了独目巨人和百臂巨人。他们刚生下来就力大无比，乌拉诺斯非常害怕他们会对自己的地位构成威胁，就把他们藏在一个秘密的黑暗之地。作为母亲的该亚非常愤怒，就唆使儿子克罗诺斯阉割了乌拉诺斯。

　　该亚可以说是一位最受人崇拜的女神。人们在发誓赌咒时，她的名字是最为神圣的，而且，她还作为收成的赐予者受人尊敬，四处祭祀。此外，她还被认为是人类的始祖，也是人死后的归宿之地，因为人死后都一律是埋葬在地下的。

　　希腊人对该亚的崇拜随着希腊社会由母系氏族进入父系社会发生了一些变化。在母权社会之中，该亚是核心神祇，受到广泛崇拜，而天神乌拉诺斯就没有这个福分。但是随着男性在日常生活之中地位越来越高，天神乌拉诺斯逐渐成长为万事之父。该亚地位下降，成为神族之中年迈而不起决定作用的女神。因为该亚是大地的化身，而大地则是人们的衣食父母、立足之地，所以，尽管天神的主宰者更换了几次，可人们对该亚的崇拜还是延续了下来。

乌拉诺斯：第一代天神

　　天神乌拉诺斯是大地女神该亚的儿子。他出生不久就成长为一个面貌英俊的少年。后来，他又与母亲该亚结婚，并成为天地之间的主宰。乌拉诺斯登上天神的宝座之后，他就对他所统治的疆域进行了一番改造。首先，他将宇宙分成许多部分，然后进一步塑造了地球。在山林茂密的地方，他用他的权杖划出了潺潺的泉水；在一望无际的平野，他用脚一顿，出现了一个巨大坑洞，水流涌出，成为波光粼粼的池沼湖泊。雨水从天空降落下来，汇成小溪河流，奔向浩瀚的大海。原野伸展，山谷下陷，峰峦耸立，树木生长……世界变成与今天类似的样子。接着，他又煞费苦心，让地球上出现了不同的气候带：当中最热的就是热带地区；而两端白雪飘飘、冰雪覆盖的地方，则是寒带；夹在寒热之间的是温带地区，这里气候温和，寒暑交替。

　　在天神乌拉诺斯的统治之下，宇宙变得井然有序：日月交替，星星闪光，鱼翔大海，兽跑南山，昆虫啾啾，百鸟朝凤。而作为主宰者的天神，他和大地女神该亚生下了一大群儿女。大地女神该亚两次分娩。第一次生下了十二个提坦神；第二次生下的，则完完全全是一批怪物，身材高大顶天立地就不说了，力气也大得吓人。其中三个怪物身高臂长，一生下来就是一只独眼，倒竖在额头上，闪闪发出绿光，眼睛上一道又横又直的眉毛，仿佛毛笔画上的。他们的样子已经够丑了，可是比起另外三个兄弟，他们简直可以算得上是帅哥。另外三个兄弟比怪物们还高出一倍，脖颈上顶着五十个脑袋，而双肩上一共长出一百只毛茸茸的巨手。他们与人争斗时，头上的百只巨眼发出火红的怒焰，五十张大嘴吼声震天，一百只巨手张牙舞爪，威势凶猛，锐不可当。

　　天神乌拉诺斯能够预知未来，他察觉到了一种危险：自己的众多孩子之中，那最优秀的一个必然会推翻他。因此，天神乌拉诺斯对孩子又恨又怕。他偷偷地观察这些孩子，尤其让他感觉害怕的就是这些怪物。他利用这些怪物四肢发达、头脑简单的弱点，把他们引诱到一个秘密的洞穴里，偷偷地把他们关闭起来。这件事情激怒了大地女神该亚。她找遍他们宫殿附近孩子可能游玩之处，却没找到，嗓子也喊哑了，也没有任何回应。问起乌拉诺斯，他就支吾过去，花言巧语逗大地女神该亚开心。

　　大地女神该亚找不到她的怪物孩子，就只能更加警惕地守护在这些提坦神身边。他们虽然年纪比怪物弟弟大，可还在摇篮里牙牙学语。对这些手无缚鸡之力的婴儿，乌拉诺斯也不能放下心来，又一个个地把他们偷走，藏在另一个秘密的黑暗之地。只有提坦神中最小的克罗诺斯，由于大地女神该亚最喜欢他，看护得紧，才没让乌拉诺斯得逞。相反，由于乌拉诺斯最近行踪诡秘，该亚对他产生了怀疑。一天，乌拉诺斯趁该亚不在克罗诺斯身边，蹑手蹑脚走到摇篮边，四面瞅了瞅，见没人，便将孩子抱起来转身就走。这个时候，暗自庆幸的乌拉诺斯根本不知道，自己中了该亚的圈套，她正躲在一边秘密观察着呢。乌拉诺斯一走，该亚就悄悄跟在他身后，一直跟到了乌拉诺斯偷藏提坦神的地方。那是地下一个黑暗的洞穴。乌拉诺斯把克罗诺斯扔下，匆匆离去。该亚在这个地方做了一个标记，急急返回宫殿中。她看到了空空的摇篮，痛哭起来，乌拉诺斯假惺惺地在一边滴下了几颗眼泪。

　　该亚看穿了乌拉诺斯的诡计，却又没法与之直接相斗。她斗不过残忍蛮横的乌拉诺斯，只有偷偷背着他去看望孩子。那里有克罗诺斯，还有其他的提坦神，可是怪物们却不知道被人禁在什么地方。孩子们在幽禁的黑暗之地慢慢长大了。当最小的儿子都已经过了十八岁生日的时候，该亚觉得时间到了。她把事情的前前后后都告诉了儿子们，希望他们了解真情后，能够推翻乌拉诺斯。她找来了灰色的火山石，磨成了一把大镰刀。

　　她告诉孩子们："孩子，打倒你们罪恶滔天的负心的父亲。这个家伙太可恨了，他害怕你们夺权，就抛弃你们，把你们关在这暗无天日的地方！"

　　她的儿子个个都很有力，可是却不自知，他们害怕乌拉诺斯。只有小儿子克罗诺斯毫不畏惧，他推开前面沉默不语的哥哥，走到母亲跟前，握着她的手说："母亲，我听你的，我们是应该把这个恶棍赶下天庭的，但怎么对付那个老家伙呢？"

该亚摇了摇手中的大镰刀，说："孩子，有了这个，你就可以去和他一拼高下了。"

克罗诺斯犹豫了一下，摇了摇头说："母亲，光凭力气，我不能百分之百地确保胜利。我们何不这么办呢？"他附在该亚的耳朵边，说了一通。该亚听了很高兴，连连点头。

该亚返回宫殿，对着水池细心地打扮起来，她涂上了香粉，穿上了最美丽的衣服。今天的该亚特别美丽，不但没老，岁月的沧桑反为她添上了一番成熟风韵。夜色很快降临，巡视天庭回来的乌拉诺斯见到妻子，眼前不由一亮。两位天神在寝宫之中卿卿我我，吃饱喝足之后，就上了床。乌拉诺斯满怀激情，俯卧在该亚的身上。这个时候，早在床下埋伏多时的克罗诺斯冲了出来，他左手抓住父亲，右手那把锋利的大镰刀轻轻一挥，就把父亲阉割了。受伤的乌拉诺斯连衣服都来不及穿上，光身往外冲去。可是克罗诺斯的哥哥们已经包围了四周。他们尽管害怕父亲，却不愿意自己的母亲和弟弟有生命危险。无路可逃的乌拉诺斯如同丧家之犬，又被克罗诺斯抓住。克罗诺斯扣住他腰部的要害地方，用力一甩，乌拉诺斯就从天上掉了下去。身负重伤的乌拉诺斯坠落之时，他的伤口滴下鲜血，溅落在地上，变成后来的复仇三女神。经过九天九夜，乌拉诺斯坠落到了地下最黑暗的洞穴——塔耳塔洛斯里，永世都不能翻身。

乌拉诺斯的统治结束了。克罗诺斯和他的哥哥们又把怪物弟弟救了出来。在奥林匹斯众神会议中，大家一致推选克罗诺斯成为新一代主神。就这样，克罗诺斯时代开始了。

克罗诺斯：第二代天神

十二提坦神之一的克罗诺斯推翻乌拉诺斯之后，成了第二代天神。他能够战胜父亲，是他兄弟姐妹帮的忙。可是，他登上王位后，却患上了和父亲一样的毛病，担心他的兄弟们觊觎宝座。他知道自己的力气比不上弟弟独目巨人和百臂巨人，于是他找了一个借口，把他们关闭在地下最黑暗的洞穴——塔耳塔洛斯里。可是光因禁了他的怪物弟弟，他还不放心。他比父亲更为多疑残忍，为了杜绝流言蜚语，他又把提坦神们也给关进去了，只把姐妹中最为漂亮年轻的瑞亚留在了身边。她成了他的妻子。

消灭了所有的潜在敌人，应该说他的地位已经相当巩固了。可是他和父亲一样，有预知未来的能力，也预测到自己将来会被儿子中最为优秀的一个推翻。克罗诺斯食不知味，睡不安寝。怎么才能杜绝这种可能性，永保王位呢？克罗诺斯也曾想和父亲一样，将来把孩子囚禁起来。可是前车之鉴，父亲的教训，他是不会忘记的。而且，天下最理想的监狱不过就是塔耳塔洛斯，他关在那里的兄弟姐妹难保不挑拨鼓动自己的儿子来反抗他。

克罗诺斯绞尽脑汁，却没有想到一个妥善完美的办法。把将来的孩子究竟关在什么地方呢？这个问题搅得他不能安宁。一天吃午饭时，因为过于焦虑，他的舌头不小心被烫了一下。他疼痛得来回转圈。这时他的脑海中灵光一闪：是呀，还有比肚子更安全的地方吗？如果把将来的孩子关在肚子里，他们有再大的本事也跑不出去了。这样一来，自己的王位不就高枕无忧了吗？

于是，从瑞亚生第一个孩子开始，克罗诺斯就坚守旁边。瑞亚把刚生下来的孩子细心包好，交给了克罗诺斯，让他抱抱。克罗诺斯却把包好的小孩子放进嘴里，一口吞吃了。瑞亚大哭，可是克罗诺斯却放心地狂笑起来。就这样，瑞亚每生下一个孩子，还没有仔细看上一眼，这个孩子就进了克罗诺斯的肚子里，前前后后，已经有五个了。俗话说"十指连心"，一连五个，都被残暴的丈夫吞进了肚子里。瑞亚虽然毫无办法，却再也不能忍受了。所以当她再一次怀孕的时候，她决定要有所行动，挽救这个即将诞生的小生命。这个幸运的孩子就是后来的第三代天神宙斯。

宙斯出世的时候，瑞亚强忍着生育之苦，把一块石头包了起来。这块石头是她准备多时，放在枕边备用的，和婴儿大小差不多。当克罗诺斯闻讯赶来，瑞亚就把石头递给了他。那个残暴的天神看也不看就一口吞下，然后大笑三声扬长而去。

瑞亚吊着的心放了下来。虽然骗过了丈夫，可是孩子交给谁抚养呢？她想起了小时候捉迷藏时在克里特岛上发现的一个山洞。于是，她将宙斯送到了洞里，并请了两位女神看护他。小婴儿面色红润，很招两位女神的喜欢。她们精心照料他，每天都用母山羊阿玛尔菲亚的奶水和蜂蜜喂养他。以防万一，瑞亚还派了一些武装的卫士守卫在山洞前。每逢小宙斯哭叫的时候，他们就用长矛击地，发出一片响声，以掩盖宙斯的哭声。

宙斯在两位女神的细心呵护下长成大人。瑞亚一看是时候了，就把事情的前前后后告诉了宙斯。宙斯又伤心又难过，他决心拯救自己的兄弟姐妹，并且推翻父亲克罗诺斯的残暴统治。宙斯想了一个巧计，煎了大罐的药，由瑞亚端给生病的克罗诺斯吃。喝下那罐药后，克罗诺斯肚子疼痛起来。他弯下腰，大口地呕吐着。呕吐物中，先是一块大石头，随后是破布。他大吃一惊，意识到了问题的严重性。接着，他吞下去的五个儿女都被他吐了出来。说也奇怪，这五兄妹在父亲的肚子里不但毫发无损，而且都长成了大人，像宙斯一样高大健壮。兄弟们一出来就联合宙斯，一起反抗父亲。双方斗得天昏地暗，却一直没有分出胜负。战争僵持了十多年之久。

克罗诺斯找来朋友帮忙。其中一个就是自己的堂兄——非常聪明的普罗米修斯。他看到双方僵持不下，就建议：天神呀，我看还是把你的兄弟们从地底下放出来吧。如果有他们帮助你的话，你就赢定了！可是克罗诺斯担心兄弟们怀恨在心，会倒打一耙，帮助宙斯。他拒绝了。

俗话说"得道多助，失道寡助"。普罗米修斯看到克罗诺斯不但不听劝告，对待兄弟和孩子还是这样残酷无情，于是，他就站到了宙斯这一边。宙斯正为战争不能取胜着急，就求教于这位聪敏的堂叔。普罗米修斯告诉宙斯，应该解救那些被关押在地底的叔叔伯伯们，有他们的帮助，胜利才有把握。于是，宙斯到了地底，释放出独眼巨人和百臂巨人。独眼巨人送给宙斯一些礼物：雷霆、闪电和霹雳；送给宙斯的一个哥哥哈里斯一顶可以隐身的帽子；送给另一个哥哥波塞冬一支三叉戟。而脾气暴躁的百臂巨人则直接参战，加入宙斯阵营。他们要惩罚他们的兄弟克罗诺斯。在得到独眼巨人的宝物和百臂巨人的帮助后，宙斯率领大军，开向奥林匹斯山。

双方短兵相接，一场恶战开始了。战斗开始不久，局势偏转。克罗诺斯的部队根本不是对手，开始节节败退。而克罗诺斯也斗不过百臂巨人。克罗诺斯刚抛出一块石头，三个巨人的三百只手就抛出了三百多块石头，仿佛是一场石雨呼啸而来，他只好返身逃跑。这时正埋伏在上空的宙斯投出了闪电、巨雷。一时间雷电大作，风雨交加，海水沸腾，森林起火，整个世界都在颤抖之中。可怜的克罗诺斯失败了，被宙斯用铁索锁拿起来。宙斯以其人之道还治其人之身，将他打入了最黑暗的洞穴——塔耳塔洛斯。洞穴又深又黑，一道又高又厚的大门紧紧地堵在门口，洞门外还有一只嗅觉灵敏的三头巨狗。独眼巨人和百臂巨人则在洞穴外严密地巡逻。此时，就是插上双翅，克罗诺斯也飞不出这个黑暗之地。

克罗诺斯的残暴统治结束了，神界进入了宙斯时代。

宙斯：第三代天神

宙斯是第二代天神克罗诺斯的儿子，他是第三代天神。在希腊神话中，宙斯被尊称为"众神之父""万王之王"。我们后面讲到的大多数神和人间英雄都是宙斯的兄弟姐妹或者儿女后裔。他既是整个希腊神话中的主角，也是奥林匹斯山的十二主神之首。

在希腊，尽管宙斯是人们崇奉的最高天神，众神和万民的君父；但他也有自己具体的职责。他首先主宰着整个天空，而他的主要武器则是独眼巨人送给他的雷霆、闪电和霹雳，所以他不仅能抛掷闪电、霹雳，制造雷霆，还能呼风唤雨。宙斯的另外一项本领则是家族遗传的，那就是预知未来。他通过托梦，制造雷电，或借助于禽鸟的飞翔和树叶的沙沙声来宣布人们的命运。

这位第三代天神有着不凡的仪表，他最经典的形象就是高高地坐在主神的宝座上，五官端庄，头发卷曲，长着大胡子，左手持权杖，右手持雷锤，脚下还盘踞着一只神鹰，表情十分威严。宙斯可不是空有其表的天神，他主宰驾驭着自然界的一切，使四时更迭井然有序；他不仅主宰着天庭，还统治着包括人、神万物在内的整个世界。大自然的一切都归他所管，甚至连人间的善与恶都由他说了算。在第三代主神们所居住的奥林匹斯山，宙斯的宫殿前摆着两个特殊的罐子：左边的罐子里装着"善"，右边的罐子里装着"恶"。当有凡人降生的时候，天神宙斯就会从两个罐子里分别取出等量的"善"和"恶"赐给这个凡人，所以，大部分人刚出生的时候既说不上善，也说不上恶，都是善恶参半的。但是，宙斯也有忙得没有心情的时候，就随便从两个罐子里抓些"善恶"赐给这个人，所以就有了生性更善良或者凶恶的人。

当然，宙斯的权力也不是无限的。在很多情况下，他也得听从命运女神的安排，没法随心所欲地对一个人的命运做出改变。爱神的力量也是宙斯无法左右的，所以即使是宙斯本人，也常常被爱神的金箭射中，不由自主地爱上一个女神或者人间的美貌女子。当然，由于宙斯生性风流，所以发生在他身上的爱情故事简直数不胜数。

他先后娶过七位女神做妻子。他的第一位正式的妻子是第一代智慧女神墨提斯。墨提斯本来是不愿意嫁给宙斯的，就幻化成各种动物到处躲藏；但是她最后还是没有摆脱宙斯的追逐，只好与他结为夫妻。两个人结婚之后，宙斯从天父乌拉诺斯和大地女神该亚处得到预言：墨提斯生下的孩子将会比其父亲还要强大。这本来也是家族的命运。但宙斯很害怕，于是将怀孕的妻子墨提斯一口吞下了。但是，不久之后从他的脑袋里生出了一个女神，那就是新的智慧女神雅典娜。而被宙斯吞掉的妻子墨提斯后来一直生活在宙斯的腹中，为宙斯提供智慧。宙斯的第二位妻子是正义女神忒弥斯，忒弥斯是提坦神族中的一员，是宙斯的姑妈。宙斯与她生下了时序三女神和命运三女神。宙斯的第三任妻子是海洋女神欧律诺墨，这是他的堂姐，他与这位堂姐生下了美惠三女神。宙斯的第四任妻子是丰产、农林女神得墨忒耳，得墨忒耳是他的姐姐，与他生有美丽的珀耳塞福涅，后来被冥王哈里斯抢去做了冥后。后来，宙斯又娶了第五位妻子——记忆女神摩涅莫绪涅。摩涅莫绪涅也是他的姑姑，她与宙斯生下了九位缪斯女神。暗夜女神勒托是宙斯的堂姐，也是他的第六位妻子，她与宙斯生有太阳神阿波罗和月亮与狩猎女神阿尔忒弥斯。赫拉是宙斯的第七位妻子，也是最后一位妻子。她本是宙斯的妹妹，代表着女性的美德和尊严。赫拉在宙斯取得统治权后成为宙斯的妻子，并与宙斯结合生下战神阿瑞斯、火与工匠之神赫菲斯托斯和青春女神赫柏。众神在奥林匹斯山为宙斯和赫拉举行了盛大的婚礼。从此之后，赫拉就成了宙斯的正式妻子和第三代天后。

宙斯在与美丽端庄的赫拉正式结婚之后，并没有改掉好色的毛病，依旧到处寻花问柳。不管是天上的女神，还是地上的美貌女子，甚至是人间的美少年都没有逃脱他的纠缠。宙斯与很多凡间女子有过私情，并且在人间生下了很多子女，这些子女大多成了半人半神的大英雄或者是绝世美女。比如大力士赫拉克勒斯就是他与人间女子阿尔克墨涅所生的孩子，而引起特沼伊战争的美女海伦也是宙斯在人间的女儿。与宙斯的好色无度形成绝配的是天后赫拉的善妒，她对宙斯婚后的外遇非常不满，经常利用自己的神力报复丈夫的情妇和他的私生子。赫拉曾经将宙斯的情妇卡利斯忒和她的儿子变成熊；在赫拉克勒斯出生时就放出大蛇想咬死他，之后又令他发疯，杀死妻儿，因而要完成十二项劳动赎罪。

总之，天神宙斯的特点可以概括为两方面。其一是比较公正威严，这也是他作为第三代天神能够维持奥林匹斯山稳定的一个重要原因。宙斯虽然威力强大，但很有民主作风，能尊重别的神和人的自由选择，除了恋爱，很少利用自己威力无穷的神力营私舞弊。他为天庭和人间制定的法律和制度都比较严明，并且能够按照神律和人间制度的规定主持正义。其二是好色。宙斯结婚七次，招惹人间女子无数，并且生下了无数的孩子。并且，宙斯在恋爱中坑蒙拐骗，始乱终弃，很多被宙斯招惹过的凡间女子都在宙斯的好色和赫拉的嫉妒报复下落下悲惨的结局。但是，宙斯又不是完全无情的，面对自己的情人和在凡间的后代遭受的来自赫拉的报复，他大多会亲自出面营救或者派别的神灵去引导拯救他们。所以，宙斯在人间的后代大都成了当时的大英雄，在人间建功立业，造福人类。

宙斯时代的十二主神

宙斯在战胜自己的父亲之后，他给全体兄弟姐妹分授了领地。这样，每位神祇都有了一个自己统治的王国：波塞冬主管海洋；哈里斯统治地狱；得墨忒耳掌管农田以及上面生长的树木和花朵；赫斯提亚掌握人们用来取暖的火，是炉灶和火焰女神。至于宙斯自己，娶赫拉为妻，则主宰天空，成为众神和人类之王。自此，天界之间的争斗才相对平静下来。

这些天神都居住在著名的奥林匹斯山上。那是一座耸立在马其顿地区的雄伟高山。据说，那里是世界最美之地：四季如春，没有严冬，丽日朗照之下，万木竞秀，百花争妍，蝴蝶在花卉上飞舞，鸟儿不分昼夜地啾啾歌唱……可是，景色虽美，天神之间却一直争斗纷扰，没有个停息。宙斯获胜之后，奥林匹斯山获得了多年来少有的安宁。但安宁是相对而言的。与人类一样，众神虽然不争斗了，可是每天都有说不清的纷争和烦恼，连宙斯都避免不了。

一天，赫拉生下一个驼背的丑孩子，宙斯非常生气，竟然抓住孩子的一条腿，把他扔下了奥林匹斯山。孩子飘荡空中数日，终于落到里木诺岛上。他在那里渐渐长大。由于这次坠落跌坏了腿，他走路蹒跚，再也不能行动自如了，而这个孩子就是人世间不曾有过的最优秀的铁匠赫菲斯托斯。跛足驼背的赫菲斯托斯几经周折，还是返回了奥林匹斯山。可是，他太丑了，一直是众神的取笑对象。相比之下，其他神祇都很漂亮，尤其是海神波塞冬，他头发乌黑，浓眉下一双亮眼闪着灵光。

战神阿瑞斯也是宙斯和赫拉之子。他天生好斗，总爱和其他神祇争吵不休。而友善可爱的神祇莫过于爱神阿佛洛狄忒了。她外表年轻，娇嫩如同少女，实际上，她却比其他神祇出生还早。她的出生，可以追溯到宙斯还没出生之时。那时候，克罗诺斯正在与第一代天神乌拉诺斯搏斗。难解难分时，克罗诺斯的镰刀伤了乌拉诺斯的手。乌拉诺斯疼痛得抖动手臂，几滴血滴进了大海。浪花立即被乌拉诺斯的鲜血染红了。顷刻，海水四流。湛蓝的海水深处，一个肌肤雪白的姑娘破浪而出。她就是爱神阿佛洛狄忒。她如此美丽，仿佛白昼闪烁的光芒，粉红的面颊犹如桃花，美丽的大眼里，湛蓝的海水正在起伏。爱神阿佛洛狄忒是最受众神喜爱的神祇。（阿佛洛狄忒还有另外一个出生。在描写特洛伊战争的希腊神话《伊利亚特》里，阿佛洛狄忒是宙斯与狄奥涅的女儿。）

众神之中，另一位女神也很有名，她叫雅典娜，是智慧女神。她非常爱人，是大地上美好事物的庇护神。她教妇女们纺线和织布，同时她还教男人们耕耘土地。她是神祇之中最助人为乐的一个，喜欢把所有技术传授给人们，把一切美好的事物都告诉人们，连她的父亲宙斯也为她的聪慧与博学感到骄傲。光辉闪耀的雅典娜是从宙斯头颅中降生出来的。那时，宙斯还没娶赫拉为妻，才刚刚娶了他的第一个妻子墨提斯。她是第一代智慧女神，是理智和知识的化身。但有一个预言，说这个女子生下的孩子将比宙斯还要强大，宙斯害怕自己也落到父亲的下场，于是也仿效父亲，吞食了怀孕的妻子，从此他变得异常博学。可过了不久，他的头疼痛得难以忍受。过多的知识涌进头脑，沉甸甸地让他难以承受。他用双手挤压头颅，以减轻痛苦。但疼痛不断加剧，越来越重，以致宙斯失掉了自制而大声呼喊起来："赫菲斯托斯，拿锤子来，砸开我的头！"

赫菲斯托斯不知所措："让我来打你吗？父亲，你在说什么呀？！"

宙斯大声吼道："如果你爱我，如果你还想继续享受现在的生活和自由，你就这么办！否则，我要把你赶下奥林匹斯山，关到塔耳塔洛斯地狱中去。"

赫菲斯托斯无可奈何地说："诸神为我见证，是他命令我这样做的。"于是举起他那油光闪闪的重锤，朝宙斯的头打去。整个世界都震动了。伴随着这声锤打，宙斯的头裂开一个口子，一个女孩大喊了一声，跳了出来。这个女孩全身披着闪闪发光的盔甲，头戴战盔，手持盾牌和长矛，她就是宙斯钟爱的女儿雅典娜。

宙斯的另一个孩子赫耳墨斯则是星神迈亚所生。他是众神的使者，为了尽快地传递信息，他长有一双翅膀。他还是商业的庇护神，一只手握有贸易的标志——一根木棒，上面盘绕着两条蛇。他还被称为"幽灵的带路者"，因为他把死者的灵魂取走，送入地狱，所以古人常在死者的脊背面上赫耳墨斯的头像或象征他的小型图像。

宙斯的另外两个孩子是由暗夜女神勒托所生的，即著名的双胞胎兄妹——阿波罗和阿尔忒弥斯。赫拉由于妒忌他们的生母——温柔的勒托，因而虐待他们。宙斯把太阳授给了阿波罗，而把月亮交给阿尔忒弥斯。当她的哥哥驾驭着光芒四射的太阳车，把阳光洒满大地时，阿尔忒弥斯正躲在可爱的群山之中狩猎或与同伴们玩耍。傍晚时分，她登上那银光闪烁的月亮车，驱车出巡。阿波罗为她边弹琴边唱歌，而阿尔忒弥斯则静悄悄地穿越浩瀚无垠的太空。

另一个经常与阿尔忒弥斯混淆的夜神是艾思蒂娅，即三面神。这样称呼她，是因为宙斯赋予她在空中、陆地和海洋活动的能力，而且古希腊的戏剧中一直用三个面孔的形象扮演她。在奥林匹斯山和其他地方，还有很多其他神祇，如九位缪斯女神，她们是宙斯和记忆女神摩涅莫绪涅的女儿，是艺术和科学的庇护神，也是阿波罗的密友，美惠女神，她们把美丽和欢乐散布周围；还有三位命运女神，她们是宙斯和正义女神忒弥斯之女，主掌人的命运。此外，还有河川神、森林神、海洋神、山神及其他各种把整个世界变得富有生气的神祇们。

但是最重要的神祇一直是奥林匹斯山上的十二位，即天神宙斯、天后赫拉、谷物神与农神得墨忒耳、灶神赫斯提亚、冥神哈里斯、海神波塞冬、神使赫耳墨斯、太阳神阿波罗、月亮与狩猎女神阿尔忒弥斯、智慧女神与战争神雅典娜、火神与工匠之神赫菲斯托斯和美与爱的女神阿佛洛狄忒。奥林匹斯山上，除了住着众神，还有半神人，即神祇们在陆地上的后裔。他们生活得很好，为人正直，疾恶如仇，扶危济困，为了正义他们甚至准备献出生命。众神把他们带到自己的身旁，使他们生活得幸福，让人们对他们羡慕不已。有时众神也降临人间，来到人们中间，给予帮助；然而他们的降临，却并非总是好事。

人类五代：从黄金时代到黑铁时代

按照古希腊神话，天神一共创造了五代人。

最早出现的第一代人，由著名的天神普罗米修斯创造，被称为黄金一代。那时候，统治天国的是宙斯的父亲克罗诺斯，而莽莽大地，则是人类的王国。大地之上四季如春，温暖的气候带来了似锦的繁花和累累的硕果，繁茂的草地则繁衍生息着成群的牛羊。这代人劳动不重，衣食无忧，也没有大的苦恼和贫困，生活如同神仙，逍遥自在。最让人惊奇的是这代人个个长寿不衰老，临死之际，也还满头金发。相传，到了死神降临的这一天，他们的眼皮直跳，随后就沉入安详的长眠之中。

这种幸福的人间生活持续了一亿多年，黄金一代走到了尽头。这些死去的人按照神示从地上消失，飞升为云雾中来去的仁慈的天神。他们惩恶扬善，维护正义。

黄金时代终结之后，人类迎来了白银时代。这时，统治天空的是第三代天神宙斯，第二代人是诸神用白银塑造的。与第一代人相比，他们要放肆幼稚得多。孩子时的他们娇生惯养，一直躲在家中，十多岁了，个人生活往往还不能自理。他们害怕黑夜，害怕外界，大门之外一步之遥就是生活的最外围。他们爱闹，好哭，即使都已成家立业，可是也和孩子一样，嘻嘻哈哈地逗乐。总而言之，他们不喜欢长大，白胡子飘飘都一百多岁了，却还不如黄金时代八岁的小孩懂事。不成熟和放肆的行为使白银时代的人陷入苦难的深渊中，因为他们没有理智，任性妄为，无法无天地破坏天神秩序。最要命的就是这代人不敬畏神，这让天神宙斯非常恼怒，他又何必要让一个亵渎天神的种族生活在他的花园之中呢？他决定把这个种族彻底从地球上消灭。白银时代之人在生命终止之后，幽灵化成了魔鬼，在地上漫游。

天父宙斯创造了第三代人，也就是青铜人类。这代人是另一种天性，只吃肉，谁都不愿耗费精力去采摘果实。相比前两代，他们的武器更先进。他们抛弃了石头，一切器具都用青铜制造。他们的刀枪是青铜的，房屋也是青铜的，连他们的日用农具也一律是黑黝黝闪光的青铜。也许是因为吃肉，这代人都高大壮实，意志顽固得如同金刚石，而且性情粗暴、残忍无比。他们精力充沛，每天繁重的农务还是不能让他们安睡。于是他们就互相厮杀，喜欢战争中遍地的鲜血。这样的人实在是无法无天，根本不把天神宙斯放在眼里，当然不中宙斯的意。所以青铜时代很快就结束了。这些人死亡之后，无一例外都被投入阴森可怕的地狱中。

当第三代人还在可怕的冥府之中受刑的时候，第四代人很快就出现在了大地之上，他们也是天神宙斯创造的。他们是神制造的英雄一代，比以前的人类更高尚、更公正和更善良，被称为半人半神的英雄。不过，他们高尚也罢，公正也罢，善良也罢，无不卷入斗争的旋涡之中，命运极其悲惨：他们中的一部分倒在了底比斯的七座城门下，为了争夺国王俄狄浦斯的王国永远丧身异国他乡；也有的为了一个绝世美女海伦，跨上了战船，把尸骨埋在了特洛伊城外的荒野上。也许唯一能够安慰他们的，就是死后的生活了。当这英雄的一代结束了在尘世的战争和苦难之后，宙斯就把他们送到快乐的极乐岛上去了。那里风景优美，四季如春，肥沃的土壤给他们源源不断地提供着蜂蜜一般甜美清香的水果，他们在这片人间乐土过着神仙一般的生活。

怎么来描述生活之中的第五代呢？可以说，这一代人是五个时代之中最为堕落的一代。他们因为使用黑铁锻造武器，所以被称为"黑铁时代"。这一代人彻底堕落，日益败坏。每个人都充满了痛苦和罪孽，日夜生活在忧虑和苦恼中，不得安宁。比较起来，这一代人，天神没有少找他们的麻烦；可是他们最大的烦恼却来自自身。他们之间相互倾轧，无法善处，过去的家庭情谊，兄弟友爱，都无法找到。家庭之间，父亲反对儿子，儿子敌视父亲；邻里之内，客人憎恨朋友，朋友互相憎恨，哪里还能找到英雄时代朋友之间那样坦诚相见、充满仁爱的友谊呢？父母不能被赡养也就罢了，却要忍受儿女的虐待。处处都是强者得势，伪人横行；人人都在盘算着如何毁灭他人。正直、善良备受践踏；而骗子飞黄腾达，倍享荣耀。

这样的时代，常常让那些智慧的贤哲们感慨，希望自己能够早点去世或迟点出生，进不了黄金白银时代也就罢了，就是青铜或者英雄时代都比现在好。不幸的是，我们现在的人类还正处在无边无际的黑铁时代呢！

普罗米修斯

普罗米修斯是大地女神和神乌拉诺斯的孩子，是最古老的神族后裔。

普罗米修斯知道在大地上蕴藏着天神的种子，因此，他来到河边，抓起一大团泥土，捧水浇在上面，再揉搓几下，泥巴变得软硬适宜。接着，他按照天神的样子用这些泥巴捏出了很多小泥人。捏完之后，他打量着这些无生命的形体，陷入沉思。怎样才能让他们具有生命呢？

普罗米修斯只见过那些奔跑的动物，因此他将狮子的勇猛、狗的忠诚、马的勤劳、鹰的远见、熊的强壮、鸽子的温顺、狐狸的狡猾、兔子的胆怯和狼的贪婪，杂糅混合，一一注入泥人的胸膛。这样一来，泥人便能像动物一样活动了。不过，他们还缺少神的灵气。诸神当中雅典娜是他的朋友。当发现普罗米修斯束手无策时，她便飞身下来，对着这些泥人吹了一口长气，于是这些泥人获得了理智，成为真正的人。

第一代人被造出来了，却孩子似的乱跑。世上的一切，激起他们的好奇，却引不出他们的思考。他们根本不知道怎么使用天神赐给他们的这一切。他们有眼睛却不知道用来看东西；他们有耳朵，却什么都听不见。他们住在洞穴里懵懂无知，就像梦中的幽灵一般；星辰的运行让他们茫然，四季的划分他们不会利用，既不知道制造工具，也不懂伐木建房。

还好有伟大的普罗米修斯，他当了第一代人类的老师，教他们计数，写字，观察星象，建房耕田，创造艺术。他还教会了人们驯化动物、驯养牲口，教他们把骏马套上缰绳，成为在陆地上代步的工具。他还发明了帆和船，用于在海上捕鱼航行。总之，凡是对人类有用的，能够使人类满意和幸福的，他都教给他们。

在普罗米修斯的教育之下，人类变得聪明智慧，引起了天神宙斯和诸神的注意。于是，诸神要求人类敬奉天神，服从神祇；而作为交换，宙斯可以保护人类，赐福他们。

不过，宙斯非常狡猾，他在赐福人类的同时有所保留。他这么做原因很简单：他不满普罗米修斯，怀疑他造人是为了和自己作对。同时，他又害怕人类强大起来无法控制。后来，诸神和凡人的代表在希腊聚会商议确定诸神和人类的权利和义务。普罗米修斯作为维护人类利益的代表出席了聚会，他希望诸神不要因为凡人是自己创造的而为难人类，提出太苛刻的条件。

在聚会上，凡人需要先向众神献祭，这让刚刚开始耕种放牧的人类苦不堪言。他们希望减少供神的祭品，这个时候，普罗米修斯发挥出他作为提坦神的智慧了。他以人类的名义宰杀了一头公牛，分成碎块摆成两堆，然后找到宙斯，请宙斯选择人类应该把哪堆献给神祇，哪一堆留给自己。其实，这两堆中的一堆全是好吃的牛肉，上面盖着牛皮和牛骨；而另一堆则全是牛骨头，只是上面浇上了烧过的牛油，冷却之后把里面的骨头包裹起来了，看起来又饱满又有光泽，分外诱人。宙斯果然上当，选择了第二堆。可是他和众神揭开那板结的牛油之后，却发现那里面全是骨头，一点肉都没有。宙斯明白过来，愤怒地对普罗米修斯说："提坦巨人的儿子呀，仁慈的朋友，你的分配好公平呀！"

为了报复欺骗众神的普罗米修斯，宙斯拒绝给予人类他们最需要的东西——火。没有火烧烤食物，人类只好吃生的东西；没有火来照明，在无边的黑暗中，人类度过了一个又一个漫长的夜晚。

看到自己创造的人生活得如此痛苦，普罗米修斯非常难受。他决定盗取天火，为人类所用。显然，宙斯也意识到了这一点，就派人看守着天火。普罗米修斯对此无能为力，非常焦虑。他的弟弟厄庇修斯知道情况以后，轻轻一笑，说："哥哥，盗取点天火有什么困难的？你附耳过来，让我告诉你怎么办。"普罗米修斯听了弟弟的话后，高兴得拍了拍弟弟的头，夸赞了一番。他折下一根长长的茴香枝，带着它来到天上。当太阳神驾驶烈焰熊熊的太阳车从空中经过时，普罗米修斯把茴香枝伸到火焰里引着，然后举着燃烧的火种迅速降落到大地上。在那里，他用火种点燃了第一堆木柴，大火燃烧起来，火光直冲云霄。

宙斯大怒，将普罗米修斯交给赫菲斯托斯和他的两个仆人。他们把他带到高加索山，用一条永远也挣不断的铁链牢牢地把他缚在一个陡峭的悬崖上。为了惩罚普罗米修斯，宙斯还派出神鹰每天啄食他的肝脏；但这些被吃掉的肝脏随即又会长出来。这样，日复一日，年复一年，普罗米修斯被垂吊在陡崖上，身体不能入睡，双膝不能弯曲，忍受着饥渴、炎热、寒冷，还有神鹰啄食肝脏之苦。可是为了人类，普罗米修斯忍受着难以描述的痛苦和折磨，不向宙斯屈服。这种折磨，一忍就是三十年。

潘多拉的盒子

普罗米修斯盗取天火送给人类，这对宙斯绝对是个冒犯。他饱受痛苦，却不服输，更让宙斯恼火，宙斯满腔郁闷需要发泄。追根溯源，整个事件的起因不都是那个冒失鬼厄庇修斯吗？于是，奥林匹斯山上的最高统治者迁怒于他，决定用他来惩罚人类。

宙斯把这个决定告诉了众神。众神在奥林匹斯山上开了会，然后，他们想出一个绝妙的办法来对付普罗米修斯的弟弟厄庇修斯和普罗米修斯所创造的人类。火神与工匠之神赫菲斯托斯拥有无与伦比的超人工艺，他把泥土和水混合起来，照着女神们的样子为宙斯赶制了一位美貌绝顶的迷人少女。然后，宙斯又命诸神赋予这个少女各种各样的装饰和天赋；雅典娜本来是普罗米修斯的朋友，现在一半是出于对父亲宙斯的服从，另一半是出于对普罗米修斯的不满，为少女披上了一件闪光的白色长裙，蒙上了一袭漂亮的面纱，又给她戴上了华美的花环与金项链；赫菲斯托斯为了取悦父亲，还在雅典娜赠送的金项链上装饰了各种动物造型；阿波罗赐给她婉转如夜莺的歌喉；爱与美的女神阿佛洛狄忒又赐给了少女种种迷人的神态魅力；神使赫耳墨斯又教授她人间的语言。最后，众神给她起名为"潘多拉"，意思是"有一切天赋的女人"。然后，宙斯让赫耳墨斯把她带到了人间，他得意地说："让厄庇修斯尝试一下潘多拉的魅力吧，他可是诸神送给他和人间的礼物。"

赫耳墨斯把绝美的少女带到了厄庇修斯面前，说这是天神宙斯许配给他的妻子。厄庇修斯一下子被潘多拉迷住了，但是又隐隐地有些担心，于是就前往高加索山，征求被链条锁住的哥哥普罗米修斯的意见。

"你要当心，"普罗米修斯对他说，"众神对你这么关怀，肯定不是好事。"

然而，厄庇修斯这个糊涂蛋嘴上答应，但并没真正听进哥哥的警告。他一见美丽的潘多拉就心花怒放，魂不守舍。哥哥的警告，早就抛到了九霄云外。他对潘多拉一见钟情，迫不及待地答应要娶她为妻。

出嫁之前，宙斯把一只精工制作的、镶嵌着珍珠的盒子送给了潘多拉。"你永远也不要把它打开，"宙斯对她说，"如果你不听话，你会后悔莫及的。"其实，宙斯的用心十分恶毒。因为，他十分清楚，在众神把各种天赋赐给潘多拉时，也给了她一个致命的缺点：好奇心强。他知道自己越是这么叮咛，潘多拉就越有可能打开。

潘多拉嫁给了厄庇修斯，两个人过了一段幸福美好的日子；可是漂亮迷人的潘多拉却总是被一件事折磨着，那就是婚前宙斯送给她的那个盒子。一有时间，她就会像小猫围着鱼盘一样在盒子周围转来转去。里面到底装有什么首饰？为什么会让自己后悔？她一次次冲动地要打开，但她想到宙斯的嘱咐，又掐了掐胳膊，忍住了。不过，她总是惦记着这个盒子，吃不好饭、睡不好觉。她时时想着它，夜里做梦也梦见它。她的身体消瘦，脸色憔悴，好奇心苦苦地折磨着她。

厄庇修斯发现了爱妻心中有事，就一再追问她究竟发生了什么，竟然会憔悴成这个样子。潘多拉把宙斯送给她一个盒子的事情告诉了丈夫。厄庇修斯一听，终于明白了为什么自己心中一直隐隐地不安，他立即猜到了诸神的意图，非常后悔娶了潘多拉做妻子。他立即严肃地嘱咐妻子一定不要打开那个盒子，因为那个盒子是不祥的，将会给他们夫妻二人和整个人类带来巨大的灾难。听完丈夫的警告，潘多拉的好奇心被压抑了一段时间。可是慢慢地，那被压抑的好奇心又起来了，并且比以前更加强烈。厄庇修斯每次出门前都会叮嘱妻子不要碰那只盒子，可是他不知道，自己的每一次叮嘱都会让妻子的好奇心更进一步。很快，潘多拉的整个心就被那只镶嵌着珍珠的盒子占满了。除了这只盒子，她的心里不再有任何东西，没有丈夫，也没有自己，更何况是与自己不相干的普罗米修斯所创造的人类。

一天，厄庇修斯叮嘱完妻子就离开家打猎去了。潘多拉实在忍不住了，她感觉自己如果再不打开那只盒子，就要疯了。于是，她三步并作两步来到卧室，取出了那只盒子。端详了一会儿，她猛地把盒子的盖子揭开了。正当潘多拉想仔细看一下盒子里到底是什么精美的礼物时，盒子里升腾起一股难闻的黑烟，迅速飞舞升腾。很快，黑烟就如乌云般布满了整个天空。阴险的众神藏在盒子里的饥荒、瘟疫、疾病、癫狂、战争、灾难、罪恶、嫉妒、奸淫、偷窃、贪婪等灾祸也伴随着黑烟立即飞了出来，迅速散布到整个人间。惊慌失措的潘多拉一看这种情形，知道大事不妙，赶紧关上盒子的盖子。可是，她不知道，她关在盒子里的是众神给人间的最后一样东西：希望。

从此以后，各种各样的疾病和灾害，不分昼夜地在大地上徘徊。它们无比猖獗却又悄然而至，不容易引起人们的注意，因为宙斯没有赋予它们声音。厄庇修斯陷入了深深的懊悔之中，他痛恨自己给哥哥普罗米修斯所创造和爱护的人类带来这么大的灾难。而普罗米修斯，这位人类的救助者和医生，看人们遭受灾害的袭击，忍受疾病的折磨而死亡，伤心得几乎晕厥过去。

唯一令普罗米修斯欣慰的是，被关在盒子里的希望还留在人间。也就是因为这一点希望，人类在这么多的灾祸中延续了下来。希望成了彼岸的灯塔，照耀着人们生活的路，让人们懂得了坚持，一直到现在。

大洪水后人类众生的始祖

人类曾经有过一个黑铁时代。在这个时代，世界的主宰宙斯老是接到报告，说人类十分邪恶，其行为令人发指。说人类很坏，宙斯并不吃惊；但真的按照报告所写的那样的话，他就觉得太夸张了。他决定去人间查看一下。一到地上，他才知道报告上所说的太轻了，实际情况要严重得多。

一天深夜，他走进阿耳卡狄亚国王吕卡翁的大厅。吕卡翁不仅待客冷淡，而且残暴成性。宙斯摇身一变，现出了真身。其他人大惊失色，纷纷下跪，顶礼膜拜；唯有吕卡翁不以为然。

"还不知道是不是个骗子呢，让我们考证一下，"他说，"看他到底是神还是人！"于是，他悄悄地杀了一个战俘，让人剁下四肢，然后扔进滚水里煮，其余部分则用大火烧烤，以此作为晚餐待客。宙斯心里早就一清二楚，他被激怒了，跳了起来，唤来一团怒火，投放在这个家伙的宫殿里。国王大惊，想要逃走。可是，还没走开，宙斯便施法力把他变成一只嗜血的恶狼。

宙斯回到奥林匹斯山，决定灭绝这一代可耻之人。开始，他想用闪电轰炸大地；但又担心天国也会波及，就作罢。他想来想去，还是洪水比较稳当。于是，他放下雷电锤，决定降下暴雨，引发洪水来灭绝人类。这时，除了南风，其他的风都被锁在埃俄罗斯的岩洞里。所以，南风接了命令，扇动翅膀直扑地面。南风的脸上长满了茂盛的胡须，好像乌云聚集在那里。雾霭遮着他的前额，滔滔大水从他的胸脯鼓荡而出。一时，雷声隆隆，大雨如注。田野刚刚抽穗的禾苗全部被打折了，人们一年的劳作都付诸东流。

宙斯的兄弟海神波塞冬也不甘寂寞，匆匆忙忙赶来帮着破坏。他召集所有的河流，让它们掀起狂澜，吞没房屋，冲垮堤坝。他还亲自上阵，手执三叉戟，为洪水开路。不一会儿，大地之上洪水汹涌，势不可当。随后洪水就漫上河堤，淹没田野，犹如猛兽，冲倒大树、庙宇和房屋。水势不断上涨，房屋不见了，连教堂的塔尖也卷入湍急的漩涡中。顷刻间，整个大地一片汪洋。

大地上的人们被这突如其来的灾难吓坏了，他们犹如热锅上的蚂蚁一般在滔滔的洪水中到处寻找可能的生存机会。有的人爬上了山顶，但是慢慢地连山顶也被淹没了，这些人被卷入水中，淹死了。有的人坐在木船里逃生，从被水淹没的屋顶上漂过，从被淹没的果园上方漂过，从一具具动物与人的尸体边漂过。可是，他们始终找不到一片没被淹没的陆地，最终还是饿死了。

普罗米修斯的天职，就是反对奥林匹斯山上众神之父滥用权力。潘多拉去世不久，普罗米修斯就得悉宙斯准备用洪水来灭绝人类。于是他把儿子丢卡利翁叫到跟前，说："宙斯发怒了，他要让连绵不断的洪水在地球上泛滥，这场洪水将把人类全部淹死。你赶快去造一条大船，然后你和皮拉坐到上面去，这样，你们就可以避过这场灾难。"

丢卡利翁一一照办。他造了一条方舟，和妻子皮拉坐在上面避乱。不久，地球上果然发了一场洪水。面对洪水，人类纷纷逃命。但是就算躲过洪水的人也都饿死在光秃秃的山顶上，只剩下丢卡利翁和皮拉，他们的船漂浮了九天九夜，后来到了巴拿斯山上。

天神宙斯发现了这一对夫妻，他看出这是两个正直无辜而又虔诚信神的人，就平息了怒火，决定给人类留下最后的种子。于是，他唤来了北风，吹走了乌云，暴雨停止了，天空中又重见光明。海神波塞冬也在宙斯的示意下把奔腾汹涌的大海安抚下来。又过了一段时间，大洪水也退走了。各种树木渐渐从水中露出了树梢和树干，草地也重新露出久违的生机，陆地终于重新浮出水面。

丢卡利翁和皮拉夫妇终于重新回到陆地上，他们环视这周围，发现世界上只剩下他们两个人，到处都寂静得可怕。看到这一切，丢卡利翁禁不住流下了眼泪，他用低沉的声音对妻子皮拉说："亲爱的，你也看到了，我们朝远处眺望，却看不到一个活人的身影；我们伸耳聆听，却听不到任何其他人类的声音。看来，大地上只有我们两个人还活着，其他人都被洪水吞没了。可是，即使现在洪水退去，一切危险都过去了，我们也很难生存下去。我们两个孤零零的人在这荒无人烟的世界上，又能做什么呢？没有了整个人类的欢声笑语、喜怒哀愁，我看到的每一朵云彩都使我惊恐，每一片绿叶都让我害怕。唉，要是我那伟大的父亲普罗米修斯教会我用泥土创造人类的本领，教会我把灵魂赋予泥人的技术，那该多好啊！"皮拉听着丈夫的话，觉得这话也说到了自己的心里。两个人越想越悲伤，禁不住抱头痛哭起来。

他们没了主意，只好找到一座正义女神忒弥斯半荒废的圣坛，给女神做了简单的献祭之后，他们跪下向女神恳求："神圣的女神啊，请告诉我们，该如何重新创造已经灭亡了的人类？慈善的女神呀，帮助沉沦的世界再生吧！"

"你们这个想法太好了，真让我感动，"女神说，"我真心希望你们如愿以偿。想创造新的人类，你们只要戴上面纱，放松腰身，把你们母亲的骸骨往肩膀后扔去。"

"扔我们母亲的骸骨？"皮拉惊叫道，"不行，人都死了，移动骸骨是严重的亵渎。"皮拉提出了异议，神沉默不言。但是，认真思考正义女神的话后，丢卡利翁终于明白神所指的母亲是全人类的母亲，也就是大地。他高兴地对妻子说："我想我明白女神的意思了，女神的话中并没有让我们做亵渎或者不敬的事。大地是我们全人类仁慈的母亲，她的骸骨一定就是石块了。来，皮拉，我们一起把石块扔到肩后去。"

于是，丢卡利翁夫妇遵照神的指示蒙上了面纱，又把衣带松开，然后捡起石子往自己的肩后扔去。石块在他们身后发生了神奇的变化：被这对夫妇扔过的石块突然不再僵硬，它们变得又灵活又柔韧。一旦落地，它们就慢慢地变大、长高，慢慢地长出了人的形状。石头上沾着的松散的泥土变成了人类的肌肉，坚硬的石头变成了人的骨骼，石块里的纹理变成了人的血管脉络。就这样，丢卡利翁和皮拉扔的石头都变成了人。更奇妙的是，丢卡利翁扔的石子都变成了男人，而皮拉扔的则变成了女人。

新人类所受的苦难并不比以前人类所受的少，他们罪恶的本性也一样存在。忒弥斯主持了新的人类的诞生，她热爱权利和正义。如果想把我们这个新的人类变得和善一些，这是完全可以做得到的。

好胜的音乐家阿波罗

众神都多才多艺。太阳神阿波罗更是才艺双全，他不仅英勇善战，箭法百发百中，能够预示世俗之人的命运，还是一个一流音乐家。他自诩不凡，非常好胜，只要听到别人自夸才艺，他就非要跟那个人一比高下不可，而且，比赛的结果要以生死为代价。在这种好胜心的支配下，阿波罗杀死了一个林神。

事情的起因与女神雅典娜有关。一天，雅典娜捕获了一头鹿，就用鹿骨做了一支双管长笛。在众神宴会上她高兴得吹奏起来。她非常满意其他神灵对她的音乐的称赞；可是一转身，却发现自己的死对头赫拉和阿佛洛狄忒都用手捂着嘴偷笑。她当时压下火气，没有发作；私下里却很郁闷，不知道为什么这两位仇敌嘲笑自己，是不是她们心怀妒忌才这样呢？虽然她这样宽慰自己,却始终放不下心。于是,她想出了一个好办法,就独自一人走进弗里吉亚的森林里,在河边吹奏笛子。她一边吹一边低下头来观察自己在水里的倒影。一看到水面映出的形象,她几乎晕倒过去。她发现吹笛子的人脸色发青,双颊肿胀,显得滑稽可笑。她一气之下,扔掉笛子,并且发下了一个恶毒的诅咒:谁如果把笛子捡起,他就会惨遭不幸。

无辜的林神玛息阿——女神库柏勒的随从——便成为咒语的牺牲者。雅典娜刚走,他就经过这里,无意中捡起笛子。他刚把笛子放到唇边,笛子便自动演奏起来,声音美妙动人。他追随女神库柏勒走遍整个弗里吉亚。他的美妙笛声打动了无知的乡野村民。他们从来没有听见过这样美妙的音乐,于是说就是太阳神阿波罗也未必能用他的里拉琴演奏出比这更动听的乐曲!得到这样奉承与赞扬的玛息阿太高兴了,居然想不到去纠正这种说法。这话不久就传到了阿波罗的耳朵中。阿波罗火冒三丈,马上派自己的仆人去下战书,邀请玛息阿和他进行音乐比赛,并规定胜者可以用任何方式惩罚输者。玛息阿现在长笛在手,谁也不怕,更何况如果战胜了太阳神阿波罗,他就可以成为天庭之中最优秀的音乐家。因此他毫不犹豫地同意了。

比赛开始,由阿波罗组织缪斯们当评审团。两位各自演奏三首乐曲。他们都拿出自己最大的本事,尽力打败对方,可是缪斯们却判双方打成平局。

阿波罗心有不甘,他看了看两人手中的乐器,忽然心生一计。他向玛息阿厉声喝道:"你能不能学我,演奏你的乐器?把它倒过来拿,而且还要边演奏边唱。这样,才叫真本事。"

很明显,笛子不能倒过来吹,更不能边吹边唱;玛息阿拒绝接受这一挑战。但是阿波罗却装作什么也没有听见,自顾自倒拿起里拉琴,边奏边唱赞美奥林匹斯山诸神的歌曲,歌声悦耳动听,缪斯们不得不判他为胜方。吃了哑巴亏的玛息阿无奈之下,只能接受这个判决。赢得胜利的阿波罗尽管表面装得温文尔雅,可是当他说出他的惩罚时,连评审团的缪斯们都惊吓得目瞪口呆,而玛息阿则吓昏了过去。就这样,好胜的太阳神阿波罗就对玛息阿做出了十分残酷的报复:他活生生剥下玛息阿的皮,把玛息阿的皮钉在以宙斯自己命名的河的发源处的一棵松树上。

同样的事情不止一次发生。在一次宴会上,喝多了美酒的牧神潘非常轻率地夸夸其谈,说他演奏的乐曲可以和阿波罗的媲美,而且借着酒劲,他还向这位奏里拉琴的神祇挑战,要和他一比高低。阿波罗自然接受挑战,并请山林之神特摩罗斯担任比赛的裁判。这位德高望重的老人在裁判席上安然就座，他撩开耳边的树条，凝神聆听。当比赛的"开始"信号一发出，醉酒的牧神潘就吹起了排箫。他奏着自己编的乡村小曲，得意非凡，喜气洋洋，也让碰巧在座的忠实门徒迈达斯听得心旷神怡。牧神潘吹奏完毕，便轮到太阳神了。于是，山林之神特摩罗斯便把脸转到阿波罗这边，他身旁所有的树木都随着他一起转动。阿波罗站起身，头戴桂冠，身披拖地的红紫长袍，左手抱着里拉琴，右手五指轻轻拨动琴弦。特摩罗斯不等一首听完，他立刻判演奏里拉琴的阿波罗是这场比赛的优胜者。所有听众都接受这一裁判，牧神潘低下了脑袋，可是迈达斯不服气。他小声嘀咕，最后干脆大声质问，说裁判山林之神特摩罗斯偏心。阿波罗悄悄走到这个傻瓜国王跟前，揪住他的双耳。他轻轻一提，那两只耳朵变得又长又尖，里外长出灰色绒毛。两只长长的驴耳朵装饰在这个可怜国王的头上，因为这副模样，他只好戴上一条大头巾以遮盖丑态。

阿波罗与月桂树

每个人都有自己的初恋，即使贵为天神，也一样避免不了。他们和人一样，要吃要喝，有七情六欲，自然也要谈恋爱，也有自己青涩的初恋。太阳神阿波罗就是这样，他的初恋情人是达芙妮。

太阳神阿波罗爱上达芙妮，并不是所谓一见钟情，而是小爱神厄洛斯故意捣鬼，精心策划的结果。小爱神厄洛斯之所以故意捣他的鬼，是因为阿波罗说话不太注意，得罪了这个小家伙。事情发生的这一天，阿波罗刚刚斩杀了一条叫作皮同的巨型蟒蛇。正在得意扬扬、不可一世时，他看见这个小家伙正在挽弓搭箭，跃跃欲试，就非常不屑地说："小家伙，弓箭这种打仗用的武器哪里是你们这样的小孩子玩的？把它交给我，只有我才有资格使用！你看看我，我就是靠弓箭除掉了那条体积巨大的大毒蛇。小家伙，你要玩的话，还是玩火吧，你不是常说'点燃情火'吗？你爱在哪儿点火怎么点火都没关系，只是别再摆弄该由大人物使用的武器。"

小爱神当然不服气，就和他顶嘴道："阿波罗，你不要吹牛，自以为了不起。虽然你的弓箭可以射中万物，可是我的却能射中你，让你后悔说了刚才的话。"话刚说完，他就飞身跳到帕尔纳索斯山一块又高又大的岩石上，随手就从白色的箭袋取出两支功能不一的箭：一支尖头金箭，有激发爱情、刺激情欲的功能；另一支钝头铅箭，让人拒绝爱情。他拉弓如满月，嗖嗖两声，铅头箭射向了正在河里沐浴的河神珀纽斯的女儿、水泽仙女达芙妮；而金头箭如同闪电一样，射向阿波罗。阿波罗闪身躲避，可是箭却如同长了眼睛一般，正好穿心而过。就这样，英勇善战的阿波罗就产生了强烈的爱情，被那位少女折磨得茶饭不思，神魂颠倒。而达芙妮一听人对她说"我爱你"，就深感厌恶。为了躲避人们的苦苦纠缠，她整天在林中打猎逐兽，出没于森林之中。可就是这样，求爱者还是千方百计想接近她，而追求她的人不但不见减少，反而越来越多。水泽仙女达芙妮不管这些，她一一回绝，不予理睬，整日就在树林中徘徊寻猎，压根就没有结婚的打算。她一直这样，倒让她的父亲不放心。父亲常常委婉地规劝她："女儿，你该为我找个女婿了。"或者就说："女儿，你该为我生个外孙了。"父亲一提这些，水泽仙女达芙妮就羞得满面通红，她讨厌结婚，觉得结婚就是犯罪。可是她又不能直接这么说，只好搂着老父的脖颈半撒娇半认真地说："父亲，请允许我终身不嫁，就跟我们的女神阿尔忒弥斯一样。这样，我才能终生陪伴在你身边。"年迈的父亲没有办法，只好答应了她的请求。不过，他很忧虑地说："女儿，你这么想，可是你的容貌恐怕使你难以独身一辈子。"

　　阿波罗深爱着达芙妮，并渴望与她结婚。他是天神，有给世人做出神谕的法力；但是轮到自己，他的法力却无处发挥。他经常跑到她出没的森林里，偷偷关注她。他见到她披散在肩头的长发，就想："这头发就这么随便披着，已经这么迷人。如果好好梳理一下，还不让我丢掉了魂灵？"他把她明亮的双眼比作天上最亮的明星，见到她的红樱桃一样小嘴，就不能自持。他也暗中赞美她的双臂和双手，那衣服遮盖的部分真不知道要美丽多少倍呢。他老这么贪婪地偷窥，最终被达芙妮发觉了。仙女拔腿就跑，迅疾如风。太阳神跟在后面，结结巴巴地百般请求。"请您停一停，"他说，"我不想伤害你，不要像羊羔见了恶狼，驯鸽见了老鹰似的躲着我。我追你是因为我爱你。我不是小丑，不是乡野村民。我父亲是宙斯，我本人是主管歌舞管弦的神。我射箭百发百中，我司掌医药，我熟悉百草的疗效。可是美丽的达芙妮呀，悲哀的是我自己个人的病痛却找不到药物来治愈。"

　　他的恳求还没有说完，少女已经跑远了。阿波罗绝望地发现，就连她逃离的姿态也那么令人心醉。她如此美丽，可是却把他的知心话全当耳边风。阿波罗愤怒起来，占有她的欲望更加强烈，他不耐烦了，他要行动。

　　在爱情力量的鼓动下，他竟然赶了上来。那情景就像猎狗追逐野兔，一个张着大嘴就要下口去咬，而那弱小的动物连蹦带蹿，叫它捕追不着。两人就这么一前一后地跑着——他插上的是爱情之翼，她踏着的是恐惧之轮。可是追的比逃的速度要快，眼看就要赶上，他气喘吁吁，呼出来的气已经吹动她的头发。

她跑得双腿发软，力不从心。万般无奈之下，她只能乞求自己的父亲河神："救救我，父亲，让大地张开口把我吞掉，要不然毁灭我的形体吧，免得再惹来危险。"话刚说完，她就四肢发僵，上半身长出一层嫩皮，头发变成绿叶，双臂长出枝叶，两脚钉在地上就像扎在地里的树根，面孔变成了树冠，完全失去了原来的人形；但是优美的仪态犹存。心急如焚的阿波罗愕然不知所措。他只能用手触摸树干，可是感到隐藏在树皮下的肌肉还在瑟瑟发抖。当他把枝干搂在怀里，四处亲吻时，枝条躲闪着他的嘴唇。他实在生气，狠狠地说："既然我不能娶你为妻，我就要你做我的圣树。我将把你戴在头上做王冠，用你装饰竖琴和箭袋。等到伟大的罗马征服军凯旋回到首都，我就用你编成花冠给他们加冕。我的青春常在，你也将四季常青，绿叶永不凋零。"仙女现在变成一棵月桂树了，它垂下头来，表达了自己的谢意。

第二卷

英雄传说

阿耳戈英雄们的故事

伊阿宋和珀利阿斯

克瑞透斯是爱俄尔卡斯王国的国王和创建者,他把自己的国家建在忒萨利亚的海港。克瑞透斯与妻子堤洛生有两个儿子:大儿子埃宋和小儿子珀利阿斯。在临死前,克瑞透斯把王位传给了自己的大儿子埃宋,这让一直觊觎着父亲王位的珀利阿斯非常不快。但是,他没有声张,而是暗暗地做好了篡位的打算,悄悄地等待着一个合适的机会。

终于,珀利阿斯等到一个好机会:埃宋得了一场重病,而自己为篡位所做的准备也已经比较成熟。于是,他发动政变篡夺了哥哥的王位。为了斩草除根,珀利阿斯还处死所有他能够找到的埃宋后裔。但是当他准备杀死埃宋本人时,他们的母亲堤洛拦住了他。她不愿意看到自己的两个儿子自相残杀,苦苦地哀求着自己的小儿子。在母亲的哀求下,珀利阿斯下不了手,只是把埃宋囚禁起来,并逼迫他主动声明放弃自己的王位。

后来,埃宋与阿凯美迪结了婚,还生了一个男婴,取名伊阿宋。为了避免婴儿被珀利阿斯杀害,伊阿宋一生下来,阿凯美迪就带着一群妇女聚在男婴周围大哭,装作他刚生下来就已经死了。为了让珀利阿斯派出的密探不产生任何怀疑,她还派人假装去埋葬了婴儿,然后悄悄地把他送到珀利翁山,交给了半人马喀戎,让他帮他们将伊阿宋抚养长大。喀戎是个富有传奇色彩的人,他不仅本人多才多艺,而且还培养出了许多远近闻名的大英雄。同样,他也把伊阿宋训练成了一个英雄;但这花去了他整整二十年的艰辛时光。喀戎按希腊人心目中的英雄形象严格训练伊阿宋。伊阿宋也不负众望,经过了二十年的艰难求学之后,他终于由一个懵懂少年长成健壮的青年,由一个淘气的小王子变成英姿飒爽的勇士。

篡夺了长兄王位的珀利阿斯也没有完全放心,他经常为自己的罪行感到惶恐。到了年迈的时候,他突然得到一则神谕,这让他更加不安。原来,神谕警告他要提防一个只穿一只鞋子的人,并且说这个人将夺走他的一切。他一听这个神谕,非常害怕,反复思忖着它的含义。可是任他抓破了脑袋,也猜不透这话的确切含义。就在珀利阿斯为了这个神谕而伤透脑筋的时候,二十岁的伊阿宋离开自己的启蒙恩师喀戎,要动身返回故乡了,他要向可耻的叔叔珀利阿斯讨回王位继承权。根据神使的指示,伊阿宋装扮成了马格尼西亚人，他还随身带了两根长矛，分别用来投掷和刺杀敌人。

在途中，伊阿宋经过一条水流湍急的阿纳乌洛斯河，河岸边一位端庄的老妇人喊住了他："喂！年轻人，帮我渡过河去吧，水流实在是太急了，我自己不敢过。"实际上，这个老妇人是国王珀利阿斯的仇人——众神之母赫拉。赫拉恨珀利阿斯，因为他从未向赫拉献祭，也没有向她表示过应有的敬意。现在赫拉要进行报复。伊阿宋听到有人叫自己名字，就回过身去，看到了赫拉。因为她是做了伪装的，所以伊阿宋并不知道这就是大名鼎鼎的女神赫拉。但是，他一向是个热心而善良的年轻人，所以答应了老妇人的请求，用双手举着老妇人过河。快要到岸的时候，伊阿宋只觉得脚下一沉，一只脚便陷进了河底的污泥里。他使劲一拔，脚是出来了，可是一只鞋却被黏在污泥里了。他顾及老妇人的安全，并没有弯腰去取，而是举着她登岸了。渡河后，赫拉现出了真身，并答应庇佑他并帮助他夺回王位。由于丢失了一只鞋子，伊阿宋只好一只脚穿着鞋子一只脚赤着继续赶路。最后，他来到爱俄尔卡斯的市场上，看见一群人正在忙忙碌碌地干着什么。跟周围的人一打听，伊阿宋知道这群人的首领就是自己无耻的叔父珀利阿斯，他正带领着人们虔诚地向海神波塞冬献祭。

市场上的人们看到伊阿宋这个英俊而魁伟的年轻人，他们纷纷议论着，以为是太阳神阿波罗或者是战神阿瑞斯降临到了人间。正在指挥着仆从们摆设祭品的国王珀利阿斯看到正往祭台走来的伊阿宋，也不禁大吃一惊。因为他惊恐地发现这个披头散发、身着豹皮的外乡年轻人只穿了一只鞋子。他的心情一下子变得七上八下，他非常恐惧，因为他明白这个年轻人就是神谕中所说的那个"只穿一只鞋子的人"。所以，当神圣的祭祀仪式一结束，他就立即朝这个外乡人走去，问他是谁，从哪里来。尽管珀利阿斯在问话的时候极力装出一副若无其事的样子，但他的内心却被恐惧填得满满的。

伊阿宋用平静的语气回答说，他是埃宋的儿子，跟随着半马人喀戎在山洞里长大。他跟着喀戎受到了良好的教育，现在他回来是想看看父亲的旧居。珀利阿斯是个十分狡猾的人，他不动声色，面露微笑地听着自己这个侄子的诉说，还热情地接待了他，不让丝毫的惊恐与憎恨的情绪流露出来。不知道的人还以为他真的对这个从未谋面的侄子有什么深厚的感情呢。他慷慨地答应了伊阿宋看父亲故居的要求，派人带伊阿宋在宫殿内四处参观。伊阿宋环视着父亲的旧居，不禁思绪万千。也许，在这座宫殿里父亲曾抱着自己，把自己举得老高，而那些欢声笑语就在这巨大的穹隆里响起、扩散、再响起……丝丝缕缕的光线穿透穹隆的巨大阴影在门口那儿白得刺眼,由内往外望去,恍如隔世……接连五天,珀利阿斯都安排自己的儿子也就是伊阿宋的堂兄弟们和伊阿宋一起饮酒欢宴,说是为侄儿接风洗尘,庆祝他们堂兄弟的重逢。

伊阿宋没有被珀利阿斯的"热情"接待弄晕头脑。第六天,他离开了特意为欢迎他而搭建的帐篷,来到自己的叔父、篡位者珀利阿斯的面前说:"国王哟,我的叔父。你非常清楚,我才是合法的王位继承人,你现在所占据的一切都本应是属于我的,是你用不光彩的手段从我父王那儿夺去的。现在,我愿意把羊群、牛群和你从我父亲手中夺得的土地都留给你,但是我要讨回我父王的权杖和王位。"

珀利阿斯早就预料到伊阿宋会来跟自己要回王位,他在短暂的激动之后很快就镇定下来,想到了一个绝妙的办法。于是,他和颜悦色地说:"我可以满足你的要求,但你必须先答应我替我去做一件事。长久以来,我夜里老是梦到佛里克索斯的阴魂,他请求我让他的灵魂得到安宁。我要你做的事就是到科尔喀斯的国王埃厄忒斯那儿去,取回佛里克索斯的遗骸和金羊毛,让他的阴灵得到安宁。照理我该亲自去做,但我已经年迈,无力做这件事了,我现在把这件光荣的使命交给你。你还年轻,正需要这样的功绩来树立自己的威望。当你带着这宝贵的战利品凯旋时,你将会成为一位万众瞩目的英雄,我将把权杖和王位还给你,同时,你还会得到无上的荣誉。"然后,珀利阿斯当着宙斯的面发誓,说若伊阿宋能完成任务归来,他便会交还王位。其实,他明白此行凶险异常,实际上是他借刀杀人给伊阿宋设的一个陷阱,他相信伊阿宋必定会在这次行动中丧命。伊阿宋不知道珀利阿斯的真正意图,爽快地答应了。

为什么说珀利阿斯交给伊阿宋的任务非常凶险呢?原来,珀利阿斯让伊阿宋取回的金羊毛可不是什么等闲之物,要想夺取金羊毛是一件无比艰难的事情。要说这些,可就要从金羊毛的来历说起。

阿耳戈英雄们踏上征程

金羊毛的来历是这样的。很久以前,玻俄提亚的国王阿塔玛斯娶了年轻美貌的涅斐勒,并生了一子一女。开始的时候,他们俩过得十分幸福快乐。但是光阴似箭,一晃许多年过去,阿塔玛斯的心慢慢地变了,涅斐勒日渐衰老的容颜再也激不起他心中的激情,于是他遗弃了涅斐勒,另娶一个年轻貌美的女孩子。面对丈夫的薄情,涅斐勒非常伤心;可是作为一位母亲,涅斐勒更担心的不是自己,而是自己的一对儿女:他们的继母会不会加害他们呢?涅斐勒明白,以丈夫的薄情,既然能抛弃自己,肯定也不能很好地保护两个还没有完全成人的孩子。与其让他们在王宫之中寄人篱下，看继母的白眼，还不如把他们送到继母的势力所达不到的地方去呢。涅斐勒暗暗地在心中打定了主意。可是，她一个妇人，怎样才能做到这一点呢？

正在涅斐勒为这件事发愁的时候，信使之神赫耳墨斯出现了。他带来了一只长着金毛的公羊，说这只羊将把两个孩子送到该到的地方去。涅斐勒听从神的旨意，让两个孩子骑到了羊背上；并且赫耳墨斯告诉涅斐勒，公羊自会把他们送到一个安全的处所。弟弟佛里克索斯年龄幼小，懂事的姐姐赫勒帮助他骑上了公羊，并告诉他要紧紧抓住两只羊角。弟弟和姐姐一前一后刚坐稳，公羊便腾空而起，呼啸着向东方飞去。在越过亚、欧两洲分界的海峡时，姐姐赫勒一阵头晕，从羊背上坠落下去，掉在海里淹死了。那海从此就称为赫勒海，又称赫勒斯蓬托斯。弟弟哭着大喊姐姐的名字，彻骨的悲号在呼啸的风中颤抖着飘散开来；然而公羊仿佛没有听见，继续向前飞奔。

最后，公羊来到黑海东岸的科尔喀斯王国，并把男孩佛里克索斯平稳地放到地上。佛里克索斯受到国王埃厄忒斯的热情接待，后来还娶了国王漂亮的女儿卡尔契俄柏为妻。为了感谢神灵帮助自己逃离继母的加害，佛里克索斯宰杀了自己骑坐的金羊来祭献宙斯。他还把珍贵的金羊毛作为礼物献给自己的岳父——国王埃厄忒斯，来感谢他的庇护；同时也作为自己给卡尔契俄柏的聘礼。国王非常喜欢这闪闪发光的金羊毛，他将它转献给战神阿瑞斯，以求得阿瑞斯的庇护。国王命人把金羊毛钉在了敬奉阿瑞斯的圣林里，还派了一条威武的毒龙寸步不离地看守着金羊毛。因为神谕告诉他，他的生命和王位将与这金羊毛密切联系在一起，只要这金羊毛安安稳稳地待在阿瑞斯的圣林里，他的生命和王位就无比安全；但是只要他失去了金羊毛，就非常危险。

后来，整个希腊都把金羊毛看作稀世珍宝。许多君主王侯和大英雄都想得到它，却没有一个人能够成功。因为要想得到它，需要经历很多考验。所以，珀利阿斯国王理所当然地认为，让伊阿宋去取回这件宝物是个绝妙的主意。他觉得，伊阿宋肯定会因此丧命，就算他侥幸捡回一条命来，也肯定得不到金羊毛，那也就不好意思再提要回王位的事了。伊阿宋竟然真的同意了，他果真没有看出叔父的真正用意是要他冒险身亡，而欣然答应完成这次冒险事业吗？抑或是伊阿宋骨子里的英雄气概在作祟？毕竟，英雄需要去冒险去成就一番伟业方可成为真正的英雄！

伊阿宋接到任务后，邀请希腊很多著名的英雄参加这一英勇行动。为了这次盛举，伊阿宋请阿利斯多的儿子阿耳戈为他们造了一艘战船。阿耳戈是一位聪明绝顶的工匠，他也是当时全希腊最好的造船工匠。在雅典娜的指导下，阿耳戈在佩利翁山脚下，用在海水里不会腐烂的坚木造了一艘五十桨的华丽大船，大船以制造者的名字命名为"阿耳戈号"，而跟伊阿宋一起去夺取金羊毛的英雄们则被统称为"阿耳戈英雄"。这艘船的船壁上，有一块神奇的木板，是女神雅典娜赠送的。它是用多多那神殿前一棵会说话的栎树的木料制成的，可以为船上的人宣示神谕。这艘华丽的大船两侧都装饰着富丽的雕刻作品，是希腊人在海上航行的最大的一艘船；但船体又很轻，英雄们甚至可以把它扛在肩上运走。

当大船造好并将航行所需的水、蔬菜、食品等一些生活必需品以及一些器械、武器等装备停当后，伊阿宋被推举担任船上的指挥，而其他英雄则抽签决定自己在船上的位置。力大无比的提费斯成了掌舵手，眼力敏锐的林扣斯成为阿耳戈号的领航人，大英雄赫拉克勒斯威风凛凛地坐在船的前舱，负责后舱的是阿喀琉斯的父亲珀琉斯和埃阿斯的父亲忒拉蒙。其余的英雄则负责大船的内舱，他们是赫拉克勒斯的朋友许拉斯，宙斯的双胞胎儿子卡斯托耳和波吕丢刻斯，忠贞的阿尔刻提斯的丈夫阿德墨托斯，阿波罗的儿子、天才歌手俄耳甫斯，后来成为雅典国王的英雄忒修斯和他的至交好友庇里托俄斯，皮罗斯国王涅斯托耳的父亲涅琉斯，曾经杀死过卡吕冬野猪的墨勒阿革洛斯，海神波塞冬的儿子奥宇弗莫斯以及小埃阿斯的父亲俄琉斯等。

起航前，伊阿宋带领所有英雄给波塞冬和众海神们献祭了供品，他们虔诚地祈祷海神们保佑他们接下来的航行平安，祈祷能顺利拿到金羊毛，祈祷能带着英雄的荣光重回这片土地。

献祭结束之后，英雄们很快地各归各位，做好了出发的准备。伊阿宋站在船首，一声令下，大船便拔锚起航了。只见五十支巨大的船桨一起在水中划动起来，海面上泛起一阵阵洁白的浪花。大船在英雄们的欢呼声中快速地前进着，不久就把爱俄尔卡斯港远远地抛在了后面。阿耳戈英雄们意气风发，谈笑风生，不知不觉中大船已经飞一般地驶过无数的海岛和山峦。第二天，海上狂风大作，把阿耳戈号的帆鼓得满满的，很快就把英雄们送到了雷姆诺斯岛。

阿耳戈英雄们在雷姆诺斯岛

英雄们起航后首先到达的是雷姆诺斯岛，岛上有一个繁盛的国家。可奇怪的是这个国家却全是女人，连一个男人都见不到。原来，在一年之前，雷姆诺斯岛上的妇女们杀光了岛上所有的男人。这一切是因为她们的丈夫从附近的色雷斯岛带回许多外乡女子作为他们的小妾。更让雷姆诺斯的女人们接受不了的是，从此之后，她们的丈夫都被色雷斯岛来的小妾迷得神魂颠倒，再也不搭理她们了。

爱神阿佛洛狄忒也被雷姆诺斯岛的男人们激怒了，她激起了女人们可怕的妒火，这妒火让她们陷入了疯狂之中。于是，她们疯狂地杀死了各自的丈夫，又一不做二不休杀死了岛上所有的男子，连头发花白的老人和哇哇啼哭的婴儿也没有放过。当然，色雷斯岛来的所有的小妾也被一起杀死了。这群疯狂的女人把自己的丈夫的尸骨埋在岛上，又把来自色雷斯岛的女人们的尸骨扔到海里喂鱼了。整个雷姆诺斯岛上只有一个男人幸免于难，那就是国王托阿斯。托阿斯的妻子早已去世，他的女儿许珀茵柏勒不忍心杀死自己的父亲，就偷偷地将他藏在一个木箱中抛到了大海里，想借此救父亲一命。杀掉男人们之后，雷姆诺斯岛上的女人们便推举老国王的女儿许珀茵柏勒当了她们的女王。

因为杀死了色雷斯岛来的所有女人，所以雷姆诺斯岛上的女人们总是担心色雷斯人会突然袭击雷姆诺斯。她们常常充满警惕地站在岸边观察着海上的动静，提防她们情敌的亲属们会来找她们复仇。因此，她们看到阿耳戈号大船正在快速靠近海岸时，不由得惊恐起来。号角声在整个岛上响起，"呜呜……"的低沉的声音响彻岛屿。女人们听到号角声，迅速而有序地冲出城门，她们全副武装，在海岸上盯着快要靠岸的阿耳戈号。伊阿宋他们看到海岸上突然聚集了一群英姿飒爽的女战士，却连一个男人都没有，感到十分惊奇。他们没有轻举妄动，而是派出了一位手持和平节杖的使者乘一只小船向岸上靠去。使者上岸后，被这支奇异的队伍里的女人们押解着，带到了她们的女王许珀茵柏勒面前。使者向女王行了礼，然后以谦恭的语气传达了阿耳戈英雄们的意思和请求："我们只是路过的外乡人，绝没有半点要冒犯贵国的意思。请让我们进港休息一下吧，我们将十分感谢您的盛情款待。"

女王没有立刻答复他，沉吟了一下后，她命人把岛上所有的女人都召集到城中的集市广场上。许珀茵柏勒穿一身白色的长裙，束一条金色的发带，稳稳地端坐在自己的父亲曾经坐过的大理石王座上，王座两边各站着一个美貌的少女。女王向众人宣告了阿耳戈英雄们的来意和要求。接着，她站起身来，朗声说道："亲爱的姐妹们，我的子民。我们曾经在疯狂的情绪中犯下了极大的罪过，愚蠢地杀死了我们的丈夫、父兄和男孩子，灭绝了岛上所有的男子。现在，阿耳戈英雄们路过我们的国家，央求我们盛情款待。我们不能再拒绝向我们表示友好的朋友了，否则，我们将陷入彻底的孤立境地。但是，我们也一定要对他们有所提防，千万不能让他们知道我们所犯的罪行。因此，我建议不要让他们进入我们的城市，而是让这批异乡人继续待在他们的船上，由我们把食物、美酒和其他一切生活必需品送上船去。这样，我们既能保持一种友好的姿态，又能保证我们的安全，不让我们曾经犯下的罪行暴露。大家有什么意见吗？"

　　说完，女王又端坐到宝座上。这时，人群中传来一个苍老的声音。原来是一个老得连说话都十分困难的老妇人，她颤巍巍地站起来说："对表示友好的人保持礼节，给经过的外乡人送上食物和美酒，这种做法自然很对。但是我们是不是一定要拒人于千里之外，不让异乡人进入我们的城池呢？我想诸位也明白，我们整日如此守御也不是长久之计，因为所有人都会一天天老去，老得像我一样；可是整个岛上却没有一个新生儿降生。到那时，我们就没有防御的力量了，色雷斯人一定会冲过来报仇的，那我们到时该怎么办呢？当然，像我这么老的老妇人倒是没什么好害怕的，在灾难降临之前我就已经死去。但你们这些年轻的可怎么办啊？即使色雷斯人没有来复仇，你们也没法安稳和美地生活下去呀。春天，耕牛不会自己套上牛轭，在田里耕地；夏天过去之后，它们也不会在丰收的秋季替你们去收割庄稼。你们是不愿意干这种苦活，并且这种活终究也不是只靠女人就干得好。所以，作为一个稍微有些生活阅历的老人，我劝你们珍惜神送给我们的这个绝好的礼物，千万不要错过了。这艘大船上的男子可都是英勇魁梧的当世大英雄，赶快把一切的财产、土地和你们自己交给这些高贵的异乡人吧，让他们与我们来共同治理我们这座美丽的城市吧！从此之后，你们再也不用担心来自色雷斯人的侵犯，这些英雄很轻易就能打得他们落花流水；也不用担心我们的国家后继无人，你们与这些人生下的后代一定是比他们的父辈还要勇猛的英雄。当然，我们曾经犯下的罪行还是应该隐瞒的。这倒也简单，只说我们岛上的男人都跟色雷斯女人私奔了就行。"

　　老妇人的建议打动了女王，也赢得了所有女人的赞同，因为她们也早已隐约意识到只有女人没有男人的种种不便和潜在的危险。于是，女王便派出身边站着的少女作为使者随阿耳戈号的使者一起回到船上，向阿耳戈的英雄们表达了她们欢迎英雄们进入她们的城市并且会盛情款待他们的意思。当然，对于希望留下他们一起生活、繁衍后代的想法，少女听从女王的吩咐，绝口不提。英雄们听了少女的话都很高兴，他们对此没有丝毫怀疑，还以为许珀茵柏勒是在她父亲死后正常继承王位的。于是，伊阿宋披上雅典娜赠送的紫色斗篷，英雄们也都穿戴整齐，一行人便动身进城了。

当阿耳戈英雄们穿过城门的时候，他们发现女人们都已经拥出门来，夹道欢迎他们了。对这些远道而来的客人，雷姆诺斯岛的女人们感到非常满意，纷纷在心底里默默感谢着神的恩赐。当一行人到达国王的宫殿门口时，女人们阻止了其他英雄的步伐，只邀请伊阿宋一人进入女王的宫殿。

伊阿宋不敢放肆，按照礼仪双目注视地上，在少女使者的引导下向女王的居室走去。宫女们打开层层宫门，热情地欢迎这位远道而来的贵客。年轻貌美的女使者把伊阿宋领进许珀茵柏勒的内室后，便转身出去了。屋里只剩下女王许珀茵柏勒和伊阿宋，女王便请他在自己面前的一把华丽的椅子上坐了下来。许珀茵柏勒目光低垂，脸颊泛着迷人的红晕，完全不像是一个高高在上的女王，倒像是一个情窦初开的妙龄少女。她缓缓地转向伊阿宋，开口说话了，她的声音既温柔又羞涩，像是深林里的一条清澈又柔长的小溪："异乡人，你们不必待在城外，进城吧。雷姆诺斯城里已经没有男人了，你们一点也不用害怕。我们的男人不讲信义，他们对我们不忠，把战争中抢来的色雷斯女人纳为小妾，并且跟着她们私奔，迁到她们的故乡去了。为了让我们绝后，他们还带走了所有的男孩和男佣，甚至连老翁都被他们带走了，把我们抛在这里，孤独无依。所以，我们十分希望你们能留在这里，在我们美丽的岛上住下来。我们会把所有的土地和财产交给你们管理。如果你愿意，你可以取代我坐上我父亲托阿斯的王位，成为我们的新国王。雷姆诺斯岛是这片大海中最富饶的岛屿，你们留在这里将会得到最安逸的生活，你和你的同伴们一定会喜欢留在这里的。希望你回去后把我的建议告诉你的伙伴们，别再犹豫了，都进城吧！不要再在海上漂泊了，停下歇歇吧，这里有热腾腾的饭菜和温柔如水的女人在等着你们。"

伊阿宋听了女王的话大吃一惊，因为他们只是想在岛上休息一下，然后继续踏上夺取金羊毛的征程。但他还是很有礼貌地回答："尊敬的女王，我们怀着感激的心情接受你们对我们这些漂泊在海上的人的帮助。我会把你的建议告诉我的同伴们，我也愿意重新回到城里来。至于您尊贵的王位和美丽的岛屿，还是请您自己执掌吧！请您相信，我之所以拒绝这一切，绝对不是看不起它们，而是因为我们是为了一个神圣的使命而来的，在遥远的远方还有激烈的战争在等待着我们。"说完，伊阿宋伸出双手向女王告别。出了宫殿，便与英雄们一起匆匆忙忙回到了大船上。

很快，女人们乘着快船，载着许多食物美酒和精美的礼物赶来了。此时，所有的英雄都听了伊阿宋转述的女王的话，因此，女人们轻易说服他们进城并分别住进了她们的家里。伊阿宋就直接住在宫里，成为女王的伴侣；其他人则分住在城中各个女人的家里，每个人各得其所，都很高兴。

阿耳戈英雄当中，只有大力士赫拉克勒斯生来憎恶女色，所以他没有被女人们的热情所俘虏，仍然坚持跟很少几个伙伴留在大船上。

很快，雷姆诺斯城内便热闹非常，女人们穿上最漂亮的衣服，戴上珍藏的首饰，在来到自己家的英雄面前跳起了最动人的舞蹈。家家欢声笑语，处处美酒飘香，一派全城狂欢的景象。为了感谢诸神对自己的恩赐，他们还在城外举行了盛大的献祭活动，一时间烟火缭绕，股股香烟袅袅地飘上云端。女人们同阿耳戈英雄们一起虔诚地祭拜雷姆诺斯岛的保护神赫菲斯托斯和他的妻子阿佛洛狄忒。在美酒和美女的温柔乡里，城中的阿耳戈英雄们渐渐有些乐不思蜀，出航的行期被一天天拖延。他们几乎快忘记自己出航的目的。

这时，等在船上的赫拉克勒斯再也忍不住了，他从大船上下来，来到城中，把伙伴们召集了起来，催促他们立刻动身。"你们这些愚蠢的人！难道你们已经忘了是为什么出来的吗？多么可耻呀，你们的父母妻儿孩子在家中苦苦地期盼你们的归来，而你们却沉醉在异乡女子的温柔乡中乐不思蜀了！"赫拉克勒斯愤愤地说，"难道你们是为美色和享乐才到这里的？难道你们自己国家的女人还不够你们消受吗？多么可笑呀，阿耳戈号刚刚开始航行的时候，你们还一个个斗志昂扬，发誓要带着胜利的荣光返回家乡；可是这才过了多长时间呀，你们就想留在雷姆诺斯过着像农人一样的日子了。你们是不是以为只要你们在这里喝酒享乐，天上的诸神就会取来金羊毛，放在你们的脚下？如果是这样的话，那我们干脆各自回家乡吧！让伊阿宋留在这里娶许珀茵柏勒女王为妻吧，生一大堆儿子，终生居住在这弹丸之地，只能在年老的时候去听听别人创建的丰功伟绩！"

赫拉克勒斯生性倔强、刚毅，并且在登上阿耳戈号之前就立下了几件伟大的功业，所以在众人当中比较有威信，没有人敢违抗他。并且，他的这番话句句在理，一下子点醒了沉醉在温柔乡中多时的英雄们。他们为自己的行为感到羞耻，向赫拉克勒斯道歉并表示会立即离开。于是，众人纷纷表示要立即离开女人们的家，准备出航。城里的女人们看到他们的行为，已经明白他们的意图，她们从各自的家中拥出来，拉住了英雄们的衣角，又是抱怨，又是撒娇，想为挽留英雄们做最后的努力。但此时的英雄们去意已决，眼泪和撒娇已经不能再阻止他们前进的步伐了。女人们看到英雄们坚毅的眼神，明白大势已去，她们只能听从命运的安排，放英雄们离去了。许珀茵柏勒满含热泪地走到伊阿宋面前，深情地握住他的手，说："我是多么不舍得你离去呀，可是我明白远方有一个声音在召唤着你。去吧，亲爱的伊阿宋，愿赫菲斯托斯保佑你和你的伙伴，让你们得偿所愿，顺利地取得金羊毛！当你们凯旋的时候，如果你还愿意回来，雷姆诺斯的大门永远向你敞开着，我和我父亲的王杖也将永远等着你。我明白，这可能只是我的一厢情愿，你也许是永远也不准备回来了，那么，当你在远方的时候，我希望你能偶尔想起我！"

听了女王的话，伊阿宋感慨不已，他压抑着激动的情绪，感谢许珀茵柏勒这段时间的盛情款待，然后毅然决然地转身离开，第一个回到阿耳戈号船上。其他人一看伊阿宋上了船，也纷纷告别身边的女人，也跟着上了船。英雄们上船之后就重新解开缆绳，升起船帆，开始摇动着五十对船桨，在雷姆诺斯女人的目送中离开了。很快，大船就风驰电掣般行驶起来，身后的雷姆诺斯岛渐渐地变小，变成了一个小黑点，最后完全消失了。

阿耳戈英雄们与杜利奥纳人

很快，阿耳戈英雄们驾着大船驶到了雷姆诺斯女人们的仇敌的地盘——色雷斯岛。这时，突然从色雷斯吹来一阵狂风，把阿耳戈号吹到了弗利基亚海岸。这里有一座岛屿，岛上住着杜利奥纳人和野蛮的土著巨人。巨人们长着六只手臂：宽阔的肩膀两边各长一只，腰的两侧又各长着两只。

由于杜利奥纳人是海神的子孙，所以海神保护他们免于遭受可怕的巨人们的侵犯，并且让虔诚的杜利奥纳人基奇科斯做了这座岛屿的国王。数月之前，基奇科斯国王得到过一则神谕：有一队英雄即将乘着一艘华丽的大船前来，他应该热情地接待远道而来的英雄们，千万不能与他们发生冲突。自从得到这则神谕，基奇科斯就命人做好了迎接贵客的准备。所以，他听说海上驶来一艘华丽的大船后，便马上带领全城人出来迎接。他请阿耳戈号上的英雄们把大船停泊在他们的海港，又把他们迎接到城内，用美酒和牲口热情地款待了他们。

基奇科斯国王是个嘴上刚刚开始长胡子的年轻人，但非常懂得待客之礼。阿耳戈英雄们到来的时候，他恰巧新婚宴尔，两三天前，刚刚娶了自己娇美的妻子克利特。此时，为了陪伴客人，他恋恋不舍地离开妻子，与阿耳戈英雄们一起欢笑宴饮。英雄们被主人的热情好客感染了，他们欢乐地享用着醉人的葡萄酒和美味的菜肴，不断地向年轻的主人敬酒，感谢他的盛情接待。在宴饮过程中，阿耳戈英雄们告诉基奇科斯他们出航的目的，而基奇科斯国王也给他们详细指点了路程，告诉他们怎样才能更快地到达他们的目的地。酒席结束之后，国王命人把英雄们带到了早已准备好的客房，好生招待。

第二天一早，英雄们就与基奇科斯国王一起登上岛上最高的山峰，观察这岛在海上的确切方位。就在这时,离他们不远的港口处发生了一件事情:一群六手的土著巨人从四处拥来,用巨大的石块堵住了港口,让船只无法进出。这时,阿耳戈号船正停留在港口,由不愿意上岸的赫拉克勒斯守卫着。他看到来了一批六手巨人捣乱,怒上心头,随即便挽弓搭箭,射死了许多巨人。很快,在城中山峰上的其他英雄也听到了巨人们侵犯港口的消息,他们也赶过来了,加入赫拉克勒斯的战斗之中,纷纷用矛和弓箭朝巨人们打去。这些巨人们哪是阿耳戈英雄的对手,一场激战过后,便被打得纷纷溃逃。阿耳戈英雄们怕给热情好客的杜利奥纳人留下隐患,就乘胜追击,彻底消灭了巨人们。

阿耳戈英雄们取得胜利之后,便辞别了再三挽留的基奇科斯国王,又扬帆起锚,向着大海出发了。夜里,海上风向突变,又把大船往白天出发的地方吹去,身处一片黑漆漆海面的阿耳戈英雄们对这一切并没有丝毫察觉,以为船还是按照原来的方向行进的。他们没有察觉自己又被海风送回杜利奥纳海岸,他们也没有察觉即将到来的危险和悲剧的结局……

阿耳戈英雄意识到船到了一处海岸,还以为到了夫利基阿港呢!黑黢黢的大地就在眼前,万物无言,只有海浪在拍击着沙滩和礁石。远处的那座城,灯火昏沉,似乎也沉睡在了这深夜里。但英雄们知道,这城里的兵士和居民不会那么巧也像杜利奥纳人那样欢迎他们的到来;而我们,来自希腊的阿耳戈英雄们在茫茫大海上漂泊了这么久,是该占领一座城池,好好休整一下啦。于是,英雄们欢呼着冲出阿耳戈号,带着武器欢呼着拥向海岸;此时杜利奥纳人被登陆的嘈杂声从睡梦中惊醒,战斗的号角声响彻夜空,惊醒了沉睡的海、沉睡的城和城里的人。杜利奥纳人急忙穿好衣服,匆匆拿起武器,便拥向岸边,阻击深夜来犯的敌人。他们根本没有认清这些"敌人"原来就是他们在一天前还相谈甚欢、依依不舍的朋友。

杜利奥纳人纷纷向远处看不清面貌的敌人投出了手中的投枪,射出了一支支利箭,扔出了一块块巨大的石块。许多阿耳戈英雄被射伤,但他们训练有素,纷纷拿起盾牌护住头脸和身体;同时,压低身子开始向阻击自己的从城里拥出的人全速冲击,眼见一个个同伴被飞来的投枪、利箭、石块击中、击伤,阿耳戈英雄们的胸中已经燃烧起了熊熊的复仇火焰。当他们冲进人群的时候,双方展开了不幸而惨烈的厮杀!劈砍的利剑,猛刺的投枪,挥舞的战斧、钉头槌……飞舞的断臂残肢、滚落在地的头颅、殷红的四处泼洒的鲜血……这里是人间地狱,惨烈的厮杀使天地变色、星辰暗淡。阿耳戈英雄们毕竟训练有素,并且是有备而来,岛上的居民很快就被杀得四处逃散。最后,更大的悲剧发生了——英勇无比的伊阿宋一马当先,把自己手中的长矛刺入了热情好客的国王基奇科斯的胸膛。长矛一下子穿透基奇科斯的身体，可怜的国王当场毙命。杜利奥纳人一看连国王都被杀死，赶紧纷纷逃回城内，关紧城门，任凭阿耳戈英雄们怎样攻打和叫骂，他们就是不出来迎战。

第二天，太阳又一次升起来了，光明又一次洒向了大地。在夜里战斗的双方这才发现原来是一场可怕的误会。城门外一片血泊，到处都是杜利奥纳人的尸体，如同被砍倒的一片树林。看到连年轻好客的国王基奇科斯也倒在血泊里，阿耳戈英雄的心中充满了无限的悔恨与悲痛。当看到插在国王前胸的长矛正是自己的武器时，伊阿宋更是悲痛悔恨得说不出话来。

一连三天，阿耳戈英雄们和杜利奥纳人一起举行了隆重的祭奠仪式，哀悼所有逝者的灵魂。三天过后，英雄们又扬帆出海了。国王新婚的娇妻克利特本来就体弱多病，经历这次混战后，更是因为受不了丈夫死去的悲痛，因忧伤过度而死了。

赫拉克勒斯被阿耳戈号遗忘了

怀着沉痛的心情离开杜利奥纳人之后，阿耳戈英雄们在暴风雨中航行了一整天，最后，他们在喀奥斯城的比斯尼亚海湾登陆了。居住在这个地区的是密西埃人，他们非常好客，热情地接待了阿耳戈英雄们。为了帮远道而来的客人们驱除长期在海上航行带来的寒气，他们燃起了熊熊篝火。密西埃人还在蒙蒙的夜色当中为英雄们准备了丰盛的宴席，用美酒和佳肴来款待他们的客人。

大英雄赫拉克勒斯生性坚毅刚强，一向不习惯享受太过舒适惬意的生活。这次，他同样又离开了正在举杯畅饮的同伴们，独自走进离比斯尼亚海湾不远处的茂密树林。原来，他发现经过这么长时间的航行，阿耳戈号大船上的几根桨有些腐烂。他想去森林中寻找一棵结实的松树，来做几把更好的船桨，因为松树的木质不容易在水中腐烂。一进入树林，赫拉克勒斯就四处搜寻着，很快他就发现了一棵参天古松，那枝干足有一抱粗。赫拉克勒斯一见有这么合适的松树，立即解下披在身上的狮皮，又把随身背着的弓箭放在一边，然后走上前去，一把抱住大树干，一用力，猛地叫了一声，将大松树连根拔起。

就在同时，在密西埃人的餐桌上饮酒的许拉斯突然发现赫拉克勒斯不见了，就离开餐桌出来寻找赫拉克勒斯。许拉斯是赫拉克勒斯的朋友。赫拉克勒斯在征战德律约时，曾经因口角不小心打死了许拉斯的父亲。万般后悔的大英雄见死者留下一个儿子——年龄尚小的许拉斯，就把他带在自己的身边抚养，让他成为自己的仆人和朋友。当年的小孩子慢慢长大了，长成一个既英俊又威武的英雄少年，跟随着赫拉克勒斯一起登上了阿耳戈号，成为阿耳戈英雄中的一员。许拉斯离开餐桌之后，在附近到处寻找着赫拉克勒斯，但是没有找到。于是，他就带着一只水罐到泉边去为主人汲水。当时正是夜晚，一轮明月高高地挂在空中，发出迷人的清辉。当年轻的许拉斯到达泉边俯身取水的时候，他那英俊迷人的身影倒映泉水中，在月光下简直如神一般美丽。泉水中的女神被这个美丽的身影迷住了，她呆呆地注视着这个身影，生怕一眨眼他就不见了。突然，女神伸出左手环住了许拉斯的脖子，又用右手抓着他的手臂把他拉到水下去了。

此时，还有一个阿耳戈英雄在这个泉的附近，那就是波吕斐摩斯。他也是出来寻找赫拉克勒斯的，走到泉水附近的时候，他突然听到了一阵呼救声，仔细一听，原来是年轻的许拉斯的声音。他赶紧朝声音发出的地方紧跑几步，却只看到泛着涟漪的泉水，根本不见许拉斯的身影。他又朝四周望了一下，便看到赫拉克勒斯正拖着一棵巨大的松树从不远处的树林里走出来。波吕斐摩斯一看见赫拉克勒斯，急忙对他说："唉！有一个不幸的消息，我必须第一个告诉你。刚才，你的朋友——仆人许拉斯去泉边为你打水，却没能回来。我只听到他恐惧的呼救声，跑到泉边时却已经不见他的身影，所以也不知道具体发生了什么。我想，不是被强盗劫走了，就是被野兽吃掉了。"赫拉克勒斯把许拉斯抚养长大，对他的感情一向深厚，现在听到波吕斐摩斯这番话，禁不住冷汗直冒。他感到胸中一阵剧痛，猛地扔下大松树，朝着许拉斯出事的那眼泉大步跑去。

夜渐渐深了，众星高高地悬挂在空中，向大地播撒着清辉。海面上突然起了一阵微风，正好是朝着阿耳戈号要去的方向吹的。阿耳戈英雄们一看出现这么难得的顺风，便辞别热情的密西埃人，决定立即起航，趁着明亮的月光和难得的顺风航行一程。阿耳戈英雄们在微风习习的海面上行进着，享受着这夏日夜晚的惬意。突然，有人大喊："坏了！我们是不是把三位伙伴给忘了？船上怎么没有赫拉克勒斯、波吕斐摩斯和许拉斯？我们应该回去找他们还是继续航行？"这时，阿耳戈英雄们才发现他们把三个伙伴遗忘在喀奥斯城了，是回去还是继续航行的问题引起了英雄们激烈的争执。两种意见各执一词，互不相让。主张回去的人认为赫拉克勒斯是他们最英勇的伙伴，他们显然不能丢下他走掉；而主张继续航行的人则认为，阿耳戈号已经在顺风中航行这么久，离喀奥斯城已经很远，如果回去，将会耽搁太多的时间，并且回去的路是逆风的，很难行进。最后，双方都要求他们的总指挥伊阿宋做出决定。伊阿宋坐在船上静静地听着双方的争辩，一言不发。主张回去的英雄忒拉蒙是个急性子，他沉不住气，大声地对伊阿宋说："我们的三位伙伴被遗忘在喀奥斯城了，你身为总指挥怎么还可以这么若无其事地坐在这里？难道你想丢下他们不管吗？或者你根本就是故意把赫拉克勒斯留下的吧？你是怕赫拉克勒斯夺去你的荣誉和权威吗？即使所有的人都支持你，我也要孤身一人返回喀奥斯城去寻找被遗忘的朋友。"

说着，他用手揪住舵手提费斯的衣服，要他立即掉转方向驶回去。众英雄一看他发了火，赶紧纷纷过来，把他的手从舵手身上拉开。忒拉蒙的眼里射出愤怒的火焰，想要动手打人。就在这时，本来平静的海面上突然涌起了一阵巨大的波浪。海神格劳科斯从波涛滚滚的海面上冒了出来。他用强有力的双手拖住船尾，对吵成一片的英雄们叫道："英雄们，你们有什么好吵的呢？为什么非要违背宙斯诸神的意愿把勇敢的赫拉克勒斯带往埃厄忒斯？命运已经为他安排了别的英雄事业，正在等着他去完成呢；许拉斯是被爱恋他的泉中水仙抢去了，她绝不会伤害他，因为她被厄洛斯的金箭射中了，爱他还来不及呢。"说完，格劳科斯沉入水中，海面上只留下了一个黑色的漩涡，在打着转咆哮着。

听了海神格劳科斯的话，忒拉蒙为自己的鲁莽感到十分羞愧，他红着脸走到伊阿宋面前，握住他的手说："伊阿宋，我向你道歉。别生我的气吧，失去朋友的痛苦让我丧失了理智，我是昏了头才说了那么多伤害你的话。让海风把我的伤人的话和粗暴的行为吹走吧，让我们和好如初，一起去夺取金羊毛吧！"伊阿宋对忒拉蒙笑了一下，表示原谅了他的过失。于是，阿耳戈英雄们趁着顺风高高兴兴地重新起程了。

波吕斐摩斯留在密西埃人那里，他在那里生活得很好，还为密西埃人修建了一座城池。而大英雄赫拉克勒斯则回到了欧律斯透斯那里，继续完成宙斯交给他的任务。

波吕丢刻斯与珀布律喀亚国王的拳击赛

阿耳戈号在海面上顺风航行了一夜，到第二天早上太阳升起的时候，他们已经来到一个伸入大海的半岛，在这里抛锚停靠，上岸休息。这里是珀布律喀亚人的王国，这里的人非常野蛮，他们的国王阿密科斯更是凶狠而好斗。他为来到他的国土的异乡人制定了一条可恶的规定：外乡人必须和他进行拳击较量，如果赢了他，就可以平安地离开。如果打不过他，就只能留在岛上做他的奴隶，并且终生都不许离开他的王国。阿密科斯身强力壮又精于拳击，因此极少有人是他的对手，所以许多异乡人都被迫留在岛上做了他的奴隶，过着悲惨的生活。

阿耳戈号刚一靠岸，残暴的国王就已经盯上他们。因此，英雄刚一踏上珀布律喀亚的土地，阿密科斯就朝他们走去。他用轻蔑和挑衅的口气说："听着，你们这些海上的流浪汉，作为这里的国王，我必须告诉你们一件事。我这里有个规矩：外乡人如果不能在赛拳中打败我，就必须留下来做我的奴隶。你们赶快挑一个最能打的人跟我比赛，否则我要叫你们好看！"

阿耳戈英雄中的波吕丢刻斯一听国王的话就被激怒了，原来，他是勒达与宙斯的儿子，是当时全希腊最优秀的拳击手。他一下子跳出人群，冲着阿密科斯大声喊道："我是宙斯的儿子波吕丢刻斯，有什么本事使出来吧！"珀布律喀亚国王阿密科斯吃了一惊，这还是第一次有人敢主动跟自己打拳呢。于是，他骨碌碌地转动着眼珠子，仔细打量着这个从人群中跳出来的勇士。只见波吕丢刻斯神情镇定，目光有神，冲着国王满不在乎地笑了一下，完全没有把国王放在眼里。他伸出双手，甩了几下，又试着握了几次拳，想看看它们是否在长时间的摇桨之后变得不灵活了。他发现自己的双手依然灵活有力，便满意地点了点头，径直走到阿密科斯面前，站住了。然后，国王的一个侍从便取出两副拳击用的皮手套，放在两个人面前。

凶残的国王指了指两副手套，对波吕丢刻斯说道："不知道天高地厚的毛头小子，你随便挑一副手套吧，看哪一双更合你的心意。这两副手套可都是我亲手做的，我敢打赌，你想象不到我是个多么了不起的鞣皮匠。戴上它吧，你马上就能亲身体验到我精湛的技艺了。"阿密科斯狂妄地笑了几声，接着说，"不过，我用不了多久就会把你打趴在地！可惜这么好的皮手套，你却享受不了太久。"

波吕丢刻斯并没有被国王的话激怒，他不动神色，默默地拿起离他比较近的一副手套，然后让朋友们把它套紧在自己的双手上，试着握了几下拳头。与此同时，珀布律喀亚国王也命仆人给自己戴上了另外一副手套。于是，拳击比赛正式开始了。国王先发制人，一下子举起拳头朝波吕丢刻斯冲过来，他连连地使出重拳狠拳，朝波吕丢刻斯的要害部位打去，想速战速决，不给对手留下还手的机会。但波吕丢刻斯也不是庸碌之辈，他真不愧是全希腊最好的拳击手，很巧妙地躲过国王的一连串攻击，没有让自己受到伤害。并且，他在这个过程中仔细观察着国王的一招一式，寻找着他出拳的漏洞。他很快发现了对手的弱点，于是看准机会，给了他几记重拳。阿密科斯一开始有些轻敌，此时吃了亏才明白波吕丢刻斯绝非庸常之辈，知道自己终于遇到了对手。于是他出拳不再那么浮躁了，屏气凝神集中精力跟对手周旋了起来。两人你一拳、我一拳地打斗起来，可以说是棋逢对手，难分上下。过了半天，两个人都气喘吁吁，有些体力不支了，便都跳到一边，擦去满头大汗，透一口气，准备休息一会儿之后继续比赛。

　　过了一阵，两人又重新交手了。只见阿密科斯一拳朝波吕丢刻斯的头部击去。不料波吕丢刻斯反应迅速，身手敏捷，将身子一歪，头一偏，便躲过了这记重拳。阿密科斯这拳打空，只打中对方的肩膀。而波吕丢刻斯却立即抓住这个难得的机会，挥出一记大力的右钩拳，击中的是国王的左耳根。这一下出力非常猛，把国王的头骨都打碎了，阿密科斯立刻痛得翻倒在地，爬不起来了。

　　阿耳戈英雄们一看同伴取得胜利，高兴得齐声欢呼起来。而珀布律喀亚人看到他们战无不胜的国王倒在一个年轻的异乡人拳下，都急忙跑到国王身边。他们一看国王痛倒在地，立即挥舞着手中的棒棍和长矛，朝波吕丢刻斯冲了过来。阿耳戈英雄们也拔刀迎战，护住了自己的朋友。一场血战杀得天昏地暗……很快，珀布律喀亚人便抵挡不住了，他们赶紧逃进城中，紧紧地关上城门，不敢出来应战了。于是英雄们拥入国王在城门外的畜栏，那里面有成百上千的牛羊，英雄们得到了数量可观的战利品。夜幕降临，阿耳戈英雄们也感到有些累了，于是他们就在城门外的空地上停留下来，燃起了几堆大大的篝火，烧烤这新鲜肥美的牛羊肉，畅饮着船上带来的美酒。为了感谢诸神保佑他们取得胜利，他们还用新抢来的牲畜举行了盛大的献祭仪式。在仪式上，他们每个人都按照传统戴上了月桂花枝编成的花冠，来庆祝胜利。仪式结束之后，众英雄围着最大的一堆篝火坐了下来，伴着俄耳甫斯优美的琴声一起唱起了赞美的歌。他们一会儿赞颂诸神的慷慨帮助，一会儿赞扬阿耳戈号大船的华美，一会儿又赞美已经离开了的伙伴赫拉克勒斯的英勇。当他们唱起赞颂宙斯的儿子波吕丢刻斯取得胜利的歌时，这个年轻人不好意思地笑了。赞美的歌声伴随着海浪和微风传播开来，整个夜空里都弥漫着一股欢乐的气息……

为菲纽斯驱逐妇人鸟

　　阿耳戈英雄们有说有唱，直到天色发亮时才意犹未尽地结束了他们在珀布律喀亚人城门外的饮宴，继续他们的航行。一路上，他们又经历了几次冒险，后来便来到一处幽静的海岸停船靠岸。英雄们刚一下船，便看到一个瘦得皮包骨头的人晃晃悠悠地朝他们快步走来，嘴里喊着："你们终于来了！"阿耳戈英雄感到非常诧异，便仔细询问这个人，终于搞清状况。

　　原来，这里是俾斯尼亚的对岸，这个瘦得皮包骨头的人是英雄阿革诺耳的儿子菲纽斯，他就住在这附近。在他年轻的时候，太阳神阿波罗曾经赋予他预言的本领；但是年少气盛的菲纽斯滥用了自己的这种本领。他这种狂妄的行为惹怒了众神，神便在他晚年的时候给了他严酷的惩罚：有一天，菲纽斯正在炫耀自己的预言本领时，突然双目失明了。接着，更严厉的惩罚降临了：诸神派了一群既丑陋又可怕的人头鸟身的妇人鸟天天围着他，不让他安安稳稳地吃一点东西，喝一口水。每当菲纽斯要吃饭的时候，这群妇人鸟就会一拥而上，把他所有的食物抢夺一空。即使这群鸟不能把所有的食物都吃完，它们也不让他安安静静地用餐，而是想尽办法把桌子上的饭菜弄脏，使菲纽斯无法食用。菲纽斯本来就已失明，又整天被这群怪鸟折磨，很快就心力交瘁、骨瘦如柴了。就在他陷入绝望，想要结束自己的生命的时候，他突然得到一则来自宙斯的神谕：当北风神波瑞阿斯的儿子和希腊水手到来时，他就可以安静地饮食了。这则神谕成了菲纽斯的精神支柱，他天天朝着海岸翘首张望，希望能给他带来福音的水手们早日到来。

所以，当可怜的老人听说海上驶来一条华丽的大船时，他便急忙双腿颤抖、趔趔趄趄地赶到岸边。对阿耳戈英雄们讲述完自己的经历，菲纽斯已经累得精疲力竭了，他支持不住，倒在了地上。阿耳戈英雄们赶紧把老人抬到一棵大树下，让可怜的老人休息了一会儿。过了好一会儿，老人缓过神来，用虚弱的声音向阿耳戈英雄们恳求道："为了惩罚我滥用预言能力的过失，诸神不仅让我双目失明，还派这些可恶的妇人鸟来抢夺我的食物；即使它们吃不了的，也要糟蹋掉，不让我的嘴唇粘到一粒米。高贵的英雄们，如果你们真如神谕所说是我的救星，那就请赶紧救救我吧。你们也看到我的情况了，幸亏你们来得及时，如果你们再晚来一天，恐怕我要饿死了。要知道，你们要援助的不是一个毫不相干的外乡人，因为我也是一个希腊人。我是阿革诺耳的儿子，我的妻子科勒俄帕特拉是北风神波瑞阿斯的女儿。"菲纽斯所说的都是实情。当初，北风神波瑞阿斯爱上了雅典国王厄瑞克透斯的女儿奥律蒂里阿，他向公主求婚，却遭到了国王的拒绝和嘲笑。波瑞阿斯发怒了，卷起来一阵飞沙走石的大风，把奥律蒂里阿裹挟到了遥远的色雷斯。在那里，北风神与奥律蒂里阿生了两儿两女，儿子是仄忒斯和卡雷斯，两个女儿分别叫作科勒俄帕特拉和茜欧纳。后来，大女儿科勒俄帕特拉嫁给了菲纽斯。

北风神波瑞阿斯的儿子仄忒斯和卡雷斯听完菲纽斯的话，才明白面前这个双目失明、骨瘦如柴的老人就是他们失踪多时的姐夫。他们想到在家中苦苦等候的姐姐科勒俄帕特拉，不禁悲从中来，紧紧地抱住了菲纽斯，答应立即请他们的同伴为他驱除这些可怕的妇人鸟。接着，阿耳戈英雄特意为菲纽斯预备了一桌丰盛的食物。可是，食物一摆放好，菲纽斯刚拿起一块烤肉，一只妇人鸟便飞了过来，用巨大的翅膀把老人手中的烤肉打落地上。这时，另一只妇人鸟飞来，一口就衔起了这块烤肉，吞下去了。接着，怪鸟们纷纷赶来，黑压压地扑到餐桌上，肆意地啄食、糟蹋着食物。阿耳戈英雄们大声呼喝着，想把这群丑陋的怪鸟赶走。可是它们就像没听到一样，不拿阿耳戈英雄们当回事儿。它们继续在餐桌上啄食着，直到把桌子上搞得一片狼藉，才拍拍翅膀风一般地飞上了天空。空气中弥漫着一股怪鸟的排泄物的恶臭味。当这些巨人鸟还在桌子上糟蹋着食物的时候，阿耳戈英雄们就搭弓射箭想把这些可恶的鸟儿射杀；可是只见怪鸟扇动几下巨大的翅膀，那射出的箭就纷纷落地了。这时，宙斯突然借给北风神的儿子仄忒斯和卡雷斯每人一对有力的翅膀，于是，二人挥动着翅膀飞上天去，拔剑朝妇人鸟的颈部砍去。就在二人锋利的宝剑要砍上怪鸟的脖颈时，宙斯的使者伊里斯出现了。他朝着两个英雄呼唤道："波瑞阿斯的儿子们，快住手！这些妇人鸟是伟大的宙斯的猎犬，它们之所以在这里干扰菲纽斯的进食，完全是因为众神要惩罚他。所以，千万不要用你们的宝剑杀死这些妇人鸟，它们的使命已经完成。我可以代表宙斯指着斯提克斯河发誓：这些妇人鸟再也不会折磨菲纽斯了。"仄忒斯和卡雷斯兄弟二人一听是宙斯的意思，也就不再继续追杀怪鸟了，返回到船上。

　　同时，别的阿耳戈英雄已经为可怜的菲纽斯重新准备好了宴席。怪鸟赶走了，奄奄一息的菲纽斯终于可以安心地享用食物了，他大口大口地吞咽着美味的食物，感受着这种已经失去太久的幸福。他似乎已经忘记上一次这样惬意地享用食物是何时何地了，安安心心地吃一顿饭的感觉真好，不用在吃饭的时候遇到那讨厌的妇人鸟骚扰的感觉真好，一切真是太好了，难道我是在做梦吗？英雄阿革诺耳的儿子菲纽斯产生了一种恍如隔世的感觉。到夜晚，在英雄们期待着波瑞阿斯的儿子回来的时候，满怀感激的菲纽斯为感谢英雄们的帮助，便给他们留了这样一个预言："下面，你们遇到的第一个挑战是两块巨大的岩石。它们将出现在塞诺斯那里的狭窄海峡中。这是两块陡峭的巨岩，足足有两座小山那么大。更可怕的是，它们不是从海底长出来的，而是从遥远的西方漂来的，所以，它们不是固定地待在那里的，而是在水上不停地移动着。有时，急促的海流将它们快速地聚拢在一起，发出巨大的相撞声。有时，又会将它们分开，形成巨大的空隙。由于海峡很窄，你们无法绕过两座巨岩，所以只有从巨岩的中间穿过，才能到达埃厄忒斯国王的宏伟的城堡。如果你们不想被挤扁，就要看准，当两座巨岩之间出现空隙时,要用尽你们所有的力气飞快地划桨,让船像射出的箭一样迅速地穿过。在船通过巨岩之前,你们要先放飞一只鸽子,如果鸽子能够顺利地穿过巨岩,你们就可以放心地通过了。穿过两座巨岩之后,你们将会到达玛丽安迪那海滨。在那里你们也要小心,因为那是通往地狱的入口。此后,你们将经过亚马逊女人国,那里有骁勇善战的女人,还有卡律贝尔人的国家,那里的人们终日汗流满面地从地下挖掘铁矿。接着,你们将到达科尔喀斯海滨,过了那里,你们将到达此行的目的地——埃厄忒斯国王的城堡。但是,金羊毛也不是那么容易就能得到的,它悬挂在一棵栎树的树冠上,一条从不睡觉的巨龙死死地看守着栎树。你们将会面临严峻的考验,但爱神阿佛洛狄忒将会帮助你们取得最终的胜利,得到金羊毛。"

他们一听老人的话,就明白了后面还有很多考验在等待着自己。正当他们想询问得详细一点时,波瑞阿斯的两个儿子已经从空中降落到他们中间,两人的翅膀已经被宙斯收回了。他们向菲纽斯转达了宙斯的使者伊里斯的口信,告诉他诸神对他的惩罚已经结束,从此之后他再也不会受到妇人鸟的折磨了。菲纽斯听了,流下了感激和高兴的泪水。

伊阿宋认亲

阿耳戈英雄们又精神饱满地继续航行,他们一路上战胜了狂暴的飓风、翻滚的海浪和巨大的海兽的攻击……终于平安抵达忒耳莫冬河的入海口。这条河有一个非同寻常之处:它发源于深山茂林之中的一眼泉水,流出之后分成九十六条支流,各自奔流入海。

菲纽斯所说的亚马逊人就住在这九十六条支流中最大的那条的入海处。亚马逊这个民族非常奇特,整个族中没有男人,全是妇女。更让人称奇的是,这些女人全是战神阿瑞斯的后裔,所以生性好战,全民皆兵。亚马逊人有两个女王,一个负责打仗,一个负责内政,一同管理国家。她们的国家体制简单到几乎只有两个功能:战争和吃饭。这群勇猛的女人端起碗来吃饭,放下碗来杀人,战斗在她们的生活中成为绝对的重头戏,甚至成了她们的一种生活方式。

阿耳戈英雄们如果从这条支流的入海口登陆,那么显然会跟好斗的亚马逊女人们有一场血战。要知道,如果真的与亚马逊女人们打起来,阿耳戈英雄们的胜算并不大,因为亚马逊女战士的战斗力完全可以与英雄们匹敌。此外,她们没有修筑高大的城,不是住在城里,而是分成许多部落散居在全国,这就更增加了与她们战斗的难度。

好在阿耳戈号眼看就要在这里登陆的时候，一阵强劲的西风吹来，改变了船的航向，阿耳戈英雄们总算避开了难缠的亚马逊女人。又经过一天一夜的航行，阿耳戈号到达卡律贝尔王国。正如菲纽斯预言的那样，这里的人既不种田，也不放牧，而是整天在荒凉的土地下面开采铁矿。他们终日在阴暗潮湿的地下艰苦地劳动，以地里开采的铁矿石与邻国的人交换生活必需品。他们极少见到阳光，也没有什么娱乐活动，生活中没有欢乐，只有枯燥和乏味。

离开卡律贝尔王国，阿耳戈英雄们航行了两天之后到达阿瑞岛附近。大船刚来到这座岛附近，就有一只巨大的鸟儿扇动翅膀飞到了大船上空。只见它突然挥动一下翅膀，冷不丁地射出一支锐利的羽毛箭，这支羽毛箭射中了正站在甲板上的英雄俄琉斯的胳膊。俄琉斯的胳膊顿时血流如注，痛得倒在甲板上。同伴们赶紧围了过来，拔出了他胳膊上的羽毛，又为他包扎好伤口。就在这时，又飞来了一只同样的巨鸟。克吕蒂沃斯一看这种巨鸟居然敢一再侵犯，气愤不已，立即挽弓搭箭，朝巨鸟射去。这箭一下子射中飞鸟的心脏，它怪叫一声，落到船上。

"既然这里有鸟，附近肯定有它们栖息的地方，看来前方不远有个岛屿，我们可以停下来休息一下了！"安菲达姆斯说。他有着丰富的航海经验，一向善于通过海上的一些蛛丝马迹来判断将会遇到的情况。他沉吟了一下，接着说，"根据我的经验，这是一种群居的海鸟，所以后面还会有很多。所以我们不能用箭来射杀它们，我们可没有这么多的箭。我想到一个好办法来驱逐这些好斗的巨大海鸟，这样既能节省箭，也能节省力气。我建议大家都戴上插有长长的羽毛的头盔，再把我们闪亮的长矛和盾牌等金属物品挂在船上的各处。然后，我们一边敲击铁器，一边大声吼叫，一定能把这些海鸟赶跑。"

英雄们听完安菲达姆斯的话，都觉得非常有道理。他们对他的主意也非常赞同，马上按照他的建议做了。他们戴头盔的戴头盔，挂长矛的挂长矛，很快就把阿耳戈号装饰起来。在接下来的航行中，再也没有一只海鸟敢靠近他们的大船。航行了一小会儿，他们果然看到了一座海岛，他们把船停靠在海岛边，然后带着盾牌和长矛上了岛。一来到岛上，他们就使劲地把长矛和盾牌相互撞击，发出一阵阵金属相撞的声音。顿时，无数受了惊吓的鸟儿从岛上的各处飞起，遮天蔽日，像空中突然飘来了一片乌云。阿耳戈英雄们见状，连忙靠在一起，把盾牌高高地举起，形成一道坚固的屏障。受到惊吓的鸟儿纷纷挥动着翅膀，射下来一支支尖锐的羽毛箭。但是，这些羽毛箭碰到盾牌组成的屏障之后都落到地上，根本就伤不到阿耳戈英雄们。海鸟们射完羽毛箭,就惊恐万分地飞离了海岛。它们越过海面,飞了很长时间,最后落在另外一处海岛上。阿耳戈的英雄们眼见鸟儿飞尽,才放心地朝海岛内部走去。

他们上岸后没走几步,就看见迎面走来四个破衣烂衫的年轻人。这四人不仅衣衫褴褛,而且面黄肌瘦,头发一绺一绺地贴在额头上。这四人看到阿耳戈英雄之后都面露喜色,其中一个快步向他们走来,用颤巍巍的声音说:"慷慨的英雄们呀,不论你们是谁,来自何方,都请帮帮我们吧!我们在这座岛上落了难,已经很久没有吃饭了,给我们一点食物充饥吧!"

伊阿宋和众英雄友好地答应了四个落难者的请求,从船上拿下来一些食物和衣服送给了他们。然后,跟他们聊了起来,并问起他们的姓名和来历。为首的年轻人咽了一口食物,回答道:"我叫阿耳戈斯。不知道你们听说过佛里克索斯的故事没有?他是玻俄提亚国王阿塔玛斯和涅斐勒的儿子,为了躲避父亲宠妾的迫害,他的母亲涅斐勒设法把他送出了王宫。后来,他骑着云神送给他的金羊逃到了科尔喀斯。科尔喀斯国王埃厄忒斯收留了他,并把大女儿卡尔契俄柏嫁给了他。为了感激国王的好意,他把羊身上的金羊毛献给了埃厄忒斯。我们就是佛里克索斯和卡尔契俄柏的儿子。我们的父亲佛里克索斯在不久前去世了,临死前他给我们兄弟四人留下了一份遗嘱,要求我们航海去俄耳科墨诺斯城取他留在那里的宝物。我们这次就是为了履行父亲的遗嘱出来的,却不料在这岛上遇险了。"

听完阿耳戈斯的讲述,伊阿宋既吃惊又高兴,其他知情的阿耳戈英雄也感叹了起来。他们感到非常高兴,原来闹了半天在这海岛上碰到亲人了!原来,伊阿宋的祖父克瑞透斯是阿塔玛斯的亲兄弟,而面前的这几个年轻人是阿塔玛斯的孙子,所以他们和伊阿宋应该是堂兄弟!四兄弟听到伊阿宋这样说也非常高兴,当即与这个堂兄弟认了亲。接着,小伙子们向阿耳戈英雄们诉说了自己遇险的经过:出航不久,他们就遇到了极大的风浪。他们的船承受不了狂风巨浪的打击,很快就吹折了桅杆,吹破了风帆。于是,他们只能随着海流毫无目的地漂流。不幸的是,这艘失去了航向的船很快就触礁沉没了,四人赶紧死死地抱住一块船板,随着海流漂到了这座了无人烟的荒岛。兄弟四人再次表达了对阿耳戈英雄们的谢意,说如果没有英雄的帮助,他们四人恐怕要饿死在这座荒岛上。

伊阿宋也向自己的四个堂兄弟说明了此行的目的,他邀请阿耳戈斯兄弟也加入他们的行列中,跟他们一起去夺回金羊毛。没想到四兄弟一听伊阿宋的话就惊恐万分,说:"我们的外祖父埃厄忒斯可不是好对付的。据说,他是太阳神阿波罗在凡间的儿子,具有非凡的力量,而且他是个残酷而好战的人，决不是好惹的。他统治着的科尔喀斯人口众多、国家富庶，有着很强的实力。最重要的是，在金羊毛旁边有一条可怕的巨龙看守着，日夜不睡。"听到这些，英雄们也不禁担心起来，明白更为艰辛的考验正等待着他们。这时，埃阿科斯的儿子珀琉斯突然站起身来，说："非常感谢你们的提醒。但是，我们也不是吃素的。既然能够在经历了重重困难之后来到这里，我们就绝不会乖乖地败在科尔喀斯国王埃厄忒斯的手下。或许他真的是阿波罗的儿子，那又有什么可怕的呢？要知道我们也是神的子孙！如果他乖乖地把金羊毛交给我们还好；如果他不愿意，我们就只能动用武力把金羊毛抢走了！"这时，天色已晚，阿耳戈英雄们为了庆祝与阿耳戈斯兄弟的相遇，举行了丰盛的晚宴。用餐时，众英雄互相激励、互相打气，更觉得浑身充满了用不完的勇气和力量。第二天清晨，装扮一新的阿耳戈斯兄弟随着英雄们一起登上了阿耳戈号。很快，大船又扬帆起航了。在经历了一天一夜的航行之后，他们来到高加索山附近的海面上。在海上的苍茫暮色中，他们听到空中有鸟儿急飞而过的声音。抬头看时，见是一只苍鹰，它在船上方的空中飞翔而过。那苍鹰身形巨大，扇动着的巨大翅膀掀起了一阵阵大风，把阿耳戈号的船帆鼓得满满的。苍鹰飞过去一会儿之后，众人听到高加索山方向传来了一阵阵痛苦的呻吟声。原来，那是为人类盗取了天火的普罗米修斯，那只雄鹰正是宙斯派去啄食他的肝脏的。过了很长一段时间，那呻吟声才渐渐消失。苍鹰又挥动着巨大的翅膀飞过阿耳戈号的上空，往来处飞去。

当天夜晚，阿耳戈号就到达目的地——法瑞斯河的出海口。阿耳戈英雄们非常高兴，有几个人更是兴奋得攀上桅杆，卸下船帆，大大地松了一口气。这时，英雄们才开始仔细地打量考察四周的环境：船的左边是巍峨的高加索山，山下面就是科尔喀斯国的都城基泰阿；右边是一片广袤的田野，供放金羊毛的阿瑞斯圣林就在这片田野中间。金羊毛挂在圣林中的一棵栎树上，一条巨龙守在树下，瞪大双眼看守着，一时一刻也不闭眼。终于到达目的地，伊阿宋带领众英雄站了起来，盛满美酒浇在大地和河流上，以此来献祭河流和大地女神，祭奠自己在途中死去的同伴。此外，他们还为诸神举行了虔诚的献祭仪式，请求他们保护阿耳戈号和阿耳戈英雄们。

献祭完毕，舵手安克奥斯说："既然我们已经顺利来到科尔喀斯，现在该认真商量一下了。接下来，我们到底要以怎样的方式来获得金羊毛呢？是和平地央求埃厄忒斯，还是用武力来夺取？"

英雄们在经历长时间的海上航行之后已经精疲力竭，于是纷纷表示这个问题最好放在第二天讨论。伊阿宋听取大家的意见，当即吩咐舵手把船停靠岸边。英雄们美美地睡了一觉，第二天早晨，清晨的阳光照到大船里，把他们从睡梦中唤醒了。

阿耳戈英雄在埃厄忒斯的宫殿里

起床之后，阿耳戈英雄们正在商量要采取什么方式取得金羊毛，伊阿宋站起来说："我有个建议，大家都安静地留在船上，但一定要提高警惕、握紧武器，随时做好攻打王宫的准备。我将带着我的堂兄弟，也就是埃厄忒斯的四个外孙，另外再从你们当中挑选两人，一起去埃厄忒斯的宫殿。我想我们应该先礼后兵，到了那里，我会婉言试探埃厄忒斯的意思，看他是否愿意把金羊毛交给我们。当然了，他极有可能会拒绝我的要求。但这样做之后，我们就已经做到礼节周全了，如果以后产生什么严重后果，也只能由他自己负责了。当然了，也不是完全没有希望，说不定我们的劝说能够使他改变主意呢。毕竟，我的堂兄弟们可是他的亲外孙。他也不是完全冷酷无情的，他不是也曾同意收留从本国逃出来的佛里克索斯吗？"

阿耳戈英雄们都觉得伊阿宋所说的很有道理，所以一致通过他的建议，决定让他带领几个人先去试一试。于是，手持赫耳墨斯的和平杖的伊阿宋带着佛里克索斯的四个儿子和阿耳戈英雄中的忒拉蒙和奥革阿斯离开了阿耳戈号。下船之后，他们踏上一块长满柳树的田地。只见一棵棵柳树苍老虬结，古怪地向着天空生长着，仿佛是地狱生长出来的痛苦的魂灵的挣扎。虬结的枝枝杈杈上，一具具尸体用链子捆绑着吊在那里。风吹过，纷纷飘荡起来，和着铁链的声响，活像一个个被缚的灵魂在痛苦地挣扎。晴天，太阳晃得有些刺眼，从此经过的异乡人却感觉到了自心底冒出的丝丝凉意，浑身起了一层的鸡皮疙瘩。他们不知道，这些死者生前既不是罪犯，也不是被残忍杀害的外乡人，这些只是按照当地风俗挂上去的普通科尔喀斯人。原来，在科尔喀斯有个古怪的风俗，死去的男人既不许火化，也不能土葬，而要用生牛皮把他们的尸体裹起来，吊在树上，让它们风干，只有女人死后才可以埋葬入土。

科尔喀斯是一个人数众多的国家，人多必然眼杂。为了防止伊阿宋和他的同伴被当地的居民发现，阿耳戈英雄的保护女神在科尔喀斯降下了一阵浓雾。在这样的浓雾里，人们甚至连自己对面的人长什么样都看不清楚，所以伊阿宋一行七人很顺利地到达王宫。在他们进入宫殿之后，女神才让浓雾消散。当阿耳戈英雄们进入科尔喀斯的王宫时，大家都被这座建筑吸引了：厚实的宫墙把整个宫殿围了起来，巍峨的大门和雄伟的立柱加深了整个王宫的威严气息。他们悄悄地越过王宫的前院时，看到更让他们震撼的一幕：出现在他们面前的是四股常流不息的喷泉。喷泉当然没什么稀奇的，令人惊奇的是这喷泉里喷出来的东西：第一股喷出的是乳白色、香喷喷的牛奶；第二股喷出的是醉人的葡萄酒；第三股不断地喷出香油；而第四股喷出的是冬暖夏凉的清水。这巧夺天工的四股喷泉是铁匠之神赫菲斯托斯特意为国王建造的。此外，他还制造了一头口中喷火的铜牛和一张坚固的铁犁。在众神与巨人战斗的时候，太阳神阿波罗曾经让赫菲斯托斯躲进自己的太阳车里，救了他一条命。赫菲斯托斯之所以把这些工艺品送给埃厄忒斯，就是为了表达对他的父亲太阳神阿波罗的感谢。

伊阿宋他们继续前行，看到了几座相对而立的巍峨宫殿。正殿里住着国王埃厄忒斯和他的王后厄伊底伊亚，东边的宫殿里住着他们的儿子阿布绪耳托斯；西边的宫殿里住着国王和王后的两个女儿，大女儿卡尔契俄柏和小女儿美狄亚。其实，平时西殿里只有阿耳戈斯兄弟的母亲卡尔契俄柏一位公主，因为小公主美狄亚是赫卡忒神庙的女祭司，她平常都住在神庙里，很少在王宫中露面。但就在伊阿宋来到王宫的这天早晨，希腊人的保护女神赫拉却让她鬼使神差地留在了宫殿里。美狄亚一个人在自己的房间待着，觉得有些无聊，就起身往姐姐那里走去。就在快走到姐姐的院子时，她突然遇上了伊阿宋他们七人。看到许久没有音信的四个外甥，她禁不住惊叫起来。在房间里的卡尔契俄柏听到妹妹的惊叫声，急忙开门，看看到底发生了什么事。眼前的一幕却让她也欢呼起来，因为站在她面前的除了几个陌生人，还有音信全无、朝思暮想的四个儿子。兄弟四人看到母亲也非常激动，他们一下子扑入母亲的怀抱中。卡尔契俄柏抱抱这个，看看那个，沉浸在巨大的快乐当中。当发觉四个儿子都瘦了一大圈时，又禁不住流下心疼的泪水来。

美狄亚和埃厄忒斯

不一会儿，国王埃厄忒斯和王后厄伊底伊亚也闻讯赶来了。很快，卡尔契俄柏的大院里就挤满了人，对于佛里克索斯的儿子们的归来，大家都感到十分高兴，整个院子里洋溢着一股喜气。为了款待送他们归来的客人们，奴仆们有的忙着宰杀一头大公牛，有的劈木柴生火，有的忙着烧水。正当大家都忙忙碌碌地准备招待客人的时候，爱神丘比特飞进这个院子里。他在院中高高地飞翔一圈之后，就飞到了伊阿宋的身后。他悄无声息地蹲在伊阿宋的身后，从箭袋中抽出一支使人产生爱情的金箭，然后瞄准了国王的小女儿美狄亚。"嗖"的一声，一支箭便离弦而出，射向了美狄亚。大家都专心于各自的事物，谁也没有发现飞箭，连美狄亚也没看见。她只是觉得心口突然一阵灼痛，然后不自觉地抬头注视着伊阿宋，只觉得这个年轻人在人群中分外引人注目。此刻的她不再想别的事，心中充满甜蜜的痛苦，脸上羞得绯红。

在一片欢声笑语之中，除了美狄亚自己，没有人发现她的心事。阿耳戈英雄们已经沐浴更衣，高高兴兴地在餐桌旁坐下。很快仆人们就端上了佳肴美酒，他们便享用丰盛的美食，并且畅饮起来。席间，埃厄忒斯的外孙阿耳戈斯叙述了他们兄弟四人在海上的遭遇。突然，国王像想到了什么似的，悄悄向外孙打听这帮外乡人的底细和来历。阿耳戈斯想了一下，在外公的耳边低声说："好吧，我亲爱的外祖父。既然您问到了，我想对您说，这些人是为了得到金羊毛才来到您的王宫的。为首的人叫作伊阿宋，他的叔父篡夺了他父亲的王位，为了把他也永远赶出自己的国土，便派他来完成这个任务。他的叔父希望自己侄子在这次冒险中永远消失在他乡。伊阿宋答应了叔叔的请求，召集这帮英雄跟自己一起冒险。雅典娜女神帮助他们建造了这条坚固无比的阿耳戈号，使他们可以经得起惊涛骇浪的冲击；并在他们经过危险的撞岩时推了他们的船一把，使他们脱离危险。全希腊的英雄几乎都集合在这条船上，现在它就停泊在宫门外的河面上，英雄们随时准备冲进您的王宫与您决斗。"

国王听到外孙的话大吃一惊，他一向把金羊毛看作整个国家的至宝，把它看得比自己的生命还重要。另外，他还曾得到过一则神谕，说金羊毛与他的生命和权威息息相关，因此他才小心翼翼地对待金羊毛，还派了一条恶龙日夜不息地守护着它。一听这些人是为了金羊毛而来的，他便连自己的亲外孙也很厌恶了。他认为一定是他们四个把这群外乡人引来的，是他们挑唆外乡人来夺取自己的金羊毛。他愤怒地拍了一下桌子，大声对自己的外孙们说："滚出去！赶紧离开我的王宫，你们这些叛徒，最好别再让我再看到你们！这些人一定是你们引来夺取我的金羊毛的，恐怕你们不只是想要金羊毛，还想要夺取我的王杖和王位吧！我简直想现在就给你们点颜色看看；但是看在你们远道而来，又成为我的座上宾的面子上，今天就暂且不与你们计较了。但是，最好赶紧离开我的国家，离我的金羊毛远远的，否则我可就不客气了！"

跟随伊阿宋而来的忒拉蒙就坐在国王旁边，他听到国王的话十分生气，正要发作，被伊阿宋及时阻止了。伊阿宋转向国王，用温和平缓的语气对他说："你错怪你的这几个外孙了，我们只是在一个荒岛上偶遇的。请你放心，我们来到你富庶的国家，进入你华美的王宫，绝不是为了抢劫的。又有谁愿意漂洋过海，经历着失去生命危险，只是为了夺取别人的财产，只是为了让自己变得更富有呢？是可怜的命运和我的暴君叔父的命令使我走上了这条路。如果你能心甘情愿地把金羊毛送给我们，那么全希腊人都会因为你的仁慈和慷慨而称赞你。我们也不会忘记你的善意施与，一定会报答你的。如果你和你的国家遇上战事，我和我的同伴将是你最忠实的盟友，我们将为你而战！就像为自己的国家而战一样。"

伊阿宋本来就对和平取得金羊毛抱有一丝希望，此时他对国王说这番话就是想与国王和解。国王不动声色地听着伊阿宋的话，却在暗地里考虑是马上把这几个人杀死，还是先不轻举妄动，只想个办法试探一下这帮异乡人的实力。他略微思考了一下，就有一个好办法浮现在他的脑海，因此，他努力让自己平静下来，说："你们又何必如此谦虚呢？金羊毛属于勇敢和有力量的人，如果你们真是神的后裔，那么我相信你们一定有本事靠自己的力量把金羊毛取回去。我欣赏敢作敢为的男子汉，愿意把自己最珍贵的东西赏赐给他们。如果你们相信自己是勇敢、有力量的，那么现在我有一个机会让你们展示。现在，在阿瑞斯的田地里有两头正在吃草的牛。它们可不是普通的牛，而是我视为珍宝的神牛：它们的四个蹄子和两只角都是铜的，坚硬无比；它们的鼻子中能喷出熊熊燃烧的烈焰。每天清晨，我都会亲自驾驭这两头牛来耕地，并且在它们耕好的土地中播撒下种子。当然，这些种子不是普通的谷物，而是可怕的龙牙。这些龙牙会在神牛耕耘过的土地中孕育出一群精壮的武士，他们披挂盔甲破土而出后，会从四面八方朝我攻击。我会挥动着我的长矛刺向他们，直到杀死所有的龙牙武士，这场战争才算结束，我才能得到休息。外乡人，如果真如你所说，你是神的后裔，是经历了重重考验之后才来到这里的，那么你一定能够像我一样，在一天之内播种出龙牙武士并把他们全部杀死。那时，我会将金羊毛双手奉送给你；否则你们马上离开我的国土，永远不要再踏入我的土地一步！因为如果你不能战胜龙牙武士，就说明你不是一个真正的英雄，不配拥有至高无上的尊贵金羊毛。"

伊阿宋默默地听着国王的要求，心中一时拿不定主意。对于国王所说的任务，他本人并不畏惧；但他实在不敢马上就答应，因为他对神牛和龙牙武士并不了解，万一失败，将会使自己和同伴声名扫地、无功而返。但是，他一想到科尔喀斯的富庶与强盛，又觉得这次任务是一个难得的机会，因此，他认真地对国王说："尊敬的国王，我愿意接受你的任务，经受考验。既然残酷的命运和残忍的暴君把我送到了这里，我愿意听从命运的安排。我愿意用自己的勇气和力量为阿耳戈英雄争得荣誉。"

"很好，果然有勇气，"埃厄忒斯面无表情地说，"不过，不要这么快做决定，你可以先回船上与你的同伴们商量一下。慎重考虑一下吧！那些龙牙武士可不是闹着玩的，如果你没有完成任务的本事，还是乖乖打道回府吧，永远不要再踏上我的国土！"

阿耳戈斯的建议

听到这里，伊阿宋对国王说："不用商量了，等着我完成任务的消息吧！希望到那时你将兑现你的承诺。"说完，伊阿宋和其他两位阿耳戈英雄就从座位上站起身来，准备离开。此时，佛里克索斯的四个儿子中只有阿耳戈斯还愿意跟他们走，另外三个决定站到外祖父的一边。因此，伊阿宋、忒拉蒙、奥革阿斯和阿耳戈斯便一起离开了王宫。这时，谁也没有注意到独自待在一个角落里的美狄亚，没有注意到她的目光一直透过面纱注视着伊阿宋。当伊阿宋离开王宫的时候，她那少女的心也跟着他一起去了。众人散去之后，美狄亚恍恍惚惚地回到自己的房间时，一路上像踩在云朵上一样。想到伊阿宋将要面对可怕的龙牙武士，她不自觉地流下眼泪来。突然，她好像清醒了一些，自言自语道："我是在为什么担忧和悲伤呢？他是死是活跟我有什么相干呢？无论他是最勇猛的英雄，还是最懦弱的胆小鬼，都与我无关呀。我甚至应该祈祷他的失败，因为他是我父亲的敌人。可是，为什么我如此希望他能够活下去，能够战胜厄运？仁慈的赫卡忒女神呀，保佑这个年轻人平安地回到故乡吧。我到底是怎么了？居然会希望一个毫不相干的陌生人战胜父亲的神牛，居然会为一个异乡人的命运感到担心！"

当美狄亚正愁肠百结的时候，伊阿宋他们四人正走在回阿耳戈号的路上。埃厄忒斯的外孙阿耳戈斯对伊阿宋说："我有一个办法，可以帮助你完成我的外祖父交给你的任务。或许你并不认同我的办法，但我还是希望你能够考虑一下。我的外祖父有一个懂得巫术的小女儿叫美狄亚，她的巫术是从地狱女神赫卡忒那里学来的。如果我们能得到她的帮助，那你肯定能顺利杀死龙牙武士。她是我母亲的妹妹，如果你们愿意，我就去向她请求援助，有了她的支持，我们一定会取得胜利的。"

伊阿宋对阿耳戈斯所说的办法有些意外，他回答说："如果你愿意去的话，我的堂兄，我不会阻止你；可是我不太喜欢这样的方式。如果让别人知道我这个大男人要依靠一个女人的力量才能完成任务，那将多么难堪呀。"

说话间，四个人已经回到了船上，伊阿宋把在国王那里发生的事情告诉了在船上等消息的同伴们。他跟同伴们说自己已经答应了国王的要求，要去驾驭那铜蹄喷火的神牛来播种龙牙,并且杀死龙牙长出的武士。听完伊阿宋的话,大船中沉默了好一会儿。最后,珀琉斯站了起来,率先打破了沉默,他说:"伊阿宋,如果你相信自己可以战胜那些龙牙武士,那就请你做好充分的准备吧!可是如果你觉得没把握,那就干脆别去做。因为,如果你没有成功或者临阵脱逃,我们面临的就只有死亡。"

这时,急脾气的忒拉蒙和他的另外四个伙伴跳了起来,喊道:"杀什么龙牙武士!我们直接杀到埃厄忒斯的圣林里,砍了那恶龙,夺了金羊毛得了,那该多痛快!想一下都会觉得亢奋!"他的话音一落,另外几个人也应和起来。阿耳戈斯站了出来,让众人安静下来,然后把自己的建议当着大家的面提了出来:"直接闯圣林恐怕不行,科尔喀斯国家富庶,兵力强大,如果真的打起来,我们不一定能取胜。我倒觉得我的外祖父提出的这个任务是个机会。我的外祖父有一个擅长魔法的女儿叫美狄亚,她是我母亲的妹妹。让我去说服我的母亲帮我们争得她的支持吧。有了她的帮助,伊阿宋一定能顺利地完成任务。"

他的话音刚落,神奇的大自然突然出现这样一个预兆:高空中一只被秃鹰死死追赶的鸽子,一头扎进伊阿宋的怀里;而追着鸽子俯冲下来的秃鹰却一头栽到了船尾的甲板上,死了。看到这个情景,英雄们突然想起了年迈的菲纽斯的预言:无论经历多少艰难险阻,最终阿佛洛狄忒将会帮助他们完成任务,取得金羊毛。因此,英雄们纷纷议论起阿耳戈斯的计划来,觉得或许这正是一个不错的办法,也许就是阿佛洛狄忒引导着他们求助于美狄亚的呢。可是阿法洛宇斯的儿子伊达斯却坚决不同意,他青筋暴突地吼道:"天哪,难道你们都是一群懦夫吗?难道我们千里迢迢地来到这里就是为了给一个女人当奴仆的吗?我们是男人,该去找战神阿瑞斯,为什么却要找主管爱情的阿佛洛狄忒呢?"持两种意见的英雄们各不相让,争论起来。这时,同样想起预言的伊阿宋却改变了自己先前的主意,表示自己坚决支持阿耳戈斯的意见,同意让阿耳戈斯去找自己的母亲争取那位会魔法的美狄亚的帮助。于是,阿耳戈斯又一次离开大船,朝母亲的住处走去。

阿耳戈斯见到母亲卡尔契俄柏后跟她说明了来意,请她说服小姨美狄亚帮助伊阿宋完成任务。卡尔契俄柏本就十分感谢这些救了自己的儿子的外乡人,对他们历尽千难万险的航行也充满了钦佩之情。现在,听到自己最喜欢的大儿子也帮他们求情,就答应了请美狄亚帮助他们。

这时夜已经深了,满怀心事的美狄亚却躺在床上翻来覆去,心里十分烦躁不安。她刚刚做了一个奇怪的梦,梦见伊阿宋正准备跟铜蹄喷火的神牛搏斗,但不是为了金羊毛,而是因为他爱上了自己,想娶自己为妻,把她带回家乡希腊去。但不知怎的，跟公牛搏斗的却换成了她自己，为了让伊阿宋能够娶到自己，她奋力地与神牛搏斗，最终战胜了它们。但她的父亲埃厄忒斯却失信了，拒绝履行事先对伊阿宋许下的诺言，因为神牛是美狄亚制服的，而不是伊阿宋。为此，伊阿宋和她的父亲埃厄忒斯发生了激烈的争执，最后，双方让她做出一个判断。她内心充满挣扎，却选择了自己爱慕的伊阿宋。她的父母听了她的判断痛哭起来，还大声地叫喊着……就在这时，美狄亚从梦中惊醒了。

醒后，她的心里更是乱成了一团麻，自己怎么都理不清头绪，就急急忙忙地穿好衣服，想去找姐姐卡尔契俄柏说说话。可是，刚走到姐姐所住的院子的大门前，少女的羞涩又让她犹豫不决起来，在门前徘徊了好长时间。她往前走几步，又往后退几步，几次伸出手想敲门却又缩了回去。最后，她的小脸憋得通红，一下子转过身去，朝自己的住处跑去。回到自己的卧室之后，她一下子扑倒在床上，痛苦得哭了起来。她的奶妈看到她流泪的样子十分心疼，便急忙跑去告诉她的姐姐卡尔契俄柏。卡尔契俄柏一听，连忙赶来，看到妹妹正扑倒在床上哭泣，便关切地问："亲爱的妹妹，你怎么了？有什么心事吗？"

美狄亚答应帮助阿耳戈英雄

听到姐姐关切的声音，美狄亚刚要向她吐露实情，又羞得满脸通红。最后，她突然想到了一个好的托词，这样既能隐瞒自己的心事，又可以帮助伊阿宋。于是，她绕了一个弯子，对姐姐说："卡尔契俄柏，我非常为你的儿子们担忧。刚才，我做了一个可怕的梦，给了我不好的预感。我非常害怕父亲会把他们和那些外乡人一起杀掉，要知道，金羊毛可是他的命根子。但愿仁慈的地狱女神赫卡忒能够保佑他们，不让我梦中的事实现。你刚刚与儿子们重逢呀，怎么能够承受得起再一次失去他们的打击。"

卡尔契俄柏听了美狄亚的话既害怕又感动。她一把抱住妹妹，两个人悲伤得哭泣起来。过了一会儿，姐姐卡尔契俄柏说："我刚才正想为了此事来找你的。我希望你能够站在阿耳戈斯和伊阿宋他们那边，帮助他们反对我们的父亲！"美狄亚听到"伊阿宋"三个字时简直要晕过去了，她镇静了一下，郑重地说："亲爱的姐姐，我指着地狱女神赫卡忒对你起誓：只要我能够帮得到的，我一定会不遗余力地去做，哪怕失去我自己的生命也在所不惜。可是，现在我能为他们做点什么呢？"

卡尔契俄柏赶紧说："刚才，我的大儿子阿耳戈斯请求我劝你帮助他们。你不是会熬制魔药嘛，就给那位异乡人一些，帮他在与龙牙武士的可怕战斗中保全生命吧，就当是为了我那可怜的孩子。"

美狄亚一听姐姐的请求正是自己非常想做的，脸上不由得泛起了激动的红晕，她向姐姐发誓："卡尔契俄柏，我以赫卡忒女神的名义发誓：我一定把保全你的儿子和那个外乡人的性命当作我最关心的事，否则，就让我活不到明早！明天一早我就赶回赫卡忒神殿，取一些能够制服那两头铜蹄喷火神牛的魔药，送给那个外乡人。有了这魔药，他一定能够完成父亲交给他的任务。现在，你去通知阿耳戈斯吧，让他明天把那个外乡人带到神殿去。"卡尔契俄柏一看妹妹这么热心，非常高兴，赶紧离开妹妹的住处，给阿耳戈斯他们送去了这个喜讯。

可是姐姐刚一走，美狄亚又陷入了矛盾与纠结之中，她不断地追问着自己："我是不是做得有些过分了？他只是个毫不相干的外乡人呀，我为什么要费这么大的精力来帮助他？就算我顺利地救了他一命，让他可以带着金羊毛顺利风光地返回故乡，这些荣耀与喜悦又与我有什么关系呢？他庆祝自己胜利的时刻，说不定正是我凄惨的死期。到那时，恶毒得像利箭一样的流言将会从四面八方攻击我，说我不惜背叛自己的父母，一厢情愿地为一个异乡人殉情。那样的流言将会多么可怕呀！它们将刺得我体无完肤。"

心中的矛盾让美狄亚痛苦不堪，她突然想到了死，想用死把自己从这种矛盾的境况中解脱出来。于是，她从一个隐秘的小抽屉里取出一只放着还魂药和致死药的小盒子。她把小盒子放在膝盖上，慢慢地打开了盖子，取出了装着致死药的小瓶子。瓶子里的毒药在阳光下发着幽蓝的微光。就在她把打开的瓶子放到嘴边，想尝尝自己亲手熬制的毒药的滋味时，她却突然想到了以往生活中的快乐和甜美，那是只有生命才能带来的欢畅。突然，她觉得窗外的阳光是那样光辉和美丽，心里一下子充满了对死亡的恐惧。就在这时，伊阿宋的保护神赫拉使美狄亚的心重新被初恋的甜蜜占据，放弃了死亡的少女被爱情的烈焰燃烧着。她甚至等不到天亮，就迫切地希望能马上赶去神殿取到自己许诺的魔药，然后把它送给自己心仪的那个少年英雄。但她还是努力地克制着自己的情绪，兴奋地等待着曙光女神的来临。

伊阿宋和美狄亚

天刚蒙蒙亮，美狄亚就从床上爬起来了。她仔细地梳理自己一头凌乱披散着的金发，又用一根蓝色的丝带仔细地把它们扎好。然后，她洗净脸上的泪痕，涂上自己亲手用花蜜制作的香膏。她穿上一袭漂亮的长裙，又用精致的胸针将它别住。所有的悲痛和矛盾都已消失得无影无踪，现在，她的整个心都被爱情的甜蜜浸泡着。她静悄悄地穿过大厅，吩咐女仆们给她套马车，把她送到地狱女神赫卡忒的神庙。马车准备好之后，两个贴身的侍女走到美狄亚之前，把女主人请到了车上，然后也一起上了车，其余的侍女们徒步跟在马车后面。一路上，行人都恭恭敬敬地站在一边，为公主让路。

到了神庙，她独自一人进入一间密室，从里面拿出一个小盒子，在这个盒子里装着一种叫作普罗米修斯油的黑色药膏。在高加索山下面有一棵大树，它不断地吸收被苍鹰啄食的普罗米修斯滴入土地里的血，因此，它的根部的汁液是黑色的。普罗米修斯油就是用这树根中黑色汁液制成的。普罗米修斯油有着非常神奇的功效，人们只要在祈求地狱女神赫卡忒之后，用这种药膏来涂抹全身，就可以在一天之内刀枪不入，火烧不伤，拥有能够战胜任何敌人的力量。美狄亚许诺的就是这种药膏，现在，她小心翼翼地从小盒子里取了一些宝贵的普罗米修斯油，把它盛在贝壳里藏在身上。

美狄亚走出密室，来到神殿门口，对等在外面的侍女们说：“女友们，由于没有避开那些外乡人，我想我犯下了错误。现在，是我弥补自己的错误的时候了。昨天，我姐姐的儿子阿耳戈斯来请求帮助他那个外乡人，给他一些魔药使他免遭伤害，好制服神牛，杀死龙牙武士，完成父亲交给他的任务。我假装被他带来的礼物打动了，就收下了礼物并假装答应帮助他们。我要求那个外乡人到这个神殿来单独会面，一会儿他就来了，我将给他一些致命的毒药，让他一命呜呼。至于那些礼物嘛，事后我会全部分给你们的。现在，你们赶紧躲到一边去吧，省得那狡猾的外乡人产生怀疑。”

侍女们对这公主狡黠的计划佩服万分，一边称赞着一边遵照吩咐躲开了。过了一会儿，阿耳戈斯带领着他的堂兄伊阿宋来到了赫卡忒神殿。此时的美狄亚正独自一人坐在神殿里面，她的目光一刻也没有停留在屋里，而是不时地越过神殿的大门往外张望。任何一阵脚步声都会让她那一颗少女的心怦怦乱跳，她都会急忙抬起头，看看是不是她日思夜盼的人。伊阿宋和阿耳戈斯终于跨进神殿的大门，今天，保护神赫拉让伊阿宋更加英俊非凡。他神采奕奕，英气逼人，简直就像是太阳神阿波罗来到了人间。姑娘猛地看到日思夜想的英雄，连呼吸都要忘记了。她只觉得双颊一阵发烫，整个世界都消失了，只剩下太阳般明亮的伊阿宋，照得她心慌意乱，手足无措。两个人面对面地站着，默默地对看着，好长时间都没说话。最后，伊阿宋首先打破了沉默，他对美狄亚说：“尊敬的公主，为什么你见到我会这么紧张呢？我到这里来是请求你的援助的，请把神奇的魔药给我吧。不过请不要用欺骗来对待我们，这是在一个神圣的地方，任何欺骗在这里都是对神灵的亵渎。所有的阿耳戈英雄的父母妻儿都在焦急地等待着我们，担心着我们的命运，你慷慨无私的援助将会使我们尽快完成使命，早日踏上回家的旅程。到那时，你将成为希腊人的恩人，将会受到全希腊人的尊重。而我本人，也不会忘记你的善意，以后如果你有什么需要我帮忙的，只要一个口信，我就会以最快的速度赶到你的面前。"

美狄亚一直静静地听着伊阿宋的话，她的内心被幸福充满着，脸上挂着甜蜜的微笑。当听到他的赞美的时候，她的心充满了无限的喜悦，恨不得把所有心事都一股脑儿地告诉他！但少女的矜持还是使她克制了自己，她一句话都没有说，只是慢慢地从宽大的衣袖中取出盛有魔药的贝壳，伸手递了出去。伊阿宋非常高兴，连忙接了过去。爱神阿佛洛狄忒正在向她的心里吹着神奇的风，她是多么希望乘机将自己的一颗心也一起交给他啊！伊阿宋似乎也感受到了美狄亚的灼灼爱意，害羞得垂下眼帘，瞅着地面。很快，两人又不自觉地抬起头来四目相对，温柔的目光纠缠在一起，整个房间里充满了醉人的柔情蜜意。

过了许久，美狄亚似乎稍微回过点神来，她尽了最大的努力说出话来：

"听着，英雄，接下来我将告诉你如何做。千万不要小看这些龙牙，我先给你讲一下我父亲将要交给你的龙牙的来历吧。你肯定听说过宙斯怎样化成一头公牛驮走了腓尼基国王阿革诺耳的女儿欧罗巴的事。失去了爱女欧罗巴之后，阿革诺耳大为苦恼，责令儿子卡德摩斯去把妹妹寻回来。卡德摩斯走遍四面八方，找了很久也找不到妹妹的踪迹。他不敢空着手回家，就到阿波罗庙中乞求神谕指示他到哪里安身。在神谕的指示下，他来到一个美丽的地方。

"为了感谢神的垂爱，他决定祭祀宙斯，便打发随从去寻找净水做祭奠。附近有一片老林，还从未遭受过斧头的蹂躏。林子深处有一个岩洞，完全被茂密的树丛遮住。洞顶微呈拱形，洞的下处涌出一道清澈无比的泉水。洞穴里盘踞着一条恶蛇，它的头冠和身上的鳞片像金子似的熠熠发光。它的双眼像火焰似的闪耀，浑身上下毒液欲滴。那蛇摇动着分成三叉的舌头，龇出三排牙齿。当太尔人把水罐浸到泉水中，水流入罐咕嘟嘟地响起来的时候，那闪着青光的蛇立即从穴中探出头来，发出嘶嘶的可怖的鸣声。他们吓得扔了水罐，一个个面如死灰，浑身发抖。那头蛇盘起长满鳞片的身躯，把头举过至高的树，那些太尔人给吓得瘫软了，既不能战，又不能逃。有些人被咬死，有些人被勒死，其余的被蛇的毒气熏死了。

"卡德摩斯等到中午还不见他的仆从的踪影，就去寻找他们。他身披狮皮，一手拿矛，一手持镖，但他胸中的那颗勇者之心是比这两件利器还要可靠的必胜的法宝。他走进树林，发现了随从们的尸体，见到那条恶蛇还在舐着嘴角上的血，他高呼道：'忠诚的朋友们，我拼死也要替你们报仇。'说着他举起一块巨石，用尽全身气力朝大蛇砸去。这一击也许能震撼城堡的围墙，但落到那蛇身上，却没有什么作用。卡德摩斯紧接着投出了长矛。这一手倒还奏效，长矛穿过鳞片刺入了蛇的内脏。疼痛使得那怪物暴躁不安，它扭过头来察看伤口，并用牙齿去拔那长矛。但只是把矛咬断了，铁矛尖扎在肉里更加疼痛难熬。它气得脖子发胀，嘴角冒着血沫，鼻中喷出一股股的毒气。它先把身子缩成一团，然后又伸长，活像一截伐倒在地的树桩。它朝卡德摩斯一点点地逼过来，卡德摩斯边退却边用长矛在那怪物的大嘴前挑逗，卡德摩斯伺机行动，待到那蛇仰着的头移到一棵大树干旁时，他猛力一刺，将那蛇头横钉在树上，那蛇临死前痛苦地挣扎着，沉重的身躯把大树都压弯了。

"正当卡德摩斯站到他已打倒的大敌前面，打量着这具硕大的尸体时，有个声音向他发话了，命令他拔掉毒蛇的牙齿，把它们播种在地里。他遵命行事，挖了一条垄，把蛇牙撒在其中，天意决定了这些牙会滋生出一茬人。他刚刚填平垄，土块就松动起来，许多长矛尖拱出了地面，接着就露出了头盔及其上插着的半折的羽饰，然后是手持武器的士兵的肩膀、胸膛、四肢，不一会儿工夫，一群全身披挂的武士长了出来。卡德摩斯惊恐万状，准备迎战这群敌人。但是其中的一个武士向他说：'不要插手我们的内战。'说毕就挥剑刺死一个同他一起从土中长出来的兄弟。但他却中了另一个武士射出的箭，倒地死去。射箭的那个又被另一个武士杀死，就这样，这一群人自相残杀着，最后只剩下五个。其中的一个扔下了武器说：'弟兄们，我们讲和吧！'就是在他们的协助下，卡德摩斯建造了底比斯城。

"我父亲要交给你的龙牙就是上面所说的这条毒蛇的牙齿，你已经知道它们的厉害了。所以千万不能掉以轻心，在我父亲交给你龙牙之后，不要急着去播种。你要先独自一人去河水里沐浴全身，然后穿上一身洁净的黑色袍子。接下来，你就可以在地上挖一个圆形的坑，在里面堆满木柴，然后杀一只羊羔，把它放在木柴上烧成灰。在这个过程中，你还要往燃烧的木柴上洒甜甜的蜂蜜，以此作为给地狱女神赫卡忒的献祭。做完这些，你就可以离开了。但是千万记住，如果你听见身后有脚步声或者狗叫声，一定不要回头。否则之前的献祭就起不了任何作用。第二天早上，用我刚才给你的普罗米修斯油涂抹全身，这样你就会拥有无穷的力量，能战胜任何敌人。除了要涂抹你自己的身体，你的长矛和盾牌也要抹上这魔药，这样的话，就算神牛鼻子里喷出的火焰，也无法抵抗你的进攻。当然，魔药的神奇效用只能维持一天，所以你一定要在一天之内去播种并杀死所有的龙牙武士。不用太担心，我还可以告诉你一个对付龙牙武士的好办法：你耕完土地，种下龙牙之后，仔细地观察地面上的情况。你看到那些龙牙破土而出，长出武士的时候，一定要记住往地里扔一块巨石。这样，从地里冒出来的武士将会像群狗争食一样争夺那块石头，你就可以乘乱冲进去，把他们一个个杀死。这样你就可以完成我父亲交给你的任务，然后可以顺理成章地取回金羊毛，带着荣誉离开我们的国土……离开，离开这里所有的人，从此以后想到哪里就到哪里去。"

说到这里，她忍不住流下了伤感的泪水，一想到这位年轻英俊的英雄在拿到金羊毛之后就会离去，她就感到悲痛欲绝。悲伤使她忘记了自己的身份与少女的矜持，她伸出纤细的手，握住伊阿宋的右手说："但愿你离开以后，不要忘记我的名字。不管你走到哪里，我都会在这里想念你的。告诉我，你的家乡在哪里？你将和你的伙伴们乘着这美丽的大船回到什么地方去？"

伊阿宋其实也已经爱上了美狄亚，此刻，听着姑娘感人的话语，他再也控制不住感情，动情地说："尊贵的公主，请相信我！只要我还活着，我就会时时刻刻地记着你，不管是白天还是黑夜。我的故乡在爱俄尔卡斯，普罗米修斯的儿子丢卡利翁在那里建造了许多城市和神庙。那里离你的国家非常遥远，人们甚至还不知道你们国家的名字。"

"啊，这么说你的故乡是希腊，你们那里的人可比我们这里的人慷慨大方多了。因此，别对他们讲你们在这里受到了什么样的接待吧，只要你能在孤独时默默地想念我，我就知足了！我也会在这里默默地想念你的，即使所有人都把你忘掉了，我也不会。假如你忘记了我，那么就让一只小鸟飞到你的窗边，我会通过它使你记起我对你的深情与帮助！唉，你知道吗，其实我多么想亲自去你的家乡，提醒你一声啊！"说到这里，姑娘的眼泪又一次忍不住从眼中滑落，滴在伊阿宋的手上，晶莹剔透，像一粒粒细碎的钻石。

"不要说这群的话了，美丽的姑娘，我是永远都不会忘记你的，"伊阿宋回答说，"让你的鸟飞走吧，我只希望你能跟我一起回到我的故乡。如果你真的到了希腊，将会得到那里的男男女女的尊重，人们将会把你当成神一样礼拜，因为你的聪明才智让他们的儿子、兄弟和丈夫逃脱了命运的魔爪，顺利地完成使命回到故乡。而你和我，将永远在一起，就连死神也别想让我们分开，天地间没有任何一种东西能够战胜你我的爱情！"

听了伊阿宋的话，美狄亚幸福得简直要晕过去了。但是，一想到要离开自己生于斯长于斯的祖国去一个遥远的国度，又感到隐隐害怕。但是，对伊阿宋炽热的爱还是战胜了她心中的恐惧，她虽然嘴上没说，但心里却渴望能跟随心上人一起回到他的家乡。因为伊阿宋的保护神赫拉已经在她的心里撒上了这种渴望的种子。女神希望美狄亚能够跟随伊阿宋离开科尔喀斯到爱俄尔卡斯去，因为她可以帮助伊阿宋战胜阴险的珀利阿斯。

就在美狄亚和伊阿宋正在互诉衷肠的时候，美狄亚的侍女们正按照主人的盼咐在另外一个隐蔽的房间里焦急地等待着。细心的伊阿宋意识到了这一点，提醒美狄亚："亲爱的美狄亚，你该回去了，否则那些侍女会怀疑的。你看，时间过得多么快呀，太阳已经高高地挂在空中了，我们以后有的是机会见面，现在我们必须得离开了。"

伊阿宋完成埃厄忒斯交代的任务

目送伊阿宋离开之后，美狄亚朝侍女们走去，她整个人轻飘飘的，像漂浮在云雾中一般。她让侍女们把马车备好，然后轻快地登上马车，亲自赶着马儿回到了王宫。一回到王宫，美狄亚就往姐姐卡尔契俄柏的住处走去。到了姐姐所住的院子之后，美狄亚发现她正坐在一张小椅子上，呆呆地盯着眼前的土地出神呢。美狄亚知道姐姐正在为儿子的命运担忧，就赶紧把神殿中发生的一切告诉了她。

伊阿宋在与美狄亚分开之后，高兴地找到了在神庙的大门口等待的阿耳戈斯，与他一起回到阿耳戈号上。他兴奋地告诉同伴们，美狄亚已经把令人刀枪不入的普罗米修斯油交给了他，并且告诉了他给地狱女神献祭的具体方法。听完伊阿宋的叙述，阿耳戈英雄们都很高兴，因为这样的话，他们马上就可以得到金羊毛然后顺利返乡了。只有伊达斯坐在一边不说话，他认为这是一种耻辱，在那里气得直咬牙。

到了夜里，伊阿宋就按照美狄亚的嘱咐独自一人来到附近的河里沐浴了全身，并穿上了黑色的长袍。接着他又挖了圆坑堆上木柴把一头小羊羔夹在上面烧了起来，并且用甜甜的蜂蜜不断地洒在上面来给地狱女神献祭。等到羊羔烧成了灰，伊阿宋便转身离开了木柴堆，朝阿耳戈号走去。地狱女神赫卡忒知道了伊阿宋的献祭，便从地下的洞府中走出来了。她的样子十分可怕：头上盘着一堆丑恶的毒龙，龙嘴里全是熊熊燃烧的栎树枝。地狱中的一群猎犬围在她的身边，大声地狂吠着。伊阿宋听到背后的脚步声和狗叫声非常害怕，就在他想回过头去看一眼究竟的时候，他突然想起了美狄亚的话，于是头也不回地朝阿耳戈号走去。他一回到船上，又跟同伴们在一起高声庆贺，跳起了战士出征前的舞蹈，慷慨而悲壮。

　　第二天早上，伊阿宋派了两个人到王宫去找埃厄忒斯国王领取龙牙。埃厄忒斯把几颗龙牙交给这两个人，确实如美狄亚所言，它们正是被底比斯的创建者卡德摩斯杀死的那条毒龙的牙齿。国王在把龙牙交给伊阿宋的使者时毫不担心，而是面露喜色，因为他对美狄亚和伊阿宋之间发生的事一无所知。他觉得单凭伊阿宋怎么都对付不了他那两头铜蹄喷火的神牛，说不定连播种龙牙他都做不到呢，更何况要杀死那么多凶悍的龙牙武士。至于圣林里的金羊毛，这帮异乡人就更是想都不用想了，他们的首领都被龙牙武士杀死了，他们还不得灰溜溜地离开科尔喀斯？想到这里，埃厄忒斯的脸上不禁浮现出得意的笑容。这次，他虽然只是作为一个旁观者去的，但还是决定像亲自临阵一样穿戴起全身的披挂。于是，他吩咐仆人们给他穿上与巨人作战时穿过的结实铠甲，又拿起了由四层牛皮制成的盾牌，戴上了插着四根金质羽毛的金盔。这四层牛皮的盾牌非常沉重，世上只有他和赫拉克勒斯两个人能够举起来。接着，他的儿子把他的骏马牵过来了，他纵身一跃跳上了马背，然后飞也似的疾驰出城，后面紧紧地跟着一大批武士，道路两旁都是毕恭毕敬的人民。

　　出征之前，伊阿宋按照美狄亚的吩咐，用普罗米修斯油把自己的全身都涂抹了一遍，又把自己的宝剑、长矛和盾牌也涂抹了一遍。顿时，他感到自己的全身都充满了无穷无尽的力量，急切地渴望能够投入激烈的战斗。同伴们也被伊阿宋的激情鼓舞了，他们在他的周围舞弄着各自的武器，朝伊阿宋的长矛砍去，他们想试试魔药的效果到底如何。一试之下他们更有信心了，因为伊阿宋被魔药涂抹过的长矛非常坚硬，即使他们用尽了力气，也无法使它有丝毫损坏。只有伊达斯还不服，他举起自己最心爱的锋利宝剑，然后用尽全身的力气朝着伊阿宋的长矛奋力砍去。只听"啪"的一声，他的宝剑已经断成两截，而伊阿宋的长矛依然闪着锋利的光，没有丝毫损坏。阿耳戈英雄们看到这一幕之后都欢呼雀跃，他们仿佛已经看到毒龙武士正在伊阿宋的长矛下一个个倒下。

　　伊阿宋左手提长矛，右手执盾牌，信心十足地朝着阿瑞斯田野走去，身后跟着其他的阿耳戈英雄们。国王埃厄忒斯正率领着一群人等待着他们，伊阿宋二话不说，直接大步上前，接过装着龙牙的头盔，然后威风凛凛朝着田地走去，就像战神阿瑞斯本人一样无所畏惧。来到田地里之后，伊阿宋环视四周，很快就发现了放在不远处地上的巨大的轭和犁。轭是用来驾驭神牛的，犁是用来耕地的，这两种农具都是用铁铸就的，在阳光闪着微微的光泽。伊阿宋正想看个究竟，就听见两声惊天动地的怒吼，不远处的地洞里金光一闪，两头神牛已经从洞中奔了出来。它们鼻孔喷着烈焰，八条铜蹄踏在地上，远方的田野都在随之震颤。

伊阿宋来不及细看，赶紧放下盛着龙牙的头盔，提起长矛，手持盾牌，朝神牛走去。只见两头神牛怒吼了一声，朝伊阿宋冲了过来。它们的铜蹄踏在土地上，发出沉闷的声响，鼻孔里不断喷射着熊熊的火焰，简直就是两道凶神恶煞的夺命符。最可怕的是，两头神牛的周身都笼罩着一股浓浓的烟雾，让人无法判断它们的准确位置和确切部位。

伊阿宋的同伴们看到这凶神恶煞的神牛，都不由暗暗为伊阿宋捏了一把汗。但是伊阿宋却镇定自若，张开双腿站稳，一手提着长矛，一手把盾牌支在身前，岿然不动地等待神牛的进攻，就像是岸边一块坚硬的岩石正在等待着海浪的冲击。神牛没有停下步伐，它们摇晃着铜角，迈着铜蹄，低吼着朝伊阿宋冲来。两只神牛的角撞到伊阿宋的盾牌上，却没有使他后退哪怕一小步。神牛又羞又怒，便后退几步，怒吼着发起了又一次冲击。这次，它们使出了鼻孔喷火的本领，那熊熊燃烧的火苗向伊阿宋的身上脸上扑去，让周围围观的阿耳戈英雄们紧张起来。可是，火苗也没有伤到伊阿宋，他依旧如岩石一般岿然不动。一边旁观的埃厄忒斯看到神牛鼻子里喷出的火焰都无法伤害伊阿宋，感到非常不解，却不知道是他的女儿美狄亚的魔药保护了这个年轻人。

两只神牛在连续发起数十次进攻之后，终于有些体力不支。伊阿宋看准机会，猛地扔下手中的盾牌和长矛，纵身一跳，一把抓住其中一头神牛的双角，使出全身的力气把它拖到放着铁轭和巨犁的地方。到了农具旁边，伊阿宋狠狠地踢着它的前蹄，让它跪倒在地上。然后他又用同样的方法把第二头牛拖过来，使它与先前的那头并排跪倒在一起。两头神牛在做着最后的抵抗，奋力地从鼻子中喷出了烈火。他飞起一脚把它们踢倒在地。这时，两头牛终于彻底没了力气，伊阿宋用双手死死按住那两头神牛，让它们完全不能动弹。这时，连在一旁围观的埃厄忒斯也不禁暗暗赞叹这位年轻人的膂力。卡斯托耳和波吕丢刻斯两兄弟一看伊阿宋已经按住两头神牛，赶紧按照事先的约定，把地上的铁轭递到伊阿宋手中。伊阿宋接过来，飞快地将它紧紧地套在两头神牛的脖子上，然后又接过两兄弟递过来的铁犁，把它套在铁轭的环中。

卡斯托耳和波吕丢刻斯俩兄弟把农具递到伊阿宋手中之后就赶紧离开了，因为他们并没有涂抹普罗米修斯油，怕那两头神牛会突然喷火。伊阿宋则重新拾起地上的长矛，拿起装满龙牙的头盔。然后，伊阿宋跟在神牛后面，一手用长矛锋利的尖抵着两头神牛，迫使它们拉着巨大的铁犁在田地中往前走，一手不断地在地上犁出的深沟里播种下龙牙。伊阿宋一边播种，一边不时回头注意身后的动静，看看毒龙的那些子孙们是否孕育成熟，破土而出。不过龙牙的孕育速度似乎没有那么快，一整个上午过去了，整块土地全部耕种完了，还是没有龙牙武士从土地里生长出来。耕种完，伊阿宋便从神牛身上解下了沉重的铁轭，然后扬起长矛朝着它们猛地一挥，两头神牛如蒙大赦，一溜烟地逃回了地洞，转眼间就不见了。

伊阿宋又观察了一下垄沟，看到整块土地都静悄悄的，还没有长出龙牙武士，就暂时离开这片土地，来到了同伴们中间，准备休息一下。同伴们纷纷称赞伊阿宋的神勇，可伊阿宋一直默不作声，因为任务只完成一半，他的心里还紧绷着一根弦。他用头盔盛起了满满的河水，然后一口气喝了下去，只觉得胸头顿时清凉无比，被神牛喷出的火焰炙烤得干裂的嗓子也得到了滋润，无比舒畅。他活动了一下胳膊和双腿，顿时感到它们都充满了力量，胸中又涌起了斗争的强烈欲望。

时间流逝，很快便夕阳西下，伊阿宋播种在田里的"庄稼"长成了。这哪是什么庄稼呀，全都是面目狰狞的武士，个个身披铠甲，手中的盾牌长枪闪耀着刺眼的光芒，整个田野里都闪耀着长枪和盾牌的银光。伊阿宋没有忘记恋人美狄亚的话，早已举起一块巨石，远远地扔到巨人的中间。然后，他用盾牌掩护住自己，悄悄地蹲在一旁，等待着看他们自相残杀。而埃厄忒斯和其他科尔喀斯人还没有明白伊阿宋这么做的意图，他们只是被伊阿宋的力大无穷震撼了，不由得发出一声惊叹——因为伊阿宋扔到武士中间的这块巨石，四个身强力壮的大力士共同用力也未必移得动，可伊阿宋居然用一只手就把它举起来了。

等看到巨石激起的反应时，他们更是目瞪口呆：土地里生长出来的毒龙的后代开始像恶狗争食一样争夺起那块石头来，他们呜呜地怒吼着互相残杀、互相撕咬起来。一时间，大批龙牙武士倒在地上。就在他们拼杀得筋疲力尽、两败俱伤的时候，伊阿宋一手提矛一手执剑扑了过去，他左刺右杀，一会儿工夫便把这批巨人全部砍杀在地。

国王埃厄忒斯怎么也没想到伊阿宋这么容易就制服了龙牙武士，要知道，连他本人也没有想出扔一块石头让他们自相残杀的办法呢！他又气又怒，一言不发地转身离开，回到王宫去了。他没有兑现诺言把金羊毛拱手送上，而是一路上不停地琢磨着该如何杀死伊阿宋，除掉这群胆敢觊觎他的金羊毛的外乡人。

美狄亚取得金羊毛

回到王宫，埃厄忒斯连夜召集所有的长老和贵族到宫中，商议怎样才能战胜阿耳戈英雄们，阻止金羊毛被夺走。此时的埃厄忒斯已经有些怀疑他的女儿美狄亚在暗中帮助伊阿宋，因为伊阿宋居然可以不被神牛鼻子中喷出的火焰烧伤，肯定是涂抹了什么魔药，而熬制魔药正是美狄亚的拿手好戏。再联想一下美狄亚今日魂不守舍的样子，跟她身边的侍女打听一下她这两天的行踪，埃厄忒斯更是确定伊阿宋正是在女儿的帮助下才能顺利地播种龙牙，杀死龙牙武士的。伊阿宋的保护女神赫拉看到埃厄忒斯正在召集人马准备对付伊阿宋，便想通过美狄亚让他尽早完成任务，离开兵强马壮的科尔喀斯。因此，她使美狄亚的内心充满疑惧，让她预感父亲已经知道她的所作所为。她叫来侍女们询问，知道父亲的确向她们询问过她这几天的行踪，更是明白了自己的秘密已经泄露。她又急又怕，觉得科尔喀斯的王宫再也不是自己能待的地方，众人的流言和父亲的惩罚将会要了她的命！

她突然想起伊阿宋让她同回希腊的邀请，那时候她就对这个提议动过心。现在，在这种危急的情况下，她更觉得这已经是唯一的出路。她决定逃离科尔喀斯，逃离这个生养了自己的地方，离开自己的亲人们。想到这里，她的心如同刀割一般难受，流着泪在心里默默地同亲人们告别："永别了，慈爱的母亲，你视我为珍宝，而我却要永远地离开你了，可能今生都无缘再相见；永别了，卡尔契俄柏姐姐，对不起，我欺骗了你。但好在我的所作所为也的确换得了你的儿子们的平安；永别了，我的父亲！我最对不起的就是你，我帮助伊阿宋战胜了你的神牛，我让你在一群外乡人面前尊严扫地，我是多么不应该呀！唉，伊阿宋，我现在真希望从来没有遇见过你，那样我也就不用承受背叛亲人和祖国的痛苦！"赫拉一看少女的心中又有动摇，赶紧让阿佛洛狄忒又往她心中吹入一股猛烈的爱情的风，少女一下子又陷入爱情的甜蜜之中，坚定了出逃的决心。她穿好衣服，还没来得及穿鞋子，就如同逃犯一般匆匆忙忙地离开了她的家。来到宫殿的大门时，她发现厚重的铁门已经提前关闭，就知道是父亲怕她会连夜逃跑。可这小小的铁门又怎么挡得住美狄亚呢？她念起咒语，大门就自动打开了。她左手拉着面纱蒙住脸，右手提住拖在地上的长裙，赤着脚穿过一条条小巷。不一会儿，她就来到城外，沿着一条小路向地狱女神赫卡忒的神殿走去。到了神殿之后，美狄亚取回了自己采集的用来制作魔药的树根和草药，又急匆匆地朝着阿耳戈号所在的方向走去。月光女神阿尔忒弥斯看到美狄亚光着脚的狼狈样子，不禁感叹道："想不到凡间也有像我一样为爱痴狂的女子,我为了英俊的安迪米恩离开了天空,这个女子也要为心爱的小伙子离开自己的家朝着心上人奔去。姑娘,想去就去吧。但是要记住,爱情的本质就是痛苦,别指望你千辛万苦追求来的爱情能给你带来永恒的幸福。"

美狄亚对阿尔忒弥斯的所感所想完全不知情,她还在朝着自己的爱情匆匆奔去。终于,她看到不远处的海岸边正燃烧着一堆巨大的篝火,聪明的美狄亚明白,这一定是阿耳戈英雄们为庆祝伊阿宋的胜利点燃的。她兴奋地疾走到篝火旁边的时候,发现英雄们已经散去,他们已经庆祝完毕,回到了阿耳戈号大船上。于是,她走到河岸,朝着大船的方向大声呼喊着姐姐的大儿子阿耳戈斯的名字。其实,此时她最想呼喊的是伊阿宋的名字呀;可是少女的矜持又使她没有勇气在大庭广众之下呼喊,于是只好呼喊起外甥的名字。当她喊到第三声的时候,阿耳戈斯听到了她的声音,接着,所有英雄都听到了美狄亚的呼喊。英雄们吃了一惊,赶紧把船摇到岸边。船还没有完全靠岸,伊阿宋就一步跳上了岸,关切地看着美狄亚。其他人也纷纷跳上岸来。

"你们赶紧逃走吧,把我也带上!"美狄亚一见到伊阿宋就如此叫道,"我的父亲已经知道了我帮助你的事情,现在正在商量办法对付你们呢。他肯定也不会饶了我的,在他派出抓我的人到来之前,就带我一起驾着这大船逃跑吧!"

"连累你了,美狄亚。可是我们历经重重磨难就是为了金羊毛而来的,我们是绝不能就这样空手而归的,那样的话不但希腊不会欢迎我们,连我们自己也会看不起自己的。"伊阿宋说。美狄亚沉吟了一下,狠了狠心,说:"既然已经帮助你们了,就让我再帮你们一把,弄到金羊毛吧。现在你们就跟我往阿瑞斯的圣林去吧,到了那里之后,我会用催眠术将那条看护金羊毛的恶龙催眠,你们就可以乘机从大栎树上取走金羊毛了。我这算彻底地背叛父母了,伊阿宋呀,你可要当着众英雄的面发个誓:当我孤身一人跟随你到你们的国土时,你会誓死保护我的性命,维护我的尊严!"

伊阿宋深情地看了一眼狼狈出逃的姑娘,抱住她流血的双脚,说:"你为了我付出这么多,我会一生对你好。跟我一起回家乡吧,从现在开始,你就是我合法的妻子,就让我的保护神——主宰婚姻的赫拉女神来做证!"美狄亚闻言,露出甜蜜的微笑,她接着建议英雄们立即行动,把船直接摇到圣林边。靠岸之后,美狄亚率先跳下船来,带领着众英雄以最快的速度穿过草原中的一条小道来到圣林。刚走到圣林边上,他们就看见在圣林深处有一片灿烂的金色光芒,那是挂在栎树上的金羊毛发出来的。于是,他们朝着金光的方向以更快的速度赶去。到了离大栎树不远的地方,他们发现树的下面果然有一条恶龙瞪着一对凶悍有神的大眼看守着，眼睛眨都不眨一下。恶龙也已经发现这群闯入圣林的人，它立即一仰头，发出了一阵可怕的怒吼，整个圣林都笼罩在恐怖的回声之中。接着，恶龙以极快的速度朝他们袭来。走在最前面的美狄亚毫无畏惧地迎上前去，她面露迷人的微笑，唱起了魔幻的催眠曲。她在心里祈求睡神斯拉芙显灵，让这条恶龙马上入睡。同时，她也祈求地狱女神赫卡忒继续赐福给她，帮助她实现自己的心愿。很快，恶驼就在美狄亚的催眠歌中昏昏欲睡，高昂的头慢慢地垂了下去，弯曲的身子也渐渐放松伸直。但是，它那一双闪闪发光的大眼睛却依然睁着，警惕地看着面前的人。美狄亚见状，取出怀中的一个小瓶，捡起地上的一根小树枝，然后往前一步，用树枝把瓶子里的魔液洒向恶龙的眼睛。恶龙在这股奇异的药水中终于失去意识，它慢慢地闭上眼睛，躺在大栎树下睡着了。

　　跟在美狄亚身后的伊阿宋一看恶龙睡了，赶紧冲过去，踩在巨龙的身上，取下了挂在栎树上的金羊毛。然后，伊阿宋把金羊毛挂在肩膀上，拉起美狄亚一起快速逃离圣林，往阿耳戈号跑去。金羊毛从伊阿宋的肩膀上垂下来，一直挂到脚跟，金光闪闪的，在黑夜里显得格外耀眼。美狄亚注意到了金羊毛的夺目之处，赶紧让伊阿宋把金羊毛卷起来藏好，否则如果让路过的神看到了，难免不被夺去。

　　天还没完全亮，两人就带着金羊毛回到了船上，伊阿宋把金羊毛从自己的斗篷中取出来。众人见了，都欣赏赞叹了一番。伊阿宋亲自到阿耳戈号的后舱给恋人美狄亚准备了一张华美舒服的床，又回到前舱，对着所有的阿耳戈英雄说："亲爱的伙伴们，我们终于完成此行的使命，现在就开始起航，回到阔别已久的故乡去吧！我身边的姑娘是这次取得金羊毛的大功臣，没有她的帮助，我们还不知道要多费多少周折呢。我要带着她一起回乡，娶她为妻。你们肯定也明白，我们夺走了金羊毛，埃厄忒斯一定不会善罢甘休的，他肯定会派人来追击我们，接下来的旅程将会充满艰辛。但是不管出现什么情况，我们都要好好保护美狄亚，一定不能让她因我们之故受到伤害。为了防止敌人突然追来，我们一半人开船划桨，另一半人拿好长矛和盾牌，随时做好迎敌的准备。"说完话，他一剑挥向缆绳，阿耳戈号如离弦的箭，飞速地朝着前方驶去。

阿耳戈英雄们带着美狄亚逃跑

　　伊阿宋说得没错，埃厄忒斯发现了美狄亚逃出王宫并帮阿耳戈英雄们取得金羊毛的事，他简直气坏了。再一想到她由于爱上了异乡人而帮助对方制服神牛、播种龙牙的事，更是恨不得立即把这个背叛父母和国家的女子抓到面前来。他立即驾着父亲太阳神给他的四马战车向海岸边驰骋，并且把武士们也召集到海岸边的广场上。等他们赶到的时候，阿耳戈船早已经带着美狄亚和金羊毛箭一般驶入大海。埃厄忒斯把双手举向天空，请诸神来证明是敌人先以不义的手段偷走了他们的金羊毛，然后愤怒地对广场上的所有武士宣布：立即驾驶战船去追赶那些可耻的敌人，如果他们不能捉住美狄亚，夺回金羊毛，就会全部被砍头。科尔喀斯人对国王埃厄忒斯的残暴自然非常清楚，明白他这句话可不是说着玩儿的，都吓得战战兢兢的。于是他们立即整顿队伍，登上战船，朝着远处的阿耳戈号追去。埃厄忒斯任命自己的儿子阿布绪耳托斯为整只船队的首领，并嘱咐他要不惜一切代价把美狄亚和金羊毛带回来。

　　阿耳戈英雄们非常幸运，他们在海上顺风航行了两天，大船在第三天早晨就到了达巴夫拉哥尼亚海岸。在海岸边停靠好大船之后，阿耳戈英雄们在美狄亚的吩咐下宰杀牛羊，为地狱女神赫卡忒做了盛大的献祭。英雄们回到大船上准备重新起航时，突然想起了年迈的菲纽斯曾经留给他们的一条预言：取得金羊毛踏上归程的时候要走另一条路。阿耳戈英雄们都不知道这条路到底指的是哪条，这时，阿耳戈斯说话了："我曾经看到过祭司们的记载，知道我们将要到达的伊斯河发源于律珀恩山，它有两条支流：一条流入西西里海，另一条流入爱奥尼亚海。你们来的时候应该走的是流入西西里海的那条支流，那么现在我们往另一条支流行驶应该就对了。"他的话音刚落，天空中突然出现了美丽的彩虹，正好横跨在远处注入爱奥尼亚海的支流上。看到这明显的征兆之后，阿耳戈英雄更是对阿耳戈斯的话深信不疑，毫不犹豫地向爱奥尼亚海的入海口驶去。入海口的海面上正风平浪静，似乎在等待着阿耳戈号的到来。

　　就在阿耳戈号在海面上行驶的同时，阿布绪耳托斯率领的科尔喀斯人的船队也没有停止对大船的追赶。他们对这一带的海面更加熟悉，在看到阿耳戈号行驶的方向之后，就驾着小船抢在敌人的前面到达了伊斯河注入爱奥尼亚海的入海口，封住了他们的必经之路。阿耳戈英雄们远远看到人多势众的科尔喀斯人堵在了入海口处，急忙停止行驶，准备商量一下对策。这时，跟在后面的科尔喀斯人也赶上来了，被前后包围的阿耳戈英雄焦急万分，已经有人提出来要与科尔喀斯人谈和，把美狄亚交给他们好换得大家的安全。听到这个消息，美狄亚流着泪来到伊阿宋面前，避开其他人对他说："伊阿宋，你准备怎么处置我呢？你也认同你那个同伴的意见，要拿我作为与我弟弟和谈的条件吗？我爱你，相信你，才背叛了自己的父母和祖国跟你一起离开。你是对着众神发过誓要对我好的,所以千万别把我交给我的弟弟吧!你知道我的父亲有多么恨我。如果我被带回科尔喀斯,肯定会被处死的。即便我的父亲没有判我死刑,我也会被全国人的流言伤得体无完肤。假如你真的听信别人的话离弃了我,你的良心永远都不会放过你的,众神也会惩罚你的不忠;我帮你取得的金羊毛也会离开你,我的灵魂也将搅得你永世不得安宁!"说完之后,她平息了一下自己激动的情绪,望着伊阿宋,看看他是什么反应。伊阿宋抱住美狄亚,对她说:"美狄亚,我的爱人,你尽管放心吧!我怎么会听信别人的话,忘恩负义地对待你呢?我的同伴之所以说要把你交出去,也只是缓兵之计吧。现在我们两面受敌,如果真的与他们打起来,恐怕很快就失败了,到那时你还是免不了被他们抓回去。我的同伴的话只是一种策略,想尽量拖延时间以商量对策而已。"

听到伊阿宋的话,美狄亚稍稍有些放心了,她想了一下,对伊阿宋说:"我已经背叛父母,不能回头了,就再作一次孽吧。我已经想到一个绝妙的办法来打败我弟弟率领的科尔喀斯人。你赶紧命人去准备好华美的礼物和丰盛的酒席,我将编造一个谎言把我的弟弟引诱过来,然后再说服跟随他的随从离开他,这样你就有机会趁他不备将他杀死。他是科尔喀斯人的首领,失去首领之后他们群龙无首,你就可以轻易把他们击败了。"

伊阿宋听了美狄亚的计策非常满意,他吩咐属下按照美狄亚的意思给阿布绪耳托斯送去许多华贵的礼物,其中就有雷姆诺斯女王送给伊阿宋的华丽金袍。美狄亚用科尔喀斯地区的土语写了一封信让使者带给阿布绪耳托斯。信中说自己并非心甘情愿帮助伊阿宋他们,而是被阿耳戈斯用暴力从王宫劫持出去,被外乡人强迫取得金羊毛的。她还要弟弟在当天夜里前往不远处的一座孤岛上,去那里的阿尔忒弥斯神庙与她偷偷会合,她将把金羊毛偷出来,在那里交给他,让他带回去交差。阿布绪耳托斯相信了姐姐美狄亚天衣无缝的谎言,在当天夜里就带着几个随从摇着一艘小船来到孤岛上的阿尔忒弥斯神庙。按照姐姐在信上的嘱咐,他孤身一人走进了神庙,让随从们在大门外等候。可是他刚一踏进神庙的大门,躲在门后的伊阿宋就挥着锋利的宝剑朝他的头上砍去。美狄亚见状,拉上面纱遮住了自己的眼睛,因为她实在不忍心看到自己的亲弟弟在自己的面前被杀害。

阿布绪耳托斯进门之后突然听到耳后传来一个异样的声音,本能地一避,躲过了被一下斩掉头颅的厄运。可是,他的身体却没有完全躲过伊阿宋的宝剑,剑锋划过他的大腿,鲜血喷涌而出。阿布绪耳托斯赶紧后退一步,想拔出自己随身携带的宝剑。可是伊阿宋接着挥手又是一剑,不给他任何喘息的机会……阿布绪耳托斯胸口中了一剑,慢慢地倒在地上,临死之前，他朝蒙着面纱的姐姐看去，眼神中充满了怨恨之意。与此同时，复仇女神也看到了神庙中发生的这一幕，流露出了冰冷的神情。

伊阿宋一看阿布绪耳托斯已死，赶紧举起火把，向其他阿耳戈英雄们发出进攻的信号。英雄们饿虎扑食一般冲向阿尔忒弥斯岛，很快就把阿布绪耳托斯的几个随从全部杀死了。

阿耳戈英雄们在归途中

珀琉斯见已经杀死科尔喀斯人的首领，劝他们赶紧趁乱离开河口。可是，科尔喀斯人没有因为阿布绪耳托斯死了就乱成一盘散沙，他们不愧是训练有素的士兵，立即又整顿队伍追了上来。伊阿宋的保护神赫拉在天上看到这一切，在科尔喀斯人头顶上方的天空中响起了轰隆隆的雷鸣声，科尔喀斯人被这突如其来的雷鸣声镇住了，不敢继续朝阿耳戈号追去。不过，他们可是清楚明白地记着临行前国王的话：如果不能把美狄亚和金羊毛带回去，所有的人都要被砍头。现在，他们非但没有抓到美狄亚，连阿布绪耳托斯也被伊阿宋杀死了，国王更是不会放过他们。他们越想越害怕，最后决定留在阿尔忒弥斯神庙的那座孤岛上。

阿耳戈英雄们离开河口之后继续前行，经过许多海湾和岛屿之后，他们离故乡越来越近了，锐眼的林扣斯甚至已经可以看到故乡的山峰。可是，赫拉不断偏袒阿耳戈英雄，她帮助伊阿宋的举动惹恼了宙斯，他在海上刮起一阵飓风，将阿耳戈号大船吹到了荒无人烟的埃莱克特律斯岛。英雄们被这突如其来的变故弄懵了，不知道自己在哪里得罪了神灵。就在这时，船壁上那块雅典娜女神赠送的会说话的木板开口说道："你们的罪孽惹恼了主神宙斯，刚才的飓风就是他对你们的惩罚。你们只能在海上漫无目的地漂泊，除非魔法女神喀耳刻能够为你们洗去谋杀阿布绪耳托斯的罪孽！"

阿耳戈英雄们听到这个预言都感到非常害怕，只有卡斯托耳和波吕丢刻斯这对孪生兄弟勇敢地站了出来，他们走向船头向众神祈祷，希望他们可以引导阿耳戈号找到魔法女神喀耳刻。但是，大船却被另一阵风吹到了埃利达努斯河口，那里是阿波罗在人间的儿子法厄同驾着的太阳车被烧毁坠海的地方，所以直到现在，水中还不断地翻滚着热浪，冒着热气。埃利达努斯河的两岸长着几棵高高的白杨树，每当有风吹来，它们就会发出阵阵叹息。这是法厄同的几个姐妹，她们在弟弟死后由于悲伤过度而变成了白杨树。英雄们来到这个地方之后感到非常厌烦，因为埋葬过法厄同尸体的埃利达努斯河经常会飘来一阵阵令人作呕的恶臭气。到了夜晚，英雄们又不得不听着法厄同那几个已经化为白杨树的姐妹们的哭声和她们的眼泪滴进海里的声音，这让每个英雄的心里都涌起了难言的悲痛。几天之后，阿耳戈号大船又被吹到了罗达诺斯河的入海口，就在大船将要从入海口驶入的时候，女神赫拉突然出现了。她叫阿耳戈英雄们赶紧离开这个地方，千万不能驶入河内，否则一定会遭到彻底毁灭。阿耳戈英雄听了赫拉的话感到非常庆幸，立即用尽全力掉转船行驶的方向。几天之后，他们终于在赫拉的指引下到达第勒尼安海岸，登上了一座陌生的岛屿。

在这座岛上，他们找到了预言中所说的魔法女神喀耳刻，她是太阳神阿波罗和珀耳塞的女儿，这时正伏在岸边用海水洗头。原来，她刚刚做了一个噩梦：她的房子着火了，大火吞食了她所炼制的所有魔药，整个房间里血流成河。于是，她不断地用手捧起地上的血水浇向火焰，想把它们扑灭……就在这时，她从噩梦中惊醒了，她想到梦中的场景，感到一阵阵恐惧，赶紧跑到海边洗手洗头发，好像上面真的如梦中一般沾满了鲜血。

阿耳戈英雄们一登上小岛，就发现了正在海边洗头洗手的喀耳刻，她的身后围绕着成群的怪兽，就好像牧人的身后跟着一群牲畜一样。阿耳戈英雄们知道她是残暴的埃厄忒斯的妹妹，都有些心慌，不知道她会不会愿意帮他们洗清罪孽。此时的喀耳刻已经摆脱噩梦的阴影，她镇静下来，转过身去抚摸着身边的那群怪兽，就像抚摸温顺的宠物似的。

为了洗清罪孽，摆脱宙斯的惩罚，伊阿宋和美狄亚朝喀耳刻走去，其他人则在大船上等待着他们的消息。喀耳刻并不认识伊阿宋和美狄亚，也不知道这两个年轻人的来意。她请两人坐下，又仔细地打量他们，发现美狄亚低着头，用面纱遮着脸；而伊阿宋则用双手紧紧地握着杀害了阿布绪耳托斯的宝剑，闭着眼睛，神情紧张。喀耳刻是魔法女神，已经从两个人的神情中明白他们是来请自己为他们洗清罪孽的。喀耳刻对万神之父宙斯非常敬畏，所以用一只狗向宙斯献祭，祈求宙斯允许她为伊阿宋和美狄亚洗清罪孽。接着，她又走到火炉旁焚烧了一些圣饼，祈求复仇女神能够赦免这两个犯有罪孽的人。向宙斯和复仇女神祭祀完毕，喀耳刻重新在两个人的面前坐下，让他们详细地讲述一下他们的来历和来意。美狄亚闻言，就抬起头来回答她的问题。喀耳刻吃了一惊，因为她看到美狄亚跟自己一样长着一双金光闪闪的眼睛。一看美狄亚的眼睛，喀耳刻就明白美狄亚也一定是太阳神的后代，因为只有阿波罗的后代才会拥有这样的眼睛。于是，她要求美狄亚用家乡的语言来回答她刚才的问题。于是，美狄亚用科尔喀斯地方的语言讲了自己帮助阿耳戈英雄从父亲埃厄忒斯那里夺得了金羊毛；但是，她隐瞒了伙同伊阿宋谋杀亲弟弟的罪孽。

魔法女神喀耳刻知道美狄亚隐瞒了杀害阿布绪耳托斯的事，但是她在心里十分同情这位为了爱情背叛父母的侄女。她对美狄亚说："可怜的侄女呀，为什么不用光明正大的手段获得爱情呢？你得到了爱情，却犯下巨大的罪孽，还要永远离开生养了自己的家乡。我不会惩罚你的，因为你虔诚地来寻求我的保护，而且你还是我的亲戚。可是，我也不会帮助你和你身边的这个年轻人，我既不认同你们已经做过的事，也不赞同你们接下来的继续逃亡。你们赶紧离开吧！你的父亲不会善罢甘休的，即使你们逃回了希腊，他也会追到那里为他被谋杀的儿子报仇。"听完女神喀耳刻的话，美狄亚心中痛苦极了，她用面纱遮住脸，流下了伤心的泪水。伊阿宋见状，拉起她的手，牵着她走出了喀耳刻的房子。

赫拉对伊阿宋和全体阿耳戈英雄的遭遇非常同情，她派伊里斯作为使者去找大海女神忒提斯，希望她能保护阿耳戈号大船，使阿耳戈英雄们能够早日结束在海上的漂泊。伊阿宋和美狄亚从喀耳刻那离开之后回到了阿耳戈号大船。他们两个刚登上船，海面上突然吹来一股西风。这可是大家盼望已久的呢，于是英雄们高兴地扬帆起航，趁着顺风把大船驶入了海中。航行了一段时间，他们发现前方的海面上有一座郁郁葱葱的美丽岛屿，那就是塞壬女妖的居住地。

大海、黑夜、星空

这么长时间以来，阿耳戈号一直在孤独地航行。在这黑暗而深邃的夜里，只有船员们沉重的呼吸。他们遥望着远方，思念着故国和家乡的亲人。伊阿宋心怀忧愁，因为前面就是那传说中恐怖的小岛了，他想起了关于塞壬女妖的传说：她们是河神埃克罗厄斯的女儿，从他的血液中诞生。一半像鸟、一半像女人的塞壬女妖们总是蹲在海岸边，张望远方。她们拥有美丽的歌喉，常用歌声诱惑过路的航海者。谁要是不加防范，接近她们，聆听她们的歌声，就会使航船触礁沉没。她们的四周经常会堆满受害者的白骨，腐朽的骨架上挂着皱缩的皮肤。

海风徐徐，船正在接近塞壬的海滩。突然，风停了。英雄们收下船帆，挥动船桨，蓝色的海面泛起雪白的水线。船逐渐接近海岸，塞壬看见渐近的船，立刻唱出了优美的歌儿：

> 过来吧，尊贵的异乡人。
> 停住你的海船，来聆听我们的歌唱。
> 谁也不曾驾着乌黑的海船，穿过这片海域，
> 蜜一样甜美的歌声，正飞出我们的唇沿——

听罢之后，他会知晓更多的世事，心满意足，驱船向前。
我们知道阿耳吉维人和特洛伊人的战事，所有的一切，
他们经受的苦难，出于神的意志，在广阔的特洛伊地面；
我们无事不晓，所有的事情，蕴发在丰产的大地上。

英雄们被美妙的歌声迷住了，当他们正要准备靠岸的时候，阿波罗的儿子俄耳甫斯突然开始弹奏起古琴，他的琴声是那么美妙悠扬，很快就盖过女妖们的歌声。英雄们被俄耳甫斯的琴声拉回来了，都定了定心神，不再被女妖的歌声所引诱。只有来自雅典的波忒斯实在抵制不了女妖们甜美歌声的诱惑，他一下子跳进大海，去追逐那令人神魂颠倒的歌声。

英雄们为波忒斯默哀了一会儿，然后继续前进，很快便来到一处狭窄的海峡。这处海峡非常危险，海峡的一边是著名的卡利布提斯大漩涡，另一边是峻峭的陡崖，这面陡崖已经把无数过往船只撞得船毁人亡。除了两边隐藏的危险，海峡里的海水也非常不平静，这里的海面总是急速地旋转，像一只巨兽张开的大嘴，随时都会把经过的船只吞没。此外，海峡的海面下还有无数暗礁，任何一个不小心，都能让触碰到它们的船只死无葬身之地。

以前，这里是火神赫菲斯托斯的冶炼场，所以直到现在还有滚滚浓烟不断从海中冒出，把这里的天空染成了暗黑色。赫拉知道阿耳戈英雄将要经历一次大的冒险，便请来海洋女神们，帮助他们渡过难关。当阿耳戈号驶入海峡，她们在大船的周围围了一圈；每当遇到海底有暗礁的时候，她们就会把船托起来，把它传递到暗礁的前方。阿耳戈船上的舵手们紧紧地把着舵，让大船沿着海峡笔直前行，既不让它划到海峡旁边的卡利布提斯大漩涡里，又努力避免大船撞到海峡另一侧的陡崖。赫拉在空中紧张地关注着阿耳戈号的行进，这时的空中正闪烁着无数晨星。看了一会儿，赫拉便紧紧抓住身边雅典娜女神的手，因为她已经看得有些晕眩。火神赫菲斯托斯也站在远处一块巨大的礁石上，观赏着这惊心动魄的一幕。最后，在海洋女神的帮助下，阿耳戈英雄终于克服重重险阻，平安地穿过狭窄的海峡，驶入辽阔的大海，继续在海面上航行着。几天之后，他们来到淮阿喀亚人居住的岛屿上。小岛上的居民都很善良热情，他们的国王是虔诚正直的阿尔喀诺俄斯。

科尔喀斯人追击而来

在淮阿喀亚人的岛屿上，阿耳戈英雄们受到了非常热情地接待；可是，还没等他们好好享受一下主人的盛情，埃厄忒斯派出的第二批船队又追来

了。他们来到阿尔喀诺俄斯的宫殿，对国王说："尊敬的国王，您可能还不知道被你们奉为上宾的这些人是什么来历，他们都是些卑劣的贼，用无耻的手段窃取了我们科尔喀斯人的金羊毛。而跟他们在一起的那个女子叫美狄亚，她本是我们的国王埃厄忒斯的女儿，却在伊阿宋的引诱下背叛了她的父母和国家，帮助伊阿宋窃取了金羊毛。我们到这里来就是要带她回去的，如果那群窃贼不答应，我们将与他们决一死战。"

阿耳戈英雄们听到科尔喀斯使者的话非常愤怒，他们纷纷提起长矛，拿起盾牌，要与追来的敌人决斗。这时，善良、不喜杀戮的淮阿喀亚国王阿尔喀诺俄斯制止了双方的举动。美狄亚看到这种情形有些害怕了，她一下子扑倒在地上，抱住淮阿喀亚王后阿瑞忒的双膝，说："善良的王后呀，千万别听信使者的话。我并不是一个轻浮恶毒的女子，我实在是因为畏惧父亲的凶悍和强权，才愿意跟伊阿宋出走，到他的家乡去的。我们并不是不光彩的私奔，他已经向主管婚姻的赫拉女神发誓了，这次是把我作为合法的妻子带回家乡的。千万不要把我交给这群追兵，如果他们把我押送回科尔喀斯，我会被处死的。请您救救我吧，神会因为您的善良而保佑您和您的子孙们，您的城市也会因此获得不朽的荣誉。"接着，她又向阿耳戈英雄们一一恳求，恳求他们保护自己这个随他们出逃的弱女子。每一个英雄都答应了她的请求并向她保证，他们会誓死保卫她的安全，绝不会让那些科尔喀斯人把她抓回去受苦。阿尔喀诺俄斯让众人先行散去，说自己会认真考虑双方的意见，并且会在第二天给双方一个答复。

回到寝宫之后，阿尔喀诺俄斯便与阿瑞忒商议该怎样处置科尔喀斯人的逃亡公主美狄亚。阿瑞忒深深地同情美狄亚的遭遇，也被美狄亚的痴情感动了，她为美狄亚向自己的丈夫求情。阿尔喀诺俄斯本来也是心肠特别软的人，听完妻子阿瑞忒的话，他沉吟了一下，说："这的确是个可怜的姑娘，在这个时候把她推出去太残忍了。可是，被她背叛了的父亲埃厄忒斯可拥有着一个强大的王国，贸然得罪他似乎也不是闹着玩儿的，我实在不想为了庇护一个异乡的女子而给我们本国的人民带来灾难。再说了，科尔喀斯并没有一来就动用武力，如果我们没有任何理由与他们开战，恐怕会违背以礼待人的神训。我看就这样吧：我们先判断一下美狄亚是已婚的还是未婚的，如果她是位未婚的姑娘，那么于情于理我们都应该把她交给她的父亲；如果她已经与伊阿宋正式结婚，那么即使是神灵也不能破坏这神圣的爱情与婚姻。任何人都无权让她离开自己的丈夫，因为一个已婚的女子是属于丈夫而非父亲的。"

听到丈夫的话，阿瑞忒暗暗吃了一惊，为了保证美狄亚的安全，她暗地里偷偷派出一名使者，连夜把国王的这个决定通知了伊阿宋。得到消息之后，伊阿宋把美狄亚和所有的阿耳戈英雄都召集过来，大家一起商量对策。所有人都建议伊阿宋和美狄亚赶紧正式结婚，在天亮之前成为真正的夫妻，以赢得阿尔喀诺俄斯的支持。于是，众人为二人选择了一处隐蔽而圣洁的山洞，为他们举行了正式的婚礼。之后，众人离开了，美狄亚成为伊阿宋真正的妻子。

第二天一早，所有人都聚集在洒满了阳光的海岸上，海岸的一头站着科尔喀斯人，另一头站着阿耳戈英雄们。不一会儿，头戴王冠的阿尔喀诺俄斯从宫殿中走了出来，他来到海岸上，手握金杖站在科尔喀斯人和阿耳戈英雄之间，准备宣布自己对姑娘归属的裁决。在他的身后站满了淮阿喀亚贵族，他们想看看自己的国王到底会不会给出一个令人信服的裁决。淮阿喀亚的妇女们也从小岛的四面八方聚集过来，她们都想看看大名鼎鼎的阿耳戈英雄到底有着怎样的风采。

在宣布裁决之前，国王先命人进行了简单的献祭。等供品的香气弥漫在空气当中，他开始进行裁决。首先，他向阿耳戈英雄们询问："美狄亚与伊阿宋正式结为夫妻了吗？她是否已经成为伊阿宋的妻子？"听到国王的问话，伊阿宋径直走向前去，向众人发誓，埃厄忒斯的小女儿美狄亚已经是他真正的妻子。阿尔喀诺俄斯闻言，传来了参加两人婚礼的证人，证明伊阿宋所说确实符合实情。接着，国王进行了最后的裁决：美狄亚已经是伊阿宋的妻子，一个已婚的女子是属于她的丈夫的，即使是她的父亲，也无权把她从丈夫身边夺走。因此，他把美狄亚判给了伊阿宋，说自己不会把她交给科尔喀斯人。围观的科尔喀斯人听到国王的裁决合情合理，一时间也无话可说了。

国王接着声明，这些追赶而来的科尔喀斯人仍然是受到岛民欢迎的，他们可以自由选择自己的去向，或者作为永守和平居民留下来，或者自行驾船离开，回到科尔喀斯。科尔喀斯人畏惧埃厄忒斯，害怕失去了儿子和女儿的国王会一怒之下把他们统统杀掉，因此就决定留在岛上。阿耳戈英雄们在岛上享受了淮阿喀亚人的盛情款待。几天之后，他们恋恋不舍地告别国王阿尔喀诺俄斯，带着满船的美酒和食物继续朝着家乡的方向航行。

阿耳戈英雄们的最后一次冒险

航行了三天三夜之后，阿耳戈号离英雄们的故乡越来越近了。现在，站在船头的英雄们已经可以隐约看到故乡伯罗奔尼撒的海岸了。可是，就在英雄为了即将结束海上漂泊欢欣雀跃的时候，海面上突然刮起一阵狂暴的北风。阿耳戈号在这阵飓风的席卷下就如同一片树叶,在海上晃晃悠悠地漂了九天九夜,飘过了利比亚海,飘到了瑟堤斯海湾,这里已经是遥远的非洲了。黏稠的大叶藻平铺在地上,犹如一片绿色的沼泽地。阿耳戈船已经被海浪冲上了一片沙滩,搁浅在沙滩上。这片沙滩非常大,一眼望去看不到尽头,沙滩上没有任何飞禽走兽,更不用说人类的痕迹了。英雄们被眼前的景象弄懵了,他们纷纷跳下船来,四处转转,想看看周围有没有什么可以补给淡水和食物的地方。很快,英雄们就纷纷悻悻而归。沙滩前面只有无边的湿泥地,没有泉水,也没有食物,连道路也没有一条,天地间只有死一般的寂静。

　　阿耳戈英雄一路上经历了各种各样的考验,比这艰险十倍的都碰到过,可是这次的情况让他们差点崩溃。"神啊!怎么会把我们送到这个如地狱一般沉闷的地方?我们宁愿被恶龙吃掉,被巨岩砸碎,也不愿意在这无边的荒漠里慢慢等死,等着自己的肌肉慢慢萎缩,血液慢慢枯竭,看着生命的活力从我们曾经强壮的身上一点一点地逝去……我是多么希望已经在以往的壮烈事业中牺牲了呀!"舵手安克奥斯说。其他英雄听了他的话都沉默不语,因为他说出了所有人的心声。

　　很快,颓废的情绪像瘟疫一样在阿耳戈英雄中间流行开来,他们饿着肚子横七竖八地躺在沙滩上,眼睁睁地等待着死神的降临。在离开淮阿喀亚人的岛屿时,阿尔喀诺俄斯国王曾经送给美狄亚几名侍女。现在,她们围住女主人,惊恐不已。

　　就在这群人快要在绝望中悲惨地死去时,三位半人半神的女神在一个炎热的中午披着山羊皮来到了他们中间。三位女神悄悄地来到躺在沙滩上的伊阿宋身旁,揭开了盖在他脸上的斗篷。伊阿宋看到身边站了三位女神,连忙从地上跳起来,恭敬地站在那里,等待着她们说话。三位女神中为首的那位开口道:"我们非常清楚你们现在的困境,眼看着自己的生命力一天天逝去,却无法做任何事情。可是,不要这么颓废下去了,打起精神吧。当海洋女神驾起波塞冬的马车时,你们感谢长期以来孕育着你们的母亲吧。这已经是你们的最后一次磨难了。此后,你们就可以带着荣誉顺利返回故乡了。"说完这番话后,三位女神突然不见了。

　　伊阿宋简直高兴坏了,他本来以为他们要被困死在这片沙滩了,没想到女神又给他们带来了胜利的希望。女神所说的话虽然隐晦,但其中蕴含的深意他还是能够体悟到的。就在这时,远处的海面上出现了神奇的一幕:本来平静的海面上突然翻起了一个巨大的浪,一匹身形庞大的海马从海里冒出来,快速跳到岸上,然后抖落了身上的水,穿过英雄们之间的空隙,向远处飞奔而去，沙滩上留下一行清晰的马蹄踏过的痕迹。珀琉斯高兴地说："看来这就是女神们所说的'海洋女神驾起波塞冬的马车'了，可是，'长期以来孕育着我们的母亲'又是指什么呢？是了，肯定是指我们在冒险的过程中乘坐的阿耳戈号大船了。让我们把它放在肩上扛起来顺着海马的足迹向前走吧，以这种方式来表示我们对她的感谢。海马和我们的'母亲'一定会引导着我们走出这片让人窒息的沙滩。"

　　英雄们都认为珀琉斯的看法很有道理，于是按照他的说法扛起大船沿着海马的足迹走去。在沙滩中走了十二天之后，他们终于来到忒律托尼的海湾。这时，大家都已经口干舌燥、体力匮乏了。于是，他们把大船从肩膀上放下来，分散开来找水喝。

　　俄耳甫斯独自一人往一条小路走去，在找水的途中碰到了夜神赫斯珀洛斯的四个女儿。她们住在栽有金苹果树的圣园里，和巨龙拉冬一起看守着金苹果。四个女神都非常喜欢唱歌，所以当她们看到远处走来一个年轻人的时候，就用歌声询问他的来意。俄耳甫斯最擅长的就是唱歌了，于是，他用美妙的歌声告诉了女神们阿耳戈英雄的经历，并且向她们询问附近哪里有水源。四位女神被阿耳戈英雄的冒险故事和俄耳甫斯举世无双的美妙嗓音吸引了，告诉了他水源的所在。最年长的女神说："昨天，我们看守的这个圣园里来了一个勇敢的野蛮人，他力大无比，眼睛又大又亮，身上披着一张巨大的狮子皮，头上戴着用狮子的头颅做成的头盔。昨天他走到这里的时候也到处找不到水源，一气之下他便抬起脚来冲着身边的一块大岩石踢了一脚，硬是把一块坚硬无比的岩石踢出了一条缝隙。奇怪的是，大岩石被他踢了一脚之后就像中了魔一样，从那隙缝中流出了清凉的泉水。这个大力士就用这清泉的水解了渴。"

　　说完，女神为俄耳甫斯指了指那眼清泉的位置。俄耳甫斯高兴极了，赶紧把所有英雄都叫了过来，饱饱地喝了一顿清凉的山泉水。畅饮完山泉水之后，他们又开始讨论起那个一脚踢出一眼清泉的大力士来。"那个人就是赫拉克勒斯呀，当时的英雄中只有他才有这么大的力气！"一个阿耳戈英雄突然想到了什么似的，大声说道。大家一听，也都觉得那个大力士就是赫拉克勒斯无疑，于是，便分头去寻找。可是，天黑时候所有人都垂头丧气地回来了，因为没有人能够找到赫拉克勒斯并把他带过来。只有锐眼的林扣斯说远远地看到赫拉克勒斯的一个背影，但由于离得太远，他又走得太快，最终也没有把他追回来。

　　大家感叹了一番之后，突然发现一件不幸的事：有两位去寻找赫拉克勒斯的同伴走失了，没有回来。阿耳戈英雄在为这两位走失的英雄默哀之后，上船准备继续航行。英雄们把大船推入忒律托尼海湾，想将它驶入无垠的大海。可是，就在这时海面上突然刮起了逆风，大船一下子横在港口，怎么也驶不出去了。于是，英雄们带着船上最大的三脚鼎上了岸，把它献祭给了当地的神。在回到阿耳戈号的途中，英雄们遇到了海神特里同。他扮成一个普通少年的模样，从地上拾起一块泥土送给了阿耳戈英雄里的奥宇弗莫斯。奥宇弗莫斯并没有嫌弃这礼物，将它接过来藏在胸前的衣服里。

这时，海神特里同显出他的本来面目，说："我就是这个地方的保护神，谢谢你们的礼物。你们回到船上去吧，我会给你们送上一阵顺风的。你们很快就可以回到故乡伯罗奔尼撒。"说完之后，特里同拎起阿耳戈英雄献祭的三脚鼎，消失在远处的海面上。

英雄们满心欢喜地上了船，这时，果然刮起一阵顺风，船顺利地驶入大海。几天之后，阿耳戈英雄来到喀耳巴托斯岛。这座岛上有一个可怕的巨人塔洛斯。他的身体是青铜的，因此刀枪不入，不会受伤。但是，他的身上有一个可以致命的部位，那就是他的脚踝，因为这脚踝不是青铜的，而是由筋脉和血管组成的。只有击中他的脚踝的人才能够把他杀死。阿耳戈英雄登上喀耳巴托斯岛的时候，塔洛斯正坐在一块巨大的礁石上，生性凶残的他一见有陌生人来，便抓起巨石朝他们扔去。英雄们吃了一惊，急忙后退。这时美狄亚站出来说："不用慌，我知道怎样除掉这怪物。"说完，她开始小声地念起了魔咒，召唤命运女神和地狱猎狗来帮助。接着，她又用魔药使塔洛斯昏昏沉沉地睡去。睡梦中，塔洛斯在美狄亚的诱导下抬起肉脚蹬在一块尖尖的石头上，脚踝被碰破了，顿时血流如注，剧痛难忍。巨人痛醒了，想站起身来，却没有任何力气，摇晃了几下，一头栽进了海里。

除掉巨人后，阿耳戈英雄们在岛上舒舒服服地待到第二天早晨。可是，刚登上大船准备继续航行，他们就碰到了新的危险。本来阳光普照的天空突然变得一片漆黑。伊阿宋赶紧带领众英雄高举起双手，向太阳神阿波罗祈求光明。太阳神听到英雄们的祈求，手执金弓，从奥林匹斯圣山上射下来一支亮闪闪的银箭。英雄们在这一丝光明中看到了前方一座名为阿娜弗的小岛，于是便把大船划到小岛边停下来，上岸等待着天明。终于，阳光又一次普照大地，英雄们在灿烂的阳光中继续航行。这时，奥宇弗莫斯向大家讲起了他夜间做的一个怪梦：化身为普通少年的海神特里同送给他的那块土在他的胸间有了生命，长成一个美貌的少女，她对奥宇弗莫斯说："我是特里同和利彼亚的女儿，让我靠近阿娜弗吧。我会在阳光中快乐地成长，并将供养你的子孙后代。"聪明的伊阿宋明白了梦中意思，他劝奥宇弗莫斯把怀里的那块泥土扔进靠近阿娜弗岛的大海里。奥宇弗莫斯刚把泥土扔进海里，眼前就出现了令人惊讶的一幕：在靠近阿娜弗岛的地方，一个草木繁盛的岛屿慢慢浮出海面。英雄们为她取名为"卡里斯特"，意为"最漂亮的岛"。后来，奥宇弗莫斯同他的后代住在这座岛上，世世代代都在这里繁衍生息。

这是阿耳戈英雄们的最后一次冒险。在这之后不久，他们就平安进入爱俄尔卡斯海湾，回到阔别已久的故乡。伊阿宋和其他英雄把阿耳戈号献祭给了海神波塞冬。许多年之后，大船在风吹日晒中化为灰烬，可诸神把它的幻象放在天上，它成了南方的天空中闪闪发光的一颗星星。

七英雄远征底比斯

阿德拉斯托斯的女婿：狮子与野猪

亚各斯国王阿德拉斯托斯是塔拉俄斯的儿子，国王一共有五个孩子，其中有两位非常漂亮的公主，也就是阿尔琪珂和得伊皮勒。现在，这两位公主都已经长大成人，越发出落得窈窕妩媚、楚楚动人。周围国家的许多王子听说了两位公主的美名，纷纷前来亚各斯，拜访国王并提出联姻，希望能娶公主中的一位为妻。来的王子非常多，个个都很优秀，而且他们的国家也非常强大。国王阿德拉斯托斯只有两个女儿，选择哪两位都会得罪其他人。怎么办呢？阿德拉斯托斯公告众位王子，他将请教德尔斐神谕，神谕选中了谁，谁就是他的女婿。他本人对各位王子一视同仁，全看天意行事。没有被天神选中的人，也不要抱怨国王。那些求婚的王子想一想，都同意了。一群人簇拥着老国王阿德拉斯托斯前往神庙。太阳神阿波罗给出指示："把在你王宫里打架的公猪和狮子套在一辆两轮车上。"

神谕出来，所有人哗然。因为他们根本没有想到神垂青的是这群求婚的王子之中最为倒霉的两个人——流亡的底比斯王子波吕尼刻斯和卡吕冬王子堤丢斯。因为底比斯的标志是狮子，卡吕冬的标志是公猪，所以两位流亡的求婚人都在盾牌上刻上自己的标志。

说波吕尼刻斯和堤丢斯这两人倒霉，是因为这两人虽然贵为王子，现在都是被驱逐在外四处流亡的人。两个人背景不一，有一点却相同——他们被驱逐都与自己的同胞兄弟有关。

波吕尼刻斯和他的孪生兄弟厄忒俄克勒斯是希腊有名的国王俄狄浦斯的儿子。俄狄浦斯放弃王位自愿被放逐出底比斯后，波吕尼刻斯和厄忒俄克勒斯渐渐开始后悔当初同意把王位让给舅父克瑞翁。所以，兄弟两人就向克瑞翁讨回了王权，开始共同治理国家，轮流执政。先上任的是次子厄忒俄克勒斯，可是到了政权交接的时候，他却拒绝放弃王位，并煽动民众以波吕尼刻斯禀性恶劣为由把他逐出了底比斯。卡吕冬国王俄纽斯之子堤丢斯流亡在外，同样冤枉。他和自己的哥哥墨兰尼波斯外出打猎，在射杀一只凶悍野猪的时候，一时失手，箭没有射中野猪，倒把墨兰尼波斯射死了。他回到宫里，反复辩解自己不是故意的，可是没人相信，包括他的父亲。长期以来，兄弟两人就因为王位继承的问题闹得很凶。一次酒醉之后，墨兰尼波斯放出狠话说要杀死他。现在他先杀死墨兰尼波斯，肯定是先下手为强，防止预言变成事实。就这样，堤丢斯也被驱逐出境。

阿德拉斯托斯按照神谕选好了女婿，就把这两个流浪的王子请到宫殿之中。当天晚上排开宴席，欢庆婚事。在酒桌上，波吕尼刻斯和堤丢斯这两位女婿争论起来。他们两人各自炫耀了自己国家的财富和荣耀，都认为自己的国家强大。如果不是阿德拉斯托斯上前劝架，使其言归于好，说不定这两个人立马就干起来了。不过，这场争吵恰好符合神谕，所以阿德拉斯托斯便把阿尔琪珂嫁给波吕尼刻斯，把得伊皮勒许配给了堤丢斯。嫁出两个女儿之后，他又答应帮助两位王子收复王国，重登王位。考虑到距离底比斯更近一些，他们准备先攻打底比斯。

为了远征底比斯，阿德拉斯托斯开始召集各方英雄。最后，连他自己在内一共七位英雄应召而来，他们分别率领着七支军队。这七位分别是亚各斯国王阿德拉斯托斯，底比斯王子波吕尼刻斯，卡吕冬王子堤丢斯，国王的姐夫安菲阿拉俄斯，国王的侄儿卡帕纽斯以及国王的两个兄弟希波迈冬和帕耳忒诺派俄斯。这七个中，有六个是出于真心自愿应召的，只有安菲阿拉俄斯是被妻子厄里菲勒强迫参加的。他从前是国王的仇敌，所以一开始不想当国王的盟友。此外，他有未卜先知的本领，知道这场征战必然失败，而且出征的首领必将命丧战场。所以，他曾反复劝说国王阿德拉斯托斯和其他的英雄们放弃这场战争。可是他苦口婆心的劝说并没有成功，他只得找了一个地方躲了起来，那个地方只有他的妻子厄里菲勒，即国王阿德拉斯托斯的姐姐知道。

国王把能未卜先知的安菲阿拉俄斯看作整个军队的眼睛，没有他绝不敢远征。于是就派人到处寻找，可是毫无结果。这个时候，国王突然想到了自己的姐姐，安菲阿拉俄斯的妻子厄里菲勒。她肯定知道丈夫在哪里。不过，国王太了解自己的姐姐，明白要想说服姐姐劝姐夫参战，必须要送给她一件能打动她的礼物。

波吕尼刻斯从底比斯逃出来时，随身带来祖传的项链与面纱。这两件宝物，是女神阿佛洛狄忒送给女儿哈尔摩尼亚与女婿卡德摩斯的结婚礼物。虽然沾上这两件宝物之人都会惹祸上身，但世人还是非常渴望得到它们。波吕尼刻斯订婚时把这两件宝物送给了未婚妻阿尔琪珂。现在为了找到安菲阿拉俄斯，早日出征底比斯夺回王位，他用项链贿赂厄里菲勒。厄里菲勒也相信丈夫的预言，知道如果丈夫出征的话会命丧战场。可是，她早就垂涎底比斯王子波吕尼刻斯送给侄女的这根项链。所以，当她看到项链上用金链串起来的闪闪发光的宝石时，她实在抵制不了这种巨大的诱惑，终于把波吕尼刻斯带到丈夫安菲阿拉俄斯的秘密藏身处，并且亲口要求丈夫参加征讨底比斯的战争。

安菲阿拉俄斯不想参加这场远征，因为他实在不想为了一个异乡人命丧黄泉。可是，妻子厄里菲勒的要求却使他不能拒绝，因为他迎娶她为妻时曾发誓，如果以后两个人遇到有争议的问题时，一切由妻子厄里菲勒做主。现在妻子带人找到他并让他出战，他只得佩上武器，召集武士，参与进来。但是，他对为了一条项链就肯出卖自己生命的妻子彻底绝望了。于是，他在出发前把儿子阿尔克迈翁叫到自己跟前，庄重地叮嘱他，如果他听到父亲的死讯，一定要向因为贪婪而出卖父亲的母亲报仇。

七英雄在远征途中

安菲阿拉俄斯加入进来之后，其他几个英雄的队伍也整装待发。没过多久，阿德拉斯托斯就组建一支强大的军队。他又把这支军队分成七队，由参战的七位英雄分别率领。除了安菲阿拉俄斯，他们每一个人都充满信心和希望，雄赳赳地离开亚各斯，往底比斯进发。

可是没走多久，他们就遇到了途中的第一个灾难。当他们到达尼密阿的森林之前，出发前带的水就已经用完。他们知道森林里一般会有很多湖泊、小溪，能提供大量的淡水，所以也没有当回事儿。可是，他们真的到了那里，才傻了眼。原来，森林里的河流，小溪和湖泊都已经干涸了。这时正是盛夏，经历了几天的征程劳顿的亚各斯勇士们除饱受炎热苦之外，还要受干渴的折磨，没水喝，嗓子在冒烟。士兵们开始变得没精打采，觉得连穿在身上的盔甲和拿在手里的盾牌都成了一种沉重的负担。由于整个森林干旱，大队人马的行进扬起了地上的尘土，纷纷落在他们焦枯的嘴唇上，更增添了几丝烦躁，连随行的马匹都渴得不停喘粗气，发出一阵阵让人很不愉快的声音……

首领阿德拉斯托斯看到这种情形非常着急，他知道找水已经成为整个队伍的当务之急。于是，他亲自带了几个敏捷能干的武士在森林里四处寻找着，希望能发现水源，让所有人马可以饱饱地喝上一顿。可是，阿德拉斯托斯带领着这几个人绕来绕去只能找到一些已经干涸了的溪流湖泊，眼看天就要黑了，不禁有些灰心。就在这时，他突然看到前方有一个绝顶美貌气质高雅的女子，正坐在树荫下。她抱着一个男婴，温柔地唱着催眠曲哄他入睡。可是，让阿德拉斯托斯他们惊讶的是，这么美貌的妇人却穿着一身与自己完全不相称的破旧衣服，并且她的头发披散着，一副完全没有打理过的样子。

看到这一幕，阿德拉斯托斯吃了一惊，同时也在心中暗喜，他以为自己遇到了森林女神。于是，他连忙向她跪下，说道："尊敬的女神呀，我是亚各斯人的首领阿德拉斯托斯。我的队伍行进到这片森林的时候，所有的人都已经口渴难耐了。但是我们在这里转了大半天却找不到一滴水，因为所有的小溪和湖泊都干涸了。仁慈的森林女神呀，请您为我们指点迷津吧，帮我们指明水源的方位，让我们逃离苦难。"这个女人低垂着眼帘，回答说："外乡人，我并不是你认为的森林女神呀。如果你觉得我的外貌有什么跟普通人不一样的地方，那可能是因为我一生经受的苦难比世间很多凡人都要多吧。我叫许珀茵柏勒，是威武的托阿斯的女儿，我曾经是雷姆诺斯岛上的亚马逊人的女王，后来被海盗劫持拐卖，经历了很多磨难。后来，我成为尼密阿国王来喀古图的奴隶，他让我做了他儿子的保姆。所以，我怀里的这个男婴不是我的儿子，他叫俄菲尔特斯，是我的主人来喀古图之子。虽然我不是森林女神，但是我很愿意帮你们找到你们最需要的东西。因为我知道一处秘密的水源，那处水源是这片干旱荒凉的地方唯一的一处。除了我，其他任何人都不知道这个地方，所以你还真是找对人了呢。那是一处隐蔽的泉眼，泉水清冽甘甜并且非常丰富，足够你们全军人马解渴了！"

许珀茵柏勒说完这番话，抱着孩子站了起来。然后，她轻轻地把孩子放在树荫下一处柔软平坦的草地上，一边轻轻地拍打着他，一边哼唱着一支动听的摇篮曲……那曲子就像是林间吹过的一阵温柔的春风，又像是天上飘着的那朵最轻最软的白云，连树上的鸟儿都被这温柔的调子迷住了，渐渐停止了叽叽喳喳的叫声，像是要睡着了。过了一会儿，许珀茵柏勒看孩子已经睡熟，就朝着在一旁静静等候着的阿德拉斯托斯走来。

阿德拉斯托斯招呼全军人马跟着许珀茵柏勒走。他们穿过茂密的森林，在崎岖不平的森林中地走了好久，终于来到一处怪石嶙峋的峡谷。刚来到这个峡谷，英雄们就听到了泉水倾泻在岩石上的声音，这声音在嗓子冒烟的亚各斯人听来简直胜过世界上最美的仙乐。

"有水了！"峡谷里响起欢乐的喊声，久久地回荡在峡谷森林间。"有水了！有水了！"全体亚各斯将士欢呼雀跃，纷纷扑在泉水涌出后形成的小溪边，张开已经干裂的嘴，大口大口地喝着清冽甜美的泉水。泉水顺着他们干得冒烟的嗓子流过，就如同一道溪流从久旱的田地流过，给他们带来了无比酣畅的滋润。亚各斯人没有忘记那些还在干渴中的马儿，在自己饱饱地喝足了水之后，他们又回到原来在森林中驻扎的地方，赶着车，牵着马，穿过树林，来到了峡谷里。这次，他们干脆连车带马一起牵到了水里，让马浸在水中享受那冰凉的感觉。马儿一边喝水，一边冲凉，很快就变得精神起来，发出有力的嘶鸣声。现在，亚各斯的全军人马都已经从干渴中解脱出来，他们精神抖擞、斗志昂扬。

许珀茵柏勒一看他们喝足了水，就带领阿德拉斯托斯和所有亚各斯人往回走。她准备先到碰见阿德拉斯托斯的地方抱回俄菲尔特斯，再带领他们走出森林。可是，还没有到原先那个树荫下，她就听到了一阵熟悉的婴儿哭声，凭着与孩子的朝夕相处，她知道这就是俄菲尔特斯。伴随着孩子凄厉的哭声，一种可怕的预感攫住了许珀茵柏勒的心，她丢下众人飞快地往树荫下跑去。可是，赶到放孩子的那片草地时，她还是看到了最不愿意看到的一幕：原来放在上面的孩子不见了，只剩下铺在草地上的那块布。

许珀茵柏勒一看孩子不见了，心头一阵发慌，腿都软了。她努力平息了一下自己的情绪，怀着侥幸的心理朝四周看了一眼，因为她是多么希望是孩子自己爬到周围去了呀！可是这一看，把她的最后一丝希望也浇灭了。她看到前面不远的地方有一条大蛇盘绕在一棵大树上，蛇头搁在鼓鼓的肚子上，正满足地吐着血红的芯子。

许珀茵柏勒一看到这条蛇，便再也忍不住悲痛地惊叫起来。这时，跟在后面的亚各斯英雄们已经急忙赶过来了。赶在最前面的是英雄希波迈冬，他第一个看到了盘在树上的恶蛇，马上搬起一块大石头狠狠地朝着蛇掷去。可是，石头扔到恶蛇身上却被弹了回来，碎得像泥土一样，而蛇却毫发无伤。原来，恶蛇的全身长满了坚硬的鳞片，形成一道很好的保护层。恶蛇一看扔在自己身上的石头碎了一地，也很得意，炫耀似的张开嘴，朝着希波迈冬吐了吐血红的芯子。希波迈冬眼疾手快，就在这一瞬间又把手中的长矛投去，正好击中恶蛇张开的嘴里。他的长矛非常锋利，矛尖将蛇嘴刺穿了，从蛇头上冒了出来。恶蛇痛得把长长的身子缠绕在矛杆上，像个陀螺似的，最后，它终于吱吱地叫着断了气。

恶蛇被打死后，失魂落魄的许珀茵柏勒才鼓起勇气追寻孩子的踪迹。

在大蛇所缠绕的树的下方,她看到了一幅悲惨的景象:树底下的草地被孩子的鲜血染红了,地上全是孩子零乱的尸骨。许珀茵柏勒悲痛不已,她绝望地跪在那片草地上,流着泪拾起那些小小的尸骨,把它们放在一块手帕中包好,然后交给静静站在一旁的亚各斯英雄们。英雄们对俄菲尔特斯的死也非常痛心,因为这孩子是因为他们而丧命的,他们隆重地埋葬了可怜的孩子。为了纪念他,他们还举行了神圣的尼密阿赛会,他们把俄菲尔特斯崇拜为半人的神,并称他为"阿尔席莫洛斯",意即早熟的人。

尼密阿国王来喀古图得知孩子的死讯非常悲痛,孩子的母亲更是恨死了许珀茵柏勒,她把这个照顾不周的保姆关进了监狱,并要用最残酷的刑罚来处死她。幸好此时许珀茵柏勒的儿子们已经长大成人,他们出来寻找自己被海盗抢走的母亲,这时正好来到尼密阿,救出了他们苦难的母亲。

围困底比斯

"孩子的死也许是这场远征结局的一种预兆吧!"预言家安菲阿拉俄斯在出征前就已经预料到这次出征将会以失败结束,并且自己和其中的大部分人都会死在战场上。这次,他又一次神色阴郁地向众人表达了自己的看法。可是其他人都不愿意相信他,他们认为这件事恰恰是一种胜利的前兆,因为他们打死了那条凶猛的恶蛇。他们因此都信心满满、斗志昂扬,甚至还嘲笑安菲阿拉俄斯预言的失灵。安菲阿拉俄斯见此情景心情十分沉重,他长吁短叹,却毫无办法。这时,全军人马已经从干渴中恢复过来,又精神振奋了,于是快马加鞭,日夜兼程,几天后就来到底比斯城下。

此时,底比斯城里也在紧张的备战中。厄忒俄克勒斯和他的舅父克瑞翁早就知道波吕尼刻斯召集了亚各斯的七个英雄来攻打底比斯的消息,他们准备长期防守。厄忒俄克勒斯对集合起来的底比斯市民们说:"我想,大家肯定也都知道了,被我们赶走的波吕尼刻斯已经纠集了一批亚各斯人要来侵犯我们的城市!我们都是光荣的底比斯人,我们应该牢记自己对国家和城市的责任。无论你是青年还是壮年,只要你是底比斯的男人,只要你还能拿得起武器,就都应该起来保卫我们的城市,保卫我们的家园,保卫我们的神坛!保卫我们的父母妻儿和我们脚下自由的土地!我作为底比斯的国王号召大家赶快拿起武器来,到城头上去!据守城墙!据守城垛!亚各斯人马上就要来了,仔细地监视每一条通道,不要给他们进来的机会。不要害怕亚各斯敌人的人数众多!城外有我们的耳目。我相信他们会随时给我们送来关于亚各斯人的确切情报的。我将根据他们送来的情报来决定我们行动的具体方案。"

就在厄忒俄克勒斯对底比斯的市民们发表他慷慨激昂的演讲时,他的妹妹安提戈涅正站在宫殿城墙的最高处，旁边站着一位老人，是她祖父拉伊俄斯的卫士。原来，父亲去世后，安提戈涅和妹妹伊斯墨涅就被仁慈好客的忒修斯带回了雅典的王宫。在那里，忒修斯以对待最尊贵客人的礼仪接待了安提戈涅和伊斯墨涅。过了一段时间，安提戈涅和妹妹开始思念起家乡。因此，安提戈涅谢绝了雅典国王忒修斯的再三挽留，带着妹妹伊斯墨涅回到了往昔父亲统治的城市底比斯。因为虽然父亲和母亲都已经过世，但是那里毕竟是姐妹俩出生和长大的地方。克瑞翁和她们的兄长厄忒俄克勒斯张开双臂欢迎姐妹俩，这倒不是因为亲人之间的感情，而是因为他们把安提戈涅和伊斯墨涅当作是自投罗网的人质和受到欢迎的仲裁人。

站在底比斯的宫殿城墙最高处的安提戈涅看到城外的田地上驻扎着底比斯城的敌人亚各斯人。他们沿着城墙外的伊斯墨诺斯河岸，在闻名于世的古泉狄尔刻泉的周围安营扎寨。他们把整个底比斯围住了，硬是把一座城池围困得像铁桶一样严密。

看到亚各斯人行动如此迅速，安提戈涅不禁倒吸一口冷气。老人看懂了她的表情，在一旁安慰她说："不要太担心，安提戈涅。我们的城池高大而厚实，简直比得上海神波塞冬给特洛伊建的城墙；我们的栎木城门都配有大铁栓，并且由最勇敢的士兵坚守着。所以他们不会攻破我们的城门的。"接着，他又指着城墙外面前来围城的各路亚各斯英雄，把他们的情况一一向安提戈涅做了介绍和叙述，"看见那边那个戴着闪亮头盔的人了吗？他就是希波迈冬，据说在来我们底比斯的途中他曾经杀死了一条巨大的恶蛇！再过去一点，也就是希波迈冬右边的那一个你看见了吗？他穿着一身外乡人的战衣，看上去像个野蛮人似的。对，就是那个。他就是卡吕冬的流亡王子堤丢斯，他也是阿德拉斯托斯的女婿。"

"那边那个人是谁，"安提戈涅问道，"堤丢斯后面那个年轻的英雄？"

"那是阿塔兰忒的儿子帕耳忒诺派俄斯，"老人告诉她，"阿塔兰忒可不是个简单的女子，她是月亮和狩猎女神阿尔忒弥斯的女友，是个大名鼎鼎的女猎手、女英雄，她甚至曾经射杀过卡吕冬的大野猪。另外那两个英雄你看见了吗？就是站在尼俄柏女儿坟旁的那两位。年龄大一些的是阿德拉斯托斯，他是亚各斯的国王，也是这支远征军的统帅。那个年轻一些的我想你应该是认识的，不是吗？"

"我看到了，"安提戈涅怀着既激动又痛苦的心情，她的声音都有些颤抖了，"我只能看到他身体的轮廓，可是就这样我也已经认出他了，我又怎么能认不出他呢？他是我最亲爱的哥哥波吕尼刻斯呀！多么让人悲伤的事情呀，竟然是哥哥带着人来攻打父亲曾经统治过的城市。啊，但愿我能变成一朵云，飞到他的身旁，拥抱他，劝阻他！我真的不想看到一场战争下来流的全是亲人的血……"过了一会儿，安提戈涅继续问老人："那边那个驾着一辆白色车子的人是谁呢？他看起来是那么的从容而镇定。"

"他是阿德拉斯托斯的姐夫，预言家安菲阿拉俄斯。"老人说。

"那个人是谁？他一直在绕着我们的城墙走动，不断地做着测量，如果我猜得没错，他应该是在寻找合适的攻城地点。这个人看起来倒有些危险呢，他是谁？"

"他是骄横的卡帕纽斯。他嘲笑我们的城市底比斯，一点都没有把它放在眼里。他还放出话来，要把你和你的妹妹掳走，送到勒那泽当奴隶。"

听到这话，安提戈涅全身颤抖了一下，吓得脸色刷白，不敢再往下看了。老人用手搀扶着腿有些发软的安提戈涅，一步一步地走下城墙去，送她回到了王宫的内室。

墨诺扣斯的牺牲

在对被召集来的底比斯人发表完演讲，布置完他们在城墙上的据守点之后，厄忒俄克勒斯和舅父克瑞翁就开始商量作战计划。他们首先派出了七个最英勇的首领把守底比斯城的七座城门。在开战之前，他们也想从鸟儿的飞翔中看一看预兆，先推测一下战争的结局，并看看有没有神谕启示他们怎样取得胜利。恰好，在底比斯城内住着从俄狄浦斯时代就已经十分有名的预言家提瑞西阿斯。

克瑞翁派自己的小儿子墨诺扣斯去接提瑞西阿斯，并把他领到宫中。白发苍苍的老人在女儿曼托和墨诺扣斯的搀扶下，颤巍巍地来到了克瑞翁面前。克瑞翁要他说出他所见到的飞鸟对底比斯城命运的预兆。提瑞西阿斯沉默了许久，终于悲伤而缓慢地说："俄狄浦斯的儿子对父亲犯下了深重的罪孽，他们不顾亲情把父亲赶出了底比斯，他们这种行为给底比斯城带来了巨大的灾难；亚各斯人和卡德摩斯的子孙将会两败俱伤；兄弟将死于兄弟之手，并且兄弟两人将无一幸免；只有一个办法可以挽救底比斯城；但这个办法我不敢也不忍告诉你们！"

说完，提瑞西阿斯转身就要离开。可是克瑞翁一听有办法可以挽救底比斯，便叫住了预言家，再三地央求他告诉自己那个方法。最后，提瑞西阿斯终于开了口，他严肃地问："你真的想要听吗？我敢保证你会后悔的。"克瑞翁再一次表明自己要听，于是，提瑞西阿斯说："看来，我只好说了。可是你先告诉我，领我来到这里的你的儿子墨诺扣斯在哪里？""他就在你的身旁呀！"克瑞翁回答说。

"让他赶快离开这里,越快越好,越远越好!"老人说。

克瑞翁连忙问:"为什么?墨诺扣斯是我最忠实的儿子,他不会把你说的方法随便往外说的。让他知晓拯救我们底比斯的办法一点坏处也没有,相反,他还会非常高兴的。"

提瑞西阿斯叹了一口气,脸上显出了一种悲悯的神情,他说:"好吧!或者这一切都是神的旨意吧。请仔细地听着,下面我所说的就是我从飞鸟的声音中知道的事情!幸福女神将会降临,可是她要跨过门槛是沉重的。龙牙种子中最小的一颗必须死亡。只有这样,你们才能得到胜利!底比斯城才能避免灭亡!"

"天哪!"克瑞翁一听这句话,心脏就猛跳起来,他紧张得叫了起来,"提瑞西阿斯,你的话究竟是什么意思?"

"神谕的意思是,卡德摩斯后裔中最小的一个必须献出生命,只有这样,整个底比斯城才能获得拯救。"

"天哪!你要我最心爱的儿子墨诺扣斯去死吗?"克瑞翁愤怒得跳了起来,用右手指着提瑞西阿斯喊道:"快滚!滚你的吧!你简直是一派胡言,我不需要你的什么占卜和预言!"

"这不是我的意思,我只是如实向你传达了神谕的启示。如果事实会带给你灾难,你就否认它是事实吗?"提瑞西阿斯低声地问道。直到此刻,克瑞翁才回过神来,明白了事情的严重性。他一下子跪倒在提瑞西阿斯的面前,双手抱住盲人占卜师的双膝,请求他收回自己的预言。但这盲人只是神谕的传达者,他对这一切也无能为力。他用低沉而悲痛的声音说:"其实,我又何尝不希望墨诺扣斯这个善良单纯的孩子能够继续活着?可是,这牺牲是不可避免的。你们应该也知道,狄尔刻泉那里曾是战神阿瑞斯的毒龙栖息的地方,大地以前曾用龙齿把人血注射给卡德摩斯的后裔。现在,那儿必须也流着卡德摩斯后裔中最小的一个孩子的血,只有这样,大地才能成为你们的朋友。总之,现在大地必须吸收卡德摩斯亲属的血,墨诺扣斯正好是这里面最小的一个。如果这个孩子愿意做出牺牲,他将成为全城人的救星,将会受到全城人的膜拜。现在,一切由你自己选择吧:苟且地活着,眼睁睁地看着这座城市毁灭;或者牺牲儿子墨诺扣斯的生命,以他的血换得大地的保佑,让底比斯城获得拯救。"

说完这些话,提瑞西阿斯让他的女儿曼托牵着手离开了。克瑞翁被这残酷的事实弄懵了,他依然跪在地上,久久地沉默着。过了许久,他一下子从地上跳了起来,惊恐地喊叫了起来:"神啊!我是多么愿意亲自去为我的祖国献出生命和热血啊!墨诺扣斯还是个孩子呀,我怎么舍得让他在这么小小的年纪就背上这么沉重的负担?"说完,他转向一边的墨诺扣斯,"墨诺扣斯,我最亲爱的孩子。我怎么舍得让你牺牲呢?你是那么纯洁,这里的一切罪恶都与你无关。逃走吧,我的孩子,逃得越远越好。离开这座罪恶重重的该诅咒的城市,它的存在不值得你用你那纯洁无瑕的生命换取。你从这里离开之后一直走,穿过德尔斐和埃托利亚,你会到达多多那神庙,你就躲在那神庙里吧!"

从刚才盲人预言家说出让自己牺牲的神谕到现在父亲让自己逃走,站在一边的墨诺扣斯都十分平静,像是在听着别人的命运。听完父亲的话,墨诺扣斯只说了一句:"好的,父亲,您放心。我一定不会迷路的。"但是他的眼中却放出一种奇异的光辉。

克瑞翁本来还担心这个善良的孩子不愿意走,现在听到他答应了,才放下心来,又嘱咐了他一些事情,才去找厄忒俄克勒斯商量部署作战计划去了。可是墨诺扣斯却在目送父亲离开之后突然跪在了地上,双手高举,虔诚地向着神祷告:"原谅我吧,尊敬的神灵。我请求你们在天的圣洁之灵,原谅我用谎话安慰了我的父亲。因为只有这样,我才能顺利地以自己的生命和热血拯救我的祖国。我怎么会逃走呢?我知道父亲是因为爱我才让我逃离。可是假如我真的背叛了我的祖国,那我是多么可悲和怯懦啊!众神啊,请听我的誓言,并仁慈宽容地收下我的一片赤诚吧!我愿意用热血浇灌曾经生活着毒龙的狄尔刻泉,我愿意以死亡来换得底比斯城免于毁灭!我将从城墙的最高处跳进幽深的龙穴。正如预言家所说的,我要用我的血使底比斯城与大地结盟,用我的死亡来解脱祖国的灾难。"

说完,男孩离开宫殿,朝着外面的宫墙走去。一步一步,他走向城墙也走向死亡;一步一步,他走向城墙也走向光荣……他的步子坚定而有力,这时的他简直不再是一个孩子,而像是一个久经沙场的英雄。最后,他终于站在城墙的最高处,他看了一眼亚各斯人的阵营,庄严地诅咒他们,希望这些入侵自己国家的人尽快灭亡。然后,他从自己的贴身衣服里抽出一把短剑,果断地划向了自己的脖颈……墨诺扣斯从城头上栽了下去,正好跌落在狄尔刻泉水边上,跌得粉身碎骨,伴随着他跌落的是那从伤口中喷涌而出的热血。血流进了狄尔刻泉里,而墨诺扣斯就静静地躺在狄尔刻泉的旁边,像睡熟了一样。

血战底比斯

年幼的墨诺扣斯献出了自己的生命,神谕实现了,大地成为底比斯人的朋友。克瑞翁竭力忍住痛失爱子的悲伤,然后与厄忒俄克勒斯一起指挥七位勇敢的首领把守着七座城门，并且把城墙的每一处容易遭受攻击的地方都安排了专人守卫。而这时，亚各斯人也开始进攻，一场攻防战拉开了序幕。

　　双方的呐喊声震天动地，苍凉的号角声在底比斯城墙内外同时响起，把所有人的神经都调到了战斗这根弦上。伟大的女猎手阿塔兰忒的儿子帕耳忒诺派俄斯冲在亚各斯人的最前面，他的任务是率领自己的队伍以盾牌作为掩护，攻打第一座城门。帕耳忒诺派俄斯一马当先，举着盾牌就冲向第一座城门，他的盾牌上画着他的母亲阿塔兰忒用飞箭征服卡吕冬野猪的图像。这个振奋人心的画面不仅鼓舞了他，也鼓舞了他带领的整队人马；预言家安菲阿拉俄斯带领自己的队伍冲到了第二座城门下。他是个虔诚的人，对神灵一直很尊敬，因此即使在攻城的时候，他的战车上也装着献祭的供品。与其他英雄不一样，他的盾牌上什么都没有，既没有装饰物，也没有任何图案和色彩。攻打第三座城门的是希波迈冬。他的盾牌上画着的是百眼巨人阿耳戈斯看守着被赫拉变成母牛的伊娥的图画；卡吕冬王子堤丢斯正率领部队攻打第四座城门，他的盾牌上画着一张长着长长鬃毛的狮皮。他左手举着盾牌，右手有力地挥舞着一支正在燃烧着的火把。被放逐的底比斯王子波吕尼刻斯正在指挥士兵们攻打自己的先祖所创建的城市的第五座城门，他的盾牌上画着愤怒的野猪。他心中的仇恨比谁都要多，他恨自己的双胞胎弟弟厄忒俄克勒斯和舅父克瑞翁，因为他们合伙用诡计把自己赶出了底比斯。这次，自己就是来要回属于自己的王位和权杖的。卡帕纽斯带领自己的士兵来到第六座城门下。卡帕纽斯勇猛过人，但也非常狂妄，他甚至吹嘘自己可以和战神阿瑞斯一决高下。他的盾牌上面着一个举起一座城池，将它扛在自己肩上的巨人。最后一座城门也就是底比斯城的第七座城门，由亚各斯人的统帅、亚各斯国王阿德拉斯托斯攻打，他的盾牌上画着一百条口衔底比斯儿童的巨蛇，狰狞而威武。

　　七支部队同时围攻底比斯的七个城门，他们用尽了各种办法，投石的投石，射箭的射箭，还有一些人挥舞着长矛往城墙里面进攻。但是，亚各斯人的进攻也遭到了底比斯人的顽强抗击，因为他们已经做好了充分准备。并且，墨诺扣斯的牺牲更是激起了他们对亚各斯人的仇恨，所有的底比斯人同仇敌忾、严防死守，不给亚各斯人留下任何漏洞和机会。亚各斯人久攻不下，被迫后退了一点。堤丢斯和波吕尼刻斯立刻大声命令："不要后退！胜利就在眼前。步兵、骑兵、战车一起向城门猛攻啊！"他们的命令传遍整个部队，亚各斯人重新振作起来，又气势汹汹地发起了进攻。可是，这次他们又遭到了底比斯人的迎头痛击，一排排亚各斯人死在城墙下，血流成河、堆尸如山。

看到这悲壮的场面，阿塔兰忒的儿子帕耳忒诺派俄斯愤怒了，他像旋风一样孤身一人驾着战车冲向了底比斯的第一座城门。他大声呼喊着，声震如雷，说要用斧子和火砸毁并焚烧这座万恶的城门。防守第一座城门的是底比斯人珀里刻律迈诺斯，他见对方的首领冲过来，立即命令手下把铁制的防护墙拉上来，留出一个空隙，正好容得下一辆战车进出。愤怒中的帕耳忒诺派俄斯一看城门中有个空隙，不知是计，立马驾着战车冲了过去。当他驾车到了铁制的防护墙下时，珀里刻律迈诺斯立刻命人把重重的防护墙猛地放下去，可怜的帕耳忒诺派俄斯立刻被砸死在城下，连他的战车也成了零散的部件。

而在第四座城门前，卡吕冬王子堤丢斯更是暴怒得如同一条恶龙。他急速地摇晃着头盔，那上面装饰的羽毛也急速地晃动着，像是一面迎风招展的旗子。他一只手挥舞着盾牌，发出嗖嗖的声音，另一只手不断地向城上投掷标枪，连连射中在城墙上防守的底比斯人。在他的鼓舞和带动下，他周围的士兵也把标枪朝城上掷去，标枪像雨点般在底比斯的城墙上落下，射中了很多士兵。在堤丢斯锐不可当的强攻下，底比斯人眼看就要支持不住了。正在这时，底比斯的国王厄忒俄克勒斯赶到了，他集合了一批士兵，加入了第四座城门的守卫中，解了燃眉之急。

厄忒俄克勒斯继续逐个城门巡视，查看整个城市的防守情况。来到第六座城门时，他看到气急败坏的卡帕纽斯扛来了一架云梯。卡帕纽斯大声地狂妄吹嘘着，说即使是宙斯的闪电也不能阻止他攻陷底比斯的城池。他把云梯靠在城墙上，然后一手举着画有巨人图像的盾牌作保护，一手勇猛地顺着云梯向上攀登。城墙上底比斯人纷纷往卡帕纽斯这边扔着石块，但是都被他的盾牌和巧妙的躲避避开了。眼看卡帕纽斯就要爬到云梯的最顶端，快要登上底比斯的城墙。厄忒俄克勒斯看在眼里，急在心里。就在这个时候，主神宙斯出现在底比斯的城墙上！原来，卡帕纽斯说宙斯也不能阻止他攻陷底比斯城的叫嚣被宙斯听见了，他要亲自来惩罚这个不知道天高地厚的狂妄之徒。所以，就在卡帕纽斯终于成功攻上底比斯的城墙，刚从云梯上跳到城头的一刹那，宙斯用一个大的炸雷劈向这个敢蔑视神的人。顿时，雷声震天、大地动摇，而卡帕纽斯也受到了最严酷的惩罚，他的整个身体都被宙斯的炸雷炸碎了，血肉模糊的肢体碎块四处飞散，空气中弥漫着一股人肉和头发烧焦的难闻气味。

所有人都被这酷烈的一幕震惊了，亚各斯人的统帅和国王阿德拉斯托斯更认为这是宙斯在下令反对他们攻打底比斯城。于是，他立即下令所有的人停止攻城，离开战壕，全体撤退。底比斯人一看亚各斯人撤退了，立即乘胜追击。他们有的乘着战车，有的步行，但是手里都举着武器。他们纷纷从城里冲出来，朝着入侵他们国家的亚各斯人打去。在一场大的混战之后，底比斯人大获全胜，杀掉很多敌人，并且把剩下的敌人也驱赶到很远的地方去了。

战争结束之后，底比斯人退回城内，并且举行了盛大的献祭仪式，来感谢主神宙斯降给他们的福祉。

两兄弟对阵

当克瑞翁和厄忒俄克勒斯率领着底比斯人的队伍退回城内后，原本被驱赶的分散各处的亚各斯士兵们又重新集合起来，准备再次攻城。

面对强大而顽强的敌人，底比斯的国王厄忒俄克勒斯做出了一个重大的决定：自己与哥哥波吕尼刻斯单独决斗来决定双方的胜负，以此来避免两边的人员伤亡。于是，他派出一名使者前往驻扎在城外的亚各斯人的营地，请求暂时息战。然后，厄忒俄克勒斯爬上了底比斯的城墙，站到最高的城头上向双方的士兵们喊话。他大声地喊道："远道而来的亚各斯的英雄们，英勇的底比斯人，这次战争是我和波吕尼刻斯兄弟俩引起的。你们都有自己的亲人和家庭，犯不着为我和波吕尼刻斯而牺牲自己最宝贵的生命！让我们兄弟两个自己来经受战斗的危险吧，既然事情是因我们而起，那就让我和我的哥哥波吕尼刻斯单独对阵，进行一次公平的决斗吧。如果我把他杀掉，取得胜利，那么我就留在底比斯的王位上，请你们回到自己的国家去；如果我败在他的手下，被他杀死了，那么国王的权杖就归他所有。你们亚各斯人也仍然可以安全地回到自己的国土上去，不必再在异国的土地上为了一个异乡人流血牺牲了。"

厄忒俄克勒斯的话音一落，战斗的号角就在底比斯城墙内外吹响了。这对双胞胎兄弟同时冲出了各自的阵营，向着对方冲去，开始了一场亲兄弟间的残酷血战。他们各自挥舞着锐利的长矛向对方刺去，只见两只长矛在空中飞舞着，但都没有刺中对方，而是被各自的盾牌挡住了，不时发出锵、锵、锵的声音。两人一看没有刺中对方，又把长矛朝对方更猛烈地掷去。但是，因为这两个人对对方的招数都太熟悉了，所以仍然没有一个人被刺中，挥出去的每一下都被坚固的盾牌弹回来了。这时，两边观战的首领士兵只看见两只长矛在两人之间飞来飞去，令人眼花缭乱，紧张得汗水直流。这时，正在刺杀中的厄忒俄克勒斯出现了一个大破绽：他在打斗时被地面上的一块石头绊住了脚，情急之下，他赶紧用右脚把石头踢到一边去，不料却正是在这一过程中把右脚暴露在了盾牌之外。虽然只有很短的时间，但他的哥哥波吕尼刻斯还是看到了弟弟的这个大破绽。他眼疾手快，挺起长矛便刺，一下子刺中了厄忒俄克勒斯暴露在盾牌之外的右脚。

亚各斯的士兵们一看厄忒俄克勒斯被刺中了都高声欢呼，他们以为已经可以决定胜负了。可是，他们的欢呼声还没有来得及落下，就听到了来自对方阵营的一阵欢呼声：原来，右脚被刺中的厄忒俄克勒斯并没有因此倒下，而是在被刺中的一瞬间忍住疼，找到了进攻的机会。波吕尼刻斯在向厄忒俄克勒斯的右脚刺去时，由于过于兴奋，一时疏忽把自己的右肩膀暴露在了盾牌外面。厄忒俄克勒斯在被刺中右脚的一瞬间发现了哥哥的这个大破绽，提矛便刺，正好刺中了他的肩膀。但是，由于厄忒俄克勒斯这一下用力过猛，他的长矛深深地刺到了哥哥的肩膀里，一时拔不出来了。接着，在波吕尼刻斯右肩血流如注，忙着拔出肩膀上的长矛，无暇顾及其他的时候，厄忒俄克勒斯很快地退后了一步，拾起了刚才绊住他的脚的石头，朝着对方用力掷去，一下子便把波吕尼刻斯的长矛砸断了。

这时，兄弟俩的战局可以说是不分上下，双方都受了伤，而且都失去了一件武器。于是，他们又抽出随身佩戴的宝剑，继续朝着对方挥舞砍杀。激战之中，厄忒俄克勒斯突然想起了一种绝妙的攻击方法。那是他在帕撒利学到的一种绝招，他学这一招的时候没有跟波吕尼刻斯在一起。想到这里，他心下大喜，突然改变姿势，很快地往后退了一步，用左脚支撑身子，一手持盾牌小心防护身体的下半部，一手持剑，然后用右脚跳上去，一剑刺中了波吕尼刻斯的腹部。波吕尼刻斯没有料到厄忒俄克勒斯会出此奇招，受了这重重的一创之后立即倒在了地上，血流如注。厄忒俄克勒斯一看自己的妙招奏效，以为已经取得了胜利，便丢下自己的宝剑，向垂死的哥哥走去。走到波吕尼刻斯的身边之后，他弯下腰去，想获取他的武器。波吕尼刻斯虽然受到重创倒在了地上，但是却没有失去意识，他仍然紧紧地握着剑柄。这时，他看见厄忒俄克勒斯来到了自己的身边，弯下腰来，便挣扎着举剑用力一刺，一下子便刺穿了弟弟的肝脏。厄忒俄克勒斯缓缓地倒在了垂死的哥哥身旁。

他们的父亲俄狄浦斯的诅咒成了现实，兄弟两个谁都没有取得胜利，而是双双死在了底比斯的土地上。

不久，逃散在底比斯四周的亚各斯人都被消灭了。勇敢的英雄希波迈冬和强大的堤丢斯都已阵亡。底比斯人高兴地清理着战场，从死去的亚各斯人那里得到了大量的盾牌、铠甲、长矛和战车。他们满载着这些来之不易的战利品凯旋。底比斯城内早已准备好盛大的欢迎仪式，来迎接他们的归来。

克瑞翁的残酷决定

俄狄浦斯的两个儿子在底比斯城前的决斗中双双战死,神谕应验了,离开了父亲,他们谁都没法获得胜利,争得王权。由于两个人都死了,所以他们的舅父克瑞翁又一次成了自己梦寐以求的底比斯国王。

刚一上任,克瑞翁就对两个死去的外甥的丧事做出了一个决定:厄忒俄克勒斯是为底比斯而死的,所以要按照底比斯国王葬礼的规格为他举行隆重的丧礼。他要求在厄忒俄克勒斯下葬的这一天,所有的底比斯人都要夹道相送,要一直把灵车送到墓地,让死去的前国王得到最体面、最有尊严的安息。但是,轮到波吕尼刻斯时,他却对这个外甥的丧事下了一个残酷的命令:把波吕尼刻斯暴尸城下,不予安葬。他对众宣布,波吕尼刻斯是个背叛祖国的敌人,他带领异乡人来攻打自己的祖国,对底比斯和底比斯人都犯下了天大的罪过。所以,波吕尼刻斯非但得不到隆重的安葬,连简单的掩埋都被克瑞翁下令禁止了。他下令要求所有的底比斯市民都不得哀悼他的死,也不得往他的尸体上撒哪怕一粒沙子,要让这个叛国者的尸体曝晒在阳光之下,任凭乌鸦和野兽去啄食。为了防止有人偷偷掩埋波吕尼刻斯的尸体,他还向全城市民宣布,他已经派人看守住尸体,阻止任何人将它掩埋。如还有人胆敢违反命令,将把他视作叛国者的同谋,一律用乱石砸死。

克瑞翁的命令很快传达到了每一个底比斯人的耳朵里,人们都在窃窃私语,议论着这个残酷的命令。因为在古希腊的神律里,一个人在死后如果得不到掩埋,就不会被地府的神辨识,他的灵魂就永远得不到安息,只能在已经不属于他的人间孤独地流浪。安提戈涅也听到这个残酷的命令,她的内心非常痛苦。她怎么能任由亲爱的哥哥的尸体曝晒在阳光之下?她怎么能任由哥哥的尸体在炎热的夏天渐渐腐烂,散发着难闻的气息?她怎么忍心看着哥哥的尸体被野兽和乌鸦吞噬,变得血肉模糊、面目全非?甚至一想到有这种可能,她的心就会痛苦得像被一千把锋利的刀子在切割。她想起了哥哥临终前的遗言,他只有一个愿望,那就是埋葬在底比斯的土地上。可是现在,克瑞翁却不让底比斯的土地容纳这个在这片土地上成长起来的人。安提戈涅在哥哥咽气之前曾经流着泪答应过哥哥的请求,现在,她决定冒险去把哥哥埋葬。

于是,她心情沉重地找到妹妹伊斯墨涅,想说服妹妹跟自己一起运走哥哥的尸体,因为那尸体实在太重了,她自己一个人很难不惊动看守的人而悄悄运走。伊斯墨涅也爱她的哥哥波吕尼刻斯,也为克瑞翁的命令而难过;可是她生性胆小怕事,从来不敢做违背国王命令的事。所以,她流着泪说:"姐姐,难道你忘了父母亲是怎么惨死的了吗?难道你忘了两个哥哥已经残酷地毁灭了吗?现在,只剩下我们两个了,难道你要我们也面临同样的结局吗?"

听到伊斯墨涅的话,安提戈涅默默地转过身子,一个人离开了。她一边走一边说:"好吧,伊斯墨涅,我祝福你好好地活下去。我不需要你的帮助了,我将独自一人埋葬我哥哥波吕尼刻斯的尸体。如果我能完成他的遗愿,让他的灵魂得到永恒安息,即使搭上自己的生命也在所不惜。"

几个时辰之后,一个看守波吕尼刻斯尸体的守尸人惊慌失措地跑到新国王克瑞翁的面前,他哭丧着脸说:"大事不好了!您吩咐我们看守的尸体已被人埋葬了。事情发生得太突然了,我们都不知道这事到底是怎么发生的。等我们发现的时候,干这事的人已经逃掉了。我们听到这件事时,都感到十分惊异。我们仔细地查看了情况,尸体上只撒了一层薄薄的土,真的很薄。但刚好能够使地府的神们认为,这个人已经被埋葬了。尸体的周围既没有锄头,也没有铲子,甚至连车轮的痕迹都没有,真是奇怪啊。"

克瑞翁一听这个消息,勃然大怒,他立即把所有的守尸人召集过来,威胁他们说,如果他们不把干这件事的人交出来,那么他们将全部被处死。同时,他也没有忘记命人立即扒去尸体上面撒上的泥土,重新设立岗哨,严密看守。因为他相信在这么短的时间里,地府的神肯定还没来得及把波吕尼刻斯的灵魂带走。并且,只要把尸体重新暴露在阳光下,那个掩埋尸体的人就一定会再一次出现。新派的看守这次可不敢怠慢了,他们在烈日下从上午坐到中午,眼睛一眨不眨地盯着尸体。到了正午时分,突然刮起一阵暴风,空中顿时呜呜作响,灰尘弥漫。守尸人看到原本晴朗的天气出现这种奇怪的现象十分害怕,他们正在纳闷的时候,远远地看到一个姑娘哭泣着走了过来,她哀怨地看着哥哥被重新暴露在烈日下的尸体,就好像一只柔弱的小鸟看着自己被毁的窠巢。看到有人过来,守尸人赶紧按照克瑞翁之前的吩咐闭上眼睛假装睡觉,让违反国王命令的人落网。安提戈涅果然中计了,她一看守尸人睡了,就踮着脚尖悄悄地走近波吕尼刻斯的尸体旁边。她的手中拎着一只装满泥土的大铜罐,这时,她举起铜罐,向已经开始腐烂发臭的尸体撒了三次泥土。

看守们一见这种情况,立即从对面的山坡上奔了过来,一把抓住正在撒土的姑娘,不由分说把她拖到了国王克瑞翁面前。

安提戈涅和克瑞翁

克瑞翁一眼就认出被守尸人拖来的这个女子是他的外甥女安提戈涅。他非常生气，冲着安提戈涅喊道："你真是愚蠢透顶的孩子！怎么样，这件事你还有什么话说？你是要否认这是你干的，还是要向我忏悔？"

"我承认是我干的；但我绝对不会为此向你忏悔！"姑娘一面说，一面倔强地昂起了头。

"你难道不知道我的命令吗，"克瑞翁气得脸都白了，"你已经违反了我的命令！"

"是的，我知道你那残酷而荒唐的命令，"安提戈涅坚定从容地回答，"可是这个命令不是永生的神发布的，在它的上面还有一个我必须得遵从的命令。而且我知道，只有这个命令才是永恒的，它是不分现在和过去，不分这里或那里的，它是永远神圣的。尽管没有人知道它出自哪里；但是没有任何一个凡人可以违反它，否则会引起神的愤怒。正是这个神圣的命令，促使我不能让我父亲的儿子曝尸野外，不能任我的亲哥哥让乌鸦和猛兽吞食。如果有人认为我的这种行为是愚蠢的，那么骂我愚蠢的人才是真正的愚蠢呢。"

看到一个年轻姑娘都敢这样跟自己说话，克瑞翁简直要气疯了。他朝着姑娘吼道："你以为你的精神很顽强、不可屈服是吗？既然落在别人强有力的手中，你就不该这样傲慢！难道你没有听说过吗？一把刀子，刀刃越是锋利就越容易折断！"

听到克瑞翁威胁的话，安提戈涅笑了，她以极轻蔑的口吻说："不就是想处死我吗？除了把我杀死，你还能给我怎样的折磨呢？为什么还要拖延呢？赶紧处死我吧！我的名字会因此而更加荣光，不会因为我被杀而受到一丁点玷污。残暴的克瑞翁，你去底比斯的市民里听一听吧，听听他们私底下的议论。他们只是对你的命令敢怒不敢言，你的市民们只是因为害怕才保持沉默。在心底里，他们都赞赏我的行为，因为我埋葬兄长的行为既符合神律，也符合人情。一个做妹妹的尊敬和爱戴她的兄长，是一件天经地义的事情。"

"好吧！如果你这么想尊敬和爱戴他的话，就到地府里去尊敬和爱戴他吧！"国王大声吼道。他再也无法忍受，立即命令侍卫将她拖下去乱石砸死。就在这时，安提戈涅的妹妹伊斯墨涅突然冲了进来。她听到姐姐被抓并且将要被处死的消息之后，好像一下子变了一个人。她不再软弱，不再畏惧，心里只剩下一个念头：要么把自己唯一的姐姐救下来，要么与姐姐一起死！于是，她勇敢地闯了进来，来到残酷的国王克瑞翁面前。她冷静而坚定地对她们的舅舅克瑞翁说："如果你一定要处死姐姐的话，不要漏掉我，因为这件事情是我和她一起做的，理应跟她接受同样的刑罚。不过，亲爱的舅舅，我想提醒您一件事，安提戈涅不仅是您唯一的一个姐姐的女儿，也是您的儿子海蒙的未婚妻呢。"

伊斯墨涅的话的确提醒了克瑞翁，安提戈涅和伊斯墨涅是自己的外甥女，也是老国王俄狄浦斯的女儿，而且她们姐妹两个在底比斯人心中一直有着很好的声誉。如果自己真的处死她们，恐怕难逃悠悠众口。并且最要命的是，这个安提戈涅自小与自己的儿子海蒙一起长大，两个人之间的感情相当深厚，她从雅典回来之后两个人就订了婚。如果不是出了现在这件事，可能明年就要结婚。如果自己真的处死了她，恐怕不仅会使自己的儿子失去心上人，也会使自己失去儿子的感情。克瑞翁只有三个儿子，大儿子早就被底比斯城外的怪物斯芬克斯吞进了肚子，小儿子墨诺扣斯又在与底比斯人的战斗中献出了自己年轻的生命。现在，他只剩下海蒙这一个儿子，这个唯一继承人的感受还真是不得不考虑。想到这儿，克瑞翁不禁有些忧郁，他沉吟了一会儿，只是命人把伊斯墨涅也抓起来，然后把她们两姐妹都押到内廷去。他明白，在外地的儿子听到未婚妻被抓的消息后一定会赶来找自己的，他要以静制动，等待儿子的到来，看看儿子的态度再决定接下来该怎么做。

海蒙为安提戈涅殉情

克瑞翁终于等到了儿子海蒙，他一看海蒙神色紧张地朝他奔过来，就知道一定是儿子听说了未婚妻被抓起来的事，所以找父亲为未婚妻求情来了。然而出乎克瑞翁预料的是，海蒙对父亲显得十分恭顺，他在表明对父亲的忠诚，并耐心地回答了父亲的询问之后，才大胆地为安提戈涅求情。

"尊敬的父亲，您知道底比斯人都怎么议论这件事吗？"海蒙以平静的语气说，"你可能不知道他们说的是什么，因为他们肯定不敢当着您的面说您不愿听的话。但是，他们的议论我却听得一清二楚，所以，就让我告诉您吧。几乎所有人都同情安提戈涅，并且为她的被捕而愤愤不平。所有人都认为她的行为不仅没有任何不光彩之处，反而应该被大加称赞。安提戈涅有什么罪过呢？她只是凭着神的律令和自己的本性埋葬了自己的哥哥，让哥哥的尸体不被疯狗和飞鸟撕食，让他的灵魂得到应有的安息。没有人相信，安提戈涅这样的行为非但没有受到嘉奖，反而面临着将被处死的困境。亲爱的父亲，去听一下人民的呼声吧，一个好的国王应该懂得顺应民意。水能载舟亦能覆舟，如果一个国王违逆人民的意愿行事，后果会不堪设想的。"

"住口！还轮不到你这个毛头小子来教育我怎么做一个国王！你有什么资格来教育你的父亲！"克瑞翁轻蔑地说，"不要说得那么冠冕堂皇，你不过是为了袒护一个犯了罪的女人，就不惜反对你的亲生父亲。"

"我是爱我的未婚妻安提戈涅；但是刚才的话确实是为了维护您的利益才讲的，因为我只不过把所有人背着您说的话当着您的面说了一遍。"海蒙激动地分辩道。

"我非常清楚，"克瑞翁愤怒地说，"对那个胆大妄为的女人盲目的爱情使你失去了原则，竟然不惜为罪犯辩护。就算我不处死她，你也休想同她结婚，我绝不允许这样一个女人成为底比斯未来的王后。我决定不杀她了，免得她的血玷污了底比斯城！我要把她送到远方一个人迹罕至的洞穴里，只给她很少的食物，让她到那里去向地府的神祈求自由吧！我要让她明白，与其听从死人的吩咐，还不如听从活人的命令。但现在就算她明白，也已经太迟了，我唯一仅剩的儿子竟然会为了她公然忤逆我，我绝对不会赦她无罪的！"

说完，他不容海蒙再说一句话，就怒气冲冲地转过身走掉了，边走边命令仆人立即执行他残酷的决定。于是，当着底比斯人民的面，安提戈涅被带走了，关进了坟墓般整日阴森的岩洞里。安提戈涅毫无惧色，她呼唤着神灵和亲人，希望和他们永远生活在一起，然后坦然而从容地走进了坟墓一般的石洞。

安提戈涅第二次撒在波吕尼刻斯尸体上的土早就被克瑞翁命人扫去了，于是，这尸体在炎热的夏天渐渐腐烂了，野狗和乌鸦争相吞食着尸体上的腐肉。苍蝇也成群结队地赶来。很快，这尸体上便爬满了蛆虫，整个底比斯城里弥漫着一股尸体的臭气。底比斯人在这地狱般的气味里感到越来越不安，只有克瑞翁一个人完全不把这当作一回事儿。

这一天，当年揭露过俄狄浦斯杀父娶母秘密的年迈的预言家提瑞西阿斯在一个男孩的牵引下来到克瑞翁面前。他告诉国王，他从神坛的香烟和飞鸟的语言中得知灾祸将会降临底比斯城。他用颤巍巍的声音指责着克瑞翁："你都做了些什么事呀！神灵都被你激怒了！我听到吃过尸体腐肉的鸟儿在叽叽喳喳地议论，说连供在神坛上的祭品都在熏烟中冒出了悲惨的晦气。你竟敢违背神律，让一个凡人的肉体在死后得不到埋葬，让他的亡灵无处归依。很显然，神已经对你的所作所为发怒了。你对待俄狄浦斯死去的儿子的方式是多么不恰当呀，国王哟，你不能再固执己见了！这么恶毒地糟蹋一个死者的尸体，这会给你带来什么光荣呢？这种惨无人道的命令只会令天怒人怨！"

像当年俄狄浦斯不相信自己会是杀父娶母的罪人一样，克瑞翁也不相信这位预言家的忠告，还骂提瑞西阿斯信口开河，说他只不过是为了骗取钱财。预言家被激怒了，看克瑞翁这么冥顽不灵，就当着他的面，毫无顾忌地揭示了将要发生的事情。他严厉地说："好吧！如果你还执迷不悟，那我告诉你你将会看到些什么：今天的太阳落山之前，你就会因为这具被荼毒的尸体而失去两个至亲的人，而你自己也将为天地所不容！因为你犯了双重罪过：你既不让死者魂归地府，又不让生者享受活在世上的阳光。快些，我的孩子，快领我离开这个罪恶的地方，我不想让这个人的罪恶熏染到我的灵魂。就让命运来惩罚他吧，让他一个人去慢慢品尝他的不幸！"说着，年迈的预言家牵着孩子的手，拄着拐杖，离开了克瑞翁的王宫。

克瑞翁受到惩罚

国王克瑞翁目送着满脸愤怒的预言家提瑞西阿斯走出王宫，突然感到一阵难以名状的恐惧，全身都不由自主地颤抖起来。于是，他连忙把城里的长老们召集起来，商议对策。

这些长老们一开始就对克瑞翁的做法非常不满；但是迫于他的独断和残暴不敢公开反对。现在既然克瑞翁自己来问他们的看法，他们也就无所顾忌了。

"把安提戈涅从坟墓一样不见天日的石洞里释放出来，尽快埋葬波吕尼刻斯的尸体！"他们众口一词。

顽固的国王克瑞翁本不愿意做出让步，可现在的他被一种极大的恐惧攫住了心神，他老觉得会有什么大事发生。因此，他没有精力再以一己之力反对大家的意见了，他同意了长老们的建议。因为预言家提瑞西阿斯已经说得明明白白，这是使他全家免于毁灭的唯一做法。于是，他率领着仆人、随从和长老们来到波吕尼刻斯曝尸的地方，埋葬了已经腐烂不堪的尸体。然后，又往关押安提戈涅的山洞赶去。

克瑞翁的妻子欧律狄刻独自一人留在宫中。到了傍晚时分，她突然听到王宫外的大街上传来一阵阵悲痛的哭声，声音越来越大，一直传到王宫内室。一阵不祥的预感向她袭来，她不禁离开内室准备出宫一探究竟，结果刚来到前厅，就迎面碰上了一个仆人，这个仆人正是跟着克瑞翁去埋葬波吕尼刻斯和释放安提戈涅的。

还没等焦急的王后欧律狄刻发问，这个仆人就开口了："我们离开王宫后就去了波吕尼刻斯曝尸的地方，向地府的神灵做完祈祷之后，我们就在克瑞翁陛下的带领下给死者洗了圣浴，然后火化了他那可怜的遗骨，还用他的故乡底比斯的泥土给他垒了一座坟墓。后来，我们就去那个囚禁着安提戈涅、并准备让她在里面饿死的山洞。由于之前是我负责把安提戈涅押送到那里的，所以这次由我在最前面带路。离那个阴森恐怖的山洞还很远，我就听到里面传出了悲痛的哭声。国王也已经隐隐约约听见了，他紧走了几步，这时声音更清晰了，他听出那正是你们的儿子海蒙的哭声，马上吩咐随从中跑得最快的人赶紧先跑过去看个究竟。我听完马上向着山洞跑去，赶到之后便从石缝里往里窥探，结果看到了悲惨的一幕：我看到在石洞里面，安提戈涅用面纱扭成绳索，上吊死了。你和克瑞翁国王的儿子海蒙正跪在她面前，抱住她的尸体放声痛哭。他一边哀悼着年轻的未婚妻的惨死，一边诅咒着他残酷无情的父亲。就在这时，国王陛下也赶过来了，他打开洞门走进洞穴，大声地呼喊着：'海蒙，我的孩子，是父亲错了！你快回到父亲的身边来吧！我跪下来求你了！'海蒙一句话也没有说，他呆呆地看着他的父亲，一脸绝望的神情。突然，他一声不响地从剑鞘里拔出了随身携带的锋利宝剑。克瑞翁陛下非常慌张，以为儿子要为未婚妻向他报仇，于是急忙退出石洞，来躲避他的刺杀。可是谁都没想到的是，海蒙并没有把剑挥向他的父亲，而是重重地刺向了自己。然后，他扔掉手中的剑，用最后一丝力气把安提戈涅抱得紧紧的，和他的未婚妻一起走向了永恒的安息。"

欧律狄刻一言不发地听着仆人的诉说，心中不祥的预感一点一点变成了现实。仆人说完之后，她默默地走回内室。过了一会儿，国王克瑞翁绝望地回到了宫殿，跟随着他的仆人们抬着他唯一的儿子的尸体。这时，他突然想起了提瑞西阿斯的预言："今天的太阳落山之前，你就会因为这具被荼毒的尸体而失去两个至亲的人，而你自己也将为天地所不容！"他赶紧朝着妻子欧律狄刻的寝室奔去，却看到自己的妻子已经自杀，一把锋利的宝剑还插在她的胸口，鲜血流了一地……

安葬亚各斯的英雄们

在俄狄浦斯的后代中，两个儿子在决斗中同归于尽，大女儿安提戈涅又自尽了，现在只剩下小女儿伊斯墨涅和死去两兄弟的两个儿子。据说，伊斯墨涅始终没有结婚，她孤苦一生，没有子女。在她死后，这个被神诅咒的不幸家族的故事也就结束了。

在攻打底比斯的七位亚各斯英雄中，只有国王阿德拉斯托斯幸免于难，其他人全部牺牲在底比斯的土地上。在最后的会战中，阿德拉斯托斯逃脱了底比斯人的追击。他之所以成为唯一一个成功逃脱的英雄，要归功于他的马。这是海神波塞冬和农业女神得墨忒耳所生的神马阿里翁，这匹马张开一双翅膀，奔跑起来像闪电一样迅疾。阿德拉斯托斯乘着神马幸运地逃脱了底比斯人的追杀，逃到了雅典。来到雅典之后，他寄居在一座神庙的圣殿里，每天都守着神坛祭拜祈祷，并请求雅典人帮助他安葬在底比斯城下丧生的亚各斯英雄和士兵。

雅典人被阿德拉斯托斯的虔诚打动了，答应了他的请求。他们的国王忒修斯亲自率兵来到底比斯，向底比斯的新国王克瑞翁说明了来意。克瑞翁去雅典的圣林企图武力劫持俄狄浦斯的时候，就曾经见识过雅典国王忒修斯的雷厉风行。这次，他当然也不敢招惹当时希腊最强盛的雅典，只得同意任他们埋葬那些阵亡亚各斯英雄们的尸体。

阿德拉斯托斯为阵亡的英雄们堆起了七座柴堆，并在狄尔刻泉附近举行了献祭阿波罗的赛会。由于卡帕纽斯在攀登云梯的时候被宙斯用雷劈死了，尸体碎成了一块一块，所以他的尸体最难找。但是，阿德拉斯托斯还是耐心地找齐了死去的侄子的所有肢体，把它们堆放在一个柴堆上。当他点燃这个柴堆时，卡帕纽斯的妻子奥宇阿特纳突然跑了出来，纵身跳入火堆，自焚而死。终于，她的身体和丈夫的身体融为一体，永不分开。

在死去的六个亚各斯英雄中，只有预言家安菲阿拉俄斯的尸体无法找到，因为他已经被大地吞没了。这使阿德拉斯托斯十分难过，他为不能亲自为朋友送葬而感到悲痛。他叹息道："从此以后，我失掉了我军队的眼目。因为他不仅是一个勇敢的战士，也是一个超级预言家呀！"

在给阵亡的亚各斯人举行完隆重的安葬仪式后，阿德拉斯托斯在底比斯城外给报应女神涅墨西斯造了一座富丽堂皇的神庙，以此来表示对她的感谢。然后，他和忒修斯带领的雅典人一起离开了底比斯。

第三卷
战争与英雄

特洛伊的故事

特洛伊城的建立

远古的时候,爱琴海的撒摩特剌岛由两兄弟伊阿西翁和达耳达诺斯统治着,他们是宙斯与海洋女神普勒阿得斯所生的儿子。伊阿西翁自以为是神的儿子,觊觎上了奥林匹斯圣山上的一位女子,狂热地追求着女神得墨忒耳。为了惩罚他这种胆大妄为的行为,他的亲生父亲宙斯用雷电将他击死。得知亲兄弟的死讯后,达耳达诺斯十分悲伤和难过,于是他义无反顾地离开了自己的家乡。他越过亚细亚大陆,来到了密西埃海湾,那是西莫伊斯河和斯卡曼德罗斯河入海的汇合处。这儿的统治者是透克洛斯,土著的克里特人,所以这个地区的牧民也被称为透克里亚人。

达耳达诺斯在这儿受到了国王透克洛斯热情接待。他享受了当地的美味佳肴,得到了国王赏赐的一块土地。不仅如此,国王还把自己的女儿许配给了他。于是,这块地方根据他的名字而被称为达耳达尼亚,居住在这个地区的透克里亚人从此改称达耳达尼亚人,后来又根据他孙子的名字特洛斯而称为特洛伊人。达耳达诺斯的儿子厄里克托尼俄斯在他死后继承了王位,后来特洛斯又继承了父亲厄里克托尼俄斯的王位。从此以后,特洛斯统治的地区称为特洛阿斯,特洛阿斯的都城则称为特洛伊。现在人们把透克里亚人和达耳达尼亚人都称为特洛伊人,或称为特洛埃人。

长子伊罗斯在父亲特洛斯死后继承了王位。有一回,他到邻国弗利基亚访问,国王热情地邀请他参加一场正在举行的角力竞赛。伊罗斯取得了胜利,他的奖赏是五十名男孩、五十名女孩以及一头色彩斑斓的母牛。国王把奖赏赐给他的同时,告诉了他与之相关的一则神谕:他必须在母牛躺下休息的地方建好一座城堡。

伊罗斯赶着母牛回去,母牛在特洛阿斯的都城特洛伊躺了下来。于是,伊罗斯就依靠着那儿的山建起一座坚固的城堡,这个城堡有着很多名字:伊利阿姆、伊利昂,或者柏加马斯。后来,这个地方有时称为特洛伊,有时称为伊利阿姆,有时又称为柏加马斯。在建城之前,伊罗斯祈求先祖宙斯赐以征兆,看看神是否同意他的建城计划。第二天,伊罗斯高兴地发现,从天上落下的女神雅典娜的神像掉在他的帐篷外面。这尊神像被称为帕拉斯神像。它高六尺,双脚合拢,左手拿着纺线杆和纺锤,右手执一长矛。

这尊神像有着这样的传说：女神雅典娜出生后由海神特里同养育，特里同有一个名叫帕拉斯的女儿，正好和雅典娜差不多年纪，两个女孩经常一块儿玩耍，成了要好的朋友。一天，两位年轻的姑娘玩起了战争的游戏，两人想要比试比试，看看谁的武艺更强一些。正当帕拉斯摆好刺杀她的玩伴的姿态时，担心女儿受伤的宙斯迅速在雅典娜面前挡了一面由山羊皮做的神盾，坚实牢固的神盾让毫无防备的帕拉斯吃了一惊。就在这一瞬间，她遭到雅典娜的致命一击。雅典娜对好友的死十分悲痛，为了表示对好友的纪念，她为帕拉斯造了一尊逼真的神像，并把和山羊皮盾一样质地的胸甲穿在神像上。雅典娜把这尊神像放在宙斯的神像前，以此表达她崇高的敬意和尊重。与此同时，她本人自称帕拉斯·雅典娜。现在，宙斯征得他女儿的同意，把帕拉斯神像从天空降落下来，表明伊利阿姆城堡将在他和他女儿的保护之下。

伊罗斯死后，他的儿子拉俄墨冬继承了王位。拉俄墨冬生性乖僻暴戾，专横武断。他不但欺骗国人，也欺骗众神。他想在特洛伊城周围建造一堵城墙，把城围住，这样就有了牢固的防守，从而成为一座真正的城池。那个时候，太阳神阿波罗和海神波塞冬因反抗宙斯而被逐出天国，在人间四处游荡。宙斯的想法是让两个神帮助拉俄墨冬国王建造城墙，让他和他的女儿所保护的城市有一座坚不可摧的城墙。命运女神把阿波罗和波塞冬送到特洛伊城区，他们向拉俄墨冬自荐，愿意为国王做一年的重活，报酬谈妥后，他们开始工作了。在波塞冬的领导下，城墙拔地而起，它被造得高大，宽阔，坚固无比。与此同时，阿波罗在爱达山丛林密布的山谷和蜿蜒起伏的河岸间为国王辛勤地放牧。一年过去了，雄伟的城墙已经建成，可是狡诈的国王拉俄墨冬赖账，拒绝付给他们此前谈妥的报酬。为此，两个神和国王激烈地争论起来。阿波罗愤怒地斥责国王不守信义；但是无耻和无知的国王不讲道理，下令他们驱逐出境，并放出威胁：要把阿波罗的手脚捆住，并把两人的耳朵割下来。两个神因此发下毒誓，此后与国王结下不共戴天的大仇，从此他们成了国王和特洛伊人的死敌。一直是该城的保护神的雅典娜也不再保护这座城市，后来赫拉也加入进来，众神共同反对这座城市。在宙斯的默许下，这座刚建好高大城墙的城市将由诸神去毁灭，特洛伊人民也将因此面对悲惨的命运。

普里阿摩斯、赫卡柏和帕里斯

国王拉俄墨冬的王位继承人是他的儿子普里阿摩斯。普里阿摩斯娶的第二个妻子是弗利基亚国王戈尔迪雅斯的女儿赫卡柏，他们生了第一个儿子,名叫赫克托耳。当第二个孩子即将诞生时,王后做了一个奇怪的梦,她梦见自己生下一支熊熊燃烧的火炬,火炬把整个特洛伊城烧成了一片火海,所有的一切变成灰烬。

赫卡柏惊恐不安,她赶紧把这个梦详细地告诉了她的丈夫。普里阿摩斯疑惑不解,他马上召来前妻的儿子埃萨库斯。他是个预言家,从外祖父迈罗泼斯那儿学到了精湛的解梦技艺。听了父亲的叙述,他开始解释,他的继母赫卡柏将生下一个儿子,这个儿子将会给特洛伊城带来灾难,因为他的原因,特洛伊城将会遭到毁灭。他劝告父亲把这个新生儿丢弃。

王后赫卡柏果然生了一个儿子。对国家的爱胜过了母子之情,她让丈夫把婴儿交给一个仆人,让他把孩子扔到爱达山上。这个名叫阿革拉俄斯的仆人按照命令把孩子丢弃在山上。但一只母熊却收留并哺乳了这个婴孩。五天以后,阿革拉俄斯看到孩子仍躺在森林里,完好无损,健康活泼,便决定把婴儿带回自己的土地上,并把他抚养成人,还为这个孩子取名为帕里斯。

帕里斯在这片自由开阔的土地上渐渐长成为一个健壮有力、英俊潇洒的小伙子。

一天,帕里斯来到幽深的峡谷放牧。这里的山路崎岖难行,树木高大繁茂,野花姹紫嫣红。他透过树林缝隙,看到了特洛伊的宫殿和远处的大海。忽然间他听到了神的脚步声,这使他周围的大地震动起来。他还来不及思考,众神的使者赫耳墨斯已来到他的身旁。奥林匹斯圣山上的三位女神跟在赫耳墨斯的后面,她们轻盈地踏过柔软芬芳的草地,面带微笑地看着帕里斯。这个小伙子顿时大吃一惊。那个长着翅膀的众神的使者赫耳墨斯对他喊道:"年轻人,你别害怕,三位女神来找你,是神的旨意,她们选择了你作为评判,你要做的只是评一评她们中谁最漂亮。这个使命是宙斯的旨意,宙斯会给你应有的保护和帮助的。"

赫耳墨斯说完话就振动双翼,飞出狭窄的山谷,消失在远方的天空。赫耳墨斯刚才的那番话使得这个年轻人鼓起勇气,刚才他还低垂着头,眼里满是胆怯。现在已经能够大胆地抬起头,用炯炯有神的目光去欣赏站在他面前的三位女神。她们都貌美如花,美艳绝伦。第一眼看时,他就想说他觉得三个女神都一样美貌,无法分出哪一位最美。可是仔细端详,他时而觉得这个最美,时而又觉得另一个更漂亮。最后,他发现在其中一个女神比另外两个更年轻,更温柔,更迷人。

这时,她们中最骄傲的一个,也是身材最高大的一个开口说话了:"我是赫拉,宙斯的妻子。这个金苹果是不和女神厄里斯在珀琉斯与海洋女神忒提斯的婚礼上掷给宾客的礼物，上面写着'送给最美的人'，你把它拿去吧，如果你愿意把它判给我，尽管你曾是一个被遗弃的牧人，你也可以统治地面上最富有的国家。"

"我是智慧女神帕拉斯·雅典娜，"第二个女神接着发话。她有着宽阔的额头，美丽而妩媚的脸上有双蔚蓝色的明眸，"如果你判定我是胜利者，那么，你将赢得人世间'最有智慧'的美誉。"

这时，一直用美丽的眼睛说话的第三位女神，她看着帕里斯，神态甜美诱人，她微笑着开了口："你不要被这些许诺所诱惑，它们不可靠，充满了危险。我愿意送给你一样礼物，它会带给你快乐，让你享受爱情的甜蜜和幸福。如果你把它判给我，我将把世上最漂亮的女子送到你的怀中，让她成为你的妻子。我是阿佛洛狄忒，专司爱情的女神！"

当阿佛洛狄忒说这番话时，她正束着那条赋予她迷人魅力的魔力腰带，腰带使她看起来是那样光彩照人、妩媚动人，其他两个女神在她的对比下显得黯然失色。昏昏然地，帕里斯把那个从赫拉的手里得到的金苹果毫不犹豫地递给爱情之神阿佛洛狄忒。赫拉和帕拉斯·雅典娜恼怒地转过身去，发誓不忘今天的耻辱，一定要向他、向他的父亲和所有的特洛伊人报复，直至他们彻底毁灭。尤其是一向心高气傲的赫拉，从此以后成了特洛伊人最势不两立的敌人。阿佛洛狄忒又庄严地重申了她许下的诺言，并深深地向他祝福，然后也离开了他。

帕里斯作为一个不知名的牧人住在爱达山上，他娶了一个漂亮的姑娘俄诺涅为妻，她是河神与一个仙女所生的女儿。婚后，帕里斯与妻子厮守在一起，生活得很幸福。可是帕里斯在心里依然惦记着女神向他许下的诺言。有一天，帕里斯听说国王普里阿摩斯为一位死去的亲戚举办殡仪赛会，他被吸引着前去参加，他终于踏进特洛伊这片土地。国王为这场比赛设立的奖品是一头从爱达山牧群里牵来的公牛，这头公牛正好是帕里斯最喜爱的，可是他却无法阻止主人和国王把它牵走。他决心在比赛中赢得这头牛。帕里斯机敏灵活，战胜了所有的对手，甚至战胜了他的同胞兄弟——英勇无敌的赫克托耳。在几个兄弟中，赫克托耳最勇敢，最威猛。普里阿摩斯的另一个儿子得伊福玻斯为自己的失败感到愤怒和耻辱，他冲向这个牧人，想把他刺死。帕里斯惊慌地逃到宙斯的神坛边，在那儿遇到普里阿摩斯的女儿卡珊德拉。她是一位预言家，她的预言本领是神传授给她的，她立刻认出眼前的牧人正是从前被遗弃的哥哥。父母亲听到女儿的话后，高兴地拥抱这个失散多年的儿子。在欣喜中，他们早已忘记他出生时神谕的警告，收留了这个失而复得的儿子。

帕里斯高兴地回到妻子和牧群那里，回到爱达山上，在那里他享受到王子的礼遇，他拥有一座富丽堂皇的住房。不久，国王委托他去完成一件事。于是他踏上旅途；但他还不知道此番出行将会得到爱情女神许给他的礼物。

海伦被劫

有一天，国王普里阿摩斯在宫里和大臣们议论起往事，说起自己远方的姐姐时，国王忍不住热泪盈眶。原来在普里阿摩斯年幼的时候，赫拉克勒斯攻占了特洛伊城，杀死了他的父亲拉俄墨冬，抢去了他的姐姐赫西俄涅，然后把赫西俄涅赠予他的朋友忒拉蒙为妻。虽然忒拉蒙使她升格成为统治萨拉密斯的王后，可是国王普里阿摩斯家族始终对这场抢劫耿耿于怀。听到这个令人愤愤不平的故事时，帕里斯忽然站起来说，如果给他一支舰队前往希腊，借助神的帮助，他一定能用武力把父亲的姐姐从敌人的手中夺回。帕里斯没有忘记爱情女神阿佛洛狄忒给他的承诺，因此他对此事表现得信心十足。为了获得众人的信任，他向父亲和兄弟们叙述了那天在放牧时遇见女神的所见所闻。这样，普里阿摩斯毫不怀疑他的儿子帕里斯受到了上天的特别庇护，相信当帕里斯带着舰队到希腊时，他一定能够把赫西俄涅顺利带回。

但是此时，赫勒诺斯站起来，说了一通预言：如果帕里斯从希腊带回一个女人的话，那么希腊人就会前来特洛伊，把这座城市踏平，国王和他所有的儿子都将被杀死。赫勒诺斯是普里阿摩斯的另一个儿子，他是个预言家，精通占卜之术。他的预言引起了他的弟弟——普里阿摩斯的小儿子特洛伊罗斯的嘲笑。他认为这位哥哥胆小怕事，劝大家不要因为胆怯而停止伟大的行动。正当其他人还犹豫不决的时候，普里阿摩斯表示支持帕里斯远赴希腊，因为他是如此思念姐姐。

于是，国王召集市民，发表演说，他告知民众，他的儿子帕里斯将率领一支强大的舰队，用武力来解决数年前受到的侮辱。他的这番言论获得了人们的支持，人群中开始骚动，大家都狂热起来，他们一致要求战争，要求希腊把赫西俄涅无条件归还。普里阿摩斯却显得特别冷静，他知道不能够草率地做出战争的决定，他试图倾听大家的意见。于是，他要求众人说出内心的忧虑，要求大家充分考虑到战争可能带来的种种不良后果。这时特洛伊一位年长的老人潘托俄斯站了出来，他大声说道："我的父亲曾接受过神谕的暗示，在我幼年的时候我的父亲就把这个神谕告诉了我。如果将来拉俄墨冬家族中有一位王子从希腊带回一个妻子，那么特洛伊将面临毁灭的威胁。因此，我们不要被战斗的荣誉所迷惑。朋友们，我们应当珍惜和平和安宁的生活，不要做战争的冒险者。不然，到了最后，也许自由也将丧失。"但是狂热的人们并不听从老人的建议，他们要求国王普里阿摩斯不要听信一位老人的胆怯言辞，而应该大胆地把心中决定的事付诸实施。

于是普里阿摩斯下令准备战船，同时派儿子赫克托耳到弗利基亚去，派帕里斯和得伊福玻斯到邻国珀契尼亚去，争取众多王国的支持和结盟。特洛伊的青壮年男子纷纷入伍，随时准备为国家的荣誉战斗。帕里斯被任命为军队的统帅，他的兄弟得伊福玻斯、潘托俄斯的儿子波吕达玛斯以及埃涅阿斯被拜为参将。这支强大的舰队出发了，朝着希腊的方向航行，帕里斯想在希腊岛屿库忒拉登陆。在路上，他们遇到了前往波罗斯访问的斯巴达国王墨涅拉奥斯的船队，他们对这位国王装饰豪华的大船非常惊奇，他们基本上能够断定大船上乘坐的一定是希腊显赫的王侯。而对方也对特洛伊人壮观有序的舰队不住地赞赏。双方互不认识，两支船队在海面上擦肩而过。

特洛伊的战船顺利抵达库忒拉岛。帕里斯准备从这里向斯巴达进发，并将与宙斯的双生儿子卡斯托耳和波吕丢刻斯进行交涉，要求他们归还赫西俄涅。如果希腊人拒绝归还，帕里斯将执行父亲的命令，把舰队开往萨拉密斯湾，用武力夺回王后。

在动身前往斯巴达之前，帕里斯打算在爱神阿佛洛狄忒、月亮以及狩猎女神阿尔忒弥斯的神庙里献上祭品。而这时，这支浩浩荡荡的船队抵达库忒拉岛的消息已经在第一时间被岛上的居民传到了斯巴达。因为墨涅拉奥斯已经外出访问，政事由斯巴达王后海伦主持。海伦是宙斯和勒达的女儿，卡斯托耳和波吕丢刻斯的妹妹，她是那个时候世界上最美丽的女子。她还是个少女的时候，就被忒修斯抢走，后来又被她的哥哥夺了回来。在继父——斯巴达国王廷达瑞俄斯的宫中长大后，由于她举世无双的美貌而吸引了大批求婚者。国王害怕如果挑中其中一个作为女婿，其他求婚者会不高兴而与之为敌，于是希腊英雄中最聪明的一个——伊塔刻国王奥德修斯出了个主意，他让所有的求婚者都发誓，与将来被选中的女婿建立同盟，共同反对因没被选中而怀恨在心、不怀好意的人。廷达瑞俄斯接受了他的建议。于是所有的求婚者都当众发誓。后来，国王选中了阿特柔斯的儿子阿伽门农的兄弟墨涅拉奥斯做他的女婿，并把他的王位交给了他。海伦和墨涅拉奥斯生了一个女儿名叫赫耳弥俄涅。当帕里斯向希腊靠近时，赫耳弥俄涅还只是一个躺在摇篮里的婴儿。

丈夫外出访问的日子里，海伦一个人孤单地住在宫殿里，百无聊赖地打发着时间。当她听说有一位异国王子正率领舰队来到库忒拉岛的时候，受好奇心驱使，她想去看看这位王子和他的武装随从。于是她动身前往库忒拉岛，准备在阿尔忒弥斯神庙里举行隆重的献祭。当她走进神庙时，帕里斯刚好完成他的献祭。他抬起头迎面看到走进来的美丽端庄的王后，心儿忍不住怦怦直跳，他以为又见到了曾经被自己认定为最美丽的女神阿佛洛狄忒。虽然早就听过海伦美貌无双的传闻，但他没想到眼前的美女海伦比他想象中的还要美丽，并且他原以为爱情女神许诺给他的美女应当是一个处女，而不是别人的妻子。现在，看着眼前完全能与爱情女神媲美的海伦，他顿时忘记了一切，他觉得此次远征的目的似乎全是为了遇见海伦而来，父亲的委托顷刻间早已被他抛到九霄云外。而海伦此时也在打量着这位从亚细亚来的英俊王子：他有着一头飘逸的鬈发，身穿一件闪亮的东方色调的华丽长袍，身材挺拔有力。刹那间，她的意识里，丈夫的模样渐渐淡去，取而代之的是这位年轻俊美的异国王子的形象。

　　海伦回到斯巴达的宫中，对帕里斯久久不能忘怀，她努力强迫自己思念外出访问的丈夫墨涅拉奥斯，以此来忘记那个外乡人英俊的容貌。但是很快，帕里斯带着几个随从出现在王宫，国王出门在外，王后海伦按照礼仪殷勤地接待了这位造访的王子。帕里斯王子谈吐优雅，琴艺高超，眼神又频频流露出对王后的爱慕之情，这些都打动着海伦那颗不设防的芳心。帕里斯见到海伦更是心旌摇荡，他忘记了父亲的委托和自己的使命，心中想的念的全是这个爱情女神许诺的最有诱惑力的礼物。于是他召集自己带来的全副武装的士兵，说服他们帮助他达到目的。然后他带领这些士兵冲进王宫，把希腊国王的财富掠夺一空，并劫走了半是反抗半是依从的海伦。

　　当他带着他梦寐以求的战利品驶过爱琴海时，风突然停了下来，船只前面，波浪自动分开。年老的海神涅柔斯从水中伸出他的头，他头戴芦苇花冠，胡须和头发上滴着水，而船只好似钉在水面一样，老人向舰船喊出一个可怕的预言："不祥之鸟将伴随你们的行程！希腊人很快将带着大军赶来，他们将誓死拆散你们，摧毁普里阿摩斯的古老王国！看呀，雅典娜已经戴上了她的头盔！多少特洛伊人将因为你们而付出无辜的生命！这一场血战要经历多年，只有一位英雄的愤怒才能阻挡你们的城市的毁灭！一旦那天来临，特洛伊人将被希腊人彻底踩躏。"

　　海神说完他的预言，潜入海中。听了这些预言，帕里斯心里非常恐惧。不一会儿，海面上恢复了宁静，海风习习，海伦拥入他的怀里，这些诅咒也就随风而去。后来战船来到克拉纳岛，在岛上登陆，墨涅拉奥斯轻薄的妻子海伦与帕里斯举行了隆重的婚礼。他们深深地沉浸在新婚的快乐中，他们依靠带来的财宝，在岛上过着豪华奢侈的生活，故乡和祖国早已被两人抛到脑后。多年以后，他们才航行回到特洛伊。

希腊人

帕里斯这次前往斯巴达抢劫财富、夺走王后的行为已严重地违背了宾主之道，造成严重后果，他激怒了古希腊最有权势的家族。斯巴达国王墨涅拉奥斯和他的哥哥迈锡尼的国王阿伽门农——希腊英雄中最强大的王室王族。他俩都是宙斯的儿子坦塔罗斯的后裔，是珀罗普斯的孙子、阿特柔斯的儿子。他们不仅统治着亚各斯、斯巴达，还主宰着伯罗奔尼撒的其他王国，其余的希腊君主都是他们的盟友。

当墨涅拉奥斯听到妻子被劫走的消息后，这位义愤填膺的国王立刻赶到迈锡尼，把事情告诉了哥哥阿伽门农。阿伽门农和海伦的异父姐妹克吕泰涅斯特拉是这儿的统治者，他们分担了他的痛苦与屈辱，并安慰他，许诺让那些曾向海伦求婚的王子履行他们的誓言。两兄弟走遍希腊各地，力邀所有王子共同讨伐特洛伊。特勒泊勒摩斯率先答应了他们的请求，他是赫拉克勒斯的一个儿子，现在是罗德岛上有名的国王，他提供了九十只战船出征。其次是堤丢斯的儿子狄奥墨得斯，亚各斯国王，他提供了八十条海船参战。海伦的两位兄长卡斯托耳和波吕丢刻斯听到妹妹被劫的消息后便立刻扬帆出海。在靠近特洛伊海岸的勒斯波斯岛，他们遇到风暴，失去消息。传说，他们被父亲宙斯召回天上，变作两颗星星，从此成为海上水手的保护神。

现在，全希腊的男子几乎都响应阿伽门农兄弟的号召，最后还有两个国王犹豫不决：一个是狡黠的奥德修斯，另一个是阿喀琉斯。

伊塔刻国王奥德修斯是珀涅罗珀的丈夫，他不愿因为斯巴达王后的不忠而离开自己年轻的妻子和他襁褓中的儿子忒勒马科斯。因此，当他看到帕拉墨得斯与斯巴达国王前来访问时，他就装疯卖傻起来，他驾着一头驴而不是一头牛到田里耕地，他还特意把盐当作种子撒在田里。这些都骗不过能够识破一切诡计的帕拉墨得斯。他偷偷地走进奥德修斯的宫殿，把奥德修斯的儿子忒勒马科斯抱走，放在奥德修斯正要犁的田里。只见这位父亲小心翼翼地把犁头提起来，从他儿子身边绕过。两位英雄见了，立刻大叫起来，这证明奥德修斯神智完全清醒。奥德修斯的计谋被识破了，他只得同意参加这次征战，并且献出伊塔刻及其邻近岛屿的八条战船，但从此他的心里埋下了对帕拉墨得斯不满的情绪。

另一个还没有答应参战的是阿喀琉斯。他是阿耳戈英雄珀琉斯和海洋女神忒提斯的儿子。当他刚刚降临这个世上的时候，母亲忒提斯希望他能成为神人，于是把小阿喀琉斯带到冥河边上。在那里，她提起小阿喀琉斯，把他的全身都浸泡在河水之中。经过冥河之水的浸泡，小阿喀琉斯全身上下刀枪不入。不过，女神也有一个疏忽，那就是小阿喀琉斯的脚踵。那里是她浸泡时用手握持的地方，水流没有浸湿，所以只有这个地方，才是阿喀流斯的致命处。此外，忒提斯还在夜里背着丈夫把儿子放在天火中燃烧，以便把他父亲遗传给他的非神的身份烧掉。白天她则用神药治愈烧灼的部位，她每天都这样做。直到有一天，珀琉斯意外发现他儿子在烈火中发抖，不禁吓得大叫起来，这一来忒提斯就无法顺利完成她的秘密使命。她沮丧地离开了她那没有成为神祇的儿子，离开了丈夫的王宫，躲回自己的海洋王国，和仙女涅瑞伊得斯住在一起。以为儿子受到重伤的珀琉斯慌忙把儿子送到著名的医生喀戎那里医治。半人半马的喀戎是个聪明的肯陶洛斯人，他曾收留和教育过许多英雄，他慈爱地接受了这个孩子，并努力把阿喀琉斯培育成一个英雄。喀戎喂他狮子和野猪的内脏，同时把医术和其他技艺也一一传授给他。长者福尼克斯教他辩论术和武功。阿喀琉斯六岁时就杀死了一头野猪和狮子；他奔跑起来，可以追赶上麋鹿。他的好友帕特洛克罗斯陪他一起，共受教育。当他的老师让他在庸碌长寿和建功立业但短命两者之间抉择时，他毫不犹豫地选择了后者。

当阿喀琉斯九岁的时候，希腊预言家卡尔卡斯预言，远在亚细亚的特洛伊城，希腊人要用武力把他们毁灭；但如果没有珀琉斯的儿子参战，希腊人将无法占领这座城市。这个预言传到了孩子母亲的耳朵里，忒提斯知道这场征战将会夺去她儿子的生命。于是她从自己潮湿的海洋里出来，潜入丈夫的宫殿，把儿子送到斯库洛斯岛，并给他穿上女孩的服装，交给了国王吕科墨得斯。于是阿喀琉斯便以女孩的身份和吕科墨得斯的女儿们一起生活。当这个青年的下颌长出髭须的时候，阿喀琉斯向国王的女儿得伊达弥亚说出了自己男扮女装的秘密。两人之间渐渐产生了爱情。岛上的居民还把他当成国王的一个女眷时，实际上他已成为得伊达弥亚的丈夫了。

这个神之子是特洛伊征战取胜的关键人物，预言家卡尔卡斯发现了阿喀琉斯居住的地方，于是奥德修斯和狄奥墨得斯亲自去请他参战。两位英雄到达斯库洛斯岛后，被引见给国王和他的一群女儿。可是，这位未来的英雄此时正以女子的装扮混迹于姑娘之中，尽管两位英雄眼力敏锐，仍是无法一眼认出。聪明的奥德修斯想出一个计策：他把一把长矛和一个盾牌放在姑娘们聚集的屋子里，然后命令人们吹起战斗的号角，仿佛敌人已经逼近。姑娘们大惊失色，逃出了屋子。只有阿喀琉斯一人伫立不动，他毫不迟疑地拿起矛和盾，做出准备迎战的样子。这一下结果不言自明。阿喀琉斯同意率领密耳弥冬和帖撒利人出征，并带着他的教师福尼克斯和朋友帕特洛克罗斯同行。他们率领五十只战船驶入希腊海，前往俾俄喜阿国的港口城市奥里斯，那里是阿伽门农为所有的希腊王子和战船选定的集合地点。阿伽门农被推选为联军统帅，奥里斯港聚集的英雄还有：忒拉蒙和厄里玻亚的儿子大埃阿斯；他的异母兄弟、著名的弓箭手透克洛斯；从洛克里斯来的俄琉斯的儿子小埃阿斯；雅典的梅纳斯透斯；战神的儿子阿斯卡拉福斯和伊阿尔梅诺斯；从俾俄喜阿来的几位英雄；从福基斯和攸俾阿来的几位英雄；亚各斯和伯罗奔尼撒人中有卡帕纽斯和欧阿德涅的儿子斯忒涅罗斯、墨喀斯透斯的儿子欧律阿罗斯；从皮洛斯来的三朝元老，年老的涅斯托耳；从亚加狄亚来的安刻俄斯的儿子阿伽帕诺耳；从厄利斯和其他城市来的安菲玛库斯、塔耳庇俄斯、迪俄瑞斯和波吕克珊诺斯；尼利斯国王奥革阿斯的孙子梅革斯；和埃托利亚人一起来的托阿斯；从克里特来的伊多墨纽斯和迈里俄纳斯；从罗德岛来的赫拉克勒斯的后裔特勒帕勒摩斯；从西马岛来的希腊将士中最英俊的男子尼瑞乌斯；从卡吕冬来的赫拉克勒斯的后裔菲迪普斯和安底福斯；从菲拉克来的伊菲克洛斯的儿子帕达尔克斯和帕洛特西拉俄斯；从弗赖来的阿德墨托斯和贞洁的妻子阿尔刻提斯的儿子奥宇梅洛斯；从特里卡来的两兄弟帕达里律奥斯和马卡昂，兄弟两人医术高明；从奥尔门尼翁来的欧律皮罗斯；从阿格律萨来的波吕帕特斯，他是庇里托俄斯的儿子、忒修斯的好友；从克福斯来的古诺宇斯以及从马克纳西亚来的帕洛托乌斯。

他们就是除了阿特柔斯的儿子奥德修斯和阿喀琉斯的希腊王子和国王。他们每人率领一支战船在奥里斯港集合，随时准备为这场荣誉之战而贡献力量。那时希腊人之所以被称为希腊人，是因为丢卡利翁和皮拉的儿子名叫希腊。

希腊和平使团造访普里阿摩斯

希腊人在紧张备战的同时，又在阿伽门农主持下召开的会议上做出决定，不放弃采用和平的方式解决问题。于是，他们派出和平使团前往特洛伊，谴责特洛伊王子违反民法，劫掠希腊财富，劫持斯巴达王后的行为，使团将要求归还墨涅拉奥斯国王的妻子以及一切被掠夺的财物。会议推选帕拉墨得斯、奥德修斯和墨涅拉奥斯为使团代表。奥德修斯尽管在心底里怨恨帕拉墨得斯，可是为了他们共同的利益，还是服从这位国王的决定。

帕拉墨得斯毕竟经验丰富，阅历广泛，在希腊军队中深得民心。因此，奥德修斯还是同意由他担任发言人，一同前往普里阿摩斯国王的宫殿。

特洛伊人和他们的国王看到从华丽的战船上走下来的仪表堂堂的使节们，都感到惊慌失措，他们还不明白发生了什么事，因为帕里斯和他抢来的妻子仍住在克拉纳岛，特洛伊人以为帕里斯率领的军队在希腊遭到进攻，全军覆没了。他本来应该接回姑母赫西俄涅，现在却完全没有音讯。姑母没有接回来，希腊人却全副武装地过来了。因此，希腊使团到来的消息使宫殿中的人都感到紧张不安，但他们依然开了城门，三个威风凛凛的使节被引进宫殿，面见普里阿摩斯国王。国王已经召集他的儿子和城里的有识之士共商大计。

帕拉墨得斯的发言义愤填膺，充满感情，他以全体希腊人的名义谴责普里阿摩斯的儿子帕里斯，认为他劫走王后海伦，是伤天害理，违反民法和宾主礼节的行为。他希望和平解决这次事端，希望对方立刻归还被抢走的王后。接着，他告诫普里阿摩斯，如果以和平的方式不能解决问题的话，他将采用最严酷的手段——战争来摆平一切，而战争将给普里阿摩斯的王国造成无可挽回、不可估量的损失。他高傲地列举出希腊所有强国的王子的名字，说他们将率领一千多条战船远征特洛伊。"啊，国王！"他说，"希腊人宁愿死，也不能够让同胞忍受任何侮辱和欺凌。他们现在都怒火中烧，随时准备拿起手中的武器洗雪他们国家所遭受到的耻辱。全希腊最有名的王子，我们国家的最高统帅，强大的迈锡尼国王阿伽门农，以及所有的希腊英雄和王子都委托我们转告你交出你们劫走的希腊女人，否则你们将自取灭亡！"

听了这一番极具挑衅色彩的外交话语，普里阿摩斯的儿子们早已怒气冲冲，他们拔出宝剑，用剑敲击着盾牌，响声阵阵，大家都异常激动，连长老们都显得斗志昂扬。普里阿摩斯从座位上站起来，用手示意大家安静下来，对这个言辞凿凿的发言人说道："陌生人，你的这一番咄咄逼人的言辞使我感到异常惊讶，到目前为止，我们对你们指控的罪行毫不知情。相反，我们应该谴责你们刚刚列举的这种罪行。你们的同乡赫拉克勒斯在我们双方和平相处的时候袭击了我们的城市，把我无辜的姐姐赫西俄涅像俘虏一样带走，又把她赠送给忒拉蒙为女奴。感谢忒拉蒙的好意，他使我的姐姐成为他合法的妻子，还把她封为王后。可这些都挽回不了它作为抢劫的罪行。过去我们派了使节，现在又派我的儿子帕里斯到你们的国家，要求归还我的姐姐。至于我的儿子帕里斯如何执行我的任务，他在你们国家做了些什么，现在他身在何处，我现在毫不知情。在我的宫殿和城市里没有一个希腊女子,对于这一点,我作为一个国王,非常清楚。对你们无理的要求,我无法答应。如果我的儿子能平安回到特洛伊,真的带回如你们所说的被他劫持的希腊女子,我可以把她交还给你们——如果她不需要我们庇护的话。可是,不管怎样,条件是按照礼节,你们先要把我的姐姐赫西俄涅送回来!"

国王温和而有尊严的讲话得到与会的所有特洛伊人的一致赞同,但是帕拉墨得斯却顽固地坚持说:"实现我们的要求是没有任何先决条件的。我们父辈赫拉克勒斯干的事情,我们没有必要对它负责,赫西俄涅是自愿跟忒拉蒙结合的,她这次还派儿子大埃阿斯来参战。我愿意相信你的话,墨涅拉奥斯的妻子还没有来到你的城市。可是,我敢肯定,她会回来的。你那个沽名钓誉的儿子抢走了她,这是事实。他的做法严重侮辱了我们,我们要你满足我们的要求!要知道,海伦被劫并非自愿。你们感谢神吧,它让你的儿子还逗留在外面,这样你们还有时间做迎战准备;但奉劝你们早做明智的决定,好避免你们的彻底毁灭!"

普里阿摩斯和特洛伊人对帕拉墨得斯的狂妄自大表示出强烈的愤慨,但他们依然保持着国家与国家之间应有的礼仪。会议结束后,特洛伊城的一位长者——贤明的安忒诺尔保护使者们离开,以防止他们被愤怒的市民袭击。他还把使者带回家,按照客人的礼节款待他们。次日清晨,老人送他们来到海滩,看着他们登上华丽的战船,扬帆前行。

阿伽门农和伊菲革涅亚

奥里斯港口聚集着上千条船只,整装待发。战前的阿伽门农百无聊赖,以狩猎来打发时光。一天,一头献给女神阿尔忒弥斯的梅花鹿进入他的射程,国王围猎兴致勃勃,一箭打下了这只雄壮的动物,他还不无得意地说,即使是狩猎女神阿尔忒弥斯本人的水平也不一定比他高。女神听到他如此无礼的话,十分生气,决心给希腊人一些教训。她让奥里斯港口风平浪静,缺少了风的推助,船只无法从海湾开出去,可是战争却即将来临。

希腊人束手无策,只好去找大预言家忒斯托耳的儿子卡尔卡斯,向他请教摆脱困境的办法。随军的祭司和占卜人卡尔卡斯想了想,说:"现在的唯一办法只有让希腊人最高统帅,即阿伽门农把他和克吕泰涅斯特拉所生的女儿伊菲革涅亚献祭给阿尔忒弥斯女神,这样女神才肯宽恕我们。到那时,海面上将会刮起顺风,也就没有什么会阻碍你们攻占特洛伊城了。"

预言家的话让阿伽门农陷入绝望,他的良心怎么也不允许他亲手杀害自己的女儿。于是他派来自斯巴达的传令官塔耳堤皮奥斯向全体参战的希腊人宣布，阿伽门农放弃希腊军队最高统帅的职务。希腊人听到这个决定，群情激愤，一时间军心大乱。墨涅拉奥斯急忙奔到他的住处，警告他这个决定可能产生严重的后果。经过劝说，阿伽门农只得同意把女儿献祭给女神。这件事情如此可怕，以至于他根本无法把实情告诉妻子。他写了一封信给迈锡尼的妻子克吕泰涅斯特拉，他在信里撒了谎，说他想让女儿跟珀琉斯的小儿子、光荣的英雄阿喀琉斯订婚（而阿喀琉斯与得伊达弥亚的秘密婚事此时还没有人知道），因此让妻子把女儿伊菲革涅亚送到奥里斯来。可是，送信的使者刚出发，父女感情又在阿伽门农的心里占了上风。他痛苦万分，后悔不迭，觉得自己做的决定太轻率。于是他在当天夜晚叫来可靠的老仆人，要老仆人另送一封信给他的妻子，信上叮嘱她一定不要把女儿送到奥里斯来，因为他另有打算，想把女儿订婚的事推迟到明年春天。

忠诚的仆人拿着信不敢耽搁，立刻动身；但他没能顺利到达目的地，因为早有察觉的墨涅拉奥斯对哥哥的犹豫不决不太放心，并暗中密切地注视着他的一切行动。清晨，当老仆人刚起程，还没离开大营多远，手中的信就被墨涅拉奥斯搜去。读完信，他便风风火火地跨进哥哥的营帐。

"真见鬼，你又动摇了！"墨涅拉奥斯不由得大声呵斥起哥哥来，"你可曾记得，当时你是多么渴望能够争取到这个远征军的统帅？当时的你显得多么谦恭，多么亲切地跟每个人握手。当时你的大门向每一个愿意进来的人敞开着，这些友好的表示只是为了得到指挥权，现在，指挥权就在你的手上，你却不再像从前那样，把大家当作你的朋友了。你在军中很少露面，大家要见到你的人影多么困难！因为你的原因，奥里斯港的军队遭到神的阻挠，当我们的人开始抱怨，并且说：'我们不愿老守在奥里斯港，我们要扬帆远航！'你看看，你在做什么？你在举棋不定，你希望能有顺风，我们好尽快起程。你来找我，要我想办法，找出路，我们找到了预言家卡尔卡斯，要你向阿尔忒弥斯献祭你的女儿时，你勉强答应了。可是现在，你却无法兑现你的诺言。像你这样畏缩胆怯不敢前行的人，是不配统率一支军队的，更不配掌管一个国家！"

阿伽门农也不相让："你何以如此激动？是谁惹了你呢？你为什么这样恼怒？是因为你那美丽的妻子海伦吗？你怎么连自己的妻子都看管不住？我不能亲手杀死我的亲生骨肉，我意识到了自己的错误并理智地纠正因为轻率而做的决定，难道这是愚蠢的？我认为世上没有人比你更愚蠢了，因为我们所做的一切，只为替你追回一个不忠实的妻子！你应该感到高兴，你终于幸运地摆脱了这样一个水性杨花的女人！"

兄弟两人争执起来，互不相让。突然一名仆人进来向阿伽门农报告，说他的女儿伊菲革涅亚已经来到,她的母亲和弟弟俄瑞斯忒斯也陪同前来。阿伽门农突然觉得天旋地转,万分绝望。墨涅拉奥斯连忙上前,握住他的手表示理解和安慰。阿伽门农痛苦地说:"你获得了胜利,你把她带走吧!"

墨涅拉奥斯却改变了主意。他的良心也无法答应——为了海伦而杀死伊菲革涅亚。"如果神谕让我决定你女儿的命运,"他大声对哥哥说道,"那么我愿意放弃她,并把我的那位拿来取代伊菲革涅亚。"

阿伽门农感动地上前拥抱他的兄弟。"我感谢你,"他说,"亲爱的兄弟,咱们兄弟俩这一推心置腹的谈话使我们重归于好。这是我的命运,女儿的惨死是无法避免的,全希腊要求这样做。卡尔卡斯和狡诈的奥德修斯已达成默契,他们要牺牲伊菲革涅亚。他们在争夺人民,甚至要谋害你和我,即便我们逃到迈锡尼,他们还是会追来,把我们从城中抓走,最后还会踏平古老的希腊城。现在让我请求你,千万别让克吕泰涅斯特拉知道这件事,以保证神谕能够顺利实现。"

正在这时,伊菲革涅亚进来热烈地拥抱许久未见的父亲,墨涅拉奥斯心情忧郁地走开了。阿伽门农心事重重,和妻子略微寒暄了几句,场面既冷淡又尴尬。心细的伊菲革涅亚看到父亲脸上愁云满面,便关切地问道:"父亲,为什么您的眼光如此不安?难道您对我的到来感到不高兴?"

"不,我亲爱的孩子,"国王心情沉重无比,"一个国王责任重大,有许多事情会带来烦恼。"

"可您为什么眼睛里含着泪水,父亲?"伊菲革涅亚不解。

"因为我们将要长久分离!"父亲答道。

"啊,如果我能够跟您一起去,"女儿高兴得叫喊起来,"那是多么幸福的事!"

"是的,你也要做一次远行,"阿伽门农神情严峻地说,"首先我们必须做一次隆重的献祭……亲爱的女儿,这次献祭,你是必不可少的!"他说话时,眼泪几乎要掉下来。当然,所有的一切她还蒙在鼓里。最后他让女儿住到为她准备好的帐篷里去。他的女儿和一批随从先行离开了。阿伽门农使出浑身解数来应付妻子克吕泰涅斯特拉,向她介绍新郎的身世和命运,终于把妻子打发走,然后他赶忙去找卡尔卡斯,和他商量献祭的具体细节。

然而,事情正在发生变化。一件偶然的事使得克吕泰涅斯特拉和年轻的王子阿喀琉斯碰了面。阿喀琉斯的士兵早已不耐烦连日干等,所以他代表士兵前来找阿伽门农商量未来的作战计划。克吕泰涅斯特拉见到未来的女婿十分关心,甚至谈到了他和女儿的订婚事宜。阿喀琉斯听到这个毫无准备的消息后,惊讶得连连退后,他赶忙问道:"您说的是谁的婚姻大事啊,王后?我从未追求过您的女儿,而且,统帅阿伽门农从来没有和我提起过这方面的事情!"

克吕泰涅斯特拉这才恍然大悟,自己上当受骗了。她站在阿喀琉斯的面前,满脸羞愧,心神不宁。阿喀琉斯展示了他善良的一面,他安慰王后:"请不要难过,一定是有人拿我跟您开玩笑。别把它放在心上。如果刚才我率直的话伤害了您,请多多包容,见谅!"说完,他正准备离开,这时,阿伽门农的那个忠实的老仆人过来禀告克吕泰涅斯特拉,把那天早晨被墨涅拉奥斯抢去信函的事情告诉了王后,他悄悄地说:"阿伽门农想要亲手杀死你们的女儿!"现在母亲终于知道了事实的真相。她痛不欲生,转过身扑在阿喀琉斯脚下,大声地哭诉起来:"哦,女神的儿子,求求你,救救我,救救我可怜的孩子!我以为你将成为她的未婚夫,所以我替你帮女儿戴上花冠,还一直送她到军前营帐。我虽然已被蒙蔽,可是仍愿意把你当作她的新郎!当着一切神,当着你的女神母亲的面,我请求你,帮助我救下我的女儿。向我们伸出双手吧,只有你能够援救我们!"

阿喀琉斯满怀敬意地扶起跪在面前的王后,对他说:"请放心,王后!我是在一个虔诚而乐于助人的家庭里长大的,我向喀戎学会了朴实而又灵活的思考方式。我愿意服从阿特柔斯儿子们的指挥——如果他将我引导到光荣之路的话;但我不愿听从罪恶的命令。因此,我愿意保护您和您的女儿。我会尽我的力量,把您的女儿从这个阴险的诡计中救出。既然是因为关于我的谣传才把她骗来这儿,而这将把她引向不归之路,那我感到自己负有责任,如果我不能救出您的孩子,那就让我自己去死!"

阿喀琉斯对伊菲革涅亚的母亲做了庄严的承诺后离开了。克吕泰涅斯特拉怀着满腔的怨恨来到丈夫阿伽门农的面前。丈夫一语双关地说:"把我们的女儿叫出来吧,面粉、水和婚宴前的祭品全部准备妥当。"阿伽门农还不知道妻子已经知晓所有秘密。

克吕泰涅斯特拉眼睛里充满仇视怨恨的光,她大声地喊叫:"出来吧,女儿,把你的弟弟俄瑞斯忒斯一起带出来!"女儿伊菲革涅亚从内室出来时,她又冷冷地接着对丈夫说,"看吧,她就站在这里,准备为你贡献一切。现在,我要你回答我,诚实大胆地告诉我,你真的要杀害我们的女儿吗?"国王听到这些时,沉默许久,最后他终于绝望地叫起来:"啊,命运之神啊!我的秘密全泄露了,一切都完了!"

克吕泰涅斯特拉非常愤慨地对阿伽门农喊道:"我们的婚姻一开始就以罪恶开头。那时候,你用武力把我夺走,你杀死我的前夫,又把我的孩子从怀中抢走，残酷地把他杀害了。我的哥哥卡斯托耳和波吕丢刻斯带兵追击你，你向我年迈的父亲廷达瑞俄斯请求保护，他不知怎的可怜你，救你保护了你，还让你成了我的丈夫。婚后，我一直努力做一个忠诚贤惠的妻子，使你在家感到幸福，在外感到骄傲。我为你生下三个女儿和一个儿子，现在你却要亲手杀死我们的大女儿，是吗？为什么？就为了让墨涅拉奥斯能重新夺回他那不忠实的妻子！这时候的祈祷是为了什么？杀害自己的女儿这样伤天害理的事，你都能够做出来！你还指望从祈祷中得到什么吗？祈求不幸地返回故乡，就像你出发时一样，是吗？你要我为你祈福吗？哦，众神做证，我绝不会为一个谋杀者祈福！我不明白，为什么非要拿你自己的亲生女儿去充当牺牲品？为什么你不去对希腊人说：'为了能够如愿征服特洛伊，抓阄决定谁家的女儿该死。'墨涅拉奥斯是怎么想的？难道为了保全他的女儿赫耳弥俄涅，就要我们牺牲自己的女儿？我不知道，我究竟哪里做错了，你要这样凶狠地对待我！"

伊菲革涅亚听到这些话早已泣不成声，她跪倒在父亲的脚下，用哽咽的声音说道："父亲，假如我有俄耳甫斯的竖琴的魔音，假如我的声音可以感动顽石，那么我就能说出雄辩的话使你产生怜悯。但是我现在什么都没有，唯一拥有的只有难过的泪水。父亲，看到光明是多么幸福的事！别让我这么年纪轻轻就投入黑夜的怀抱！我还记得您讲过的话，你说，当您从战场上返回时，看到我长成一个亭亭玉立的女子，您将为我挑选一位高贵的丈夫。难道您将这一切都忘记了吗？我无法想象您真的要让我这样死去！您再想想母亲吧，她十月怀胎生下了我，现在却在这里眼睁睁地看着自己的女儿去赴死，她内心要承受怎样巨大的痛苦？海伦与帕里斯的事与我有什么相干？帕里斯带走海伦，为什么我就该死？啊，父亲，当着母亲的面，请您看着我的眼睛，可怜可怜我吧！"

但阿伽门农主意已定，他站在那里，冷酷得像一块石头，他只是冷静地说："在我可以同情的时候，我会同情。因为我爱自己的孩子。哦，我的爱妻，你以为我是铁石心肠吗？做这样可怕的事情我的心情是多么沉重；可我必须这样。你们看到了，我统率的是怎样一支舰队，有多少王子身披盔甲环绕在我的周围。孩子，如果不遵照神谕的指示牺牲你，我们就无法占领特洛伊。要知道，全希腊的英雄们为了希腊的妇女今后再也不会遭到特洛伊人的劫持，他们才舍得离开家园，英勇为国效力。这场战争中，我并不是听命于墨涅拉奥斯，而是服从整个希腊。我的权力也是有限的，如果我不遵照神谕的指示，他们会杀掉你们，然后杀掉我。"

国王不再听她们的哭诉，说完便离开了。没过多长时间，珀琉斯的儿子阿喀琉斯大踏步地跨进来，身后跟着一群随从。"全军骚乱起来，现在乱哄哄的，他们要求牺牲你的女儿，"他大声地对王后说，"我过去阻止他们，差点被他们用石头砸死。"

"那么，我家乡的士兵呢？"克吕泰涅斯特拉抬起头问道。

"是他们带头起哄的，"阿喀琉斯继续说，"他们骂我是个害相思病的饶舌者。我带着这些伙伴来保护你们，他们是我忠实的朋友，我不会让奥德修斯他们伤害你们的，我会如我承诺的那样，用生命保护你们。我倒要看看，他们是否真的敢对一个与特洛伊的命运密切相关的女神的儿子下手。"说完这些话，克吕泰涅斯特拉松了一口气，仿佛抓住一根救命稻草。

但现在伊菲革涅亚挣脱母亲的怀抱。她抬起头，勇敢地站在王后和阿喀琉斯的面前："听我说吧！"她沉着而坚定地表示，"亲爱的母亲，别再因为我而与父亲作对了，他的确不能因为私人感情而违抗这必然要发生的事情。这位陌生朋友的高尚勇敢使我的内心充满感激，可他将为此付出代价，他将永久遭受众人的侮辱。现在我已经做好决定，我将驱逐内心的胆怯，领受神赐予的死亡。你们瞧，全希腊人的眼睛都在看着我，舰队的出发起航、特洛伊的攻陷全都系于我，希腊女人们的荣誉都决定于我，我的名字将赢得声誉、永留史册，我将成为希腊人的拯救者。作为一个普通的女子，女神阿尔忒弥斯要我为祖国奉献生命，我不能够拒绝。为了全希腊人的幸福和荣誉，我愿意献出自己的生命，牺牲我，征服特洛伊，这就是我的纪念碑，是我的婚礼盛典。"

伊菲革涅亚目光坚定有神，丝毫没有任何畏惧，她好似一个女神那般站在母亲和阿喀琉斯面前。这时，阿喀琉斯突然跪在她的脚下，说："阿伽门农的女儿，美丽和高尚的姑娘，如果你能成为我的新娘，那么众神就使我成了天底下最幸福的人。我由衷地感谢希腊养育了你这样的女子，对你的爱慕使我鼓起勇气告诉你，死亡是可怕的！做出决定必须慎重再慎重，请你再好好考虑吧！我愿意用我的生命帮助你，保护你，让我带你回到你的家乡，去过幸福自由的生活吧！"

伊菲革涅亚微笑着摇摇头，回答他说："在海伦身上，我们都看到了女人的美貌能够引起战争和残杀。我亲爱的朋友，你不要为我而死，也不要为我而去杀害别人。让我来拯救希腊吧，我是心甘情愿的！"

"高尚的灵魂啊，"阿喀琉斯大声地说，"跟随你的心吧！但我仍然要手拿武器赶到祭坛，去阻止你的死亡。但愿你在临死前能够回心转意。"说完，阿喀琉斯大步流星地朝祭坛走去。可怜的母亲此时早已承受不住，悲恸地倒在地上，她无法接受这即将到来的悲惨一幕。

位于奥里斯城外的女神阿尔忒弥斯的圣林里聚集了希腊所有的士兵，祭祀的一切早已准备妥当，站在祭坛旁边的是祭司和预言家卡尔卡斯。当人们看见伊菲革涅亚在使女的陪伴下踏进圣林朝她父亲坚定走去时，军队中响起一阵惊异和同情的呼声。阿伽门农深深地叹了口气，背过脸去，强忍住泪水。勇敢的女子走到他面前说："亲爱的父亲，我来到了这儿。我自愿服从神谕，为了全希腊的胜利，我愿意在女神的祭坛前献出我的生命。但愿你们都能幸运而又胜利地返回故乡，那样我在天国也会为你们高兴！"说完这些，她便迈着坚定的步伐朝祭坛走去。预言家卡尔卡斯抽出一把锋利而雪亮的钢刀，将它放在祭坛前的金匣子里。此时，阿喀琉斯挥着宝剑走上祭坛，但女子勇敢无畏的目光使他改变了主意。他把宝剑掷到地上，用圣水浇洒祭坛，然后双手捧起金匣，绕着神坛走动，一边虔诚地祈祷："啊，高贵的女神阿尔忒弥斯，请接受这个自愿而又神圣的祭礼吧！阿伽门农和全希腊现在郑重地把她献祭给你，让我们的军队一帆风顺吧，让特洛伊落败于我们的长矛之下！"

阿特柔斯的两个儿子和整个军队全都低头致敬，默默无声。祭司卡尔卡斯拿起钢刀，念着祷词，准备行礼。人们清楚地听到他挥刀的声音。然而，奇迹出现了，就在这一瞬间，姑娘在全军的视线中消失了，出现在刀下的是一只高大美丽的牝鹿，它躺在地上挣扎着，鲜血溅满了祭坛。原来，阿尔忒弥斯生了怜悯之心，将她带走了。

"希腊联军的首领们，"卡尔卡斯从惊喜中恢复过来，他喊道，"你们看吧，这里的祭品是女神阿尔忒弥斯送来的，她用牝鹿代替了我们希腊勇敢无畏的少女。女神原谅了我们，她将使我们的舰船顺利航行，并将护送我们征服特洛伊。奋勇向前吧，战士们，今天我们就要离开奥里斯港！"当献祭的牝鹿在火中烧成灰烬，直到最后一点火星熄灭的时候，呼啸的风声打破了祭坛的宁静，船只在海面上随风晃动，士兵们发出欢呼声，他们都高兴得奔回了帐篷，整装待发。

阿伽门农回到住处，但妻子克吕泰涅斯特拉早已离开。伊菲革涅亚一被救下祭坛，好心的仆人就赶来把女儿获救的好消息告诉了王后。怀着一种解脱的心情，克吕泰涅斯特拉擦干眼泪，举起双手，痛苦地向上天号叫："我的孩子被抢走了！他是造成这一切的凶手。我再也不愿看见这个杀害无辜孩子的罪犯！我要离开这里。"于是她坐上马车，带着随从离开了。等到阿伽门农完成祭礼回来时，他的妻子早已经离开，往迈锡尼去了。

菲罗克忒忒斯被遗弃

当天希腊人就扬帆起航，一阵顺风将他们送到卡律塞岛，他们在岛上登陆，以便补充水源。在岛上，墨里波阿国王帕阿斯的儿子，赫拉克勒斯的战友，有着百发百中箭术的菲罗克忒忒斯发现一个废弃的祭坛，这是阿耳戈英雄伊阿宋在航行途中为女神雅典娜建立的。这位虔诚的英雄对自己的发现十分高兴，他准备给希腊人的保护女神献上祭品。正在这时，一条毒蛇蹿了上来，在英雄的脚跟上咬了一口，英雄立刻倒下，被人们慌忙抬回战船，船照常起航。可是菲罗克忒忒斯的伤口越来越严重，他常常疼痛难忍得大叫起来。同船的士兵渐渐无法忍受化脓伤口散发出的恶臭和他痛苦不堪的号叫声。

终于，阿特柔斯的儿子们和诡计多端的奥德修斯聚在一起，共同商议解决的办法。因为病人周围的士兵早已把怨言传播到全军，不安的情绪已扩散到全军上下。大家现在担心的是：受伤的菲罗克忒忒斯会在他们到达特洛伊前传播瘟疫，而他不定时的惨叫则会扰乱希腊人的军心，削弱他们的斗志。所以军队的首领做出残忍的决定，他们要把可怜的英雄遗弃在雷姆诺斯岛的荒无人烟的海滩上，他们可不会想到，失掉这个英雄，就等于失掉了一位无人能敌的弓箭手。

狡猾的奥德修斯被派去执行这项阴谋。当菲罗克忒忒斯睡着后，奥德修斯悄悄地把他装上一条小船，把船划到了很远的雷姆诺斯岛海滩边，然后把病人扔在一个幽僻的岩洞里。留下少许的衣服和食物后，奥德修斯便驾着小船追上了前面的大队战船，接着大部队继续航行。就这样，可怜的菲罗克忒忒斯被他的同胞们遗弃在荒凉的岛上。

希腊人进攻密西埃

希腊人的船队让一阵顺风带到了密西埃湾，这里远离了特洛伊的方向。他们在这里抛锚登陆，沿岸地区到处都有武装士兵守卫。士兵们以当地国王的名义禁止希腊人登陆，要求他们派代表觐见国王，禀告他们的具体情况。巧合的是，密西埃的国王忒勒福斯也是希腊人，他是赫拉克勒斯和奥革的儿子。经历种种奇遇，他来到了密西埃国王忒宇特拉斯的宫中，与国王的女儿阿尔基俄珀成亲，并在国王去世后，继承了王位，成为密西埃的统治者。

希腊的士兵根本不打算遵守这儿的外交礼仪，他们遭到阻拦后直接拿起武器进攻沿岸守卫的士兵，试图占领这个国家的海岸。有几个逃脱的士兵匆忙向国王忒勒福斯报告沿岸遭遇强敌的情况。国王闻讯，立即召集军队，抵御外乡人的进攻。他本人就是一位骁勇善战的英雄，不愧为赫拉克勒斯的儿子，他按照希腊人的方式训练他的军队。因此希腊人遭到对方顽强的抵抗，双方展开了一场难分难解的殊死搏斗。希腊人著名的国王俄狄浦斯的孙子，波吕尼刻斯的儿子，狄奥墨得斯的忠实战友忒耳珊得耳冲锋在前，把忒勒福斯国王的将领和亲密的战友都杀死了。为此，国王怒不可遏，他迅速和忒耳珊得耳展开激烈的对阵。一阵厮杀后，国王忒勒福斯赢得了胜利，忒耳珊得耳被一枪刺倒在地。狄奥墨得斯从远处看到他的朋友倒下，急忙奔了过去，一把抢过战友的尸体，把他扛在肩上，以最快的速度逃离了厮杀得天昏地暗的战场。他背着尸体经过埃阿斯和阿喀琉斯大部队的面前。忒耳珊得耳的死激起队友们因悲愤而带来的狂怒。很快，希腊人集合溃散的军队，兵分两路，运用巧妙战术出击，扭转了战局，取得了优势。

忒勒福斯的异母兄弟忒宇脱朗堤俄斯被埃阿斯一箭射中倒地。忒勒福斯见到他的兄弟遇险，连忙过来帮忙，不料被希腊人事先埋伏好的葡萄藤绊了一跤。阿喀琉斯见状，把手中的长矛抛向国王，刺中了他的左腿。忒勒福斯坚持着站起来，强忍疼痛，拔出了腿上的矛，并在赶来的士兵的掩护下逃脱了。

夜幕降临，双方的激战无法继续，现在他们只得撤离战场。第二天，双方互派使者，要求暂时休战，以便寻找各自阵亡的将士并将他们掩埋。直到这时，希腊人才惊讶地了解到，这位英勇保卫自己国土的国王忒勒福斯乃是他们的同乡，是伟大的半神赫拉克勒斯的儿子。忒勒福斯这才知道自己手上也沾满了同乡的鲜血。希腊人的军队中有三个王子是忒勒福斯的亲戚，他们是赫拉克勒斯的儿子特勒帕勒摩斯，赫拉克勒斯的孙子菲迪普斯和安底福斯。在密西埃使者的带领下，他们到国王忒勒福斯那儿，向他解释说明在海岸上登陆的是什么人，他们为什么来到亚细亚。忒勒福斯友好地接待了远道而来的亲戚，饶有兴致地倾听他们的叙述。由此，他才知道帕里斯侮辱希腊人的行为，也知道了墨涅拉奥斯和他的兄长阿伽门农以及其他希腊王子前去讨伐特洛伊的情况。特勒帕勒摩斯作为国王的异母兄弟，代表他们发言："亲爱的兄弟和同胞，你也是希腊人，请不要离开你的同乡，我们的父亲赫拉克勒斯在世界的许多地方为我们的人民而战，全希腊因为他爱国的英勇行为建造了许多纪念碑。请加入我们的军队，和我们共同征讨特洛伊吧，以此来弥补你们给希腊人造成的伤害！"

受伤在床的忒勒福斯费力地站起身来，平静地回答："你们的责难是不公正的,我的同胞。你们从朋友和亲戚变成我在战场上凶恶的敌人,那是你们的过错。我守护海岸的士兵问你们是什么人,从哪里来,他们对待你们并不是用野蛮的方式,相反是遵照友好的外交礼节。可是你们,却像对待野蛮人那样,不回答我士兵们的询问,不听他们的劝告,直接冲上岸来杀死他们。你们也在我的身上……"他指了指自己的伤口,"留下了永恒的纪念。我一定不会忘记昨日的血战。可是我却没有记恨你们,现在不是很高兴地在我的国家接待你们了吗?"

国王继续说道:"但是我不会答应跟你们一起讨伐普里阿摩斯的,我的后妻阿斯堤俄刻是他的女儿。他是一位虔诚的老人。据我所知,他的其余几个儿子都是品德高尚的人,轻率的帕里斯犯下的罪过与他们没有任何关系。你们看,那是我的儿子欧律皮罗斯,我怎能让幼小的他看到,他的父亲去毁灭他外祖父的王国?正如我不反对普里阿摩斯一样,我的同胞们,我也不会反对你们。我愿意给你们准备一点粮草,以此作为同乡的薄礼。然后请你们出发,由神来决定胜负吧。这是一场我无法参与的战争。"

三位王子对这番中肯的回答表示满意,他们回到希腊人的军营中,向阿伽门农和其他首领报告已和忒勒福斯建立了友谊。英雄们召开军事会议,决定派埃阿斯和阿喀琉斯去谒见国王,慰问他的伤情。阿喀琉斯看到赫拉克勒斯的这位儿子忍受着极大的痛苦,感到了悔恨,他后悔无意中伤了一位希腊同乡,于是他要求派出两名举世闻名的医生帕达里律奥斯和马卡昂去为国王治疗。而国王也友好地挽留他们住在岛上,为他们提供生活用品和食物,直到严冬过去。国王还向他们详细介绍了特洛伊的地理位置,告诉他们该怎样到达那里,并向他们透露了唯一的登陆地点斯卡曼德罗斯河的河岸口。

帕里斯的归来

帕里斯终于决定率领船队返回家乡特洛伊了。当他带着众多劫掠回来的财物和美丽的新婚妻子海伦回到故乡时,父亲普里阿摩斯并不高兴。看到儿子果然带着一名希腊女子回到家里,他想起了先前对希腊使团做出的承诺,于是他立即召集儿子们和贵族举行紧急会议。这时,国王的儿子们早已经接受帕里斯赠送的大量金银财宝,那些尚未成婚的男子还得到了海伦带来的希腊美女作为礼物,这使得他们完全沉醉于现有的祥和气氛之中。再加上这些年轻人多数喜欢争强斗勇,在这样的情况下,会议做出的结果是以王家的力量保护这位外乡女子,绝不把她交给希腊人。

可是城里的居民却对这个决定表示出深深不满。虽然他们还不清楚庞大的训练有素的希腊舰队已经逼近他们的国土；但是自从希腊使节离开以后，全国人民都处在一种惶惶不安的状态之中，他们十分害怕希腊人会大肆攻城。帕里斯王子和海伦穿过大街时，经常能听到沿街群众的怒骂，有时民众甚至拿起石头掷向这位给人民带来焦虑的王子；只是出于对年迈的国王敬畏，人们才没有采用激烈的方式反对这位新来的女子。

在会议上做出收留海伦的决定后，普里阿摩斯派王后赫卡柏到海伦那里，以证实她是否真的是自愿跟随帕里斯到特洛伊来的。海伦声称，她的身世可以表明她是希腊人，同时也是特洛伊人，因为丹内阿斯和阿革诺耳是她的祖先，也是特洛伊王室的祖先。她说被抢走虽然并非自愿，但现在她已深深爱上自己的丈夫，她是自愿成为他的妻子的，现在她愿意与他生死与共，紧密相连。并且，海伦不无担忧地说，在发生这件事后，她是不可能获得前夫和希腊人的原谅的。如果她被国王驱逐出去，交给希腊人处置的话，那么等待她的将只有耻辱和死亡。

海伦声泪俱下地说完这一切后，含着眼泪跪倒在王后赫卡柏的面前，她楚楚可怜的样子博得了王后赫卡柏的同情。王后把她扶起来，告诉她国王和其他所有儿子都已做出保护她的决定，国家随时准备抵抗希腊人的攻击。

希腊人兵临特洛伊城下

这样海伦在特洛伊顺利住了下来，后来又随她的新婚丈夫帕里斯移居到他们的宫殿里。民众也逐渐适应了她的存在，并且日益喜欢上了她的风姿绰约和希腊式的美丽可爱。因此，城里的居民那恐惧不安的心也逐渐平复下来。

希腊人的战船已经到达特洛伊的海岸。首领们开始了作战准备。通过调查发现，他们参战的市民和援助的同盟军在数量和力量上都超过了希腊人。因此特洛伊人显得信心十足。他们还知道，众神之中爱神阿佛洛狄忒、战神阿瑞斯、太阳神阿波罗还有万神之父宙斯都站在他们这一边。他们相信凭借众神的力量他们能够战胜敌人，保卫家园。

国王普里阿摩斯虽然年迈得不能作战，但五十个年轻有为的儿子，其中十九个儿子是赫卡柏所生。还有四个可爱的女儿，即克瑞乌萨、劳迪克、卡珊德拉和波吕克塞娜。他的儿子们个个骁勇善战。他们当中最出色的是赫克托耳，其次是得伊福玻斯。此外还有预言家赫勒诺斯、帕蒙、波吕忒斯、安提福斯、希波诺斯和特洛伊罗斯。军队早已做好了战斗的准备，赫克托耳担任最高统帅，率领全军迎敌，辅佐他的是国王普里阿摩斯的女婿，克瑞乌萨的丈夫,女神阿佛洛狄忒和老英雄安喀塞斯的儿子埃涅阿斯。另外一支部队由吕卡翁的儿子潘达洛斯统帅,他曾经得到阿波罗赠送的神箭,以善射著称;前来援助的特洛伊的军队首领有阿德拉斯托斯及其兄弟安菲俄斯;阿西奥斯及其儿子阿达玛斯和弗诺珀斯;来自拉里萨的战神的后裔希珀托乌斯和彼勒俄斯;安忒诺尔和伊庇玛达斯的儿子阿革诺耳、阿尔席洛库斯和阿卡玛斯;皮赖克墨斯、弗莱迈纳斯、荷迪奥斯及其兄弟埃庇斯特洛福斯;密西埃也派来援军并派克洛密斯和恩诺摩斯作为军队首领;福耳库斯和阿斯卡尼俄斯是弗利基亚援军的首领;墨斯忒勒斯和安提福斯是梅俄尼恩援军的首领;纳斯忒斯和安菲玛库斯兄弟是加里亚援军的首领;吕喀亚人萨耳佩冬和格劳科斯也领兵前来援助,他们是英雄柏勒洛丰的两个孙子。特洛伊人在最短的时间里部署好他们的军队。与此同时,希腊人已经登陆,他们沿着海岸安营扎寨,一座座连绵的营房有序地排成一条线,看上去非常有气势;他们还把拉上岸的战车整齐地排列成行;各支军队的战船也被编排成纵队,船只的底下用石块垫着以防止船底受潮腐烂。这样希腊人也在第一时间里把他们的军队井然有序地部署妥当。

  双方交战之前,希腊人惊喜地接待了一位朋友,就是密西埃国王忒勒福斯。原来,自从被阿喀琉斯用矛刺伤后,他的伤口一直愈合不了,即使是希腊医术高明的两位医生帕达里律奥斯和马卡昂给他的药也不能奏效。于是他虔诚地求助于阿波罗的神谕,阿波罗给的答复是:只有刺中他的矛才能治愈他的伤口。虽然并不十分明白神的回答,忒勒福斯还是勇敢地追到了希腊船队的所在地。在斯卡曼德罗斯河口,他被随从抬上岸,来到阿喀琉斯的营帐。年轻的阿喀琉斯看到国王痛苦的样子,不知所措,他把他的矛拿来放在国王的脚边,但他不知道具体应该怎样做,英雄们围着国王也都不知如何是好。还是聪慧的奥德修斯有办法。他连忙请来随军的两位医生,向他们请教神谕的内涵。帕达里律奥斯和马卡昂应召赶来,他们听到阿波罗的神谕,不愧是阿斯克勒庇俄斯富有智慧的两个儿子,他们很快明白应该如何处置伤口。只见他们从阿喀琉斯的矛上刮下一点铁屑,小心翼翼地敷在伤口上,顿时奇迹出现了:铁屑刚刚撒入化脓的伤口,伤口便在英雄们的眼前愈合了。没过几个小时,刚才还是重伤的国王现在已经能够正常走路。忒勒福斯十分感激,向几位英雄再三道谢,并祝希腊人战事顺利,然后登上自己的船,离开了他们。因为他不想亲眼看到这场在他亲密的朋友和他所拥戴的亲戚之间爆发的战争。

战争开始

正当希腊人和国王忒勒福斯告别时,特洛伊城的几座城门突然大开,全副武装的特洛伊士兵在赫克托耳的率领下像潮水似的冲击希腊人的前方。他们几乎没有遭遇到任何抵抗。希腊士兵始料未及,根本还没有做好准备。挡在最前面的希腊士兵急忙拿起武器抵抗,但终究寡不敌众,他们招架不住了。等到营帐里其余的希腊人也武装集合起来,摆开阵势朝对方进攻,战争正式开始了。

战争形成了多种战局:赫克托耳所到的地方,特洛伊人就占优势;在离他很远的地方,特洛伊人则被希腊人击败。在希腊人中,最先阵亡的是伊菲克洛斯的儿子帕洛特西拉俄斯,他被特洛伊英雄——强悍的埃涅阿斯杀死。他在希腊刚订婚就被派出远征特洛伊,他漂亮的未婚妻拉俄达弥亚将永远见不到他的新郎了。

战火已经开始蔓延。但阿喀琉斯还远离战场,他把国王忒勒福斯一直送上船,怀着依依惜别的心情目送船只远去,直到船只在海面上消失。忽然帕特洛克罗斯急匆匆赶到他跟前,着急地对他喝道:"你到哪里去了?我们非常需要你!战争的号角已经吹响,特洛伊统帅赫克托耳凶猛得像头狮子,他们国王的女婿埃涅阿斯还杀死了我们的帕洛特西拉俄斯。请你赶快披挂上阵吧!"

阿喀琉斯急忙回到营房,拿起武器,奔赴战场。阿喀琉斯一上场便显示了他的威猛作风,他接连杀死普里阿摩斯的两个儿子,他的攻击连赫克托耳也抵挡不住。此外,和他并肩作战的还有忒拉蒙的儿子大埃阿斯,他身材高大,在人群中显得十分突出。在两位英雄的猛烈攻击下,特洛伊人如同鹿群遇到了凶猛的狮子,他们只得落荒而逃,逃回城里。就这样,特洛伊人慌忙关上了城门。

希腊人从容地回到船边,继续建设他们的营房,接受教训后的阿伽门农指派阿喀琉斯和埃阿斯守卫船只。他们又派了其他英雄守护各自的战船,加强防备。帕洛特西拉俄斯被希腊人隆重安葬,他们将他放在高大的柴堆上火化,然后把他的骨灰埋在海湾半岛上的一株枝叶繁茂的榆树下。葬礼还没有结束,特洛伊人发起了第二次攻击,他们又紧张地投入战斗。

希腊人被偷袭

在特洛伊附近有个科罗奈王国,国王库克诺斯是海神波塞冬和一个女神所生的儿子。国王从小在忒涅多斯岛长大,是一只通人性的天鹅把他抚育成人，为了纪念这段奇异的经历，他取名为库克诺斯，意思是天鹅。他是特洛伊人忠实的盟友。当库克诺斯看到希腊人的军队在特洛伊登陆时，他便暗自在国内召集一支精兵强队，还没来得及通知他的好朋友普里阿摩斯，他就开始了自己的突袭计划。夜晚时分，希腊人开始追悼他们阵亡的英雄，他们非常哀伤地站在火堆旁边，为帕洛特西拉俄斯举行简短而又隆重的火化仪式。他们每个人手里都拿着白色的蜡烛，为英雄默默地哀悼，都没有任何武器在手，全然没有注意到营地早已经被全副武装的敌军包围。当战车驶入营地时，他们才醒悟过来。但是库克诺斯没有给他们思考的时间，便率领他的军队与此时手无寸铁的希腊人展开了一场血腥的搏斗。幸运的是，参加帕洛特西拉俄斯的葬礼的只是一小部分亚各斯人，其他士兵都还待在船上和营帐里。他们听到杀戮声时，连忙拿起武器，冲了出来，而军队的将领阿喀琉斯也闻讯赶来。只见阿喀琉斯威风凛凛地站在战车上，手舞长矛，奋勇刺杀敌人。他的出现使得科罗奈人个个抱头鼠窜，落荒而逃。两军混战中，阿喀琉斯发现远处敌人的统帅正在追杀自己的士兵，他赶忙用鞭子催动战马拖动马车，朝库克诺斯奔去。他举起手中的长矛，面对着库克诺斯大声喊道："年轻人，让你看看女神忒提斯的儿子的厉害！你将死得其所！"他一边说着一边把标枪用力地掷出去。尽管他瞄得很准，但奇怪的是，标枪落在库克诺斯的胸膛上又弹了回来，阿喀琉斯心下一惊。

"不用奇怪，女神的儿子，"对方得意且微笑着说，"不是我的盔甲，也不是我的盾挡住了你的标枪，这些东西对我而言只是一种装饰，就如同战神阿瑞斯有时拿着武器只是一种摆设一样，阿瑞斯根本不需要任何武器保护自己的身体。我的身体如钢铁一般坚硬，即便我脱下盔甲，你的标枪也伤害不到我的身体。要知道我不是一般的女神的儿子，我是海神波塞冬的儿子，我的父亲统治着海神涅柔斯和他的女儿们。"说着，他毫不犹豫地把长矛朝阿喀琉斯掷去，矛尖刺穿了他的青铜盾面，但是没有真正刺到阿喀琉斯。阿喀琉斯见状，赶忙从盾中拔出长矛，准确地朝对方投去，但是对方还是安然无恙。紧接的第三枪还是无法刺伤神的儿子。阿喀琉斯发怒了，他索性直接冲过去，希望能够近距离地制服这个强大的对手，可是他每次都扑空。忽然，他逮着个时机，用木削制的标枪狠狠地往前投，击中了对方的左肩，肩上顿时出现一片血迹，库克诺斯不由得大叫起来。可是，阿喀琉斯高兴得太早，这不是库克诺斯的血，而是库克诺斯身边的战友被击中，血飞溅到了他的肩头。阿喀琉斯愤怒得咬牙切齿，他跳下战车，拿着宝剑，朝库克诺斯刺去。可是库克诺斯身体如钢一般坚硬，宝剑都砍断了，他还是没有受到任何损伤。阿喀琉斯几乎绝望了，最后他冲到对方面前，朝他的太阳穴猛砸了三四次。这猛烈的击打使得库克诺斯脑袋一片空白，眼前天昏地暗，他痛得无法自持，连连后退，不幸绊到一块石头上，摔倒了。阿喀琉斯见状，冲了过去，抓住库克诺斯的脖子，将他按在地上，用盾牌压住无法动弹的库克诺斯，并用膝盖抵住他的胸口，用盔甲的皮带勒住他的喉咙，将他勒死了。科罗奈人见他们的国王已经倒地身亡，大家都惊慌失措，纷纷丢盔弃甲，四处逃窜。

这次袭击的结果是，可怜的库克诺斯被杀死，他的儿子被希腊人从都城墨托拉带走了，他的王国的财物也被希腊人夺走。最后，希腊人还趁机进攻邻近的城喀拉，占领了这座坚固的城池，满载着战利品回到他们的营地。

帕拉墨得斯之死

帕拉墨得斯是希腊军队中最受欢迎的英雄之一。他为人聪明正直、勤劳诚恳，并且他长相俊美，多才多艺，还能言善辩，正是他的游说使得全希腊的大多数王子赞同远征特洛伊。他才智过人，识破了拉厄耳忒斯的儿子奥德修斯的诡计，也因此得罪了奥德修斯。奥德修斯一直对他的行为耿耿于怀，试图伺机报复。

现在，阿波罗的神谕又启示希腊人，要他们向阿波罗，即斯明透斯献上一百头牲口作为祭品。斯明透斯是特洛伊地区尊称阿波罗时所用的别名，这个尊称有着一段奇特的来历：远古的时候，国王透克洛斯为寻找驻地，率领透克洛斯人从克里特来到小亚细亚海湾，神谕启示他，将来可以驻扎在从地下钻出敌人来的地方。当他们到达本地的哈马克西托斯城时，许多老鼠从地底下钻出，夜里把他们的盾牌全都咬坏。他们认为神谕应验了，便驻扎在那儿，并为阿波罗建了神像。他的脚边还伏着一只老鼠，在当地伊俄利斯方言中，"斯明透斯"就是老鼠的意思。

神选中帕拉墨得斯作为押送祭品的人，他把祭品放在神庙和神像前面，阿波罗的祭司克律塞斯将在那里接受祭品，并主持隆重的献祭仪式。祭司接受了一百只圣羊向太阳神献祭。但是，阿波罗神不知道选定帕拉墨得斯操办祭品，非但没给他至高无上的荣誉，反而导致他的死亡。因为奥德修斯对他更加妒忌，已经在设计陷害他。奥德修斯偷偷地把一盒黄金埋在帕拉墨得斯的营帐内，然后他又以普里阿摩斯国王的名义写了一封信给帕拉墨得斯，信中感谢帕拉墨得斯透露了希腊人的军事秘密，并谈到那盒黄金是对他的回报。奥德修斯故意把信落到一个俘虏手上，然后假装被他发现了，他马上下令杀死这个收信人，最后他召集希腊王子们，在会议上公布了这封信。

希腊的英雄们得到消息都非常愤怒,他们决定审判帕拉墨得斯。显赫的奥德修斯被阿伽门农委任担任主审官,他当即下令搜查帕拉墨得斯的住处,结果那盒预先埋在床下的黄金给挖出来了。在奥德修斯的主使下,审判官们不问清事情的真相,一致同意判处帕拉墨得斯死刑。帕拉墨得斯看出了其中的阴谋,明白这是奥德修斯的陷害;但他却不想为自己申辩,因为他找不出被人陷害的有力证据,因此他只能坐以待毙。当审判的最终结果是用乱石击死时,他只是说:"啊,希腊人啊,你们杀死的是一只博学、无辜、歌声最优美的夜莺!"可是他的这番临终遗言没有得到在场的王子们的理会,这位希腊军队中最有见识的英雄便这样接受了残酷的命运。当一阵雨点般密集的乱石朝帕拉墨得斯砸来,他只是从容而勇敢地对天呼喊:"真理啊,你应当欢呼,因为你死在我的前面。"他的话音刚落,奥德修斯用尽全力将一块大石头砸向他的脑袋,他倒在地上,死了。女神涅墨西斯从天上看到了这一切,她决定给希腊人以惩罚,尤其是导致这一局面出现的奥德修斯,她将让他们遭受灾难。

阿喀琉斯和埃阿斯各自攻城

以后几年围攻特洛伊的情况,人们无从知晓,因为传说中没有详细说明。

希腊人驻扎在特洛伊城的那段时间里,特洛伊城内的居民养精蓄锐,从不放松警惕,所以希腊人很少有机会正面进攻。但是,希腊人没有就此罢休,他们组织兵力,袭击特洛伊附近的地区。他们的英雄阿喀琉斯率领船队从海上攻破了十二个城市,还从陆地上占领了十一座城池。讨伐密西埃时,他劫持了祭司克律塞斯美丽的女儿克律塞伊斯。攻占吕耳纳索斯时,他们攻占了王宫,逼得国王兼祭司勃里塞斯走投无路,自杀身亡。他们劫走了国王的女儿布里塞伊斯,也叫布洛达弥亚,把她作为女奴使唤。勒斯波斯岛和位于密西埃的普拉科斯山麓的底比斯城也没能逃脱被劫掠的命运,底比斯国王厄厄提翁是普里阿摩斯的亲家,他的女儿安德洛玛刻嫁给了特洛伊著名的英雄赫克托耳。阿喀琉斯攻进王宫时,杀掉了厄厄提翁和他的七个儿子。厄厄提翁身材高大,容貌威严,年轻的阿喀琉斯在他的尸体前感到恐惧,他不敢摘下死者的武器作为战利品,于是他派人把国王的尸体火化,并造了一座巨大的坟墓将他埋葬。阿喀琉斯还掳走国王厄厄提翁的妻子,即安德洛玛刻的母亲,后来他得到一大笔赎金,才将她释放回国。可是这位可怜的王后回国后,仍然没有逃脱死亡的悲惨命运,当她坐在纺车前纺纱时,被女神阿尔忒弥斯的神箭射中而死。

  阿喀琉斯没有从国王身上得到任何战利品,但是他在王宫中搜到不少奇珍异宝。他夺走了国王的骏马佩达索斯。这匹马强壮有力,奔跑速度极快,能与他的神马媲美。他还从国王的武器库中带走了许多珍藏品,其中有一个巨大的铁饼,如果用它来制造农民用的农具,足以让一个农民使用五年之久。

  希腊人中另一个英雄忒拉蒙的儿子埃阿斯,他以掠夺城市而闻名。他率领战船一直攻击到色雷斯半岛。这里的国王是波林涅斯托耳,普里阿摩斯把自己宠爱的小儿子波吕多洛斯送到这里,以免他遭到战祸。为报答波林涅斯托耳国王对自己儿子的抚育,普里阿摩斯送给国王许多黄金和珠宝。然而波林涅斯托耳国王不讲信义,当埃阿斯打到城下时,他向希腊人求饶,交出了普里阿摩斯的小儿子波吕多洛斯,并给埃阿斯许多黄金和珠宝。此外,他还用收到的抚育波吕多洛斯的钱和谷物来援助希腊士兵。这样,他彻底地出卖了自己和普里阿摩斯的友谊。

  埃阿斯在色雷斯半岛取得胜利后,又继续向弗利基亚海岸进攻。他对忒耳特拉斯的王国进行了猛烈攻击,他杀死了国王,抢走了他的女儿忒克墨萨——一个高贵而气质出众的女子,埃阿斯欣赏她并且十分宠爱她,将她留在了身边,待她如同妻子一般。

  经过数次征战,阿喀琉斯和埃阿斯终于满载而归。他们率领战船几乎同时到达特洛伊城外的军营,希腊人热烈地欢迎他们,把橄榄枝的花冠戴在两位英雄的头上,以此祝贺他们的凯旋。然后,英雄们聚在一起,开始分配他们掠夺回来的战利品。希腊人把战利品看成是他们的财产。分配女俘虏是分配财产时最令人激动的时刻,她们的美貌令人称赞。阿喀琉斯理所当然地分到了吕耳纳索斯国王的女儿布里塞伊斯,埃阿斯也得到了忒耳特拉斯国王的女儿忒克墨萨。布里塞伊斯的使女狄俄墨得在被分配时,哀求阿喀琉斯能够收留她,让她留在国王的女儿的身边,因为她们从小一块儿长大,感情深厚,不愿意分离。阿喀琉斯同意了,他留下了布里塞伊斯的使女狄俄墨得。为了表示对统帅阿伽门农的尊重,祭司克律塞斯的女儿克律塞伊斯被赠给阿伽门农;同时,他还得到大量的金银财宝。当然,为了表示公平,阿喀琉斯把他的一些战利品——无论是女俘还是抢来的财产,都在士兵中平均分配,他的这次分配使得大家都十分满意。

阿喀琉斯的愤怒

  战争进入第十年,希腊英雄埃阿斯在特洛伊附近多次出征都凯旋。波吕多洛斯之死在两个民族之间激起了更强烈的仇恨。众神也开始介入人间的这场战争。雅典娜、赫耳墨斯、波塞冬、赫菲斯托斯站在希腊人一边；阿瑞斯和阿佛洛狄忒反对希腊人的残暴，帮助特洛伊人。所以在特洛伊战争的第十年，《荷马史诗》记录的要比以前的多上好几倍。史诗开始叙述的是阿喀琉斯的愤怒以及他的怨恨给希腊人带来的种种苦难。

自从他们的使节从特洛伊回来后，特洛伊人的威胁就使得希腊人不敢懈怠，他们做好准备迎接决战。这时，阿波罗的祭司克律塞斯带着无数赎金来到军营，因他的女儿被阿喀琉斯抢走后又被送给阿伽门农。为了赎回自己的女儿，他手执一根和平金杖，杖上缠着阿波罗神圣的花冠，他向全军，特别是阿特柔斯的两个儿子和全军的统帅祈求："阿特柔斯儿子们，在场的希腊将士们，愿奥林匹斯的神保佑你们占领特洛伊，平安地回到故乡。请你们出于对阿波罗神的敬畏，接受我带来的赎金，归还我的女儿吧！"

在场的所有士兵听了他的讲话都发出同意的呼声，表示愿意尊敬祭司，接受丰厚的赎礼；阿伽门农却快快不乐，他不愿意失去美丽的女奴，他气势汹汹地对祭司喝道："别再让我发现你出现在我的船边，你的女儿我不释放，她已经是我的女奴，她将远离祖国，到我的王宫里，在我家绕着纺织机走动，为我铺床叠被，直到老去。你赶快走吧，趁我还没生气，赶紧回家去！"阿伽门农这样说，克律塞斯非常害怕，只得顺从地退了出来，默默地朝呼啸着的大海沿岸走去。他走着走着，嘴里开始念念有词，忽然他举起双手，向阿波罗神祈祷："银弓之神，伟大的太阳神阿波罗啊，请听我的祈祷。多少年来，我为你建造庙宇，清洁神庙，为你献祭丰美的祭品。如果我曾讨得你的欢心的话，请让我的祈祷变成现实吧！请让希腊人在你的金箭下偿还我的眼泪。"

克律塞斯这样祈祷，阿波罗听到了，并愤怒地离开了奥林匹斯圣山。他背着弯弓和装满箭的箭袋朝希腊人驻扎的军营靠近。他的降临有如黑夜覆盖大地，他随即在希腊人军营的上空射箭，银弓发出了令人心惊胆战的声音。起先他只是射向牛羊骡子一些牲口和狗群，紧接着内心的愤怒使得他把箭射向了人群，被射中的人都患上了瘟疫，一个个悲惨地死去，营地上焚化尸体的柴火昼夜不息。就这样，阿波罗神一连九天都没有停下手中的弯弓，瘟疫随之蔓延了九天。第十天，阿喀琉斯受到赫拉的启示，他召集会议，告诉大家宙斯托梦于他，需要请教先知或者祭司或者释梦者，让他们为大家解释阿波罗为什么发怒，希望能找出办法，平息阿波罗的怒火，消灭军中的灾难。

随军预言家卡尔卡斯从人群中站出来说，他能从鸟飞中得到预兆，他知道当前、将来和过去的一切事情。他说，如果他直言，请阿喀琉斯可以保护他，因为他的话将惹得一个人愤怒，这个人有力地统治着整个希腊军队。阿喀琉斯安慰他，让他尽管大胆地说出来。于是卡尔卡斯说："天神并不是因为我们疏忽了许愿或是没有献祭而生气，而是因为阿伽门农不敬重他的祭司，不愿意释放祭司的爱女。现在，我们必须把祭司的女儿还给他，这样才能劝得动阿波罗神，求得他宽恕。否则，致命的瘟疫将继续弥漫。"

阿伽门农听到这话，内心充满愤恨，眼中闪出怒火，他凶狠地对预言家说："你这个不祥的预言家，从来没有对我说过一句好话，你总是喜欢预言坏事。现在又在军队中散播谣言，说阿波罗给我们制造苦难，全是因为我拒绝了克律塞斯赎取女儿。的确，我很想把她留在自己家里，因为我喜欢上了她。但是，我愿意把她交出去，为了全军的安全，为了士兵们不再遭受瘟疫之灾。但交换的条件是我要求有一件礼物，以换取我这失去的荣誉。"阿喀琉斯回答说："阿特柔斯最尊贵的儿子，你怎能这样贪婪，你怎么能向希腊人索取礼物？我们从敌方城市里掠来的战利品早已分配出去，这些战利品怎能从每个人手上再要回来？请你按照天神的意思把祭司的女儿释放，如果宙斯保佑我们攻占了特洛伊城，我们再给你三倍甚至四倍的补偿。"

阿伽门农大声对他说："尽管你非常勇敢；但是别施展心机来骗我。你是想保存自己的战利品，劝我归还战利品吧？要不就是希腊人给我一份合心意、等价的补偿，要不就是埃阿斯、奥德修斯或者你，阿喀琉斯得重新分一份战利品给我。我知道这样做你们都不会乐意。但这事我们留到以后再考虑，当务之急是准备一条大船和祭品，把克律塞斯的女儿送上船，派一位王子担任队长，我觉得阿喀琉斯你能胜任，就由你亲自押运这只船前去献祭，祈求太阳神阿波罗息怒。"

阿喀琉斯听到这样的话，对阿伽门农生气地说："你这个无耻而自私的君王！今后希腊还有谁愿意听从你的命令？我到这里参加战斗，并不是因为特洛伊人得罪了我，他们在我的眼里没有任何过失。但我愿意跟着你前来，帮助你，为了替你的兄弟墨涅拉奥斯报仇。现在你竟然威胁我，想要夺取我们辛苦得来的战利品。我靠着自己的双手承担了大部分激烈而艰巨的战斗任务；但分配战利品时你却比我多得多，你得到的总是最好的一部分。我打得筋疲力尽，却只收获了一小部分战利品。我现在要回到家乡佛提亚去！我可不想留在这里，为你挣得财产和金钱，还要忍受你的侮辱！"

"要是你想走的话，那就请便！"阿伽门农大声地回答他，"我不求你为我而留在特洛伊。你是众多英雄中我最不喜欢的一个，你好战、喜欢格斗，总是引起争端。现在你带着你的船只和你的部下离开吧！但是我得告诉你，阿波罗从我这里抢走了克律塞斯的女儿，我要亲自去你的营帐里，把美丽的布里塞伊斯带走作为补偿。我要让你知道，我毕竟比你高贵，比你强大；也以此警告大家，违背我的意志没有好处！"

阿伽门农的话激怒了阿喀琉斯，他此时正考虑是拔出剑来杀死阿特柔斯的这个儿子，还是压住怒火，暂且忍耐。他的手正要把利剑拔出鞘的时候，女神雅典娜悄悄地出现在他的身后，按住他的金发，轻声说："你要镇静，别伸手拔剑。你尽管拿话骂他，咒骂自会应验。你要听话，今后你将得到三倍的赏赐！"

阿喀琉斯听从雅典娜的劝告，顺从地把剑放回剑鞘里，他开始用愤怒和凶恶的语气对阿特柔斯的儿子说道："你这个卑鄙的人，你从没有胆量和战士们并肩作战，你最擅长的是从一个敢于顶撞你的人手里抢夺他的战利品。你这个无耻的人，这是你最后一次侮辱人，我凭着这根权杖对你发誓：正如这根权杖脱离树干，不能再像树枝发芽抽叶一样，从现在起，你休想再看到我为你在战场拼杀了！总有一天希腊人会怀念阿喀琉斯的。当凶狠的赫克托耳屠杀希腊人时，你将无所适从，你会了解我的厉害，你的心将会被悔恨咬噬，你知道不该冒犯全希腊最神勇的人！"说完，阿喀琉斯把他的权杖扔在地上，坐了下来。阿伽门农依然在对面发怒，温和善良的涅斯托耳好意劝说双方和解，但是双方都不理睬。最后，阿喀琉斯愤怒地对阿伽门农说："你想怎么干就怎么干吧，可是不要对我发号施令，别指望我会听命于你。我不会因为那个女子同你或其他英雄争斗，你可以夺取原来属于我的东西。但是你要记住，别想再碰我船上的其他财产。如果你想尝试，那就让大家都看见，你的鲜血将溅到我的矛尖上。"

集会解散后，阿伽门农把克律塞斯的女儿和祭品送上船，挑选了二十名桨手，由奥德修斯担任队长，把祭司的女儿护送回去。然后，阿特柔斯的这个儿子又对他的传令官塔耳堤皮奥斯和欧律巴特斯下命令，要求把勃里塞斯的女儿从阿喀琉斯的帐篷带来。两位传令官心里并不愿意，但不敢违抗统帅的命令。他们看见阿喀琉斯坐在帐篷前面，可是由于胆怯和敬畏，他们不敢说出他们的来意。但阿喀琉斯已经猜到他们此来的目的，招呼他们说："宙斯与凡人的传令官，请过来吧，我不会责备你们，这是阿伽门农的过错。帕特洛克罗斯，快把姑娘请出来，交给他们。但是，我要你们在神和众人面前为我作证，如果将来有人需要我的援助而我不答应的话，那就不要责备我，而应怪罪于阿特柔斯的儿子！"

帕特洛克罗斯把姑娘领了出来，她不情愿地跟随两个传令官离开，因为她已经爱上她那宽厚温良的主人。阿喀琉斯含着眼泪坐在海岸上,望着深蓝色的海水,请求她的母亲忒提斯帮助他。不一会儿,大海深处传来了母亲的声音:"唉,我的孩子,我不该生下你,你的生命是如此短暂,你却还要忍受这么多的苦难和痛苦!我会请求宙斯来帮助你。现在你就留在战船附近,尽管发泄你的愤怒,不要去参加战事。"听完母亲的回话,阿喀琉斯便离开海岸,回到了自己的帐篷。

忒提斯果然来到奥林匹斯圣山为他的儿子讨公道。她看到宙斯坐在高山顶上,忒提斯上前,用左手抱住他的双膝,对他说:"我的父亲,如果我曾经侍奉您使您高兴的话,那么请答应我的乞求:阿伽门农深深地侮辱了我的儿子,还夺走他的战利品!众神之父,我祈求你,从现在开始,请让特洛伊保持胜利吧,直到希腊人把荣誉重新还给我的儿子为止!"

宙斯坐在那儿一动不动,沉默许久;但忒提斯越来越紧地抱着他的双膝,并轻柔地催促着他做出决定:"父亲,请答应我的请求吧,或者干脆予以拒绝,这样我才知道,您根本不疼爱我!"万神之父终于不满地回答:"这样做,等于与众神之母赫拉作对,她不会就此罢休的。你赶快离开吧,别让她看到你。我点了头,你应该满意。"说着他垂下眉毛,点了点头,奥林匹斯圣山便震动起来。忒提斯满意地离开了宙斯,回到大海里。但赫拉早已看见他俩的会面,她对宙斯的立场表示不满,但是宙斯却很平静地对她说:"别干涉我的决定,服从我的命令吧。"赫拉对他的话也感到恐惧,不敢反对他的决定。

很快,奥德修斯把祭司女儿还给祭司克律塞斯。祭司惊喜交加,他郑重地感谢了阿波罗的帮助,并请神答应停止希腊人的灾难。阿波罗接受了他的请求和祈祷,希腊军队中的瘟疫立刻停止,所有病人也很快康复。

阿伽门农试探军心

宙斯为了实现他对海洋女神忒提斯的诺言,夜夜睡得不踏实,为此,他派遣梦神给阿伽门农送去一个幻梦。全军的统帅正在帐篷里安睡,梦神立即化身为涅斯托耳——他是国王最喜欢、最敬重的长老之一。化身为涅斯托耳的梦神对他这样说:"阿特柔斯的儿子啊,你还在睡觉吗?身为全军的统帅,不应该整夜睡眠。我是从宙斯那里前来的信使,宙斯关心你,怜悯你,他命令你立刻集合全希腊军队,因为特洛伊的末日已经到来,今天你就能让特洛伊城毁灭。这是宙斯的意志,他让你把这事放在心上。"

梦神说完就离开了。阿伽门农醒来后,立即起床。他真的相信当天能够攻下特洛伊城,于是他穿上漂亮合体的新衣服,扎好鞋带,背起宝剑,再抓起他的王杖，大踏步地朝着他们的舰队走去。他命令传令官让所有希腊人都到会场集合，并通知王子们赶忙到涅斯托耳的船上开会。当大家在船上聚齐后，阿伽门农说："朋友们，我刚刚在梦中得到神的启示，一位酷似涅斯托耳的人告诉我，宙斯已决定让特洛伊城毁灭。但是现在，由于阿喀琉斯的愤怒，军队的斗志非常涣散。今天，我要试探大家，看看能否通过言语劝说大伙上船，共同离开特洛伊海岸。请在座的各位分布在士兵中，努力动员大家留下来参与战斗。"

阿伽门农讲完话后，涅斯托耳站起来对诸位王子说："如果换了另外一个人对我叙述这个梦境，我一定会当面斥责他，不相信他的谎话，并且对他所说的不予理睬。可是今天说这话的是我们希腊人的最高统帅，我们相信他，并坚决按计行事！"

说完，涅斯托耳、阿伽门农和其他王子来到会场上，士兵们已经在那等候多时，当看到他们的统帅进入会场时，嘈杂喧哗声瞬间停止，会场安静下来。阿伽门农站在人群中间，开始讲话："亲爱的朋友们，希腊勇敢的战士们！我们受到了可恶的宙斯的欺骗。他曾经郑重地向我许诺过，说我们可以顺利征服特洛伊，而后凯旋。可是现在他却让我陷入重重困境，使我们白白牺牲了这么多战士，现在他要求我们就这样不光彩地返回希腊。如果我们的后代子孙知道，一个强大的希腊在对付一个比它弱小得多的对手而没有取胜，这当然说是一个耻辱。诚然，特洛伊拥有许多强大的同盟军，阻止我们顺利地攻下他们的城池。现在，战争已经进入第十个年头，我们船上的木板开始腐烂，缆绳也在一节节断裂，我们的女人和孩子在家中热切地盼望我们。这时候，最好的办法，就是遵照宙斯的旨意，让我们登船起航，返回希腊！"

阿伽门农的讲话使得士兵们激动起来，人群中一阵骚乱。大家都飞快地向舰船奔去，人们相互鼓励把战船拖入海中，垫在船下的横木被拉开了，军营通向大海的水道疏通了。

希腊人的这种场面使得奥林匹斯圣山支持希腊人的众神感到不安。赫拉催促雅典娜赶快下山，阻止希腊人奔逃。雅典娜听从她的建议，从奥林匹斯圣山上直接飞降到希腊人的军营中。奥德修斯正安静地站在他的战船前面，满腹心事的样子。雅典娜走近他，在他的面前现身，亲切地说道："你们真的想就此离开吗？难道你们真的愿意把荣誉留给普里阿摩斯，把海伦留给特洛伊人吗？为了海伦，多少希腊人背井离乡。不，你绝不会忍受这样的结局，聪明又高贵的奥德修斯，别再犹豫了！快利用你的智慧和辩才，去阻止他们吧！"

女神的话提醒了奥德修斯，他马上扔下身上的战袍，朝混乱的士兵们走去。每遇到一位英雄或者一位王子，他就开始劝说："别像懦夫一样贪生怕死，你们应该安静下来想想阿特柔斯的儿子心里到底在想些什么，难道你们不觉得他是在试探希腊人吗？你们应该留下来，并安顿好其他士兵。"当他看到士兵们吵吵嚷嚷时，他便生气地用权杖敲打他们，并且呵斥道："没脑子的家伙，回到原地去！听听别人都在说些什么，不是每一个人都可以当上国王的！宙斯只把权杖交给一个人，其他人就该听从他的指挥！"

奥德修斯坚定的声音传遍全军。士兵们纷纷离开战船，回到会场上等待统帅的发令。这时，军队中还有一个人在叽里呱啦地说着丧气话，他是特耳西特斯。他还在那吵闹着，把心中的怨恨都发泄出来，用鲁莽的话反对和责骂国王和王子们。特耳西特斯是这群希腊人中面貌生得最丑的人：腿向外弯曲，一只脚跛瘸，斜着一只眼，驼背，脑袋是尖的，还有一头稀松的残发。他特别为阿喀琉斯和奥德修斯所憎恨，因为他总是同他们争吵。这一回他却对着军队的统帅阿伽门农大声骂道："阿特柔斯的儿子啊，你在抱怨些什么呢？"他的声音越来越大，"你有什么不满意呢？你的帐篷里不是塞满了金银财宝和美女吗？那是希腊人攻下城池我们首先赠给你的战利品。你在这里养尊处优，多么舒服啊。我们却总是遭受灾难，承受着各种各样的烦恼和苦闷。让我们乘船回去吧！留下他一个人在特洛伊享受战利品，看看我们对他是否有帮助！大家别忘了，他不是侮辱了神勇的阿喀琉斯吗？他夺走了他的战利品！可是这位胆小的珀琉斯的儿子太疏懒，否则，你这个暴君只能最后一次作威作福了！"

奥德修斯听到这些话走上前来，睁着眼睛怒视特耳西特斯，然后拿着权杖打他的后背和肩膀，大声斥责他："胡言乱语的东西，你最好赶快住嘴，要是再被我发现你像现在这样发狂，如果我不捉住你，剥光你的衣服，把你痛打一顿，让你光着身子哭着回到船上去，我就不是人，也不是忒勒马科斯的父亲！"特耳西特斯被打得弯曲着身子，肩上的血痕清晰可见。他痛得大喊大叫，急急忙忙地跑掉了。大家在一旁看着笑笑，为这个无耻的人受到应有的惩罚而高兴。

奥德修斯站起来，拿着手中的权杖来到战士们的面前。雅典娜化身为传令官，她命令大家静下来，然后奥德修斯对他们说："朋友们，再忍耐忍耐吧。你们一定还记得我们离开奥里斯港时所得到的预兆，那时候我们在神圣的祭坛前给天神摆百牲大祭，就好像发生在昨天或前天一样：一条浑身血红鳞片的长蛇从祭坛下爬出来，爬上阔叶树。最高的枝头上有一只鸟窝，八只小鸟挤在鸟巢里，第九只是哺育它们的母鸟。小鸟可怜地哀鸣，被长蛇一一吞食。在长蛇吞食了母鸟和八只小鸟后,派它来的宙斯把它变成了一块石头。当时,我们都感到惊奇不已。预言家卡尔卡斯在大会上这样说的:'你们为什么目瞪口呆地站在那里?难道没有人看出这是宙斯显示给我们的预兆吗?九只鸟表示我们在特洛伊要持续九年,到第十年你们才能攻占这座雄伟的城池。'卡尔卡斯的预言还在耳旁,现在这一切即将应验。战争已经过去九年,现在是第十个年头,胜利就在眼前,留下来吧,直到我们攻破普里阿摩斯国王的城池!"

听完他的讲话,集合的士兵发出一阵欢呼。聪明的涅斯托耳趁机利用会场已经转变的气氛向国王阿伽门农建议,如果还有人因为思念家乡不愿坚持下来,就放他上船回家好了。这样的话,就可以明确知道战士和统领中谁是英雄,谁是懦夫;而且由此可以知道,阻碍战争进行的到底是神的旨意,还是缺乏作战经验,或者是因为这些将士胆怯愚蠢。国王十分满意,接受了这个建议,说:"老人家啊,你不愧是我们中间最聪明的人。如果我们的军营有十个像你这样的人,那么普里阿摩斯的都城早就被攻陷,早就被夷为平地了!我得承认,为了一个女人和阿喀琉斯相争,是我的过错,一定是宙斯给我降下这个苦难,使我陷入这种无益的冲突中。如果我们两人和解,意见一致的话,特洛伊的陷落也就指日可待。现在大家都去饱餐一顿吧,然后每个人把矛头磨尖,把盾牌理好,让战马吃饱喝足,再备好战车,让我们准备好全力以赴地投入战斗,也许战斗会持续到今天傍晚。如果有人害怕,故意留在船上,那就把他捣烂,喂猪狗鸟兽!"

阿伽门农一说完,战士们都跳起来,大声欢呼。他们急忙奔向自己的战船。阿伽门农向宙斯祭献了一头公牛,并邀请希腊贵族们与自己共同进餐。当这一切结束后,他吩咐传令官召集士兵们出发作战。统领们率领部队拥向原野,阿特柔斯的儿子在众人中显得超群出众,阿伽门农相貌堂堂,魁梧威武,他的前额和眼神像万神之父一样威严,宽阔的胸脯如同海神波塞冬那样,他身披战袍铠甲就如同战神阿瑞斯本人。

帕里斯和墨涅拉奥斯的决斗

按照涅斯托耳的建议,希腊人全都按家族和部落编排好,做好了战斗的一切准备。特洛伊人列好队,每队由长官率领,他们鼓噪、呐喊,向前迎战。希腊人也开始向前方迈进。当两支军队就这样相向进军,互相逼近时,帕里斯王子从特洛伊人的队伍中跳了出来。他身披豹皮质地的战袍,背着一把弯弓,佩着一柄宝剑,手中挥舞两支有铜尖的长矛,他向阿耳戈斯当中最英勇的将士挑战,说要单独打一场恶仗。墨涅拉奥斯一看是他,跳下战车，满腔愤怒，准备收拾这个头号敌人。

帕里斯看到墨涅拉奥斯露面时感到非常震惊，他手脚颤抖，脸色苍白，不住往后退，直到回到队伍里。赫克托耳看到他的表现，便用羞辱的话激他："不祥的帕里斯，你这个好色狂、诱惑者，你空有一副俊俏的外表，却没有任何力量和勇气，你难道不怕成为希腊人的笑柄吗？你除了拐骗女人的本事，其他一无所长。像你这样的人，即使现在遍体鳞伤地躺在地上挣扎、滚爬，漂亮的鬈发上沾满了泥土灰尘，我也不会同情你。"

帕里斯回答说："赫克托耳，你对我的责备一点也不过分，因为你自己拥有坚强的心和超群的胆量。可是你不应该嘲笑神赐予我的容貌，那是别人想得也得不到的厚礼。如果要我战斗，那么请叫特洛伊人和全体希腊人放下武器，为了海伦和她的财富，我愿意同墨涅拉奥斯单独决斗。谁获得胜利，谁就带着海伦和她的财产回去。其余的人都各得其所，我们特洛伊人在这里安居乐业，平平安安地建设特洛伊，而希腊人也可以扬帆起航，回到他们牧马的阿耳戈斯土地上去。"

赫克托耳听到兄弟的话，非常高兴，他从队伍里跳到两军的前线，横着长枪挡住特洛伊人的阵线，将士们都纷纷后退。希腊人看到他时，把箭瞄准他，朝他掷飞镖，投石子。阿伽门农连忙对希腊士兵大喊："阿耳戈斯人，赶快住手，赫克托耳有话要说！"希腊人于是停止射击，双手垂立，原地等待。

赫克托耳大踏步向前，对大家宣布了兄弟帕里斯的决定。听完他的话，希腊人沉默着，一声不吭。最后，墨涅拉奥斯打破了平静，说："现在请听我说，我希望阿耳戈斯人和特洛伊人最终能够和解。你们为了我和帕里斯的争斗受尽了苦难。我与他之间有一个注定要遭受死亡的厄运。让我们俩单独解决这场争斗吧，其余的士兵，无论是希腊人还是特洛伊人，都应该和平地生活。现在让我们祭供天地，立下誓言，然后开始这一场不可避免的决斗！"

双方士兵听了这话都很是欢喜，他们都希望结束这场艰苦、旷日持久的战争。他们把各自的战车停留在原地，自己走出来，把武器放下，堆在地上，彼此靠近，中间留了一片空地。赫克托耳派出两位传令官回到特洛伊城，取来献祭的绵羊，同时请来国王普里阿摩斯。阿伽门农也派塔耳堤皮奥斯回船上牵来一头绵羊。神的使者伊里斯化身为海伦的小姑、普里阿摩斯国王的女儿劳迪克，赶到特洛伊城，把消息告诉海伦。海伦正在纺机前织一件紫色的布料，上面的图案是特洛伊人跟希腊人战斗的情景，那是他们为了她作战遭受的痛苦经历。伊里斯着急地对她说："亲爱的夫人，快出来吧,你将看到一件惊奇的事情:特洛伊人和希腊人刚才还互相敌对,现在却罢兵停战了。他们现在安静倚靠在盾牌上,长矛插在地上。帕里斯和墨涅拉奥斯两人将为你上阵决战,谁取得胜利,谁将把你带回去!"

女神这样说着,海伦的心里开始怀念起她的前夫墨涅拉奥斯,她的父母和她的故乡。她立即戴上白色的面纱,遮住已经湿润模糊的泪眼,带着侍女皮特透斯和克吕墨涅来到城门上面。国王普里阿摩斯和几个德高望重的长老坐在城门上面,他们由于年迈无力参加战斗,可是在国事会议上全是重要角色。老人们看见海伦走来,立刻为她的天姿国色所折服,他们互相悄悄地耳语着:"怪不得希腊人与特洛伊人为这个女人长期遭受苦难却没有抱怨的意思,她看起来就像一位永生的女神!不过,尽管她如此美丽,还是让她回到希腊人那去,不要成为我们子孙的祸害。"

他们这样说着,国王普里阿摩斯却亲切地招呼海伦:"我亲爱的孩子,你过来这里吧,坐到我的身旁来!这里可以看到你的前夫、你的亲戚朋友。在我看来,这场苦难的战争,你是没有责任的。只应归咎于神,是他们让我们打这场战争的。你来告诉我,那个身材魁梧的男子是谁?他长得如此高大健壮,我还从来没有见到过,他应该是一个国王吧?"

海伦礼貌地回答:"在我眼里,您是让人尊敬的君王。我真希望在我跟着您的儿子来到这里,离开亲人、伴侣、爱女和朋友之前,我就遭受不幸死亡的命运。但是这些都没有发生,因此我一天天地淹没在泪水里!您问我的这个问题,我一定告诉您。那个人是阿特柔斯的儿子,权力最大的阿伽门农。他是一个高贵的国王,勇敢的统帅,他是我前夫的兄弟。"

国王看见奥德修斯,又问道:"那边的那个人是谁?他比阿特柔斯的儿子矮一个头,但他的肩膀和胸膛却更加宽阔。"

"那人是拉厄耳忒斯的儿子,"海伦回答说,"足智多谋的奥德修斯,他善于使用精明的策略和各种巧妙的伎俩,他生长在怪石嶙峋的伊塔刻岛上。"

普里阿摩斯看见埃阿斯,他又继续问道:"那个巨人是谁呀?他看起来比其他希腊人高大。"

"他是埃阿斯,"海伦回答说,"阿耳戈斯人的顶梁柱。在他附近,站在克里特人队伍中的是伊多墨纽斯,他周围聚集的多数是克里特人的领袖。我认识埃阿斯,因为曾经我们经常招待他。我差不多认识每一位将领,能够说出他们每一个人的名字。但是,为什么没见到我的同胞兄弟卡斯托耳和波吕丢刻斯?难道他们没有来吗?他们是因为害怕关于我的羞耻的舆论吧?"说到这儿,海伦不知道,她的两个哥哥早已不在人世。

这时候，两位传令官抬着祭品从城里走了出来。祭品是两只绵羊、一袋用山羊皮盛着的美酒和大地的果汁。传令官伊特俄斯端着亮晶晶的酒壶和金杯来到中心城门，他走到普里阿摩斯面前说："请起身吧，国王，特洛伊人和希腊人的首领都请您到战场上为他们证实誓言。帕里斯跟墨涅拉奥斯将为海伦单独用长枪决斗。谁获得胜利，谁就把海伦和她的财产带回去。其余的人则和平共处，希腊人回他们的国家去，我们也在自己的土地上建设特洛伊。"

国王听了很吃惊，全身都颤抖起来，他马上吩咐随从为他套车。安忒诺尔跟他一起上了战车。他们赶着快马驶出城门，来到两军的战场上。国王下了战车，来到两军的中间。阿伽门农和奥德修斯也随即走了过来。传令官把祭品聚在一起，用金碗把美酒兑上净水，然后把圣水撒在两个国王手上。阿特柔斯的儿子从佩在身上的剑鞘里抽出宝剑，割下些羊毛，传令官把羊毛分送给特洛伊人和阿耳戈斯人的英雄将领。阿伽门农举起双手大声地向万神之父宙斯祷告，祈请他为这个盟约做证。然后，他用剑杀死四只绵羊，把祭品放在地上。传令官和将士们一边把酒从酒缸里舀到杯里，向永生的天神祭奠，一边开始祷告祈求，他们口中念念有词："宙斯，最光荣、最伟大的神啊！永生的众神们，请明鉴，如果我们中间有人违背誓言，那么他和他们的孩子的脑浆将如同这些酒一样流到地上。"祭祀完毕，普里阿摩斯说道："特洛伊人和希腊人，我要重新回到伊利昂卫城上去，我不忍心看着我的儿子在这里跟墨涅拉奥斯作生死决斗。宙斯和其他的天神知道他们中有一个的死期是预先注定的。"说完，国王吩咐随从把祭供的绵羊抬上战车，然后登上车，离开战场，返回特洛伊城。

普里阿摩斯之子赫克托耳和奥德修斯首先测量决斗的距离，并抽签决定哪一方先向对方投掷长矛。赫克托耳摇动装有写好名字的签的头盔，写着帕里斯名字的签很快跳了出来。将士们一排排坐下，在他们身边站着的是健跑的骏马，竖着的是精良的武器。两位英雄全副武装，他们走到决斗场上，在那块量好的空地上靠近站立，彼此怒目而视，挥舞手中的长矛。按照抽签结果，帕里斯先投掷长矛，他的矛尖投中墨涅拉奥斯的盾牌，但铜尖未能穿过去，被坚固的盾牌撞弯了。很快墨涅拉奥斯用右手举起长矛冲上去，还一边大声祈祷："宙斯，请让我惩罚侮辱我的帕里斯，让天下人从此以后都不敢以德报怨。"说着，长矛投掷出去，矛尖穿透帕里斯的盾牌，再迅速刺穿他无比精致的胸甲，刺破他精美的衬袍。帕里斯往旁边闪去，躲过了厄运。墨涅拉奥斯拔出宝剑，抢上前去砍中对方的头盔，但铜剑在上面破成三四块，从手里落了下来。

"可恶的宙斯，你为什么不让我取得胜利？我的长矛根本没有击中要害！"墨涅拉奥斯仰天大喊。接着朝对手扑了过去，他抓住帕里斯的头盔，转过身拖向希腊人的阵地。若不是女神阿佛洛狄忒前来帮助，暗中割断了皮带，帕里斯一定早被墨涅拉奥斯用颈带勒死了。那样，墨涅拉奥斯一定扬眉吐气了。墨涅拉奥斯把空空的头盔一甩，又转身冲去，试图用长矛刺死仇人。但是阿佛洛狄忒利用神术降下一片浓雾，遮住帕里斯，把他带回特洛伊城。她立刻去召唤海伦，海伦身边围绕着一群特洛伊的女人，她们坐在城墙的塔楼里。女神化身为一个抽织羊毛的老妪，她走近海伦，拉了一下海伦的衣角，说："快来，帕里斯召唤你回家去。他正在房间里，躺在你们的卧榻上等你。他不像是刚和敌人决斗回来，倒像是去参加完舞会，刚跳完舞蹈的样子。"

阿佛洛狄忒这样说，激起了海伦的情绪，她连忙裹上华丽的袍子，在女神的带领下，悄悄地离开，回到自己的宫殿，看到丈夫正躺在床上。海伦坐下后，对丈夫侧目而视，并且开始谴责他："你就这样回来了吗？我宁愿看到你被墨涅拉奥斯杀死在战场上。你从前总是夸口说，论力量、手臂、枪法，你都比墨涅拉奥斯强得多！去吧，再去向他挑战！哦，不，我还是要你留在这里，就此罢休吧，不要再去同他单独交手了，免得你很快就在他的矛尖下丧命。"

"我亲爱的妻子，请不要用辱骂谴责我的心灵，"帕里斯回答说："这一回墨涅拉奥斯有女神雅典娜的帮助，他才能战胜我。下一回是我战胜他，因为我们也有神帮助。你过来，让我们忘掉决斗的不快吧，上去睡觉，享受爱情！"阿佛洛狄忒拨动了海伦的心弦，使她对丈夫产生了无限的情意，她谅解了他，跟随着丈夫睡去了。

战场上，墨涅拉奥斯像野兽一样在人群中寻找失踪了的帕里斯。可是，特洛伊人和希腊人都不知道他到哪里去了。他们都希望帕里斯能够出现，因为立下誓言的帕里斯现在被他们全体所憎恨。最后，阿伽门农大声宣布："特洛伊人和你们的盟友，请听我说，胜利已经归属墨涅拉奥斯。现在请你们交出海伦和她的财宝，并给我们合适的补偿。"

阿耳戈斯人听了这个建议都欢呼起来。但特洛伊人却沉默着。

潘达洛斯射伤墨涅拉奥斯

众神坐在奥林匹斯圣山上召开大会。青春女神赫柏不停地给他们斟酒，众神举起金杯一饮而尽，他们俯视着特洛伊城，这时宙斯故意用嘲弄的语言刺激赫拉，他对她说："女神之中有两位是帮助墨涅拉奥斯的，那就是你和雅典娜。而爱情之神显然是袒护帕里斯的,她保护他,眼看他就要死在墨涅拉奥斯的手下,她救了他一命。胜利实际上是属于墨涅拉奥斯的。现在让我们考虑事情应该怎样发展。我们是继续挑起凶恶的战斗还是让双方友好相处?如果你们大家喜欢和睦相处的话,就让普里阿摩斯的都城继续存在,墨涅拉奥斯带着他的妻子回去。"他说完,坐在身旁的赫拉和雅典娜非常不高兴,雅典娜生她父亲的气,满腔愤怒;但她不敢说话。赫拉倒是很平静地对宙斯说:"你说的什么话?你想让我们白白辛劳一场?那我可不会同意!"宙斯听了,非常不悦,他答道:"普里阿摩斯和他的子民们怎么得罪你了?你要千方百计地置他们于死地!好吧,你想怎样做便怎样做,尽管我心里不乐意,我也绝不阻拦你。但是日后我若想劫掠你所保护的城市的话,你可别阻碍我。要知道,普里阿摩斯和他的子民们对我很恭敬,我的祭坛里从没有缺少过献祭。"赫拉答道:"今后你要怎样做我都同意,现在你赶快命令你的女儿雅典娜到特洛伊战场上去,怂恿特洛伊人违反他们的誓言,侮辱正在庆祝胜利的希腊人。"

雅典娜听从他父亲的吩咐,立即从奥林匹斯山下降,来到战场,混进特洛伊人中,变成安忒诺尔的儿子拉奥多科斯。她找到了吕卡翁的儿子潘达洛斯。他是个优秀强大的人,雅典娜觉得他非常适合完成宙斯交给的任务。他是特洛伊人的盟友,率领士兵从吕喀亚前来参战。女神靠近他说:"潘达洛斯,你愿意听从我的话吗?现在正是你建功立业,让特洛伊人永远感谢你的时候;特别是帕里斯,他一定会对你感恩戴德的。现在你只要放胆向墨涅拉奥斯射出致命的一箭,那么你将得到众人的尊敬。"女神的话说得愚蠢的潘达洛斯竟然动了心。他拿起他的弯弓,从箭袋里抽出一支新的羽箭,并把锋利的箭杆搭在弦上,只听见嗖的一声,那尖锐的箭头朝对方飞去。但女神雅典娜却把箭杆引向墨涅拉奥斯腰带的黄金扣环和胸甲形成双重护卫的地方,尖锐的箭头正好落在扣好的腰带上,箭矢迅速穿过那条精制的腰带,透过胸甲,擦伤了表面肌肉,鲜血立即从伤口中涌了出来。

阿伽门农和将士们看到鲜血从墨涅拉奥斯的伤口中涓涓流出,惊恐地围着他,神武的墨涅拉奥斯也吓得发抖。但他看到只是擦破了表皮,于是安定下来。阿伽门农拉住兄弟的手说:"特洛伊人践踏了他们的誓言,射中你,盟誓、羊血、纯酒的祭奠和我们信赖的双方的握手都没有诚信可言,他们差点要了你的命,如果我失去了你,我将多么悲痛啊!"

墨涅拉奥斯安慰他的兄弟阿伽门农:"放心吧,锋利的箭头并没有击中我的要害,它被我的腰带、里面的围裙和布带挡住了。"

阿伽门农立即派传令官去找最高明的医师马卡昂来诊视。很快马卡昂就赶来了。他立刻从墨涅拉奥斯的腰带上把箭头取出,然后解开腰带、里面的围裙和布带,并把英雄的铠甲脱下。当他看见那锐利的箭头刺入伤口时,他就把血吸出来,熟练地敷上止痛的药膏。

当医生和英雄们正在为受伤的墨涅拉奥斯忙碌的时候,手持盾牌的特洛伊士兵已经冲了过来,希腊人急忙拿起武器准备战斗。阿伽门农把战车交给欧律墨冬,自己则徒步往前行走,检阅战士的行列,他要跟士兵们一起步行作战。他一边检阅部队,一边用言语鼓励希腊人勇敢作战,这使得希腊人士气大振。

阿耳戈斯人在首领的带领下有序冲上战场,大家悄然无声行进。特洛伊人中喧哗叫嚷声不断,队伍中响起了不同民族的不同语言。众神的叫战声也混杂其间,战神阿瑞斯鼓励特洛伊人,站在他们这一边;雅典娜则煽动希腊人复仇的怒火,两军即将浴血奋战。

两军血战

不久,两军进入短兵相接的战斗:盾牌碰撞,长矛交错,人喊马嘶,锣鼓声声,杀声此起彼伏。血腥的战斗使得双方都有许多英雄死于战场上。

特洛伊人埃锡波罗斯一马当先,杀入敌人重围,不料被涅斯托耳的儿子安提罗科斯用长矛刺中前额,倒在地上,成为第一个壮烈阵亡的特洛伊英雄。希腊王子埃勒弗诺阿急忙上去抓住阵亡人的一只脚,想把他拖过来,以便剥下他的盔甲。正当埃勒弗诺阿弯腰的时候,特洛伊人阿革诺耳看见,他赶上去刺中埃勒弗诺阿腰部,埃勒弗诺阿顿时倒在血泊中,死了。

双方开始了激烈的鏖战。埃阿斯遇到冲上来的西莫伊西俄斯,挥起长矛,给了他猛烈的当胸一刺,矛尖从前胸刺进,枪尖斜着从他的肩膀上穿了出来。西莫伊西俄斯踉踉跄跄,倒在地上。埃阿斯扑上去,剥下他的盔甲。特洛伊人安提福斯见状顺手掷出了一枪。埃阿斯及时躲过,枪尖却击中了他身旁的琉科斯。琉科斯是奥德修斯的好朋友,一位勇猛的战将。

奥德修斯见到好友的死,十分悲愤。他仔细地观察周围的战事,掷出他的标枪,在场的特洛伊人见状回头就跑,安提福斯也躲闪在一边。标枪击中了国王普里阿摩斯的私生子特摩科翁,枪尖穿透了他两旁的太阳穴。他轰然一声,倒在地上死了。特洛伊的前锋吓得连忙后撤。赫克托耳也身不由己地往后撤退。希腊人大声欢呼,把阵亡士兵的尸体拖到一旁,进入特洛伊人的阵地。

阿波罗看到这个场面非常恼怒,他鼓励特洛伊人前进:"特洛伊人,你们不能轻易放弃阵地！他们既不是铁铸也不是石制的。要知道，他们中最勇敢的英雄阿喀琉斯都没有参加作战，那还有什么可畏惧的？"雅典娜则在另一边鼓励阿耳戈斯人奋勇冲击。双方的英雄们死伤无数。

　　雅典娜大显神通，她给堤丢斯的儿子狄奥墨得斯注入神奇的力量和勇气，让他在希腊人中显得卓尔不群，他可以趁此建功立业。她使他的盔甲和盾牌发出不灭的火光，有如仲夏的星辰在长河的水中沐浴后显得格外明亮。女神把他送到乱哄哄的敌阵中。特洛伊人中有一个富裕而勇敢的人，名叫达瑞斯，他是火神赫菲斯托斯的祭司。达瑞斯的两个儿子菲勾斯和伊特俄斯被父亲送上了战场，两人精通各种战斗艺术，驾着战车直接冲向了徒步前行的狄奥墨得斯。菲勾斯首先朝他投掷铜枪，枪尖从狄奥墨得斯的左肩上飞过，没有命中。轮到狄奥墨得斯了，他向对手掷去一枪，枪刺中菲勾斯的胸口，菲勾斯从战车上翻身落地。伊特俄斯看到这个情景，他立即跳下战车逃跑，他吓得不敢从兄弟的尸体上跨过。若不是火神赫菲斯托斯及时赶到，把他笼罩在黑暗中，救了他一命，不然他的父亲达瑞斯将陷入悲伤的极点。所有特洛伊人此时都看到，精通战术的达瑞斯的两个儿子，一个死在车旁，一个逃跑，大家都吓得胆战心惊。

　　这时候，雅典娜握住战神阿瑞斯的手，对他说："阿瑞斯，我们最好暂时别去插手特洛伊人和希腊人的战事，先看看我们的父亲希望把光荣赐给哪一方。我们先且后退，避免他发怒。"阿瑞斯同意了，和她离开了战场。现在看起来，双方似乎脱离了神的操纵，但雅典娜留了心眼，她的魔力使得狄奥墨得斯还带着神力。现在战争的形势是这样的：阿耳戈斯人的威力迫使特洛伊人退却。阿伽门农首先把荷迪奥斯打下车，他一枪刺中对手两肩间的背部，枪尖穿过胸膛，他砰然倒下。伊多墨纽斯用长枪刺死菲斯托斯。墨涅拉奥斯杀死了打猎能手斯卡曼德里奥斯，击倒了心灵手巧的斐瑞克洛斯。还有许多特洛伊人死在希腊人的长矛铜枪之下。狄奥墨得斯冲过平原，击溃他面前的特洛伊军队。潘达洛斯见状，趁他不备，立刻拉起了弓，瞄准他一箭射去，射中他的右肩，鲜血染红了他的铠甲。潘达洛斯大声地欢呼，鼓励他的士兵们："前进吧，特洛伊人，快策马前进，振作起来！阿耳戈斯人最勇猛的战士已经中箭，他肯定无法忍受那凶猛的箭头，他马上就会倒下！"

　　但是狄奥墨得斯并没有受到致命伤，他稍稍后退，对驾车的斯忒涅罗斯说："亲爱的，快下车，把锋利的箭矢从我的肩上拔出来。"斯忒涅罗斯照他的吩咐做了，鲜血溅到衬袍上面。狄奥墨得斯向雅典娜祷告说："宙斯的蓝眼睛女儿，请听我祈祷，在过去的战争中你曾善意地站在我父亲的这一边,现在请你也对我同样友好,保护我!保佑我的长矛能杀死这个人,让他再也见不到阳光!"

雅典娜听到他的祈求,给他的四肢增添了力量,他突然感到身子变得轻松自如,伤口也不再疼痛,雅典娜站在他的旁边对他说:"狄奥墨得斯,放开胆量去作战吧!我已经把你父亲勇往直前的勇气植入你的胸中;我已拂去了罩在你眼前的浓雾,现在你在战场上能够看出谁是天神,谁是凡人。如果有神来攻击你,你就大胆地跟他一起去战斗!但阿佛洛狄忒除外,如果她靠近你,你就毫不留情地刺伤她!"

狄奥墨得斯

雅典娜说完这些话就离开了。狄奥墨得斯现在增加了三倍的勇气和力量,他像猛狮一样在特洛伊人中间奋勇拼杀。他用铜枪击中阿斯堤诺俄斯,又用大剑砍中牧者许佩戎。他又杀死了欧律达马斯的两个儿子,打死了弗诺普斯的两个儿子。接着他又把普里阿摩斯的两个儿子克洛弥奥斯和埃肯蒙打下战车,剥夺他们的盔甲,把缴获的战车交给手下的士兵,由他们送上战船。

普里阿摩斯国王的女婿埃涅阿斯眼看着狄奥墨得斯把特洛伊人打杀得七零八落,便冒着四处乱窜的标枪找到潘达洛斯那儿,大声对他说:"潘达洛斯,你的弯弓、羽箭、荣誉到哪里去了?这地方没有人能同你比赛,你曾夸下海口没有人能够比你更强。你看到那个人了吗?他是这样强大,他杀害了这么多特洛伊人,他不会是哪位对特洛伊人怀恨在心的神吧?莫非他是对祭礼不满,发怒来报复人间?"潘达洛斯回答说:"埃涅阿斯,我看那人最像堤丢斯的儿子狄奥墨得斯,我看出了他的盾牌、盔顶,看见了他的大马。我还以为已将他射死了。他这样狂暴勇猛,一定有一个神在保护他,而且仍然在帮助他!我真不走运,我已经射中了两个希腊首领,可是都没有能够把他们射死,他们反而变得更加强大。大概我是在一个不吉利的时辰带着弓箭来到特洛伊城前的。"

"不要这样说,"埃涅阿斯安慰他,"快上我的战车,现在我们赶快行动。"潘达洛斯跳上车,站在埃涅阿斯身旁,两个人驾着快马,飞快地驰向狄奥墨得斯。狄奥墨得斯的朋友斯忒涅罗斯看到他们过来了,便朝他的朋友大喊:"我看见两个强大的敌人要同你作战,他们都有巨大的战斗力,其中一个是精通弓箭术的潘达洛斯,另一个则是阿佛洛狄忒的儿子埃涅阿斯。我们还是先躲开吧,不要和他们正面作战,免得丧失了自己的性命。"

强大的狄奥墨得斯瞥了他的伙伴一眼,回答说:"不要对我说逃跑的话,临阵脱逃或者退缩不前不是我的性格。就让我徒步去面对他们吧！雅典娜不允许我临阵脱逃。如果我杀死了他们，你就随后过来，把埃涅阿斯的两匹快马牵着送回船去。他的马匹是太阳下最好的马匹。"他俩正在交谈，潘达洛斯的长枪已朝狄奥墨得斯掷过来，长枪穿过他的盾牌，却被他的铠甲挡了回去。"你的长枪投偏了没有中，我看你们俩是不见冥王不掉泪。"狄奥墨得斯说着投出了手中的长枪，雅典娜引导枪尖击中潘达洛斯的鼻子，穿过白色的牙齿，把整个颌骨刺穿了。潘达洛斯从车上摔倒在地，他的马也惊逃而去。埃涅阿斯提着盾牌，举着长枪跳下战车，他像头勇猛的雄狮站在自己伙伴的身边，随时准备杀死任何敢于碰他朋友的敌人。狄奥墨得斯从地上抓起一块巨石，那是两个强壮的人怎么也搬不动的石头，而他却高高举起，猛击埃涅阿斯的髋骨。埃涅阿斯痛得失去知觉，跌倒在地，不省人事。如果不是女神阿佛洛狄忒爱子心切，她立即抱住儿子，用发亮的袍子把他裹住抵挡标枪，那他一定被阿耳戈斯人给打死了。斯忒涅罗斯记住了狄奥墨得斯的叮嘱，他缴下了埃涅阿斯的两匹战马，把它们赶到希腊人战船那，然后又驾着战车找到狄奥墨得斯。狄奥墨得斯认出了女神阿佛洛狄忒，他知道她不是擅长战争的女英雄，于是他在浩荡的人群中追上了带着儿子的女神。他用锐利的长枪刺伤了女神纤细的手掌，刺破了她手上的嫩肉。受了伤的阿佛洛狄忒痛得大叫一声，她的儿子滚落地上。阿波罗见状，赶紧把埃涅阿斯抱在怀里，用云朵把他罩住，免得阿耳戈斯人趁机刺伤他，夺取他的性命。狄奥墨得斯大声地对爱情女神喊道："宙斯的女儿，赶快退出战斗和冲突吧，我认为胆小懦弱的你即使在远处，听见战争的名称，你也会吓得发抖。"女神听后怒气冲冲地离开了。她发现她的兄弟战神阿瑞斯正坐在战场的左边，她请求自己的兄弟把两匹好马借给她："亲爱的兄弟，把你的马车借给我，我好回到奥林匹斯圣山去，我的手受了伤，疼痛难忍，是狄奥墨得斯那个凡人伤害了我，我相信他还要同我们的父亲宙斯作战的。"

阿瑞斯把战车借给她。阿佛洛狄忒驾着快马风驰电掣回到奥林匹斯圣山，她哭着扑进母亲狄奥涅的怀里。母亲用轻柔的言语抚慰女儿，并领她来见父亲。宙斯含着微笑对她说："我的孩子，战争的事情不由你司掌，你还是去专门管理婚礼事务吧，这些事由活跃的雅典娜和阿瑞斯去关心。"雅典娜和赫拉却在一旁嘲笑地看着她，用讥讽的口气说道："可能是哪个漂亮而不忠的希腊女人把阿佛洛狄忒吸引到特洛伊去了，是在抚摸海伦的衣裳时，你的纤纤玉手一不小心被别针划破了吧？"

众神在天上这样交谈，而人间的战场上，战斗则愈演愈烈。狄奥墨得斯朝着埃涅阿斯扑了上去,尽管他知道阿波罗为那人伸开手臂,但他不畏惧,他依然想杀死埃涅阿斯。他三次猛扑都无济于事,三次都被愤怒的阿波罗神用盾牌挡了回去。当他第四次扑过去时,阿波罗发出可怕的吼声:"你考虑考虑,你这个凡人,不要放肆地和神对抗!"

听到这话,狄奥墨得斯后退下来,避免阿波罗更强烈地发怒。阿波罗带着埃涅阿斯离开了混乱的战场,回到他在特洛伊的神庙,把埃涅阿斯交给他的母亲勒托和射猎女神阿尔忒弥斯照料。阿波罗并没有忘记在埃涅阿斯刚才倒下的地方制造一个埃涅阿斯模样的假人。假人形象极其逼真,使得特洛伊人和希腊人都在为那个假人进行激烈争夺。然后,阿波罗提醒战神阿瑞斯,把胆敢与神作对的无耻之徒——堤丢斯的儿子,从战场上清除出去。战神变成色雷斯人的领袖阿卡玛斯混在特洛伊队伍中,来到普里阿摩斯的儿子们跟前,吩咐他们说:"王子啊,你们想让那个希腊人杀戮到何时呢?是否要等他打到特洛伊的城下?你们不知道埃涅阿斯已经躺下了吗?来吧,让我们从敌人的手中救出我们的英勇的伙伴!"

阿瑞斯的话激励了特洛伊人,他们重整力量并振作起精神。吕喀亚国王萨耳佩冬跑去找赫克托耳,谴责他说:"赫克托耳,你的勇气跑到哪儿去了?你曾夸海口说'即使没有军队和盟友,你和几个兄弟就能守住特洛伊城'。但我现在看不见他们中的任何一个。他们个个像狗见了狮子一样退缩畏怯,倒是我们这些同盟军不得不单独作战。"

赫克托耳被这番话刺伤了。他立即全身披挂从车上跳到地上,挥舞着长矛,穿过各处的军队,鼓励士兵们战斗。他的鼓动奏效了,特洛伊人即刻转向敌人冲去。与此同时,阿波罗也让埃涅阿斯恢复了健康和力量,把他送上战场。战士们看见他完好无损、健康无比地回到队伍中,都非常高兴;但是谁也没有多加询问,因为战事正在激烈进行中。

阿耳戈斯人由狄奥墨得斯、两个埃阿斯和奥德修斯率领着,严阵以待,他们面对特洛伊的力量和攻势并不畏惧。阿伽门农第一个朝着飞奔而来的特洛伊人投去一枪,击中埃涅阿斯的朋友,冲在最前面的得伊科翁。他是一个总在前线奋勇拼杀的英雄。这时埃涅阿斯挥起强有力的手杀死了阿耳戈斯人中两个英勇的战士,即克瑞同和奥尔西洛科斯,他们是富翁狄奥克勒斯的儿子。墨涅拉奥斯看见他们倒地,十分愤怒,他挥动长矛,勇猛地投入战斗。战神阿瑞斯怂恿墨涅拉奥斯前进,有意使他死在埃涅阿斯的手下。涅斯托耳的儿子安提罗科斯担心国王遭受不幸,当两个英雄开始厮杀时,他急忙奔到墨涅拉奥斯的身边。埃涅阿斯虽然勇猛,但是看到对方又多了一个帮手,还是没有冒昧上前。墨涅拉奥斯和安提罗科斯抢出了两位战友的尸体，交给了自己人，然后他们又返回阵前继续作战。他们杀死了战神般英勇的皮莱墨涅斯，并把他的战马赶进特洛伊人的阵里。

赫克托耳率领着特洛伊强大的队伍冲了过来，战神阿瑞斯和女神埃倪奥与他一道作战。狄奥墨得斯看到战神走来，大吃一惊，他对士兵们说道："朋友们，我们一向称赞赫克托耳是位勇敢的战士，原来他的身边总有一位神在保护他。你们看，战神阿瑞斯正站在他身旁，我们最好往后退，不要贸然同天神作战。"正说着，特洛伊人已经逼近。赫克托耳杀死了同驾一辆车的两个精通战术的希腊人。忒拉蒙的儿子埃阿斯赶过来，为他们报仇。他用长矛击中了特洛伊人的一个盟友安菲俄斯，使他砰然倒地。特洛伊人向他扔出锐利的长枪，阻止他剥取阵亡人的铠甲。

在战场的另一部分，不可抗拒的命运驱使着赫拉克勒斯的儿子特勒帕勒摩斯去对付吕喀亚人萨耳佩冬。还没有靠近，他就开始向对手大骂："你这个不懂战斗的胆小鬼跑来做什么？居然敢谎称是宙斯的儿子，可知道强大的赫拉克勒斯乃是我父亲！你是一个胆小的人，即使你今天领着强大的队伍，也要倒在我的脚下！"萨耳佩冬愤怒地说："如果你认为我还未取得过应有的战斗荣誉的话，那么今天你的命运已经注定，你的死将赠给我荣誉！"说完话，两支长枪几乎同时从两人的手里投出。萨耳佩冬击中过分傲慢的对方的喉咙，他倒在地上死了。当时对方也刺中萨耳佩冬的左腿，枪尖擦伤了骨头；但他的父亲宙斯不愿意他死，因此，他的朋友们急忙抬着他离开战场。他们是这样忙乱，以至于没有人想到要把萨耳佩冬腿上标枪拔出来。

奥德修斯在作战中看见特勒帕勒摩斯和萨耳佩冬对阵的局面，所以当萨耳佩冬被抬出去时，奥德修斯连忙追赶上去。赫克托耳急忙赶来保护萨耳佩冬，宙斯之子萨耳佩冬心里高兴，但是他显得特别虚弱，他对赫克托耳说道："别让我躺在这里，成为阿耳戈斯人的俘虏，保护我，即使我不能回家看到我的妻儿，也要死在我们的城市里。"赫克托耳没有回答，他只是驱逐萨耳佩冬周围的希腊人。萨耳佩冬的朋友把他抬到一棵高大的橡树下面。他的朋友佩拉贡从他的腿上拔出标枪。萨耳佩冬很快昏迷过去。不久，他又开始呼吸，苏醒过来，一阵凉爽的北风轻轻地吹到他的身上，又使他恢复了精神。

现在，身披铜甲的阿瑞斯和赫克托耳并肩作战，他们一共杀死希腊的六位英雄，他们勇猛的威力使得希腊人渐渐后退，一直退到他们的战船上。

赫拉从高高的奥林匹斯圣山上看到特洛伊人在阿瑞斯的帮助下杀死许多希腊人，立即吩咐雅典娜下去阻止阿瑞斯。雅典娜于是把战车装扮一新，车轮是青铜铸的，外面包着不可磨损的黄金，两边转动的车轮是白银的，辕具也是黄金的，闪闪发光。赫拉过去给她的战马套上笼头。雅典娜穿上父亲的铠甲，头上戴着金盔，手持盾牌。她纵身登上发亮的战车，握住结实的长枪，坐在了银椅上。赫拉在她旁边用鞭子轻轻打马，马飞奔而去。由时光女神掌管的天宫大门自动打开，于是两位女神很快驶出了天门。她们看到宙斯坐在奥林匹斯圣山的山顶上。赫拉立即勒住马缰，停下来对他说："你怎么不为阿瑞斯的暴行所恼怒？他违背天命，屠杀希腊人，他很鲁莽，难控制，令我难以忍受。是阿佛洛狄忒和阿波罗唆使战神作恶，现在请你允许我去收拾他，让他赶快离开战场！"

"你可以去试试，"宙斯回答她，"让雅典娜和他对阵，她知道如何与他作战。"赫拉听后十分满意，她举起鞭子策马飞奔，上面是繁星密布的天空，下面是高山和大地，最后她们把马停在特洛伊的土地和西莫伊斯河与斯卡曼德罗斯河汇合的地方。

两个女神迅速来到战场，她们急着前去帮助阿耳戈斯战士。她们看到无数战士正站在狄奥墨得斯的身边。赫拉变作斯腾托尔，走近他们，用相当于五十个人吼叫的声音大声喊道："阿耳戈斯人不感到害臊吗？难道只有阿喀琉斯和你们一起战斗时，你们才能战胜敌人吗？"她这样说，激起了士兵们的斗志。雅典娜找到狄奥墨得斯，他正靠在战车旁边，让风吹凉被潘达洛斯用箭射中的伤口。他的圆盾的宽肩带下汗水不断流淌，使他感到非常苦闷。他两手软弱无力，懒得把肩带下的血迹擦干。雅典娜抓住马轭，对他这样说："看来，堤丢斯的儿子一点儿也不像他本人。堤丢斯虽然身材矮小，但比任何人都勇敢。例如他有一次作为阿耳戈斯人使节，独自到底比斯城，置身于卡德墨亚人当中，本来我让他安静地在厅里参加宴会，可是他却无比勇敢地邀请卡德墨亚的青年同他比武。我帮助了他，使得他场场比赛都获得胜利。我现在站在你身边，也同样愿意给予你保护和援助。可是你的状态我搞不清楚，是激烈的战斗使得你手脚疲软是令人寒心的恐惧把你缠住？在我看来，你已不像是勇猛的堤丢斯的儿子。"狄奥墨得斯听到她的话，回答说："我知道是你，宙斯的女儿，我愿意告诉你全部实情：我并没有被令人丧胆的恐惧或者劳累所缠住，我依然记得你曾经告诫过我，不要同别的天神迎面交战——除了阿佛洛狄忒。但是现在战场上的局面全都由战神阿瑞斯控制，我毫无办法，只好命令阿耳戈斯人全部后退到这个地方。"雅典娜听了他的话回答说："狄奥墨得斯呀，我喜爱的英雄，从现在起，你不要惧怕阿瑞斯或其他别的天神，我会来帮助你。你尽管驾驭你的马向着阿瑞斯猛冲过去，我会是你的坚强后盾。"

说完，雅典娜朝狄奥墨得斯的御者斯忒涅罗斯打了个手势，她取代了御者的位置坐上了战车，和狄奥墨得斯一块儿抓住缰绳，扬起马鞭，驾着战车朝战神阿瑞斯迅速冲过去。阿瑞斯刚刚战胜了魁梧的埃托利亚人佩里法斯，看到狄奥墨得斯站在战车上向他冲了过来，女神雅典娜把自己掩在看不透的浓雾里。阿瑞斯随即丢开佩里法斯，向堤丢斯的儿子冲去。阿瑞斯用铜枪投向对方马的缰绳的上方，急于要夺取狄奥墨得斯的性命。但是雅典娜在暗处抓住铜枪，把它推向上空，它改变了方向。狄奥墨得斯向阿瑞斯投去铜枪，雅典娜使他的长矛飞向阿瑞斯的下腹部，正是他捆着腰带的下方。战神大吼一声，好似千万个战士在激烈的战斗中大声齐吼，希腊人和特洛伊人听得毛骨悚然。狄奥墨得斯看到披铜甲的阿瑞斯驾着云团升入辽阔的天空。战神很快到达神界，回到奥林匹斯圣山，他坐在父亲宙斯身旁，把伤口指给父亲看。他痛哭流涕，向父亲抱怨道："父亲呀，您看见这粗暴的行为不感到气愤吗？你的女儿雅典娜总是爱捣乱和撒野，你从来不约束她的任何行为。你看，她先是刺伤了阿佛洛狄忒的手腕，现在又帮助那个凡人刺伤我的腹部。"宙斯没有安慰他的儿子，反而生气地说道："我的孩子，别再抱怨了！在奥林匹斯圣山的神里，我最不喜欢的就是你了。你总是喜欢吵架、战争和斗殴。你的狂暴和执拗的性情更像你的母亲赫拉。不过，我还是不忍心看见你忍受创伤的痛苦。神医埃昂会给你疗伤的。"

阿瑞斯停止战争后，其他神也回到奥林匹斯圣山，特洛伊人和阿耳戈斯人的战斗便自行发展。忒拉蒙的儿子埃阿斯首先突破特洛伊人的阵线，他打倒了色雷斯人中最出色的战士阿卡玛斯。接着，狄奥墨得斯也剥夺了阿克绪罗斯和他的副将的性命；三位善战的特洛伊人死在墨喀斯透斯的儿子欧律阿罗斯的手下；奥德修斯用铜枪刺中了特洛伊英雄庇底狄斯；透克洛斯杀死了阿瑞塔翁；阿布勒洛斯被安提罗科斯用铜枪杀死；埃拉托斯被阿伽门农杀死；勒伊托斯生擒逃跑的费拉科斯。阿德瑞斯托斯在回城途中，受惊的马被柳树缠住，他也就被迫滚下战车，被墨涅拉奥斯活捉。他随即抱住墨涅拉奥斯的双膝，向他告饶哀求："放我一条生路吧，阿特柔斯的儿子，我的父亲很富有，他一定会给你大量的珠宝和黄金，以此作为我的赎金！"墨涅拉奥斯听了他的话几乎心动，正要把他交给战友时，阿伽门农迎面跑来斥责道："墨涅拉奥斯，你怎么可以对敌人发慈悲？特洛伊人没有一个能逃脱死亡，连母亲肚里的胎儿也逃脱不了！"墨涅拉奥斯听到这话，便用手推开阿德瑞斯托斯，阿伽门农立刻用长矛把他刺死在地。阿耳戈斯人蜂拥而上，涅斯托耳在后面大声呼喊："朋友们，别在后面逗留抢夺财物，获取战利品。我们要先杀敌人，等有时间再慢慢地收取战利品。"

特洛伊人几乎大败，大家都退回城里。若不是普里阿摩斯的儿子，最高明的占卜师赫勒诺斯对赫克托耳和埃涅阿斯说："埃涅阿斯，还有你赫克托耳，你们肩负着特洛伊人的希望，你们要稳住阵脚，到各处把逃跑的人都拦在城门口，阻止他们溃逃，这样我们才能恢复战斗力，战胜阿耳戈斯人。赫克托耳，请你现在到特洛伊城去，告诉我们的母亲，请她动员城里的贵妇人到雅典娜的神庙去，把最美丽贵重的那件衣服献在女神的膝上，向她许愿，答应给她祭供十二头肥壮的牛犊，请女神对特洛伊的妇女和孩子大发慈悲。请她把野蛮的杀手，可怕的狄奥墨得斯清除出去。"听完他弟弟的讲话，赫克托耳急忙赶回特洛伊城去。

格劳科斯和狄奥墨得斯

在战场上，吕喀亚人柏勒洛丰的孙子格劳科斯和堤丢斯的儿子狄奥墨得斯在两军的阵地上碰见，准备厮杀。当他们互相走近时，狄奥墨得斯先问道："这位英雄，你是谁？我在战场上从来没有见过你。但是你现在却以超群的胆量来抵挡我的长矛。我警告你，只有那些不幸的人才敢碰我的长矛。如果你是化身为人的神，我可不愿意跟你作战。因为我害怕神发怒，我不愿与永生的神作对。如果你是一个凡人，那就走近吧，过来领受死亡。"

希波洛库斯的儿子听了这话，回答说："狄奥墨得斯，为什么要问我的家世？如同林中树叶的枯荣，人类世代如此。秋风将树叶吹落到地上，春天来临，树枝又会重新发芽！你实在想知道，就听着吧，我的祖先是埃洛斯，是赫楞的儿子。埃洛斯生了足智多谋的西绪福斯，西绪福斯生下格劳库斯，格劳库斯的儿子是具有男子气概的柏勒洛丰，柏勒洛丰的儿子是希波洛库斯，我正是希波洛库斯的儿子，格劳科斯。我的父亲派我前来特洛伊，是他让我成为最勇敢最杰出的人，为我的祖先争光。"

格劳科斯说完，只见狄奥墨得斯把枪插在土地上，用温和的声音说道："你我原是世交，我们的祖辈就是朋友。我的祖父奥纽斯曾在厅堂里接待过你的祖父柏勒洛丰，留他住了二十天。他们还互相赠送宾主间的漂亮礼物，我的祖父赠给你的祖父一条紫色腰带，你的祖父回赠了一只双耳金杯。这只金杯现在还保存在我的家中。因此，如果到阿耳戈斯去，你是我的客人；我在吕喀亚就是你的宾客。让我们在战场上不要彼此动武。让我们互相交换武器吧，好使别人知道，我们是如何尊重我们先祖的友情。"他们这样说，两人跳下车来握手，立誓友好。宙斯使得格劳科斯失去理智，他用自己的金铠甲同狄奥墨得斯交换青铜甲，就好像用一百条牛交换九条牛一样。

赫克托耳在特洛伊城

当赫克托耳抵达斯开亚城门，走到宙斯的山毛榉下时，特洛伊的妇孺老弱将他团团围住，不安地向他打听丈夫、儿子、兄弟以及亲友的消息。他无法一一给予答复，只是建议她们向神祇请求保佑。很多人都从他那里听出了可怕的消息，哀伤得垂下了头。现在他来到父亲的王宫。这是一座华丽的建筑，四周都围有粗大石柱的宽敞厅堂，里面是五十间用光滑的大理石建成的宫室，一间连着一间。这里是王子及其妻子居住的地方。在内廷的另一侧是十二间相连的大理石宫室，这里是国王的女儿女婿居住的地方。宫殿由高大的城墙围绕，构成一座坚固的宫堡。赫克托耳在这里遇到了他慈祥的母亲赫卡柏。她正要到她最喜爱也是最漂亮的女儿劳迪克那儿去。年迈的王后急切地朝儿子走过来，握住他的手，忧愁而关爱地问他："你何以离开那血腥的战场归来？想必是希腊人加紧围攻我们，你回来了一定要去祈求宙斯。我去给你带上陈酿的美酒，你好向万神之父宙斯和其他神祇献上，然后你自己也可以喝一口提提精神！"赫克托耳回答王后："亲爱的母亲，我不要酒，以免我失去力量。我也不想用一双不洁之手为万神之父行灌礼。母亲，我请求您，带着特洛伊最高贵的女人们手持熏香到雅典娜神庙，把最华贵的衣服献给她，并献祭十二头肥壮的母牛，祈求她保佑我们。我要去喊我的兄弟帕里斯上战场参加战斗。愿大地把他吞没，我绝不怜悯他，因为他生来是要使我们全城毁灭。"

母亲照儿子吩咐的去做了。她进入内室，取出她最华美的衣服，那正是帕里斯带海伦回来时从西顿带来的。她选出最绚丽一件，然后由一群高贵的女人陪同登上雅典娜的神庙。安忒诺尔的妻子，即雅典娜在特洛伊的女祭司特阿诺给她们打开女神的圣殿，女人们围着雅典娜的神像，举起双手向她祈祷。特阿诺从王后手里接过那件衣服，献于神像的膝前，并对宙斯的女儿恳求："雅典娜，城市的保护神，最庄严而强有力的女神，请折断狄奥墨得斯的矛，让他栽倒在我们的城门下吧！请保佑我们的城市、女人和孩子吧！我们怀着这样的希望，向您献祭十二头肥牛。"然而雅典娜拒绝了他们的祈求。

赫克托耳已经来到帕里斯的宫殿，它紧挨着国王和赫克托耳的宫殿。赫克托耳手执一支长矛，矛长丈余。青铜矛头和矛杆以一枚金环箍住。他看到兄弟帕里斯正在内室检查武器，修理他的硬弓。海伦则坐在一群侍女中间,操持着日常家事。赫克托耳带着嘲讽的眼神看着帕里斯,同时大声斥责:"你坐在这里闷闷不乐实在是不对。因为你的缘故,士兵们都在城外浴血作战。起来,在城市还没有被敌人攻破并烧毁之前,你要和我们一起来保卫它!"

帕里斯回答他说:"你所说的不是没有道理,可我坐在这里是因为内心感到悲伤。刚才海伦鼓励我,要我重上战场。我正准备披上战袍,你先去吧,我随后就到!"赫克托耳沉默不语。海伦面有愧色,她说:"噢,我是个不祥之人,是我带来了巨大灾难!我宁愿在跟帕里斯来到这里之前就葬身大海!现在兵临城下,我多么希望我的丈夫能够勇敢一些,多么希望他正视自己所受的羞辱和谴责。可是他没有骨气,他的懦弱一定会带来可怕的后果。而你,赫克托耳,进来吧,先休息一下,我知道你正顶着巨大压力!"

"不,海伦,"赫克托耳回答:"我不能休息。惨烈的战争正驱使我回到特洛伊人中去。你要劝说帕里斯,让他尽快随我同去参加战斗。现在我还得赶回宫去,看看我的妻子儿子和仆人。"说着,赫克托耳便转身离去。但他没有在房里看到妻子。女仆告诉他:"当她听说特洛伊人遭到打击,希腊人夺得胜利时,她就着魔般离开了宫殿,想爬到城楼上去。女佣抱着孩子,只好跟随她而去。"

赫克托耳飞速跑到特洛伊大街上。当他到达斯开亚城门时,他的妻子安德洛玛刻——底比斯国王厄厄提翁的女儿,迎面朝他跑来。跟在她后面的女佣怀中抱着幼小的阿斯提阿那克斯。父亲默默地看着可爱的儿子,脸上慈爱的笑容几乎不为人所察觉。安德洛玛刻双眼满含泪水向他走来,温柔地握住丈夫的手说:"不幸的人,你的勇敢肯定会使你丧命。你难道忍心不顾你的幼小的儿子,也不可怜你的妻子成为一个不幸的寡妇吗?阿喀琉斯杀害了我的父亲,我的母亲死于阿尔忒弥斯的箭下,我的七个兄弟也全被阿喀琉斯杀死。除你外,赫克托耳,我什么亲人也没有了。对我来说,你就是我的父亲、母亲和兄弟。因此,我请求你留在塔楼上吧!命令军队开往那片长满无花果树的小山丘,那里的城墙没人防守,很容易被敌人攻破。最勇敢的亚各斯人已经向那里发动三次攻击了。或许是预言家给了他们启示,也可能是他们自己发现了这里守卫薄弱。"

赫克托耳亲切地看着他的妻子,说:"这也是我所担心的。但是,亲爱的,如果我只是这样远远地待在这儿观望,那么我会在特洛伊的男女老少面前感到羞愧。我的内心一直驱使自己到最激烈的前线去战斗。虽然我已经预感特洛伊城总有一天将会毁灭,普里阿摩斯和他的人民也将会遭殃。

但更使我难过的不是特洛伊城的毁灭，也不是我的父母兄弟将要遭受的苦难。而是想到希腊人将你掳去，让你在亚各斯那边纺纱织布或者挑水浇灌，遭受强迫劳役之苦。当你伤心落泪的时候，有人一定会指着你说道：'看，这就是赫克托耳的妻子，他曾经是特洛伊人中最英勇的英雄。可是他的妻子现在却在遭受着奴役。'你悲痛欲绝的时候，呼唤着我却得不到我的回应。唉，想到这些，我宁愿现在就死去！"

沉寂片刻后他伸手抚抱儿子，但孩子却哭着把脸埋进女仆的胸前，十分害怕父亲头上的铁盔和瓢动的马鬃盔饰。父亲微笑着看着孩子和母亲，迅速脱下寒气凛然的头盔，把它搁在地上，然后吻着可爱的儿子，抱着儿子摇晃。他仰望苍天，向诸神祈祷："宙斯和诸位神！让我的儿子跟我一样，成为特洛伊人的榜样吧！让他强大无比，统领特洛伊，使得人们终有一天会说：'他比他的父亲更勇敢！让他的母亲也为他感到高兴！'"说着，他把儿子放在妻子的手上，妻子抱住孩子，含着眼泪微笑。赫克托耳抚摸着妻子的双颊，说："可怜的妻子，不要悲伤！没有人敢于违背神意将我杀死，但是任何人都难以逃脱自己的命运！"说完这番话，赫克托耳戴上头盔就离开了。安德洛玛刻朝宫中走去，不禁悲从中来哭了起来。

帕里斯也带着铮亮的武器从城里穿过，他赶上了哥哥赫克托耳，看到哥哥正在跟他的妻子安德洛玛刻告别。"我磨磨蹭蹭把你耽搁了，"帕里斯大声地说，"我来迟了，不是吗？"赫克托耳却亲切地回答说："好兄弟，不用饶有兴致地跟我讲客套，你总算自愿回来了。特洛伊人为你受尽了苦。当我听到他们鄙夷地议论你时，我就深感痛心。好吧，这件事我们以后再说吧。等到我们把希腊人赶出特洛伊，把盏共饮，庆祝胜利时，我们再来谈论这件事！"

赫克托耳和埃阿斯决战

赫克托耳匆匆忙忙地和帕里斯一道出城，兄弟两人都急于要参加战斗。帕里斯杀死墨涅斯提奥斯；赫克托耳用锋利的长矛击中埃伊奥纽斯的脖子。女神雅典娜从奥林匹斯圣山上看到赫克托耳兄弟两人在激烈的战斗中杀死了很多阿耳戈斯人，便匆匆降到特洛伊城。阿波罗在城上望见，便去迎接她，他希望特洛伊人获胜。他们姐弟在一棵橡树旁边相逢，阿波罗首先开口说："伟大的宙斯的女儿，什么风把你从奥林匹斯圣山上吹下来了？你就这么希望特洛伊人被杀死，而让阿耳戈斯人胜利？让今天的战斗停止吧。如果你一定要让特洛伊城遭到毁灭，那就让他们下次再打吧！"

雅典娜回答说："好的，就这样办，我正是怀着这种想法从奥林匹斯圣山上来到他们中间的。可你要怎样制止战争？"

"我们要使强有力的赫克托耳更加勇敢，"阿波罗说，"让他向阿耳戈斯人挑战，要求和他一样勇敢的阿耳戈斯人单独战斗，这样阿耳戈斯人一定会感到气愤，那么大范围的战争就能够阻止了。"他这样说，雅典娜听从建议。

预言家赫勒诺斯听到两位神的谈话，急忙找到赫克托耳，对他说："智慧的普里阿摩斯的儿子，请听从我的建议吧！你去要求特洛伊人和希腊人停战，你自己向阿耳戈斯人提出挑战。你这样做不会遭遇不幸，因为我听到神的声音，你命中注定还不会死。"

赫克托耳听了非常高兴，他走到两军的阵前，握着长枪的中部，让特洛伊士兵停止前进。阿伽门农也命令希腊人停止前进。阿耳戈斯人浩荡的队伍就站在平原中，大家吵吵嚷嚷。雅典娜和阿波罗化身两头苍鹰，双双栖息在宙斯的高大橡树上看着这里纷乱的场面。最后大家都安静下来，赫克托耳开始说话："特洛伊和希腊的士兵们，请听我发自内心的建议！我们不久前缔结的盟誓没有获得宙斯的赞同，他给我们双方的军队制造灾难，其结果非常明显：或是你们征服特洛伊，或者是让你们连同战船被我们彻底打败。全希腊最勇敢的英雄们就在你们的兵营里，谁有胆量跟我单独作战，请他站出来。我请宙斯在这里为我们做证：如果我的对手用铜剑把我杀死，便让他剥夺我的铠甲，还有我的武器作为战利品；但必须把我的身体交给我的家庭，让特洛伊人和他们的妻子给我举行葬礼。但是如果阿波罗赋予我荣誉，让对手死在我的矛下，我将把他的盔甲剥下来挂在特洛伊的阿波罗神庙里。当然，你们可以把死者运回战船，让你们的人为他隆重安葬！"

阿耳戈斯人都默不作声。因为拒绝挑战是耻辱，可是接受挑战又感到恐惧。他们正在为难时，墨涅拉奥斯站了起来，他谴责自己的同胞："你们这些爱夸口的人啊，临阵的时候都像妇女似的，根本不是男子汉。如果没有一个人接受赫克托耳的挑战，这将是我们多么大的耻辱！我愿意接受他的挑战，让诸神决定命运吧！"说着他披起漂亮的铠甲；但如果不是希腊的几个王子及时把他拖回的话，这次他必死在赫克托耳的手下。阿伽门农握住他的手说："墨涅拉奥斯，你是疯了吗？你怎么这样愚蠢？不要因为气愤而接受挑战。要知道，别的人都害怕他而发抖，甚至阿喀琉斯在战场上见到他也不敢鲁莽行事。他比你强得多！请你三思而后行！"

墨涅拉奥斯听从他的话，安静地坐了下来。然后涅斯托耳站起来对他的军队说了一番谴责的话，告诉他们当年他和亚加狄亚人埃柔塔利昂决战的故事。"如果我还年轻,"他在结束时说,"还跟当年一样强壮有力,赫克托耳马上就会遇到作战的对手!"

老人这样谴责他们,有九个王子站起来,头一个起身的是阿伽门农,后面是狄奥墨得斯,然后是两个埃阿斯,接下来是伊多墨纽斯以及他的伙伴迈里俄纳斯、欧律皮罗斯、托阿斯和奥德修斯。他们纷纷表示要和赫克托耳作战。"抓阄决定吧,"涅斯托耳说,"无论谁,抓到阄,他如能战胜赫克托耳,全希腊人都会为他感到自豪和高兴。"于是,他们每一个人都在阄上做了记号,将它们放到阿伽门农的头盔里。士兵们一起祈祷。涅斯托耳摇了摇头盔,忒拉蒙的儿子埃阿斯的阄跳了出来,传令官把阄穿过人群,给各位英雄看。埃阿斯高兴得大喊起来:"朋友们,这只阄正是我的。我心里很高兴,因为我认为我将战胜赫克托耳。大家过来,在我穿上作战的铠甲时,请为我向宙斯祈祷吧!"

埃阿斯这样说,希腊人都为他向宙斯祈求:"爱达山的主宰宙斯神啊,请赐给埃阿斯以胜利,使他获得荣誉。你若是也宠爱赫克托耳,那就赐他们同样的力量和光荣吧!"这时候,埃阿斯已经穿上金光闪闪的铠甲,大步跨行,手里挥舞着粗大的长矛,有如魁梧的战神出去参加战斗,严肃的脸上还露出笑容。阿耳戈斯人看到他威武的形象都很高兴,而特洛伊的士兵却感到害怕,连威风凛凛的赫克托耳也感到心在剧烈悸动。但他不能后退,因为这场决斗是他挑起来的。

埃阿斯把盾牌举在胸前,靠近赫克托耳,威胁他说:"赫克托耳,这下你该清楚地知道,阿耳戈斯人除阿喀琉斯外还有很多英雄。好吧,让我们开始吧!你先动刀枪吧!"

赫克托耳回答:"威武的忒拉蒙的儿子,你可不要把我当作一个不懂战事的孩子来挑逗,要知道我身经百战,精通战术。你是一位勇敢的好汉,我不会偷偷地对你进攻,我要当着你的面用我的长矛刺中你。"

说着,他快速投出他的长矛,长矛击中埃阿斯的盾牌,矛尖穿透了六层牛皮,在第七层停了下来。这时埃阿斯动手了,他投掷他的长矛,也击中了赫克托耳的盾牌,又迅速穿过对方制作极其精致的铠甲。赫克托耳立刻将身子一闪,躲过被刺死的厄运。现在双方持矛来回刺杀,都急不可待地朝对方刺去。赫克托耳瞄准埃阿斯的盾牌中心刺去;但没能刺破,枪尖被扭弯。埃阿斯向他刺去,铜枪刺透了对方的盾牌,划破了他的脖子,黑色的血立刻流了出来。赫克托耳往后退了两步,伸手抓起一块大石头,击中埃阿斯的盾牌,发出当的一声巨响。埃阿斯从地上捡起一块更大的石头,用力朝赫克托耳掷去,这块石头打瘪了赫克托耳的盾牌,砸伤了他的膝盖。

赫克托耳不由得仰面躺在地上，被压在盾牌下面。隐身在他旁边的阿波罗赶忙把他扶起来。两个人又冲向对方，挥剑砍杀。这时，双方的传令官都匆忙走上前来，特洛伊人的传令官是伊特俄斯，希腊人的传令官是塔耳堤皮奥斯。他们在两位激烈交战的英雄中举起了神圣的节杖，伊特俄斯大喊一声："别再打斗了！你们两个都是勇敢的人，都为宙斯所喜爱，这是我们大家都看到的！现在夜幕已经降临，最好听从黑夜的安排。"

"这话和你的同胞说去吧！"埃阿斯说道，"是他向我们最勇敢的人提出挑战的。他若同意停战，那么我也同意！"

赫克托耳对埃阿斯说道："埃阿斯，是神赋予你强壮的身体、力量和聪明才智。现在让我们停止今天的战斗和厮杀，日后再决斗，直到神为我们评判，把胜利的荣誉赐给你或是我为止！你过来，让我们互相赠送礼物作为纪念吧，让特洛伊人和希腊人将来有理由说：'他们曾经在战斗时拼个你死我活，分手时却是友情深厚！'"说着，赫克托耳把银柄宝剑连同剑鞘和精心剪裁的佩带赠给对方，埃阿斯解下他的紫色腰带送给赫克托耳。最后双方分手，回到各自的阵营中去。

两军休战

阿耳戈斯人来到他们的最高统帅阿伽门农的帐篷里。他们向宙斯祭供了一头五岁的肥壮公牛。欢宴时，又把最好的里脊肉赠给了胜利者埃阿斯。在他们酒醉饭饱后，老人涅斯托耳提出明智的建议，他建议大家明天休战，这样可以收集战场上阵亡的阿耳戈斯人，并把死者运到战船旁边火化，等以后返回国家的时候再把骨灰交给死者的子女。大家对他的提议都十分赞同。

与此同时，特洛伊人也在卫城上的王宫里举行会议，聪明的安忒诺尔首先站起来说："特洛伊人的朋友和同盟军，请听我发自内心的建议，让我们把海伦和她的财产交给阿特柔斯的儿子们，由他们带走。潘达洛斯破坏了神圣的盟誓，我们已经失信于人，即使继续进行战斗，这对于我们的人民没有好处。"

帕里斯听后，立即站起来说："安忒诺尔啊，你的话我听了很不高兴。如果你是认真地构思这番话的，那恐怕是神明让你失去了理智。我现在当着所有的特洛伊人表态，我决不把妻子海伦交出去。但是我从希腊带回的财产可以退给他们。我还愿意从自己的财产中再给他们添上一份！"

年迈的国王普里阿摩斯在儿子讲话后站起来，用温和的口气对大家说："特洛伊人的朋友和同盟军，你们现在去享用晚餐吧，请放松心情，好好休息。黎明时分,我将派使者伊特俄斯到希腊人的船上去,问他们是否愿意跟我们休战一天,让我们火化死者,然后再重新打仗,直到天神为我们裁判,把胜利的荣誉赐给他们或是我们。"

大家都听取了国王的意见,各自回到军营中吃饭。第二天清晨,使者伊特俄斯来到希腊人面前,传达帕里斯和普里阿摩斯的建议。希腊英雄听完他的话,沉默许久。最后,狄奥墨得斯站起来说:"阿耳戈斯人不需要接受帕里斯的任何财宝,稍微用脑子想一想,便可以知道特洛伊人已经感到灭亡的威胁!"他的发言得到大家的欢呼和认可。阿伽门农对伊特俄斯说:"你已亲耳听到希腊人对帕里斯的建议的答复。对于普里阿摩斯的建议,我们并不拒绝给你们时间去火化死者。让宙斯为我们发出的保证作见证!"说着,他向上天举起了权杖。

伊特俄斯回到特洛伊城。特洛伊人和同盟军正坐在会场上,等待他的返回。他传达了对方的答复,然后全城的人都行动起来,有的人去运尸体,有的人去拾木柴。希腊人的军营里也同样忙碌着。在阳光普照下,敌对双方的人又重新正面相遇,他们各自从对方的阵地中寻找同伴的尸体。特洛伊人含着眼泪替他们的阵亡将士清洗肢体上的血污,默默地把尸体抬上车,送上火葬堆顶上;希腊人也满腹悲痛操办着同样的事,直到太阳西沉,火葬堆的焰火熄灭时,他们才回到自己的营帐。

黎明还未降临,夜色依然迷蒙。阿耳戈斯人聚集起一队精选的人马。他们在火葬堆旁边造一个坟墓,在那里建筑壁垒和一些高耸的望楼,用它们来保护自己,保护希腊人的船队。而城墙的外面他们又建造了一扇结实的大门,给车子的通行留下一条出入的道路。然后他们又在墙外挖出一条又宽又深的壕沟,壕沟里面都是木桩。

他们这样辛苦地忙碌着,宙斯和其他神明在天上看着十分赞赏,海神波塞冬首先发言:"宙斯啊,这些阿耳戈斯人建造围墙、挖造壕沟是为了保护他们的船只吧?可是他们却不向我们献祭以求我们的保护。"宙斯听了说道:"你说得有道理,等到他们返回故土的时候,你去把壁垒摧毁,把它们全部冲进海里。"他们这样交谈着,阿耳戈斯人已经完成了这一浩大的工程。他们开始宰杀公牛,享用晚餐,伊阿宋和许珀茵柏勒的儿子奥宇纳奥斯从雷姆诺斯岛用大船运来许多酒浆,然后希腊人开怀畅饮,通宵达旦地享用和狂欢。

特洛伊人和他们的盟友也想趁着休战的间隙略微放松一下心情,可是宙斯却不让他们好好放松,整个晚上都是隆隆的雷鸣声。恐惧爬上每一个特洛伊人的心头,他们即使举杯,也不敢把酒往嘴边送。最后他们只得上床睡觉。

特洛伊人的胜利

第二天清晨，宙斯召集众神到圣山开会，他用洪亮而有力的声音说道："诸位天神，你们听着，你们当中的任何一位天神都不要试图想帮助特洛伊人或者希腊人。你们都要服从，如果有谁敢违抗的话，我就把他扔入幽暗的塔耳塔洛斯深坑，那地方的深度有如天地间的距离。如果你们怀疑我是否能够做到，那么你们可以试一试：你——你们用一根金链从天上吊下去，然后一齐用力拉，看看是否能把我从天上拖到地上。如果我真想往上面拉的话，我会把你们连同大地、海洋全都拉上来，然后用链条系在奥林匹斯圣山上，把所有的东西吊在天空中间。"

众神听了宙斯的话都非常吃惊，大家不敢吭声。后来雅典娜站起来对宙斯说道："克罗诺斯的儿子，我们这些神的父亲啊，我们都知道您力大无敌，威力无比。但是我们可怜那些希腊人，他们将遭受巨大的灾难。我们愿意听从您的盼咐，不参加战斗，但是我们要向阿耳戈斯人提出有益的劝告，这样他们也不至于遭到毁灭的危险。"宙斯神听了女儿的这番话，微微笑了笑，然后说："我的好女儿，你很了解我。"

说完，宙斯很快乘着他的御用金车驶往爱达山，那里有他的圣地和祭坛。他坐在高高的顶峰上面，威严地遥望特洛伊城和希腊人的营地。阿耳戈斯人在营帐里匆匆吃过早饭，然后披上铠甲，准备赴战。特洛伊那边，虽然人数不如对方多，可是他们每一个人都在积极备战，他们清楚战斗直接关系着整个特洛伊的安危。很快，城门大开，他们的军队呐喊着冲了出来。清晨血战开始，一直到太阳照到头顶，双方还是分不出胜负，只听见战场上混杂着受伤者的呻吟声、胜利者的热烈呼声和战场无止境的喧嚣嘈杂杀戮声。宙斯将两方死亡的筹码放在一架黄金的天秤的两端，他提起秤杆，希腊人的这一边沉了下去，而特洛伊人的命运却高高地向天空升起。

宙斯立即从爱达山上鸣放响雷，他把一道闪电送到了希腊人的军队中间，以此表示他内心的想法。希腊人都看到了宙斯降下的凶兆，恐惧笼罩在军中上下。伊多墨纽斯、阿伽门农、两个埃阿斯都坚守不住阵地了，他们连连后退；只有年迈的涅斯托耳仍在前线，是因为帕里斯一箭射中他的马的头部，被射中要害的马因此倒地翻滚起来，其他马也被搅乱。正当涅斯托耳果断地用剑割断马的缆绳时，赫克托耳的快马已经逼近他的跟前。眼看老人就要丧命，狄奥墨得斯忙大声劝阻奥德修斯不要逃跑，要为老人打退凶狠的敌人赫克托耳。但是奥德修斯没有照办，他朝着希腊人的军营奔去。狄奥墨得斯于是迅速来到涅斯托耳的马前，对他说："老人家，不要担心，快先登上我的战车吧！"狄奥墨得斯一边说一边将涅斯托耳的马交给他的侍从，然后把老人抱上了自己的战车，并朝赫克托耳驶去。趁赫克托耳没来得及动手之前，狄奥墨得斯向对方投掷长矛，没有打中赫克托耳，却击中御者埃尼奥佩斯的胸膛。看到自己的朋友死在身边，赫克托耳心情十分悲痛，并让他躺在那里，重新唤来另一个勇敢的御者，继续朝狄奥墨得斯冲了过去。

宙斯看见双方即将展开殊死搏斗，如果赫克托耳死在对方手里，特洛伊城将没有保卫者，希腊人就会在当天攻破特洛伊。宙斯连忙阻止狄奥墨得斯的行动。他迅速把闪电扔到狄奥墨得斯的马车前，熊熊燃烧的火焰使得驾车的涅斯托耳松开了手中的缰绳。他心里害怕，大声地对狄奥墨得斯说："快跑吧！宙斯今天并不想让你取得胜利。我们不要和宙斯一直作对！"

狄奥墨得斯回答说："老人家，你的话是对的。可我一想到赫克托耳将会在特洛伊人的大会上吹嘘：'堤丢斯的儿子在我的面前吓得转身就逃。'我就非常气恼！"

涅斯托耳回答说："哎呀，死到临头，你还有空想这些东西！不管赫克托耳如何嘲笑你，特洛伊人是不会相信的，因为他们的无数朋友和丈夫死在你的手下。"他一边说，一边穿过混乱的军队，掉转马头逃跑。赫克托耳立即追了上来，他在后面大声吼道："堤丢斯的儿子，亏你们希腊人是那样敬重你。可是现在他们将会瞧不起你，因为今天的你多么像一个软弱的妇人！你不再是攻占特洛伊并把我们妇女用船运走的希腊英雄了。"

听到这种挑衅的言语，狄奥墨得斯犹豫着是否要掉转马头，与赫克托耳决一死战。宙斯此时从爱达山上连鸣三次响雷。狄奥墨得斯心里明白，这一次胜利并不属于他，于是他赶紧逃跑。相反地，赫克托耳受到宙斯的鼓舞，斗志昂扬。他一边策马扬鞭，一边大声吼道："特洛伊人、吕喀亚人还有其他同盟军，让我们再勇敢些吧！我看出宙斯神的意思了，他有意要让我们取得胜利，让希腊人遭受灾难。他们建造那些壁垒围墙根本就不可能挡住我们的进攻。我们很快就会到达他们的战船那儿，然后让我们放火烧了他们的船只，再杀死他们！"然后他策马扬鞭，朝狄奥墨得斯的方向紧紧追去。

赫拉在天上看到这个局面，万分焦急。她坐立不安，她对希腊人的保护神海神波塞冬说道："哎呀，你怎么一点也不同情那些正在遭受苦难的阿耳戈斯人呢？他们曾经那样虔诚地给你献祭，你也一心希望他们获胜。现在让我们去帮助希腊人，把特洛伊人赶回去。我们要阻挠宙斯的意志，让他独自坐在爱达山上苦闷去吧！"但是波塞冬听了却非常不愿意，他不敢违抗他强大的兄长的意志，他不安地回答说："赫拉啊，你说的是什么话？我可不愿意看见我们全体的天神和宙斯对抗，他比我们强大得多。"

于是赫拉自己鼓励阿伽门农把惊慌失措的希腊人重新集合起来，稳住阵脚，同心抗敌。赫克托耳本来想放火焚烧希腊人的营帐和战船。阿伽门农站在奥德修斯的大船上，那是营地的中间部分，在那里呼喊，声音很快就能传到两头。阿伽门农披着紫色的战袍站在甲板上对所有处在慌乱中的希腊人大声喊道："阿耳戈斯人的勇气到哪儿去了？你们曾经在大块吃肉、大碗喝酒的时候，说过多少豪言壮语，说你们一人能够抵挡几十个甚至几百个特洛伊人。现在的情形呢？我们居然对付不了赫克托耳一个人？他马上就要焚烧我们的战船。啊，宙斯啊，你不能这样对待我，别让我毁了全体希腊人而成为千古罪人！"说到这里，阿伽门农声泪俱下。万神之父怜悯阿伽门农，于是他放出一只雄鹰，最可靠的预兆鸟，爪下抓着一只幼鹿，将它扔在宙斯的祭坛前。

希腊人看到宙斯赐予的吉兆，又鼓起勇气，朝蜂拥而至的特洛伊人扑去。勇猛的狄奥墨得斯首先从队伍里跳出来，冲在前面，他给了迎面上来的特洛伊人一枪，枪杆刺中想转身逃跑的阿革拉俄斯的后背。阿伽门农和墨涅拉奥斯、两位埃阿斯、伊多墨纽斯、迈里俄纳斯和欧律皮罗斯也跟了上来。透克洛斯第九个作战，他拉开他的弓，站在大埃阿斯的盾牌的后面，他的箭射死了一个又一个特洛伊人，他在射倒八个人后，又朝赫克托耳拉紧弓弦，希望射中他心目中的头号敌人。可是箭没有中的，却射中了普里阿摩斯的私生子戈尔古提昂的胸膛。透克洛斯对着赫克托耳又放出另一支箭，这回阿波罗让箭偏离了目标，但是箭头击中了驾车的御者阿尔茜泼托勒摩斯。赫克托耳强忍着失去朋友的悲痛，让他躺在车上，又叫来第三个人为他驾车。他发怒得大声呼喊，随手抓起一块大石头，直接投向透克洛斯。透克洛斯还没来得及挽弓射箭，就先被赫克托耳的大石头击中锁骨。他的手一下子发麻，不能动弹，整个人顺势摔倒在地上。埃阿斯连忙用盾牌掩护兄弟，直到墨基斯透斯和阿拉斯托尔过来支援，才把呻吟不已的透克洛斯抬离战场，送上希腊人的战船。

宙斯又鼓起特洛伊人的勇气，他们把希腊人赶到很深的壕沟前面，赫克托耳冲在最前面，犹如猎犬追赶猎物一样疯狂地追击着希腊人。在追击的过程中，赫克托耳杀死了落在后面的阿耳戈斯人，眼看着希腊人就要被特洛伊人逼得走投无路，他们互相呼唤着，举起手来，向天神祈求保护。赫拉听见他们的祈求，怜悯他们，于是她对雅典娜说："阿耳戈斯人正在危难之中，难道我们要坐视不管吗？那个疯狂的赫克托耳正在追杀着他们。"

"但愿他丧失力量和性命，能够死在希腊人的手下。我的父亲太残忍了，"雅典娜回答赫拉，"他不记得我曾多次拯救他的儿子赫拉克勒斯。现在宙斯却不愿意站在我这边，而是成全忒提斯的心愿。忒提斯用她的温柔手段赢得了父亲的信任。但总有一天，这一切会改变的。你帮我的马套上笼头，我去劝说父亲改变主意！"

赫拉执着鞭子策马飞奔，时光女神看守的天门轰然打开。宙斯远远地望见她俩朝自己的方向飞奔过来，大发雷霆，他便命令伊里斯去阻挡两个女神的车，不让她们进入奥林匹斯圣山的大门，并让伊里斯警告她们，同万神之父作对是没有好处的。她们从伊里斯那得到宙斯愤怒的信息便不再坚持，而是掉转马头，回到了住所。

随即宙斯驾着御用金车回到圣山，召集众神举行集会。赫拉和雅典娜远离宙斯坐下，不愿意同他讲话，倒是宙斯先对她们说道："雅典娜和赫拉，你们为什么这样忧愁？我知道你们对特洛伊人怀有很深的怨恨。但是现在我还是决定让特洛伊人取胜，我的命令不可违抗。你们和其他的神都不能使我改变主意。没有我的旨意，你们最好不要擅自帮助希腊人，否则，我将用雷电击打你们，到那时，你们就知道后果是多么严重。"

雅典娜和赫拉听了心里很不痛快，雅典娜在那儿沉默不语——尽管她的内心充满愤恨。赫拉控制不住自己胸中的愤怒，说道："克罗诺斯的儿子，你说的话我们都听得很清楚。我们服从你的命令，不会参战，只给阿耳戈斯人有益的忠告，使他们不至于全部遭受毁灭。"但是宙斯回答说："赫拉啊，明天你将会看见，特洛伊人将取得更大的胜利。强大的赫克托耳不会停止战斗，直到希腊人在绝望的边缘，重新请出饱受屈辱的阿喀琉斯，这就是我的安排！"赫拉听了，没有回答。

晚上，光荣的赫克托耳把特洛伊人集合起来，他这样说道："要不是黑暗降临，我们说不定已经把敌人彻底歼灭了！现在，让我们顺从黑夜的安排，把我们的马从车前解下来，扔一些草料给它们。我们也开始准备晚餐，派一些人回城把牛羊、面包和葡萄酒拿来，我们在四周燃起篝火，明亮的火焰能擦亮我们的眼睛，以防止那些希腊人逃跑。我们自己则尽情享用晚餐，并且包扎伤口。等到黎明破晓时，我们再披上铠甲，继续投入战斗。我要看一看究竟是狄奥墨得斯把我从船边赶到城边，还是我用铜枪把他杀死，夺走他的盔甲和武器。"赫克托耳的讲话获得了特洛伊人的齐声欢呼。于是他们把那些流汗的马从车前解下来，用皮带拴住，然后从各处找来柴薪，燃起篝火，大家在明亮的焰火前尽情地吃喝。他们的马匹也在一旁啃着大麦和黑麦，等待着黎明的到来。

希腊人去见阿喀琉斯

在希腊人的军营里，将士们还没有从刚才溃逃的惊惶中恢复过来，这时统帅阿伽门农召集诸位王子举行会议，大家坐在会场上，满腹愁肠。军队的最高统帅阿伽门农站起来，神情沉痛地说："诸位朋友和战士，伟大的宙斯是很残忍的，他曾经给了我一个吉兆，即答应我先征服特洛伊人再胜利返乡。可是现在他却让我一次次地陷于灾难之中，让我损失了那么多勇敢的将士。我们虽然已经占领了许多城池，而且还将攻陷更多的城市；可是宙斯的权力至高无上，没有他的同意，我们不可能征服特洛伊。因此，让我们一起坐上我们的战船返回我们亲爱的祖国吧！"

他这样说，大家都默不作声，陷入沮丧的情绪当中。最后，狄奥墨得斯打破寂静，说："阿特柔斯的儿子，你怎么能这样灰心丧气呢？你曾经当着希腊人的面责备我没有战斗精神，缺乏勇气和胆量！现在我看到的却是，宙斯给了你权力，使你受到众人的尊敬。可是却没有给你胆量！难道你真的认为希腊的英雄们像你想象的那样软弱无能吗？如果你急于逃跑回家，那么你就回去吧！前面就是回去的路，你的船随时可以出发。但我们其他人却愿意留下来，直到我们毁灭特洛伊为止。即使你们全走掉了，我和斯忒涅罗斯将一直战斗到把特洛伊攻下来为止，我相信我们将有天神相助！"

狄奥墨得斯的讲话赢得了在场所有英雄的齐声喝彩。涅斯托耳说："堤丢斯的儿子，虽然你的年纪和我最小的儿子相仿，但你说的话是如此谨慎和理智，完全是成年人的口吻。阿伽门农，你举办个宴会吧，让你的帐篷里堆满美酒佳肴，留少数守卫的士兵在墙边放哨，全体阿耳戈斯人碰杯，你可以听到大家提出的各种建议。"

于是，阿伽门农在帐篷里举行了宴会。大家都尽情享用摆在面前的合乎口味的食品。等到酒足饭饱后，涅斯托耳又提议说："阿伽门农啊，你是我们军队的最高统帅，宙斯把权力赐予你，希望你能做出英明的决策。我们尊重你，服从你。可是那一天你却违背了我们的心愿。我曾经再三劝阻你，你都不愿意听从。你不该从阿喀琉斯的营帐里抢去了他心爱的女奴。现在让我们思考这件事吧，我们必须用合心意的礼物和温和的话语把这位受委屈的人请回军中。"

阿伽门农回答说："我承认这是我的过错。我想挽救我曾经犯下的错误，我愿意给受了侮辱的人赔偿礼物。我当着你们大家的面，准备赔偿阿喀琉斯十泰伦特黄金，七只铜三脚祭鼎，二十口大锅，十二匹良马。我还要给他我亲手挑选的七位漂亮姑娘。并且,我归还美丽的布里塞伊斯。我发誓,我从没碰过布里塞伊斯。如果众神让我们征服了特洛伊,等到分配战利品时,我愿亲手给他的战船装满大量的青铜和黄金。此外,他可以在特洛伊挑选美貌仅次于海伦的二十个美丽女子。等我们回到我们的故乡阿耳戈斯,如果他愿意,他可以成为我的女婿。我会待他如同待我的幼子俄瑞斯忒斯。他不需要送聘礼,我将把七座人口稠密的城市作为女儿的陪嫁。只要他息怒,这一切都会成为事实。"

"阿伽门农,你赔偿给阿喀琉斯的礼物足够多了,"涅斯托耳说,"我们立即挑选最合适的人去见他。福尼克斯为首,然后是大埃阿斯,足智多谋的奥德修斯,传令官荷迪奥斯和欧律巴特斯也随同前往。"

举行完隆重的灌礼,涅斯托耳提名的代表离开会场,沿着大海的岸边前行,到达米尔弥冬人的营帐。他们看到阿喀琉斯正在弹奏雅致的弦琴,那架琴美观精致,琴上装饰着银制的琴马,他正在和着琴音歌唱古时英雄的事迹。帕特洛克罗斯坐在他的对面,静静地看着他唱着。当他们走到阿喀琉斯面前时,阿喀琉斯吃惊得站了起来,帕特洛克罗斯也立即起身。阿喀琉斯握住福尼克斯和奥德修斯的手,大声说:"欢迎你们。好久不见了,你们是朋友——尽管我生希腊人的气,但你们仍是我亲爱的阿耳戈斯人。"

阿喀琉斯把他们请进了房间,并吩咐帕特洛克罗斯端来一大罐葡萄酒。他把一只山羊、一只绵羊背还有猪的里脊肉用铁叉放在铁架上烧烤。然后大家开怀畅饮,大吃大喝。这时埃阿斯向福尼克斯使了一下眼色,奥德修斯却抢先在前,他斟满一杯葡萄酒,举杯向阿喀琉斯致意说:"向你表示慰问,珀琉斯的儿子,你的餐食丰盛极了,可是我们的心思都不在这里。我们来,是因为我们遭遇了巨大的不幸,我们是否能战胜一切,渡过难关,全在于你是否愿意援助我们了。特洛伊人和他们的盟友已经逼近我们的堡垒和船只。赫克托耳仗着宙斯的信任威胁说要烧毁我们的船只。在这紧要关头,大家都希望你能够拯救希腊人于水深火热之中。请别再赌气了,阿喀琉斯,你的父亲珀琉斯在你出征前也叮嘱过你,要控制骄傲的情绪,温和友善地待人。"接着,奥德修斯又一一列举了阿伽门农承诺给他的珍贵的礼物。

可是,阿喀琉斯却回答说:"尊贵的拉厄耳忒斯的儿子,我不得不把心中的实话讲出来。在我看来,阿伽门农就如同地狱的大门一样可恨。无论是他还是其他希腊人都不能劝说我回心转意,重新回到他们的队伍里。阿伽门农何时尊重过我的荣誉?只是为了替阿特柔斯的儿子夺回一个女人,我背井离乡、披肝沥胆、流血流汗地在战场上拼杀,难道只有阿特柔斯的儿子才爱他的妻子？更可恨的是，我在前线夺来的战利品大部分都献给了待在后方的阿伽门农。可他自己占有了大部分的战利品还不满足，还夺走了我最心爱的女人。我现在一点也不想和赫克托耳作战，明天，我会向宙斯和全体天神献祭。然后我将乘船航行在赫勒斯蓬托斯海湾的海面上，我希望三天以后就能回到富饶的佛提亚。阿伽门农已欺骗了我，冒犯了我。他不会再有机会欺骗我了！你们回去吧，把我的意思告诉他吧。可是我希望福尼克斯留下来，我们一起回到祖辈们生活过的地方去吧！"

福尼克斯也劝不动他的老朋友回心转意。最后，埃阿斯站起来，说："奥德修斯，我们走吧！我们这次来没有完成使命。阿喀琉斯的心已经变得很高傲，即使是朋友们的友情也感动不了这冷漠无情的人！"奥德修斯也站起身来，他们先向众神行了祭祀礼后，然后和同传令官一同离开了阿喀琉斯的营帐，只有福尼克斯留了下来。

双方互派探子打探军情

代表团回到阿伽门农的帐篷里。奥德修斯传达了阿喀琉斯的意思，阿伽门农和其他王子们听了以后都沉默着，十分难过。最后，狄奥墨得斯打破沉寂，说道："阿喀琉斯本来就是一个高傲的人物，我们去请求他更激起了他高傲的情绪。现在我们先不要管他，让他自己决定去留。总有一天，他会受到心灵的指引，回来作战的！现在我们大家要做的是养精蓄锐，准备明天的战斗！"他这样说，大家都表示赞同，纷纷回到自己的营帐睡觉去了。唯有军队的统帅一整夜都没能进入甜蜜的梦乡，因为他心里还记挂着军中的许多事务。他思来想去，还是觉得首先应该找到一个权宜之计，使全体希腊人免除目前的灾难。于是阿伽门农来到涅斯托耳的住处，他看到老人还躺在床上，身边放着作战的全副装备。老人从睡梦中惊醒，他对阿特柔斯的儿子喝道："你是谁？黑夜里大家都在睡觉，你却孤身一人潜入我的营帐？你是在寻找走失的骡子还是在寻找朋友？你说，你到底想干什么？"

"是我，涅斯托耳，"国王小声地回答，"我是阿伽门农。宙斯使我遭受无尽的折磨，只要一想到阿耳戈斯人，我的心神就难以平静。我怎么也无法睡着。你如果愿意，让我们去看看巡视的哨兵，看他们是否都醒着，因为我们不知道敌人会不会趁着夜色进行偷袭。"涅斯托耳匆忙穿上羊毛内衣，披上紫金外套，抓起长矛，与国王在战船各处巡视。他们先叫醒了奥德修斯，听到召唤，奥德修斯立刻背上盾牌跟在他们后面；涅斯托耳又来到狄奥墨得斯的营帐里，把他推醒。"不知疲倦的老人，你不睡吗？"狄奥墨得斯睡眼惺忪地说,"不是有许多比你年轻的人在军中巡逻并负责叫醒大家吗?"

"你说得有道理,"涅斯托耳回答说,"我有足够的人可供差遣,再加上我的儿子们,他们都可以胜任这项工作。但是现在我们处在最困难的时候,我的心指使我亲自出来。生死关头,你还是先起来吧,帮我们把埃阿斯和梅革斯唤醒。"狄奥墨得斯立刻起来,披上狮皮,找来了两位英雄。他们一起去查看巡逻的哨兵,看到他们中没有一个在睡觉,他们都全副武装地守在各自的岗位上,随时准备战斗。

几乎所有英雄都从睡梦中被叫醒了,大家聚在一起开会。涅斯托耳首先发言:"朋友们,我有个建议,不知我们当中是否有人愿意冒险,趁着夜色偷偷地潜入特洛伊人的营地,或者抓一个散兵,或者听到他们的谈话,探明一点消息,看看他们是想留在这里战斗,还是回城去驻守。若是这位英雄能够平安回来,我们将给他重赏!"狄奥墨得斯当即站起来,自告奋勇去执行任务。他说:"要是有人愿意和我同去的话,也许会更有信心,凡事都有人可以商量。"他这样说完,许多英雄都愿意和他同去。他们是两位埃阿斯、迈里俄纳斯、安提罗科斯、墨涅拉奥斯和奥德修斯。狄奥墨得斯说:"如果允许我挑选的话,我选择奥德修斯同去,他是那样的机灵和勇敢。要是他和我同去,即使上刀山下火海,我们也能平安返回。"

"别在大家的面前嘲笑我或夸奖我了,"奥德修斯说,"咱们赶紧出发吧,头顶上的星星告诉我,黑夜只剩下三分之一了。"

两个人赶紧披上铠甲,狄奥墨得斯把自己的剑和盾都留在营内,从英雄特拉叙墨得斯那借来他没有任何装饰的双刃剑,护脑袋用的便盔牛皮帽。迈里俄纳斯则交给奥德修斯弯弓、箭、短剑和镶有野猪獠牙的皮制头盔。两人武装完毕,便离开了希腊军营。雅典娜在他们右边放出一只苍鹭,两人看见吉兆非常高兴,他们祈求女神保护他们今夜有所收获。

正当希腊英雄计划侦察特洛伊人军情的时候,特洛伊人也没有安然入梦。赫克托耳在全军召集了会议,在会上做出了同样的决定。他答应给有胆量侦察敌情的人奖励一辆战车和两匹最名贵的骏马,那些是从希腊人那儿缴获的战利品。特洛伊人中有一位名叫多隆的,他是传令官欧墨得斯的儿子。他虽然其貌不扬,但是却对这个使命有着十足的兴趣和把握。他信誓旦旦地向特洛伊人和赫克托耳保证,能够直达敌方军营,带回情报。于是他即刻背上弯弓,披上灰狼皮,戴上貂皮帽,拿着长矛出发了。他正好朝两位希腊英雄的方向走来。奥德修斯远远地看见有人匆匆走来,便悄悄地告诉同伴:"狄奥墨得斯,有人从特洛伊营房走出来,他可能是想来侦查我们的情况，也可能是想剥取战场上死者的铠甲。我们不妨先让他过来，然后走到他的后面把他擒住。要是他跑得比我们快，你就举起你的长矛逼他往我们军营的方向奔跑，不让他回到特洛伊的军营中。"

他们这样说完，便悄悄地躲在一旁，多隆毫无察觉地从他们身旁走过。当他走过一段路后，听到后面有声音，便停住脚步，暗自猜想，可能是赫克托耳有什么新的吩咐。当迎面走来的两个人越来越近的时候，他认出他们是敌人，吃了一惊，立即撒腿逃跑。他俩也紧紧在后面追，就好像两只精于追击的猎狗在袭击一只野兔。这时，女神雅典娜把力量赐给堤丢斯的儿子，强大的狄奥墨得斯一边追赶一边大喊："站住，否则我就投掷长矛了。"说完便掷出长矛，并且故意掷偏，矛尖从逃跑者的右肩擦过，插入他面前的土里。多隆停了下来，站在那里，浑身发抖，面色苍白。希腊人抓住他的胳膊，不让多隆继续逃跑，只见多隆含泪哀求道："饶了我吧！我家里很富有，我可以给你们黄金，你们要多少我就给多少。"

"别害怕，"足智多谋的奥德修斯说，"你只要老实地回答我们一个问题就好，深更半夜的，你一个人在这里干吗？"多隆的双腿在不停地颤抖，他哆哆嗦嗦说出了一切。奥德修斯听后微微一笑，说："你的胃口倒是不错，竟想得到珀琉斯儿子的骏马！要知道，除了阿喀琉斯，没有人能够驾驭它们。现在你再老实告诉我你在哪里离开赫克托耳的，他的武器在哪里，还有他的马匹在哪里，特洛伊人如何安排守夜和休息的，他们做出了怎样的决定，是继续留在这里还是在战胜了希腊人后回城去。"多隆对他的问题一一回答："我会把一切情况完完全全地告诉你。赫克托耳和王子们在伊罗斯坟墓旁聚集开会。士兵们点燃篝火互相提醒防范敌人的偷袭，但是却没有特别派人加以巡逻查看。盟军们则在睡梦中，没有人在守卫。"奥德修斯继续问道："他们怎样宿营，是混住在一块儿还是分开的？"多隆答道："分开住的。一些盟军宿营在海边，另一些则靠近廷布瑞那一块地方。你们要进入特洛伊人的军营，首先遇到的是色雷斯人。他们的国王是阿埃俄纽斯的儿子瑞索斯，瑞索斯的马高大而雄壮，鬃毛洁白如雪，奔跑起来速度如飞。他的战车用金银装饰，他自己的铠甲也是黄金制成，就像神用的一样。你们可以把我送上你们的战船，或者将我捆着留在这里。你们放心前去，自己去证明我说的是否全部属实。"

狄奥墨得斯脸色阴沉地对他说："别打主意想从我这儿逃跑。要是我放了你，今后你还是要和我们面对面作战，不如现在先死在我的刀下，你就再无机会危害到希腊人啦。"多隆听到这话，连忙伸出他的手试图摸对方的下巴求饶；但堤丢斯的儿子却毫不犹豫地挥剑砍下了他的脑袋。两位英雄取下他头上的貂皮帽，剥下他身上的狼皮，拿起弯弓和长矛，然后把这些战利品挂在树上，并收集了一堆芦苇和一些树枝，作为归途的标志。后来，他们朝前走去，很快来到正在熟睡的色雷斯人的地方。他们每人身旁都有一辆双马战车，他们的盔甲武器都整齐地放在地上。瑞索斯睡在中间，他的马匹立在身旁，拴在战车的栏杆上。"这就是我们要找的人，色雷斯的国王瑞索斯，"奥德修斯小声地对同伴说，"现在我们马上动手，你去解下马匹，要不你去杀人，我去抢那些马。"此时雅典娜又把力量赐给了狄奥墨得斯，他疯狂地挥剑砍杀，一口气杀死十二名色雷斯人。聪明的奥德修斯为了不让马受惊，连忙拖开尸体，给马匹让出通道。这时，狄奥墨得斯挥剑杀死了第十三个人，夺走了正在酣睡的国王瑞索斯的性命。奥德修斯解下车旁的马匹，拉着缰绳，把它们赶出那个混乱的地方，然后给同伴悄悄地打了一声呼哨。狄奥墨得斯正在考虑是拖着车辕把战车拉出来，还是直接把它扛走，或是再砍杀一些色雷斯人；当他还在犹豫不决的时候，女神雅典娜出现了，她警告他是时候赶快离开了，以免遇上醒着的特洛伊人。于是狄奥墨得斯急忙跳上马背，和奥德修斯一同飞快地奔回自己的营地。

阿波罗远远地看到雅典娜紧跟着狄奥墨得斯，非常气愤。他来到特洛伊人的中间，唤醒瑞索斯的亲戚希波科昂。希波科昂惊醒后发现国王拴马的地方空空荡荡，马匹全部不见，他们的人全部倒在血泊中，他不由得失声痛哭。特洛伊人闻讯纷纷赶来，看到眼前骇人的一幕，所有人都十分恐惧。

两个希腊英雄已经到了刚才杀死多隆的地方。狄奥墨得斯跳下马，把路旁的盔甲拾起来交到奥德修斯手里，然后又飞身上马。不一会儿，他们就回到战船旁边。涅斯托耳第一个听到马蹄声，他还没有来得及仔细揣测到底是谁的马匹，两位英雄已经走到他的跟前。人群中顿时欢呼雀跃，大家围着他们热烈欢迎。他们讲述了一路的冒险经历。然后，奥德修斯赶着马走进堤丢斯的儿子的营帐，将缴获的那两匹马拴在放着麦料的马槽边。奥德修斯把沾满多隆血迹的铠甲放在船后，准备用来向雅典娜献祭。最后，两位英雄在海水中洗去身上的汗水和血迹，再到浴室里仔细淋浴，并在身体上涂上一层厚厚的橄榄油。洗完澡后，他们才端起美酒，尽情地享用早餐。

希腊人第二次溃败

清晨，希腊人的最高统帅阿伽门农命令全体士兵整装出发，自己也穿上漂亮的铠甲。他首先给小腿穿上精美的铠甲，然后再把胸甲牢牢地固定在胸前。这胸甲闪闪发光，是由十道蓝色铜片、十二道金片、二十道锡片组成的。保护脖子的金甲像三条游蛇，这是塞浦路斯国王基尼拉斯赠送的礼物。然后他把宝剑背到肩上，装饰剑柄的金钉闪闪发光，宝剑收在银制的剑鞘里，系在肩上的金带里。他拿着一面精制的盾牌，上面的装饰可怕而又华丽。上有十道青铜圈，二十个锡钉，盾牌中心呈深蓝色，绘有可怕的默杜萨的脑袋，面目可憎，眼神凶狠。盾带饰有三头褐色的长龙。他头上戴一顶四角战盔，盔顶饰有马鬃，鬃饰威严地抖动着。最后他拿起两支锋利无比的长枪，大步地走上战场。

赫拉和雅典娜看见这威武的国王，立刻抛出响雷，向他表示敬意。与此同时，步兵们也前往战壕整齐列队，他们的战车紧跟在后。士兵们全部精神抖擞，发出一阵阵响亮的呐喊声。

特洛伊人也已聚集在平原的高地上。他们的首领是赫克托耳、波吕达玛斯、埃涅阿斯，后面还有安忒诺尔的三个儿子波吕波斯、阿革诺耳和阿卡玛斯。赫克托耳如同黑夜中一颗闪闪发亮的巨星，他时而出现在队伍的最前面，时而又到队伍的后方指挥战斗。

特洛伊人与阿耳戈斯人互相靠近。他们面对面地开始了最凶狠的厮杀，双方狂勇如同一只只饿狼。希腊人首先突破了对方的阵地。阿伽门农身先士卒，用长枪杀死了比爱诺耳王子和他的御者，接着用锋利的枪尖杀死奥伊琉斯，并取下他的铠甲。希腊人在统帅的带领下深入敌方的阵线。紧跟着，阿伽门农又杀死了普里阿摩斯的两个儿子伊索斯和安提福斯。然后他再进攻安提玛科斯的两个儿子。安提玛科斯曾接受过帕里斯的大量礼物，由此不同意把海伦归还给墨涅拉奥斯，并在特洛伊民会上劝民众杀死作为使节的墨涅拉奥斯。当兄弟俩敌不过阿伽门农的攻击时，他们立即跪在阿伽门农的膝前请求以无数的赎金换取他们的性命，阿伽门农毫不犹豫地拒绝了他们的哀求，并大声喝道："现在你们该用性命来抵偿你们父亲的罪行！"兄弟俩就这样丧失性命。强大的阿伽门农一直在战场奋勇拼杀，同时也激励了阿耳戈斯人。有如猛烈的旋风刮过茂密的丛林，一棵棵树木被连根拔起，特洛伊人的脑袋就这样在阿特柔斯的儿子手下纷纷落地。

在激烈的鏖战中，宙斯亲自保护赫克托耳，使他远离密集的长枪、箭矢、流血和战斗的喧嚣。特洛伊人逃过先祖伊罗斯的坟墓，朝着城市的方向奔去。可是阿伽门农大声呐喊紧紧追赶。当特洛伊人跑到斯开亚城门橡树旁，他们停住脚步，在那里等候落后的战友。但阿特柔斯的儿子却丝毫也没有放慢他的脚步，他一边追击一边不断地扑杀跑在最后面的特洛伊人。当阿伽门农准备向城市和那高耸的城墙进攻的时候，宙斯迅速从天而降，派神的使者伊里斯去见赫克托耳,吩咐他躲避阿伽门农的冲杀,而让手下勇敢的战士继续作战,直到阿伽门农受伤为止。到那时,宙斯将给他力量,引导他取得胜利。赫克托耳遵从了神的吩咐,他挥舞着投枪在军队里到处奔跑,不断地鼓励士兵们勇敢地作战。

特洛伊人又重新激起强烈的斗志,他们掉转身来与希腊人正面对抗。阿伽门农仍然是第一个向前冲,首先遭到抵抗的是安忒诺尔的儿子伊斐达玛斯。他从小在肥沃富饶的色雷斯长大,新婚不久他就率领十二条战船前来参战。阿伽门农扔出的投枪没有刺中他,而伊斐达玛斯的枪尖刺在阿伽门农的腰带上扭弯了。阿伽门农一把抓住对方的枪杆,朝他的脖子挥去一剑,伊斐达玛斯随即倒地。他剥下伊斐达玛斯精美的铠甲,提着它们回到阿耳戈斯人中。安忒诺尔的大儿子科昂目睹了这可怕的场面,强忍悲痛奔过来,他站在阿伽门农的斜对面,给了对方一枪,刺中了阿伽门农的手臂肘部正中。阿伽门农感到一阵剧烈的疼痛,但没有停止厮杀,趁着科昂把倒地的兄弟拖走的空当,给了他一枪,砍下了他的首级,科昂倒在兄弟的尸体上死去。

阿伽门农不顾伤口的热血直溢,继续作战。直到伤口的鲜血不再外流,伤口干结后,他才感到难以忍受的剧烈疼痛。阿伽门农只得跳上战车,命令御者驶向营地。

赫克托耳一看到阿伽门农退出战斗,想起宙斯的命令,便对特洛伊人大声呼喊:"特洛伊人,还有我们的同盟军,振作起来吧!希腊人中最骁勇的人离开了,宙斯将使我们取得胜利。前进,冲进希腊人的队伍,杀啊!"他一边喊,一边斗志昂扬地向前冲去,有如一股猛烈的风暴掀起巨浪搅乱了昏沉的大海。很快,他杀死了希腊人中的九个王子和许多士兵。希腊人被赫克托耳逼回到他们的战船附近。这时,奥德修斯对狄奥墨得斯说:"难道这就是我们的结局吗?不,让我们一起抵抗,来吧,站在我的身边,我们宁死也不让赫克托耳占领我们的战船!"狄奥墨得斯点点头,用投枪刺中特洛伊人廷布拉奥斯的胸口,廷布拉奥斯从战车上滚到地上死了。他的御者摩利昂则被奥德修斯杀死。他们继续到激战的人群中去,反击特洛伊人,使溃逃的希腊人得到了片刻喘息。在爱达山上观战的宙斯让双方战斗基本保持均衡,两方就这样杀得难分胜负。赫克托耳终于从战斗的队伍里认出这两个骁勇的英雄,于是率领他的军队朝他们冲了过来。

狄奥墨得斯看到了,内心一惊,立即对奥德修斯喊道:"强大的赫克托耳过来了,让我们对抗他!"他投出投枪,击中赫克托耳的头盔,但没有触到皮肉。赫克托耳立即后退,他用手撑住身体,只觉得眼前一阵发黑。

直到堤丢斯的儿子狄奥墨得斯赶上前来，赫克托耳才清醒过来，他迅速跳上战车，在士兵们的保护下，奔回自己的营地。狄奥墨得斯非常恼怒，他朝着赫克托耳逃跑的方向大喊："你这个胆小的家伙，又让你逃过死亡！现在让我们去对付其他敌人，谁遇见我算谁倒霉！"说着就把另一个特洛伊人打倒在地，准备剥走他的盔甲。

正在这时，隐藏在伊洛斯墓地碑石后面的帕里斯对准他，张开弓，射出一箭，击中蹲在地上的英雄的右脚，箭头穿过脚掌，刺在脚骨上。帕里斯非常得意，从隐蔽处跳了出来，嘲笑那个受了伤的敌人。狄奥墨得斯回过头来毫无惧色，看到射箭的是帕里斯，大声骂道："原来是你这个讨女人喜欢的家伙。若你敢持刀枪正面和我交手，我看你的弓箭也帮不上任何忙。现在你偷偷摸摸地射伤了我的脚跟，有什么可得意的？这对我来说就像被小孩碰了一下，根本算不了什么！"这时，奥德修斯正好赶来，他站到受伤的狄奥墨得斯后面，帮他从脚上拔出那支箭。狄奥墨得斯忍受着剧烈的疼痛挣扎着身子爬上战车，命令自己的御者驾车回到希腊人的船队。

现在，只有奥德修斯一位英雄孤军奋战了。他对自己的处境有些恐惧；但是他不愿意就此撤退，觉得在敌人的面前逃跑是奇耻大辱。正当他思考的时候，持盾牌的特洛伊人纷纷向他冲来，把他紧紧地围住。他感到自己像一头被围困的野猪，周围是一群强壮的猎人和不断紧逼的猎犬。他盯着冲来的敌人，奋力反击，很快杀死了面前的五个特洛伊人。第六个迎战的战士是索科斯，他看见他的同胞兄弟被奥德修斯杀死，大声叫道："狡猾的奥德修斯，今天就是你的末日！"

说完，索科斯一枪刺穿了奥德修斯的盾牌。那支有力的长枪穿过盾牌，穿透了他的护身胸甲，刺伤了他的肋骨。但雅典娜急忙前来保护，没有再让奥德修斯受到重伤。奥德修斯知道自己没有受到致命伤害，便稍稍后退，然后用矛出其不意地向往后逃跑的对方掷去，长矛刺中敌人的后背中央，一直穿过胸膛。索科斯砰然倒地死了。这时，奥德修斯才从自己的伤口和盾牌上用力地拔出索科斯刺中的那支长枪，鲜血顿时喷薄而出，奥德修斯一阵软瘫，倒在地上。特洛伊人看到他倒了下来，立即互相激励，冲了过来。奥德修斯急忙起身后退，向同伴大声呼救。

墨涅拉奥斯最先听到他的三声呼救声，连忙对身旁的埃阿斯说："我听见了勇敢的奥德修斯的呼救声，让我们赶紧冲入敌阵，把他救出来吧！"说完两人迅速在混乱的局面中找到受伤的奥德修斯，看到他正艰难地用长枪抵挡步步逼近的特洛伊人。埃阿斯赶紧举起盾牌，站到他的前面，特洛伊人害怕得慌忙逃散。墨涅拉奥斯挽住奥德修斯的手，穿过人群，扶他上了战车。而英勇的埃阿斯则扑向特洛伊人,杀死了特洛伊无数的战马和将士。

赫克托耳不知道这里的局面已经陷入混乱。他在战场的左侧,在斯卡曼德罗斯河的河岸边厮杀,赫克托耳在这里勇猛地挥枪使剑砍杀紧随着英雄涅斯托耳和伊多墨纽斯的许多阿耳戈斯士兵,他冲了上去,砍倒了许多士兵。阿耳戈斯人后退,他们仍旧冲在前线,顽强抵抗。这时,帕里斯射出的一支三棱箭,射中丹内阿军队中最有名的医生马卡昂的右肩,阿耳戈斯人陷入巨大的恐慌之中。伊多墨纽斯立即大叫:"涅斯托耳,快把马卡昂扶上车!让我们赶紧回到营地。要知道,一个既能治疗箭伤,又能医治疑难杂症的医生抵得上许多人!"涅斯托耳连忙将负伤的马卡昂扶上战车,挥鞭催马急速朝战船的方向奔去。

赫克托耳的御者看见战场的右侧已陷入混乱,连忙提醒赫克托耳,他说:"赫克托耳,我们在战场的最边缘同阿耳戈斯人厮杀,却没注意到其他的特洛伊人和他们的车马已经陷入混乱,埃阿斯在那里追赶着他们,让我们把战车赶向那里。"说完,他们急忙驾着战车疾驰赶去。赫克托耳冲进混乱的战阵,不停地向敌人刺杀。他用长矛、利剑和石块攻击其他的阿耳戈斯人,但他没有同埃阿斯正面交锋,因为宙斯警告过他。同时,万神之父也让埃阿斯的心里产生恐惧,他看到赫克托耳逼近,便背起盾牌,朝希腊人的战船方向撤去。

特洛伊人看见埃阿斯逃跑,便纷纷追赶,并且不断投掷长矛击打他。埃阿斯心里不甘就这样撤离了战场,他又回转身来,回击特洛伊人的攻击。埃阿斯一边抵抗击打一边缓慢后撤,当他来到通向战船的小路上,他停了下来,在路口抗击拥来的特洛伊人。这时,欧律皮罗斯看见埃阿斯正以一人之力对抗着千军万马,便冲上前去站到他的身旁,和他并肩作战。欧律皮罗斯一边向敌军投掷长矛,一边大声地鼓动阿耳戈斯人守护英勇的埃阿斯。就这样,埃阿斯在同伴的中间,勇猛地继续作战。

涅斯托耳带着受伤的马卡昂回到战船营,阿喀琉斯站在战船的高处,观看希腊人的艰苦战斗和悲惨后退。他老远就认出了涅斯托耳,于是他把帕特洛克罗斯叫到跟前,说:"我的朋友,请你过去问一下涅斯托耳,他从战场上带回的伤员是谁?看背影好像是高明的医生马卡昂,我没仔细看清楚,因为他的马车从我面前疾驰飞过。现在,我的心里开始对希腊人产生了怜悯之情。"

帕特洛克罗斯听从吩咐,来到阿耳戈斯人中间。老人一见他出现在门边,连忙从凳子上站起来,拉着他的手让他快快进屋。帕特洛克罗斯说:"老人家,你真热情,但是我没有时间就座。我那可敬可畏的朋友阿喀琉斯派我来打听,他想知道你带回的受伤者是谁。现在我看到了,他正是希腊高明的医生马卡昂。我现在就回去禀报我的朋友,你知道他是个急性子!"

涅斯托耳感慨地说:"阿喀琉斯现在为什么又这么关心阿耳戈斯人?我们都以为他对全军受到的灾难无动于衷。实际上最杰出的英雄都已经受伤躺在船里。狄奥墨得斯受了箭伤;奥德修斯和阿伽门农受了枪伤;欧律皮罗斯的一条腿也受了箭伤;而这位我刚刚带回来的神医马卡昂也受了箭伤。阿喀琉斯的确也算得上英雄好汉,可他却是无情无义的!难道他想等到我们的船只被大火烧毁,等到希腊人一个又一个死在敌人的手里才甘心吗?我多么希望自己现在还是那样年轻和强壮!如同当年我作为一位胜利者住在珀琉斯的家中,他很赞赏我的英勇威猛。我还记得阿喀琉斯的父亲和你的父亲都曾反复叮咛你们要帮助阿伽门农取得胜利的那个情景。那个时候,当你俩在向宙斯献祭时,我和奥德修斯过来劝你们和我们出征,阿喀琉斯的父亲嘱咐儿子作战要奋勇争先。而你呢,你的父亲反复叮嘱你,要年长的你做他的朋友,给他及时的忠告和明智的建议。你向阿喀琉斯重提这些话吧!或许他会听从你。"

涅斯托耳的这番话打动了帕特洛克罗斯,他即刻跑回去见阿喀琉斯。回去的路上,他经过奥德修斯的战船,遇到受伤的欧律皮罗斯,看见他艰难地一瘸一拐地走在路上,伤口的血还在流淌。欧律皮罗斯恳请学过调制药膏的帕特洛克罗斯为他医治箭伤。帕特洛克罗斯很同情他,扶着他走进营帐,让他躺在牛皮褥子上,然后用快刀剜出锋利的箭矢,用温水洗去他腿上的黑血,然后把苦涩的药草捣碎,敷在他的伤口上,直到血液慢慢地结成血痂。终于欧律皮罗斯不再承受巨大的伤痛。

特洛伊人冲向希腊人的壁垒

当帕特洛克罗斯在医治受伤的欧律皮罗斯时,希腊人为保护战船而修筑的战壕和毗连的壁垒眼看就难以支撑。那是因为他们没有给神奉献丰富的祭品,请求神明保护他们的战船和设施。壁垒的建造不符合天神的意志,因此未能永久地留存在世上。波塞冬和阿波罗将一起用山洪和海水来冲毁阿耳戈斯人的建筑。当然,这一切等到特洛伊城陷落后才发生。

现在壁垒的周围正在进行恶战,阿耳戈斯人怕强大的赫克托耳,于是纷纷胆战心惊地挤在战船上藏身。赫克托耳如同一头雄狮奔了过来,不断鼓励士兵们越过战壕。可是战马却在战壕前停住脚步,因为壕沟挖得又宽又深，里面无数尖锐的木桩林立，战马到了沟边都放声嘶鸣，止住脚步。阿耳戈斯人当初设立它们，就是为了防范特洛伊人的进攻。波吕达玛斯看清了这里的情形，便和赫克托耳商议："我们强迫马匹越过战壕不是办法，因为越过这战壕太困难，这里的地形太险恶，不适合马匹前进。更何况，战车也无法过壕。还是让驾车的御者们留在壕边看守战车，我们披甲持矛，在你的率领下越过战壕，冲向敌人的围墙。"

赫克托耳同意他的看法。于是将士们都从战车上跳下来。他们的御者把战车停在壕边，保持严整的队形，他们分成五队。第一队由赫克托耳和波吕达玛斯率领，这一队人数最多，人员最精良；第二队由帕里斯、阿尔卡托奥斯率领；赫勒诺斯和得伊福玻斯指挥第三队；第四队由埃涅阿斯率领；第五队是各路同盟军队，由萨耳佩冬和格劳科斯率领。在所有英雄中只有阿西奥斯不赞成把战车交给御者看管，他自己驾着马车驶向阿耳戈斯人，朝左面的那条通道转去，那是希腊人自己赶着车马回营的通道。阿西奥斯看到这里大门没有关闭，那是守卫的希腊人特意为最后逃回来的士兵留着的，他便驱车催马冲了过去，许多特洛伊士兵跟在他的后面，大声呐喊着冲了进去。他们以为找到了歼灭希腊人的捷径。没想到，两个勇敢的看守挡住了他们的去路，他们是勒昂透斯和庇里托俄斯的儿子波吕帕特斯，他们就像两头被袭击的凶猛野猪一样，朝拥来的特洛斯人扑过去，雨点般的石块也从壁垒上的希腊人手中落下来。

当阿西奥斯和他的士兵在这里进行恶战的时候，其他特洛伊人则步行通过战壕，在各营门勇猛攻击，壁垒周围的希腊人转向保护战船而顽强战斗，那些站在他们这边的神十分担心地从奥林匹斯圣山上俯视着。赫克托耳和波吕达玛斯率领的队伍，人数最多最精良，可是他们这时却在战壕前踌躇不前，这是因为他们看到了不吉利的预兆：一只雄鹰从左侧飞临上空，鹰爪下逮住一条赤色的巨蛇，它拼命挣扎，对着紧抓不舍的老鹰的胸口咬了一口，雄鹰疼痛难忍，把蛇抛下，大喊一声，飞走了。这条巨蛇正好落在特洛伊人的中间，他们看着蛇在地上挣扎，惊恐不已，认为这是宙斯的旨意。

波吕达玛斯对赫克托耳说："我觉得我们现在不可轻举妄动，我们不要和阿耳戈斯人争夺船舶，我担心我们也会像征兆所显示的：雄鹰没能抓住巨蛇，反而被咬伤。我们即使攻破壁垒和城门，也得牺牲许多士兵，而且不一定能够攻占敌人的战船。我们最好还是收兵后退吧！"赫克托耳怒视着他，说道："你说的话太打击我们的信心了。你要我相信那空中飞翔的鸟儿，它们是飞向左边还是右边，飞向朝霞还是黄昏，跟我有什么关系？

我只相信宙斯的意志！最好的征兆只有一个，那就是为国家而战！我不知道你竟然如此害怕战斗和厮杀，你的心怎么这样不坚定？你最好听着，如果你想临阵脱逃或者巧言惑众，吓唬其他士兵的话，你将在我的投枪下丧命！"赫克托耳说完就率领部队向前冲杀，其他人也呐喊着跟随上去。宙斯从爱达山上朝希腊人吹去猛烈的大风，一时间尘土飞扬，希腊人的斗志也因此受到打击。而特洛伊人则深信神的佑护和自己的力量，他们开始冲击阿耳戈斯人高大的垒墙。

　　特洛伊人一心想推倒整个垒墙，他们先拔壕边的木桩，那是垒墙的地基部分。阿耳戈斯人让他们的战士手执盾牌排成人墙，坚定地站在垒墙旁边，并用投枪和石块投向冲过来的敌人。两个希腊人在垒墙上巡视和呐喊，激励阿耳戈斯人继续作战。如果不是宙斯激励他的儿子萨耳佩冬扑向敌人的话，特洛伊人和赫克托耳恐怕一直冲不破这道坚固的防线。宙斯的儿子萨耳佩冬举着盾牌，挥舞长枪，如一头饿狮扑向羊群那般勇猛。他对格劳科斯说："亲爱的朋友，我们现在应该站在吕喀亚人的最前列，坚定地投身于艰苦的战斗中毫不畏惧，好让我们在吕喀亚人中能受到尊敬，并享受荣誉席位、美味佳肴和金杯美酒。来吧！为了荣誉，让我们上前，今天要么我们亲自获得荣誉，要么让其他人在我们的身后歌颂荣誉！"

　　说完，两个人率领着吕喀亚人一起冲上前线。梅纳斯透斯站在壁垒上方，看到吕喀亚人凶猛地朝他这边冲过来，他扫视周围，希望能有援兵把他们解救出困境。他一眼看见两个埃阿斯在远处，立即派传令官托奥特斯请他们过来救援。大埃阿斯和透克洛斯、背着弓箭的潘狄昂沿着内墙急忙赶来。只见梅纳斯透斯的队伍正经受吕喀亚人的猛烈攻击，他们正在攀爬壁垒。埃阿斯从壁垒上拆下一块尖利的巨石把萨耳佩冬的朋友埃皮克勒埃斯砸死。透克洛斯看见格劳科斯暴露在外，就用箭射中他，使他退出了战斗。格劳科斯悄悄地离开了壁垒，免得让希腊人看见并嘲笑他。萨耳佩冬看到他的朋友离开了战场，感到很失望，他用长矛刺死了忒斯托耳的儿子阿尔克马昂，然后用双手使劲摇晃墙垛，正面壁墙被他推倒，为特洛伊的部队开辟了前进的通道。埃阿斯和透克洛斯一起向萨耳佩冬冲来，透克洛斯一箭射中他系在胸前的悬挂盾牌的皮带。但宙斯不想让儿子就这样死在希腊人手下，他保护着儿子。萨耳佩冬因此稍稍后退，但他仍在呼喊吕喀亚人："吕喀亚人，你们要鼓起勇气！无论我如何拼命地投入战斗，单凭我一个人的力量是无法摧毁敌人防线的！让我们齐心合力，共同抗击敌人！"

　　吕喀亚人受到首领的鼓舞，紧紧地聚在他们国王的周围，对壁垒发起了更猛烈的攻击。阿耳戈斯人也集合兵力，顽强抵抗，双方士兵隔着一堵围墙展开了猛烈的激战。

吕喀亚人虽然骁勇，但是仍然没有攻破敌人的壁垒，打开通向船舶的道路。阿耳戈斯人也没有足够的力量把他们的对手从围墙前面赶走。战斗进行了很长时间，还是无法分出胜负。宙斯终于又把更大的荣誉赐给赫克托耳，他让赫克托耳首先冲进希腊人的壁垒，其他战士则带着锋利的长矛攀登望楼。赫克托耳随手抓起一块巨石带在身上，那块巨石即使两个十分强壮的战士也难以搬得动，但是神让它减轻了重量。赫克托耳看到眼前的垒门十分坚固，两扇高大的门紧紧闭着，里面有门闩将大门拴定，于是他便把手上的巨石猛烈地朝门中央砸去，结果门闩被砸断了，城门轰然倒下。赫克托耳走进城门，特洛伊人跟在后面，越过壁垒，还有许多特洛伊人翻过围墙。特洛伊人呐喊着冲进了围墙，希腊人乱成一片，惊慌地朝战船奔逃。

为战船而战

宙斯让特洛伊人取得重大进展的同时，却把希腊人继续留在灾难中。宙斯坐在爱达山上，冷漠地看着希腊人的处境，然后把视线转向色雷斯人的国王，仔细地观察起来。而此时，海神波塞冬也不甘寂寞，他坐在树林茂密的撒摩特剌岛的山顶上，看着眼皮底下的特洛伊人和阿耳戈斯人。突然，他惊恐地看到希腊人的防线被特洛伊人突破了。他站起身来，离开怪石嶙峋的山顶，迈开使山林震动的脚步，四步就来到爱琴海的岸边，那里的海底深处耸立着的是他那金碧辉煌的著名宫殿。他披上黄金铠甲，抓起金鞭，跳上他那配着金鬃毛的铜蹄马战车，催马破浪前进。海怪们认出了他们的主人，全都跳出洞穴欢迎他，海水自动分开，战马飞而过，他的青铜车轴甚至没有被一滴海水沾湿。波塞冬到了位于忒涅多斯岛和印布洛斯岛之间的山洞里，这儿离阿耳戈斯人很近，他在这儿卸下马匹，用金链锁住马脚，喂他们长生不老的饲料。然后他迅速进入激烈的战场，看见特洛伊人紧紧地团结在赫克托耳的四周，斗志昂扬，他们现在正准备夺取希腊人的战船。

波塞冬混进希腊人的中间，他化身预言家卡尔卡斯的模样。他先是朝着两个精力旺盛的埃阿斯喊道："你们两位英雄，如果你们能够保持现有的勇猛状态，我相信凭借你们的力量能够拯救希腊人。我不担心特洛伊人在其他地方的进攻，那里团结一致的希腊人能够防守得住。但我不放心这里，因为猛烈如火的赫克托耳在这里指挥作战。但愿有一位神祇赋予你们坚定的心志，激励自己和他人英勇作战。"随后海神用手杖敲了敲他们，使得他们的四肢变得轻松灵活。他自己则像展翅翱翔的雄鹰一样腾空飞去，消失在他们的视线之外。

俄琉斯的儿子小埃阿斯最先认出了波塞冬，他对他的同名兄弟说道："埃阿斯，刚才那人不是预言家卡尔卡斯，他是波塞冬，我从后面他离去时的脚步和膝盖认出的。我现在感觉心里有团烈火在燃烧，我渴望着与敌人进行决战！"忒拉蒙的儿子大埃阿斯回答说："我也一样！现在我紧握长矛的双手也在剧烈发抖，身上的力气正在膨胀，双腿似乎就要飞翔。我渴望与赫克托耳单独较量！"

这期间，波塞冬又去激励那些躺在战船上垂头丧气、疲惫不堪的英雄。他首先上前鼓励透克洛斯和勒伊托斯，还有勇敢的托阿斯、迈里俄纳斯、安提罗科斯。他说出激情洋溢的话来鼓励他们："耻辱啊！你们这些战士啊，我原以为你们会奋力保卫船舶。可现在你们却迟迟不敢向前！倘若你们回避这场险恶的战争，你们很快就将被特洛伊人征服。可悲啊，我从前想都没有想过，特洛伊人胆敢出现在我们的船只面前。他们从前是不敢正视我们的力量的。为什么他们现在敢远离城市，来到船边战斗？那是因为我们的统帅犯了过错，我们的将领过于懈怠！现在让我们大家都纠正错误，重新接受挑战吧。让大家的心灵都充满惭愧和羞耻吧，激烈的战斗已经展开，强大的赫克托耳已经杀到船边！"

波塞冬的一番劝说让所有勇士重新振奋，他们立刻团结在两个埃阿斯的周围，他们沉着而坚定等待着赫克托耳和特洛伊人。长矛接着长矛，盾牌连着盾牌，战盔靠着战盔，战士们肩并肩。盔上的羽饰飘动，互相触碰着，士兵们井然有序地站成一列，严阵以待。特洛伊人在赫克托耳的率领下，呐喊声震天动地。阿耳戈斯人对着冲上来的特洛伊队伍用手中的长矛和利剑坚决抵御。而面对这样坚定的敌军和这样密集的阵势，特洛伊人不得不停下来调整攻势。"特洛伊人和吕喀亚人，挺住啊！"赫克托耳在后面大声呼喊，"那些列成队伍的希腊人不会坚持多久的。他们必定在我的长矛面前退却。因为雷霆之神一直在支持我们！"他掷地有声的号召激励着每一位特洛伊士兵。

普里阿摩斯的儿子得伊福玻斯用盾牌掩护着，大步走在队伍中间。迈里俄纳斯举起长矛瞄准他，击中了得伊福玻斯的盾牌，但没能刺穿盾牌，矛尖折断了。迈里俄纳斯很恼火，当即跑回船去，去取一支更结实的长矛。

战斗仍在继续，呐喊声此起彼伏。透克洛斯首先打倒普里阿摩斯私生女墨得西卡斯特的丈夫英布里奥斯。这是一位很受特洛伊人敬重的英雄，一得知希腊人战船逼近特洛伊的消息，他便立刻率领军队来到特洛伊。在英布里奥斯被杀死后,透克洛斯立刻上前剥去他的铠甲。赫克托耳看到了,即刻向透克洛斯投去锐利的长枪,他及时发现,侥幸躲过了那支长枪,但枪却射中了波塞冬的孙子安菲玛库斯。赫克托耳随即冲过去,摘取死者头上的那顶战盔。这时埃阿斯向他掷出了投枪,可是枪没有中的,但它却迫使赫克托耳放弃了剥夺头盔的举动,向后退去。安菲玛库斯被两位希腊战士抬回到希腊阵营中。与此同时,英布里奥斯也被两个埃阿斯抬回去,他们剥夺了这位特洛伊英雄的铠甲,并且砍下了死者的脑袋,以此表明对赫克托耳和特洛伊人的愤恨。还没有参战的波塞冬看到安菲玛库斯的死,无比愤怒。原来,波塞冬与厄利斯王后摩利奥纳生下双生子欧律托斯和克雷阿托尔,克雷阿托尔的儿子就是安菲玛库斯。波塞冬立即赶到阿耳戈斯人那儿,煽动希腊人作战的情绪。在这儿,伊多墨纽斯背着一个受伤的战士送到医生那里治疗,正当他准备返回战场的时候,海神波塞冬化身为托阿斯的样子上前和他搭话:"克里特人的国王啊,为什么阿耳戈斯人被严重削弱了?是不是有人因为胆怯懦弱而退缩不前了?"

　　伊多墨纽斯立即反驳道:"不是这样的!在我看来,阿耳戈斯人全都是骁勇善战的英雄好汉,没有人因为恐惧而逃避残酷的战争。是因为强大的雷霆之神宙斯喜欢这样,他在惩罚阿耳戈斯人。虽然我们无法抗拒他的意志,但我们仍然应该振作精神,奋勇杀敌!"波塞冬回答道:"愿那些畏惧战争的人永远不能从特洛伊回到家乡!你快回营帐取回武器,让我们一起回到战场与敌人厮杀!"天神说完,便往战场奔去了。

　　伊多墨纽斯从营房里拿出两支长矛走了出来,恰好遇见了匆匆赶路的迈里俄纳斯。当他得知迈里俄纳斯的长矛刚才被得伊福玻斯的盾牌撞断后,对他说:"我的帐篷里有二十支我所缴获的长矛,它们靠在墙边上,你别大老远地赶回去了,到我那挑选一根最好的吧!"迈里俄纳斯听后,立即从伊多墨纽斯的营帐选了一根结实的长矛,然后两人一起奔赴战场。迈里俄纳斯询问身边的同伴:"伊多墨纽斯,你想从哪里进攻敌人?是战线的右侧,还是中央,或者是左侧?在我看来,那里的希腊人最需要援助。"克里特人的首领伊多墨纽斯回答道:"战线的中央部分有两个埃阿斯守卫,还有擅长射箭的能手透克洛斯,我相信他们的力量足够强大。即使赫克托耳非常勇猛,但是没有宙斯的帮助,要焚烧战船不是那么容易的事。强大的埃阿斯是不会轻易让他的愿望得逞的。让我们到战场的左侧去吧!在那里我们将获得应得的荣誉。"说完,他们就穿过阵线,朝战场的左侧跑去。

　　伊多墨纽斯虽然白发苍苍,可是打仗却丝毫不逊色于年轻战士。伊多墨纽斯遇到的第一个对手是仰慕卡珊德拉并前来求婚的俄特律墨纽斯。俄特律墨纽斯被一枪投中，伊多墨纽斯不禁高兴地夸口："可怜的新郎官啊，看你还怎么娶普里阿摩斯的女儿！其实，如果你站在我们这边，帮我们征服特洛伊，我们也可以做出承诺，把阿特柔斯之子最漂亮的女儿嫁给你！现在你跟我一起上船商量婚约吧！"他正在得意地嘲讽，阿西奥斯乘着战车赶来救援。还没等阿西奥斯出手，伊多墨纽斯已经投出他的长矛，一下刺中对方的喉咙，阿西奥斯倒在地上，命丧黄泉。他的御者看到这情景吓得目瞪口呆，竟然忘掉了驱车逃跑。涅斯托耳的儿子安提罗科斯立即举起长矛击中御者的肚皮，他那身铜甲没能护住他的性命，只见他从车上栽倒下来，死了。

　　阿西奥斯的死让得伊福玻斯非常难过，他走近伊多墨纽斯，向对手掷去投枪，伊多墨纽斯机智地躲过了铜枪，藏身在盾牌后面。投枪从伊多墨纽斯头顶上飞过，击中许普塞诺尔的腹部，被击中者立即瘫倒，得伊福玻斯不禁高兴地夸口："亲爱的朋友阿西奥斯，我算替你报了仇，你不是一个人孤单地去见冥神哈里斯，我给你送来一个人做伴！"阿耳戈斯人趁他得意的工夫，迅速用盾牌把痛苦呻吟的伤者掩护，把他抬回战船。伊多墨纽斯继续战斗，他希望尽自己的力量让同胞们免受灾难。他杀死宙斯抚育的埃叙埃特斯之子，安喀塞斯的女婿，英雄阿尔卡托奥斯，然后兴奋得大喝一声："得伊福玻斯，你觉得三个换一个怎么样？瞧你刚才那个欣喜若狂的样子。你应该亲自和我交手，我要让你知道我的厉害！"得伊福玻斯听他这样说，便考虑了一会儿：是回去找一个勇敢的帮手，还是就这样单独和他交手？思忖结果认为第一个办法比较合适，于是他便和埃涅阿斯一起向伊多墨纽斯发起进攻。伊多墨纽斯从容地在原地站定等待，同时他也呼叫在附近的伙伴过来援助。阿斯卡拉福斯、阿法柔斯、得伊皮罗斯、迈里俄纳斯和安提罗科斯纷纷过来共同抗击特洛伊强大的对手。埃涅阿斯也叫来同伴共同对付敌人。埃涅阿斯率先向伊多墨纽斯投掷长矛，但没有击中，而是插在土里。伊多墨纽斯却一枪击中奥诺马奥斯的腹部，他倒在地上死了。正当胜利者从死者身上拔出长矛并试图剥夺他的铠甲时，特洛伊人密集的矢石投枪朝他射去，他不得不退后几步。得伊福玻斯愤怒地向他投来长矛，这次也没能击中他，击倒了战神阿瑞斯的儿子阿斯卡拉福斯。战神阿瑞斯当时奉宙斯之命和其他神正禁锢在奥林匹斯圣山上，所以他不知道他的儿子在激战中已被杀死。得伊福玻斯刚从死者的脑袋上取下头盔，迈里俄纳斯就跳上去，击中得伊福玻斯的臂膀，迈里俄纳斯又敏捷地从受伤者的臂膀中拔出投枪，迅速返回自己的队伍中间。波吕忒斯背着受伤的哥哥得伊福玻斯离开了战场，朝他们的战车走去。

其余的人继续厮杀。埃涅阿斯用投枪杀死了卡勒托尔之子阿法柔斯。安提罗科斯击中托昂。特洛伊人阿达马斯没有击中安提罗科斯,却很快被墨涅拉奥斯杀死。赫勒诺斯用长剑砍中得伊皮罗斯的太阳穴,并劈下了他的头盔。墨涅拉奥斯十分悲痛,用枪掷他,恰好对方也投来一矛,双方都没有击中。但是墨涅拉奥斯的长矛还是刺中了对方的手,赫勒诺斯拖着伤口上的长矛连忙逃回到特洛伊的队伍当中去。他的战友阿革诺耳帮他从手上拔出了那支矛,并扯下随身携带的长带为伤者包扎。

现在佩珊德罗斯的灾难到了。当他和墨涅拉奥斯互相靠近的时候,墨涅拉奥斯向他掷出了投枪,偏向了侧旁。佩珊德罗斯却正好把墨涅拉奥斯的盾牌击中,但矛尖未能戳穿坚固的盾牌。佩珊德罗斯喜上心头,以为投中了目标。墨涅拉奥斯马上拔出宝剑扑上,佩珊德罗斯则从盾下抽出闪亮的战斧,两个人相互砍杀。这个特洛伊人勇猛地击中对方的盔饰,却不幸被对方一剑砍中,晃晃悠悠地摔在地上,奄奄一息。墨涅拉奥斯上前踩住他的胸脯剥他的铠甲,解气地说:"你们这些贪婪的特洛伊人啊,你们的丑行迟早要遭到报应。你们那样羞辱我,抢夺我合法的妻子,还把我的许多财宝掠夺。现在你们又想用一把火抛向我们的战船,杀死我们希腊人。伟大的宙斯神啊,人们都说你智慧超过任何人和神,为什么你如此宠爱这般贪得无厌的家伙?"他一边说着一边剥下死者血淋淋的铠甲,交给自己的战友,他自己则又冲进战场继续鏖战。

现在战争正朝着有利于希腊人的方向发展。赫克托耳不知道阿耳戈斯人左翼屠杀特洛伊人,眼看就要取得胜利。因为海神波塞冬仍在激励和保护着阿耳戈斯人在最初闯入营门的地方砍杀,这里士兵和将士的厮杀最为猛烈。

希腊人在这里的防守阵容最为强大。他们奋力阻挡赫克托耳的进攻,两个埃阿斯也在其中并肩作战。当他们感到疲惫的时候,总会有战友接替他们的盾牌,奋勇向前,由此形成持久的保卫战。而洛克里斯人却用弓箭和精制的投石器使得特洛伊人军队溃散,特洛伊人在密集的矢石下丧失了斗志,差点就要撤离希腊人的船只和营地,狼狈地逃回伊利昂。幸亏波吕达玛斯及时赶来,对赫克托耳这样说:"赫克托耳啊,我知道在神明的帮助下,你有着非凡超群的作战能力,可是你不可能拥有所有的智慧。你看,现在战斗已经明显偏向希腊人那一边,你应该暂时退出厮杀,召唤高贵的首领们开一个会,让大家共同商议,看我们是继续冲上敌人的战船,还是保存我们的实力先行撤退。我担心,希腊人会报复昨天的仇恨,因为那个最骁勇的战士还在他们的船边,随时等待着我们!"

赫克托耳听从朋友的建议,并请他快去召集最高贵的首领们举行会议,他自己先回到战场布置战斗。他一路走,一路呼喊着特洛伊人和盟军的首领,命令他们迅速到波吕达玛斯那里去集合。后来,他在战场的左翼找到了他的兄弟帕里斯,帕里斯正含着眼泪,在鼓舞战士们作战。赫克托耳走过去,不问青红皂白就对他的兄弟喊道:"不祥的帕里斯,我们的勇士都到哪里去了?你看到得伊福玻斯、赫勒诺斯、阿达马斯、阿西奥斯,还有奥特里奥纽斯了吗?我们的城市即将毁灭,你也无法逃脱可怕的厄运,你应该继续去战斗!"

帕里斯回答说:"赫克托耳啊,你不能错怪我。虽然从前我的确不止一次地逃避战斗,但是自从你率领军队来到希腊人的战船边,我一直都坚守在这里抗击敌人。你问的这几位勇士,只有得伊福玻斯和赫勒诺斯撤离了战场,但是他们的臂膀都受了伤。其他战友都已经牺牲了。现在让我跟着你走吧!请相信我的决心和力量!"他这样说,赫克托耳内心的怒气平息了不少。随后,两个人一起来到战斗最激烈的地方。宙斯鼓励着特洛伊人的士气,他们在战场上英勇地砍杀。不久,赫克托耳走到了最前面,他奔跑着对敌人发起一次次的冲击。但是希腊人团结一致,已经不像从前那样害怕他了。勇敢的埃阿斯大胆地向赫克托耳挑战,并断言希腊人将取得最后的胜利;但神勇的赫克托耳却不把他的话放在心上,而是率领着士兵冲向敌人。

波塞冬激励希腊人

战斗在外面进行得如火如荼,喧嚣声传入老人涅斯托耳的耳朵里。此时他正坐在营房里,用酒招待受伤的医生马卡昂。当战斗的呐喊声越来越近的时候,涅斯托耳站起身来,把客人交给女仆赫卡墨得,让她为客人准备温水清洗伤口。他自己则拿起长矛和盾牌走出营帐。他看到战场上十分混乱,壁垒已经被推倒,希腊人正在慌乱地溃逃,而特洛伊人在后面紧紧追赶。老人正在犹豫是抓紧时间投入战斗,还是去找统帅阿伽门农共商对策比较合适。这时,阿伽门农和奥德修斯、狄奥墨得斯从海边的战船上走了过来,他们三人现在都身负重伤。三位将领心情沉重地在观察战斗的形势,当他们看到涅斯托耳时,阿伽门农走过来,无奈地对老人说:"涅斯托耳啊,你怎么也打退堂鼓了?现在我已经没有办法了。我们辛辛苦苦挖掘的壕沟和建造的壁垒都不能保护战船,敌人已进入我们的腹地。宙斯是不会让我们胜利的。与其让我们在这里毁灭,不如先躲避灾难吧!现在听我安排,让我们把离海最近的战船拖下水,等待黑夜的降临,如果特洛伊人停止进攻,那么我们再把其他的船也拖下水,起航回我们的故乡去吧!"

一旁的奥德修斯听到这段丧气的话非常生气,他抢先说道:"阿特柔斯的儿子,你说的是什么话?你应当去率领一支胆小鬼的军队,而不是统帅我们希腊人的军队!这九年多来我们为特洛伊战争付出了多少!现在却要灰溜溜地离开?你刚才说的话太让我生气!战斗正在进行,你却想把战船拖下海去,好让已经占有优势的特洛伊人更占上风。如果我们真的这么做了,希腊人的士气会受到重大的打击,我们就将俯首称臣了!全军的统帅啊!你的想法实在太愚蠢!"

阿伽门农立即回答说:"奥德修斯啊,我很感谢你明智的指责,我并不拒绝倾听别人的建议!但愿有人能够提出更好的建议!"

"最好的办法,"狄奥墨得斯大声说,"让我们回去战斗!即使因为受伤不能亲自投入战斗,但我们作为全军的首领应该自始至终站在那里,激励战士们奋勇向前!"

海神波塞冬早已听到他们的谈话,他化身为一个老兵向他们走过来,握住阿伽门农的手说:"统帅阿伽门农啊,不要灰心丧气。那个阿喀琉斯眼睁睁地看着希腊人惨遭杀戮,却不伸手援助,是个没有良心的家伙。不过,神明对你们毫无恶意,放心吧,你们很快就会亲眼看见特洛伊人从我们的船只和营帐前逃跑。"海神说完,便放声大喊奔过平原,他的呐喊声好似千军万马在齐声呼喊,这使得希腊的英雄们又充满了勇气和信心。

赫拉也在奥林匹斯圣山上极目远眺,她看到波塞冬在战场上来回奔跑,心里顿时感到一阵欣喜。可是当她看到宙斯正坐在爱达山上的峰巅时,她的心中又升起一股强烈的怒火。她想用个方法骗骗宙斯,好转移他对战争的注意力。突然,她有了一个好主意。她马上向她的卧室走去,那是儿子赫菲斯托斯特意为她建造的,一把门闩把门扇锁进门框,别的神都无法打开。她走进卧室,开始沐浴,并用神膏在娇美的胴体上浓浓地抹上一层,这神膏散发出馥郁的馨香,只要在宙斯的宫殿里转个身子,馨香立刻会充满整个天地。她开始梳理美丽的金发,用手把它编成闪亮的发辫,从头上动人地垂下。接着她穿上雅典娜给她缝制的精致华丽的锦袍,在胸前簪上黄金扣针,在腰上围了一根熠熠闪光的腰带,耳朵上戴上金灿灿的宝石耳坠。最后她罩上极其轻柔的面纱,穿上一双美丽的绳鞋。她就这样光彩照人地走出了卧室,去寻找爱情女神阿佛洛狄忒。

赫拉温柔地对阿佛洛狄忒说:"亲爱的孩子,你能帮我个忙吗?希望你别不高兴地拒绝我,因为我帮助希腊人,而你站在特洛伊人那一边。请把你那条能迷惑天神和人的爱情宝带借我一用吧。我要去大地的尽头那里看望我的养父母俄刻阿诺斯和忒提斯,他们一直生活在争吵中,很久没有享受甜蜜的爱情,我想劝说他们相互谅解,言归于好,因此我很需要你的宝带。"

阿佛洛狄忒没有发现这是一场骗局,毫不犹豫地答应她:"母亲,你是万神之父的妻子,拒绝你的请求是不对的。"随即她从腰间解下了那条色彩斑斓、艳丽无比的魔力宝带,"拿去吧!"她说,"贴在你的胸前,你肯定会成功从那返回的。"

神后带着宝物离开了奥林匹斯圣山,前往遥远的利姆诺斯岛,到了睡神居住的地方。她直接走进去,请求睡神在当天夜晚使万神之父进入梦乡。睡神听到这个请求吓了一跳。因为他曾按照赫拉的命令,让宙斯昏睡过一次。当时是大英雄赫拉克勒斯远征特洛伊归来,而他的敌人赫拉却要把他独自遣送到科斯岛去。宙斯醒来后立即大发雷霆,在他的宫殿里把众神到处抛掷,若不是能制服天神和人类的夜神掩护了自己,那宙斯一定不会放过自己的。睡神惊恐地回忆起这一切,然后对赫拉说道:"伟大的神后赫拉,我也许能够毫不费劲地让任何一位天神沉沉入睡,但我却不敢走近克罗诺斯之子宙斯。我不想再次惹他发怒。请别让我做我不可能完成的事情。"但赫拉却安慰他说:"别害怕,有我在呢。别想远,你以为宙斯帮助特洛伊人会那么热心,就像爱他儿子赫拉克勒斯那样?你按照我的意思去办就好,我将把美惠三女神中最年轻、最漂亮的那个送给你成婚,她将成为你的妻子,帕西特娅,就是你一直渴慕的那一个。"女神这样说,睡神立即高兴地答应了她的要求,但是他要求女神为她的诺言对着神圣的斯提克斯河水起誓。

等赫拉起完誓,行完一切信誓礼仪后,他们便立即离开利姆诺斯岛,来到宙斯所在的爱达山上。睡神为了躲避宙斯的视线,蹑手蹑脚地爬上一棵松树,然后化为一只小鸟隐蔽在浓荫里。赫拉则风情款款地赶到爱达山顶,宙斯正坐在那儿。当宙斯一见到美艳动人的赫拉时,狂热的情欲立刻笼罩在他的心头。他站起来,热情地招呼妻子:"你这是要去哪里啊?怎么连马匹和金车都没有?"

赫拉听了狡黠一笑,回答说:"亲爱的,我要去大地的尽头,调解我养父母的争端。他们已经很久没有享受爱情的甜蜜啦。"

宙斯回答说:"你改日再去吧,现在还是让我们在这里尽情享受爱情吧,你今天是这样的娇媚动人!"宙斯这样说,紧紧搂住妻子,完全沉浸在爱情当中。赫拉赶紧示意隐身在松树上的睡神,他立刻会意地点点头,走到宙斯面前,悄悄地阖上了宙斯的眼睑。抵挡不住睡意的宙斯很快把头埋在妻子的怀里，沉沉地睡去。赫拉急忙派睡神做使者到波塞冬那儿，告诉他："宙斯在我的迷惑下已经进入梦乡，现在是时候赐给希腊人荣誉了！"

波塞冬听后，更加热切地帮助希腊人，他很快冲到希腊人的阵前，放声大喊："战士们，难道我们要把胜利拱手让给赫克托耳吗？让他光荣地摧毁我们的战船吗？他是利用阿喀琉斯袖手旁观拒绝参战才这样肆无忌惮地夸下海口。如果我们大家都能振奋精神，并肩作战的话，即使没有阿喀琉斯，我们也能战胜赫克托耳！来吧，让我们鼓起勇气，前进！"大家在他的激励下都振作起来，受了伤的阿伽门农、狄奥墨得斯和奥德修斯都开始重新整理队伍，命令大家束紧铠甲，拿好武器，向前进发。波塞冬率领着大家，他手里握着令人胆战心惊、有如闪电的宝剑，所到之处，所向披靡，谁也不敢轻易跟他较量。

但是勇敢的赫克托耳毫不畏惧，他率领特洛伊战士冲进战场，双方开始了新一轮厮杀。赫克托耳首先向大埃阿斯掷出长矛，那长矛击在大埃阿斯的胸前两根交叉的皮带上，盾牌和他的宝剑带保护了他的身体。失去了武器的赫克托耳只得退回自己的队伍中。他正在后退，埃阿斯迅速捡起一块巨石朝他砸去，没有防备的赫克托耳被击中了，他一下子跌倒在地，盾牌和头盔也掉在地上，身上的铠甲发出刺耳的声响。希腊人大声欢呼起来，冲过来想把倒地的赫克托耳拖走，并向他掷出密集的长矛。但没有人能伤着特洛伊的最高统帅，因为一个个勇敢的将领过来护卫着他。他们是埃涅阿斯、波吕达玛斯、阿革诺耳、吕喀亚人萨耳佩冬和格劳科斯。他们高举着盾牌，挡住赫克托耳的身体，并用手把他托起，抬上战车，送回特洛伊城。

希腊人看到赫克托耳远离战场，丝毫没有松懈斗志，而是更加勇猛地扑向特洛伊人。埃阿斯在战场上最为英勇，他朝着敌人拼命刺杀，许多特洛伊人不幸丧命于他的长矛之下。虽然希腊人中也有几位英雄阵亡，但此时战场上的优势明显偏向希腊人这一边，特洛伊人被打击得抱头鼠窜，撤回到了他们战车停驻的地方。

赫克托耳放火烧船

特洛伊人逃到他们战车的附近才停下脚步。这时，爱达山顶上的宙斯醒了过来，他从赫拉的怀里抬起了头，清醒后的他很快跳起来站定，一眼就看到了下面战场的景象：特洛伊人在混乱中逃跑，希腊人在后面紧紧追击，波塞冬正在希腊人的队伍中间。他又看见赫克托耳昏沉沉地躺在战车上，喘息着不断地口吐鲜血。人神之父宙斯对赫克托耳充满怜悯之情。然后他回过头怒视赫拉，责备她："你这恶毒的女人，又是你使的诡计吧？是你让赫克托耳受伤，让特洛伊人遭受不幸的吧？难道你忘了使阴谋的后果了吗？你可记得当年你被吊在半空中示众的样子？你的双脚缚在铁砧上，双手捆绑的是永远挣脱不断的金链子，奥林匹斯圣山上所有的神都不敢帮助你。现在我重提这件事，是为了让你记住教训，不要随便对我使用阴谋诡计。"

赫拉听了心里害怕，但是她还是辩驳说："现在我请大地、天空以及那斯提克斯河的流水为我作证，波塞冬并不是因为我的命令才去反对和加害特洛伊人的。出于对阿耳戈斯人的同情，他才去帮助他们的。其实我很希望能劝说他，按照你的命令去行事。"

宙斯听了她的话，微微一笑，他回答说："如果你和我的意见一致，那么波塞冬很快就会按你我的意思改变主意的。如果你刚才的话完全出于真心的话，那就请你回到众神中间去，命令伊里斯和阿波罗立即到我这里来。我会叫伊里斯转告波塞冬立即停止战斗回到宫殿去。我要让阿波罗去激励受伤的赫克托耳，要让他忘记痛苦，重新投入战斗，使阿耳戈斯人恐慌，转身逃窜。这样，他们就不得不请阿喀琉斯出山了。"

赫拉不敢违抗，立即离开爱达山巅，回到奥林匹斯圣山。她走进诸神正在用餐的大厅，诸神见到神后的到来，都站起身来，举起酒杯，向她致意。她接过女神忒提斯的酒杯，喝了一口，然后告诉他们宙斯的命令，阿波罗和伊里斯急忙领命离去。赫拉的嘴角挂着微笑，但并不高兴地对大家说："我们真糊涂，竟然想对抗宙斯。他根本不会把我们放在心上，因为他坚信自己是众神中权力最广大、力量最高强的那一位。如果他对你们动用武力，最好是忍受。我看阿瑞斯要注意了，他最亲近的儿子阿斯卡拉福斯已经在战斗中被杀死。"她一说完，战神阿瑞斯便暴跳起来，他愤怒地说道："即使宙斯用雷电把我击死，我也要前往战场为我的儿子报仇！"他说完，立即披起闪亮的戎装，准备出发。幸好雅典娜阻拦了他，让他再忍耐一会儿，不然，更可怕和激烈的战争将在宙斯和众神之间爆发。

现在，伊里斯接受任务，迅速来到战场上找到波塞冬，并传达了宙斯的命令。海神心里很不高兴，他说："他说话未免太狂妄，我和他一样强大，他竟然处处威胁我。当年我们三兄弟抓阄划分权力，我抽中的是掌管蓝色的海洋，哈里斯统治昏冥世界，宙斯则分到广阔的天空，但是大地和奥林匹斯圣山则归我们共同管理！我绝不会按照他的旨意行事的！让他把这些话拿去训示他的儿女吧！"

"我要把你刚才这些强硬的话回复给万神之父吗？或者你想做些改

变?"伊里斯试探地问他。

　　海神波塞冬思考了一会,重新回答他:"谢谢你明智的劝告。虽然我内心很气愤,但我还是决定先对他让步。但我要声明,今天我记住了他的威胁,但日后他若再反对我,反对保护希腊人的奥林匹斯神,并拒绝毁灭特洛伊,而使希腊人得不到他们的荣誉的话,我们之间的怨隙将不可弥合!"说着他离开战场,回到大海深处。

　　宙斯派他的儿子阿波罗去见赫克托耳,给他灌入巨大的勇气和力量。阿波罗很快找到赫克托耳,只见他已不再躺着,而是坐了起来,恢复了精神,他也不再喘气和流汗了——自从宙斯决定让他苏醒。阿波罗站到他身旁轻声地问他:"赫克托耳,你为什么离开军队坐在这里?你遭遇了什么?请告诉我,让我替你伸张正义。"他疲惫地抬起头回答说:"你是哪位仁慈的神亲自赶来看望我?你是否听说,正当我在希腊人的船尾进行厮杀的时候,埃阿斯用一块巨石击中我的胸部,阻止我的胜利?我原以为,今天我将前往冥王哈里斯的宫殿了!"

　　"请放心吧!"阿波罗回答说,"我会保护你的。我是宙斯的儿子阿波罗,是他派我来帮助你、保护你,就像从前我帮助你那样。我会走在你们的前面,为战车前进开辟道路!现在你立即坐上马车,去激励将士们吧!"

　　赫克托耳听完阿波罗的话,马上跳起来,迅速跑去激励特洛伊将士们。当希腊人看到赫克托耳重新回到部队,全都惊慌失措。擅长演讲的埃托利亚人托阿斯看到赫克托耳冲在前面,他马上对大家说:"天哪,真是一个奇迹啊!我们都亲眼看到埃阿斯用巨石击倒了赫克托耳,原以为这次他必死无疑,没想到现在他居然又驾着战车冲了过来。一定是哪位神明救了他!你看他现在斗志昂扬的,肯定是宙斯在援助他!现在我提议,让全军部队都退回到战船上,把最优秀的将士们聚拢到最前线,抵挡赫克托耳和特洛伊人的新一轮攻击。"

　　英雄们都赞同他的意见,立即到两位埃阿斯、伊多墨纽斯、迈里俄纳斯和透克洛斯的周围,其他部队则有序后退到战船上。特洛伊人的队伍开始蜂拥般冲过来,赫克托耳站在队伍的最前列,率领着士兵们前进。阿波罗则隐身在云雾中,手持可怖的盾牌,为特洛伊人提供最强有力的保障。希腊英雄们严阵以待,震耳欲聋的呐喊声响彻云霄。很快,战场上无数投枪飞舞,数不清的箭矢脱离弯弓。阿波罗握住盾牌不动,双方枪矢往来,特洛伊人击中了希腊人的身体,但是希腊人在阿波罗的金盾面前失去了勇气,陷入了恐慌。

　　现在,阿波罗赐予赫克托耳和特洛伊人巨大的荣誉。赫克托耳先是杀死了波奥提亚人的国王斯提奥斯，接着又刺死梅纳斯透斯的好友阿尔克西拉奥斯；埃涅阿斯杀死雅典人伊阿索斯和埃阿斯的异母兄弟墨冬；波吕达玛斯杀了墨基斯透斯；波吕忒斯一剑就砍下埃基奥斯的脑袋；克洛尼奥斯在阿革诺耳的长矛下丢了性命。帕里斯从后面击中正在逃跑的得伊奥克斯，长矛从其后背穿过了胸部。正当特洛伊人忙着剥取死者的铠甲时，阿耳戈斯人逃往壕沟和木桩那里，有些因为恐惧躲在了壁垒后面。赫克托耳依然鼓励特洛伊人继续前进："战士们，放下那些尸体，快去进攻战船！"他一面大声呼喊，一面策马扬鞭朝战船的方向奔去，特洛伊的英雄们纷纷响应，驾着战车跟了上来。

　　阿波罗冲在最前面，抬起他的神脚踢掉战壕边的沟土，把它踢进战壕，填成一条通道。特洛伊人跃过通道，太阳神又利用他的神力，毫不费力地推倒希腊人的壁垒。希腊人见状，慌乱地四处逃散，他们一直逃到船边才停下脚步，开始高举双手向众神哀求祈祷。涅斯托耳的热切祈求得到了宙斯的同情，他用响雷声回答涅斯托耳。特洛伊人听见雷声，以为是宙斯降下的喜兆，更猛烈地向希腊人冲去。双方在战船上展开了搏斗。

　　当希腊人和特洛伊人在壁垒边激战时，帕特洛克罗斯仍然坐在欧律皮罗斯的帐篷里为他治疗伤口。当他看见特洛伊人已经越过壁垒，听到阿耳戈斯人恐怖的喧叫声时，他不禁放声长叹，双手使劲拍打大腿，痛苦地说："欧律皮罗斯，尽管我想继续为你医治伤口，但是现在大战临头，我必须马上回去找阿喀琉斯，希望在神明的保佑下能够劝动他重新投入战斗！"

　　战船边的厮杀越来越激烈。赫克托耳和埃阿斯为争夺一艘战船而展开了激战。赫克托耳制服不了埃阿斯也就不能放火烧毁战船，埃阿斯也无法击退强大的赫克托耳的进攻。埃阿斯一枪刺中赫克托耳的堂兄弟卡勒托耳，赫克托耳赶紧呼叫将士们过来救援，不让敌人剥夺自己堂兄的盔甲。随即，他愤怒地朝埃阿斯投去了长矛，没有射中，但是刺死了埃阿斯的朋友吕科弗戎。埃阿斯难过极了，赶紧让透克洛斯前来支援。透克洛斯立刻背上满壶的箭矢来到埃阿斯身边，瞄准特洛伊将士不断放箭。他的箭射中波吕达玛斯的御者克勒托斯。波吕达玛斯见状迅速冲了过去。透克洛斯紧接着又朝赫克托耳射去一箭，但宙斯却让透克洛斯的箭弦绷断，弦掉在地上，弯弓也随之脱了手。透克洛斯发现神有心阻挠，感到十分沮丧。这时埃阿斯劝他放下弓箭，执矛持盾继续作战。透克洛斯听从他的建议，放下弓箭，拿起精制的盾牌，并在头上戴了一顶坚固的头盔。赫克托耳发现透克洛斯放弃了弓箭，便对战士们大声呼喊："战士们，勇敢前进啊！我亲眼看见雷霆之神使他们最杰出的弓箭手的弓箭失灵，众神们现在是站在我们这边的！

让我们接受神赐予的荣誉吧!"

埃阿斯也在战场上鼓励着他的战士们:"耻辱啊!希腊人,现在就是战死,我们也得保卫战船,驱逐特洛伊人。你们想想吧,如果赫克托耳真的烧毁了战船,你们就只能徒步回家了!我们别无选择,只能拼命苦战!"说完,他挺枪杀死了拉奥达玛斯。每当埃阿斯杀死一个特洛伊英雄,赫克托耳也用一个希腊人的死亡为同胞复了仇。

在混战中,墨涅拉奥斯杀死了多洛普斯,希腊人蜂拥而上,剥取他的武器和铠甲。赫克托耳召来他的兄弟和亲戚,鼓励大家全力以赴地投入战斗。希腊的战士们在埃阿斯的鼓励下,用长矛和盾牌筑起了一道护卫铜墙,保卫他们的战船。墨涅拉奥斯鼓励涅斯托耳的儿子安提罗科斯:"你是全军最年轻最机灵的战士,也是最勇敢的一位,你若冲上前,杀死一个特洛伊人,那将为全军带来荣耀!"这番话激起年轻人的士气,安提罗科斯果然冲了出去。他观察了战场的形势,然后掷出长矛,特洛伊人见状纷纷躲避,他的长矛击中希克塔昂的儿子墨拉尼波斯。墨拉尼波斯砰然倒地,死了。安提罗科斯立刻跑了上去,想要剥取死者的铠甲。可是这一切逃不过赫克托耳的眼睛,当他朝年轻的希腊战士跑来的时候,安提罗科斯马上转身逃跑。特洛伊人和赫克托耳呐喊着朝他投枪射箭,他头也不回逃回到自己的队伍中。

特洛伊人像一群嗜血的狮子那样扑向了战船。宙斯决定实现忒提斯的愿望,增强特洛伊人的力量,削弱希腊人的斗志,直到阿喀琉斯被请回队伍当中。宙斯要给赫克托耳荣誉,让他给希腊战船燃起熊熊火焰,而后宙斯再从这个时候改变战局,把溃逃的命运降临在特洛伊人的头上,把胜利重新赐给希腊人。

此时,赫克托耳怒气冲天,举起长矛大肆砍杀,浓密的双眉下闪耀着凶狠的目光,头盔上的羽饰应和着猛烈的战斗,也在空中激昂地挥动着。宙斯知道赫克托耳的死期将至,于是最后一次赋予他神力和威严。雅典娜正在一步步地引他走向残酷的厄运。可现在还为时过早,赫克托耳往希腊人最密集的地方冲去。他作战英勇,气势逼人。希腊人排列紧密,阵营看似牢不可破,很快却因惊惧而溃散。

希腊人再次遭受沉重的打击,开始从前排的战船上撤退;但特洛伊人潮涌般追击。希腊人不得不退出那些船舶,但他们并没有被击垮,恐惧和羞愧使他们聚集在营帐周围。他们相互鼓励,特别是老英雄涅斯托耳,他高声呐喊:"希腊的勇敢战士们,你们要勇敢!请你们想一想你们的妻子儿女还有你们的双亲,我以你们远在故乡的亲人的名义,请求你们坚持住,不要逃跑。"他的请求使士兵们重新积聚作战的勇气。忒拉蒙的儿子埃阿斯不愿意留在士兵们溃逃的地方，他在战船甲板上大步抵挡，他手里挥动的是一根二十二寸长的标枪，从一条船跳到另一条船，他放声呐喊，召唤希腊人为保护他们的战船和营帐继续战斗。赫克托耳也没有待在特洛伊人中间，而是犹如一只老鹰在大海边觅食一样，他朝着一艘战船奔过去。宙斯从他后面推着他，使他首先跃上战船，士兵们随他蜂拥而上。

于是争夺战船的血腥拼杀又将开始。希腊人看着自己的战船就要受到威胁，拼死也要保住自己的战船；而特洛伊人却一心想要把战船付之一炬，彻底烧毁。赫克托耳终于来到一艘战船的船尾。这是帕洛特西拉俄斯当年来特洛伊时乘坐的大船，可惜他自己在这场战争中第一个丧身。战船犹在，可惜不能载他返回故乡了。现在，希腊人和特洛伊人围绕这艘战船展开了凶狠的搏杀。短兵相接中，投枪和弓箭都已派不上用场，双方用锐利的铁钺、斧头和利剑、长矛面对面地砍杀。许多人在血腥的屠杀中丧命，地上血流成河。赫克托耳紧紧守住船尾，他大声地命令特洛伊人："快把火把递给我！今天宙斯将引领我们报仇雪恨！这些船带给我们多少苦难。让我们占领它们，这是宙斯给我们的命令！"

听到赫克托耳这样说，特洛伊人的进攻更加猛烈，四周的箭矢乱飞，埃阿斯几乎抵挡不住赫克托耳的进攻了，他不得不向后退去，从船舷上退避到舵手的长凳上。但他仍然警觉地站在那里挥舞长矛，抗击举着火把拥来的特洛伊人。与此同时，他向他的同胞大声吼道："战士们，要勇敢啊！让我们保持战斗勇气，勇往直前吧！我们身后没有什么坚固的堡垒可供我们躲避，没有特洛伊城那样的城市供我们藏身，我们没有后退的余地了！现在我们远离故土，征战在敌人的土地上。我们想要得救，只能依靠双手拼搏！"他一面呼喊，一面举枪迎击举着火把逼近船只的敌人。不一会儿，他就把十二位特洛伊人杀死在船边。

帕特洛克罗斯之死

当埃阿斯站在船上与敌人进行殊死搏斗的时候，帕特洛克罗斯急忙去找他的朋友阿喀琉斯。他一走进营帐，脸上的热泪便流淌不止。阿喀琉斯看他这样难过，立即问他缘由："你为什么哭泣，亲爱的帕特洛克罗斯？瞧瞧你，哭得像个泪水涟涟的小姑娘。你是不是有事要向我禀报，还是从佛提亚传来了什么坏消息？我知道，你的父亲墨涅提俄奥还健在，我的父亲珀琉斯也健在！或者你是为阿耳戈斯人命运而落泪？他们的悲剧完全是自己造成的。说吧，你有什么心事别闷在心里，赶快告诉我吧！"

帕特洛克罗斯长叹一口气，回答道："最勇敢的英雄，很抱歉我控制不了自己的情绪。如你所料，阿耳戈斯人遭受了巨大灾难。我们军中所有最勇敢的将士现在都躺在船舶里，他们不是被长矛击中就是被弓箭射中。狄奥墨得斯中了箭；奥德修斯和阿伽门农都中了枪伤；欧律皮罗斯也被利箭射中了大腿。他们现在都在接受治疗，暂时不能参战了。而你啊，阿喀琉斯，为什么你还这样执拗？如果你现在不去救助阿耳戈斯人，更待何时？狠心肠的人啊！你不是珀琉斯之子，也不是忒提斯所生，生你的是阴沉的大海或是坚硬的顽石，你的心肠才会这样冷酷无情！如果是什么预言使你心中害怕，是你母亲的话或者哪位神明的命令让你不能参加战斗，那就让我带领米尔弥冬人的部队，立即去战场，也许能够帮助希腊人。把你的铠甲借给我披挂，当我战斗时，特洛伊人可能会把我误认为是你，也许这样能使战争稍微缓冲一下，我希望以此能让阿耳戈斯人得到片刻的喘息机会！"

阿喀琉斯听了这话，愤怒地回答他："你在说什么呢？即使有什么预言，我也不会放在心上的。我也根本没有得到我母亲或者哪位神明的命令。我内心忍受着巨大的痛苦，那是因为有人依仗权势，随意抢走和他平等的人的战利品，剥夺他人的荣誉。不过已经发生的事情就让它过去吧，我从来没有怀恨在心。虽然心中的愤怒永远不会消散，但是内心的怒火，我早就说过，只有等到战争逼近我的战船时，我才愿意采取必要的行动。现在你去穿我的铠甲吧，率领米尔弥冬人前去参战。你尽力去打击特洛伊人，把他们从战船上赶走，不让他们纵火烧船，截断我们的归程。你不要贪恋战争与杀戮，因为神明还是宠爱他们的。一旦解救了船只的危难，便返回这里，让其他人留在战船上厮杀吧！我宁愿阿耳戈斯人被毁灭，只留下我们两个人，让我们亲自去征服特洛伊城！"

正当他们谈话的时候，战船附近的厮杀越来越激烈，埃阿斯也坚持不住了，敌人密集的箭和长矛频频向他射来，在他的头盔上打出叮叮当当的声响。他那扛着盾牌的左臂已经乏力，埃阿斯气喘吁吁，浑身汗水淋漓，周围险恶的战情根本容不得他有片刻的休息时间。赫克托耳冲向埃阿斯，挥舞锋利的长剑，把他的长矛的矛尖砍落在地上。这时，埃阿斯打了个寒战，他心里很清楚，这是神有意与希腊人作对，要把胜利赐给特洛伊人。他绝望地后退，赫克托耳乘机往船上扔了一个大火把，船只立即燃起了熊熊烈火。

战船上很快火光冲天，坐在营房里的阿喀琉斯心里感到一阵痛苦。他狠狠地拍了下自己的大腿，说："帕特洛克罗斯，你快去吧，我看见战船燃起了战火，不能让敌人夺走我们的战船，把我们的回乡之路切断！你赶快穿上盔甲，我去召集我的士兵！"帕特洛克罗斯听了很高兴，他急忙穿起阿喀琉斯的盔甲。他先给小腿披上盔甲，用银扣给它牢牢扣紧，接着又在胸前系上星光灿烂的护甲，然后他背上铜剑，挎上坚固的盾牌，戴上精制的战盔，最后他抓起了两根结实的长矛。他没有借用阿喀琉斯的长矛，因为他根本举不动它，只有阿喀琉斯才能把它挥动。那把长矛是从佩利翁山巅取来的，是半人半马的肯陶洛斯人喀戎赠给珀琉斯的，后来传到阿喀琉斯手上。现在帕特洛克罗斯吩咐他的朋友和驭手奥托墨冬套上两匹神马克珊托斯和巴利奥斯，它们快如闪电——风暴神波达尔格拉当年在环海边的牧地和西风神泽费罗斯生育了它们。

这时，阿喀琉斯也已经亲自召集由米尔弥冬人组成的一支军队，共有五十条快船，每条船配备五十位强壮的船员。他任命五个首领作为副将，分别指挥队伍，这五位首领是：墨涅斯提奥斯，他是河神斯佩尔赫奥斯和珀琉斯的美丽的女儿波吕多拉所生的儿子；赫耳墨斯和波吕墨拉的儿子欧多罗斯；迈马洛斯的儿子佩珊德罗斯，他是米尔弥冬人中间作战技巧仅次于帕特洛克罗斯的战士；最后是福尼克斯和拉厄耳忒斯的儿子阿尔克墨冬。

阿喀琉斯让全体战士和首领整好队形，各就各位，他开始发表有力的讲话："米尔弥冬人啊，但愿你们谁也没有忘记，当这段时间你们被留在战船上的时候，你们曾多次愤怒地威胁特洛伊人，也严厉地责备我不应该愤怒。现在，你们渴望的时刻终于到来！勇敢地战斗吧！"说完，他走进营帐，把一只嵌花的精美的箱子打开，里面是母亲忒提斯亲自送给他的礼物，有短衫、披风、锦被和其他珍宝。他取出一只精制的双耳酒杯，这只酒杯除他外无人动用过，他自己也只用它盛酒向众神之父宙斯献祭。现在，他把酒杯冲洗干净，再洗净双手，斟了一杯美酒走到门外，他仰望天空，然后浇酒在地，向宙斯祈祷道："伟大的天神之父宙斯啊，你曾经宽厚地满足了我惩罚阿耳戈斯人。现在请求你再满足我一个心愿：我自己仍将留在船边，但派我的战友率领米尔弥冬人前去作战，雷霆之神宙斯啊，请把荣誉赐给他们，保佑我的朋友帕特洛克罗斯平安回来！"宙斯听到了他的祈祷，同意了他的第一个请求，却拒绝了另一半。他愿意赐给帕特洛克罗斯荣誉，让他阻挡特洛伊人强势的进攻；但是不同意让他平安归来。阿喀琉斯祈祷完毕，返回营帐，收好酒杯，然后出来观看这场血腥的战斗。

帕特洛克罗斯率领米尔弥冬人进入战场，他自己一马当先，率兵冲入敌阵，和敌人厮杀起来。希腊人以为阿喀琉斯又参战了，情不自禁地欢呼起来。特洛伊人看到令他们闻风丧胆的阿喀琉斯又出现了，仓皇逃命。希腊将领精神为之大振，勇敢地杀向敌人。帕特洛克罗斯对准特洛伊人群最密集的地方，掷出他那闪亮的长矛。珀契尼亚人皮赖克墨斯被刺穿右肩，大叫一声倒在地上，珀契尼亚人纷纷惊恐得四处逃窜。帕特洛克罗斯迅速把敌人从战船边赶走，将火扑灭，那条战船只烧毁了一半。现在轮到特洛伊人大声呼叫惊慌逃跑，他们被希腊人赶到战船间的巷道中，希腊人很快地追了上来。但特洛伊人并没有后退，而是镇定地面对希腊人的攻击。现在，战士对战士，将领对将领，双方展开了肉搏之战。帕特洛克罗斯用长矛击中了阿瑞吕科斯的大腿，矛尖直接穿进去，他倒在地上，死了。墨涅拉奥斯挥枪击中托阿斯的胸口，他的手脚立刻瘫软，不能动弹。费琉斯的儿子梅革斯动手击中了安菲克罗斯的腿跟，让他迅速闭上了双眼。涅斯托耳的儿子安提罗科斯用长矛击中阿廷尼奥斯的臀部，他立即栽倒在地上。愤怒的马里斯冲过来，为他的兄长报仇；但涅斯托耳的另一个儿子特拉叙墨得斯首先举枪刺中他的肩膀，割断了他的胳膊，使他倒在地上，再也爬不起来。小埃阿斯上前抓住了在人群中逃跑的克勒奥布罗斯，即刻用利剑砍了他的脖子，一剑断送了他的性命。佩涅勒奥斯和特洛伊英雄吕孔互掷投枪，都没有刺中对方。现在双方又挥剑互砍，吕孔一剑砍中对方盔顶，把剑柄给折断了，佩涅勒奥斯趁机朝对方脖子送上一剑，结果了对方的性命。迈里俄纳斯追上了正要登车逃跑的阿卡玛斯，用剑砍中他的右肩，他当即栽下车来，死了。伊多墨纽斯用他无情的长矛刺入埃律玛斯的嘴巴，他当场毙命。

  大埃阿斯一直在寻找机会对赫克托耳投下长矛，但久经沙场的赫克托耳一直用盾牌挡住身体，任呼啸而来的箭矢和投枪弹落在地上。这位英雄已经看出战争的优势明显转向敌人，但他仍坚定地留在战场上，保护和支援他亲密的战友。随着敌人的不断追赶和进攻，特洛伊人纷纷仓皇地往回逃跑，无数的战马飞速奔驰折断了辕杆，许多战车都在碰撞中撞碎，特洛伊人溃不成军，侥幸逃出来的人蜂拥着往特洛伊城奔逃。帕特洛克罗斯看见哪里的人最密集，就呐喊着追向哪里。许多人从车上翻身栽倒在车轮之下，战车也随之被翻倒。帕特洛克罗斯径直越过宽阔的战壕，因为驾驶的是阿喀琉斯的神马。帕特洛克罗斯策马飞奔，一心想要追上赫克托耳。他一路追赶，截住了最近的特洛伊逃兵，迫使他们掉转身奔向船舶方向，不让他们逃往特洛伊城，于是他在战船和壁垒之间开始了血腥的杀戮。吕喀亚人萨耳佩冬看到这情景十分悲痛，他愤怒地对自己的战士说："让我去会会那个家伙，看看他究竟有多大的能耐，竟然杀死我们这么多的战士。"他这样说完，全副武装地跳下战车。帕特沼克罗斯看见了，也跳下自己的战车。两人吼叫着互相厮杀。

宙斯坐在山上看见了,顿生恻隐之心,他对一旁的妻子赫拉说道:"可怜呐,我的儿子命中注定要死在帕特洛克罗斯的手下。现在我的心动摇了,是让他活着走出战场回到吕喀亚去,还是让他被帕特洛克罗斯杀死?"赫拉很不屑地回答道:"你在说什么?你想拯救一个注定要死的凡人吗?你这么干吧,其他的神一定不会同意。我劝你不妨考虑一下,如果所有的神都像你一样,把自己的儿子救出战场送回家,那该怎么办?许多神会怨恨你,他们的儿子也参与这场战争中。如果你那么心疼萨耳佩冬的话,那就让他死在战场上,等到灵魂和生命都离他而去,你再派睡神把他的遗体送往吕喀亚,让他的亲友为他隆重安葬!"宙斯听后,并不反对,他立即向大地洒下一片细雨,以此来祭奠他即将死去的儿子。

现在两位勇士互相逼近,距离只有一箭之遥,帕特洛克罗斯首先击中萨耳佩冬的侍从特拉叙墨洛斯。萨耳佩冬随即进攻,掷出的长矛没有刺中帕特洛克罗斯,却刺中了良马佩达索斯的右肩,佩达索斯喘着粗气痛苦地倒在地上死了。旁边的两匹神马受到惊吓,变得狂躁起来,轭具嘎嘎作响,缰绳和倒地的骅马缠在一起。幸亏驾车的奥托墨冬果断地从腰间拔出利剑割断死马的缰绳,那两匹马才恢复正常。

萨耳佩冬第二次投枪,长矛从敌人的左肩飞过,仍是没能击中对方。帕特洛克罗斯马上掷出投枪,投中了萨耳佩冬的心脏,他当即倒了下去,痛苦呻吟。直到朋友格劳科斯来到他身边,他用尽最后的力气叮嘱好友一定要坚持战斗,并请战友们抢出他的身体,防止希腊人剥夺他的铠甲。话一说完,他便闭上眼睛离开了人世。

格劳科斯十分痛苦,他用手按住胳膊上的伤口,那是透克洛斯在他进攻壁垒时给他一箭留下的伤口。他立即向阿波罗祈祷,请求太阳神治愈他胳膊上的箭伤,使他不至于被重伤所累,无法作战。太阳神听见他的祈求,立即止住了他伤口的疼痛,给他的心灵灌输了极大的安慰。于是他到各处去召唤特洛伊人的将领,让他们快来为萨耳佩冬战斗。英雄波吕达玛斯、阿革诺耳和埃涅阿斯、赫克托耳都赶过来保护萨耳佩冬的尸体。他们听说这位英雄的死讯都悲痛万分,萨耳佩冬虽说是外族人,却已经成为保卫特洛伊城的最坚固堡垒,他为了保护特洛伊,率领无数军队,在战场上总是冲在前头。诸将领在赫克托耳的带领下,朝着敌人扑过去。另一方,勇敢的帕特洛克罗斯也激励希腊人奋勇迎战。就这样,特洛伊人、吕喀亚人与米尔弥冬人、阿耳戈斯人围绕着萨耳佩冬的尸体展开了一场凶猛的战斗。

宙斯仔细地观看着这场战斗,他给整个战场罩上可怕的昏暗,使得这场围绕他儿子的争夺战更加恐怖。起初，特洛伊人先取得优势，米尔弥冬人埃佩格斯被杀死。这引起了帕特洛克罗斯的极大愤怒，他立即迅猛地穿过阵线冲到前列，击退了特洛伊人和吕喀亚人的进攻。宙斯始终坐在爱达山峰顶观察战情，现在他思考的是让阿喀琉斯这位高贵的朋友立即死在赫克托耳手下，还是再让他杀死许多特洛伊人立下大功。最后，宙斯还是决定再把特洛伊人和赫克托耳赶到城边，使他们许多人丧失性命。这样的决定使得赫克托耳的心情也变得怯懦起来，他登山逃跑，其他的特洛伊人紧紧跟随，勇敢的吕喀亚人也无心恋战，一起逃跑。希腊人上前剥下了萨耳佩冬的铠甲，宙斯这时吩咐阿波罗把他儿子的尸体带回吕喀亚。于是阿波罗迅速从神山降到战场上，背起萨耳佩冬的尸体，把他带到很远的地方，仔细用河水清洗，然后抹上香膏，穿上不朽的衣袍，最后把他交给睡神和死神这一对孪生兄弟。两兄弟把尸体送回吕喀亚，用故乡的泥土为他安葬。

现在，帕特洛克罗斯催促战马和奥托墨冬继续追击逃跑的特洛伊人和吕喀亚人。倘若他记得阿喀琉斯给他的忠告，便可以躲过即将到来的黑色死亡。就这样，他英勇无敌地向前冲去，接连杀死九个特洛伊人。如果不是阿波罗站在坚固的城楼上帮助特洛伊人的话，阿耳戈斯人凭借帕特洛克罗斯的力量就能够攻下特洛伊城。帕特洛克罗斯三次冲击特洛伊城墙，三次都被阿波罗阻挡。当他第四次凶猛地发起冲击的时候，阿波罗大声呵斥道："快退下！帕特洛克罗斯，特洛伊城注定不是毁在你的手下，即便是比你强大的阿喀琉斯也不行！"帕特洛克罗斯听到后只得服从神的命令，后退了一大段距离。

这时，赫克托耳在城门前勒住了马，停下了战车，他正思考着是率领士兵回到战场作战，还是命令所有的部队退回城内。正当他犹豫不决时，阿波罗化身为赫卡柏的兄弟阿西奥斯，走到他的面前说："赫克托耳，为什么停止战斗？要是我能像你那样强大，我一定继续作战！赶快驱着你的马追赶帕特洛克罗斯吧，阿波罗赐给你胜利，说不定你能追上他。"阿波罗说完便回到了战斗中去。赫克托耳立刻吩咐他的御者克布里奥涅斯催马向战场奔去。阿波罗这时已在希腊人的队伍里制造混乱，为赫克托耳和特洛伊人的到来做好准备。赫克托耳并没有停下来刺杀任何阿耳戈斯人，而是径直朝帕特洛克罗斯追去。

帕特洛克罗斯当即从战车上跳下来，他左手握住长矛，右手从地上抓起一块大石头，朝赫克托耳砸去。石头未能击中目标，却砸到战车的驾驭者克布里奥涅斯头上。赫克托耳跳下车来抢救战友，帕特洛克罗斯也跳下车来，去抢夺战利品——驾驭者的铠甲。这样，两个英雄便面对面地交锋了，他们打得难分难解。其余的特洛伊人和阿耳戈斯人互相搏击厮杀；无数投枪和箭弦在战场上飞来飞去。战斗一直持续到傍晚，希腊人才占了上风，他们从特洛伊人的枪矢下夺走了克布里奥涅斯的尸体，剥下了他身上的铠甲。

帕特洛克罗斯更加凶猛地冲向特洛伊人，他三次大喊着冲上去，每一次都杀死了九个人。当他第四次冲上去的时候，死神已在身旁悄悄地窥视。关键时刻阿波罗出战了，并裹在一团浓雾里，用手在帕特洛克罗斯的肩和后背上打了一下，打得他两眼昏花；神又击落了帕特洛克罗斯的长矛。与此同时，躲在暗处的欧福尔波斯从背后刺了他一枪，赫克托耳又从正面给了他一剑。就这样，帕特洛克罗斯遭到致命的袭击，倒下了。赫克托耳十分得意地对着倒下的帕特洛克罗斯说道："你还以为能够摧毁我们的城池，夺走我们的妇女？哈哈，可怜的人啊，现在就是阿喀琉斯也救不了你。"帕特洛克罗斯用他那虚弱的声音回答道："现在你终于可以幸灾乐祸了，是宙斯和阿波罗把胜利赐给你。如果没有他们，即使是二十个和你一样的士兵来攻击我，也将全部倒在我的长矛之下。是残酷的命运和阿波罗杀死了我，然后是欧福尔波斯，你是第三个。我要告诉你的是，你的死期也不远了，你将死在阿喀琉斯的手下！"说完，帕特洛克罗斯立刻咽气，前往地府见哈里斯去了。

争夺帕特洛克罗斯遗体之战

为争夺帕特洛克罗斯的遗体，特洛伊人欧福尔波斯和希腊人墨涅拉奥斯首先展开了一场你死我活的拼杀。欧福尔波斯大声喊道："你杀死了我的哥哥许普勒诺耳，使他的妻子成了寡妇，我要你血债血偿！"说着便举起他的长矛向墨涅拉奥斯刺去，矛头刺在盾牌上立刻就弯了。墨涅拉奥斯也举起他的长矛，一枪刺中敌人的咽喉。欧福尔波斯没来得及发出最后一声惨叫就倒地死了。墨涅拉奥斯取走他的武器，若不是因为阿波罗嫉妒，死者身上的铠甲也将作为战利品被带走了。因为这时阿波罗化身为喀科涅斯国王门忒斯去找赫克托耳，提醒他不要追赶阿喀琉斯的神马，因为那是不可能获得的。赫克托耳带领着他的人马随即转向欧福尔波斯的尸体，突然看见墨涅拉奥斯正从欧福尔波斯的尸体上卸下铠甲，便大喝一声。墨涅拉奥斯知道自己战不过这位特洛伊英雄，就只好丢下尸体和铠甲撤退，火速奔向战场寻找英雄大埃阿斯。

墨涅拉奥斯终于在混乱的战场上找到了大埃阿斯，便急忙喊他，要求他立刻与自己同去夺回帕特洛克罗斯的尸体。当他们赶到尸体那儿时，赫克托耳已经剥下了帕特洛克罗斯的铠甲，正要把尸体的头砍下。但他看见埃阿斯手执七层牛皮的盾牌冲来，便放下尸体，急忙走到特洛伊人的队伍中去，并把帕特洛克罗斯的铠甲交给他的士兵，作为一种炫耀战绩的战利品送回城里。

吕喀亚人的首领格劳科斯沉着脸对赫克托耳说道："人们说你英勇强悍，我看是徒有虚名罢了。无情的人啊，从现在起，你自己考虑该怎样依靠特洛伊人自己的力量保护你们的城市和堡垒吧！不要指望吕喀亚人会和你一起战斗了。他们夜以继日地英勇杀敌，却得不到任何感谢。甚至是我们的国王——作为你的客人和朋友的萨耳佩冬，尽管他生前那样为城市和你本人效力，你却任凭他曝尸城外，我们又怎能指望你保护我们每一个普通人呢？如果特洛伊人具有为保卫国家而视死如归的勇气，他们就应该把帕特洛克罗斯的尸体拖进特洛伊城里。如果阿开奥斯人想要回帕特洛克罗斯的铠甲，那他们一定愿意把萨耳佩冬的尸体归还给我们！而今天你见了高傲的埃阿斯，竟胆怯地逃了回来。"格劳科斯这么说，是因为他不知道阿波罗已从希腊人手中夺走了萨耳佩冬的尸体，并妥善安葬了。

"格劳科斯，你这样说话未免太过伤人，"赫克托耳回答说，"你以为我害怕埃阿斯吗？我从来没有对哪一次战斗畏惧过。但宙斯的神意远远超过我们凡人的心智。我的朋友，你现在可以走近看看，我是真的如你所说的那样胆小，还是由于我的到场，迫使某个强悍的阿开奥斯人不敢继续保护帕特洛克罗斯的尸体。"说着他就追赶他的战友。不久，他就赶上了运送珀琉斯之子的那件著名铠甲回城里去的那些人。赫克托耳脱下自己的战袍，换上了阿喀琉斯的铠甲——那原本是诸神在珀琉斯和海洋女神忒提斯结婚时送给珀琉斯的礼物。后来老迈的珀琉斯把它传给了儿子阿喀琉斯。

世界的主宰宙斯远远地看到赫克托耳穿上了阿喀琉斯的神甲，不禁严肃地摇了摇头，在心里暗自说道："可怜的人啊，你还不知道自己死期将至。你杀死了人人都望而生畏的阿喀琉斯的最亲密伙伴，粗暴地从他身上剥下了铠甲，现在竟然又把它穿在自己身上。好吧，我会再一次赐予你力量，赐予你最后一次的胜利；但你将再也不能从战场上回去，再也不能看到你的妻子安德洛玛刻。"宙斯心里刚说完这些话，赫克托耳就已经束紧了铠甲。

争夺帕特洛克罗斯尸体的战斗又开始了。赫克托耳勇猛异常，特洛伊人齐心协力地扑向阿耳戈斯人，满心希望从埃阿斯手下把尸体抢走。埃阿斯不禁对身边的墨涅拉奥斯说道："亲爱的朋友，看来我俩也许不能从战场返回我们的家乡了。我现在担心的不是帕特洛克罗斯的尸体了，而是你我二人的脑袋是否还保得住。你看赫克托耳率领的人马已经把我们四面包围。你快向同伴们呼救，或许会有人听到你的喊声。"

墨涅拉奥斯立即放声呼喊，让周围的阿耳戈斯人都能听见，他这样喊道："朋友们啊，阿耳戈斯人的首领和君王们，快过来援助我们吧，帕特洛克罗斯的尸体如果被特洛伊人抢去，我们都将感到耻辱。"第一个听到喊声的是洛克里斯人埃阿斯，即俄琉斯的儿子，他穿过混战的人群迅速跑过来，随后伊多墨纽斯和他的战友迈里俄纳斯以及其他无以数计的战士都纷纷赶过来增援他们的战友。

希腊人手执长矛，举着盾牌团团围住阵亡的英雄帕特洛克罗斯的尸体。特洛伊人由赫克托耳带领着蜂拥冲来，就好像那决堤的洪水，势不可当。他们打退了阿耳戈斯人，使对手们丢下尸体纷纷后退。正当他们要动手拖走尸体的时候，埃阿斯迅速冲到前面，一下子把围住尸体的特洛伊人冲散。这时，特洛伊人的同盟军，珀拉斯癸人希珀托乌斯用皮带系住尸体的脚踝准备拖走尸体，他是那样急切和奋不顾身，却不知道不幸已经降临。大埃阿斯就用长矛戳穿了他的头盔，使他整个人立刻倒地身亡，帕特洛克罗斯的脚也从他的手上迅速滑落到地上。赫克托耳看到埃阿斯，便瞄准他投去一枪。但埃阿斯躲过了，长枪投中了福基斯人斯刻狄俄斯。弗诺珀斯跳过来保护希珀托乌斯的尸体，却被埃阿斯用长矛刺穿胸甲，一直刺进腹腔，他也倒在地上死了。特洛伊人和赫克托耳只得连连后退。阿耳戈斯人这时大声欢呼，他们把弗诺珀斯和希珀托乌斯的尸体拖走，并剥下他们的铠甲。

眼看着希腊人就要凭借自己的力量违背宙斯的神意获得胜利，在这关键时刻，阿波罗赶了过来，他变成珀里法斯的模样，然后走到埃涅阿斯的面前，对他说："埃涅阿斯，宙斯很希望你们能够战胜希腊人；但你们自己却胆战心惊地不住后退，不敢战斗。"埃涅阿斯听了，立刻冲出去，又站到阵前。

这儿的激战持续了整整一天，双方围绕尸体不停地战斗，互相杀戮。战场的其他地方战斗也很激烈，双方的战士都疲乏不堪，汗水从他们的头上一直流到大腿、膝盖和脚跟处。为了保卫帕特洛克罗斯的尸体，阿耳戈斯人互相勉励道："绝不能让特洛伊人抢走帕特洛克罗斯的遗体。就算是被大地乔吞没，我们也不会丢下尸体空手回到船上。"

"我们即使只剩下一个人，"特洛伊人也在互相打气，他们大声吼道，"也绝不会退出战斗！"

他们正在拼死厮杀的时候，阿喀琉斯的神马却远远地站在一边哭泣；当它们看见自己的御手帕特洛克罗斯被赫克托耳杀死在地上，不由得像人一样悲泣起来。奥托墨冬不管是用马鞭抽打它们,还是用温和的语气说尽好话,甚至是大声地严厉威胁,都不能使马回到船上去。它们也不愿意回到希腊人中间继续作战。有如一块屹立不动的墓碑,它们就安静地站在战车前,低垂着头,眼里涌出大滴的泪水。宙斯在天上看见它们如此悲伤,不由得摇了摇头,喃喃自语道:"可怜的马啊,你们本是永生不老的,为什么偏偏被送给凡人珀琉斯呢?难道为了让你们去分担不幸的凡人的苦难?这世上确实没有比人类活得更艰难、更痛苦的造物了。至于赫克托耳,他休想驯服你们,也别想将你们驾在他的车前。我绝不会允许这样做。他得到你们主人的铠甲应该足够满意了。现在我要让你们回到战船去。"

于是,宙斯赋予神马勇气和力量,两匹马立刻抖掉鬃毛上的尘土,拖着战车,飞快地冲进特洛伊人和希腊人作战的地方。奥托墨冬满怀悲痛之情跟着马匹拖着战车前进。他能够轻易地躲过呐喊的特洛伊人的攻击,又重新闯进敌阵;但他在战车上却很难施展本领,他得驾车,没办法同时驾驭快马而又挥动长矛。拉厄耳忒斯的儿子阿尔克墨冬看到奥托墨冬驾着空车朝混乱的战场冲去,感到很奇怪,对他说:"奥托墨冬,你怎么能一人冲进特洛伊人的战线?你的那位同伴已经被杀死了,看吧,赫克托耳还在炫耀从他那剥取来的铠甲。"奥托墨冬回答道:"阿尔克墨冬,除了帕特洛克罗斯,没有人能像你那样驾驭这两匹神马了。如果你愿意的话,请你帮我驾驭它们,我要跳下车来全力作战。"

赫克托耳看到奥托墨冬从座位上站起来,把位置让给另一个人时,便转身对埃涅阿斯说:"瞧,阿喀琉斯的神马奔上了战场,可是它们的驭手却换成是没有经验的人,让我们去夺取这个战利品!"埃涅阿斯点点头,两个人举着盾牌向前冲去。克洛弥俄斯和阿勒托斯怀着同样的希望也跟了上来。奥托墨冬向宙斯祈祷,宙斯即刻使他心中充满了无限的力量,他对忠实的同伴阿尔克墨冬说道:"紧紧地抓住缰绳,不要让战车离我太远。赫克托耳没有得到阿克琉斯的这两匹马是不会善罢甘休的。"他接着又召唤其他英雄,"埃阿斯、墨涅拉奥斯,还有其他阿耳戈斯人的首领,你们快过来,让其他的人去保护死者。让我们来粉碎敌人的进攻!赫克托耳和埃涅阿斯在追击我们,他们是特洛伊最勇敢的两位英雄!"说着他挥起长矛击中了阿勒托斯的盾牌,盾牌被刺穿了,枪尖一直戳进对方的肚子,阿勒托斯仰面栽倒在地上,死了。赫克托耳将矛朝奥托墨冬掷去,但矛呼啸着从对方的头顶上飞过,插在了土里。双方正要拔剑互相砍杀,这时大小埃阿斯同时赶到,把他们隔开,赫克托耳,埃涅阿斯和克洛弥俄斯见了两位强大的英雄,心里不免害怕,他们只得丢下阿勒托斯的尸体,奔回到帕特洛克罗斯的尸体那里去。敏捷的奥托墨冬立即跑来剥取死者的铠甲，一边还不无欣慰地说道："虽然这个人远远不如帕特洛克罗斯，但杀死他也算得到一点安慰。"

战斗仍在激烈地进行，宙斯却改变了主意，他的心现在转向了希腊人。他派雅典娜女神降临到战场上鼓励希腊人。于是雅典娜化身年老的福尼克斯，朝墨涅拉奥斯走去。他对墨涅拉奥斯说道："墨涅拉奥斯啊，你若不能保护阿喀琉斯忠实的好友，你将永远承担耻辱和罪名。你自己要坚定，应该身先士卒地作战！"墨涅拉奥斯说道："德高望重的老人福尼克斯啊，但愿雅典娜能给我力量，那样我就能够奋不顾身保护已死的朋友了，要知道，他的死让我十分痛心。"女神听了他的话非常高兴，因为他已经在向自己祈求了，于是她立即给他的两臂和两腿增添了力量，让他的内心充满勇气。他挥舞着长矛，朝帕特洛克罗斯的尸体所在的地方冲去。赫克托耳的战友，厄厄提翁的儿子波得斯见情况不妙，刚要转身逃跑，墨涅拉奥斯的矛尖已经穿进他的身体。

现在阿波罗也到战场上来了，他化身弗诺珀斯的模样，那是赫克托耳最敬重的客人。阿波罗来到赫克托耳的身旁，激励他说："赫克托耳，如果区区一个墨涅拉奥斯就把你吓退了，那么还有哪个阿耳戈斯人会惧怕你呢？刚才他杀死了你亲密的朋友波得斯，现在又要从你手上夺走帕特洛克罗斯的尸体！"阿波罗的这番话使赫克托耳的内心交织着悲伤和怒气，他迅速冲到阵前，身上的铠甲闪闪发光。这时，万神之父宙斯摇了摇他的神盾，用云彩罩住整个爱达山，并抛出一个雷电，给特洛伊人送去胜利的信号，同时也让希腊人感到惊慌不前。

聪明的埃阿斯和墨涅拉奥斯看到宙斯的雷电，便明白了今天的胜利并不属于希腊人，于是埃阿斯对同伴说道："墨涅拉奥斯啊，你朝四周看看，涅斯托耳的儿子安提罗科斯是否还活着，让他赶快去告诉阿喀琉斯，说他最亲密的朋友帕特洛克罗斯已经被杀死了。"墨涅拉奥斯四处去寻找，终于看见安提罗科斯在战线的左侧激励同伴们作战，赶忙跑过去对他说道："安提罗科斯，难道你还不知道吗？有一个神使阿耳戈斯人遭到灾难，使特洛伊人得到了胜利，希腊人中无比勇敢的英雄帕特洛克罗斯已经阵亡。请你赶快到阿喀琉斯的营房里去，把这个悲痛的消息告诉他，他也许会来抢救已被赫克托耳剥去铠甲的尸体。"

安提罗科斯听到这个噩耗非常惊愕，一下子说不出话来。他呆呆地站在那里好久，双眼噙满泪水。过了好一会儿，他才迅速脱下盔甲，把它交给驭手劳杜科斯，自己拔腿朝战船奔去。

墨涅拉奥斯重新赶回来保护帕特洛克罗斯的尸体，来到两个埃阿斯的跟前，他对他们说道："我已经委派安提罗科斯赶去战船那儿，向阿喀琉斯报告这个不幸的消息了。但即使他再痛恨赫克托耳，也不可能毫无装备地前来作战。现在，让我们想个万全的办法，既能把尸体拖走，又能在战斗中躲过袭击和死亡。"大埃阿斯赞同他的意见，对他说："现在你和迈里俄纳斯先把尸体抬出战场，我和埃阿斯在后面保护你们，抵挡特洛伊人和赫克托耳的追击。我们俩不仅同名，还有着同样的勇气。"说完，墨涅拉奥斯和迈里俄纳斯便把尸体扛起来，往战船的方向跑去。虽然特洛伊人在身后蜂拥追击，但只要两个勇猛的埃阿斯转过身来，他们就吓得浑身颤抖，谁也不敢上来争夺尸体。两个人扛着尸体朝战船走去，尽管他们是那样艰难和疲惫，但他们还是顽强地把尸体运走，其他的希腊人也纷纷从战场上撤回。特洛伊人仍在后面紧紧追击，特别是他们的两位将领赫克托耳和埃涅阿斯。战斗没有停息。

阿喀琉斯重新武装

双方军队在艰苦的争夺之战后终于有了片刻休息。特洛伊人从车上卸下马匹，还没想到吃晚饭，大家就聚集在一起开会协商。会议是站着进行的，没有人敢坐下，因为大家都还心有余悸：阿喀琉斯长时间退出战斗，今天又出现在战场。

这时波吕达玛斯首先发言，他是个明智的人，能洞察过去和未来。他还是赫克托耳的好伙伴，他们俩同年同月同日出生，一个擅长作战，另一个则擅长辩论演讲。他十分诚恳地说道："亲爱的战友们，依今天战争的情形来看，我觉得我们还是在天明前回城为好。我们离特洛伊城那么远，如果明天清晨阿喀琉斯发现我们还在这儿，他一旦武装起来，和我们战斗几个回合的话，我想，那个时候如果还有人能够逃回城去，那真是十分幸运了。因此我建议所有战士都回到城里过夜，保存实力。那里有望楼，我们可以更好地观测敌情，而高大的城墙和坚固的城门也可以保护我们。明天清晨我们大家再武装整齐，登上望楼，如果他敢离开战船来到城下叫战，我们也能抵挡他！而阿喀琉斯和希腊人往返于城下和船舶之间，即使他们不感到辛苦，他们的高头大马也会疲惫，他们自然就不敢贸然攻城。"

赫克托耳听了他的发言，站起身来，十分愤怒，他这样对波吕达玛斯说道："你的这番话未免太胆怯！你竟然想临阵脱逃，还劝说大家跟着你撤退躲进城里？现在，宙斯保护我们赐给我们荣誉，他一次次地让我们取得了胜利。我们已把阿耳戈斯人打退到战船边了，眼看就要夺取他们的战船。

愚蠢的人啊，你出的是什么主意！你的话不会有人相信，我也不允许！现在我命令，大家立即返回自己的队伍饱餐一顿，同时派出士兵整夜放哨，每个人都要保持警觉。如果有人过分担心他的财富，那就请他们把家财拿出来充公，让自己人享受总比让给希腊人要好些。明天清晨我们要个个全副武装，一起向希腊战船发动猛攻。如果阿喀琉斯真的在战前出现，那到时候我就让他尝尝苦头！我不会临阵退缩，我将坚持作战，我倒是要看看，到底是他厉害还是我厉害！"

赫克托耳的这番话得到了全体特洛伊人的齐声欢呼。人们对赫克托耳狂热自大的意见大加称赞，却对波吕达玛斯明智和冷静的建议不理不睬。随后特洛伊全军围在一起，狼吞虎咽地饱餐了一顿。

希腊人却整夜为帕特洛克罗斯哀悼痛哭。阿喀琉斯一边痛哭一边悲愤地说道："命运之神注定要让我们两个人的鲜血染红在特洛伊的土地上。我不会返回我的家园，年迈的父亲珀琉斯和母亲忒提斯也不可能在他们的宫殿里迎接我。这里的黄土将会把我埋葬。帕特洛克罗斯啊，既然我将死在你的后面，我将把赫克托耳的铠甲和他的首级送来给你礼葬。我还要在你葬礼前献祭特洛伊的十二个贵族子弟，为你报仇雪恨。亲爱的朋友，现在你暂且在我的船上安息，我将去实践我的诺言。"他说完，便吩咐他的朋友们取来一口大鼎，烧了温水，帮阵亡的英雄洗净身子，给他涂抹香膏，然后，把尸体抬上殡床，从头到脚盖上柔软的麻布，再盖上洁净的罩单。米尔弥冬人和阿喀琉斯整夜都守在帕特洛克罗斯灵前哀悼哭泣。

这期间，忒提斯来到赫菲斯托斯的宫殿。它像星光一样璀璨，是众神宫中最出色的宫殿，这是跛腿的赫菲斯托斯自己用青铜建造的。忒提斯看见他正在屋子的一角汗流浃背地忙碌。他铸造了二十只三脚鼎，这些是摆放在他那个精美大厅里的饰品，他要给每只铜鼎的腿都装上黄金的转轮。这样，它们在神明集会时可以自动滚过去，再自动滚回来。这些都是令人称赞的珍品。这些工作已经完成，只待再装上精致的耳柄，他已经准备就绪，准备把耳柄钉在合适的地方。他的妻子，美惠三女神之一的卡里斯见到女神忒提斯来到，立即走出屋来，她拉着忒提斯的手，微笑地说道："尊贵的忒提斯，今天怎么有空驾临我们家？赶紧进屋来坐坐。"她把忒提斯领进屋，请她坐在一张制作精美的银椅子上，下方还配有一条踏脚凳，然后她去叫丈夫过来。

赫菲斯托斯看到客人是海洋女神忒提斯，高兴地说道："我真高兴啊！我所敬重的女神光临我家做客。当年母亲生下我时，看到我是瘸腿，便狠心地把我抛弃。如果不是欧律诺墨和忒提斯把我拾回去，并在海边的石洞里扶养我长大,我可能早就死掉了。我的救命恩人今天居然到我家里来了!亲爱的妻子,你先摆上各种美食好好款待客人,我收拾一下各种工具就过来。"

跛足神赫菲斯托斯满脸都是烟灰,他从铁砧旁站起来,跛着腿走过去把风箱从火炉上移开,再把各种工具细心地收起来放进银箱里,再用海绵擦洗双手、脸面、脖子和胸脯,然后穿上短衫,抓起一根结实的手杖,一瘸一拐地走出锻工场。这时候,一群黄金制作的侍女迅速向主人跑去,她们是赫菲斯托斯用黄金铸成的。她们不仅具有少女的形象,而且和少女一般聪明灵巧,能做各种各样的家务活。侍女们搀扶着主人走到客人的身旁,赫菲斯托斯坐到一张漂亮的椅子上,然后握着忒提斯的手问道:"敬爱的女神,今天怎么会驾临我们家?请告诉我你有什么事情,我一定尽力帮忙,只要我能办得到!"

忒提斯叹了一口气,含着眼泪把事情的原委告诉他。然后说明来意,想请巧手的赫菲斯托斯为注定即将死去的儿子阿喀琉斯赶制一面铜盾、一顶头盔和一副精制的铠甲和胫甲。因为阿喀琉斯的那副神赠送的铠甲,已被特洛伊人夺去。

赫菲斯托斯立即回答说:"放心吧,尊贵的女神,用不着为这件事担忧。我马上就动手给你的儿子赶造盔甲。但愿我造的盔甲能够使他免于死亡。"他说完便离开了女神,跛着腿来到风箱前,把风箱安上火炉,使它们重新工作。二十只风箱一起对着熔瓮吹动。现在锅里熔化着金、银、铜、锡,赫菲斯托斯把一块巨大的铁砧牢牢安上基座,左手抓住钳子,右手抓住重锤,开始锻造。他首先锻造出一面五层厚的盾牌,盾面上布满许多匠心独具的装饰,四周是三道银色的亮边。在盾面上他绘制了大地、天空、海洋、太阳、月亮和闪烁的星星。他还绘上两座美丽的城市。一座城市里正在举行婚礼和宴会,人们在火炬的照耀下把新娘从闺房送到街心,青年们在欢乐地唱歌跳舞,还有人用长笛竖琴奏起美妙的乐曲,妇女和孩子们在那愉快地欣赏。那里还有许多公民、传令官和长老在为一起争端而相互争论。另一座城市正遭受着两支军队的围困,城里有妇女、孩子和老人,城外有埋伏的士兵,那里有激烈的战斗场面:有受伤的士兵,有争夺尸体和盔甲的斗争。他又附上田园风光的面面:有农民耕种图,农民在农田里赶着耕牛来回耕地,休息的时候有甜蜜的美酒犒劳;有麦地收割图,割麦人手握锋利的镰刀正在收割,旁边是一束束捆好的麦秆,远处的妇女们在为丈夫准备丰盛的餐肴;还有葡萄收获图,一片藤叶繁茂的葡萄园里,银枝上是一串串用黄金雕镂的深紫色葡萄,周围是青铜的沟渠和锡制的篱笆,只有一条曲折的小道通进葡萄园，人们沿着它把果实采集。无忧无虑的青年男女心情欢畅，用精致的篮筐搬运累累果实。他们中间有一个抱琴的少年，另一些人围着他载歌载舞。此外，他还刻绘了用金和锡制作的牛群，它们在水声潺潺的溪流边吃草，四个黄金雕刻的牧人和九条猎犬在旁边看守着。两头凶猛的狮子从前侧袭击牛群，抓住一头小牛拖走，牧人催促猎狗追击猛狮；但它们害怕，只在原地吠叫。跛足神还刻绘了一个大牧场，优美的山谷间有一群银制的绵羊，还建有茅舍、畜栏和羊圈。又还绘有跳舞场，一群衣着漂亮的青年男女在欢快地跳舞。姑娘们头戴花冠，青年们银色的腰带上挂着佩剑，两位舞蹈者在琴手的伴奏下跳着曼妙的舞曲。最后他在盾牌的外围附上了伟大的俄刻阿诺斯的巨大威力。

赫菲斯托斯造完又大又坚固的盾牌，又为阿喀琉斯制造出一副比火焰还要闪亮的铠甲；再给他造出与头型大小正合适的战盔，顶上有金色的羽饰；最后用柔软的锡制成一副胫甲。当它们全部完工后，赫菲斯托斯把它们交给阿喀琉斯的母亲。她再三表示感谢，并对他的手艺赞叹不已，然后就带走了它们。

天刚亮，忒提斯就带着赫菲斯托斯的礼物赶到儿子那里，她看到亲爱的儿子仍守在帕特洛克罗斯的尸体旁边大声嚎哭，他的许多同伴正围着他。女神走近他们，握住他的手，对他说道："我的儿啊，就让他这样躺着吧，他是按神意被杀死的，让我们化悲痛为力量吧！现在，你且来接受赫菲斯托斯打造的辉煌铠甲，这样精美的铠甲还没有凡人披挂过。"忒提斯把精心打造的战甲放在他的面前，士兵们看到它们，都不敢正面注视，而是向后退缩，因为盔甲打开时发出了巨大的声响。阿喀琉斯含着泪花的双眼看到它们后十分欣喜，他把赫菲斯托斯的杰作一件件仔细地欣赏，喜欢得爱不释手。

然后，阿喀琉斯迅速走向海岸，他大声呼叫，召唤所有的阿耳戈斯人，连同那些一直留守船舶、手握舵把掌握航行方向的舵工和那些粮食管理员都赶来了。受伤的狄奥墨得斯和奥德修斯也拄着长矛一瘸一拐地走了过来。最后到来的是阿伽门农，他也带着被科昂刺中的伤来到会场。

阿喀琉斯和阿伽门农的和解

等到所有阿耳戈斯人到齐后，阿喀琉斯站起来说道："阿特柔斯的儿子，我们为了一个女子，心中积聚了那么长时间的怒气，这对你或者对我又有什么好处呢？现在，让我们忘记过去吧，即使心中还有痛苦或者委屈，我也会学着把它克制。现在我已消除心中的怒火，一心只想赶快召集全体希腊人投入战斗！"

希腊人听了他的话，都鼓起雷鸣般的掌声，并且齐声欢呼。大家对阿喀琉斯消除了内心的愤怒，为他愿意重新出战表示出欢喜，大家在会场上交头接耳。这时，统帅阿伽门农从座位上站起来，他大声地说道："请大家安静！现在请听我向阿喀琉斯解释，你们要认真听。阿耳戈斯人对阿喀琉斯所做的无礼的事情，其实，并非完全是我的错，那是宙斯、命运女神和复仇女神让我在那天群众大会上丧失了理智，使我抢夺阿喀琉斯的战利品。这段时间以来，我不断地在反思自己的过失。每当赫克托耳冲到阵线上杀害我们希腊人的时候，我怎么也忘不了复仇女神给我造成的蒙蔽。既然我受了蒙骗，被宙斯夺去了心智，我愿意弥补过错，付给你许多战利品，向你赔罪。阿喀琉斯，请你重上战场吧，并激励其他的战士。我随时把礼物准备着，奥德修斯昨天已经帮我清点过了。如果你愿意，请在这里稍等，我的侍从们很快会把礼物送上来。"

阿喀琉斯立即回答说："尊敬的大统帅阿伽门农，是否把那些礼物给我，这全由你去决定。现在我们应该讨论作战的具体事宜，不要在这里延误战机，还有许多事情要做！"奥德修斯马上建议说："阿喀琉斯，请给大家留出一点时间。先让他们到快船边饮酒吃饭，补充能量。这次同敌人作战，说不定会拼杀到太阳下山的时候，没有一些酒饭的补充可不行。至于礼物，阿伽门农可以在这段时间里把它们放到会场上，希腊人可以一睹为快，你也可以先看看你的礼物。最后，他将在大营帐里隆重地设宴款待你。"

"你想得真周到，"阿特柔斯的儿子回答说，"奥德修斯，我把这件事委托给你，请你从全军中挑选一队强壮的青年，把我们昨天答应给阿喀琉斯的礼物从我的船中取出来，还有那些女子。传令官塔耳堤皮奥斯，你去预备一头公猪，我们要给宙斯和太阳神献祭。"

阿喀琉斯说："尊贵的大统帅阿伽门农，我认为你们应该另找时间做这些事情，等我胸中的怒火平息后。被赫克托耳杀死的同伴现在仍肢体残损地躺在战场上，你们倒还有时间饮酒吃饭？在我还没有给朋友报仇之前，我是绝不会吃任何东西的！"

足智多谋的奥德修斯说道："希腊人中最勇猛的英雄，你比我强大，作战技术也高于我。可是我自认为在判断力方面比你强些，因为我比你年长，见识也相对宽广。希望你能够听从我的劝告。激烈的战斗很快使人感到疲乏，总不能因为哀悼死者而不进任何食物吧。我们应该埋葬已经阵亡的战士，保持坚强的心灵，凡是能从无情的战斗中活下来的人，更应该合理安排饮食，这样才能保持体力，以便有更充沛的精力与敌人厮杀！"

奥德修斯说完，就带领涅斯托耳的儿子们，还有梅革斯、托阿斯、迈里俄纳斯、墨拉尼波斯和吕科墨得斯到阿伽门农的营帐去。他们从那里取来应允给阿喀琉斯的礼物：七只三脚鼎、二十口大锅、十二匹骏马、七个美丽的姑娘，而第八个则是最为美丽的布里塞伊斯。奥得修斯又称取了十泰伦特黄金，走在大家的前面，大家提着礼物跟在后面。他们把取来的礼物放在会场中央。阿伽门农站起来，传令使塔耳堤皮奥斯抓住公猪准备献祭。阿伽门农抽出利刀，割下野猪头上的一绺鬃毛，举起双手向宙斯祈祷，所有阿耳戈斯人倾听国王的祈祷。然后割断公猪的喉咙，塔耳堤皮奥斯把宰杀的公猪扔进波涛汹涌的大海里，让鱼儿啄食。这时，阿喀琉斯站起来高声说道："万神之父宙斯啊，你使凡人变得多么糊涂啊！要不是你，阿特柔斯的儿子一定不会激起我的恼怒，他绝不会夺走我的女子！好吧，现在大家去用餐，然后准备战斗。"

集会解散了，战士们纷纷返回自己的船只用餐。米尔弥冬人收起礼物，把它们送到阿喀琉斯的战船。阿耳戈斯人都劝说阿喀琉斯进食保存体力，然而他一再拒绝："我求你们了，我现在正处于极度悲痛当中，请你们不要劝我解除肉体的饥渴，就让我安静地待在这里吧！"说完这些话，他叫他们离去。阿特柔斯的两个儿子留下，还有奥德修斯、涅斯托耳、伊多墨纽斯和福尼克斯，他们都极力安慰他，想要安慰他的心灵，但都无效。阿喀琉斯就是不愿进食任何东西，他只是安静地站在那里，一脸哀伤。宙斯在山上看到，对他表示出怜悯之情，对女儿雅典娜说："我的女儿，你是忘了阿喀琉斯还是怎么啦？你怎么一点也不关心他现在的处境？他现在独自坐在自己的船前，哀悼自己亲爱的伙伴，其他人都去用餐了，只有他在那里不吃不喝的。去吧，你去给他进补些琼浆玉液和滋补的食物，免得他忍受饥饿。"

宙斯这样说，雅典娜早已想着要这样做。阿耳戈斯人在营中整理行装，女神则秘密地把琼浆玉液和食物灌进阿喀琉斯的腹内，然后她返回父亲的宫殿里。阿耳戈斯人这时拥出他们的战船，无数的战盔在太阳下闪烁着耀眼的光芒，盾和盾，胸甲和胸甲，矛和矛互相碰撞着，整个大地震响着隆隆的脚步声。阿喀琉斯这时也把自己武装，他心里充满着难忍的悲痛和强烈的仇恨，他穿起赫菲斯托斯为他精心打造的戎装。他首先把胫甲套在小腿上，用银质扣环把它牢牢固定。接着再披上坚固的胸甲，背上佩剑，然后拿起金光灿灿的大盾，最后戴上摇曳着闪亮的金丝羽饰的头盔。阿喀琉斯穿好盔甲后来回走动，想看看它们是否合身，四肢是否能够活动自如。他的铠甲轻便得如同鸟的双翼，使他急于想腾空飞翔。阿喀琉斯拿起他父亲珀琉斯那把又重又长又结实的长矛——任何阿耳戈斯人都举不起它。奥托墨冬和阿尔奇摩斯正在驾马,他们系上精制的马鞍,把嚼环放进马嘴里,再把缰绳向后拉上精美的战车。奥托墨冬跳上车,紧握马鞭,阿喀琉斯也随即跳上车,坐在奥托墨冬的身旁。"两匹神马啊,"他对父亲的战马这样吩咐道,"这次我们要把仗打个痛快,你们得把御者安全载回营帐,切不可像上次那样把帕特洛克罗斯的尸体留下。"他正说着,他的神马克珊托斯低下了头,长长的鬃毛一直披散到地上,女神赫拉赋予它说话的能力:"阿喀琉斯,今天我们会把你平安带出平安载回,可是你命定的期限也将临近。帕特洛克罗斯的死亡,并不是因为我们动作缓慢和迟钝,我们可以跟跑得最快的风神比赛。这是神意,是阿波罗要把胜利赐给赫克托耳,让帕特洛克罗斯在阵前惨遭屠杀。现在命运女神将决定你还是要在一个神和一个人的手下丧命。"复仇女神这时打断了神马的话。阿喀琉斯痛苦地对神马说:"克珊托斯,现在我不需要这样的预言!我自己清楚我注定要死在这里,远离故乡和父母。可是,只要我在战场上没有杀死无数的特洛伊人,我绝不会停止战斗!"说完,他高声呐喊,驱动神马飞快地朝战场奔去。

奥林匹斯众神各助一方

宙斯在奥林匹斯圣山上召集众神前来开会。几乎所有的神都赶到了会场。宙斯望着盛况空前的聚会说道:"今天把你们召集起来,是为了告诉你们,你们所有的神都可以支持特洛伊或者阿耳戈斯人他们任何一方。"如果神不参战的话,强大的阿喀琉斯就会违背神意,独自率军占领特洛伊城。众神纷纷按照自己的心愿奔向战场:万神之母赫拉、雅典娜、波塞冬、赫耳墨斯和赫菲斯托斯赶到希腊人的战船上;前往特洛伊的是阿瑞斯、阿波罗、阿尔忒弥斯和她的母亲勒托以及被神称为斯卡曼德罗斯的河神克珊托斯、阿佛洛狄忒。

当众神还没有加入双方的队伍之前,希腊人因有勇猛的阿喀琉斯在他们的队伍中,优势明显强过敌人。特洛伊人一看见珀琉斯的儿子身穿闪亮的铠甲,凶恶的眼神如同战神一般,个个惊恐得四肢发抖。当众神加入双方的队伍中,战斗开始变得扑朔迷离起来,胜利究竟属于何方,似乎还无法预料。雅典娜一会儿站在希腊人壁垒外的壕沟旁大声呐喊,一会儿又沿着大海边来回指挥。在另外一方,阿瑞斯如同黑色风暴,在高高的城墙和西莫伊斯河畔的军队中间来回奔走,指挥和激励特洛伊人。双方的神明就这样激励双方厮杀,他们自己也激起了强烈的战斗欲望。人神之父宙斯从奥林匹斯圣山上鸣放出可怕的雷电，海神波塞冬在下面摇撼着广阔无垠的大地。爱达山的峰脊、特洛伊城、阿耳戈斯人的船舶都震颤不止。冥王哈里斯惊恐不已，唯恐波塞冬把大地震裂，神和凡人会发现地府的秘密。此时，众神参战引起了巨大的轰鸣，他们面对面地交起手来。与海神波塞冬对阵的是手持带翼箭矢的阿波罗；与雅典娜交战的是战神阿瑞斯；金箭女射神阿尔忒弥斯则对付万神之母赫拉；与勒托交锋的是赫耳墨斯；赫菲斯托斯则抗争河神克珊托斯。

　　神们就这样互相交战起来。而阿喀琉斯却在人群中疯狂地寻找赫克托耳。特洛伊人一见到这位英雄，就四散逃跑，否则，就会变成阿喀琉斯的矛下之鬼。战斗进行不到一刻，特洛伊人便兵败如同山倒，他们的重要将领也多被杀死。阿喀琉斯在敌阵之中，如同虎入羊群，来去自如。他现在并不杀这些败兵，而是来回寻找杀死好友的赫克托耳。阿波罗看到这个局面，立即变成普里阿摩斯的儿子吕卡翁，说服英雄埃涅阿斯去和阿喀琉斯作战。埃涅阿斯在阿波罗的鼓舞下，全副武装地向阿喀琉斯奔去。但狡黠的赫拉在混乱的战场上发现了挤出人群的埃涅阿斯，她立即召集站在希腊人这一边的众神说："波塞冬和雅典娜，你们考虑一下，现在应该怎么办？埃涅阿斯受到阿波罗的怂恿，正穿着闪亮的铠甲朝阿喀琉斯扑了过去。我们应该立即把埃涅阿斯赶走，或者是给阿喀琉斯增添力量，保护他今天不受伤害。今后，他必须服从命运女神给他的一切安排。"

　　海神波塞冬回答道："赫拉，这样做似乎不太妥当吧？我不认为我们现在就应该合力反对站在另一方的神。我们是神，有着很大的威力。我们还不如现在就离开战场，坐到高处静静地观战，让凡人自己操心去。如果阿瑞斯或者阿波罗投入战斗，并且阻碍阿喀琉斯施展他的威力，那我们就可以理所当然地参战了！我想那时在我们的强大打击下，他们很快就会退出战场的。"

　　海神波塞冬说完，就率领众神前往赫拉克勒斯的一处圆形小山丘坐下。战场上早已布满密密麻麻的军队，双方的战车和战马在平原上驰骋着，大地在他们奔驰的脚步下隆隆震响。两个最杰出的将领从各自的队伍里跳出来，走到两军中间的地面上准备厮杀：一个是安喀塞斯的儿子埃涅阿斯，另一个是珀琉斯的儿子阿喀琉斯。埃涅阿斯首先大步走出来，硕大的头盔在摇晃，上面的羽饰在威武地飘拂着，他把牛皮大盾举在胸前，手里握着投枪。阿喀琉斯有如一头雄狮一般冲上前来，等走近埃涅阿斯时，大声喝道："埃涅阿斯，你怎敢离开军队来到我的面前？你以为杀死我就能统治特洛伊吗？普里阿摩斯是不会把权力交给你的，他有那么多的儿子，怎么也轮不到你！或者是特洛伊人许给你一块最好的土地，只要杀了我，你就可以得到它？我看你今天很难如愿以偿！你应该还记得吧，似乎有这一次，我把你从爱达山顶上赶下来，那时你奔逃得不敢回望，一直逃到吕耳纳索斯城。我在雅典娜和宙斯的帮助下摧毁了这座城市，带走了一大批妇女。如果不是宙斯和其他神帮助你，你是逃不了的。我想这一次他们不会再给你任何援助了！趁现在还没交手，我劝你赶快退回去，不要和我作对！"

埃涅阿斯立即大声反驳道："珀琉斯的儿子，你不要把我看成孩子。你以为几句大话就能吓退我吗？这种嘲笑对方的招数我也用过。你我二人都清楚对方的底细：你是海洋女神忒提斯的儿子；但我要自豪地告诉你，美丽的阿佛洛狄忒是我的母亲！也就是说，宙斯是我的外祖父。废话还是少说吧！让我们互相尝尝对方的铜枪的厉害！"说着他用力掷出他的长矛，矛尖把阿喀琉斯的盾牌震得很响，它穿透两层青铜，到第三层就穿不透了。原来跛足神总共为盾面造了五层，两层青铜在外，两层白锡在里，中间一层是黄金，正是它阻挡了矛尖。阿喀琉斯随即投出他的长矛，矛击中了埃涅阿斯的盾牌，矛头穿过盾牌边缘最薄的部分。埃涅阿斯急忙弯下腰，惊慌地把盾牌举向头顶，长矛越过他，插在他旁边的土里。埃涅阿斯躲过了那支长矛，却吓得呆住了，半天回不过神来。阿喀琉斯挥着利剑大声呐喊着冲了过来，埃涅阿斯情急之中抓起一块重得两个人也难以抱起的巨石，迅速投掷出去。如果不是波塞冬敏锐地观察到这里的情况，巨石一定击中对方的头盔或者盾牌，而埃涅阿斯也一定死在阿喀琉斯的剑下。

波塞冬对埃涅阿斯的处境产生了同情，他又担心宙斯会降怒于众人，于是他说："我可怜那个勇敢的埃涅阿斯，如果只是听信了阿波罗的花言巧语就这样丧命的话，未免也太让人遗憾了。他是个无辜的人，他总是向我们祭献令我们满意的礼物。我们应该把他救出死亡，而且他也命不该绝，因为宙斯对他最宠爱，胜过凡女为他生的其他孩子。普里阿摩斯家族已经失宠于宙斯，但他不愿意彻底毁灭这个家族，伟大的埃涅阿斯从此将统治特洛伊人，并由他的子孙继承下去。"

"随你的便吧！"赫拉说，"他的事由你做主，你想怎样都行，我曾经不止一次庄严发过誓，永远不帮助特洛伊人改变他们不幸的命运。"

波塞冬立即出发穿过层层战线，来到他们交战的地方。他在阿喀琉斯眼前布下一团迷雾，再从埃涅阿斯身边把那支长矛拔出来，放到阿喀琉斯的脚跟前，最后波塞冬把埃涅阿斯举起来，抛向战场的最边缘。那里是他的同盟军考科涅斯人正准备战斗的地方。海神对他说道："埃涅阿斯，哪位神使你自不量力，竟使你同强悍的阿喀琉斯作战？他比你强大，也更受众神宠爱。从此以后，你都要回避他，免得提早去哈里斯的居所。在他命定的死亡日期来到时，你便可以大胆地到最前线作战，因为那时没有哪个阿耳戈斯人抵挡得住你的攻击。"

海神说完，离开了埃涅阿斯，并驱散了阿喀琉斯眼前的迷雾。阿喀琉斯立即睁大眼睛，四处观察，看到自己的长矛放在自己脚跟前，对手却已经不见，不禁长叹一声，说道："这真的是一件奇怪的事。我明明已经把长矛投在他的身旁，现在他却消失得不见踪影。他果然受到神明的宠爱，这次权且再让他逃脱吧！"说着他又回到自己的队伍里，沿着阵线去鼓励每一位士兵奋勇作战。在另一边，赫克托耳也在召唤特洛伊人，鼓励他们和阿喀琉斯对阵。双方互相呐喊着冲向对方，激烈的厮杀正在进行。阿波罗悄悄走近赫克托耳，对他说："赫克托耳，你决不能同阿喀琉斯拼杀，因为他现在对你充满强烈的愤怒，他一定会用长矛或利剑杀死你的。"赫克托耳听了，立即逃回自己的队伍里，心情慌乱。阿喀琉斯冲进特洛伊人的队伍，首先杀死伊菲提昂——他是一支大部队的首领。接着又杀死杰出的战士得摩莱昂。他看到从战车上跳下来、准备逃跑的希波达马斯，马上用枪刺中他的后背，而后又一枪刺中普里阿摩斯年龄最小的儿子波吕多洛斯的身体，他栽倒在地上死了。波吕多洛斯最受父亲普里阿摩斯的宠爱，因为在众多孩子中他的年龄最小，脚步最快捷。当时他炫耀自己拥有最快捷的步伐，硬是要跑来参战，现在就这样丧命于阿喀琉斯的手下。

赫克托耳亲眼看到幼小的弟弟惨死的一幕，胸中愤怒得燃起一团烈火。他不能再袖手旁观了，于是不顾神的警告，立即抓住长矛朝阿喀琉斯扑去。阿喀琉斯一见到他，迅速迎上去说道："正是这个人，他杀死了我最最亲密的伙伴。现在他终于出现了。赫克托耳，让我们彼此不要再回避，你赶快过来接受死亡吧！"

赫克托耳镇静地说："我知道你是一个强大的对手，也许我真不如你；但是神也许会帮助我取得胜利。我也并非没有可能一枪杀死你。"他说完就掷出他的长矛。雅典娜站在阿喀琉斯的背后，她对着长矛只是轻轻一吹，那矛便退了回去，落在赫克托耳的脚旁。阿喀琉斯见状，呐喊着冲过来，想要用长矛刺死赫克托耳。阿波罗急忙把赫克托耳推开，又降下一片浓雾把赫克托耳罩住。阿喀琉斯一连三次举枪过去都碰上迷雾，他发起第四次攻击时，忍不住破口大骂："你这胆小如鼠的家伙，这次你侥幸逃过死亡，是阿波罗又一次救了你。但如果下次有一位神帮助我，我定会立即取了你的狗命。你等着吧！现在我去找其他人，谁碰上了就算谁倒霉吧！"

刚说完，怒火冲天的阿喀琉斯冲进特洛伊人群，疯狂杀死了十名英勇的特洛伊人。

赫克托耳之死

赫克托耳这样思考等待，阿喀琉斯已经来到他的跟前，如同战神一样威武雄壮，戎装在身的阿喀琉斯光辉闪亮，好似那初升的太阳般耀眼。赫克托耳一见他，心中不由自主地恐惧，浑身颤抖，他没来得及多想便转身朝城门奔去。阿喀琉斯见状迅速追赶。赫克托耳沿着特洛伊城墙没命地奔跑，他跑过山丘和树林，一直顺着城墙下面的车道奔跑，到达斯卡曼德罗斯河的源头。这条美丽的河流曾经是特洛伊妇女们洗涤衣裳的好去处，可现在，紧张的气氛弥漫在空气之中。他们俩一个仓皇逃窜一个紧紧追击。他们绕着普里阿摩斯的城墙跑了三圈，奥林匹斯圣山上的神们都紧张地看着这一惊心动魄的场面。

"啊，我看见我们宠爱的人正沿着城墙落荒而逃，"宙斯说，"他曾经向我献祭过无数令我满意的礼物，现在却被敌人紧紧追赶。神啊，给我些建议，是再次拯救赫克托耳的性命呢，还是让他今天就死在阿喀琉斯的手下？"

雅典娜立即回答说："父亲，你又想做什么？难道你想让命运女神判定死期的人免除死亡的命运吗？你自己看着办吧，别指望我们会同意你的做法！"

宙斯回答道："我的孩子，我并没有什么特别的打算。你想怎样做便赶紧行动吧。"雅典娜听后，迅速飞下奥林匹斯圣山，来到特洛伊的战场上。

他们俩继续在奔跑，一个怎么也逃不脱，一个却怎么也追不上，双方都没有停下。这时，阿喀琉斯示意他的军队，不许他们向赫克托耳投掷长矛，因为他想亲手杀死他的仇人赫克托耳，为自己的好友报仇雪恨。

当他们一逃一追第四次来到斯卡曼德罗斯河边时，宙斯取出他的黄金天平，把两个悲惨的死亡砝码放进秤盘，一个是阿喀琉斯，另一个是赫克托耳。他提起撑杆中央称量，赫克托耳的一边向下倾斜，滑向冥王哈里斯，一旁的阿波罗立刻离开了。

女神雅典娜迅速走到阿喀琉斯身边，对他说："众神的宠儿阿喀琉斯，今天你将战胜赫克托耳获得全胜，现在停止脚步，休息一下，我这就去鼓动他，让他和你一决胜负！"阿喀琉斯听到女神的话，十分欢喜，他立即停止追击，靠在插在地上的长矛旁，休息等待。

雅典娜化身得伊福玻斯来到赫克托耳的身边，对他说："亲爱的兄弟，让我们停下来，在这里共同反击阿喀琉斯！"赫克托耳看到他的兄弟非常高兴，他回答说："得伊福玻斯，在所有的兄弟中，你和我一向最亲近，现在我比以前更加喜欢你。当别的兄弟都躲在安全的城墙后面不敢出来时，你却愿意出来支持我帮助我。"于是雅典娜引着英雄朝阿喀琉斯走去。

待他们就要互相逼近的时候，赫克托耳对阿喀琉斯大声说道："珀琉斯的儿子，我不再躲避你了！我的心灵引导着我停下来和你拼个你死我活。但让我们当着神发誓：如果宙斯让我取得胜利，把你杀死，那么我只剥下你的铠甲，把你的尸体交给希腊人。你也要这样对待我。"

"可恶的人，我不会和你订任何条约！"阿喀琉斯恶狠狠地说，"正如狼和绵羊永远不可能协和一致，我们之间也无友情可言。我们之中必须有一个人死去。鼓起你的全部勇气吧，现在是你展示全部本领的时候。你杀死了我那么多的战士，今天都将血债血还了！"阿喀琉斯说完，掷出他的长矛。赫克托耳急忙弯下身子，把它躲过，矛从他的头上飞过，插进泥土里。雅典娜把矛拔出来，还给阿喀琉斯。现在，轮到赫克托耳了，他用力投出他的矛，击中阿喀琉斯的盾牌后被弹落地上。赫克托耳吃了一惊，回头想向他的兄弟得伊福玻斯要一支长矛，可是他却消失不见了。赫克托耳忽然明白了一切，他知道是神引导他走向死亡，并且知道自己今天逃脱不了死亡的厄运；但他仍然决定勇敢地和阿喀琉斯大战一场，为后代树立英勇的榜样。于是他拔出长剑，朝对手猛扑过去。阿喀琉斯迫不及待地冲上来，他把那副精美的盾牌举在胸前，头盔上带着美丽金丝的羽饰不断摇曳着，有如黑夜中最明亮的星星在闪烁着光芒。他正寻找机会，看向对手身体的哪个部位刺杀最为容易。赫克托耳全身都有从帕特洛克罗斯那儿劫去的盔甲严密保护着，只有连接肩膀和脖子的锁骨旁露出了咽喉。阿喀琉斯看清楚后，便用矛刺向赫克托耳的喉咙，但没有戳断气管，赫克托耳还能勉强说话。阿喀琉斯高兴地扬言，要把他的尸体丢给恶狗飞禽，然后为帕特洛克罗斯举行葬礼。赫克托耳用虚弱的声音央求道："阿喀琉斯，不要把我丢给那些恶狗，你将得到许多的金银作为赎金——只要把我的尸体送回特洛伊，让特洛伊人将我安葬！"

阿喀琉斯愤怒地回答道："无论你怎样哀求，我都不可能答应你！你是杀害我朋友的凶手，我早就恨不得将你碎尸万段，为我那死去的朋友报仇。即使普里阿摩斯愿意拿出和你相等重量的黄金，你也免不了喂狗的下场！"

赫克托耳临死前最后呻吟道："我总算看透了你，你是一个铁石心肠的人，我知道不可能说服你。但是请你当心吧，你的凶残本性一定会被神明所痛恨，当帕里斯和阿波罗把你杀死在城门前的时候，你会想起我的话的！"说完这最后的预言，他的灵魂离开身体，前往哈里斯的居所去了。

阿喀琉斯却在一旁叫道:"你只管去死吧!我的死亡我自己领受,任由宙斯和众神的安排。"说完,他从尸体上拔出长矛,搁置一旁,然后再剥下原本属于自己的血淋淋的铠甲。

其他希腊人纷纷拥上来,四面围住死者,他们惊异地发现赫克托耳身材魁梧,长相俊美;但他们却都拿起长矛往死者的身上戳去,以平复内心长久以来对他的恐惧。阿喀琉斯剥下铠甲后对希腊人说道:"朋友们,各位首领和君王们,感谢神明让我在这里打倒了他,他给我们造成的灾难远远超过其他人。现在让我们一鼓作气,杀向特洛伊城。让我们看看,没有赫克托耳的情况下特洛伊人是主动放弃城池还是要继续作战。不必多说了,帕特洛克罗斯还躺在船上,还没有安葬,阿耳戈斯的战士们,现在让我们高唱凯歌,返回战船,把这个敌人带回去祭奠我的朋友!"

说完这些话,这个残忍的人又重新转向赫克托耳的尸体,在两个脚踝和脚跟之间用剑刺穿个洞,用牛皮带穿进去,绑在战车上。然后,他跃上战车,挥鞭策马,拖着尸体向战船飞奔而去。

赫克托耳的母亲赫卡柏从城墙上目睹了这一惨状,悲愤地撕下她的面纱,放声痛哭,国王普里阿摩斯也在一旁痛哭流涕。特洛伊人和同盟军的哀号和恐惧的叫喊声充满了整个城市,城墙被震颤得不停抖动。年迈的国王几乎都要冲出去,追赶杀害儿子的凶手。他倒在地上大声地哀号:"赫克托耳啊,你的死让我悲痛欲绝,你应该死在我的怀里啊!"

赫克托耳的妻子安德洛玛刻还没有得到噩耗,她正在宫殿里忙着绣一面有各种花卉的紫色帘子。她听见城里传来一片悲号哭泣的时候,心下一震,手中的梭子滑落到地上。她惊叫起来:"这哭声震天动地,莫非是我的丈夫已被阿喀琉斯杀死?来人哪,快跟我去看看究竟发生了什么事。"她忐忑不安地冲出家门,来到城墙的望楼,一眼看见城外阿喀琉斯的快马正拖着她丈夫的尸体在野地里飞跑。安德洛玛刻顿时昏厥过去,失去了意识。她的亲属立即围拢过来,把她扶起。等她醒过来时,悲痛充满了她的整颗心。

帕特洛克罗斯的葬礼

阿耳戈斯人回到战船边,全都散开回去休息。但是阿喀琉斯没有让米尔弥冬人解散,他对他们说:"让我们把车马赶到帕特洛克罗斯的身边,为他举行哀悼仪式吧!等我们举行完仪式,再把马卸下,一起在这里用餐。"他说完,就带头放声痛哭。他们驱赶马匹绕着尸体走了三圈,然后阿喀琉斯对着死者说道:"帕特洛克罗斯,你安息吧!我带着赫克托耳的尸体回来见你了,并且还将在你的火葬堆前杀死十二个特洛伊青年祭奠你,一切都像我对你承诺的那样。"说完,他把赫克托耳的尸体扔到了帕特洛克罗斯的灵床前。然后战士们脱下铠甲,解下战马,围坐在船边,留守在船舶的战士已经宰杀好了肥美的猪、牛、羊,为战士们准备好了丰盛的丧礼晚宴。阿耳戈斯人硬是拉着阿喀琉斯来到国王阿伽门农的帐篷里,他们烧了一大锅的热水,希望劝动阿喀琉斯能够洗去身上的尘土和血污。但他坚决不肯答应,并且还发誓道:"我对着至高的神宙斯发誓,直到帕特洛克罗斯得以火葬建起坟墓,我才愿意沐浴更衣。现在大家吃些东西吧,明天天一亮,士兵的统帅阿伽门农,请你立即下令大家砍伐树木,为我朋友的火葬做好准备。"首领们都尊重他的意思,他们坐下来饮酒吃肉,享用美餐,然后各自回房休息。珀琉斯的儿子却来到开阔的海滩上躺下,周围是唉声叹气的米尔弥冬人。

奔波了一整天的阿喀琉斯终于沉沉地睡过去了,梦境里可怜的帕特洛克罗斯来到他的面前,对他说:"阿喀琉斯啊,你睡了吗?难道你把我忘了?快把我埋葬吧,好让我跨进哈里斯的居所。那里守门的幽灵把我远远地赶开,说我没有火葬,灵魂得不到安宁。阿喀琉斯啊,我还有一个请求,命运女神规定你的死期即将临近。你在给我造坟的时候,也给自己留一个吧,让我们生时同住在宫殿,死后也能葬在同一墓穴!"

阿喀琉斯听后立即回答道:"亲爱的朋友,你吩咐的事情我会全部遵行的,你放心吧!"阿喀琉斯说着,向挚友伸出双手,但它却像烟雾一样消逝了。

第二天天刚亮,统帅阿伽门农命令战士们牵着牲口去收集柴薪。他们从爱达山的坡地把最高大的树木砍下来,劈成木柴,用绳索把它们捆绑着,让牲口驮回战船营。他们来到海滨,阿喀琉斯在那选定一块地方为帕特洛克罗斯和他自己建造一座坟墓。战士们把一捆捆柴薪整齐地放在场地周围,便围聚在一起等待命令。阿喀琉斯命令所有的米尔弥冬人穿上铠甲,套上战车。人们穿好铠甲,武装齐整,将士们坐在战车里,御者陪同在一旁,战车整齐有序地前行。士兵们抬着帕特洛克罗斯的遗体,上面放满了他们从头上剪下的头发。阿喀琉斯托着死者的头部,陪伴忠诚的好友前往哈里斯的住处。

送葬的队伍来到阿喀琉斯选定的坟地,他们放下灵柩,开始垒积大量木柴。珀琉斯的儿子似乎想起了一件事,他离开柴堆,剪下自己的一绺褐色的头发,对着一望无际的大海说道:"啊,我的祖国斯佩尔赫奥斯河啊,我的父亲曾经向你祈求,答应等我安全回到家时他要我剪下这绺头发献给你,并在那段归你管辖、设有馨香的祭台的水边,给你献祭五十头公羊。河神啊,你没有满足他的祈求!现在,既然我不可能返回亲爱的故乡,就把这绺头发献给帕特洛克罗斯,让它陪伴我挚爱的朋友吧!"说完,他把一绺头发放到他的朋友的手里,然后所有士兵感动得又是一阵哭泣。阿喀琉斯最后走近阿伽门农,对他说:"阿特柔斯之子,现在请所有的战士就餐吧。我们这些帕特洛克罗斯最亲密的朋友留下来就好,各位首领也请留下。"

阿伽门农于是下令战士们各自回到战船,只有首领留了下来。大家把木柴垒成一个长宽各百步长的焚尸堆,然后把尸体抬上堆顶。他们在柴堆前杀死和剥开了许多绵羊和公牛,取出它们的脂肪,把尸体从头到脚裹得严严实实,然后把牲口的尸体放在周围。他们又拿来一罐罐蜂蜜和香膏放在灵柩旁,又牵来四匹活马,并从帕特洛克罗斯生前喂养的九条家犬中宰了两条扔上柴堆。接着他们又砍杀了十二名特洛伊贵族青年。然后用一把火点燃了焚尸堆。

阿喀琉斯在火焰中呼唤着亲爱的朋友:"帕特洛克罗斯!愿你能够顺利进入哈里斯的居所。我履行了曾经向你许诺过的全部誓言。十二名特洛伊贵族青年都已经和你一起火葬。至于那个赫克托耳,我将把他交给狗群。"阿喀琉斯凶狠地说着。但神们却不让他的愿望实现。阿佛洛狄忒日夜守护着赫克托耳的尸体,不让一群饿狗靠近。她又用玫瑰神膏涂抹尸体,使他身上被阿喀琉斯拖出来的伤痕全部消失。阿波罗为他从天上降下一片浓雾,罩住赫克托耳的尸体停放的地方,免得炽热的太阳把尸体烤干。

帕特洛克罗斯的柴堆虽然点着了,但火焰却烧不起来。阿喀琉斯转身向风神波瑞阿斯和泽菲罗斯祈求,并答应给他们献上丰富的祭礼。他用金杯不断祭酒,请求风神让柴堆燃起熊熊大火。伊里斯把这消息传给了风神。他们迅速来到海上,呼啸着掀起层层巨澜。当他们一到达柴堆,便立刻在柴堆四周煽起猛烈的火焰。一整夜,他们都不停地助长火势,让柴火烧得旺盛。阿喀琉斯也整夜不断地浇酒祭祀,一边呼唤着朋友的名字,一边不停地绕着柴堆行走。直到清晨,焚尸堆逐渐燃尽,火焰才慢慢熄灭。遵照阿喀琉斯的命令,英雄们用酒浆把焚尸堆所有的余烬浇灭,然后收敛卧躺在火葬堆中央的帕特洛克罗斯的骨灰,把他所有骨灰装进黄金罐,用双层脂肪牢牢封紧,放在阿喀琉斯的帐篷里。然后,他们用石块和泥土,给死去的帕特洛克罗斯筑起一座大坟。

殡葬之后是为了纪念死去的英雄而举行的赛事。自己不参加比赛的阿喀琉斯让所有的士兵都聚拢过来,坐成一个大圆圈。然后他摆出贵重的奖品激励参赛者,奖品有三脚鼎、炊具、牛、羊、骡子,还有妇女和珍贵的金属礼品。比赛的项目包括拳术比赛、徒步赛跑、掷投枪、赛车等。英雄们通过激烈的角逐,带走了各自的奖品,结束了比赛。

普里阿摩斯去见阿喀琉斯

竞赛结束后,士兵们都回去饱餐、酣睡。只有阿喀琉斯整夜辗转反侧不能入睡,他仍在怀念被安葬的朋友。他的心不能安静下来,于是他沿着海岸走去。凌晨时分,他套上战马,把赫克托耳的尸体绑在战车上,拖着它围着帕特洛克罗斯的坟墓奔跑了三圈,随后就把尸体扔在尘土里。阿波罗看到后,赶忙用金色的羊皮把赫克托耳的尸体裹起来,使他的尸体不受损害。奥林匹斯圣山上的神除了赫拉,都对阿喀琉斯的残忍做法感到悲愤。宙斯派使者去通告阿喀琉斯的母亲忒提斯,命令她迅速赶到希腊人的营帐,告诉他的儿子阿喀琉斯,诸神,包括宙斯在内,都对他肆意凌辱赫克托耳的尸体,并把它扣留在船旁边感到愤怒,并希望忒提斯能够劝动阿喀琉斯接受普里阿摩斯赎取儿子尸体的礼物。

忒提斯听从命令,来到儿子的帐篷里,在那里看见阿喀琉斯还是一脸惆怅,打不起精神来。于是忒提斯坐在儿子旁边,伸手抚摸他,轻声说道:"我的孩子,你整日忧愁叹息,不思饮食,这样的折磨要到什么时候才肯停止?你最好在一个女人的怀抱里享受爱情,因为死亡已经渐渐向你靠近。唉!是宙斯让我来转告你的,他和诸神都很愤怒,因为你虐待赫克托耳的尸体,并且把它扣在船旁,你要接受一笔丰厚的赎金,放他回去。"阿喀琉斯听后回答母亲:"那就这样吧,我听从宙斯和诸神的吩咐。谁给我赎金,谁就把尸体领回去。"

这时,宙斯又派出使者伊里斯来到普里阿摩斯国王的城里,传达宙斯的决定。她一到特洛伊城里,便听见举国一片号啕与哭泣的悲痛声音。国王的儿子们在院里围着父亲坐着,衣服都给眼泪打湿了。她悄悄走到国王面前,温和地说道:"达耳达诺斯的后代呀,你要镇静,我给你带来了好消息。宙斯怜悯你,他叫我吩咐你去找阿喀琉斯,用丰厚的礼金赎回你的儿子的尸体。你必须单独前往,可以带一名年老的传令官,让他为你赶车,把尸体运回城来。别害怕,宙斯派赫耳墨斯给你引路,他会保护你。"

普里阿摩斯相信女神的话,他吩咐他的儿子们给他备马套车。他自己走进那间用香气扑鼻的柏木建造的屋子,房屋里面储藏着无数的金银珠宝。他把妻子赫卡柏叫来,对她说:"刚才宙斯派信使来到我这里,告诉我可以用丰厚的赎金赎回儿子的尸体。现在我的内心有强烈的冲动和愿望前去阿喀琉斯的营帐里取回我们儿子的遗体。你不会反对吧？"赫卡柏听了，尖叫一声，然后回答她的丈夫道："我的国王啊，你从前的聪明才智哪里去了？你怎么可以单独到阿耳戈斯人的舰队中去，去见那个杀死你众多儿子的凶手？要是他看见你，一定会抓住你，杀死你的。他是一个野蛮的、不讲信义的人！他有着一颗铁石心肠！你别妄想他会怜悯你，同情你！我宁可我们在厅堂里为赫克托耳哀悼哭泣，也不愿你冒着生命危险去赎回儿子！"

但普里阿摩斯坚定地对妻子说道："不要阻拦我，即使我这一去要死在敌人的战船上，我也心甘情愿，只要我能把最亲爱的儿子抱在怀里，就心满意足了。"说完他打开箱子，挑出十二件锦袍，十二件斗篷，同样数目的毛毯、披衫和衬袍。然后，他又称出十泰伦特的黄金，拿出两个三角鼎、四口大锅以及色雷斯人赠送给他的一只精美的酒杯。普里阿摩斯把那些前来劝阻他的特洛伊人都赶了出去，并且谴责他们说："你们这些胆小鬼，难道你们都闲得发慌，跑来劝阻我？难道你们觉得宙斯给我的痛苦还不够吗？你们应该知道，最优秀的人死了，其他的人更容易被阿耳戈斯人杀死。"老人是这样愤怒，他拿起王杖驱逐他们，然后吩咐他的其他九个儿子，让他们赶紧备好车马，把所有的东西装上去。儿子们都十分担心父亲的命运，但他们不敢违抗父亲的命令。于是他们把密西亚人送给普里阿摩斯的骡子套上战车，把赎金和礼品一一搬到车上，并为国王备好马，唤来年老的传令官。

王后赫卡柏怀着沉重的心情走到他们的跟前，把装满美酒的金酒杯递给国王，让他在临行前向神举行灌礼。侍女们端着水壶和水盆走过来，国王普里阿摩斯用净水洗了手，再接过金酒杯，站到院子中间祷告，他一边奠酒，一边向宙斯大声祈祷："万神之父宙斯、爱达山的统治者啊，让我在珀琉斯的儿子那受到怜悯吧！请爱达山预兆，让我放心大胆地到希腊人的战船上去！"国王的话刚说完，一头黑鹰从右面的高空向他们飞过来，黑鹰掠过了城市。特洛伊人看到吉兆都感到高兴，心里轻松了不少，年老的国王和大家略做告别后登上战车，离开城市。

傍晚时分，普里阿摩斯和传令官的马车已经驶过古代国王伊罗斯的坟冢，他们便吩咐两辆车停下来歇一会儿，让牲口在河边饮水。这时夜色已经降临，大地苍茫一片，传令官伊特俄斯突然看到有一个人的身影在前面，他赶忙对普里阿摩斯低声说道："主人，你瞧那边有一个人，我担心他要过来谋害我们。让我们赶紧登车逃命吧！"传令官的话使得普里阿摩斯一时六神无主，不知道该怎么办才好。那人却走上前来，原来他不是敌人，正是宙斯派来保护普里阿摩斯的使者赫耳墨斯。普里阿摩斯不认识他，但看他仪表堂堂、谈吐高雅，便问道："高贵的人啊，你是谁，为什么出现在这里？"

"我的父亲是波吕克托耳，"赫耳墨斯回答说，"他是米尔弥冬人，他和你一般年纪，他已经有六个儿子，我是第七个。我和兄弟们抓阄，结果我抓中了，随军航行到这里，我是阿喀琉斯的侍从。"

普里阿摩斯一听说他是阿喀琉斯的侍从，急切地问道："你若是阿喀琉斯的侍从，请你告诉我，我的儿子赫克托耳是否还在战船上，还是已经被扔去喂狗群了？"

赫耳墨斯回答说："放心吧，老人家，他还躺在阿喀琉斯的营帐的旁边，十二天过去了，即使阿喀琉斯每天早晨残忍地拖着他在朋友的坟前转圈，他的尸体依然完好无损，因为神一直在保护他。你看到时一定会感到吃惊的，尸体上没有血迹没有污垢，伤口是愈合的。即使在他死后，神仍然关心和照看他。"

普里阿摩斯听后，松了一口气，高兴地取出那支珍贵的金酒杯："拿上它吧，感谢神的眷顾，由你来保护我的安全。请把我送到你主人的营帐吧！"

赫耳墨斯拒绝收下金杯，他说自己不能够背着阿喀琉斯接受赠礼。不过他立刻跳上车，抓住鞭子和缰绳，很快地驾驶马车来到垒墙和战壕那里。守卫的士兵正在吃晚饭，赫耳墨斯给他们洒上了催眠的液汁，他们很快呼呼大睡。然后他把门闩推开，打开门，把国王和他的御者一同带进去。很快他们便来到阿喀琉斯的营房门前，赫耳墨斯跳下车，先把赠送给阿喀琉斯的礼物送进去，然后他大声地对普里阿摩斯说道："老人家，我是赫耳墨斯，是我的父亲宙斯派我来保护你的。现在我已把你安全送到目的地，我可以离开了。记住，你走进阿喀琉斯的营帐，便抱住他的膝头，以他的母亲、父亲的名义向他恳求，这样能够打动他的心。"说完，赫耳墨斯便消失不见了。

国王跳下战车，让传令官伊特俄斯留在那看守骡子和马，他自己径直走进阿喀琉斯的房里。阿喀琉斯独自一人坐在那里，远处是他的两个同伴奥托墨冬和阿尔奇摩斯。阿喀琉斯刚用完晚餐，餐桌还没有收拾。没有一个人注意到高大的普里阿摩斯的到来。他快步地来到阿喀琉斯的面前，抱住他的膝头，亲吻那双杀死他众多儿子的双手，阿喀琉斯和同伴见到他的举动都非常吃惊。于是普里阿摩斯开口恳求道："阿喀琉斯啊，请想一想你的父亲吧，他和我一般年纪，已到人生的暮年，也许他也受着邻国的威胁和折磨，像我这般孤立无援而又无可奈何，可是他只要一听说你还活在世上，并能够从特洛伊安全返回，他一定会感到很欣慰。可是我呢，我虽然有五十个儿子，可是他们中的大部分都在这场战争中阵亡了。现在，你又夺去了那个唯一能够保护我们、保护城池和人民的儿子赫克托耳。我现在为了他的缘故，带着无数的礼物来到你的营帐里，希望能够把他的尸首赎回去。阿喀琉斯，看在神的分上，请你想一想你的父亲，怜悯我吧！"普里阿摩斯的话激起阿喀琉斯对父亲的怀念之情。他松开老人的手，把老人搀扶起来，无限同情地说："不幸的人啊，你的内心忍受过怎样的苦难！你独自一人来到阿耳戈斯人中间，来见一个亲手杀死你儿子的人，你一定有着一颗坚强无比的心！请坐到椅子上来吧，让我们平复内心的忧愁和悲伤，因为悲伤徒劳无用，这些悲惨的命运都是神所分配的，他们自己却生活得无忧无虑。宙斯的大门前放着两只罐子，其中一只装的是灾难和不幸，另一支则装着快乐和幸福。神把两样东西赐给人类，有些人得到两种混合的命运，那么他们的运气便时好时坏；如果得到那只装满灾难的罐子，那么那人的一生便充满磨难，永远在忧愁和痛苦中度过。神对待我的父亲珀琉斯，便是前一种情况。神赐给他权力、财富，甚至还有一个女神做他的妻子。但是神却给了他一个巨大的灾难，那便是让他年轻的儿子早早地接受死亡的厄运。他年事已高，我却要接受命运的安排，不能给他养老。而你呢，老人家，我听说你从前也享受着无尽的幸福，人们说你的财富无人能够匹敌。可是现在，天上的神明却让你的城市遭受战争和杀戮，你的儿子一个个在你的面前死去。请忍耐忍耐这一切吧，不要过于悲伤，因为无论你怎样哭泣，他们都不会活着回到你的身边。"

普里阿摩斯回答："宙斯的宠儿呀，只要赫克托耳还躺在你的营房外面，没有得到安葬，我就没有办法坐下。请让我把他赎回吧，收下我献给你的一大笔赎金，并回你的祖国去吧！"

阿喀琉斯听到他最后的一句话皱起了眉头，说："老人家，不要这样刺激我。我已经有意释放赫克托耳。我的母亲作为宙斯的信使来过。普里阿摩斯啊，我明白，一定有一位天神把你引到我的营帐来。否则，一个凡人无论有多大的胆量和本事，都不敢也无法来到我的营帐。因为他不可能躲过守卫的士兵，也不容易推开拴好的大门。老人家，请不要提过分的要求，惹我生气。那样一来我不愿意听从宙斯的命令。"老人听了十分惊恐，不再言语。阿喀琉斯冲出了帐篷，战士们也跟随他出去。

他们把骡子和马匹解下战车，并让传令官进屋坐下，然后从车上搬下作为赎金的礼物，留下了两件披衫和一件织得很密的战袍，以便把赫克托耳的尸体包裹起来。阿喀琉斯命人清洗赫克托耳的尸体，并涂抹香膏，他不让普里阿摩斯看见儿子，免得他见到了心里悲伤。等到尸首洗干净后，他把它抱起来放在尸架上，他的同伴和他一起把赫克托耳的尸体抬上战车。阿喀琉斯又忍不住大哭起来，呼唤他朋友的名字："帕特洛克罗斯，如果你在冥间得到消息，说我已经把赫克托耳的尸体还给他的父亲，请你别生我的气，他带来的赎金很丰厚，这其中也有你的一份！"

阿喀琉斯又走回营房里，对普里阿摩斯说道："老人家，如你所要求，你的儿子已经被我释放了，他现在躺在尸架上，黎明的时候你便能亲眼见到他。现在让我们先吃饭吧！你要哀悼你的儿子，等回到特洛伊城后你再放声痛哭吧！他是值得人们哀悼纪念的。"说着他站起身，走了出去，宰了一只羔羊，他的朋友们熟练地剥下羊皮，把羊肉切成小块，串在铁叉上细心烧烤，然后取下来。他们坐下来进餐，奥托墨冬把面包放在漂亮的篮子里，分给大家，阿喀琉斯分羊肉，大家尽情地喝酒吃肉。普里阿摩斯不禁对阿喀琉斯高贵的仪态感到惊奇，觉得他真像神一样，魁梧又英俊。同时，阿喀琉斯也认为国王相貌威严，谈吐不凡，态度谦和，他也在心中感到惊奇和佩服。晚餐用毕，普里阿摩斯对阿喀琉斯说道："高贵的英雄，请赶快安排我睡觉去吧。自从我的儿子在你手下丧命以后，我还没有合过一次眼，我总是在悲叹我所承受的数不清的苦难。而且，今天也是我第一次喝酒吃肉。"

阿喀琉斯随即吩咐他的同伴和侍女安排一张床，铺上紫色毯子和柔软的被单，再加上保暖的棉被。同时给使者也安排一张床。阿喀琉斯友好地问老人："请告诉我，你为高贵的儿子举办葬礼，想花多长时间？这段时间内我自会停止战争，整理军队。"

"如果你允许我为我的儿子举行隆重的葬礼的话，"普里阿摩斯回答，"那么我需要十二天时间。你知道，我们都被围困在城里，要到城外很远的山里去砍伐木柴，因此我们得用九天来准备。第十天我们将举行葬礼，摆设丧宴；第十一天我们要为他垒一座坟墓；第十二天，如果避免不了的话，那么我们可重新开战。"

阿喀琉斯回答："好吧，就照你说的这样办。我将要求军队在这期限内不向你进攻。"说着他用力地握住老人的右手，借以打消他的顾虑，然后让他回去睡觉，自己则在里屋的床上躺下睡了。

当他们都进入梦乡时，赫耳墨斯却在考虑怎样才能悄悄地把特洛伊的国王护送回去，不让守卫的士兵发现。他因此蹑手蹑脚地来到老人的床前，对他说："老人家，你在敌人的营房里睡得多安稳呀！可是你有没想到，你用重金赎回了儿子,要是阿伽门农和其他希腊人知道了这件事,他们会扣留你,并向你的家人索取三倍的赎金!"普里阿摩斯听了十分惊恐,他急忙唤醒一旁的传令官,赫耳墨斯为他们套上车,三个人带着赫克托耳的尸体匆忙赶着车离开了营地。

普里阿摩斯将赫克托耳的尸体带回了特洛伊城,卡珊德拉看到战车上赫克托耳的尸体后,忍不住泪流满面放声痛哭。赫克托耳的妻子安德洛玛刻和赫克托耳的母亲赫卡柏相继冲向战车,抱着他哭得死去活来。特洛伊城男男女女哭声震天。最后特洛伊人按照国王的吩咐,十二天内为英雄赫克托耳举办了隆重的火葬。

彭忒西勒亚

赫克托耳的葬礼结束后,特洛伊人又关上城门,紧闭不出。他们仍然陷入对已故英雄的哀悼之中,同时,他们也为即将到来的交战感到恐惧不安,这两种情绪交织在一起,似乎特洛伊城已经毁在征服者的手中,成为一片废墟。

在这悲痛绝望的时候,困在城内的特洛伊人得到了意想不到的援兵。从小亚细亚靠近忒耳莫冬河那边,亚马逊女王彭忒西勒亚率领一群女英雄,前来援救特洛伊人,她是战神阿瑞斯的女儿。她的这番举动一方面是因为对男人间战争和冒险的兴趣,是她们这一族女子的天性;另一方面则是因为她无意中犯下了血债,这使得她自己良心不安,希望能够借此机会卸下心灵的重负。那是一次狩猎中,彭忒西勒亚举枪朝一头梅花鹿掷去,却不小心击中了她自己的妹妹希波吕忒。这个罪过像石头一样压在彭忒西勒亚的心头,而复仇三女神也无时无刻不追逐她,她对她们的任何献祭都无法得到女神的宽恕。彭忒西勒亚希望借助一场众神都喜欢的战争来结束这个折磨,于是她挑选了十二个杰出的女英雄来到特洛伊。这十二个少女虽然楚楚动人,然而在她们的女王彭忒西勒亚的对比下,她们就仿若群星衬托皎月那样,黯然失色。这位女王的容貌和气质远远超出那十二位貌美的少女。

当特洛伊人从城墙上看到披戴着盔甲的绰约多姿而又威武潇洒的女王率领她的女战士奔来时,他们从四面八方汇集过来。当这一小队人马走近时,人们为女王的美貌所深深折服。她脸上的表情可以说是威严与妩媚并存:嘴边浮现的是甜美迷人的微笑,长长的睫毛下那双明眸就好似黑夜中最亮的星星那样闪闪发亮。她的双颊白里透红,整个面庞呈现的是少女的健康与活力。特洛伊人看到女王,顿时忘记了所有的悲哀,他们现在是如此兴高采烈。甚至国王普里阿摩斯的愁眉也舒展开来；但眼前的景象却让他想起那些被杀的儿子，他们是何等威风凛凛，神采奕奕的少年啊！

　　他把女王领到他的宫殿里，待她如亲生女儿那般。他命人端出最精美的食品隆重款待她，送上了为她挑选出来的许多珍宝，并答应她如果解除了特洛伊的危险，还将送给她更多的礼物。亚马逊女王彭忒西勒亚忽然从她的席位上站起来，立下了一个任何凡人都不敢立的誓言：她向国王发誓要杀死神一般的阿喀琉斯，她将消灭所有的希腊人，烧毁敌人所有的战船。她这样说，显得十分大胆和无畏。一旁的安德洛玛刻听了她的话，心里不免嘀咕：可怜的孩子啊，你或许还没有想清楚吧？我的丈夫赫克托耳在特洛伊人心中是最勇猛的英雄，可他却战死在珀琉斯的儿子的手下！你一个黄毛、丫头，不知道这个誓言是多么可怕！

　　这时夜幕已经降临，亚马逊的女英雄们饱餐畅饮后，王宫的侍女们为她们准备了舒适的床榻，经历了一天的辛劳奔波，彭忒西勒亚和她的伙伴们很快便进入梦乡。雅典娜却悄悄潜入她的梦境，让她做了一个迈向死亡的梦。她梦见自己的父亲阿瑞斯催促她尽快同阿喀琉斯决战。她对梦中父亲的督促信以为真，竟然高兴得心花怒放。第二天醒来，她以为当天便能实现她立下的誓愿，她跳下床来，兴奋地穿上父亲阿瑞斯送给她的熠熠生辉的铠甲，束紧胫甲和胸甲，系上剑带，那上面挂着一柄装在用白银和象牙制成的剑鞘里的宝剑。随后她又拿起盾牌，戴上有着闪亮的黄金羽饰的头盔。她左手抓着两把长矛，右手握着一把不和女神送给她的双面斧。她这样全副武装地从国王的宫殿冲出来时，就好像宙斯从奥林匹斯圣山上抛出一道雷电一样闪亮。

　　彭忒西勒亚兴奋地奔到城墙边，激励特洛伊人奋勇作战。此前不敢面对阿喀琉斯的士兵现在也纷纷聚集起来，显得斗志昂扬。女王本人则跳上一匹骏马，它可以与风神赛跑，是风神波瑞阿斯的妻子送给她的礼物。她率领特洛伊人冲出战场，而她的女战士们也各自骑马跟随在后。留在宫殿里的国王普里阿摩斯举起双手，向宙斯祈祷："万神之父宙斯啊，请听听我的祈求吧。就让阿耳戈斯人今日在阿瑞斯的女儿面前毁灭吧！请你保佑她平安地返回到我的宫殿里来。这样做是为了你的强大的儿子阿瑞斯的荣誉！也是为了我这个失去了众多儿子，遭受了无数折磨的老人，请保佑我吧，保佑古老的特洛伊城不被毁灭！"他的祈祷刚一结束，从他的左上方就飞来一只苍鹰，鹰爪下抓着一只被撕碎了的鸽子。国王看到这个恶兆，顿时浑身颤抖，胸中的希望全部破灭。

　　希腊人在他们的战船营看到特洛伊人突然奔了过来，不禁大吃一惊。

几天来，他们已经习惯特洛伊人的怯懦了，眼前的景象使得他们立即拿起武器，披挂上阵。战争再次爆发：长矛飞来飞去，矛与盾的撞击发出叮当响声，特洛伊的土地又被鲜血染红。彭忒西勒亚率领她的女战士们在希腊人中英勇拼杀，她杀死了摩利翁和其他七个希腊英雄。当亚马逊女英雄克罗尼亚砍倒波达尔克斯的朋友墨尼波斯时，强大的波达尔克斯愤怒地用长矛刺中了克罗尼亚的臀部。彭忒西勒亚急忙用剑去砍他的手，但已经来不及了：克罗尼亚倒在尘埃中死了，希腊人解救了他们的同伴。

　　彭忒西勒亚化悲痛为力量，更加疯狂地砍杀希腊人，凡是她所到之处，希腊人无不闻风丧胆，很快就迫使他们节节败退。取得胜利的女王得意地向他们叫喊："今天我要为普里阿摩斯报仇，让野兽和狗群吞食你们的尸体，我要让你们所有人回不了家，让你们死无葬身之地！狄奥墨得斯在哪？埃阿斯在哪？还有最强大的阿喀琉斯到哪里去了？你们难道不敢出来会我吗？"她叫喊着并轻蔑地杀入阿耳戈斯人中去。她时而挥动着利剑，时而投掷长矛。普里阿摩斯的儿子和特洛伊勇敢的士兵跟在她的后面，一边呐喊着一边英勇地扑向希腊人。希腊人无法抵挡这来势凶猛的攻击，士兵们很快便倒在地下。很快，战场上希腊人尸横遍野，他们不是被特洛伊人的战车碾死，就是被马匹踩死。在势如破竹的战势面前，特洛伊人几乎感到他们将要战胜希腊人了。

　　这时，战斗的喧嚣声还没有传到强大的埃阿斯那里，众神的宠儿阿喀琉斯也没有得到任何消息。两人都远坐在帕特洛克罗斯的墓旁，他们在怀念死去的朋友。

　　在女王的带领下，特洛伊人逐渐逼近希腊人的战船营，正当他们准备焚烧战船的时候，忒拉蒙的儿子埃阿斯终于听到激烈的厮杀声，他立刻警觉地对阿喀琉斯说道："阿喀琉斯，我耳边不断传来战斗激烈的喊杀声，让我们赶紧出去看看，别让特洛伊人靠近我们，烧了我们的战船！"他的话提醒了阿喀琉斯，他立刻从思念中回到了现实当中。两人急忙穿上闪闪发光的铠甲，拿起武器，朝着厮杀声最激烈的地方奔去。

　　希腊人在惊慌失措中看到两个英雄冲了过来，顿时增添了勇气。阿喀琉斯和埃阿斯立即投入战斗。埃阿斯很快就用长矛杀死四个特洛伊人。阿喀琉斯过去进攻亚马逊人，一会儿的工夫四个年轻的女战士就死在他的手下。随后两人一起冲进敌人的阵营中，刚才还是密集的特洛伊队伍现在已经被杀得七零八落。

　　彭忒西勒亚看到这里的情况，愤怒地冲了过来。她首先把她的矛投向了阿喀琉斯，阿喀琉斯举起盾牌挡住，长矛立刻在盾牌前折断，掉在地上了。现在她又举起第二支长矛向埃阿斯投去，并大声地向两位英雄喊道："我要看看你们这两个吹牛大王是怎样丧命的！即使我的第一支矛饶了你们，第二支可不会放过你们。我要让你们知道，一个女人的力量远比你们两个人加在一起还要强大！"她说出来的话让埃阿斯觉得特别可笑，他不想在这里浪费时间，而这位亚马逊女人的第二支矛也仅仅碰到他的胫甲而已，根本没有伤着他的皮肉。埃阿斯于是转身冲向特洛伊人的队伍，把这个女人留给阿喀琉斯去收拾，因为他相信阿喀琉斯一人足以对付她。

彭忒西勒亚看到第二支矛也没有奏效，不禁大声地叹了一口气。阿喀琉斯打量着她并对她喊道："哪里来的女子，竟然这样自不量力，敢跟世界上最强大的英雄较量？你大概不知道特洛伊最强大的英雄赫克托耳在我的面前都是浑身发颤的吧？今天你竟敢用死来威胁我，你一定是疯了！看看吧，你的末日就要到了。"说完他就掷出他那百发百中、无坚不摧的长矛，长矛深深地刺进女王的右胸上部，鲜血顿时喷薄而出，彭忒西勒亚四肢立刻变得无力，战斧也从手中滑落，眼前变得一片漆黑。可是女王仍然挣扎着爬上了马，眼睛盯住正向他冲过来的阿喀琉斯，在那一瞬间，她激烈地思考着：是拔剑抵抗呢，还是向对方求饶？她还没来得及决定，阿喀琉斯的一枪已经投掷过来，她连人带马都被戳倒。彭忒西勒亚就这样倒在地上死了。

特洛伊人看到他们的女英雄死在阿喀琉斯的手下，都感到悲痛不已，他们无心再战，于是纷纷慌乱地朝特洛伊城门的方向跑去，珀琉斯的儿子这时却得意地大喊大叫："你这可怜的家伙，就躺在这里喂鸟，喂狗吧！是谁叫你来跟我作战的？是普里阿摩斯给了你丰厚的奖赏吧，可你现在得到什么了呢？"他说着就把他的长矛从死者的身上拔了出来，然后摘下她的头盔，却一眼看到这个少女的美丽的面孔：尽管此时她的脸上沾满了血迹和尘土，却难以掩盖她那雍容高贵的情态。围在尸体旁边的希腊人也都对她的超凡美丽赞叹不已。阿喀琉斯此时却深感惋惜：我应该活捉这位绝色美女，把她带回佛提亚，让她成为自己的妻子。

围观的希腊人越聚越多，他们瞻仰过女王的绝世容颜后，便动手剥取她的铠甲，只有阿喀琉斯仍旧呆呆地站在那里，目不转睛地看着被自己杀害的女王，陷入深深的悲哀之中，难以自拔。

战神阿瑞斯在天上目睹了这悲惨的一幕，痛心疾首的他立刻像闪电一般迅速地冲下战场，他想亲手为女儿报仇雪恨。但是宙斯及时阻止了他，他只好无可奈何地停在半路上，为女儿的死哀痛不已。

这时，面貌丑恶的特耳西特斯也跑来围观女王的尸体，他看着呆呆站在那儿的阿喀琉斯,讥讽地说道:"愚蠢的阿喀琉斯啊,看看你那痴呆模样,难道你爱上了她?别后悔你的举动,你以为女人都应该成为战利品吗?可我看她在战场的勇猛作风,不是你杀死她,便是她杀了你!"阿喀琉斯受到奚落后,非常生气,当即挥起拳头朝他砸去。因为用力过猛,对方的牙齿被打落了,一下子口吐鲜血,倒在地上死了。在场的战士没有一个表现出同情,因为这个人在战场的表现就是一个十足的胆小鬼。但是,也有一个人对特耳西特斯的死十分气愤,他就是堤丢斯的儿子狄奥墨得斯,因为特耳西特斯是他的亲戚。如果不是有几个希腊人拦住他,他几乎要拔出剑来跟阿喀琉斯拼了。珀琉斯的儿子知道真相后,态度温和地向狄奥墨得斯表示了歉意,这使得愤怒的狄奥墨得斯逐渐平静下来。

阿特柔斯的儿子因为怜惜美丽的女王,他们允许把她的尸体交还给普里阿摩斯国王。普里阿摩斯于是命人在城前搭起一座高大的火葬堆,将女王的尸体放在上面,在她周围还摆放了许多珍贵的陪葬品。随后他点燃木柴,烈火熊熊地燃烧起来。等到尸体烧成灰烬后,站在周围的特洛伊人用酒浇熄了余烬,他们捡起她的骸骨放在一个坛子里,然后大家流着眼泪组成殡葬队,隆重地将它送往城内塔楼附近的拉俄墨冬国王的墓穴。与她葬在一起的还有她的十二个光荣牺牲的亚马逊女战士。

希腊人也掩埋了阵亡的死者,并哀悼他们。

门 农

第二天,当太阳冉冉升起,照耀着这座灾难深重的城市时,特洛伊人已经站在城墙上四下瞭望。他们担心强大的胜利者随时会发动进攻,会架起云梯登上特洛伊城墙,把他们的城市毁灭。首领们也早早地聚集在一起开会商量对策。会上,一个名叫堤摩忒斯的老人站起来说:"朋友们!我一直在思考怎样能够使我们摆脱困境,而不至于被敌人彻底毁灭。自从赫克托耳被战无不胜的阿喀琉斯杀死后,我们就每况愈下,我想即使是有神明帮助我们,也许我们也会被敌人打败。看看战神阿瑞斯的女儿亚马逊女王最后不也悲惨地死在阿喀琉斯的手下?起初有多少希腊人畏惧她啊!所以我的建议是,我们是否应该考虑放弃这座注定要灭亡的城市,去寻找另一个更安全的地方,这样使残暴的希腊人无法靠近我们!"

普里阿摩斯听了他的提议,站起来说道:"亲爱的朋友,所有的特洛伊人和同盟军们!我们不应该怯懦地放弃我们可爱的家乡。如果我们重新寻找一个新的居所的话,那就得冒更大的风险。我们必须想方设法在战斗中赢得对手。现在我们还可以等待,埃塞俄比亚国王门农正率领一支强大的队伍来援救我们,他们已经在路上了。我向他们派出使节已经很长时间了。让我们耐心地再等待一段日子吧!即使我们在战斗中光荣死去,也胜似在异乡屈辱地生活!"

门农是普里阿摩斯的侄子,他的父亲提托诺斯是拉俄墨冬的儿子,母亲是黎明女神厄俄斯。

这时波吕达玛斯也站起来发表他的看法:"尊敬的国王,如果门农真的会来,我也很期待。可是,我担心的是他和他率领的军队在战争中依然逃不过死亡的厄运,这样我们一样要面临今天的困境。我也坚决不同意离开我们世世代代生活过的国家。最好的办法依然是:我们把海伦以及她从斯巴达带来的一切财富,全都交还给希腊人。交还得越快越好,免得敌人很快便掠夺并焚烧我们的城市,到那时,我们说什么也来不及了!"

所有的特洛伊人在心里都同意这个建议,但是他们都不敢当面反对国王。这时候,海伦的丈夫帕里斯站了起来,他生气地指责波吕达玛斯,说他是懦夫:"一个提出这种提议的人在战场上一定是临阵逃跑的那一个。特洛伊人啊,为什么每到最危难的时候,总会有人提出这样的建议?你们想一想吧,这种人的建议也能相信?"

波吕达玛斯心里很清楚,帕里斯宁愿在部队里发生兵变,宁愿自己死掉,也不会放弃海伦。于是,他不再说话,其他人也都沉默不语。大家都在沉默着,没有一个人能想出合适的办法来。突然,外面传来好消息,说门农已经率领部队到达城下了。特洛伊人听后一片欢呼,他们就好像船员在经历暴风雨后赫然看到前方闪烁着灯塔那样兴奋。国王普里阿摩斯更是激动,因为他确信埃塞俄比亚的军队一定能打败敌人,烧毁敌人的战船。

黎明女神厄俄斯的儿子门农和他的军队来到特洛伊后,国王普里阿摩斯设盛宴款待他们,并赠送了许多珍贵的礼品。宾主相谈尤其欢洽,特洛伊人因门农的到来而放松了此前紧张的心情,他们悼念着特洛伊英雄们,并讲述了他们在战场上的英雄事迹。门农也讲述了他从海岸到爱达山,直到特洛伊城所经历的遥远的旅途的见闻,讲述了他们在路上发生的故事。特洛伊的国王听得津津有味,不时地开怀大笑。他热情而友好地握着门农的手说:"门农,我多么感谢神让我荣耀地在宫殿里为你接风!你看起来就好像神一般的超凡强大。我确信你一定会帮助我们打败希腊人的!"说完国王举起杯,与新来的同盟军共同干杯。

门农看到国王手中这珍贵的酒杯后赞叹不已,他知道这个宝物出自跛足神赫菲斯托斯之手,它是特洛伊王室的传家宝。门农沉默了半晌,严肃地说道:"尊敬的普里阿摩斯国王,我不愿意在宴会上随便做出承诺,一个真正的英雄是要经过战场考验的。现在，请安排我们休息吧，明天我们将以饱满的精神投入这场战斗！"门农说完，站起身来，普里阿摩斯并不强留他的客人。于是所有的埃塞俄比亚人都跟随着退出宴席，到房间里安寝。

夜幕笼罩大地，人们都已沉入酣睡的梦乡。这时，奥林匹斯圣山上的神们还在宙斯的宫殿里聚集着，讨论着特洛伊的战事。伟大的宙斯，这位能预知未来、了解现在的神开口说道："你们大家无论是关心希腊人还是关心特洛伊人的，其实都是没有必要的。还有无数的战马和男子将会加入双方的战斗中去，也就不可避免地将牺牲在战场上。你们担忧着一些人的生命安危，可是不要幻想着为他们的生命向我求情。命运女神是无情的，对你我都不例外！"

众神听到宙斯这样的发言，都不敢吭声，他们默默地离开餐桌，回到各自的房中，悲哀地躺在床上，渐渐地进入梦乡。

第二天清晨，黎明女神厄俄斯不情愿地升入天空，她也听到了宙斯的讲话，她知道她的爱子门农将会有怎样的命运。门农很早就醒了，他几乎迫不及待地想为他的朋友打一场决定性的战役。他从床上跳下来，迅速武装整齐，来到战场上。特洛伊人也身披盔甲，与埃塞俄比亚人组成新的作战队伍，满怀希望地冲出城门，奔向广阔的战场。

当希腊人从远处看到特洛伊人冲来时都感到惊讶，于是他们急忙拿起武器，冲出营房。阿喀琉斯站在他们的中间，他骄傲地站在战车上，显得十分自信。特洛伊军队中的门农也同样威风凛凛，士兵们紧紧地围在他的四周，充满战斗激情。战斗开始了。两支队伍相撞，好似两大海洋激起了万丈狂澜。长矛呼啸，利剑铿锵，杀声震天。不久，战场上发出一阵阵尖厉的哀号声，特洛伊人一个接一个地倒在阿喀琉斯的长矛之下；许多希腊人也被门农杀死在地。涅斯托耳的两个战友已经死在他的手下，现在门农渐渐朝老人涅斯托耳靠近。看来涅斯托耳也必定要死在门农的手下，因为他的战马刚刚被帕里斯一箭射中，战车已经停住来不及逃命了。门农抓着长矛冲了过来，大惊失色的老人在慌乱中急切地呼唤儿子安提罗科斯，儿子应声飞快地赶来，挡在父亲的胸前，并把手中的长矛投向那位埃塞俄比亚国王。门农侧身躲过，但长矛击中他的朋友——波拉索斯的儿子厄索普斯。门农怒不可遏，他立刻抓住长矛扑向安提罗科斯，用长矛刺中他的心脏。安提罗科斯牺牲了自己，挽救了父亲的性命。

当希腊人看到这英勇的一幕，都深感悲痛。父亲涅斯托耳更是痛不欲生，因为他亲眼看到儿子因为拯救自己而被敌人杀害。但老人在关键时候保持镇静，他立刻呼唤另一个儿子特拉叙墨得斯前来援救，让他保护兄弟安提罗科斯的尸体。在混战的嘈杂声中听到父亲的呼喊声，特拉叙墨得斯同战友斐瑞斯一道火速奔来，援助他的老父亲。充满自信的门农大胆地向他们靠近，然后机警地躲过他们接二连三投来的长矛，即使有的长矛能击中他的铠甲，但都无法刺进要害部位，因为他的神祇母亲给他的铠甲施加了保护的魔法。这时候门农开始剥取安提罗科斯的铠甲，希腊人眼睁睁地看着他即将动手，却毫无办法。涅斯托耳看到这一切的时候大声悲号起来，他高声地呼唤朋友前来救援，他自己则从战车上跳下来，不顾年老无力的性命，誓死要保卫儿子的尸体。当门农抬起头看见老人走近时，忽然主动地站起来，退到一边，神情充满敬畏。"老人家，"他说，"我不能和您作战。刚才在远处，我以为您是一位年轻的战士，所以才向您投掷长矛。现在我看清楚了，您是一位年迈的老人，我不会向您动手的。请赶快离开吧！离开战场，我不忍亲手杀害您！"涅斯托耳听后往后退了几步，留着他的儿子躺在战场上，自己离开了，特拉叙墨得斯和斐瑞斯也跟着他往后退。门农和他的埃塞俄比亚人继续向希腊人发起进攻，他就好像希腊人的克星，给一批批希腊人带去了死亡。

涅斯托耳转身走向阿喀琉斯，他说道："希腊人的保护者啊，我的儿子被门农杀死了，现在还躺在那里，门农已经剥下了他的铠甲，夺走了他的武器。可怜的尸体马上就要被野狗乔食。快去帮助他吧！你一定能够保护他的尸体不受损害！"阿喀琉斯听了，立即朝门农冲了过去。当门农看到阿喀琉斯向他奔来时，他连忙从地上拣起一块石头，朝他砸了过去。但石头碰到阿喀琉斯的盾牌后被弹落下来。阿喀琉斯跳下战车，徒步走向门农，并用长矛刺伤他的肩膀。这个勇猛的埃塞俄比亚人毫不在意肩上的伤势，而是疾步朝阿喀琉斯扑来，用他的长矛奋力地刺中对手的手臂。刹那间，阿喀琉斯手上的鲜血喷了出来。门农这时兴奋得喊起来："可怜的家伙，你曾经那么无情地屠杀特洛伊人，现在你遇上的是一位无法战胜的对手。因为我的母亲厄俄斯是奥林匹斯圣山上的女神，她比你整日待在海底的母亲忒提斯要厉害得多！"

阿喀琉斯听了微微一笑，说道："先别高兴得太早，最后的结局会告诉你，我们之中谁的出身更高贵！现在我要为年轻的英雄安提罗科斯向你报仇，就像我为死去的朋友帕特洛克罗斯向赫克托耳报仇一样。"说完他用双手抓起他那支百发百中、无坚不摧的长矛，向门农刺去。两人面对面地厮杀起来。宙斯在这时候让他们变得更强大、更有力，他们在短兵相接中难分胜负，谁也没有伤着对方。他们都在寻找机会，企图在对方的腿部或腹部下手，可是都没有成功。两人的铠甲在搏斗中碰得叮当作响。这时候，其他士兵被两人的激战所吸引，都停止了战斗，加入观战的行列。埃塞俄比亚人、特洛伊人和希腊人在一旁为各自的英雄高声呐喊，响声震动天地。奥林匹斯圣山上的神们也都全神贯注地盯着这场鏖战。他们站在各自的立场上为势均力敌的两人感到高兴。可是宙斯却召来两位命运女神，他命令黑暗女神降临于门农，光辉女神则照向阿喀琉斯。诸神一听到这个命令便大呼小叫，他们有的是因为欢喜，而另外的则是悲哀和无奈。

两位英雄此时仍在全力以赴地作战，根本没有想到命运女神已经走近身旁。他们时而用长矛，时而又是利剑，有时候还用石头互相攻击；但他们没有一个退缩害怕，都像磐石一样坚定。双方的士兵受到激励，又开始杀向对方。很快，战场上再次尸横遍野。命运之神终于介入了战斗，阿喀琉斯一枪刺中门农的胸脯，枪尖从后背穿出，门农重重地栽倒在地，死了。

特洛伊人见到他们的英雄倒在地上，一时间军心大乱，所有人都立刻转身逃跑。阿喀琉斯紧追上去，好似风卷残云一般。失去儿子的厄俄斯在天上唉声叹气，她把自己裹在乌云中，大地顿时变成一片黑暗。她的孩子们——各位风神，遵照她的吩咐，飞向大地，把她儿子的尸体高高卷起，让尸体飞向天空，他的鲜血一滴一滴地从天上落到地上。后来，这些血变成一条红色河流，蜿蜒曲折地流经爱达山麓，河水中是一股刺鼻难闻的腐朽气味。那些不愿意与国王诀别的埃塞俄比亚人悲泣着追赶尸体，一直到国王的尸体消失在前方，他们才停下来。风神把门农的尸体带到埃塞波斯河岸旁，河神的美丽的女儿们为他在森林中垒起一座坟墓。从天而降的母亲厄俄斯和另外一些仙女一起，含着泪悲痛地把他安葬。

退回城内的特洛伊人虽然不知道门农的尸体被风吹到哪儿去了，但他们却聚集在一起，沉重地悼念这位英勇的援助者。

据神话传说，门农的战发死后都变为飞鸟，每年都从各地飞来墓地，悲悼他们的国王。门农的母亲恳请宙斯给他赐福，让他具有不朽之身，宙斯答应了。后来，人们在底比斯附近会看到一根巨大的石柱，上面雕刻着一位国王的坐像。石柱在日出前会发出一种奇妙的声音，据说这是门农在欢呼并祝福他的母亲黎明女神的升起。母亲看到自己的儿子以这样的方式活着，悲叹自己儿子的遭遇，忍不住滴下一串串清澈的眼泪。她的泪滴落在花草树林上，形成晶莹的朝露。

阿喀琉斯之死

第二天清晨，安提罗科斯的尸体被他们的同胞抬到战船上，安葬在赫勒斯蓬托斯海峡的岸边。白发苍苍的涅斯托耳在众人面前掩饰着自己悲痛万分的心情；但阿喀琉斯的内心却难以平静，朋友的死带给了他巨大的悲愤。天刚破晓，他就扑向特洛伊。特洛伊人虽然害怕凶狠的阿喀琉斯，但依然顽强地从城内冲了出来。很快，双方军队就杀得天昏地暗。阿喀琉斯威风凛凛，杀死了无数特洛伊人，把特洛伊人一直赶到城门前。他深信自己的力量能够推倒城门，撞断门柱，让希腊人一鼓作气地拥进普里阿摩斯的城门。

奥林匹斯圣山上的阿波罗把这一切看在眼里，他受够了阿喀琉斯的凶残和狂暴。当他看到阿喀琉斯使得特洛伊城前尸横遍野、血流成河的时候，他简直暴跳如雷，直接从神座上跳起来，背上盛满百发百中的神箭的箭袋，向珀琉斯的儿子走去。他走到阿喀琉斯的背后，发出雷鸣般的声音："快放开特洛伊人！珀琉斯的儿子！你不应该如此疯狂，否则你将死在神的手下。"

阿喀琉斯听出这个神的声音，但他毫不畏惧，他不顾神愤怒的警告，大声地回答道："难道你要逼迫我同神作战吗？为什么你总是站在特洛伊人的那一边？上一次在我的眼前，你帮助赫克托耳逃脱死亡，我已经很愤怒了。今天我劝你远远地离开，回到神中去，不要插手我和特洛伊的事！否则，哪怕你是神，我的长矛也将刺中你！"说完这些话，他便转身而去，继续追赶敌人。

阿波罗听了这一席话，心里很不是滋味，他心想，既然你如此藐视神的存在，我就让你知道神的厉害。这样想着，阿波罗隐身在一片迷雾里，他拉上弓，朝着珀琉斯的儿子容易受伤的脚踵射去一箭。一阵剧痛立刻袭击了阿喀琉斯，他像一座毁了地基的巨塔那样轰然倒下。他躺在地上，用愤怒可怖的声音骂道："是谁在暗处朝我射出这卑鄙的一箭？有胆量就站出来跟我面对面地较量！我将让你鲜血直流，直接把你送到冥王哈里斯的地府里去！懦夫总是在暗处偷袭勇士！好好听着，你这个胆小鬼！我想起来了，这一定是阿波罗干的。我的母亲忒提斯曾经说过，我将在特洛伊中央城门死于阿波罗的神箭之下，她的预言马上就要应验了。"

阿喀琉斯呻吟不止，但他仍旧坚强地从伤口里拔出箭矢，把它甩得远远的。伤口里黑色的血立刻喷涌出来。阿波罗把箭拾起来，隐身在云雾中回到奥林匹斯圣山。到山上时，他从云雾中钻出重新混在奥林匹斯的神中。希腊人的支持者赫拉看到他，生气地责备道："阿波罗，你居然能做出这种事情来！你忘了，你曾经也是珀琉斯的婚礼上的座上嘉宾，像其他神那样享受着美味佳肴的同时，为珀琉斯的后代举杯祝福。可是现在，你却明显地袒护特洛伊人，杀死珀琉斯唯一的爱子！你这样做是出于嫉妒！我不知道今后你有何颜面去见涅柔斯的女儿！"

阿波罗一声不吭，他离开众神坐到一旁，低垂着头。诸神中对他的行为有的感到恼怒，有的则在心里觉得安慰。而这时的阿喀琉斯即使受了致命的伤害，却依然充满着战斗的欲望，他浑身的血液就像燃烧般沸腾着。没有一个特洛伊人敢靠近这个受伤的人。阿喀琉斯从地上一跃而起，他拿着长矛，怒气冲冲地扑向敌人。他刺中了赫克托耳的朋友俄律塔昂，矛尖直接刺入大脑；接着又刺中希波诺斯的眼；刺中阿尔卡托斯的面颊，并不停地砍杀许多特洛伊人。直到他发觉自己肢体在逐渐变冷，他才停住脚步，用长矛支撑着身体。他虽然不能继续追击敌人，却在原地发出一阵阵可怖的声音。特洛伊人听了吓得没命地奔跑，阿喀琉斯雷鸣般地喊叫道："逃命吧！即使我死了，我的投枪还会追着你们，我的复仇之神仍会惩罚你们！"

特洛伊人听到他的大声吼叫，浑身打战，没有人认为阿喀琉斯已经受到了致命的伤害，直到他的肢体最后僵硬起来，终于栽倒在其他尸体中间。他的盔甲和武器也随之砰地掉在地上，大地发出沉闷的响声。

帕里斯第一个看见阿喀琉斯倒了下去。他喜出望外地大声呼叫起来，他召唤特洛伊人过来抢夺尸体。很快，原来那些见到阿喀琉斯唯恐避之不及的特洛伊人此时都争先恐后地围拢过来，想要剥取他的铠甲。但英雄埃阿斯却牢牢地守护在阿喀琉斯尸体周围，他用长矛喝退逼近的人，只要有一个人敢靠近阿喀琉斯，必定遭到他的致命一击。后来，埃阿斯索性主动向敌人发起进攻，吕喀亚人格劳科斯死在他的长矛下，特洛伊的英雄埃涅阿斯也受了伤。

和埃阿斯一同保护阿喀琉斯尸体的还有奥德修斯和其他阿耳戈斯人。特洛伊人却顽强地与阿耳戈斯人拼搏着。奥德修斯的右腿在混战中受了伤，鲜血不断地涌出。而这时候帕里斯却用长矛瞄准了埃阿斯。但是埃阿斯机灵地躲过了，用一块巨石砸中了帕里斯的头盔，使他倒在地上，无力继续进攻。帕里斯的朋友们赶紧把奄奄一息的他抬上战车，用赫克托耳的骏马拖着战车把他拉回特洛伊城。

这期间，阿耳戈斯人把阿喀琉斯的尸体从战场抬回战船，阿耳戈斯人全部围在他的周围，放声痛哭。奔跑过来的埃阿斯最是伤心难过，他为失去一个亲密的战友兼表兄弟而痛哭流涕。年迈的福尼克斯紧紧抱住阿喀琉斯的身体，老泪纵横。他想起了英雄的父亲珀琉斯曾经把孩子交给他教育和抚养的场面，现在珀琉斯和他都活在世上，孩子却离开了人世。阿特柔斯的两个儿子和所有的希腊人都在为他哭泣。悲痛的哭声从战船传到了天际，整个希腊军营都陷入悲伤之中。

白发苍苍的涅斯托耳最终劝说大家停止哭泣，他想让伟大的英雄尽快入土为安。于是在他的提醒下,大家用温水把英雄的尸体洗净,给他穿上他母亲忒提斯为他亲手缝制的华丽战袍。然后将他停放在营帐内,准备火葬。这时候雅典娜从奥林匹斯圣山上投下了无比同情的目光,她在他的额上洒下几滴香膏,以避免尸体腐烂或者变形。香膏一洒落在阿喀琉斯的身上,他的身体立刻出现了奇迹,看上去就好像活着的那样,显得神采奕奕。希腊人看到他们的英雄此时面容安详地躺在尸床上,就好像正在平静的睡眠当中,不久就会醒过来,他们为此感到惊异和欣慰。

希腊人哀悼他们的伟大英雄的巨大悲泣声传到了海底,阿喀琉斯的母亲忒提斯和涅柔斯的女儿们都听到了。剧烈的痛苦使得忒提斯禁不住放声痛哭,整个赫勒斯蓬托斯海岸都回荡着她们的哭声,就连海怪也跟着发出悲戚的吼声。就在当夜,忒提斯和涅柔斯的女儿们分开巨浪来到希腊人的战船所在的海岸上,来到阿喀琉斯的尸体旁。忒提斯一把抱住儿子,亲吻着他的嘴唇,不断流淌出来的眼泪把大地都沾湿了。希腊人看到女神和她的儿子团聚,都不忍心打扰,纷纷退了出去。直到女神们离去后,他们才回到阿喀琉斯的尸体旁边。

天刚破晓,希腊人便浩浩荡荡地向爱达山出发,他们从山上运下无数的木柴,把它们高高地垒成一堆。他们在柴堆上放上许多被杀死的人的盔甲和武器、祭奠用的牲口以及黄金和其他贵重金属。希腊的英雄们各自割下他们的一绺头发,阿喀琉斯生前最宠爱的侍女布里塞伊斯也剪下自己的一束秀发,作为她给主人的最后礼物。他们还把各种香膏浇在柴堆上,并在上面放上一碗碗蜂蜜、美酒和香料,然后把英雄的尸体送往柴堆的顶上。最后,所有希腊人都穿戴齐整,有的骑在马上,有的徒步行走,围着巨大的柴堆绕圈而行。礼毕,他们庄严地点燃柴堆,火苗熊熊燃烧起来,战士们迸发出一片哭号声。遵照宙斯的旨意,风神埃洛斯送来了疾风,把木柴堆煽起了冲天的火焰,直烧得柴火噼啪作响。尸体顷刻间化为灰烬,英雄们用酒浇熄了余烬。朋友们小心翼翼地拾起他的遗骸,装进一只宽大的、镶金嵌银的匣子里,并安葬在海岸最庄严的地方,与他的朋友帕特洛克罗斯的遗骸并排葬在一起。然后他们筑起一座高高的坟墓。

阿喀琉斯的两匹神马挣脱了轭具,它们大概感觉到了主人已经死去,从此以后,谁也无法驯服它们。

大埃阿斯之死

第二天,狄奥墨得斯在希腊人举行的会议上提议,在敌人尚未恢复勇气之前,立即出兵把特洛伊攻陷。但是埃阿斯却表示反对,他认为阿喀琉斯尸骨未寒，他的母亲忒提斯仍旧沉浸在无尽的悲痛中，大家应该为阿喀琉斯举行一场隆重的殡葬赛会，以此表示对英雄的怀念。"至于特洛伊人，只要我们大家还活在世上，就不是难事！"埃阿斯的建议得到了大家的认同。狄奥墨得斯也表示赞同。

海神忒提斯带来了众多精美的奖品，她到现场鼓励英雄们进行比赛。于是，希腊人举行了隆重的殡葬赛会。首先开局的是角力竞赛，埃阿斯和狄奥墨得斯两个英雄一马当先，在角逐中势均力敌，不分胜负。其次是拳术比赛，比赛项目包括跑步、射箭、掷铁饼、跳远、战车竞赛等。赛事紧张激烈，胜利者都得到了丰厚的奖品。

比赛结束后，忒提斯把她儿子的铠甲和武器作为奖品奖给有功的英雄。她蒙着黑色的面纱，无限悲痛地对阿耳戈斯人说："在为我儿子举行的殡葬赛会上，获胜的阿耳戈斯人都获得了奖品。现在，我想把我儿子的这套装备赠送给那位救出了我儿子的尸体的最勇敢的希腊英雄。这些都是神的赠礼，神自己也很喜欢这些宝贵的礼品。"

这时有两位英雄从队伍中跳出来，他们是拉厄耳忒斯的儿子奥德修斯和忒拉蒙的儿子埃阿斯。埃阿斯奔到这套装备旁边，伸手就要把它们抱在怀里，他连忙请伊多墨纽斯、涅斯托耳和阿伽门农为他的功劳做证。奥德修斯也请他们为自己说话，因为他们是全军中最聪明并且最受尊重的人。年迈而明智的涅斯托耳把另外两位被要求当证人的英雄拉到一旁，面露难色地说道："我们几个最好还是不要做出任何评论，因为如果两位英雄为争夺这套装备而反目成仇，那么我们就会面临一场巨大的灾难！他们中间无论谁感受到了冷遇，都会委屈地退出战场，我们就会因此而受到不可挽回的损失。我提议，让在营地里众多的特洛伊的俘虏来做评判，让他们来解决埃阿斯和奥德修斯的争论。因为他们没有从两个人中得到任何好处，是不偏不倚，相对公正的。"两人对他的建议表示赞同，于是他们从俘虏群中挑选了几个高贵而正直的特洛伊人作为裁判。

埃阿斯首先站出来说道："奥德修斯啊，是什么东西蒙蔽了你的眼睛，你竟敢和我相争？你和我相比，就好像狗和狮子那样。难道你忘记了吗？在知道要远征特洛伊的时候，你是多么不情愿啊！你只想做一只缩头乌龟，窝在家里！还有，劝我们把不幸的菲罗克忒忒斯遗弃在雷姆诺斯海岛上的也是你！帕拉墨得斯是被你诬陷的吧？他比你要聪明和强大，却被你用私仇而置于死地。而你现在来和我争夺装备，这让我觉得很可笑。你大概忘了谁在战场上英勇地救了你一命。在那场鏖战中，你被大家所忘记，孤身一人地在那抵抗，如果不是我出手相救，你恐怕早已不在人世！再说争夺阿喀琉斯的尸体的时候，是我把他的尸体和武器扛回来的，你根本没有力气扛动英雄的武器，更不用说扛起他的尸体了！你最好退回去，要知道我不仅武艺比你高强，而且出身也比你高贵，并且还跟阿喀琉斯有亲戚关系！"

奥德修斯对埃阿斯的话不屑一顾，他用嘲讽的语言说道："我说埃阿斯啊，你的话在我看来都是那么可笑。你责备我胆小怯懦。可是我认为，智慧才是一个人真正强大的力量。正是智慧和聪明教会水手穿过惊涛骇浪，教会人们驯服雄狮、猛豹等野兽。在困难中，一个拥有智慧的人比一个只有蛮力的人要有价值。狄奥墨得斯认为我是希腊人最聪明的那个英雄，因此在远征的时候他一定要带上我。是啊，如果不是因为我充满智慧的劝说，珀琉斯的儿子怎么会来到特洛伊征战？而现在，我们却在这里为争夺他的武器而争论不休。假如现在希腊人急切地需要一位新的英雄，听着，埃阿斯，我认为不会是你靠你那粗壮的胳膊，也不是军中某一个人的诡计可以做到的，只有能言善辩的我才能够把他说动。再说，神除了赋予我聪明智慧，还给予我坚强的体魄。你说你从敌人手中拯救我这个逃跑的人，这是不属实的，相反，我总是拼杀在最前线，勇敢地进攻敌人；而你自己却总是站在一旁，心里想到的只有自己！"

他们两个人就这样针锋相对地争吵了好长时间，谁都不愿意退让。最后，奥德修斯的言辞打动了作为裁判的特洛伊人。他们把珀琉斯儿子的全副装备判给奥德修斯所有。

这个裁决使得埃阿斯异常愤怒，他的内心狂跳不止，血液在血管里沸腾，身上每根筋肉都在颤动。他像一根柱石那样呆立一边，低垂着头，一动也不动。到最后，他的朋友们好言相劝，才把他拖回战船去。

夜色笼罩着大海。埃阿斯孤身一人坐在营帐内，不吃不喝，不愿睡觉。最后，他穿上铠甲，手执利剑，心想要不就去杀了奥德修斯以解心头之恨，要不就在希腊人中大开杀戒，然后烧毁战船。如果不是保护奥德修斯、反对埃阿斯的雅典娜让他发疯的话，他一定会在以上三个计划中选择一个付诸实施的。

痛苦和气愤在埃阿斯那里无法自持，他从营房里跑出，冲进羊群中间，女神使他两眼昏花，让他把羊群当作是希腊人的士兵。那些牧羊人看到他这副气恼的样子，都躲进斯卡曼德罗斯河旁的灌木林中。埃阿斯在羊群中，挥舞着利剑，左刺右砍，进行着可怕的屠杀。他一边砍杀一边还嘲笑地说道："你们这些猪狗不如的东西，躺在地上去死吧！你们再也不可能担当任何不公正的裁判了。还有你这昧着良心、胆小如鼠的家伙，你从我手里夺去了阿喀琉斯的武器,现在我看它们都帮不上你了。懦夫需要什么铠甲呢?"说着,他抓住一头大绵羊,拖着它回到自己的营房,找出皮鞭,拼尽全力使劲地朝它抽打着。

这时,雅典娜走到他的身后,抚摸着他的脑袋,顿时他就从疯狂中清醒了。可怜的英雄这才看清自己的眼前是一头被打得皮开肉绽的绵羊。他一下子明白过来,他的双手顿时无力地垂了下去,鞭子也随之滑落。埃阿斯筋疲力尽地瘫倒在地,然后无比懊恼地说道:"一定是有一个神在憎恨我,才让我发疯发狂,变成这个模样。天哪,永生的神啊,我做错了什么,你们为什么要这样对待我,你们为什么站在狡猾的奥德修斯的那一边啊?现在我怎样面对全体希腊人啊?"

这时候他的妻子忒克墨萨正抱着幼子过来找他,她是弗利基亚国王的女儿,被埃阿斯掳掠过来的战利品。温顺体贴的忒克墨萨看到她的丈夫闷闷不乐,但无从知道到底发生了什么,因为他拒绝回答她的任何问题。等他离开营房后,她跟着出来,心中产生了一种不祥的预感。然后她终于在羊群中看到了这场可怕的屠杀,她连忙跑回营房,看到自己的丈夫站在那里,满脸羞愧,垂头丧气。他在绝望中呼喊着兄弟透克洛斯和儿子欧律萨克斯的名字,并希望以一种高贵的死结束自己的性命。忒克墨萨含着泪水上前抱住他的膝盖,恳求他不要抛下她,让她成为敌人的俘虏。她祈求丈夫想一想在萨拉密斯的年迈双亲,并把儿子塞在他的怀里,告诉他,如果幼小的孩子就此失去了父亲的疼爱,那他将来会有怎样的命运?

埃阿斯十分感动地抱起孩子,亲吻着他,说道:"我的孩子,希望你比父亲能享受更多的幸福,希望你能够像父亲一样勇敢,成为一个真正的英雄!我的兄弟透克洛斯将会把你抚养成人。现在,让我的随从把你送到萨拉密斯我的父母那儿,让他们照顾你,你在那里会过得幸福快乐的。"说着,他把孩子交给随从,并留下遗言请他的同父异母兄弟照看他心爱的妻子忒克墨萨。然后埃阿斯挣脱了妻子的拥抱,抽出他从赫克托耳那儿缴来的利剑,将它用力地插在地上。接着,他举起双手,向上苍祈祷:"万神之父宙斯啊,我求你为我做一件好事:在我死后,请让我的兄弟透克洛斯迅速来到我的身边,免得敌人将我的尸体拿去喂狗。而你们,复仇女神,我也恳求你,如同我的惨死一样,让阿特柔斯的儿子也不得好死!来吧,请不要饶恕任何屠杀者,随心所欲地向他们施行报复吧!还有你,太阳神,我请求你,当你的金车经过我的故乡萨拉密斯上空时,请你稍稍停顿一下吧,把我不幸的命运告诉我那年迈的父亲和可怜的母亲。再见了,神圣的阳光!再见了,萨拉密斯!再见了,家乡的原野!再见了,雅典城和故乡的山水！再见了，特洛伊的广阔的原野，在这里我生活了这么多年，经历了多少激烈难忘的战斗！死神，请你降临吧，请给我投来同情的目光！"说完，他拔剑自刎，倒在地上。

希腊人听到埃阿斯自刎而死的消息，都十分震惊。他们成群结队地拥过来，扑倒在地上痛哭。他的兄弟透克洛斯记住他父亲的嘱咐：如果没有埃阿斯，他不准单独从特洛伊回来。他看到兄长已死，便也准备拔剑自杀，幸亏旁边的朋友及时夺走了他的利剑，不然他也跟着埃阿斯一起去了。透克洛斯痛苦万分，自杀不成，他就扑在兄长的尸体上放声痛哭。哭了好一会儿，他抬起头发现绝望的忒克墨萨僵直地坐在死者的身旁，怀里抱着她和埃阿斯的孩子。透克洛斯停止啜泣，上前去安慰嫂子，并保证说一定会保护她，并像父亲一样抚育兄长的孩子。然后他吩咐随从将母子二人送回萨拉密斯去；而他自己仍留在营中，因为害怕父亲忒拉蒙见不到埃阿斯会对他大发雷霆。

然后，透克洛斯强忍悲痛准备安葬他亲爱的兄长。可是，墨涅拉奥斯却出来阻拦他："你敢去安葬这个人！他的行为比我们的敌人特洛伊人更为恶劣！一个自杀的人不值得隆重安葬。"他俩为埃阿斯是否应该获得安葬发生了争执。这时，阿伽门农走过来，他站在墨涅拉奥斯这边，并在激烈的争论中大声斥责透克洛斯是奴隶的儿子。透克洛斯非常气恼，他提醒他们，不应该忘记埃阿斯在战场上立下的汗马功劳。特别是当特洛伊人在赫克托耳的率领下就要放火烧船的时候，埃阿斯拯救了全军。所有希腊人应该对埃阿斯的行为进行表彰！可是他所说的通通没有奏效。最后，透克洛斯愤怒地呵斥道："希腊人啊，阿特柔斯的儿子们啊，你们最好清醒一点，你们若是亏待埃阿斯，就等于侮辱他的妻子和孩子以及这些拥戴埃阿斯的弟兄！我奉劝你们，如果你们坚持己见，恐怕神也不愿意带给你们保护！"

大家争执不下，这时奥德修斯过来了，他对阿伽门农说道："全军的统帅啊，我能以一个忠诚的朋友的身份说出我的真实想法吗？"

"你说吧！"阿伽门农惊奇看着他，"在全军中，我视你为最好的朋友，但说无妨！"

"好！"奥德修斯说道，"看在众神的分上，请你们不要使他得不到安葬！不要因为权力在握，就恩怨不分！如果我们怠慢了这样一位高贵的英雄，这不仅仅是亏待他的事情，这也违背了神的意志！"

阿特柔斯的儿子听到这话，惊讶得说不出话来。最后阿伽门农问道："奥德修斯，他不是你的死敌吗？你们刚才还为阿喀琉斯的武器争吵过，难道你要因为他而违背我的意志？"

"他的确是我的仇敌，"奥德修斯回答说，"我确实憎恨他。可是他现在死了，我们应该为失掉一位高贵的英雄而感到悲哀。我也不允许自己把他视作仇敌看待，我同意为他举行隆重的安葬仪式，我愿意和他的兄弟一同完成这神圣的义务。"

透克洛斯原来看到奥德修斯过来时，已经厌恶地待在一旁。但是现在听到他的这番话，便走过去，友好地拉着奥德修斯的手说："高贵的英雄，你是他的最大的仇敌，现在却只有你为他说话！尽管如此，现在我还是不愿意让你触摸他的尸体，因为他的灵魂可能还没有决定与你和解。让我们把仇恨先放在一边吧，现在还有许多事情等着我们去做呢！"说完，他指了指忒克墨萨，她一直悲伤地坐在那里。奥德修斯朝她走去，坚定地对她说："埃阿斯的妻子，你放心吧！你永远都不会成为他人的奴隶。只要透克洛斯和我还活着，你和你的孩子便会得到照顾，得到安全，就好像埃阿斯仍活在你的身旁一样。"

阿特柔斯的两个儿子感到羞愧，他们不再做出反对的意见。于是大家把埃阿斯的遗体抬起，送到战船上，为他洗去身上的泥土和血迹。最后，大家把他放在巨大的柴堆上火化。

涅俄普托勒摩斯

这期间，希腊人准备重新投入战斗。特洛伊人也在积极备战，他们现在迎来了忒勒福斯的儿子欧律皮罗斯的援救部队，他率领许多战士从密西埃赶来，这使得特洛伊人又增添了新的勇气和力量。相反的是，希腊人却失去了两位最骁勇善战的英雄，所以战斗一开始，他们便遭到了巨大损失。

最英俊的尼瑞乌斯死于欧律皮罗斯的突击，帕达里律奥斯的兄弟马卡昂看见尼瑞乌斯死了，奔来保护他的尸体。他用矛刺入欧律皮罗斯的肩膀，鲜血直流的欧律皮罗斯如同受伤而暴怒的野猪，他用矛射穿了马卡昂的胸脯，高明的医师也是英勇的战士马卡昂倒在地上死去。透克洛斯呼唤援兵抢走了两人的尸体。帕达里律奥斯见弟弟已死，他也想自杀。涅斯托耳劝他："我们的命运无论是好是坏都是神决定的。你的兄弟是人和神都喜爱的，他是神的儿子，所以我相信他死后必为神。"

战斗在特洛伊激烈地进行。希腊人狄奥墨得斯和奥德修斯则来到斯库洛斯岛，他们在这里看到皮尔荷斯正在练习弓箭和投枪。皮尔荷斯是阿喀琉斯的小儿子，希腊人后来把他称为涅俄普托勒摩斯，意思是"青年战士"。他从小跟外祖父一起生活，今天正在外祖父的院子里练武。两人在门口观察了好一会儿，然后走近他。令他们感到吃惊的是，眼前的这位少年无论是身材还是容貌，都和他们的故友阿喀琉斯非常相像。皮尔荷斯见到两位陌生的男子，便礼貌地上前问候道："衷心地欢迎你们，外乡人，你们是谁，从哪里来？"

奥德修斯微笑地回答说："我们是你父亲阿喀琉斯的朋友。我毫不怀疑，现在和我们说话的是他的儿子，你的身段和面貌同阿喀琉斯是多么相像啊！我是伊塔刻的奥德修斯，拉厄耳忒斯的儿子。这位是狄奥墨得斯，是堤丢斯的儿子。我们到这里来，是因为希腊的预言家卡尔卡斯预言，如果你参加讨伐特洛伊的战斗，我们就能很快攻陷城池，取得战争的胜利。如果你愿意参战的话，希腊人将赠送给你丰厚的礼品作为报答，而我也十分乐意把奖给我的——你父亲的武器送给你。"

皮尔荷斯听到，十分高兴，他说："如果阿耳戈斯人奉神命来召唤我和你们同行，我们明天就航海出发。现在请你们到我外祖父的宫里先用餐吧！"在国王的宫殿里，他们看到了阿喀琉斯的妻子得伊达弥亚仍旧沉浸在失去丈夫的悲伤之中。她的儿子走上前去告诉她说来了客人，却没有告知这两位客人造访的真正来意，因为他怕母亲为他担心。两个英雄饱餐后便进屋休息了。阿喀琉斯的妻子得伊达弥亚却彻夜难眠，她想起了正是这两个来客当年劝她丈夫参战，征伐特洛伊，才使得阿喀琉斯丧失了性命，使她变成了寡妇。而他们的再次拜访恐怕是为了同样的目的，她害怕自己的儿子也将卷入战争之中。所以次日天一破晓，她便来到儿子的床边，抱住他的头大声哭泣起来。"我的孩子啊，"她一边哭一边说，"尽管你不愿意对我说，但我已经知道那两个外乡人造访的目的，他们一定是过来叫你前往特洛伊作战的。当年他们也曾造访过你的父亲。听我说，那里有许多英雄，包括你的父亲都已经死去。你这么年轻，根本没有任何战斗经验，你不能去！听母亲的话，留在家里！我已经失去你的父亲，我不能再失去我最爱的儿子！"

皮尔荷斯回答说："母亲，先别为还没发生的事情悲伤吧！我们在战场上生死是由命运女神决定的。如果我命中注定要死在战场上，那还有什么比为希腊人的荣誉而战更光荣呢？"

这时，皮尔荷斯的外祖父吕科墨得斯从床上坐起来，对他说道："你可真像你的父亲啊！可是，即使你能够在特洛伊战场上幸免于难，谁知道你在回国途中会遇到什么灾难！因为在海上航行总会有说不清的危险。"然后他上去亲吻皮尔荷斯，他尊重外孙的意见。皮尔荷斯从泪汪汪的母亲怀里挣脱出来，向母亲和外祖父告别，然后和两位希腊英雄走出门去，他还带走了得伊达弥亚的二十个忠实的仆人。就这样，他们来到海边，登船起程。

　　海神波塞冬一路护送他们，海面风平浪静，他们的航行一路顺风。拂晓时分，他们看到爱达山的山峰耸立在眼前。他们一行顺利到达特洛伊城附近的战船边。这时希腊人的战船旁的战斗正厮杀得不可开交，特洛伊人在援军首领欧律皮罗斯的率领下明显取得战斗的优势。正当欧律皮罗斯要把战船营的垒墙推翻的时候，眼尖的狄奥墨得斯赶紧跳到岸上，并呼唤勇士们和他一起救援。大家火速奔到离海滩最近的奥德修斯的营房里，那里除了他的武器，还有许多从敌人那儿缴获的武器。大家各自取用需要的物品。涅俄普托勒摩斯，即皮尔荷斯套上父亲阿喀琉斯的铠甲，神奇的是，这身巨大的铠甲就好像为他定制的一样，他穿上正好合适。然后他拿起长矛，英姿焕发地投入激烈的战斗，跟他到来的人也受到他的鼓励，积极投入战斗。在他们的围攻下，特洛伊人被迫从围墙旁后退，后退到欧律皮罗斯的周围。

　　涅俄普托勒摩斯在战场上可谓初生牛犊不怕虎，他箭无虚发，很快，许多特洛伊人就倒在他的手下。在他的强势进攻下，特洛伊人一再溃败，他们甚至绝望地以为英雄阿喀琉斯活过来了。的确，他在战场的身手就好像父亲阿喀琉斯那般勇猛无敌，而他也受到女神雅典娜的关心和保护。尽管箭矢和投枪雨点般朝他飞来，但都没法给他造成伤害。希腊人看到阿喀琉斯的儿子参战，士气大振，他们一鼓作气，打退了特洛伊人的进攻。太阳下山的时候，欧律皮罗斯和特洛伊的军队不得不撤退回城。

　　当涅俄普托勒摩斯从恶战中归来正在休息时，老英雄福尼克斯来探望他。福尼克斯是他祖父珀琉斯的朋友，又是皮尔荷斯的父亲阿喀琉斯的教师。当福尼克斯来到这位年轻的英雄面前，他惊奇地发现他和阿喀琉斯长得太相像了。他拥抱这个少年，亲吻着少年的前额和胸脯，大声地说道："孩子啊，我感到你的父亲又来到了我们中间。你要帮助希腊人，杀死给我们造成巨大损失的忒勒福斯的儿子，你比他高强，一定能够战胜他！"年轻人谦虚地回答："谁是最强大的人，战场上才能见分晓！"说完，他回到营房，休息。

　　天刚亮，战斗又重新开始。双方拼杀了很久，每一方都牺牲了许多战士，但战斗还是打得难分难解。这时欧律皮罗斯的一个朋友被打死，他看到朋友死去十分恼怒，于是便冲向敌阵，疯狂地砍杀敌人。涅俄普托勒摩斯连忙站到他的面前，两个人挥舞着长矛，面对面地对抗。"这孩子从哪里冒出来？你是谁的孩子，竟敢和我作战？"欧律皮罗斯大声问道。

　　涅俄普托勒摩斯回答说："为什么要问我的出身呢？你是敌人又不是朋

友。告诉你吧,我的父亲就是声名赫赫的阿喀琉斯。他以前杀了你的父亲,这根长矛是我父亲的武器,现在让你尝尝它的厉害!"说着,挥舞起粗大的长矛。欧律皮罗斯急忙从地上捡起一块巨石,朝他投去,击中他的金盾,但它毫无损伤。他们俩像两头凶猛的野兽互相扭打在一起,他们周围的士兵也在相互奋力厮杀。长矛互投,盾牌互撞,战场上一片混乱。两个人越战越勇,力量倍增,因为他们都是神的子孙,欧律皮罗斯是赫拉克勒斯的孙子,宙斯的重孙;涅俄普托勒摩斯是女神忒提斯的孙子。最终,涅俄普托勒摩斯找到对方的破绽,用长矛刺中对方的喉咙。黑色的鲜血从伤口喷涌出来,欧律皮罗斯立刻浑身发颤,倒在地上死了。

　　特洛伊人看到他们的援军首领倒下了,十分难过。这时涅俄普托勒摩斯率领军队冲了过来,特洛伊人纷纷逃窜,就好像牛犊遇上雄狮的追击。战神阿瑞斯在奥林匹斯圣山看到,立刻驾着战车,奔到混乱的战场。他隐身在一片浓雾中,大声吼叫,激励特洛伊人抵挡敌人的进攻。可是大家都只听到战神雷鸣般的吼叫,却看不到他的身影。普里阿摩斯的儿子,受人称赞的预言家赫勒诺斯,第一个听出了这是战神阿瑞斯的声音。于是他对同胞大声喊道:"大家别害怕,这是我们的朋友,强大的战神阿瑞斯正来到我们的身边与我们共同作战,难道你们没有听到他的呼唤吗?"特洛伊人大受鼓舞,稳住了阵脚,双方的激战再次爆发。阿瑞斯给特洛伊的队伍注入了巨大的勇气,到最后,希腊人的队伍开始动摇。不过,涅俄普托勒摩斯没有被战神阿瑞斯吓退,他勇敢地继续战斗,并且杀死一个又一个敌人。阿瑞斯被他的大胆激怒了,准备从云雾里冲出来,现身与他直接单打独斗。这时,希腊人的朋友女神雅典娜赶紧从奥林匹斯圣山上降下,来到战场。她的到来使得大地震颤,使得斯卡曼德罗斯河的河水震荡起伏,她的武器迸射出雷电般的光芒,她的戈耳工盾牌上的蝮蛇喷吐着火焰。女神也隐藏在一片浓云迷雾之中,那发怒的目光也被迷雾所遮蔽。眼看着两位神之间就要开始一场你死我活的决斗,宙斯发出了一声洪亮的雷声警告他们,他们只得遵从父亲宙斯的旨意。阿瑞斯返回色雷斯,雅典娜也回到雅典,让希腊人和特洛伊人自己厮杀。特洛伊人终于抵挡不住阿喀琉斯儿子率领下的强势进攻,他们退回城内,希腊人直追到城门口。特洛伊人紧闭城门,在城头反击希腊人的激烈进攻。如果不是宙斯遵照命运女神的意思,用浓雾罩住特洛伊城的话,阿耳戈斯人很快就会占领特洛伊城。聪明的涅斯托耳看到这一切,劝说希腊人撤退回营,先安葬他们的死者。

　　第二天,希腊人惊讶地发现特洛伊城又清晰地耸立在前方,他们这才明白昨天傍晚的浓雾是宙斯制造的。这一天双方休战。特洛伊人利用这个机会,隆重地安葬密西埃人欧律皮罗斯。涅俄普托勒摩斯也去祭扫父亲的坟墓,他在父亲高耸的坟墓前含着眼泪说道:"亲爱的父亲,我来看您了!您不在的日子我是多么地想念您!如果您在希腊人中活着那该多好啊!现在,您看不到您的儿子,我也看不到我的父亲!但是,您永远活在我的心里,我们大家永远不会忘记您!"他在父亲的坟前哭诉了许久,很晚才赶回战船上。

第二天,双方又在特洛伊城前展开激烈的战斗,但是希腊人仍然无法顺利攻破城池。预言家卡尔卡斯站出来,告诉大家:"朋友们,相信那个特洛伊预言家的预言吧!现在我们只实现了预言的一部分,并且已经看到阿喀琉斯的儿子带给我们的转机。如果实现预言的另一部分,即让菲罗克忒忒斯和他的百发百中的神箭一起回到我们的中间,那么胜利就不遥远!"

经过商议,希腊人决定派能言善辩的奥德修斯和勇敢的少年英雄涅俄普托勒摩斯前往雷姆诺斯岛,他们即刻登上一艘快船,向目的地进发。

菲罗克忒忒斯在雷姆诺斯岛

奥德修斯和涅俄普托勒摩斯在荒凉的雷姆诺斯岛登陆。九年前,奥德修斯劝说希腊人把英雄菲罗克忒忒斯遗弃在一座有两个出口的山洞里:一个严冬可以御寒,另一个酷夏可以避暑。奥德修斯很快找到这两个山洞,发现这儿的一切还跟从前一样。然而山洞里空无一人,只有一堆树叶压得平平的,像是一张宽大的床榻,看起来有人睡过。旁边还有一只用木头刻制的粗糙的杯子以及一堆木柴,门外的太阳下还晾晒着许多沾有血污的破布,种种迹象表明,菲罗克忒忒斯仍然住在这里。

"趁他不在这儿,让我们想出一个劝说他的好办法,"奥德修斯对阿喀琉斯的小儿子说,"我想,头次见面我最好避开,他肯定非常痛恨我,而且恨得有理!你先单独和他见面,他如果问你是谁,问你从哪里来,你就据实回答,告诉他,你是阿喀琉斯的儿子。然后你得按我说的做,你要告诉他——现在你愤怒地离开了希腊人,准备返回家乡,因为希腊人再三请求,把你从斯库洛斯岛请来帮他们攻城,并且答应把你父亲的武器还给你。可是来到特洛伊以后,他们却把武器给了我,给了奥德修斯。这时,你就要在他的面前把我大骂一通,怎么骂都可以。我们不得不用这个计谋,否则我们就争取不到这个人,就不能得到他的神箭。因此,你要按我说的话去做。"

涅俄普托勒摩斯打断他的话,说:"拉厄耳忒斯的儿子啊,这样的事我听着就觉得厌恶,而且我也不愿意这样做。我的父亲和我天生都不喜欢玩什么阴谋诡计。我宁愿用武力去抓住这个人,也不愿意使用这种欺骗的手段。再说了,他孤身一人,而且只有一条腿是健全的,他怎么能够胜过我们呢?"

"他那百发百中的神箭就足以战胜我们!"奥德修斯平静地回答说,"我清楚地知道,孩子,你不愿意对人说谎。我年轻的时候也像你一样,手脚灵敏,说话却耿直。可是后来经验告诉我,巧妙的说话方式能够带来事半功倍的效果。你想一想吧,只有靠赫拉克勒斯的神箭才能征服特洛伊城,而你通过这件事情,利用你的聪明才智去赢得对手,那么这就不是说谎话的问题了。"

涅俄普托勒摩斯终于被他年长的朋友说服了,随后奥德修斯躲了起来。过了一会儿,他听见远处传来备受折磨的菲罗克忒忒斯的呻吟声。菲罗克忒忒斯远远地看到停泊在海边的船只,就赶忙回到自己的山洞里来。一看见年轻的涅俄普托勒摩斯及其随从,就问道:"你们是什么人?到这荒岛来干什么?虽然我认出了你们穿的是希腊人的衣服,但我想还是听听你们说话的口音吧。不要被我这身破破烂烂的外表所吓倒,我是被朋友遗弃在这里,为疾病所苦恼的不幸的人。如果你们有什么要说的,就赶紧开口说话吧!"

涅俄普托勒摩斯按奥德修斯吩咐的那样说了一遍。菲罗克忒忒斯听后高兴得叫了起来:"啊,多么久违的家乡话呀!我多长时间没有听到过了?啊,高贵的阿喀琉斯的儿子!见到你就好像见到你的父亲!你刚才说什么呢?阿耳戈斯人对待你就像当年对待我一样!当年,就因为我的伤口无法愈合,阿特柔斯的儿子们和奥德修斯乘我躺在海滩上熟睡的空当,就把我遗弃在这里,只给我留下几件可怜的破衣衫和少许食品,就像对一个乞丐那样。你相信吗?亲爱的孩子,当我醒来的时候,我发现整个荒凉的海岛就只剩下我孤零零的一人,这是怎样的一种恐惧啊!没有医生,没有帮助。我得依靠我的这把硬弓来获取猎物,维持生存。可是打猎是多么费劲的事啊!你看看我,我得跛着腿去打猎,去泉边取水,去林中砍伐木材。我在这儿过着忍饥挨饿的生活,这已经是第十个年头!这一切都是奥德修斯和阿特柔斯的儿子们的罪过,但愿神惩罚他们!"

听到这里,涅俄普托勒摩斯十分感动,可是他想起了奥德修斯对他的警告,于是又强忍住自己内心的感受。他把话题转向希腊人这近十年发生的故事中去,告诉他自己的父亲是怎样战死的,还告诉他许多有关家乡和朋友的轶事,最后说到了希腊人现在的命运,并且说了奥德修斯教给自己的那些谎话。菲罗克忒忒斯听了十分动情,随后他抓住涅俄普托勒摩斯的手，悲痛得哭了起来，说道："亲爱的孩子，我请求你，看在你父母亲的分上，带我走吧。把我从痛苦折磨中拯救出来。我知道我可能会成为你的累赘，但我仍旧恳请你带我走吧！别让我一个人再待在这座可怕的荒岛上。带我回到你的家乡去，从那里到俄塔，到我的父亲居住的地方并不远。"

涅俄普托勒摩斯心情沉重地假意答应了他的请求："只要你愿意，我们立即上船动身。但愿神赐给我们顺风，让我们尽快离开这座荒岛，平安地到达目的地！"菲罗克忒忒斯跛着他的伤腿，霍地跳了起来，高兴地握住年轻人的手。这时候，他们派出去探听消息的那个仆人突然出现，他化装成希腊水手的模样，同来的还有另外一个乔装打扮的水手。他们对涅俄普托勒摩斯讲述了一个捏造的消息，当然这又是奥德修斯的意思。他们说狄奥墨得斯和奥德修斯按照预言家卡尔卡斯的意思，已经出发去寻找一个名叫菲罗克忒忒斯的人，因为根据预言，如果没有菲罗克忒忒斯，特洛伊城就不能攻破。

这个消息使得菲罗克忒忒斯非常担心，他立刻收拾起赫拉克勒斯的神箭，把它交给他完全信任的年轻的英雄涅俄普托勒摩斯保管，随后他们走出洞口。涅俄普托勒摩斯再也不愿意隐瞒实情，他们刚走到海岸边，他便说出了真相："菲罗克忒忒斯，我不应该欺骗你，我来也是为了请你和我一道前往特洛伊，希腊人和阿特柔斯的儿子们正在那里等你！"菲罗克忒忒斯听了十分吃惊，他连忙转身逃跑，一边不忘祈祷，一边在咒骂着。

年轻的英雄还没有来得及表示出他的同情，奥德修斯就从隐蔽的树丛中跳出来，并命令随从把这位英雄抓起来。菲罗克忒忒斯立即认出了他："哦，天哪，我被出卖了！这就是从前遗弃我的人，现在他居然又来骗走我的弓箭！"然后他又回头对涅俄普托勒摩斯说，"好孩子，把我的弓箭还给我！"

奥德修斯大声说道："绝对不行！即使这个年轻人想这么做也不行！你必须跟我们回去，因为这关系到希腊人的幸福和特洛伊的灭亡！"说着，他把这位倒霉的家伙交给手下人看管，把一声不吭的涅俄普托勒摩斯拉走了。

菲罗克忒忒斯与那些随从在洞口前停了下来，他诅咒这无耻的欺骗，祈求神为他报仇。突然，他看到涅俄普托勒摩斯和奥德修斯争吵着回来了。他远远地就听见年轻人愤怒地大喊："不，我做错了！是我用可耻的诡计欺骗了一个高贵的人！现在我要弥补我的错误，你若违背他的意愿，非要这样绑架他把他带走，那我们就不可避免地要交手了。"年轻的涅俄普托勒摩斯说完，拔出剑来，奥德修斯也拔出了他的剑。菲罗克忒忒斯赶忙上去，扑倒在阿喀琉斯的儿子的脚下,请求他:"请你救救我吧,我向你保证,我会用我朋友赫拉克勒斯的神箭保卫你的祖国,使它不受任何人的侵犯!"

"跟我来吧!"涅俄普托勒摩斯一面说,一面从地上扶起可怜的老英雄,"我们今天就回佛提亚,回到我的故乡去。"

这时,蔚蓝的天空突然一片漆黑,他们马上抬起了头,菲罗克忒忒斯一眼看到他的老朋友赫拉克勒斯正站在云端,他已经是一位神了。

"你不要走!"赫拉克勒斯在天上用神那响亮的声音大声喊道,"我的朋友菲罗克忒忒斯,听我说,宙斯让我把他的决定告诉你,你必须服从!你知道,我经历许多磨难才成为永生的神;命运女神也同样让你受尽折磨,才会把光荣赐给你。如果你跟这位年轻人前往特洛伊,你的创伤即可愈合。此外,众神选中你去杀死这场灾难的祸首帕里斯。你将攻破特洛伊城,获得最珍贵的战利品,并且带着它们回到你的家乡,与你的父亲帕阿斯重逢。如果你的战利品中还有剩余,就把它献祭给我吧!"菲罗克忒忒斯朝着他的朋友伸出双手,而赫拉克勒斯已经逐渐消逝在远方。"那好吧!"他喊道,"现在就起航出发吧,英雄们,让我们握手吧,阿喀琉斯高贵的儿子。而你,奥德修斯,也一起来吧,因为你的愿望正是神的愿望!"

帕里斯之死

当希腊人看见盼望已久的载着菲罗克忒忒斯的船驶进赫勒斯蓬托斯的港口时,他们成群结队地欢呼着朝海边奔去。菲罗克忒忒斯伸出他虚弱的双臂,他的两个同伴将他高举着抬到岸边,欢迎他回到希腊人中间。他费力地跛着腿走近迎接他的阿耳戈斯人。这时,阿耳戈斯人中跳出来一个,他满怀信心地向这位饱受伤痛折磨的英雄做保证:"凭借神的帮助,我很快就能把你的伤口医好。"这位做出承诺的是医生帕达里律奥斯,他是菲罗克忒忒斯的父亲帕阿斯的老朋友。希腊人在医生的指导下为老英雄洗净伤口,然后医生拿来药物,为他涂抹药膏。众神暗暗地让药膏充满神力,一会儿工夫,伤口就愈合了。这位老英雄马上站了起来,活动四肢,他重新恢复了健康。阿特柔斯的儿子们和在场的希腊人看到这奇迹,全都惊讶不已。菲罗克忒忒斯吃饱喝足后,精神抖擞。阿伽门农来到他的身边,握着他的双手,充满歉意地说道:"亲爱的朋友,都是我的错,我不应该把你遗弃在雷姆诺斯岛。但这些都是神的安排。请别生我们的气了,为这些事我们已经遭受了神的惩罚!现在请接受我们的礼物吧,这里是七个特洛伊女人,二十匹骏马,十二只三足鼎。但愿你能喜欢!"

"朋友们,"菲罗克忒忒斯友好地回答,"我不再生你们的气了,包括你，阿伽门农，也包括其他任何人！"翌日，特洛伊人在城外安葬他们阵亡的士兵，这时他们看到希腊人又前来挑战。波吕达玛斯看到拥来的希腊人个个精神饱满、全副武装，他马上建议大家先撤到城里防守。可是在场的特洛伊人没有一个人愿意听从他明智的建议。他们在埃涅阿斯的激励下，很快投入了战斗。

双方又展开了一场激战。涅俄普托勒摩斯用他父亲的长矛杀死十二个特洛伊人。勇敢的埃涅阿斯和他同样勇猛的战友欧律墨涅斯冲进希腊人的队伍，撕开了几个大缺口。帕里斯杀死了墨涅拉奥斯的战友——斯巴达的特摩莱翁。

而此时，来到战场的菲罗克忒忒斯大显身手，他在特洛伊人的队伍中横冲直撞，就好像所向无敌的战神阿瑞斯那样。最后，帕里斯拿着弓箭，大胆地朝他扑了过去。帕里斯很快射出一箭，但箭镞从菲罗克忒忒斯的身旁越过，射中了他身旁的克勒俄多洛斯的肩膀。克勒俄多洛斯挥起长矛保护自己，同时后退了几步，可是帕里斯紧接着射出了第二支箭，把他射死了。

菲罗克忒忒斯把这一切看在眼里，他拿起自己的弯弓，对着帕里斯愤怒地大声喝道："你这个特洛伊的盗贼，你是一切灾难的罪魁祸首，现在你到了我的手中，末日就到了！"说着，他拉弓搭箭，张满弓弦，嗖的一声，那箭呼啸着过去，射中了目标，但只擦伤了帕里斯的皮肤。帕里斯急忙张开弓，还来不及射出一箭，对方的第二箭又飞了过来，直接射中他的腰部。他浑身战栗，无法继续坚持作战，连忙转身逃走了。

战斗仍在继续。这期间，医生正在为帕里斯医治创伤。夜幕降临，特洛伊人才退回城内，希腊人也返回战船上。夜里，帕里斯的伤口发作，他痛苦得彻夜难眠。此时那箭镞已经深入他骨髓，赫拉克勒斯的飞箭浸满了剧毒，使得中箭的伤口溃烂发黑。医生们使用了各种办法，但都没有奏效。受伤的帕里斯突然想起一则神谕，说只有他那被遗弃的妻子俄诺涅才能挽救他的性命。从前，当帕里斯还在爱达山上放牧的时候，他曾和妻子俄诺涅度过了一段美好的时光，她曾亲口告诉过他这个神谕。

帕里斯虽然不情愿去找前妻帮忙，但是疼痛难熬，他只得让仆人把他抬上爱达山，去请求他的前妻施以援手。仆人们抬着他爬上山坡，一路上爱达山里传来凶鸟的鸣叫，这不祥的鸟鸣声使他不寒而栗。到了俄诺涅的住地，他立刻扑倒在那被他抛弃的前妻的脚前，大声说道："尊贵的女人，现在请不要在我最痛苦的时候怨恨我！是残酷的命运女神让我接受海伦，离开你的。现在，我以众神和我们过去的爱情的名义哀求你，请你同情我，用药物医治我的伤,把我从这难熬的疼痛中解脱出来。你曾经预言过,只有你才能救我的性命!"

但是他的苦苦哀求却丝毫不能打动这个被遗弃的女人,她愤恨地说道:"你居然还有脸来见我?我是被你遗弃的女人,你在年轻貌美的海伦那儿是多么快活啊!去吧,到她的脚下恳求她吧,看看她能不能医救你!不要指望你的眼泪和哭诉能够博得我的同情!"她就这样把帕里斯打发回去。她没有想到,事实上她的命运和丈夫的命运是紧密相连的。在仆人的搀扶下,帕里斯绝望地离开了她,还没到达山麓,他就因为箭毒发作而咽下最后一口气。他死了,海伦再也见不到他了。

一位牧人把他惨死的消息告诉了她的母亲赫卡柏,她顿时晕倒在地。普里阿摩斯还不知道这件事,他此时正坐在儿子赫克托耳的坟旁,沉浸在深深的悲愁当中,不知道外面发生了什么事。而海伦此时正好在痛哭,她也不知道自己的丈夫已经死去,她只是在为自己的遭遇而哭泣。

俄诺涅独自待在家里,心里感到深深的后悔。她回忆起帕里斯年轻时候的模样和他们往日的柔情蜜意。她控制不住自己的情绪,放声痛哭,然后她冲了出去。经过一座座山岩,穿过山谷和溪流,整整在山林里奔跑了一整夜,月亮女神阿尔忒弥斯在暗蓝的天上同情地看着她,用月光照着她前行的道路。最后她来到了她的丈夫的火葬堆那里。牧人们对他们的朋友和国王的儿子表达了最后的敬意。俄诺涅看到丈夫的遗体,悲痛得不知所措,她用衣袖蒙住她美丽的面孔,飞快地跳进熊熊燃烧的柴堆里。周围的人还来不及救她,她就被大火吞噬,和她的丈夫一起烧为灰烬。

围攻特洛伊

第二天清晨,希腊人重新聚集到特洛伊城门前,准备攻城。他们兵分几路,每一路攻打一座城门。但特洛伊人在每一座城门和塔楼前都部署了大量兵力,顽强地抵抗敌人。卡帕纽斯的儿子斯忒涅罗斯和狄奥墨得斯率先攻打中心城门,而得伊福玻斯和勇猛的波吕忒斯以及别的英雄站在高高的城门上,用箭矢和石块抗击希腊人强大的攻城部队。在爱达城门那里,涅俄普托勒摩斯率领他的部队负责进攻,特洛伊英雄赫勒诺斯和阿革诺耳在城墙上激励士兵们奋勇抵抗。最后一个城门,即面向大平原和希腊人战船营的那个,欧律皮罗斯和奥德修斯率军围攻,勇敢的埃涅阿斯站在高高的城墙上指挥士兵投掷石块,不让他们靠近。另外,透克洛斯在西莫伊斯河岸奋勇作战。

面对无数从高处掷下的石块,狡黠的奥德修斯突然想出一个主意,他命令战士们把盾牌拼在一起，举在头上，连成一个坚固的盾牌顶盖，士兵们在顶盖的掩护下聚成一群，密集前进。就这样，阿耳戈斯人朝城门迈进，他们在盾牌下听到无数石块、飞箭和投枪撞击盾牌的声音，可是却没有一个人受伤。他们就这样稳步有序地前进，大地在他们的脚下震颤，尘土在他们的头上飞扬。阿特柔斯的儿子们看到这坚固的队形，满心喜悦。他们鼓舞士兵们稳扎稳打地向前推进，并准备用双面斧把城门劈开。眼看奥德修斯的战术就要使他们取得胜利。但站在特洛伊人这边的神们此时给英雄埃涅阿斯的双臂增添了神力，只要他端起一块巨大的石头朝着盾牌构成的顶盖猛地砸下去，就一定能使盾牌底下的敌人倒下。埃涅阿斯站在城墙上，他的盔甲闪闪发亮。与他并肩作战的是强大的战神阿瑞斯，只不过他隐在云雾中，没有人能看得见他。每当埃涅阿斯投掷石块时，他就利用神力让它准确地击中敌人。希腊人死伤惨重，一片惊慌。埃涅阿斯在城头上大声吼叫，鼓舞士气。城下，涅俄普托勒摩斯也在激励士兵们坚持进攻。血腥的战斗整整进行了一整天，没有停息过片刻。

　　希腊人在另一路攻城比较得心应手。勇敢的洛克里斯的猛将埃阿斯用矛箭把守城的战士一个个射落下来。突然，他的战友和同乡阿尔克墨冬看到城墙上有一块地方无人镇守，便急忙架起云梯爬上去，阿尔克墨冬把盾牌顶在头顶上，舍生忘死为他的战友们开辟进城的道路。

　　埃涅阿斯从远处看见了这一切。当阿尔克墨冬爬完最后一级阶梯，刚刚露出城墙时，一块石头飞过来，击中了他的头颅，他仰面倒下，云梯禁不住重压，砸断了。还没有着地，他就已经死了。

　　菲罗克忒忒斯看到安喀塞斯的儿子像一头猛兽一样沿着城头狂奔怒号，便拉起弯弓向他射出一箭，正中目标；然而只在对方的盾牌上撕下一道口子，却射中了另一个特洛伊人墨蒙。墨蒙从城头上翻身落下。埃涅阿斯这时却朝菲罗克忒忒斯的朋友托克塞克墨斯投去一块巨石，击碎了他的头颅。

　　菲罗克忒忒斯愤怒地抬头看着城楼上的仇敌，大声叫道："埃涅阿斯，你以为从城楼上往下扔石头，就是世界上最勇敢的人了吗？我告诉你，你的做法就像个虚弱的女人！如果你是英雄，就走出城门来，让我们比试弓箭和长矛。我是帕阿斯的儿子！"

　　但这位特洛伊的英雄没有时间回答他的话，因为城垣的另一处又在告急，迫切地需要他的援助，他大步地奔了过去。

木马计

希腊人围攻特洛伊城，各种尝试都归于失败。占卜家和预言家卡尔卡斯召集会议，他说："你们别再花费力气去攻城了，这些方法都不可行。最好是能想出一个计策，来达到目的。听我说，昨天我看到一个预兆：一只雄鹰追逐一只鸽子，鸽子飞进岩缝里躲了起来。雄鹰守候在山岩外面，等了许久，鸽子就是不出来。后来雄鹰躲在附近的灌木丛中，小鸽子便愚蠢地飞了出来，老鹰立即扑向这只鸽子，把它抓住了。我们应该以这只雄鹰为榜样，对特洛伊城不能强攻，而应智取。"

他说完后，英雄们绞尽脑汁，希望想出一个计谋来尽快结束这场可怕的战争。但他们想不出来。可是，一句话惊醒了梦中人。素来以智慧著称的奥德修斯一拍大腿，连声长笑。其他人瞠目结舌，不知道这个家伙这种时候怎么能够笑得出来。最后，奥德修斯非常认真地说道："朋友们，我想到一个绝佳的妙计。让我们造一只巨大的木马，它的马腹里可以装得下足够多的希腊人。其余的人则乘船离开特洛伊海岸，撤退到忒涅多斯岛。在出发前必须把所有留在军营的东西都烧毁。当特洛伊人从城墙上看到这里全部被烧毁的时候，一定会毫无戒备地出城来到这里。然后从我们当中选出一位特洛伊人不认识的勇敢的士兵，他要冒充逃难者，告诉他们说希腊人为了返乡，要把他杀死献祭神明，但他设法逃脱了。他还要告诉特洛伊人说希腊人造了一只巨大的木马，是用来献给特洛伊人的敌人雅典娜，他自己就躲在马腹下面，直到希腊人撤退后才偷偷爬出来的。这位士兵必须把故事说得真实可信，要说到让特洛伊人不怀疑他，并且，对他产生同情为止。这样，他就会被带进城去。在那里，他还要设法说动特洛伊人把木马拖进城内。等到我们的敌人进入梦乡的时候，他再给我们一个约好的暗号，我们就从木马的腹中爬出来，并点燃火把向忒涅多斯岛附近的战士们发出信号。这样，我们就能用剑与火一举摧毁特洛伊城。"

奥德修斯说完，大家对他的妙计都惊叹不已。预言家卡尔卡斯对这条计策十分欣赏，他让大家安静下倾听宙斯从天上发出的赞同的雷声。但阿喀琉斯的儿子却站起来，提出了异议："卡尔卡斯，奥德修斯，勇敢的战士应该在公开的战场上制服敌人，而不是使用诡计或别的不光明磊落的方法。我希望我们在公开的战斗中向世人证明我们是勇敢无畏的战士！"

他的心灵是那样坦荡和单纯，就连奥德修斯也不得不佩服他的高尚和正直的品质；但仍然反驳道："你不愧是高贵的阿喀琉斯的优秀的儿子，你的话表明你是一位勇敢的英雄。可是，你必须知道，你的父亲，这位半神的英雄凭借武力都没有攻破这座坚固的城堡。世界上的事情并不是只依靠勇敢就能够取得成功的。我们使用的是智慧而不是阴谋，因此，我请求你和诸位英雄，听从卡尔卡斯的建议，按照我的计策行动吧！"

会场上除了菲罗克忒忒斯，英雄们都赞同拉厄耳忒斯儿子的建议；但他站在涅俄普托勒摩斯的一边，他渴望着战斗，因为他战斗的愿望还未得到满足。最后，他们两个几乎要说服所有的阿耳戈斯人时，天上的宙斯却表示了他的意思，他愤怒地用电闪雷鸣警告两个有勇无谋的家伙，雷声使整个大地都震动了。英雄们终于明白，预言家和奥德修斯的建议是最为明智的，连万神之父都表示出了高度的赞同。涅俄普托勒摩斯和菲罗克忒忒斯也不再反对，而是顺从天意。

所有希腊人都返回战船上，他们想在明天的浩大工程开始之前躺在船上好好休息。午夜时分，雅典娜托梦给希腊英雄厄珀俄斯，吩咐这位心灵手巧的英雄用粗木制造巨马，并答应帮助他，使他尽快完工。厄珀俄斯牢牢地记住了女神的吩咐。

天刚亮，厄珀俄斯就对大家讲起女神托梦的事。大家听后，便即刻前往爱达山砍伐一棵棵高大粗壮的松树，木料很快运到赫勒斯蓬托斯的海岸爱达山。许多年轻人协助厄珀俄斯完成工作，有的人负责锯木头，有的人则削下枝叶，厄珀俄斯亲自建造巨大的木马。他造了马脚以后削制马腹，并在马腹上方做了拱形的马背，接着又把马胸和马颈做好。在马颈上他还细心地装上了精致的马鬃，马头和马尾上也沾了细密的绒毛。马的两只耳朵是竖起的，圆溜溜的马眼睛炯炯有神。总之，整个马，就像活马那样惟妙惟肖。在雅典娜的帮助下，三天的时间他便完成了任务。全军都为这位艺术家的杰作惊叹，他们甚至相信这匹巨大的马会嘶鸣奔跑。厄珀俄斯朝天空举起双手，在全军士兵的面前祈祷："伟大的女神雅典娜！请听我的祷告，请保佑你的木马，保佑我吧！"所有希腊人也和他一同祈祷。

这期间，特洛伊人紧闭城门，躲在城内。现在特洛伊的厄运就要到来，奥林匹斯圣山上的众神也因此发生了争吵。他们的意见不和，分为两派：一派保护希腊人，另一派则反对他们。他们降临人间，在斯卡曼德罗斯河上排成阵势，但是凡人都看不见他们。海洋诸神也同样如此，有的站在这一边，有的站在另一边。五十名海中仙女是涅柔斯和多里斯的女儿，自认为是阿喀琉斯的亲戚，因此坚决站在希腊人这一边。其他海洋神则站在特洛伊人那边，他们掀起滔天巨浪，向战船和木马打来，如果命运女神允许，他们真想把它们全部摧毁。

神们的战斗开始了。阿瑞斯向雅典娜发起冲击，这对其他的神们是一种信号,即刻神们都互相厮杀起来,各不相让。他们的黄金铠甲碰撞在一起,铿锵作响;他们脚下的大地在震动;他们的喊杀声地动山摇,一直传到地府,塔耳塔洛斯地狱里的提坦神都为之战栗。神们之所以敢这样放肆地对战,是因为这段时间宙斯正好外出,去了俄刻阿诺斯海和忒提斯岩洞。可宙斯是万神之父,他主宰一切,无论在多么遥远的地方,对特洛伊城发生的一切都了如指掌。宙斯一发现神们在厮杀,便即刻坐上那雷霆战车,催动双翼追风马,让伊里斯策马扬鞭,立刻回到奥林匹斯圣山。他迅速朝地上的神发出一道闪电。神们大吃一惊,立即停止战斗。正义女神忒弥斯是唯一没有参战的神,她降落到神中,向他们宣布宙斯的决定:如果神们不放下武器停止对抗的话,他将使他们彻底毁灭。神们畏惧万神之父,只好压制住心中的怒火,愤愤不平地撤离了战场。

希腊人的营地里,大家正满怀信心地憧憬着新的战斗,因为木马已经做好,一切都准备就绪。奥德修斯在会议上站起来发言:"阿耳戈斯人,现在是真正考验大家的勇气和力量的时候了,因为钻进马腹以后,我们将在那里度过一段没有阳光的日子。可是,请相信我,钻进马腹需要的胆量,决不亚于在战场上和敌人正面作战!只有最勇敢的人才能做到!其余的人可以先乘船退避到忒涅多斯岛去。我们要在木马附近留一个胆大机灵的人,他要按照我曾经说的那样去做。谁愿意承担这一重任呢?"

大家犹豫不决,没有一个人敢站出来。最后,希腊人西农挺身而出,他说:"我愿担任这一任务,让特洛伊人折磨我,让他们把我活活烧死吧,我已下定决心!"听了他激昂的话,大家都报以热烈的掌声。可是有人在人群中犯嘀咕:"这个年轻人是谁啊?我们从来没有听到过他的名字,他也从来没有建立过什么特别的功业。他一定是着了魔,是魔鬼让他做出或者毁灭特洛伊人或者就是毁灭我们的决定。"

涅斯托耳完全不理会这些闲言闲语,他站起身来,鼓励西农说:"现在我们需要更大的勇气,因为神已给了我们结束十年战争的方法。现在让我们迅速钻到木马里去吧!我感到自己的体内充满着年轻人的力量,就好像当年我陪伊阿宋乘坐阿耳戈船那样——可惜那时珀利阿斯国王阻止我,不然我一定参加那次远征了。"

老人说着,想第一个通过木门跳进马腹。这时阿喀琉斯的儿子涅俄普托勒摩斯站出来,希望老人把这个荣誉让给他,让老人率领其他希腊人到忒涅多斯岛去。涅斯托耳好不容易才被说服。于是,涅俄普托勒摩斯全副武装,第一个走进宽敞但是漆黑的马腹。跟在他后面的是墨涅拉奥斯、狄奥墨得斯、斯忒涅罗斯和奥德修斯,尾随而来的是菲罗克忒忒斯、埃阿斯、伊多墨纽斯、迈里俄纳斯、帕达里律奥斯、欧律玛科斯、安提马科斯、阿伽帕诺尔和其他许多英雄。他们紧紧地挤在马腹里。最后，木马的制造者厄珀俄斯也钻了进去，他随手把梯子拉进马腹，而后关上木门，从里面闩上，自己坐在门的前面。马腹内一片漆黑，英雄们默默地挤坐着马腹里，不知道等待他们的是什么样的命运。

其余的希腊人听从统帅阿伽门农和涅斯托耳的命令，放火烧毁所有的帐篷和营具，然后登船起航，朝忒涅多斯岛驶去。到达忒涅多斯岛时，他们抛锚停泊，安静地等待着远方传来约定的火光信号。

特洛伊人站在城头，很快发现海岸上烟雾弥漫，当他们仔细观察时，他们发现希腊的战船全部不见了。特洛伊人非常高兴，他们成群结队地向海边奔去；但他们也没有完全放松戒备，仍旧穿着铠甲，拿着长矛，因为他们依然心存恐惧。他们在敌人扎营的广场上发现一只巨大的木马时，立刻围上前去，细细地打量着这只硕大无朋的木马，因为它实在是一个令人称赞的杰作。士兵们开始为怎么处置这只木马争论起来，有的人主张把它搬进城去，放在城市的广场上，作为胜利的纪念品。有的人却谨慎地劝告，把希腊人留下的这件莫明其妙的礼物推入大海，或者干脆用火烧掉。藏匿在马腹里的希腊英雄们听到这话，都吓得毛骨悚然。

这时候只见阿波罗的特洛伊祭司拉奥孔从人丛中走出来。还没有走到木马前，他就劝阻大家说："不幸的人哪，哪个魔鬼使你们迷了心窍？难道你们以为希腊人真的已经乘船而去，希腊人留下的这个东西不包藏计谋吗？你们还不了解那个狡猾的奥德修斯的为人吗？这只巨大的木马不是隐藏着某种危险，那它就一定是一个作战机器，埋伏在我们附近的敌人会用它来攻击我们。总之，不管它是什么，你们决不能相信希腊人！"说着，他从身边的战士的手中取过一根长矛，将它刺入马腹。长矛扎在马腹中刺来刺去，里面传出一阵阵回声，空荡荡的，像是空穴里传出的声音那样。然而特洛伊人已经忘乎所以了，他们的心已经麻痹了。

就在这个时候，几个好奇的牧人在木马的腹下发现了西农，大家把他拖了出来，要把他当成一个战俘，带回去交给普里阿摩斯国王。原先观察木马的特洛伊的战士们都聚拢过来，把注意力转移到这个俘虏身上了。西农精彩地扮演着奥德修斯教给他的角色。他可怜兮兮地站在那里，向上苍伸出双臂，哭泣着喊道："天哪，我该到什么地方去，该怎么乘船回去啊！希腊人将我赶出来，而特洛伊人也一定会杀死我的！"站在他周围的士兵们被他的话感动了。他们走到他的跟前问他是什么人，来自何处。西农于是假装不害怕了，他开始绘声绘色把那套故事娓娓道来。

他说:"我是一个希腊人!不知道你们听说过帕拉墨得斯没有?他是一个国王,因为他要退出反对你们国家的战争,奥德修斯便用计策把他杀死了。可怜的人呐,他是被乱石击死的。而我是他的一个亲戚,我跟随他参加了这场战争。他死后,我就无依无靠了。我曾经在军队里宣称要向谋害他的人报仇,那个奥德修斯听说后,便迁怒于我。整个战争期间,他一直在迫害我。最后他和那个预言家卡尔卡斯联合起来对付我。我的希腊同胞做出逃回希腊的决定后,一再延迟,直到最后他们终于造了这只木马,可是在他们向阿波罗求得的神谕是一个不祥的预兆。从阿波罗神庙带回的答复是:'你们在出征时曾用一个少女的鲜血献祭给狂风以求得宽恕,现在你们返回时也得牺牲一个希腊人的性命来祈求平安。'所有的人在得知这个消息都十分害怕,最后,卡尔卡斯和奥德修斯选中了我。所有的希腊人都默许了,因为他们全部逃过死亡,可以平安地返乡了。我被装饰成献祭的牺牲,但是我的内心告诉自己不应该就这样白白送命。于是,我趁他们不注意的时候,逃了出来,我在附近幽暗的草丛里躲过了他们的找寻,后来,我又逃到了这个木马的肚子下面。"西农说完,顿了一下,然后他接着又说道,"我已经无法回到我的祖国去了。我现在落入你们的手中,你们是仁慈和慷慨地放我一条生路,还是像我的同乡那样要将我处死,现在完全由你们决定了!"

他的这套谎话编得合情合理,特洛伊人听了深受感动,连普里阿摩斯国王也相信这个骗子所说的话。国王安慰了他,并答应他只要他能说出这只木马的用途,就让他留在城里安身。西农听后举起双手,假意祈祷起来:"众神在上,请为我做证,现在,我和我的同胞连在一起的纽带已经断裂,因此我泄露他们的秘密,根本算不上是一种罪过了!在战争期间,阿耳戈斯人的希望寄托在女神雅典娜的援助上。可是,自从她在特洛伊的神像被盗,情况就变得糟糕了。你们特洛伊人也许不知道,这是我们狡猾的希腊人干的。女神对他们的行为十分愤怒,她撤回了对阿耳戈斯人的援助。这时预言家卡尔卡斯说,我们必须立即乘船回去,回国去听取神的新的指示。他说,只要神像没有重归原处,我们就无法赢得战争的最后胜利。在预言家的劝告下,希腊人终于下定决心离开这里,返回故乡。临走前他们又按照预言家的建议造了这匹巨大的木马,作为献给女神的礼品,以便使她息怒。卡尔卡斯让人把马身造得特别高大,这样你们特洛伊人就无法把马拖进城门,放在城里。因为如果木马拖进你们的城市,雅典娜就会保护你们而不保护希腊人了。相反,如果你们损坏了这匹木马,这正是阿耳戈斯人所希望的,那么你们一定会遭殃。希腊人早已经打算好,一旦在故乡聆听了神的旨意，就会迅速返回，攻陷你们的城池！"

他的一番谎话，天衣无缝，国王普里阿摩斯和所有特洛伊人都信以为真。事实上，雅典娜自始至终都关注着她那些马腹里的朋友们的命运。自从拉奥孔发出警告后，他们坐在木马里面，忐忑不安，都为自己的命运感到担心。但奇迹出现了，英雄们从危险中逃脱出来，事情是这样的。在波塞冬的祭司死后，阿波罗的祭司拉奥孔兼任他的职务，当他在海边给海神献祭一头大公牛时，两条巨大的毒蛇从忒涅多斯岛的方向游来，它们穿过明镜般的海面，一直游向海岸。它们那有着血红的蛇头从水面昂起，蛇身部分在水里蜿蜒游动，激起的水花噼啪作响。它们游上岸后，吞吐着舌头，发出吱吱的叫声，并用火焰般的眼睛环顾四周。围在木马四周的特洛伊人吓得面如土色，纷纷夺路而逃。但这两条蛇逶迤游到海神的祭坛前，拉奥孔和他的两个年轻的儿子正在那里忙着祭供，毒蛇先是缠住这两个孩子的身体，用毒牙狠狠地咬他们柔嫩的肌肉，两个孩子大声呼叫。当他们的父亲拉奥孔抽出宝剑正要过来救援的时候，毒蛇已经缠住他的身子，他试图摆脱两条毒蛇的缠绕，但是毒蛇已经把他的手和脚紧紧地绑住，他根本无法动弹。然后他试图抓住那把砍杀公牛的斧头，却因为垂死的公牛挣扎着从神坛上奔逃出去，被碰到的那把斧头甩落在地。可怜的拉奥孔和他的两个儿子就这样被毒蛇活活地咬死。这两条毒蛇一直游到雅典娜的神庙，盘绕着躲在女神的脚下和盾牌的后面。

特洛伊人把这一恐怖事件看作是祭司因怀疑木马而遭到惩罚。于是一些人急忙跑回城里，在城墙上打开一个大洞，为木马进入城内打开一条通路。另一些人则给木马的脚下装上轮子，还有一些人把粗大的绳子套在木马的颈子上。最后，他们一起使劲，成功地把木马拖回城堡。年轻男女和特洛伊的孩子们都兴高采烈地跟在后面，唱着节日的赞歌。当木马通过城门的高门槛时，四次都被阻挡，但最终人们不屈不挠地把它拖进去了。颠簸中，马腹里传出了金属撞击的声音，可是被欢乐冲昏了头脑的特洛伊人根本听不见。他们欢呼着把这匹巨大的木马拖到卫城上。在这种狂欢和欢呼中，只有女预言家——国王聪明的女儿卡珊德拉保持着清醒，她是神赋予具有预言才能的人，她的预言从没有出现过失误。她从天象和自然之物中观察到了许多不祥的征兆；可不幸的是没有人相信她。现在她清楚地感知到危险正在靠近，强烈的预感驱使她冲出了王宫。她披散着头发，眼里冒着灼热的火花，地穿过大街小巷，一路呼喊："特洛伊人啊，你们难道没有看到，我们正在走向哈里斯的地府吗？我们已经站在死亡的边缘！我看到我们的城市里充满了烈火和鲜血，我看到死神从木马的腹中冲出来！为什么你们还这样执迷不悟地把木马送上我们的卫城?即使我说上千万遍,你们都不愿意相信我。复仇女神因为海伦的罪恶正在向你们复仇,你们已经成了她们的祭品和俘虏了!"

但特洛伊人只是讥笑和嘲弄她,没有人愿意相信她。

特洛伊城的毁灭

这天夜里,特洛伊人举行了宴会和庆祝。他们吹奏笛子,弹着竖琴,欢乐的歌声环绕在城市的上空。大家的心情快乐而放松,一次又一次地斟满美酒,一饮而尽。战士们喝得烂醉如泥,完全没有任何戒备,很快便进入甜蜜的梦乡。跟特洛伊人一起畅饮的西农假装不胜酒力睡着了。深夜,他起了床,偷偷地摸出城门,燃起一支火炬,并高高地举过头顶不断晃动,向忒涅多斯岛发出了约定的信号。随后他熄灭火把,来到木马身旁,轻轻地敲打马腹,按照奥德修斯的吩咐那样做。英雄们听到了声音,所有人都把目光转向奥德修斯。但奥德修斯提醒大家别急躁,要镇静,走出去时不要发出声响。然后他轻轻地拉开门栓,探出脑袋观察周围的情况,看看是否有特洛伊人在守卫。随后,他又蹑手蹑脚地放下厄珀俄斯预先安置好的木梯,走了下来,其他英雄也跟在他后面一个个地走下来,心儿紧张得怦怦直跳。他们手执宝剑和长矛,分散到城里的每条街道上。在酒醉和昏睡的特洛伊人中展开了一场血腥的屠杀。然后他们再把火把扔进街道旁的房屋。不一会儿,屋顶上燃起了熊熊烈火,火势迅速蔓延,全城成了一片火海。

与此同时,接到西农火把信号的希腊舰队立刻从忒涅多斯岛起程,乘着顺风飞快地驶到赫勒斯蓬托斯,上了岸。全体战士很快从特洛伊人拆毁城墙让木马通过的缺口里冲进了城里。被占领的特洛伊城此时已是一片废墟,满目疮痍。整座城市充斥着哭喊声和惨叫声,半死的人和受伤的人在死尸中爬行,还能站立的人逃不了多远便被长矛刺进后背倒地死去。狗的吼叫声和垂死者的呻吟声,无助的妇女孩童的啼哭声混杂在一起,凄惨而恐怖。

希腊人也损失惨重。因为尽管大部分特洛伊人手无寸铁,但他们仍然拼死抵抗。一些人扔杯子;另一些人掷桌子;还有的人抓起灶膛里燃烧的柴火朝敌人投去;还有拿叉子和斧子作临时武器的,总之他们拿起手头所能抓到的任何东西,攻击冲来的希腊人。当希腊人终于冲到普里阿摩斯的宫殿时,许多全副武装的特洛伊人潮水般冲出来,双方展开了最后的殊死搏斗。

最后的战役爆发在深夜里，可此时屋顶上蔓延的火焰和希腊人手中的火把，把全城照耀得如同白昼。整座城市变成最残酷的战场。

涅俄普托勒摩斯把普里阿摩斯视为仇敌，一连杀死他的三个儿子，其中包括那个敢向父亲阿喀琉斯挑战的阿革诺耳。到最后，他冲向威严的普里阿摩斯国王面前，老人此时正在宙斯神坛前祈祷，涅俄普托勒摩斯一见，心中大喜，迫不及待地抽出宝剑。普里阿摩斯毫无畏惧地看着他，平静地说道："杀死我吧！勇敢的阿喀琉斯的儿子！我已经受尽折磨，我亲眼看到我的儿子一个个死在我的面前。我再也不用看到明天的阳光了，再也不用忍受无尽的磨难了！"

涅俄普托勒摩斯回答说："你劝我做的，正是我想做的！"说完，他毫不犹豫地砍下国王的头颅。希腊的战士们对特洛伊人实行了极其残忍的屠杀。他们在王宫内发现了赫克托耳的小儿子阿斯提阿那克斯，他们从他母亲的怀里把他抢去，出于对赫克托耳及其家族的仇恨，把孩子从城楼上摔了下去。孩子的母亲绝望地对疯狂的敌人哭叫："你们为什么不把我也推下去，或者把我扔进烈火之中？自从阿喀琉斯杀死我的丈夫之后，我活着的目的只是我们的儿子。你们动手吧，杀死我，把我从这无尽的痛苦中解脱出来。"但是这些疯狂的凶手把她捆起来后，带到别处去了。

死神到处游荡，只有一所房子的人幸免于难，那里住着特洛伊的老人安忒诺尔。因为墨涅拉奥斯和奥德修斯作为使者来到特洛伊城时，曾经受到他的热情款待和高尚的庇护，所以阿耳戈斯人没有杀害他，还让他保留了所有财产。

几天前，伟大的英雄埃涅阿斯还在城墙上奋勇地击退了敌人的进攻。可是，当他看到特洛伊城火光冲天，再怎么拼杀也无法击退敌人的时候，他就好像一个经历着暴风雨的水手那样，经历了长时间的搏斗，大船就要沉没，自己只能跳上一只小船自求活命去了。他背起年迈的父亲安喀塞斯，牵住儿子阿斯卡尼俄斯的手，匆忙逃了出去。在他母亲阿佛洛狄忒的护送下，他和他的父亲儿子所到之处，火焰为之避让，烟雾也随之让道，希腊人射过来的箭和投来的长矛都不能伤到他们，埃涅阿斯一家老小成了少数逃出城市的人。

墨涅拉奥斯在不忠贞的妻子海伦的房前遇到得伊福玻斯，他是普里阿摩斯的儿子。自从赫克托耳死后，他成了家族和民族的重要支柱。帕里斯死后，海伦成为他的妻子。当墨涅拉奥斯发现他的时候，他才醉醺醺地从晚宴中回来，跌跌撞撞地穿过宫殿的走廊。当看到敌人逼近的时候，他还踉跄着准备逃走。墨涅拉奥斯追上去，用长矛刺中他的后背。"你就死在我妻子的门前吧！"墨涅拉奥斯大声吼道，"我多么希望能亲手杀死帕里斯！正义女神忒弥斯不会放过任何罪人！"

墨涅拉奥斯把尸体踢到一边，开始在宫中四处搜寻海伦，此时他的内心充满了矛盾。海伦由于害怕前夫发怒而躲在房间的一个昏暗角落里瑟瑟发抖，过了好久墨涅拉奥斯才发现她。看到妻子就在眼前时，墨涅拉奥斯受到强烈的嫉妒驱使，恨不得用手中的宝剑把她砍死。但爱情女神阿佛洛狄忒却使她更加妩媚动人，并打落他手中的宝剑，驱散他胸中的怒气，唤起他心中的旧情。一看到她那举世无双的美貌，墨涅拉奥斯便无法再举起他手中的宝剑，他也随之忘记了妻子的一切过错。突然，他又听到身后的希腊人在宫中烧杀抢掠的叫喊声，顿时，羞愧的情绪又占了上风，他又觉得海伦的不贞使他颜面无存。于是他狠狠心，拾起地上的宝剑，重新朝妻子逼近。可是他的内心深处却不愿意这样做。幸好他的兄弟阿伽门农这时出现了："住手！"然后阿伽门农上前拍着他的肩膀说，"放下剑吧，亲爱的墨涅拉奥斯，你不能杀死自己合法的妻子。我们为了她遭受了多少苦难。在这件事上，比起破坏宾主礼仪的帕里斯，海伦的罪过就轻多了。现在帕里斯和他的家族，连同他的人民全部为此受到了应有的惩罚，全部遭到了毁灭！"

墨涅拉奥斯听从了劝告，表面上他似乎不太情愿，但他的内心却十分高兴。后来，他与海伦一同回到斯巴达。等他死后，海伦被驱逐到罗德岛。

当特洛伊城正遭受血腥屠杀的时候，隐身在乌云后的神们为特洛伊城的陷落悲叹不已。只有特洛伊人的死敌赫拉以及阵亡的阿喀琉斯的母亲忒提斯心满意足地大声欢呼。但是，就是雅典娜，虽然特洛伊的毁灭符合她的意愿，可是当看到她的祭司卡珊德拉的遭遇时，她也忍不住淌下了眼泪。卡珊德拉躲在雅典娜神庙里，被埃阿斯发现了，只见他一把抓住女祭司卡珊德拉的头发，把她拖出去，使她成为希腊人的俘虏。女神没有援救她的敌人的女儿，可是她的双颊却因愤怒和羞愧而发烧。她生气得使神像都嘎嘎作响起来，神庙下的地基也都震动不已。雅典娜发誓一定要对埃阿斯所犯的亵渎之罪进行报复。后来，卡珊德拉作为俘虏跟随阿伽门农来到希腊。还没进门，她就嗅到了空气之中的血腥之气，她预言阿伽门农将会被杀。可是阿伽门农却同样不相信。作为一个预言家，她的下场是悲惨的。她和阿伽门农一起，被阿伽门农的妻子克吕泰涅斯特拉所杀。（后来，在文学作品中，"卡珊德拉"被用来称呼这一类人：他预见到未来的灾难，但自己既束手无策，又不能说服旁人采取预防措施。）

大火和屠杀持续了很长时间。从特洛伊升起的火柱一直冲向云天，宣告了这座不幸城市的毁灭。

墨涅拉奥斯、海伦和波吕克塞娜

第二天清晨，特洛伊城的全体居民不是被杀死，就是被俘虏。在没有任何抵抗的情况下，阿耳戈斯人开始肆意劫掠这座城。然后他们把黄金、白银、琥珀、各式各样的豪华家具、女人、少女和孩子等战利品都搬到船上。在混乱的人群中，墨涅拉奥斯带着海伦离开了还在燃烧着的特洛伊城，他虽然面露羞愧之色，可是心里却为重新占有她而感到满意。走在他身旁的是他的兄弟阿伽门农，带着从埃阿斯的手里抢来的高贵的卡珊德拉。涅俄普托勒摩斯带领的是赫克托耳的妻子安德洛玛刻。王后赫卡柏成了奥德修斯的俘虏，步履艰难地走在路上。无数特洛伊妇女，年轻的和年老的都跟在后面，一路上悲伤地哭泣着。

只有海伦一人沉默着，她的内心被深深的羞愧所占据。她不敢抬头观望，眼睛紧紧地盯住地面。而她一想到将来的遭遇和命运时，禁不住恐惧得战栗起来，脸色刷白。她用面纱蒙住脸，拉着丈夫的手哆哆嗦嗦地往前移动着脚步。当她出现在战船上时，所有希腊人立即为她的天姿国色所倾倒。他们悄悄地说，为了这个绝色美女，他们跟着墨涅拉奥斯到特洛伊远征经受了十年煎熬和磨难，也是值得的。没有一个人想伤害这个美丽的尤物，他们仍将她留给墨涅拉奥斯，而他的那颗仇恨的心也在女神阿佛洛狄忒的安抚下，早已宽恕了她。

战船上举行了欢乐的宴会，英雄们围在一起，开怀畅饮。席间一位歌手坐在他们的中间，一边弹奏竖琴，一边歌唱大英雄阿喀琉斯的丰功伟绩。直到深夜，欢宴才结束，大家各自回营休息。

当海伦和墨涅拉奥斯单独待在营房里时，她扑倒在丈夫的脚下，抱住他的双膝说："我知道，你有权力惩罚你不忠的妻子！你可以直接把我判为死刑。可是我高贵的夫君啊，请你想一想，我不是自愿离开你的宫殿的。在你离家的日子里，帕里斯用武力威胁我，把我强行带走。我曾经想过自杀；可是周围的女仆却劝阻我，要我想想我们的小女儿赫耳弥俄涅。现在，我跪在你的脚下，告知你我的内心无限后悔，请求你的原谅。现在随你怎么处置我吧！"

墨涅拉奥斯爱怜地把她从地上扶起，回答说："把这些事都忘了吧，海伦，你不用害怕！过去的事就让它过去吧，将来我也不会再提这些事！"接着，他把她拥进怀里，甜蜜地吻着她。

阿喀琉斯的儿子涅俄普托勒摩斯夜里正睡得香甜，突然，他父亲的灵魂来到他的梦里，吻着他的胸脯、嘴唇和眼睛，说道："亲爱的儿子，别为我的死感到难过。我虽然死了，但现在却跟众神一起生活。今后无论在战斗中还是会议上你都要以父亲为榜样：战斗时必须身先士卒，冲在最前面；在会议上你应该尊重长老，听取他们睿智的发言。你要像你父亲那样争取荣誉，要为得到幸福而高兴，遇上困难也不要忧虑。我的早年过世，你要从这件事上明白，生与死只有一步之遥，而整个人类就如同春天的花卉那样有的繁茂盛开，有的枯萎凋落。最后，请务必转告统帅阿伽门农，让他挑选最珍贵的战利品祭献给我。"

阿喀琉斯说完，就离开了涅俄普托勒摩斯。小英雄醒来，心里很高兴，就好像他昨晚和活着的父亲谈了话一样。第二天清晨，希腊人一起床便急匆匆地冲出营地，他们渴望早点回到家乡，这时阿喀琉斯的儿子跑来劝阻大家："听我说，阿耳戈斯的兄弟们，昨天夜里，我的父亲托梦给我，他要我转告你们：你们应该把特洛伊缴获来的最珍贵的战利品向他献祭，使他的心能够得到慰藉，并也分享到一份光荣。所以你们在没有完成对死者应尽的神圣义务之前，不应该离开海岸。特洛伊的陷落有他一份巨大的功劳，如果不是他战胜了赫克托耳，怎么能取得今天的胜利？"

阿耳戈斯人虔诚地决定满足已死的阿喀琉斯的愿望。连海神波塞冬都对珀琉斯的儿子产生了同情之心，他在海上掀起了万丈巨澜，让希腊人想走也走不了了。希腊人看到狂风巨浪，悄悄地交头接耳道："阿喀琉斯果然是宙斯的后代，你们看，天地自然都满足他的要求！"因此，他们更加愿意听从亡灵的吩咐，大家蜂拥而上，来到高耸在海岸上的英雄的坟前。

然而什么才是特洛伊最珍贵的战利品呢？拿什么来献祭他呢？每个人都把自己的珠宝和俘虏陈列出来，但所有的金银珍宝在国王普里阿摩斯的女儿波吕克塞娜的花容月貌面前都显得黯然失色。

最后，希腊人得出结论，一致认为，她是战利品中最珍贵的，她最适合成为阿喀琉斯的祭品。姑娘看到大家都把眼光投向她，并没有吓得面如土色。因为她是愿意献祭给阿喀琉斯的，她曾在城头上多次看到阿喀琉斯的英姿，虽然他是人民的大敌，但他那魁梧的身材和超人的胆量给她留下深刻的印象。据说，阿喀琉斯有一次逼近城门，看到城门上站着一位貌美如花的姑娘，内心立即对她产生爱慕之情，以至于当场朝她大喊："普里阿摩斯的女儿，如果你愿意跟随我，也许我会让你的父亲跟希腊人握手言和呢！"大英雄说完这话，立刻为自己的失言感到后悔；可是波吕克塞娜已把这话深深埋入心底。从此以后，她就热烈地爱慕这个特洛伊人的敌人。

据后来的一则神话传说，阿喀琉斯和国王普里阿摩斯曾经坐在特洛伊的阿波罗神庙里为和平而谈判。谈判的时候，老国王答应把女儿波吕克塞娜嫁他为妻；可是埋伏在一边的帕里斯，引弓射箭，一箭飞过去，正中阿喀琉斯的致命处——脚踵。阿喀琉斯大叫一声，当即死去。希腊人知道自己的英雄阿喀琉斯被骗而死，怒火三丈。他们在天神宙斯的神坛前发下毒誓：如果不把特洛伊掘地三尺，他们决不收兵。就这样，两军之间那一点点的和平契机就丧失了，双方又陷入混战之中。

而现在是另一回事：大家都认为她是献给大英雄的最好的祭品时，姑娘却镇定自若。等到阿喀琉斯的墓前高大的祭坛建好，所有祭品都已献上，国王的女儿突然从女俘房的队伍里跳出来，从祭坛前的各类器具中抽出一把锋利的尖刀，朝自己的心脏刺去，然后她倒在血泊里。

周围的人看到这惊心动魄的一幕，无不发出恐怖的惊叫声。年老的王后赫卡柏扑倒在女儿的尸体上，悲伤地号啕大哭。

波吕克塞娜倒地死去后，大海重归宁静。涅俄普托勒摩斯满怀同情地走到祭坛前，把姑娘的尸体移开，并吩咐以公主的礼仪将她安葬。

接着，希腊人举行会议。涅斯托耳从人群中站起来，高兴地说："亲爱的同胞们，返乡的时刻终于来到了。海神已经平息了风浪，阿喀琉斯也心满意足地接受了波吕克塞娜的献祭。让我们起程，扬帆入海！"

归途中的灾难

听到涅斯托耳的建议，所有希腊人都欢呼雀跃。他们已经做好一切准备，所有的战利品都运上了船，俘房们也被带上了船，大家也随之登上了船。只有预言家卡尔卡斯一个人仍留在岸上，他劝大家不要这么着急出发，因为他预感到希腊人在经过攸俾阿岛的卡法尔山时会遇到灾难。可是归心似箭的希腊人不愿相信他的预言，也不肯听从他的劝告；只有著名的预言家安菲阿拉俄斯的儿子安菲罗科斯上船后又返回岸上，他父亲的预言天赋又在他的心里萌发，他突然跟卡尔卡斯有着同样的预感，所以他坚定地留了下来。他们不能重返希腊，也是命运女神规定好的，后来他们在小亚细亚的喀里喀亚城和潘费利亚城安家立业。

希腊人把他们两位留在岸上后，就解下系在岸上的缆绳，然后拔锚起航。船上堆满了缴来的武器，桅杆上是鲜花环绕。士兵们给他们的盾牌、长矛和头盔都系上花环，他们为胜利而骄傲自豪。大家站在船头向大海浇下美酒，虔诚地祈求众神保佑他们平安地回到家乡。可是，他们的祈祷还没有到达奥林匹斯圣山，就被急风吹得远远的，飘散在空中。

大海上，英雄们满怀期望和思乡之情，遥望前方；而被俘的特洛伊的妇女和孩子们则恰恰相反，他们心情沉重地频频回望渐渐远去的特洛伊城，那城内还冒着缕缕青烟。姑娘们在胸前交叉起双手，年轻的妇女们则紧紧搂着孩子。卡珊德拉站在她们中间，显得特别高贵。她不像周围那些不住叹息的妇人，她只是站在那里，眼中无泪，现在所发生的一切，正是她曾经预言过并且提醒过大家的。现在的她们是如此痛苦，而从前她们不仅不相信她的预言还嘲笑她。不过，虽然她嘴里说着蔑视她们的话，心里却为特洛伊城的毁灭而流淌着鲜血。

特洛伊城变成一片废墟。残留的老人和受伤的人茫然地在那里转悠，安忒诺尔提议大家一起动手埋葬死者。这项工作进展得非常缓慢，一小部分幸存者要埋葬无数死者，这几乎是一件不可能完成的艰巨任务。他们辛苦地砍了许多木柴，垒了一个巨大的火葬堆，然后把一具具尸体往上面放，最后点燃柴堆，呜咽着将死者全部火化。

阿耳戈斯人早已经乘船远离了阿耳戈斯人的坟墓和特洛伊海岸。他们驶过一个又一个海岛：忒涅多斯岛、克律萨岛、阿波罗神庙、神圣的喀拉岛、勒斯波斯岛和爱达山延伸到海里的勒克同半岛。希腊人的战船一路顺风顺水地向他们日思夜想的故乡靠近。

如果不是因为雅典娜对洛克里斯人埃阿斯的渎神行为感到恼火的话，胜利的希腊人真可以平安抵达希腊的海岸。现在，当他们的船队来到多风暴的攸俾阿岛时，女神想到了一个报复埃阿斯的办法。她向奥林匹斯圣山上的万神之父控告了埃阿斯在她的神庙里对女祭司卡珊德拉犯下的罪行，并要求他对作恶的人进行惩罚报复。主宰正义的宙斯同意了她的请求，还把库克罗普斯为他新铸的雷电借给她，让她对希腊人所做的恶行进行毁灭性的报复。

雅典娜使奥林匹斯圣山响起了隆隆的雷声，山头上乌云密布。大地和海洋顿时变成漆黑一片，然后，她派使者伊里斯去召唤风神埃洛斯。

伊里斯看到埃洛斯和他的妻子以及十二个孩子，他们听到命令，立刻行动起来。埃洛斯举起巨大的三叉戟，挖开锁闭各种风的岩洞。霎时间，各种狂风从岩洞里飞奔出来，风神命令它们合成一股力大无比的飓风，直接掀起卡法尔山下的海浪。还没有等风神说完，他们就急速出发了。大海在急风下咆哮奔涌，掀起万丈高的狂浪。阿耳戈斯人看到巨浪袭来，惊恐万分。但他们在灾难面前束手无策，没有人再去划船桨了。船帆被暴风撕成碎片，桅杆也被彻底折断，最后，掌舵者也毫无办法，只能待在一旁坐以待毙。夜幕降临，波塞冬也来帮助雅典娜。雅典娜毫不留情地向希腊人抛去雷霆和闪电。船只被风浪冲击得木板开裂，船身破碎，抱着木片救生的人也被巨浪吞掉。最后，雅典娜用最激烈的闪电轰击埃阿斯的战船，船只顿时变成千万块碎片，空中传来声震如雷的爆裂声，狂浪铺天盖地地卷了过来，吞没了粉碎的破船。士兵们全部在水中丧生。

埃阿斯有着极强的求生欲望，只见他紧紧地抓住一根木头，顺着波浪漂动着。他利用自己有力的臂膀，和波浪进行最后的搏斗。他时而被巨浪推上峰尖，时而又被送入波谷。但是雷电很快从四面八方向他袭来，头顶上闪击着雷电，四周轰鸣的是巨雷的声音。可埃阿斯在巨浪中还是没有丧失勇气，他抓住一块耸立在波浪里的礁石，紧紧地抱住它，然后得意地夸口说，即使奥林匹斯圣山上的众神联合起来用波浪冲击他，他也能够救出自己。他的这番狂妄的话惹恼了海神波塞冬，他愤怒得把海洋和大地震动起来，卡法尔山的山崖在颤抖着，海岸在他的三叉神戟的撞击下分崩离析。最后，埃阿斯紧紧抓住的山崖被海神连根拔起，他又被抛进海浪里。波塞冬立刻向洛克里斯人埃阿斯投去一块巨大的山丘，终于使得埃阿斯在海陆夹击下粉身碎骨。

阿耳戈斯人的战船在海上已经被巨浪冲击得破碎了，有的沉没海底。大海咆哮如雷，暴雨滂沱如注，就好像丢卡利翁时代的洪水重新泛滥。

希腊人从前用乱石击死了帕拉墨得斯，现在他们也遭到了无情的报复。这位英雄的父亲瑙普利俄斯国王仍然统治着攸俾阿岛，他看到希腊人在风浪中挣扎，想起了自己惨遭杀害的儿子。多年来，他一直在寻找机会为儿子帕拉墨得斯报仇，现在机会终于来到。国王急切地奔到海滩上，命令随从在卡法尔沿岸最危险的礁石区举起一束束火把，希腊人误解为海岛上的人因为同情他们而向他们发出救援信号，于是他们朝礁石区驶来，许多船只又在这里触礁沉没。

与此同时，海神波塞冬又命令海浪淹没特洛伊城外的希腊人的战船营，摧毁希腊人建立的壕沟和垒墙。不一会儿，希腊人远征胜利的一切标志都被海神破坏殆尽，只剩下特洛伊废墟和几艘载有返回的英雄和被俘的特洛伊妇女的船只。后来这些人又经过长途跋涉和众多的艰难险阻才回到希腊，实际上最后到达家乡的只有极少的英雄：狄奥墨得斯回到亚各斯；涅斯托耳回到皮洛斯；菲罗克忒忒斯回到墨里波阿；涅俄普托勒摩斯回到佛提亚；伊多墨纽斯和迈里俄纳斯回到克里特；透克洛斯因为没能为大埃阿斯报仇，父亲忒拉蒙不允许他在萨拉密斯登陆，他只得在塞浦路斯那里安定下来。

奥德修斯返乡记

独眼巨人

　　征服了特洛伊之后,希腊将领们各自带着自己的战利品和俘虏回国。奥德修斯返航的船队离开特洛伊,先在西科尼亚人之城伊斯马鲁斯着陆,然后经过其他一些地方以后抵达特洛伊不远的一个国家:库克罗普斯国。库克罗普斯是个岛国,居民都是人高马大的超级巨人,力大无穷,脾气暴躁,不过头脑简单。正像他们的国家"库克罗普斯"这一名字的意思"圆眼"所暗示的:这些巨人有一个共同的特征,他们只有一只长在前额正中的圆眼睛。

　　船队经过这座岛屿的时候,船上的食物有些缺乏。因此,奥德修斯命令船队中的绝大多数船抛锚停泊在避风的地方,留几条备用小船到库克罗普斯岛上寻找补给品。一部分人留下看船,他和伙伴们登上小岛,随身带着一坛美酒作为交换的礼物。他们来到一个火山洞里,里面空荡荡的,没有一个人。但洞里到处都是羊群,还贮存着许多奶酪和一桶桶、一碗碗羊奶。他们决定就在这儿等主人回来。山洞的主人波吕斐摩斯扛着一大捆枯枝回来了。他把那捆枯枝扔在地上,啪的发出一声巨响,山洞里的灰尘也被掀动起来了。

　　巨人把公羊赶到洞外的栅栏里圈起来,把母羊留在洞内,然后又抓起一块巨石堵住洞口,那巨石大得惊人。奥德修斯等人早就被这个巨人的形象和神力吓得心惊胆战,一句话都不敢说,赶紧退到洞穴的暗处。

　　巨人坐下来挤奶,这些奶用来制作奶酪。过了十多分钟,巨人感觉不对劲。他转动额头中间那只大眼睛环视四周,发觉洞里有人,很是愤怒。"外乡人,你们是谁呀?"巨人粗暴地问道。声音如响雷。没等他们回答,巨人又问他们是不是一群在海上冒险的海盗。

　　听到那么可怕的声音,看见巨人那张狰狞的脸,众人的心里感到一阵恐慌。还是奥德修斯壮起胆子,回答说:"我们来自特洛伊,是阿伽门农的部下,回家的途中迷路了。机缘巧合之下来到这里,宙斯保护所有旅人,您若敬畏神明的话,希望您也能给我们提供一些帮助。""哈哈哈!"巨人大笑了几声,声音使得石壁都震颤不已,"要我敬畏神明?我看你是蠢到家了!我不管宙斯是什么东西,我只按照自己的意愿做事情,我,波吕斐摩斯，比那些神明强大多了！你老实点告诉我，你们的船停泊在哪里？还有没有其他的同伴？"奥德修斯怕他知道还有同伴在附近，于是骗他说："海神把我们的船只摧毁了，现在只剩下我们几个。"

巨人听完他的话没有回答，一步一步朝众人走来，他每走一步，整个山洞就颤动一下，好像地震一样。突然他抓住两个希腊人，像抓起小狗似的撞到壁岩上去，他们鲜血直流，脑浆迸裂。巨人又把他们撕扯成块，张开血盆大口将他们塞进口中。奥德修斯等人目睹了这个惨象，浑身战栗不已，面如死灰。

巨人吃完了人肉，喝了点鲜奶，就躺下去睡觉了，也不理睬他们了。这时候，奥德修斯等人很想冲上前去用刺刀割破他的胸膛；但是看到洞口那巨大的岩石，知道他们无力推开它，到时候也只能死路一条：被困死在这叫天不应叫地不灵的山洞里。于是他们决定还是耐着性子等待天明。第二天，巨人又像前一天晚上那样吃掉了两个希腊人，然后移开洞口的巨石，把羊群赶出去放牧。但他紧接着又像扣壶盖一样把洞口封住了，奥德修斯等人被困在山洞里不知道该如何是好。

这时候，奥德修斯看见羊栏边上有一根巨人的橄榄树枝，那树枝十分粗大，他上前砍断它，招呼同伴们把它削光，再把它的一段削得十分尖锐，简直可以当成一柄利剑使用了。他们把橄榄枝藏在羊粪下面，等待巨人回来。

傍晚的时候，巨人果然回来了。巨人像他前几次做的那样，挤完奶之后又吃了两个希腊人。奥德修斯走向前去，双手捧着一杯斟满酒的杯子，对他说："巨人，请您喝了这杯酒吧，这是我们给您的礼物，请您怜悯我们这些人，不要再吃我们了，帮我们回家吧。"巨人喝完这杯酒喜欢极了，或许他从来没有喝过这么好的酒呢。他连连向奥德修斯继续要酒喝，并且询问奥德修斯的名字。巨人一连喝了三大杯。不久，酒力发作了，巨人开始有点醉了，奥德修斯告诉他自己的名字叫"无人"。巨人迷迷糊糊地说："那好，我要吃掉你所有的同伴，只把无人留下！"说完他就晃晃悠悠地倒在了地上，醉醺醺地呕吐出许多碎肉和残酒。奥德修斯赶紧把削尖的橄榄枝插在炭火里，不一会儿它就烧红了。他们五个人围在巨人旁边，猛地一下把树枝插进巨人的眼睛里，然后不停地旋转。巨人的眼睛冒出大股鲜血，灼热的树枝烧出难闻的气味。巨人惨叫一声，吓得他们连连退缩。巨人疯狂地把树枝从眼睛里拔出来，鲜血溅得满地都是，他双手乱抓，痛得大声吼叫，声音响彻山洞，格外恐怖。

听到喊声后，山洞里的库克罗普斯人成群结队地把山洞围住，打听究竟发生了什么事情,为什么波吕斐摩斯发出这样的惊叫声。波吕斐摩斯大声地回答道:"哦!朋友,我要死了,无人打我。"

站在洞前的人感到很奇怪,说道:"既然没有人伤害你,那就是宙斯给你降下病痛了,你要向你强大的父亲波塞冬祈祷,好让你的病快点好。我们对于病痛可是无能为力呀。"说完他们就纷纷离去了,留下波吕斐摩斯不断地呻吟。

第二天早晨,波吕斐摩斯把洞口的巨石推开,让羊群自己出去放牧。他早早站在洞口,用手挨个地摸着走过的羊只,这样的话,奥德修斯等人就不可能随羊群逃出洞外。可是,波吕斐摩斯的小小心计,怎么难得住聪明的奥德修斯呢?他早就用洞里找到的柳条把公羊三头一组并排套在一起,所有的希腊人都倒悬在中间那只公羊的腹下,以左右两边的公羊作掩护。所以这些人都安全通过,最后一个出洞口的是奥德修斯。他和伙伴们在离山洞不远处便从羊腹下钻出来,把大部分羊朝停靠他们的船的岸边赶去,并匆忙把羊赶上船,然后撑离海岸。

小船渐渐离开这座令人惊恐的岛屿。等到小船离开一段距离,奥德修斯大声冲岸边的波吕斐摩斯说:"可恶的巨人,你等着吧,一定会有厄运降临在你身上!"巨人听见他的诅咒更加生气,他拔起一座大山的峰顶朝大海扔过来,大石落在小船不远的地方,激起了巨大的浪花,把船又冲回到原来的港口。奥德修斯和同伴们奋力划船,才把船又划离岛屿,等到稍微安全一点,奥德修斯又想气气巨人,但是被同伴阻止了,因为他们担心巨人发作又扔过来一块巨石。

奥德修斯很不甘心,于是仍然大声说道:"愚蠢的巨人,要是有人问你的眼睛是被谁刺伤的,你这个笨脑袋一定要记得是伊塔刻的奥德修斯干的,哈哈哈!"巨人叹息道:"天哪,原来这一切早就注定了,很早以前就有位预言者预言了我的命运,说我会在一个叫奥德修斯的人手中失去视力,我原本以为是一个健壮勇敢的家伙,谁想到他原来这样孱弱、胆小。奥德修斯,你回来吧,我会送给你礼物,还会让我的父亲波塞冬送你回家。"奥德修斯知道这绝对是巨人的诡计,于是说道:"我才不回去呢,我希望你能在我手中丧命,这样即使是你的父亲也没有办法给你治眼睛了。"巨人跪下向他父亲祈祷,让波塞冬阻止那些人返回家乡,然后又用力将一块巨石扔向他们,差一点就把小船砸坏了。奥德修斯和伙伴们躲过巨人的飞石,返回到原来的小岛上。

大家回到岛上,简直累得不能动弹了,休息一会儿之后就躺下睡着了,连东西都难以下咽了。第二天,他们重新从小岛出发,开始了新的旅途。

当时他们的心情非常复杂,一方面庆幸自己能从厄运中逃生,另一方面为被巨人吃掉的同伴而悲伤不已。

喀耳刻的魔杖

奥德修斯和他的伙伴飘荡在海上,这次他们抵达的地方是阿波罗的女儿喀耳刻居住的埃埃亚岛。这一伙人上了岸,奥德修斯爬上了岛屿的西部的一座小山头,向远处眺望:四周静寂,不见人烟,只发现小岛的中心绿树成荫,一角飞檐在绿树之中露出。

奥德修斯走下山来,停留在海岸边,看守船只静候消息,其他人则在欧律罗科斯率领下探听能否找到殷勤好客的地方。进了岛,欧律罗科斯一路走一路看,慢慢地靠近了那座宫殿。那是一座非常雄伟的宫殿。奇怪的是,那座宫殿附近,前后左右都是狮子、老虎和狼。这些野兽被女神喀耳刻的妖法驯服,并不凶猛。

欧律罗科斯不知道这些动物原来都是人,喀耳刻的妖法把他们变成了野兽。欧律罗科斯领着人来到了宫殿大门附近。他们听到了宫殿里传来轻盈的乐声和甜美的女性歌声。考虑到只听到女性的声音,男人不便进入,欧律罗科斯就站在门口大声呼唤。出来了一位美丽动人的女子,她站在门口,躬身邀请他们进宫。其他人高兴地进去了,只有欧律罗科斯多了一个心眼,他故意在后面磨蹭,趁那位女子不注意,溜出了门,倾听动静。女神喀耳刻领着客人就座,并拿出了自己最好的美酒和精美的佳肴款待这些人。但是她却在酒水里掺了害人的毒药,他们吃了这些东西就把故乡的事情忘得一干二净。然后喀耳刻手执一把魔杖轻轻地在他们身上一点,刹那间他们就统统变成猪身了,被赶进猪圈里。同伴们挤在臭气冲天的猪圈里,痛苦极了,纷纷流下了悔恨的泪水,但却说不出话来,只能听见它们像猪一样嗷嗷的叫声。

站在宫殿外面的欧律罗科斯听见宫殿里传来猪的号叫声,心中暗叫不妙,他立刻转身逃跑,一路跑回小船上。他眼睛里噙满了泪花,同伴们都不知道发生了什么事情,等到他说完发生的一切,同伴们简直惊呆了,不敢相信自己的耳朵。欧律罗科斯跪下来,向奥德修斯请求道:"请不要再让我回去了,我知道你自己不可能把那些同伴救出来。让我们赶快离开这座可怕的海岛吧,这样兴许能够保存性命。"

奥德修斯长叹一口气,觉得自己有责任也有义务将同伴救出来,哪怕只有一线生机。于是他让欧律罗科斯留在小船上,自己亲自前往女神的宫殿。他披荆斩棘,走在通往女神宫殿的路上。突然有一个年轻人站在他面前，这个年轻人就是神使赫耳墨斯幻化而成的。他握着奥德修斯的手说："不幸的人啊，你一个人在这里干什么？你的同伴已经被喀耳刻变成猪了，你想前去搭救他们吗？我看凭你一个人的力量难以实现啊。不过我可以帮助你。我给你这神奇的药草。"他一边说一边递给奥德修斯一些草药，"我告诉你，喀耳刻会给你食物和美酒，她会在这些东西里下毒。但是我这些药草可以解毒。等到她用魔杖驱赶你的时候，你要以最快的速度向她猛扑过去假装要将她杀死；但是你不能真的杀死她，否则你就救不了你的同伴了。她会害怕你的威力，同时也会邀请你和她同床共枕，这时候你就要答应她的邀请，好让她释放你的同伴；但是在这之前你一定要她向神明起誓，不会再加害于你。"说完年轻人就消失了。

奥德修斯看着手中的这些药草，它们的根部都是深黑色，乳白的花瓣却鲜嫩动人。难道这些看起来不同寻常的花草真的能破解喀耳刻的毒药吗？奥德修斯一边继续在丛林中走，一边思考着年轻人对他说的话，不一会儿就来到了喀耳刻的宫殿。奥德修斯轻轻呼唤着，女神照样把门打开邀请奥德修斯进去，于是他小心翼翼地进去了。

果然，进去之后，她盛情款待奥德修斯，给他端来了各种美食。奥德修斯先偷偷地把草药吞下去，然后再吃这些东西，女神的毒药没有起到任何作用，她恼羞成怒，抓起魔杖想将奥德修斯也变成一头猪。奥德修斯迅速冲上前去，从小腿右侧抽出一支锋利的小刀，抵住她的咽喉。

她不敢动弹了，跪下来哭泣着说："你是何方神圣，居然吃了我的毒药没有任何反应？没有一个人能够抵抗这毒药的力量，你难道就是赫耳墨斯所说的奥德修斯？他曾经告诉过我，说一个名叫奥德修斯的非凡英雄会路过这里。如果是这样的话，请你收起你的小刀，让我们成为朋友吧，我很敬仰你，让我们今晚好好在一起休息吧。"

奥德修斯对她说："喀耳刻，我怎么能和你好好休息？我的同伴都被你变成猪，现在在猪圈里大声嚎叫，要是你对我再动什么歪点子，加害于我，我怎么能放心和你一起休息？除非你向神明发誓。"女神马上举起手，庄重地对神明起誓。于是那天晚上，奥德修斯在她的床榻上休息了一晚上。

女神的侍女在屋子里来来去去地忙碌着，不断端来可口的美食，当然少不了令人心醉的美酒。但是，奥德修斯看到这些东西全然没有兴趣享用。女神看见他闷闷不乐的样子，走上前来对他说："奥德修斯，你为什么愁眉不展？难道你心里还有什么担心的吗？我刚才已经起誓了，你不要再忧虑了。"奥德修斯回答她："有谁会自己独自享用美食而忘了同伴们悲惨的遭遇呢？如果你真的想让我高兴，那你就带我去看看我那些同伴吧。"喀耳刻听见他这样说，就带着他穿过大厅，来到猪圈前，她挥动手中的魔杖，赶出那些已经是猪身的希腊人，然后用药物涂抹在它们身上。很快地，猪毛渐渐褪去，那些猪很快就变成人形。

　　同伴们看到奥德修斯，不由悲喜交集，他们全都围过来握住他的手，既悲伤又欣喜地哭泣，连站在一边的女神也好像被感动了。她走过来让奥德修斯现在马上去海边把小船拉到陆地上来，把重要财物和工具存放进山洞，然后再返回宫殿。于是奥德修斯赶紧来到海边，留守在小船上等待消息的同伴看见他回来了，不禁情绪激动，热泪盈眶，他们纷纷问起其他同伴的情况。奥德修斯一时间也没有办法说得很清楚，就叫他们先把小船拉到陆地上，然后把财物放进山洞，再一起去喀耳刻的宫殿。

　　过了一会儿，他们来到了女神的住宅，看见那些同伴们已经穿好华丽的衣服，坐在大厅里享用美酒美食，神情欢乐。他们看到同伴，就像久别重逢的老友，不禁感慨万千。女神对他们说："伊塔刻的英雄们，我知道大家受了很多苦。但是现在大家不要过分悲伤，以免伤害身体，还是忘掉不愉快的回忆，尽情享用美食好好休息一下吧。"大家听从她的话，坐在大厅里放松地吃喝，随性享乐。喀耳刻对他们很好，就这样，他们在她的宫殿里整整待了一年。

　　第二年，同伴中有人劝说奥德修斯考虑回家的事情，他的这番劝说引起了奥德修斯的思考，他也开始怀念家乡。他以感激的心情接受忠告，离开了埃埃亚岛。

女妖塞壬

　　奥德修斯和他的伙伴们漂流在海面之上。他们离开喀耳刻的时候，曾经得到一个警告。他们下一个地方就要经过女妖塞壬的海域。塞壬是海上仙女，她们坐在绿色的海岸上，看见船只驶过，就唱起动听的魔歌。被歌声吸引而想登陆的人总是遭到死亡。这儿的海岸上尸骨成堆，显得恐怖而阴森。奥德修斯还记得女王喀耳刻的警告："奥德修斯，当你经过塞壬女神居住的海岛时，女神们会用歌声引诱你们，你必须用蜡把朋友们的耳朵塞起来，不让他们听到歌声。如果你自己想听听她们的歌声，你就叫朋友们先把你的手脚捆住，绑在桅杆上。你越是请求他们放下，他们就得把你捆得越紧。"

　　大船在海面上航行了三天。傍晚时分，他们发现深蓝色的海面忽然变化了，阴森碧绿得怕人，海面腾起一股阴风。奥德修斯意识到危险的地方到了，他要求舵手马上停下来，准备一下，闯过这个可怕的岛屿。然后，奥德修斯按照吩咐,马上割下一块蜂蜡,将它揉软,塞住了所有手下的耳朵。轮到他自己的时候,他停住了。他现在面临两种选择:要么也和其他人一样,塞住耳朵;要么,他就让人绑住自己,那样的话,他可以听一听塞壬的歌声究竟是怎么把人迷住的。他犹豫了。这时,他的一个朋友大声说:"奥德修斯,为什么你不把耳朵塞住呀!"老朋友的这句好心的话,反而坚定了奥德修斯的心。他打了个手势。很快,朋友们明白了他的意思。于是,几个人过来了,很快,奥德修斯就被绑在船头的桅杆之上。

船继续行驶,停在女妖海岛旁。水手们放下船帆,将帆布卷起摇桨前进。海面上一片宁静。但是,这只不过是暴风雨来临前的征兆。果然,船行不到五十米,海面上飘来了悠悠荡荡的音乐旋律,真是令人陶醉和神往。绑在桅杆上的奥德修斯感觉不到身上绳子勒疼,也不知道自己是半吊在船上,还以为自己飘荡在云朵之中。他渐渐昏迷得激动起来,眼前什么也看不清了,他只能看见妻子悲伤的面孔,她现在正在自己的寝宫里抚摸着自己的衣服上的图案,泪水涟涟呢。儿子也站在一边,大声地喊着爸爸。

奥德修斯心里难受,泪如雨下,大声地喊起孩子和妻子的名字,要扑过去抱住他们。可是一动弹,他就发现自己竟被绑住了。他奋力地挣扎着,手指头粗细的绳子都勒进了胳膊里,鲜血流淌了出来,可他却感觉不到丝毫疼痛。奥德修斯朝着部下又叫又喊又打手势,哀求他们给他松绑;他破口大骂他们忘恩负义,不是好人;他眼睁睁地看着自己的妻子现在正在被人欺负,看见自己的儿子被人赶出宫殿,流落在外地,乞讨为生;他要去拯救他们,他要和他们在一起,帮助他们,把那些欺负他们的恶棍赶走,把他们剁成肉酱。可是这些人不但不给他松绑,反而又在他不断抽搐扭动的身上加了一道绳子。

大船还在缓慢地航行。音乐声越来越轻,慢慢地消失了。奥德修斯好像刚刚从一场噩梦之中醒来,浑身筋疲力尽。他头低垂着,浑身软棉花一样。直到离开海岸很久很久,他的伙伴才取出耳中的蜡条,并把奥德修斯从桅杆上解下来。奥德修斯非常感谢他们毫不动摇地前进,让他摆脱了塞壬女神的引诱。

太阳岛

奥德修斯海上的漂流还在继续。他要去的下一个地方就是有名的特里耶喀亚岛。那里,阳光明媚,鸟语花香;但却是一个禁地,让附近所有船夫渔民莫名恐惧。这个岛屿的主人,是太阳神的女儿兰帕提厄和法厄图萨放牧牛群的地方。那些漂洋过海流落此岛的人,无论他或她是谁,也无论他或她短缺什么东西，都千万不能侵犯这群牲口。如果他们抗不住这份饥饿，违反了这个禁令，那违禁者必遭杀身之祸。

奥德修斯最初经过这个岛的时候，因为害怕自己的手下控制不住自己，打算直接绕过去，等到了下一个地方再歇息一下，休养生息。可是，他的那些手下却不同意。他们的粮食已经所剩无几，都是粗糙不堪难以下咽的东西。一个多月来，他们一直吃这种东西都快腻烦了。而且，他们太累了，想休息休息。奥德修斯没有办法，只好同意了他们的请求。不过他还是一再重复，千万不能动这神圣的牛群中任何一头牲口，否则他决不同意。这些伙伴们都被奥德修斯谨慎的态度激怒了，为了让奥德修斯放心，他们都立下了誓言，说这些装上船的剩余的补给已经让他们满足了。

当天夜里，风平浪静，水手们都在洁净的沙滩上睡着了，只有奥德修斯睡不着。他躺在沙滩上，仰望着诡秘的星空，辗转反侧。他听着海涛拍打着海岸的澎湃声，暗暗祈祷夜晚快快过去，天一亮，他就要监督水手们出航。他心中有一种不祥的预感，觉得要出事。月亮落到海平面下，天上的星星也熬不住了一样，一个一个熄灭了，海上的夜空变得深蓝，带有黑色的暗影。他也不由得朦朦胧胧就要进入梦乡。忽然一阵冷风吹了过来，他一下子惊醒了，站了起来。黑压压的云团岩石一样压了下来。风向改变了，像小刀子一样刮人。他还没有完全喊醒那些船员，啪嗒啪嗒的雨点已经敲在海滩上。整个海岸之上一片蒙蒙的水汽。

雨下过之后，天气晴朗，可是风向却变化了，成为逆风。他们无处可去，只能逗留在这个岛屿之上。他们整天看见神的牛群在岛上来回地奔跑吃草，或者跑到他们身边，睁大眼睛吃惊地盯着他们。一个多月过去了，他们船上的食品都耗用一空。这几天，他们都只能打打树上的小鸟，挖挖地上的蚯蚓，或者用缝衣针弯成鱼钩钓鱼。他们的胃是空的，嘴巴是干的，却只能对着这一大堆活蹦乱跳的鲜肉干看着。他们也不敢随便冒犯神。又有几天过去了，岛上的鸟变乖了，一见到他们就远远飞走了；那些鱼群都得到同伴的警告，不准靠近海边。这些人再也没有什么鸟肉鱼肉吃了，只能喝那无穷无尽的西北风。他们受着饥饿的折磨，眼睁睁地看着这些来回奔跑的牛群却无法享用。

这一天，奥德修斯离开他们，去岛的其他地方勘探勘探，寻找是否有新的可以供吃的动物。出发之前，他有气无力地警告这些饿得只能躺在地上晒太阳的伙伴。他走了之后，其他的人只能冲他的背影皱眉头，连埋怨的话都说不出来。

这个时候，一头小牛走到了他们身边，吃着一个年轻人身边的草。那个年轻人怨恨极了,一个大石头砸了过去,牛身上流出了鲜血。他们不愿忍受了。这群饥饿的人摇晃着站起身来,围堵这头牛。也不知道什么力量支撑着他们,这些一点力气都没有的人杀掉了一头精力充沛的牛。他们杀掉牛,切割成碎块。大块的牛腿肉在烤肉架上烘烤时发出嗤嗤声。他们被香气刺激着,牛肉还没熟呢,他们就等不及吃了起来。一个多月来,他们何曾吃过这么鲜美的肉呀。他们吃得如此惶急,几乎把舌头都咬掉了。吃完一头,他们又杀掉了三头。半饱之后,他们的脑袋清醒过来,屠宰的一部分牛奉献给被冒犯的神,企图弥补过失。等到奥德修斯回到岸上发现他们的所作所为,他不禁毛骨悚然,随之而来的凶兆更使他不寒而栗。牛皮在地上爬行,大块的牛腿肉发出哞哞的叫声。

几天后,刮起了顺风,他们离开小岛。起航不久,天气突变,一场雷电交加的风暴笼罩了整个大海。闪电打断了桅杆,倒下的桅杆砸死了舵手。最后,船身粉碎,龙骨和桅杆在一起漂动。奥德修斯用它们做成一只小筏。风向变了,他随海浪漂泊到卡吕普索居住的岛上,其他船员全部葬身鱼腹。

淮阿喀亚公主瑙西卡

离开特洛伊的奥德修斯返家途中,经历了许多困境。现在,他独身一人,划着木筏飘荡在茫茫的大海之上,这一天进入了淮阿喀亚人的领海内。行到下午,风向开始变化,海浪也咆哮起来。不过,这个时候,淮阿喀亚人居住的岛屿海岸线已经遥遥在望。他压住船头,拼命地往岸上划去。快到岸上的时候,他的木筏被掀翻了,沉入海底。他用力向岸上游,为了减轻身上重负,脱掉了衣服。终于游到海滩之上,奥德修斯赤条条地出现在海岸之上。

智慧女神雅典娜一直注视着他的行踪,晚上,她托梦给淮阿喀亚国王的女儿瑙西卡,告诉她婚期不远了。为了给婚姻大事做一个细心周全的准备,她应该把全家的衣裳洗干净。第二天早上,公主匆匆找到父母,向他们吐露了心事。不过,她只字不提婚期,只是说神谕如此。父亲听后欣然同意并吩咐车夫准备车辆。

到了河边,公主和随行的姑娘们让车夫把骡子放下来自由吃草,她们自己却把衣物抱到河边,欢快地洗着衣裳。姑娘望穿秋水,还是什么也没有发生。那些衣服很快就洗好了,到了中午,该是吃午饭的时间。姑娘们在草地上摊开桌布,放下了准备好的午餐。午餐的香气传到旁边林子里熟睡的奥德修斯的鼻子里。他被香气惊醒了,接着他就看见了那些一边吃饭一边嘻嘻哈哈的姑娘们。

奥德修斯摘取一些枝条，用上面浓密的树叶遮住赤裸的身体。然后，他从树丛里慢慢地走出来。少女们一见一个野人赤身裸体地跑出来，马上四处奔逃，只有一直希望奇迹发生的瑙西卡留了下来。奥德修斯毕恭毕敬地站在远处，向她述说自己的悲惨遭遇，请求公主能够赐给他食物和衣裳。

瑙西卡把受惊的少女们召唤回来，她叫她们把食物和衣裳拿过来，因为车上就有她兄弟的衣裳。等到奥德修斯穿上衣服、吃完食物出现在瑙西卡面前时，瑙西卡被眼前这个魁梧挺拔、神采奕奕的男子吸引住了。公主准备把奥德修斯带到城里去。为了避免闲话，她吩咐他在与城镇毗邻的、国王的一个农庄花园的小丛林里稍事逗留。在那里，他碰到任何路人都能毫不费力地把他领到王宫去。

奥德修斯听从吩咐，动身进城。临近城池，他遇到一个拿着大水罐提水的年轻女人。这个提水的女人就是雅典娜。奥德修斯走过去和她说话，希望她领他到国王阿尔喀诺俄斯的宫殿去。女神引着他，把他裹在云雾里。这样，别人根本看不见他。等到他们走近宫殿，女神把该国情况详细告诉他后就隐身不见了。

奥德修斯尽情地观赏花园周围的景色，快步走进集会大厅。就在那时，雅典娜化尽雾气，奥德修斯突然暴露在集会的众首领之前。机智的奥德修斯灵机一动，朝王后走去，跪在她的面前，请求她助他一臂之力，使他能返回祖国。

国王听到这些话后站起来，向奥德修斯伸出手去，领他坐在他儿子为外乡人让出的位子上。奥德修斯饱食了一顿，恢复了精神。客人散后，只剩下奥德修斯、国王和王后。奥德修斯把他在卡吕普索岛停留和离开、木筏失事、他游出险境以及公主救他的始末一一向国王和王后诉说。公主的双亲听了称道不已，国王答应给他提供船只，使他的客人能坐船回自己的故国去。

第二天，奥德修斯乘着淮阿喀亚人准备的小船起航，不久就安全抵达自己的伊塔刻岛。当小船停靠海滩时，他已入睡。水手们把他抬上岸，没有把他唤醒，把装着衣物的箱子随他一起搬到岸上，然后便扬帆离去。

踏上故土

奥德修斯在睡梦中甜蜜地睡着，船手们丝毫不敢懈怠，奋力划着船，过了许久，当天空升起明亮的启明星的时候，他们终于来到伊塔刻。港口两侧有突出的两扇悬崖作为护翼，小船可以不受浪涛的袭击安全驶进港口。悬崖顶上有棵枝叶繁茂的橄榄树，附近有一个洞穴，那是山林女神们居住的地方,她们整天在那里纺纱织线,还不时举行一些娱乐活动。真是一派仙境啊,连蜜蜂都环绕在她们身边做窝休息。悬崖上倾泻下来两处水泉:一条流向北方,凡人可以进出;一条通往南方,供神明往来,凡人不可进入。水手们等船泊上岸后,迅速将还在睡梦中的奥德修斯搬离黑壳船,再把财物放置在他身边。为了不让陌生人劫走,他们把他和物品隐藏在远离道路的橄榄树下。这样安排妥当以后,水手们立即返回淮阿喀亚。

海神波塞冬知道奥德修斯已经返回家乡,虽然他已经给了他足够多的磨难;但是看到他现在能这样舒适平安回到家乡,而且随身还带着这么多财物,不由得心生怨气。他找到宙斯,对他抱怨说是因为宙斯违背他的意愿才能够让奥德修斯回到家乡,他发誓要让返回的淮阿喀亚人葬身大海,才能解除他心中的怨气。宙斯劝慰波塞冬道:"亲爱的朋友,我们没有轻慢你,也不是无视你的意愿,与其把他们劈死在海上,还不如等到他们快回到家的时候,把他们的船只变成石头,然后再把他们的城市用山峦围困住,一泄你心头的怨气,你看怎么样呢?"

波塞冬觉得宙斯所说的有些道理,于是趁着水手们快回到城邦,而城中的人们也可以看见他们归来的时候,波塞冬张开大手把船变成一块黑色石头,快速行驶的船突然之间不动了,像生了根似的。原本聚集在城墙边准备欢迎勇士回来的人们看见了,他们不明就里,纷纷议论起来。国王知道了这样的情形,叹息道:"天哪,我父王曾经做过的预言梦现在正在应验,他说波塞冬不喜欢我们,因为我们常常帮助迷路的客人重返家乡。他还说,要有一对船员会在送完客人返回途中被击毁,我们的城市也会被山峦包围。现在这一切都在应验,我们要赶快向神明祈祷,但愿他们能垂怜我们,不再惩罚我们。"于是淮阿喀亚人纷纷准备好祭品,围住波塞冬的祭坛,跪下求拜。

远在伊塔刻的奥德修斯正从睡梦中醒来,尽管他已经身处故乡,但是却不能识别出来,因为他离开家太久了。无论是茂密的树林,蜿蜒的港口,还是耸立的山峦,都让这位旧日的国王感到陌生。他马上站起身来,左看看右瞧瞧,揉了揉自己的眼睛,然后重重地拍了一下胸膛,悲怆得大声哭泣起来:"天哪,我这是又到了什么荒蛮的地方?神明又将带给我什么样的灾难?我还不如留在淮阿喀亚人的城市中呢。现在迷路了,身边又有这么多财物,要我怎么处置啊?国王曾许诺要把我送到美丽的伊塔刻,但是他们却把我扔在这个地方让我求天不应,叫地不灵,这可如何是好?"他一面说,一面查看着他的财物,发现属于他的宝物一件都没有少,于是心里稍微平静了一会。但是仍为自己的处境叹息不已。这时候雅典娜幻化成一个牧羊少年，走到他身边，他身穿双层披篷，手握标枪，英姿飒爽。奥德修斯看见他，马上拦住他问："朋友，你是我在此地遇见的第一个人，请问这是什么地方，什么种族在这里居住？这是一座海岛还是一片海滩？"

"外地人，看来你真是远道而来，连这里都不知道。它可不是无名小地，它的威名传遍东西各方，这里道路崎岖不适合骑马，土地不算贫瘠，地域也不算辽阔。但是这里盛产麦类，也盛产葡萄，有广阔的牧场，放牧着成群的牛羊，还有繁茂的森林，清澈的流泉。外地人，此地叫作伊塔刻，想必你以前也听说过。"雅典娜装作本地人对奥德修斯说。"你不像是本地人，你来自哪里？来伊塔刻干什么呢？"雅典娜继续问道。奥德修斯听到故乡的名字，简直不敢相信自己的耳朵，他感到震惊无比。但是当着陌生人的面，他还是很快就抑制住内心的激动。为了提防着可能会有的险情，他假意说道："我以前在克里特岛的时候听说过伊塔刻，没想到现在自己到了这里。我之所以来这里，还带着那么多的宝物，是为了逃避敌人的追杀。我杀了伊多墨纽斯的儿子奥尔西洛科斯，因为他一心想要抢夺我从特洛伊带回来的战利品，为了那些财富，我付出了多大的心血呀！我把他干掉以后，知道他的父亲以及他家族的人一定不会放过我，只有逃跑才能免除更大的灾祸，于是我请求到克里特岛做生意的腓尼基人，让他们带我离开这里。他们欣然答应了。

"没有想到的是，我们在海上遇见了前所未见的暴风，暴风把我们的小船吹离了航道。虽然我们尽力划船，但还是阻挡不了风力，结果我们就被吹到了这片土地上。当时的我们又累又饿疲倦极了，一到岸上就昏睡过去。腓尼基人早早地醒来，看见我还是昏睡，就把我和我的东西留下，自己却驾着船离开了。现在我一个人在这里，人不生地不熟的，简直不知道如何是好。"

等他说完之后，雅典娜微笑着抚摸着他的头，说："你真是聪明又狡猾，即使回到你的故乡，也忘了改掉这些习性。你想骗我吗？真亏你这么快就想出那么一大堆故事。但是这些伎俩正是我钟爱你的原因：你在凡人之间最善谋略也最善言辞，我在神明中间也一样，所以说我们是同类。一路上我一直保护着你不让你被灾难毁灭，可你从来没有把我识别出来。我就是雅典娜，智慧女神，宙斯的爱女。我这次前来，是想告诉你你将来的命运。"

奥德修斯马上虔诚地跪下来，对女神表示感谢。他说道："女神啊，您变化多样，我是个粗鄙的凡人，怎么能将您识别呢？一路上承蒙您的关照，我才能从重重险境中逃生，我永生不忘您的恩德。可是，这回您真的不是在骗我吧，这就是我梦寐以求的伊塔刻？"

女神郑重地点点头，她驱散开先前围绕在奥德修斯周围的一圈迷雾，让他得以看清周围的一切，"你看，"女神对他说，"这不就是你熟悉的家乡吗？你总是这样疑虑重重小心谨慎地行事。要是其他人回到自己家乡，一定首先询问自己的亲人，一心想立刻得到他们的消息；可你现在还总在疑心。你的妻子现在还在家中，每天流泪不止，身边被一圈求婚者包围着，毫无办法。我知道因为你刺瞎了波塞冬儿子的眼睛，所以他对你怨气十足，他一心阻挠你回到家乡。即使如此，我却一直支持你回家，从来没有对此感到怀疑。波塞冬是我的叔父，我也不好与他对着干，所以我只能暗中帮助你。你看见那棵橄榄树没有？那里有一个洞穴，是神女们曾经嬉戏的地方，现在最好把你的财物放进洞穴里面，以免暴露你的身份。"奥德修斯赶紧跪下亲吻着故土，不断地向众神明祷告着。随后他按照女神的吩咐将财物搬进洞里，雅典娜站在他身旁，运用法力搬来一块巨石将洞口堵住。

"现在，我要告诉你一些重要的事，"雅典娜对奥德修斯低语道，"自从你离开后，你家里就乱得不成样子了，常年不见你的踪迹，大家都以为你已丧生。那些无耻的求婚者因为贪图你的财富和你妻子的美貌，纷纷拥进你的宫殿向她求婚。最可恶的是他们每天都待在你的家里大吃大喝，即不按照正常程序出彩礼，也不愿意离开。你的妻子和儿子为此饱受痛苦，没有人站出来帮助他们。不过你妻子是个很守妇道的人，对你一直忠心耿耿，丝毫没有为之所动。倒是苦了你的孩子忒勒马科斯，他那么年少就要承担一个成年人应该承担的压力和痛苦。"奥德修斯知道后，气得咬牙切齿，他恨不得立刻冲回家去把那些狂妄的人统统杀掉；但是他孤身一人，还需要别人帮助，于是他对雅典娜说道："敬爱的女神，请您帮助我，赐给我力量，只要和您在一起，我甚至能一下子干掉三百个人！不过既然您知道我的行踪，为什么不告诉我的家人我还活在世上，反而让他们饱受这种痛苦呢？特别是我儿子，不知道他现在愁苦成什么样子呢！"

雅典娜说："你不要着急，你儿子没出什么事。不过他为了打探你的消息，去了拉克得蒙寻找墨涅拉奥斯。我一路上也护佑着他，使他免受灾难。的确有居心不良的求婚者想要谋害他的性命；但是我看他们不会得逞的。现在我告诉你应该做的事：不能暴露自己的身份。我要把你彻底变成另外一个人，你的皮肤将变得像老年人一样干皱，身材佝偻，衣服也会变得褴褛不堪。你要寻找机会除掉那些恶人。但现在还不是最佳时机，因此你要先学会隐姓埋名。然后你自己去找牧猪奴，他对你忠心不二，你向他打探消息。我马上去斯巴达，召唤回你的儿子。"

雅典娜说完，用手中的金杖一点，奥德修斯马上从一个健壮的男人变成一个干瘪瘪的小老头了，头发灰白，牙齿脱落，眼睛混浊，简直和以前的他判若两人。然后她自己飞向空中，前往盛产美女的斯巴达找奥德修斯的儿子忒勒马科斯去了。

暗中会见牧猪人

奥德修斯走过一段崎岖的道路，穿过浓密的树林，来到牧猪人的家。他站在屋子前，看见庭院宽大，周围都用高大的石块砌成护栏，最外面栽种着坚实的橡树，整个庭院被开辟为养猪场，细细一数，刚好十二个猪圈。肥胖的猪都在猪圈里吃食或睡觉，它们被牧猪人精心照料，长得很好。猪圈旁边睡着四只凶猛的看门犬，一个慈祥的老人坐在看门犬边上缝制他破烂的布鞋，没有发现奥德修斯的到来。

突然其中一只看门犬惊醒了，他嗅出陌生人的味道，不停地吠叫起来。其他三只也马上站起来，扑向站在屋外的奥德修斯。老人立刻喝止住他们，他看到门口站着一位白发苍苍样子颓唐的老人，于是前来细细询问。

"尊敬的客人，我的狗惊吓到了您，真是抱歉。我刚才在缝补我的鞋子，没有看见您的到来，我现在满脑子都在想着我那可怜的主人。哎，算了，还是请先进尾，让我好好招待一下你吧。"于是，牧猪人把奥德修斯搀扶进他的小屋子。他在地上铺了一层毛茸茸的山羊皮，让奥德修斯坐上去。然后他走到屋外，宰杀了一只猪，把它烧烤好，端给奥德修斯吃。奥德修斯对牧猪人的礼待感到很高兴，他说："老人家，您那么善良，宙斯一定会保佑您所有的愿望都实现的。"

"唉！别说所有，只要实现一个，让我的主人平安回家，我就心满意足了！"牧猪人叹息道。

"你主人出了什么事吗？你总是提到他。"奥德修斯假装追问道。

"客人，您或许从远方来，不知道我家里的情况，"牧猪人开始絮絮叨叨谈了起来，"要说我对你礼待，这样简单的礼待不算什么，我的主人也曾那样礼待我，我至今仍对他充满感激之情。主人对我关怀备至，从不把我当下等人看待，给我房子住，给我东西吃，还给我报酬。可惜我再也碰不上这样好的主人了。他多年前去特洛伊作战，没有战死的英雄们都已经回家，唯独他一点消息也没有，急死人了。虽然您是外乡人，对您说主人家里的消息似乎不大妥当；但是那群可恶的求婚人实在欺人太甚了！我不得不说说。自从我主人没了音信，大家纷纷传言说他已经命丧黄泉。他妻子珀涅罗珀每天伤心欲绝，躲在房子里边纺织边流泪。他年幼的儿子为了找寻父亲的下落每天忧愁烦恼。一群狂妄的人觊觎女主人的美貌和主人丰厚的家产，纷纷拥进主人家里向她求婚，却既不按照约定的习俗送来彩礼，也不离开主人家，成天无赖一样坐在大厅里吃吃喝喝，耗费我主人的财产。喏，就说这些猪吧，每天都要给他们送去一头精壮的公猪供他们享乐，猪圈里的猪一天少一只呢。"

奥德修斯一边听着牧猪人的唠叨，一边不动声色地吃着猪肉，问道："你主人是什么人，拥有这么多财富？你告诉我他的名字，说不定我曾经听说过他呢。"

"唉，外乡人，不是我不相信您，只是这种事以前发生过太多次。好多人为了得到女主人的赏赐，明明不知道主人的消息，却骗人说知道，胡诌乱说一通，就是为了骗取女主人许诺过的衣袍。我想我那可怜的主人一定是不在这世上了，不知道他现在是埋葬在泥土里，还是暴尸荒野被乌鸦啄食，还是浸泡在苦涩的海水中，灵魂得不到安宁？他一定是死了，只留下那么多悲哀让我们承受。唉，我再也找不到这样好的主人。即使如此，我还是称他为主人，不管是生是死！"牧猪人说到这，不由得鼻子发酸，他伸伸衣袖揩掉眼角的泪珠。

奥德修斯站起身来，郑重其事地对他说："我发誓，你主人必定会回来。那些编造谎言的人，想必很贫困。我虽然也清贫，但是我绝对不会为了所谓的衣袍而说谎话，我可以发誓。你等着看吧，等到你主人真的回家了，你的女主人不要忘记曾经许诺的赏赐就够了。不出今年，奥德修斯一定会回到他的宫殿，报复那些可恶的求婚者，这是我的预言。"

牧猪人摇摇头说："唉，主人不会回来了，说这些预言又有什么用呢？还是请坐下来继续喝酒吧，每当有人这么信誓旦旦地对我说，我就感到很伤心。不仅如此，女主人和小主人也很伤心呢，因为这些话从来没有应验过。唉，外乡人，还是告诉我，您是从哪里来，是什么部族的人，怎么会来到伊塔刻呢？"

奥德修斯心想现在还不能暴露身份，他沉思了一两秒钟，然后说道："我来自辽阔广袤的克里特岛，家父正是克里特岛的国王卡斯托尔。尽管我的母亲是一位身份卑微的女仆，但是我的父亲却非常喜爱我。我父亲去世后，我们几个兄弟分了他的财产。由于我卑微的出身，我和母亲只分得一小部分财产，后来我娶了一房妻子。我平时不爱干农活或者操持一些琐碎的家务事，却很喜欢划船，参加激烈的斗争，在战场上冲锋陷阵，只有在那种充满了挑战的事情中我才能发挥我的能量。在阿开奥斯人进攻特洛伊之前，我已经九次率领同伴们攻打外敌，抢夺了许多战利品，这样我的财富渐渐多了起来，成为克里特岛声名显赫的大家族。后来在国人的支持下，我和杰出的伊多墨纽斯两人率领族人和阿开奥斯人一起前往伊利昂。我们在那里战斗了整整十年啊，最终结局是我们赢得了战争，第十年的时候我们返回家乡。我在家待了不到一年，还没有好好享受妻子的温柔和儿女们的天伦之乐，就再一次离开家去往埃及。我带领许多勇士，一行走得十分顺利。等我们来到埃及河边，我派遣一些人前去打探情形，谁知他们自恃神勇，一踏上埃及的国土就开始肆无忌惮地抢夺人们的粮食和牲口，还有一些人掠夺了妇女和孩童，惨叫声霎时传遍了整个国家。国王在城里集结了精壮的队伍，他们穿戴齐整，骑着骠骑开始进攻我们。我们势单力薄难以抵挡他们人数众多的反攻，我的同伴们纷纷死在他们的青铜长矛下。眼看我自己也将被杀死，我立刻脱下头盔丢掉手中的武器，奔跑到领军的国王面前，跪在他面前求饶。国王看起来是个心慈的人，在我不断的忏悔下他原谅了我，把我带回了他的宫殿。

"我在埃及住了七年。在这七年中我和那里的人建立了友好关系，其实他们都是善良淳朴的人，渐渐地，他们原谅了我犯的过错，把我当作朋友，也给了我许多礼物。我把这些礼物全部收藏起来，心想有一天把它们带回家去。第八年的时候我认识了一个骗子，他是腓尼基人，他把我骗到腓尼基，于是我又来到腓尼基。在他那里待了一年之后，他又借口去利比亚运货，让我一同前往，但是实际上是想把我给半途卖了。我们一行驶过汪洋大海，快经过克里特岛时我惊讶地发现原来我的岛国在宙斯的威怒下被海水吞噬，已经看不到一片陆地的影子了。宙斯还给正在航行的我们降下灾难，他掀起狂风暴雨，我们的小船在风暴的打击下很快就支撑不住了，同伴们纷纷被抛进水中，不久就被淹死。可能是宙斯怜悯我，就在我也要被抛进大海的一刻，船上的桅杆倒下来，正好在我身边，我趴在粗大的桅杆上漂浮起来。船已经被暴风雨击打成碎片了，我也看不到一个同伴了。我抱着那根桅杆在海上漂流了九天，第十天的时候来到了特斯普罗托伊人的国土上。特斯普罗托伊的王子首先遇见了我，他见我筋疲力尽，狼狈不堪，于是把我带到他家中。他父亲盛情款待了我，赐给我外衣还有衬衫等礼物。就是在那里，我听到了关于你主人奥德修斯的消息。"

牧猪人听到这里，急切地问道："您听到了我主人什么消息？"

"不要着急，你听我慢慢说。我从特斯普罗托伊国王那里听到你主人的消息，他说奥德修斯返回家的时候经过他那里。当时你主人身上带着许多财物，有黄金、青铜，还有精美的铁器，随后他去了多多那，那里有棵代表神意的高大的橡树，他去向橡树求问神的旨意。国王已经答应给奥德修斯帮助，为他准备了一些船只还有随行人员。并且国王也答应送我返回家乡，还派了一些水手护送我。但是那些人心怀不轨，半路中打起我财物的主意，他们夺去我的东西，还把我的衣服也夺走，然后把我捆绑在船上。等到他们在一旁大吃大喝放松警惕的时候，我悄悄解开绳索，跳进海中，躲进岸边的灌木丛里。他们发现我逃走后怕惹祸上身，就没有仔细寻找，急忙划着船离开了。现在你看到我这副狼狈的模样，就是拜他们所赐。"

牧猪人听得很认真，他说："客人，您经历了那么多灾难才来到伊塔刻，真是不容易呀。但是您提到我主人的消息，我仍然不会相信。从前有一个埃托利亚人来到我们家，声称他曾经在克里特见过我主人在修船，他还说主人最迟会在夏秋之际回家。我都这样一把年纪了，他还骗我。外乡人，您也不用拿善意的谎言哄我开心，这样的怜悯不能真正带给我安慰，因为我已经失望太多次了。"

"要怎么做才能让你相信呢？"奥德修斯知道牧猪人已经丧失了信心，只好发誓道："我向宙斯和各位神明发誓，要是你主人真能回家来，你要遵守诺言给我一件大袍。若是你主人没有回来，那你可以让那些奴隶把我从悬崖上扔下去，以此警醒那些用谎言取悦你们的人。"

"唉，那我可真是要名垂千古了，先热情招待一个外乡人然后又把他杀死？还是别说这样的誓言吧，我的其他同伴为那些求婚者送猪去了，差不多快回来了，等他们回来后我们一起吃饭，早点休息，您也累了。"

正说着，牧猪人的同伴回来了，他们宰杀了一只猪作为晚餐，盛情款待了奥德修斯。牧猪人把烧烤好的猪肉平均分配给每一个人，并给每一个人斟满美酒。奥德修斯受到礼待，心中十分高兴。这时候窗外乌云密布，开始下起大雨来，狂风夹带着雨丝吹进屋内，让人感到一阵凉意。奥德修斯想考验一下牧猪人的忠心，看他能否脱下自己的大袍或者叫其他同伴让出衣袍给自己御寒，于是他站起来大声说道："同伴们，趁大家这会高兴，我来讲一个故事给大家助助兴。当年我们奋战在特洛伊城墙下的时候，躲藏在城墙外边的芦苇荡里，那时候奥德修斯也是首领之一。我记得当时天气寒冷，冰雪纷飞，我们因穿得很少，不足以抵抗寒冷，大家都冷得直哆嗦，牙齿不住地打战，脸都变成酱紫色的了。子夜时分，我终于冻得扛不住了，就用手肘碰了碰身边的奥德修斯：'奥德修斯，我快要冻死了，今晚可能性命不保。'奥德修斯听完后想出了一个计谋，他对匍匐在他周围的同伴说：'我做了一个神奇的梦，这梦预示我们在这场战争中还需要更多帮助；可是主将阿伽门农在离我们很远的船舶上，你们谁上去告诉阿伽门农让他给我们增加支援？'安德赖蒙的儿子托阿斯听完后，自告奋勇去告诉阿伽门农，他脱掉紫色战袍，向船舶游去。我披上他的衣服，不一会就暖和多了。那一晚多亏了奥德修斯帮助，我才能挨过那么折磨人的寒冷，要不然等不到我们进攻我估计就会冻死了。我心里始终记着奥德修斯的恩情，对他本人我深感敬重。真希望现在还能遇到这样的好人，你看我现在衣衫破损，简直不能见人。"

牧猪人听出了他的言外之意，于是说道："客人，您说我主人曾经为了不让你受冻想出了那么好的计策，我是完全相信的，因为我的主人本身就是一个既聪明又有善心的人。你的故事的道理我明白，我们这里的人也不会让一个需要帮助的人感到困窘的；但是我们这里没有多余的衣袍，因为每个人只有一件，可能等少爷回来以后他会另外给你一件衣服。"说完，他在地上给奥德修斯铺上一层厚厚的羊毛让他好好安睡，接着又给他盖上了一件自己的衣服，以免他着凉。

奥德修斯和其他年轻人睡下了，只有牧猪人担心在屋外的猪，为了照看它们，他提起一根木棒，穿着厚厚的衣袍走出门外，在一个凹形的岩石下躺下了。奥德修斯看见牧猪人对他的家产如此忠心，感到既欣慰又感动，于是也欣慰地睡着了。

忒勒马科斯回家了

雅典娜来到拉克得蒙，她径直走进墨涅拉奥斯家的寝室里寻找忒勒马科斯，她要告诉忒勒马科斯关于奥德修斯的消息，以便让他赶紧回家。只见忒勒马科斯和涅斯托耳的儿子佩西斯特拉托斯睡在一起，佩西斯特拉托斯已经进入梦乡沉沉地睡着，但是忒勒马科斯却辗转反侧难以入眠，原来他还在思念父亲。

雅典娜轻轻走到他身边，拍了拍他肩膀。忒勒马科斯看见女神，不由得吓了一跳。雅典娜附耳轻声说道："忒勒马科斯，你离家太久了。家里那群可恶的求婚者还在你家中继续消耗你家的财产，他们越来越缺少节制，你母亲一人在家仍然每天意志消沉，以泪洗面。要是你还不回去，我担心会有求婚者把她骗去，因为她似乎心力交瘁支撑不了多久了。另外我还要告诉你，有一伙求婚者图谋不轨，埋伏在萨墨附近的海峡里，想要给你制造灾难，你记得要绕开这些险峻的海峡走其他的路。等你到达伊塔刻的陆地上，为了隐藏身份，不要和同伴们一起回到王宫，应该独自去找你父亲的牧猪人。他一直对你父亲忠心耿耿，不会对你有二心。你找到牧猪人以后，让他去给你母亲珀涅罗珀报告你已安全回来的消息。"

雅典娜说完后就化作一个幻影消失了，过了好一会忒勒马科斯才缓过神来。他用脚碰了碰正在熟睡的佩西斯特拉托斯,对他说道:"佩西斯特拉托斯,快醒醒吧,我们现在马上起程回家。"

佩西斯特拉托斯睡眼惺忪地回答道:"忒勒马科斯,就算要回家,也不是在深夜吧,等到黎明再说,说不定墨涅拉奥斯还要送给我们一些礼物呢。"忒勒马科斯听见他这样说,也觉得有道理,于是又躺下去迷迷糊糊睡着了。

第二天天微微亮,忒勒马科斯就醒了,他来到墨涅拉奥斯面前,向他诉说回家的心愿。墨涅拉奥斯自然极力挽留,但是看到忒勒马科斯去意坚决,只好答应让他走。随后,他吩咐仆人准备丰盛的饭菜款待客人,自己则带着妻子海伦和仆人墨伽彭特斯来到地下藏宝库为客人们挑选礼物。他挑选了一只双耳杯,吩咐仆人墨伽彭特斯拿了一个银质调缸,海伦选了一件宽大的柔软的大袍。他们回到大厅里把礼物赠送给忒勒马科斯。过后,墨涅拉奥斯宣布宴饮开始。

女仆们首先端来了干净的洗手水给每位客人洗手,然后在每位就餐者面前摆上精美的食物。墨伽彭特斯负责为大家切肉,墨涅拉奥斯站起来为大家斟酒。大家被友好的气氛感染着,觉得轻松愉快,这时候歌人也弹起琴来,阵阵音乐动人心弦。

宴饮结束后,墨涅拉奥斯端起黄金酒杯给忒勒马科斯送上临别的赠言和祝福,他说道:"忒勒马科斯,我知道你一心想快点回家,你的心情我能理解,因此也不能过分强留。现在我将我家中最为珍贵的礼物赠送给你。这只黄金杯周围是用黄金制成,杯底是银质的,它是由神匠赫菲斯托斯制作的,西顿国王费狄摩斯将它赠送给我。现在我把它转赠给你,用来表达我对你的心意。"忒勒马科斯双手接过了黄金杯,他对国王的馈赠感到非常感激。海伦这时候也走了过来,她拿着那件精美的大袍子,对忒勒马科斯说道:"亲爱的孩子,这是我亲手缝制的衣服,我想把它送给你未来的妻子,你带回家去给你母亲收藏着,祝愿你早日回到自己家乡,享受美丽人生时光。"忒勒马科斯也恭敬地接受了她的礼物。就在这时,突然,只看见远远的一只巨大的雄鹰抓住一只白鹅从天际飞过,越飞越近,擦过人们的头顶,然后又急速地飞走了。众人感到惊愕,佩西斯特拉托斯问道:"墨涅拉奥斯,这是什么现象?请您为我们解释。"墨涅拉奥斯沉思了一番,然后回答道:"照我看来,这是神明给的预言。你们看这只鹰从他的居住地飞来,抓走了这只鹅,预示着你父亲经历了重重磨难回到家乡,或许他已经回到了家乡,正在整治那一群求婚者呢!"

忒勒马科斯听见他的预言,十分高兴,于是他和佩西斯特拉托斯辞别墨涅拉奥斯和善良的人民，奔向皮洛斯。

经过一段长长的旅程，他们终于来到皮洛斯，马上就要在港口泊船了。忒勒马科斯为了赶着回家，不想再去打扰涅斯托耳，因为他知道老人非常热情好客，如果知道他回来了一定设法挽留。于是他对佩西斯特拉托斯说："好兄弟，我就不在港口上岸了，你知道我内心很着急要回家。要是你那热情好客的父亲知道我们回来了，一定要来迎接，还要盛情款待我，我的心早已飞回伊塔刻，不能再逗留。请你向你父亲传达我的问候，这一路多亏了你们，你们对我的恩情我永生难忘。"佩西斯特拉托斯知道忒勒马科斯回家心切，只好说道："那你们就赶紧走吧，不要让我回来的消息传到我父亲的耳朵里，你知道我父亲也是个非常固执看重情谊的老人，他要是知道你来了，非得留你住个十天半个月的呢。要是知道你经过却不停留，他肯定会很生气的。你还是快点走吧，我不告诉他你来过这里。"说完他独自上岸了。和忒勒马科斯一行人告别以后，他骑着高大的骏马，扬鞭一挥，就回到城堡里。

忒勒马科斯和同伴们登上一艘黑壳船，准备返回伊塔刻。在这之前，为了讨个吉利，他们在船尾举行了一个小型的祈祷，祈求神明的保佑。这时，走过来一个流浪人，名叫特奥克吕墨诺斯，他是预言者，是富有的墨兰波斯家族的后裔，因为家世动荡，不得已流浪到皮洛斯城。他看见忒勒马科斯，马上走过去问道："你是从哪里来的？家住何方？"忒勒马科斯回答："我是奥德修斯的儿子忒勒马科斯，我和同伴在这里是为了找寻漂流在外的父亲的消息，他已多年没有回家。"

"我也是个流浪人，"特奥克吕墨诺斯恳求道，"我曾经杀了人，为了躲避敌人报复才漂流到此地，如果能得到您的怜悯，带我一起离开这里，我将感激不尽。"忒勒马科斯答应了这人的要求，让他坐上船去，然后命令同伴开船。他们升起巨大的桅杆，张开白色的帆布，雅典娜吹来一阵顺风，黑壳船很快就起程了。

第二天清晨，忒勒马科斯一行来到伊塔刻港口，刚上岸，忒勒马科斯就对同伴说："你们先去城里，我要到乡下去监视那些下人干活，晚上再进城。"说完就要走。特奥克吕墨诺斯拉着忒勒马科斯的手，说："我现在该怎么办，应该去哪里呢？这里我谁都不认识呀。"忒勒马科斯记起这位预言者，说道："本来应该邀请你去我家的，但是我家现在挤满了人，我自己又不回去，母亲也不好出来会客。我看你还是去找欧律马科斯吧，这人是伊塔刻的权贵，家世十分显赫。"话音刚落，只见天空中一只鹰抓住一只鸽子从右边飞过，鸽子羽毛纷纷落下。特奥克吕墨诺斯擅作预言，他明白这是什么喻义，马上对忒勒马科斯说："鸟儿右飞，它的意思就是没人能够比得过你。我知道了，在伊塔刻没有人会比你家更富有。"忒勒马科斯听见吉祥的预言感到高兴，于是对他说："但愿你的话能成真，如果应验，我必定要赏赐你许多礼物。这样，你跟随我的忠实的同伴佩奥赖斯回家吧，他的家人一定会好生招待你的。"说完他就穿起绳鞋，手拿长矛，独自向田庄走去。同伴们按照他的吩咐把船停靠在港口，然后进城了。剩下的同伴把船停泊在港口，就一并走向城堡中。特奥克吕墨诺斯尾随佩奥赖斯到他家休息，佩奥赖斯的家人十分好客，热情地款待了这位流浪的预言家。

忒勒马科斯步行到乡下，这时奥德修斯和牧猪人正预备早餐，他看见亲爱的儿子忒勒马科斯站立在门口。牧猪人立即向年轻的主人迎上去，拥抱他，亲吻他的头发。三人坐着吃饭时，忒勒马科斯问牧猪人这外乡人是什么人。牧猪人将奥德修斯自己所说的故事重复了一遍，并请忒勒马科斯带他回家。

忒勒马科斯很为难。求婚者视他为眼中钉，看到和他一起回家的外乡人，会对老人不利。他先让牧猪人向城里送信，避开求婚者，告诉母亲他已归来。

父子相认

雅典娜认为该是时候让奥德修斯父子两人相认了，于是她幻化成一位优雅的妇女来到牧猪人的小屋。四只大犬看见雅典娜，都不敢发出叫声，反而跑到墙根下瑟缩地躺下来。雅典娜站在庄园门口张望，奥德修斯不一会就发现了她。雅典娜只让奥德修斯能够看见她。奥德修斯知晓女神的用意，偷偷离开忒勒马科斯，来到女神旁边。雅典娜说道："奥德修斯，现在是你父子两人相认的时刻了，你们相认之后可以一起进城对付那些求婚者，我也会在暗处帮助你们。"于是她挥动手中的金杖点触奥德修斯，突然间，奥德修斯恢复了原来的相貌，一个干瘪虚弱的老头子不见了，出现在女神面前的是英俊威武、魁梧高大的奥德修斯，原来身上破旧的衣服也变成了精美的大袍，灰白的毛发全部变成浓密的黑色，皮肤和肌肉也像从前一样健康且充满活力。雅典娜待奥德修斯变为原样后就飞走了。奥德修斯返回牧猪人的小屋。忒勒马科斯简直不认识他了："你是谁？"他问道。奥德修斯沉默不语。"你是原来的客人？这附近除了我们几个没有其他人了，其他牧猪人都已经外出放牧了。"奥德修斯还是一句话都不说。忒勒马科斯意识到站在他面前的可能是善于变化的神明，于是他赶紧跪下来："您肯定是神明，请原谅我的冒犯，我会给您奉献上祭祀的。"

奥德修斯不禁泪流满面，他走向前去扶起忒勒马科斯，说道："我不是什么神明，你好好看看我，我是你那历经艰险的父亲，奥德修斯啊。"

"不可能，您不可能是我父亲！"忒勒马科斯连连摇头，"可是凡人不可能在那么短暂的时间从老人变化成年轻人，您肯定就是某位神明。"

"儿子啊，你不要再怀疑了！你仔细看看我吧，我不是神明，我就是你的父亲，我回来了，我回到伊塔刻了！我也是那个衣衫褴褛的老人，那是雅典娜为了保护我才把我变成那样的，刚才她为我解除了魔法，我就恢复原样了。"

"真的是您，父亲！"忒勒马科斯扑进奥德修斯的胸膛，号啕大哭起来。奥德修斯抱着忒勒马科斯，也忍不住泪流如注，他们太久没有见面了，久别重逢的心情实在复杂极了。不知哭了多久，一直到忒勒马科斯快将眼泪流尽了，他终于抬起头来对奥德修斯说："父亲，您是怎么来到伊塔刻的？您应该是航海过来的吧？"

"是淮阿喀亚人送我来这里的，淮阿喀亚的国王还送给我许多礼物，有黄金、青铜，还有美丽的衣衫，都被我藏在港口附近的一个大山洞里了，这一切全赖雅典娜的帮助。现在我们要做的是想办法制服那些求婚者，你告诉我他们一共有多少人，我好好计划一下，看到底是我们两个单独行动，还是要找其他帮手。"

"父亲，我们要对付的敌人不是一两个，他们势力太大，人数众多，我们两个人恐怕难以招架：他们有来自杜利基昂的五十二个勇士和随身六个侍从，从萨墨来的二十四个首领，从扎昆托斯来的二十个青年，还有伊塔刻本岛的十二个贵族，另外还有歌人。要是我们直接冲进去的话，恐怕形势对我们不利。"

"要是有神灵相助呢，这样你还感到不可能吗？雅典娜许诺过，她会在暗中帮助我们的。"奥德修斯说道。

"要是有神明帮助，那我们的胜算将会很大。"忒勒马科斯说。

"你明天返回家里和那些求婚者待在一起，要装作什么都不知道。我将化妆为一个捡破烂的老人和牧猪人一起来到家中，我会假装向那些求婚者乞讨，如果他们对我颐指气使、态度傲慢的话，你千万不能动声色，要等待好时机才能下手。到时候，我会对你使眼色，你看到我的眼色就去把咱们家中大厅里的所有武器统统搬走。要是那些求婚者怀疑起你，你就要说是为了让那些武器不在空气中生锈，同时也为了避免大家酒后动武的冲动，所以要将它们好好保存到地下室里，你只给我们自己留下两把长枪和两块牛皮盾牌。等到时机一到，我们就一起冲上前去手刃他们，雅典娜会在暗中保佑我们的。不过你一定要记得，在事情完成之前你不能和任何人说起我们的行动，切记！这个行动只能我们两个人知道。另外，我还要去调查一下那些仆人，看他们是否还对我们忠心。"奥德修斯悄悄靠近忒勒马科斯的耳边说。

忒勒马科斯反对道："父亲，您说的计划我不会告诉第三个人，这件事情的重要性我知道得很清楚，我现在已经长大成年，您不必为此担忧。但是我认为，这是我们两个人的行动，所以一定要集中力量去做。现在您不适合去调查仆人忠诚还是背叛，因为这样的话要耗费很多时间，那些求婚者还会继续消耗我们的家产，对我们不利。我们时间宝贵，应该先考虑如何惩治他们才对。"

奥德修斯听完忒勒马科斯的话后觉得很欣慰，他觉得儿子真的长大了，想法也非常缜密，于是他同意了儿子的建议。就这样，父子两人一直在牧猪人的小屋子内小声而谨慎地讨论着他们的复仇计划，之后他们又讲述着离别以后各自遇到的故事。奥德修斯出征和遇险的故事让儿子感到无比自豪骄傲，儿子对家中情形的描述也点燃了奥德修斯心中的怒火。他们就一直这样说着话，仿佛这是一个虚幻的梦，要是停下不说话的话，梦境就要破碎一样。奥德修斯和儿子在常年的分别中曾经做过许多关于久别重逢的梦，每次醒来脸上都挂着令人感到心酸的泪珠；但在那天，眼泪不会再悬挂在相思人的脸上了，这是真正相逢的时刻，并非一个虚幻的梦。

动　乱

与忒勒马科斯一同从皮洛斯回来的同伴这时在干什么呢？他们按照忒勒马科斯的吩咐，一起将珍贵的礼物提到克吕提奥斯家里，然后打发了一个使者前往奥德修斯的府邸向珀涅罗珀禀告消息。使者在途中遇到了同样来禀告消息的牧猪人，于是和他一起走进宫殿。

使者走进宫殿以后，发现大厅里坐满了正在享乐的求婚者，他跪在珀涅罗珀面前说道："王后陛下，您亲爱的儿子已经安全返回了。"牧猪人也对她说了忒勒马科斯告知他的话。珀涅罗珀听到后不禁面露喜色，一颗久悬的心终于放下来了。她赏赐了使者。牧猪人和使者很快就退出了宫殿。

求婚者们的脸色可有点难看了。他们沉默地放下手中的美食，离开宫殿，走到门外的墙根下小声商量对策。欧律马科斯开口说道："真想不到忒勒马科斯这小子命这么大！我们得赶紧派人把那些还在萨墨附近埋伏的人给招回来，以免给他们当场抓住留下把柄啊。"他话音未落，安菲诺摩斯就看见远远的有一群人垂头丧气地走回来，他立刻辨认出是正是那群准备袭击忒勒马科斯的人，于是他哈哈大笑道："你们不用派人去了，喏，他们不是已经回来了吗？哈哈！"众人将眼光朝向安菲诺摩斯手指的方向，果不其然是他们。安提诺奥斯召集这些船员，然后又叫上几个主要的头领聚集在一起商议，不让其他人参加。他说道："伙伴们，我们的计划失败了，埋伏的人非但没有把忒勒马科斯杀死，还让他在天神的保佑下顺利踏上伊塔刻的土地。如果他活着回来，一定会大肆宣扬我们的计划，争取众人的同情。如果民众听从他的话，就会站在他那边反对我们的，到时候再去办可就没那么容易了。说不定我们还要受到他们的迫害，遭到流放什么的呢。忒勒马科斯很聪明，也有计谋，我怕我们对付不了他。现在只有两条路可走：第一条是我们在他回来之前就把他抓住，然后平分掉他家的财产；第二条是我们不要再在他家待下去了，要是你们谁想要娶珀涅罗珀的话，就回家自己准备彩礼来迎娶她。"

大家对他的建议不置可否，都低下头沉默不语，心地善良的安菲诺摩斯说道："我说，我们不能这样对待忒勒马科斯。我们已经在他家吃吃喝喝了那么久，现在却要恩将仇报，这是上天不允许的。我们应该尊重神明的意见，看他要怎么对待忒勒马科斯，然后再采取行动。"大家都认为他的话有道理。

这时候，传令官悄悄将他们的议论禀告给正在楼上屋内的珀涅罗珀。珀涅罗珀知道后火冒三丈，气愤不已，她带着两名侍女急速地从楼上冲下来，走出屋外，来到墙根下。她用头巾遮住自己的双颊，看见安提诺奥斯站在人群中央，她指着他的鼻子说："安提诺奥斯，你这个丧心病狂的没有良心的家伙！难道你忘记了往事吗？想当初，你父亲逃难来到我们这里，要不是奥德修斯帮助你们家，你们家现在恐怕早就沦为乞丐了，还会有现在的财富吗？你现在非但不求报恩，还在奥德修斯家中白吃白喝，甚至还要策划歹毒的阴谋谋害我儿子，我儿子哪点对不起你，使你非得采取这样卑劣的行动？你当着大家的面给我说清楚！"

安提诺奥斯的脸红一阵白一阵，欧律马科斯站出来打圆场，他说道："珀涅罗珀，你不要那么激动。放心吧，在座的各位没有人会对忒勒马科斯怎样的，我们都把他当作我们的好朋友呢！哈哈，要是我发现有人要对忒勒马科斯有什么歹意的话，我第一个会给他颜色瞧瞧的。奥德修斯曾经把我当作好朋友，就是宴饮的时候也亲自给我烤肉和美酒，我怎么会做对不起他家人的事情呢？"

珀涅罗珀看见欧律马科斯那张奸诈阴险的脸，不知道该如何戳穿他。她明明知道他说的全是冠冕堂皇的谎话，但她无能为力。于是她转身走进大厅，回到房间里哭泣不已。

　　牧猪人傍晚时分就回到自己家中，聪明的雅典娜在他回家之前就把奥德修斯变回老人的样子。奥德修斯和忒勒马科斯准备了晚饭，善良的牧猪人也没有看出任何破绽。忒勒马科斯吃饭的时候问起牧猪人城里的情况："欧迈俄斯，你到城里有没有看到那群准备袭击我的人？"

　　"这个倒没有，"牧猪人答道，"我这趟前去向你母亲禀告消息，走得很匆忙，在路上碰到了和你一起从皮洛斯回来的伙伴向王后报告消息。不过，我在回家的途中、站在高山上的时候，远远地看见港口那里站有一群黑压压的人，不知道那些人是否就是你说的那些人。"忒勒马科斯听后，得意地笑笑，什么也没说，只对奥德修斯使了个眼色。饭后他们和往常一样说着话，就进入梦乡了。

忒勒马科斯、奥德修斯和欧迈俄斯来到城里

　　第二天清晨，天微微亮的时候，忒勒马科斯早早就起床了，因为他要按照昨天和父亲讨论好的计划行事。他穿好衣服，系好鞋带，手拿了一把长矛准备进城去。他吩咐牧猪人道："老人家，我现在要回城去给母亲禀告消息，即使她已经得到我的消息，但是还没有亲眼见过我，我想她一定还在楼上以泪洗面呢。至于这位客人，还是劳烦您照顾，按照礼俗应该由我把他带回家去给他提供一些食物。但是我现在要处理的事情太多，家中还有那么多求婚者要我对付。你把他带到城里让他去乞讨吧，我看城里或许有人很有同情心，会给他面包和喝的东西的。"牧猪人听着他的话不住地点着头。说完后忒勒马科斯就告别牧猪人和幻化成老人的奥德修斯，前往自家府邸。

　　不一会，他就来到了住处。远远地，他就听见从屋内传来的喧闹嘈杂的音乐声和吵闹声，他知道还是那群可恶的求婚者在放纵呢。他把长矛藏在屋前石柱旁边，然后大步走了进去。

　　正在干活的奶妈最先看见他，她吓了一大跳，手中的碗也掉在地上。"忒勒马科斯！我的孩子！你终于回来了！"她大叫了起来。其他仆人纷纷奔拥过来围住忒勒马科斯，仔细地看着他的脸庞，跪下来亲吻着他的双手。老奶妈也忍不住自己的眼泪，一直哽咽不断。求婚者也慢慢靠拢了，他们和颜悦色地对忒勒马科斯打招呼，表面上看起来和善极了，实际上内心充满了嫉恨。珀涅罗珀知道消息后连衣服都没换就直接奔下楼来，她紧紧抓住儿子的手臂，激动不已，泪流不止，她说道："忒勒马科斯，你终于回来了，你知道我受了多少苦啊！我以为我们再也没法见面了，你以后不

要再做瞒着我的事了……你去了皮洛斯打探你父亲的消息,有没有什么收获?"忒物马科斯抱着哭泣的珀涅罗珀,好生安抚了她,然后让她准备举行虔诚的祈祷,对神明的帮助表示感谢。珀涅罗珀这才换上干净的衣服,带领仆人做了诚挚的祷告。

这时忒勒马科斯说道:"母亲,我要去迎接一位一同和我航行的客人,我曾经将他安置在佩奥赖斯家中,但是我答应他,等我回家就接他到自己家里,这是礼貌的做法。"珀涅罗珀应允了。忒勒马科斯转身走了出去,拿起他藏在石柱旁的长矛。他走到广场的时候,恰好碰见了正前往奥德修斯家中的佩奥赖斯和那位客人。原来佩奥赖斯是来让忒勒马科斯派人把存放在他家的礼物拿回去的。忒勒马科斯担心暂时无法将求婚者制服,只能暂缓转移礼物,他把他们带回自己家中休息。

珀涅罗珀热情招呼忒勒马科斯的客人,先给他们安排好舒适的沐浴,给他们穿上最好的柔软的衣衫,然后又吩咐仆人准备好上乘的精美的食物招待客人。她安置客人坐在铺满羊毛的柔软的座椅上,又吩咐女仆端来洗手水给他们洗手。忒勒马科斯和同伴一起吃着食物,一边谈起航行的种种事情。珀涅罗珀站在他们身后,想知道点奥德修斯的事情,但是他们始终没有谈到。于是她说道:"忒勒马科斯,我看我还是回房哭泣去吧,你不会告诉我你知道的关于你父亲的情况的,不是吗?"

"母亲,我会把我知道的都告诉您,您不要心急。我们首先去了皮洛斯见到涅斯托耳,他和他的家人都热情地招待了我。当我问起父亲的消息时,他说他也没有听到确切消息,但是他让我去找金发的墨涅拉奥斯,并叫他儿子陪我一起去斯巴达。他送给我们骏马,我们乘上它们,不费多大力气就来到了斯巴达。等我们来到斯巴达见到墨涅拉奥斯时,才找到一点线索。他告诉我们,他曾经听到海神说我父亲被一位叫作卡吕普索的神女囚禁在一座海岛上,没有助手也没有船只,根本没有办法逃脱。墨涅拉奥斯很同情我的遭遇,他对家中求婚者的做法感到气愤不已,也尽其所能地盛情招待了我,因为他非常仰慕父亲的为人。在他那里我也见到了美丽的海伦,希腊人和特洛伊人曾经为她付出了多大的代价啊!她的美貌的确能让所有人为之倾倒。墨涅拉奥斯送给我很多礼物,有一只黄金双耳杯,还有海伦也赠给我她亲手缝制的精美的衣服。但是我急于回来通报消息,于是第二天我就急匆匆地回家了,神明们也给我送来顺风,航行一直都很顺利。那些礼物我暂时存放在佩奥赖斯家中,为了不让求婚者发现。"

预言者特奥克吕墨诺斯接着忒勒马科斯说道:"尊敬的王后,忒勒马科斯不知道全部的详情,请您听我说,就让宙斯和奥德修斯家中的炉灶做证。

我预言,奥德修斯已经平安回家,正在寻找各种罪恶,过不了多久就会给这些野蛮贪婪的求婚者致命一击的。我曾经在海上看见鸟儿做出的预示,当时我就跟忒勒马科斯说过类似的话。"珀涅罗珀听完,心情很激动,她高兴地对客人说:"友善的客人,要是事情能够如你所说的话那就太好了,到时候我一定给你许多赠礼,因为你能给人带来好运。"

那些求婚者有的照样在草坪上玩乐,有的在大厅里继续吃吃喝喝。忒勒马科斯和朋友们以及他的母亲一起说着话,顾不到这群恶棍。同时,奥德修斯和牧猪人准备好一切,开始前往城里了。奥德修斯衣着褴褛,背着一口破口袋,手拿一根木棍,一步一步地朝前走去,牧猪人跟在他后面。他们走路速度缓慢,走了好久才来到一道清澈的水泉旁边。这是凡人打水的地方,也是为神女举行祭祀的地方。迎面走来牧羊人墨兰透斯,他看不起穿着破烂的奥德修斯,于是讥消地辱骂道:"牧猪人,你想把这个又脏又讨厌的老头带到哪里去呀?这种人只知道站在别人门前乞讨剩饭,根本不会想要自己去劳动,你要是把他交给我呀,我会把他带到田庄,让他割割草、挤挤奶之类的,说不定他那瘦腿会变得粗一点。但是他现在可能懒坏了,根本就不想回去干活了。你看看那令人恶心的小木棍似的腿吧,简直一阵风就能把他吹倒的样子。我敢保证,要是他去到奥德修斯家,那些求婚者一定会扔给他无数张板凳,这些板凳不把他脑袋摔烂也要把他的肋骨摔断的,哈哈哈哈!"他说完后就伸腿踢了奥德修斯一脚,奥德修斯踉跄了一下,但是没有倒地。奥德修斯咬紧牙根,心想不知道是不是该马上冲上前去杀了他。但是很快他遏制住了怒火,没有采取行动。牧猪人气坏了,他严厉地斥责眼前这个无赖,然后转过身来对着泉水跪下,说道:"泉水女神们,奥德修斯曾经给你们祭祀过,我希望你们能保佑他回来,回来惩治这个目中无人的小人!他每天都游手好闲在城里游来荡去一件正经事不做,反而让牧羊人摧残羊群。"

"你这只狗!"墨兰透斯狠狠骂道,"竟敢口出狂言!总有一天我会把他从伊塔刻弄走,然后再换来一大把钱。至于你的主人奥德修斯,他这辈子就甭想回来了!他儿子也一样,愿阿波罗今天就杀死他,或者求婚者把他杀死!"他骂骂咧咧地从两人面前大摇大摆地走过,一路走到奥德修斯的府邸和求婚者厮混在一起。求婚者很宠爱他,因为他们都是臭味相投的人,他们邀请他参加宴饮,给他食物和美酒。

不久,奥德修斯和牧猪人也来到了宫殿外面。奥德修斯抓住牧猪人的手说:"老人家,这必定是奥德修斯的家了,你看这建筑多么雄伟壮观!这大理石的门柱,还有那些雄伟的雕塑栩栩如生,只有你那令人尊敬的主人才配住这样华丽的宫殿吧。我听见里面飘来阵阵仙乐,想必是那些求婚者正在找乐子吧。还有那些肉香,你闻到了吗?"

"你猜得没错,这就是我主人的家,你看是我们一起进去还是先由我进去探探风声?把你留在门外,我害怕还有人会给你侮辱。"牧猪人说道。

"那倒不怕,我已经经历了那么多苦难,多一次侮辱算不了什么,我的心足够坚强面对这些困难。还是先由你进去看看情况吧。"奥德修斯对牧猪人说。

这时候一只趴在不远处的老狗抬起头来,它看起来苍老极了,全身的皮毛都脱落得疏疏落落,眼睛混浊极了。原来它是奥德修斯先前豢养的一只小狗,它灵敏地认出了眼前站着的老人就是奥德修斯——虽然奥德修斯此刻变得谁也认不出来了。它向奥德修斯走去,摇着尾巴,垂着耳朵,它全身长满虱子,颤颤巍巍,神情悲凉,走到奥德修斯脚下的时候,它就缓慢地趴下来,伸出舌头温顺地舔舐着奥德修斯的双脚。奥德修斯跪下来轻抚着它的头,强忍住内心的悲伤,对牧猪人说:"这只狗看起来是纯种狗,现在怎么老成这个样子了,看起来真是可怜啊。"

"它是我主人的爱犬,"牧猪人答道,"它年少的时候很勇猛矫健,主人每次外出打猎都要带上它,因为它的嗅觉灵敏奔跑速度很快,你现在看到它这副模样,完全想象不到它年轻时候的样子。主人在家时对它宠爱有加,但是现在主人生死未卜,家里的仆人就不好好照看它了,任由它自生自灭。你看它身上长了那么多虱子,年龄大又生了病,想必活不了多久了啊。"说完,牧猪人告别了奥德修斯,独自走进宫殿打探消息。那只狗看见了主人奥德修斯,似乎已经完成什么重大心愿似的,舔舐了一阵之后就宁静地死去了。奥德修斯轻抚着他,眼泪在眼眶中打转。这只狗曾经给他带来多少快乐啊,即使至死仍然对他忠心耿耿。死去的狗的眼圈周围似乎也有泪痕,不知道灵魂升天的它此刻是流着欣慰的泪呢,还是悲伤的眼泪?

奥德修斯成了乞丐

牧猪人走进宫殿的时候,忒勒马科斯首先发现了他,他招呼牧猪人来到身旁。牧猪人搬了把椅子坐在忒勒马科斯的餐桌边,侍者也为他端来了一份菜肴。奥德修斯不久也进来了,他拄着拐杖,走路一跛一跛的,他靠在门柱上,观察着里面的求婚者。忒勒马科斯吩咐下人端来一份菜肴,让牧猪人给奥德修斯送过去。"牧猪人,你现在将这份食物送给靠着门柱的客人,告诉他进来向每位求婚者行乞,乞丐不应该缺少乞讨的勇气。"

牧猪人按照忒勒马科斯的吩咐做了，奥德修斯伸手接过食物，他盘腿坐在地上开始大口大口地吃起来，屋内的求婚者也在进行宴饮，只听见一片喧闹声夹杂着缕缕歌人的歌声。这时雅典娜来到奥德修斯身边，鼓励他前去向每个人乞讨，好知道哪些人心存善意，哪些人狂妄贪婪，好根据他们的表现最后决定对他们采取什么样的态度。于是奥德修斯按照女神的嘱咐走进大厅，他伸出手来，向每个求婚者乞讨。有些人怜悯他给他点吃的东西，询问他是哪里人，从什么地方来的。牧羊人墨兰透斯喊道："我知道他！他是牧猪人带到这里来的！"安提诺奥斯大为恼火，他斥责牧猪人道："牧猪人！你这个卑贱的奴才！你为什么把他带进宫殿？难道这种到处游荡的行尸走肉我们这里还不够多吗？都是一些败类！你难道担心你主人家的东西太多，所以叫他来分享分享不成？"

"您虽然身份显贵，但是说话却有点不讲道理，谁会把外乡客人随便带来呢？除非他是怀有某种技艺，像预言者、医生、木工或是歌人。谁会把一个乞丐带来给自己找麻烦呢？您总是对我没有好气，不过也没关系，只要珀涅罗珀和忒勒马科斯能够看到我的忠心和为人就好了。"牧猪人回答道。

忒勒马科斯悄悄对牧猪人说："欧迈俄斯，你不要多说了，安提诺奥斯总是很喜欢恶毒地激怒别人，一贯尖酸刻薄。"他转身对安提诺奥斯说道，"安提诺奥斯，你刚才有如父亲一般为我考虑我家的财产，但是你没有必要那么做，因为这并非你自己的财产。我看是你心中没有想去施舍的愿望，所以才不给那个乞丐食物，现在你给他一点食物吧。"

安提诺奥斯觉得忒勒马科斯在找碴，气愤地说道："好啊，忒勒马科斯，你真是狗咬吕洞宾，不识好人心呀！你这是说的什么话！要是每个求婚者都这样给他吃的，那他乞讨一次就可以三个月不用出门了！"说完他就气鼓鼓地坐下，把脚放在凳子上，摆出一副宁死也不施舍的姿态。其他许多求婚者纷纷给奥德修斯一些施舍，唯有他不愿意付出哪怕一点点。奥德修斯走向前来对他说："朋友，我看您出身显贵，不像是吝啬的人，请你也给我点吧。要是您能慷慨一点，我一定会在以后的流浪中为您传播美名。想当初我也曾经拥有那么多财富；但是我对每个流浪人都大方。要不是在埃及的时候我的同伴太过贪婪，宙斯也不会给我们降下没顶之灾，我如今也不会流浪到贵地。"

"什么臭乞丐！你给我站远点！是哪个瘟神把你送到这里来的？身上脏兮兮的，臭味难闻。你这个无耻的人要是还敢来烦我的话，不要怪我不客气！哼！"安提诺奥斯又暴躁起来。奥德修斯说道："您的外表和您的内心真是不相匹配，真是遗憾。"安提诺奥斯听见奥德修斯这样说自己，气不打一处来，他抓起搁脚凳砸向奥德修斯，奥德修斯岿然不动。看见这一击没有将奥德修斯击倒，安提诺奥斯很恼怒。奥德修斯放下背包，对全体求婚者说道："在座的各位，要是有一个人为了保护他自己的财产遭受殴打那是理所应当的，但是我挨打却是因为这该死的肚皮，这是最没有尊严的。要是天上神明和世上善良的人们对流浪者和乞讨者还有一点怜悯之心的话，现在的我也不至于这样狼狈。安提诺奥斯，你要为自己没有理智、缺乏善心的行为付出相应的代价。"安提诺奥斯大声吼道："你这个浑蛋！要是你还在那里胡说八道，我就把你扔出去，或者叫人把你的皮给扒下来！"其他的求婚者这时也看不过去了，其中一个人站起来对安提诺奥斯说："算了吧，安提诺奥斯，不要这样对待他了。要是他是个神明怎么办呀？神明老是幻化成凡人的模样呢。"安提诺奥斯却不以为意，仍然气冲冲的。站在一边的忒勒马科斯看见父亲受辱，气得牙痒痒，他紧紧地攥着拳头。

在楼上的珀涅罗珀知道有人在大厅里欺负一个乞讨者，她觉得很可怜，于是让牧猪人把乞丐带到她面前来，因为她认为此人流浪过许多地方，或许听说过奥德修斯的消息。"是啊，王后，要是那些求婚者能够安静下来听他叙说他的身世，一定会被他的叙说吸引住的，他说的话就像歌人的歌声一样动人。他曾经在我家住了三天，和我说了许多话。他家住在克里特岛，他父亲曾经和奥德修斯的父亲是世交，经历了许多苦难他才来到这里。他曾告诉我，他听说奥德修斯就在不远的地方，在特斯普罗托伊人住的地方，还带了许多财宝准备回家呢。"

"那么你赶紧去请他来见我！"珀涅罗珀更加心急要见到那个乞丐了。这时忒勒马科斯打了一个喷嚏，珀涅罗珀笑着说："你听见了没？忒勒马科斯打喷嚏了，这说明这里的求婚者都要遭殃。要是那个乞丐说的话是真的，到时候我会赏赐给他许多美丽的衣衫和精美的食物的。"

牧猪人走近奥德修斯告诉他王后召见他，但是奥德修斯说道："老人家，你去告诉王后，我愿意把我所知道的一切都告诉她，但是现在不行，我没想到这些求婚者这样穷凶极恶，简直把我吓坏了。我刚才没有做什么坏事，那个人就无理地攻击了我。还是等到太阳西沉再让她询问我吧，那时候有充裕的时间，那些人想必也离开了，我一定详细告诉王后她想知道的一切。"牧猪人将奥德修斯的意思转告给王后，珀涅罗珀觉得乞丐的想法很对，她说："此人思考问题很缜密，还是等到晚上吧，这样我们也能单独好好谈谈。"

牧猪人回到大厅里，悄悄来到忒勒马科斯身边，对他耳语道："孩子，我要回去照看我的猪了,你要留神照顾好自己,小心那些心怀叵测的人再有什么阴谋。"牧猪人告别忒勒马科斯,匆匆回家了,他说明天他还会再来,会带来宴会需要宰杀的猪。大厅里的人还在继续唱歌吃喝,直到夜色渐渐深沉起来。

奥德修斯和乞丐伊洛斯角力

这时候,宫殿门口来了一位当地的乞丐,名叫伊洛斯。他到处乞讨,长着一个大肚皮,身材尽管很魁梧,但是没有一点力气,也没有勇气,只是每天用巧嘴簧舌骗人们的施舍。伊洛斯来到门口看见奥德修斯也在那里乞讨,不由得内心嫌恶他,想把他赶走,于是走过去大声斥责奥德修斯:"老头,你给我滚开!这儿是我乞讨的地盘,难道你不知道吗!要是你不知好歹赖着不走的话,当心我亲自动手把你拖出去了!"

奥德修斯居然被一个乞丐冒犯,他心中满怀怒气,于是他回击道:"真是怪事,我没有得罪你,你为何对我如此无理?我看这里人多,应该容得下我们两人一起乞讨,你嫉妒我所以要把我赶走。你不要欺人太甚,小心我也会采取报复手段。虽然我是个老人,但要把我惹怒了,叫你吃不完兜着走!"

"这个脏鬼居然像个老太婆一样对我啰啰唆唆的,看我不一拳打过去让你找不到门牙,让你鲜血流尽,要是你还敢说废话的话!我倒要看看一个没有力气的老人怎么打赢年轻人!"伊洛斯说着假装撸起袖子,但却并不敢真的动手。他们就这样站在门口你一句我一句地针锋相对起来,话越说越激烈,似乎马上就要动起手来了。他们的吵闹声引起了求婚者的兴趣,求婚者为了看热闹纷纷走向前来围住他们俩。

安提诺奥斯为了故意挑起争端,于是大声说道:"大家请安静,现在请听我说一句。里面的炉火上正在烤着肥美的羊肉,要是他们两人中谁战胜了对方,那我们就请胜利者吃那些烤好的羊肉,还将邀请他和我们一起宴饮,这样他就不用乞讨了。你们说好不好?"大家纷纷表示赞成。奥德修斯说道:"朋友们,一个孤立无援的老年人怎么能和一个年轻人战斗?除非你们中的人要发誓不会为了帮助伊洛斯对我动手。"忒勒马科斯马上站出来声援道:"外地人,你只管放心去战斗。至于其他的人你不要担心,我是这里的主人,会为你主持公道,安提诺奥斯和欧律马科斯都是当地有身份的人,相信他们也会为你做证的。"

于是奥德修斯脱下外套,然后用外套束住腰间,露出两条健壮有力的大腿、宽阔的胸部和粗壮的双臂。求婚者看见了不禁傻了眼,大家议论纷纷，惊异不已。有人悄悄说道："看他那长满肌肉的大腿，伊洛斯这下可糟了，我看他会丧命在这个乞丐手下。"

伊洛斯看见奥德修斯的肌肉，听见众人的议论，不由心里一阵慌乱，他开始浑身发抖，哆哆嗦嗦的，一直冒冷汗。安提诺奥斯看出伊洛斯胆怯了，轻蔑地说："伊洛斯，你这个好吹牛皮的家伙，没有一点勇气！你还是个年轻人呢，怎么会惧怕老年人呢？我警告你，要是你战输了，我会把你装进黑壳船，送你到传说中的国王埃克托斯那里，他的残忍性情相信你也听说过，他会用铜刀割掉你的耳朵、鼻子，扔给狗吃。"他这样说，伊洛斯就更加六神无主了，他抖得越来越厉害，人们把他推到场地中央，他还是一直抖个不停。奥德修斯心想，应该给这个狂妄胆小的鼠辈重重一击还是轻轻对付他一下就算了？最后他决定轻轻地教训他一下，以免暴露自己的身份。战斗开始了，伊洛斯一拳抡过去打在奥德修斯的右肩上，奥德修斯一把掐住伊洛斯的脖子，力气之大足以把他的脖子折断。鲜血从伊洛斯的嘴里喷出来，伊洛斯呻吟着躺倒在地上直蹬脚，脸上的青筋都暴出来了。奥德修斯没有将他弄死，于是松开手，把他拖到墙角下，扔给他一根木棍，说道："你就坐在这里赶赶野猪野狗之类的吧，你自己是个乞讨者，本来就已经很可怜，以后不要对其他乞丐那么凶狠，与人为善对你有什么损失呢？"

他说完后就回到大厅里，求婚者跟在他身后也进了屋，求婚者对他的表现惊叹不已，个个向他投去敬佩的目光。安提诺奥斯不能违背刚才说过的话，只好把烤好的羊肉端到他面前，对他表示祝贺。奥德修斯对他说道："安提诺奥斯，我看你是个聪明人，我以前耳闻过你那令人尊敬的父亲欧律佩斯，他那么富有却心地善良。你怎么和他一点都不像呢？我奉劝你，在神明看来，人类都是很不幸的生物，因为他永远不知道何时会有灾难降临在他身上。想我当年也曾凭借自己的财富和地位干过许多荒唐事，现在，想来后悔极了。一个人做什么事都要有分寸，万事不可过火。现在我看这些求婚者每天聚集在别人家里无端消耗别人的财产，显然已经过分了。我认为这家的主人不久就会回来，到时候这里的每个求婚者都逃脱不了厄运。"说完，奥德修斯端起酒杯，仰头喝下一大杯酒。安提诺奥斯听了奥德修斯的一番话后，有一种不祥的预感涌上他的心头，他若有所思地默默想了好一会儿，然后神情沮丧，垂下脑袋，重新坐回自己的位子；但是完全没有了刚才的那股气焰嚣张的模样。众人不知他们即将要到来的悲惨命运，仍然在纵情欢乐，安提诺奥斯心里则乱成一团麻了。

珀涅罗珀面对肆无忌惮的求婚人

雅典娜把勇气注进珀涅罗珀的心中，让她出现在求婚者面前，展现自己优美的体态和姣好面容，重新引起他们的心动，同时也使得丈夫和儿子对她的忠诚更加敬重。于是她把想法告诉了女管家，女管家很赞同她的想法，说道："去吧孩子，你可以按照你心想的去做，但是在你下去以前一定要先沐浴一番，你看你现在脸上还挂着泪痕，常年的哭泣让你的容貌也不比以前了。"

"我知道你这是关心我，但是不要强迫我去做我不感兴趣的事了，自从奥德修斯离家，我就没有任何兴趣打扮自己了，你还是去叫两位侍女过来陪我一同下去吧。"

女管家走出房间，雅典娜马上催眠了珀涅罗珀，她用神液涂抹在珀涅罗珀的脸上，顿时王后的脸变得柔滑光盈，似乎回到了年轻时代的模样。女神还施魔法使得王后的身材变得更加苗条优雅，皮肤变得像象牙一样充满白皙的光泽。不一会儿，珀涅罗珀就像穿越时空隧道一样变成一个年轻貌美的女子，但是正在沉睡中的她什么都不知道。

侍女在女管家的带领下来到珀涅罗珀房内，她们看见正在熟睡中的王后，也为她的美貌感到惊异。她们叫醒王后，珀涅罗珀在她们的陪同下来到楼下。她头上戴着轻薄的纱巾，遮住脸颊，一双深邃的眼睛楚楚动人。那些求婚者看见美丽的王后不禁垂涎三尺，都想占有她。珀涅罗珀径直走到她儿子忒勒马科斯身边，悄声斥责道："忒勒马科斯，你现在在做什么傻事？你现在的身份和外貌和你的举止不相匹配，你小时候这样也就罢了，现在已经是个成年人了，这些事应该知道怎么处理才对。你竟然让一个外乡人在咱们家遭受这样的凌辱，不讲究礼俗，这会让你在人民心中失去威信和尊严。"

忒勒马科斯站起身来，恭敬地回答："亲爱的母亲，您教训得对。我现在已经长大成人，会分清事理。但是我不能把所有事情都考虑得那么周全，那些求婚者都坐在我身边给我制造障碍，我需要提防他们，身边也缺少一个可以帮助我的人。刚才发生的那场争斗，外乡人把伊洛斯打败了。我向天神宙斯祈祷，但愿现在聚集在这里的求婚者也能被这样子打败，把他们打得抱头鼠窜，就像现在瘫软在墙根下的伊洛斯一样四肢无力。"

母子之间正在交谈，欧律马科斯狡诈地前来献媚，他说道："美貌的王后，要是全体阿开奥斯人能够一睹您的芳容，明天来这儿的求婚者就会把门槛都给踏破了！您实在是太美了，出类拔萃，无可挑剔，惊艳绝伦啊！"珀涅罗珀回答道："神明们已经使我的容貌失去了往日的吸引力，自从我的丈夫奥德修斯前去特洛伊，我就没有一天不在泪水中度过，忧伤和泪水摧毁了我的容颜。想当初他离开家的时候就曾经嘱咐过我，这次去特洛伊必定凶多吉少，因为特洛伊人也非常善于战争，要是万一他不能回来，战死沙场的话，他希望我能够抚养孩子长大，给父母尽孝。等到孩子长大，我就可以另外寻找一个可靠的人嫁了。我看他说的话如今已经快要应验了。忒勒马科斯已经长大，可是求婚者没有按照习俗办事，他们应该送上自己珍贵的聘礼，再由女方选择，而不是这样无理取闹，在别人家制造混乱，无度享乐。"听到她的话，奥德修斯内心喜悦，因为他知道珀涅罗珀内心真实的想法，她这样做主要是想向求婚者索取礼物，而不是真的要把自己嫁出去。"你说得对，但是如果我们把礼物给你送过来，你不能拒绝，只是我们不会去庄园或其他地方，除非你最后选择和其中一个人结婚。"安提诺奥斯说道。事情已经到了这一步，大家都赞同安提诺奥斯的话，于是纷纷派遣仆人从自己家中带来礼物。安提诺奥斯的是一件精美的衣衫，上面缀满了十二颗黄金衣扣；欧律马科斯的是一条精美的项链，用黄金和琥珀做成，晶莹剔透；欧律达马斯的是一对耳环，分别缀着三颗暗红色的珠宝，耀眼动人；佩珊德罗斯的也是一条精美的项链；其他求婚者也带了他们珍贵的礼物。珀涅罗珀吩咐仆人把礼物收拾好，答应会尽快在礼物的赠送者中选择一位，然后在侍女们的簇拥下，珀涅罗珀转身回到房间里休息去了。

奥德修斯受到讥讽

求婚者继续在大厅里莺歌燕舞寻欢作乐。夜色更深了，仆人立刻在大厅里点燃起三个火钵，里面燃烧着刚砍下来的柴薪。熊熊火光照亮了整个大厅，女仆们轮番照看火钵。奥德修斯对女仆说道："既然主人不在家，那么你们可以进房去陪伴你们的女主人珀涅罗珀，我听说她每天不是哭泣就是待在房里纺纱，你们可以帮她梳理羊毛、整理线团之类的。这些火钵就由我来帮你们照看吧，添加柴火这样的事我还可以做得来。"

女仆们听见他这样说，不禁相视一笑，其中一个女仆墨兰托讥诮地说道："你这个不知好歹的外乡人，真是没有理智，你不去外面住反而要赖在这里不走，这不是无赖又是什么呢？莫非你是因为战胜了伊洛斯所以就得意忘形不知道自己是谁了？这里也是你配待的地方吗？当心有人比伊洛斯强壮，把你这个糟老头扔出去呢，哈哈！"

"你这个奴才！我要去告诉忒勒马科斯你说的混账话，让他把你剁成肉酱！"奥德修斯简直怒不可遏。他没想到现在居然连卑贱的女仆都敢欺凌他了。奥德修斯的话吓坏了这些胆小的奴仆，她们纷纷退下，害怕他说的话应验。奥德修斯重新坐下，心里细细思考着复仇计划。

雅典娜鼓动其他的求婚者继续讥讽奥德修斯，以引起他内心的愤怒。欧律马科斯首先开口说道："求婚者，大家听我说，我看这个外乡人来到这里肯定是有神明帮助，你看他脑袋上发出火炬一样的光芒，哈哈，还是因为他头顶一根毛没长，光秃秃的呢？"接着他又转向奥德修斯，说道，"外乡人，要是我愿意雇你给我干活，你愿不愿意呢？你可以给我砌墙或者给我栽点树什么的。如果你不去干活，你永远只会干坏事，而不想通过劳动来喂饱你那永远都喂不饱的肚子！"

奥德修斯回答道："欧律马科斯，我干活的能力不比任何人差。要是咱们俩比赛割草、赶牛、喂草料这样的农活，我肯定做得比你要快、要好；要是宙斯现在就发动一场战争，你给我一把长矛和一块盾牌，我也会冲锋在最前面。到那时你大概不会讥笑我的肚皮了。你这个人看起来威武不凡，但内心却如此歹毒，要是奥德修斯回来，恐怕你很难逃脱他的惩罚。"

"你这个无理的家伙！在我们这些高贵的人面前口出狂言，难道就是因为你一时侥幸打败了那个可怜的乞丐，你就可以目中无人吗？"欧律马科斯快气疯了，于是顺手就抓起一把凳子朝奥德修斯扔过去，奥德修斯侧身一躲，凳子砸在司酒人的手上。司酒人惨叫一声，手中的酒杯摔倒在地上裂成碎片。大厅里瞬间乱哄哄的，大家纷纷议论起来，有人说道："这个外乡人真是该死，他一来，我们这里就乱了套。我们的宴饮都给这个人搅黄了！"忒勒马科斯制止住他们插话道："大家都喝醉了，不能控制自己的情绪了，宴饮也已经差不多了，大家还是早点回去休息。"他说完后，求婚者仍站着不动，他们想制造更大的混乱。这时安提诺奥斯站出来说道："他说的有道理，我看我们还是回去，不要再生事端了。"他这样一说，其他求婚者也不想再多说什么，只得忍耐住心中的不满，祭祀完众神，大家就纷纷回家安寝了。

家人团聚

求婚者陆陆续续回家了，这时候奥德修斯凑近忒勒马科斯耳边说："忒勒马科斯，我们必须把这些大厅里的武器搬走，如果有人问起原因，你就告诉他们说是因为武器长期暴露在空气中已经锈迹斑斑，另外还为了避免求婚者酒后不清醒，一时冲动起争端。"忒勒马科斯按照奥德修斯的吩咐去做，他命令奶妈："好奶妈，你让仆人们回到屋内去，我和这位客人要把这些武器搬到库房里去，它们长年累月地放在这里已经锈迹斑斑了。"

"好孩子，你真是长大懂事了，已经能够悉心照看自己家中的财物了。

但是要是我们都走了,谁来给你掌灯呢?"奶妈问道。"这位客人可以帮我,他既然在我家吃饭,就应该干活。"忒勒马科斯这样回答。奶妈听见他这样说,也就不说什么了,带领着各位仆人离开了大厅。

忒勒马科斯和奥德修斯开始动手搬走那些武器,有长矛、盾牌、头盔、刀枪之类的。雅典娜在暗中为他们点燃火炬。搬完之后,奥德修斯让忒勒马科斯回房休息,自己则在大厅里等待珀涅罗珀的到来,因为她早说过要询问他关于丈夫的消息。

珀涅罗珀在侍女们的簇拥下走了进来,她美貌依旧,就像天神中的阿佛洛狄忒一样超凡脱俗。她稳稳地坐在用象牙和白银镶制的椅子上,侍女们清理求婚者留下来的残物,有的侍女则给火钵添加新的柴薪以使它燃烧得更旺。这时女仆墨兰托又看见奥德修斯站在那里,于是她破口大骂道:"你这个讨厌的人,为什么老是在这里?难道你要找机会偷看美丽的妇女不成?你快点离开这里,否则会让你尝到火棍的滋味!"王后听见侍女无理的辱骂不由恼怒了,她严厉地斥责了墨兰托,并让她赶快离开大厅,然后吩咐奶妈搬来一张铺满柔软羊皮的椅子给外乡人当座椅。珀涅罗珀对奥德修斯说:"外乡人,你来自哪里?"

"王后,您可以问我其他的事情,但是不要问我的家乡在哪里,这样会让我想起难过的往事,我也不想在别人家里泪流满面,这样或许会招致更多的讥讽。"奥德修斯回答道。

"自从我丈夫奥德修斯离家以后,我因为每日思念他泪流不止,现在容貌也完全失去了先前的鲜丽。时间过了这么久,我丈夫没有任何音信,那些来自各个地方的求婚者拥进我家消耗我家的财产,逼迫我重新出嫁。"珀涅罗珀接着把她在神明的启示下编造的纺织布匹拖延时间最后被求婚者戳穿的故事讲给奥德修斯听。"我不得不在他们的压迫下把那布织完,现在我没有借口拖延婚姻了,父母也催促我改嫁,我儿子忒勒马科斯也已经长大成人,但是他对那些求婚者却无能为力。我很爱我的丈夫,我不愿意嫁给任何求婚者;但是我却没有办法结束这混乱不堪的局面,真令人痛苦啊。现在我已经将我自己的实情告诉你了,你应该可以告诉我你的家乡在哪里吧?你总不会是从岩石里或树里蹦出来的吧?"

奥德修斯听见她这样说,只好又将他对牧猪人说过的克里特岛的故事重新说了一遍,他说得如此逼真,珀涅罗珀完全相信了。听到他曾经招待过奥德修斯的经历时,珀涅罗珀禁不住流下思念的眼泪。奥德修斯看见妻子哭泣,心中很怜爱;但是他克制住感情的冲动,不显露出来。王后问道:"你刚才说你曾经见过我丈夫,那么你给我讲讲,你当时见到他的时候他穿的是什么衣服,他的状态怎么样呢?"

"时间已经太久了,我难以记得那么清楚。但还是凭着那么一点印象说说看吧。当时他好像穿着一件紫色的羊绒大袍,上面有一枚黄金扣针,黄金扣针上有一只小狗咬住一只花鹿的图形。在我们那里的时候我还记得他穿了一件轻薄的衣衫,轻得好像没有穿衣服一样,不知道这些衣服是不是他从家里带来的。"

珀涅罗珀大哭起来,她哽咽地说:"外乡人,他身上穿的这两件衣服都是我给他缝制的,那枚黄金扣针也是我亲自给他戴上去的。现在我完全相信你的话了。"

奥德修斯安抚了珀涅罗珀一番,然后又告诉她一些似真似假的故事。他说他曾经到过特斯普罗托伊人的地方,那里的国王告诉他奥德修斯积累了巨大的财富,都是一路上积攒下来的。那时候,奥德修斯前往多多那向神明祷告,因此两人没有碰面;但是国王向他展示了奥德修斯的财物,真的令人目眩神迷。接着他十分肯定地说奥德修斯就在附近不远的地方,回家指日可待,请王后不必过分伤感。

珀涅罗珀的情绪稳定下来,她听到他的话之后垂下了头,说道:"客人,真希望你说的这些都能实现。但是现在我心里的预感告诉我,奥德修斯不会回来。现在我吩咐仆人们给你沐浴更衣,再为你准备好睡眠的床铺吧,你不应该老是这样衣衫褴褛,让人嘲笑!"

"王后,我已经厌倦了精致的床铺被盖,我经历了那么多苦难,早已经习惯了简陋的生活。要是你的宫殿里有一位和我一样经历过生活艰辛的仆人能给我洗脚的话,我想我不会拒绝。"奥德修斯回答。

珀涅罗珀想起老仆人欧律克勒娅,她曾经哺育过奥德修斯,并叫她来为奥德修斯洗脚。

老仆人很快就给客人端来干净的洗脚水,她跪下来替奥德修斯洗脚,边洗边哭泣道:"客人,你真是可怜,你的命运如此坎坷。但是你的心却那么虔诚。你现在还远离家乡在外地流浪,我那主人奥德修斯又何尝不是和你一样呢?说不定他和你一样走到某个地方,然后被人嘲弄,就像你今天遭遇过的一样。你为了避免仆人的嘲弄,叫我这个明白事理的老人给洗脚,我也很愿意,因为我理解你历经艰辛的心情。可是,我怎么觉得你的体形和声音与我那主人奥德修斯那么相似呀?"

"但凡见过我俩的人都说我们挺相像的。"奥德修斯敷衍道。洗完脚后,奥德修斯马上站在暗处,因为他突然记起他脚背上有一道很深的疤痕,那是以前打野猪的时候被野猪的獠牙咬下的痕迹,他害怕奶妈看见暴露身份,于是赶紧掩饰起来。但是奶妈已经看到那块伤疤，她紧紧抓住奥德修斯的脚，眼泪流了出来，她站起身来抚摸着奥德修斯的脸颊说："孩子，我知道你回来了，我一摸到那块伤疤就知道你回来了。"奥德修斯赶紧将手捂住奶妈的嘴，悄悄说："奶妈，你不要声张。我历经艰险，用了二十年才回到这里。尽管你现在认出了我，但是请你不要告诉任何人，因为我还有重要的任务要完成，在这任务完成以前不能暴露身份。要是你说出去的话，即使你是我亲爱的奶妈，我也不会放过你的。"

"你在说什么呀，我的孩子，你应该知道我不是那种不明事理的人，我会守口如瓶的。等你完成了你的任务，我还会告诉你家中哪些奴仆对你忠心，哪些对你有二心。"奶妈这样说道，然后她端起洗脚水离开了。珀涅罗珀对奥德修斯说："外乡人，我还有一件小事想要询问你。这些天我做了几个梦，我不知道这些梦到底是什么意思。我现在的处境令我左右为难，或许这些梦能给我带来提示。有一个是这样的：二十只白鹅先在湖面上戏水，而后走到陆地上啄食谷粒。这时从高山上飞来一只目光锐利的老鹰，它折断白鹅的脖颈，然后飞向幽缈的天空。我在梦中为那些死去的白鹅痛苦不已，这时那只鹰却飞回来了，飞到我家的横梁上，它开口说话了：'你不要伤心，这是美好的预言。那些白鹅是那些求婚者，我是刚才的老鹰，也就是你的丈夫，现在我回到家给他们致命一击。'说完后我就醒了，我连忙出去看家中的白鹅，它们在草地上悠闲地吃着谷粒呢。"奥德修斯说道："既然奥德修斯本人已经做出阐释，那么这个梦就是如他所说的一样，求婚者必遭不幸。"

"客人啊，梦境总是缥缈晦涩，梦境有一半是真实的，但也有一半不真实。我认为我的梦境却是不真实的，奥德修斯不会回来了。等到明天，我将要展开竞赛，那些大厅里摆放的十二把铁斧，以前奥德修斯在的时候能一箭把它们全部射穿。要是明天哪位阿开奥斯人能够将它们射穿的话，我就会嫁给他，离开这里。虽然我会常常怀念奥德修斯和我的儿子忒勒马科斯，但这是目前唯一能够解决混乱的方法。"

"请您明天一定举行比赛，我相信奥德修斯在求婚者拉开他们弓弦的时候就会回来。"奥德修斯斩钉截铁地说道。

奥德修斯再次受辱

求婚者在奥德修斯家中继续宴饮作乐，他们宰杀绵羊和肥牛，并将肉穿在钢叉上在火上烤制。仆人们抬来陈年的美酒，将它们倒进每个求婚者的酒杯中，精美的食物也端上来了，求婚者们开始大吃大喝起来。忒勒马科斯走到奥德修斯身边，在他面前摆上一张小餐桌，然后吩咐仆人端来一份同样精美的食物，故意大声地说："您在这里坐下，和这大厅里的人一起享用这些食物，在这里的任何人都不能嘲讽您或者对您动手，因为我是这里的主人，在座的求婚者，你们要控制好自己的情绪，不要再生事端。"

大家感到惊愕，不曾想到年少的忒勒马科斯会说出这样的话来，安提诺奥斯咬紧牙关狠狠地说："让我们大家听忒勒马科斯的话吧——虽然他的话中充满了威胁的意味。"忒勒马科斯没有理睬他。

雅典娜不想让矛盾就此缓和，她让求婚者持续激起奥德修斯的愤怒。这时一个名叫克特西波斯的人慢悠悠地走过来，他开口大声说："各位，这位外乡人已经得到他应该得到的那份食物，现在让我送上我的馈赠。"话音未落，他就抓起一个巨大的牛蹄扔向奥德修斯。奥德修斯侧身一躲，牛蹄重重地甩在墙壁上。忒勒马科斯站起斥责道："克特西波斯，快结束你愚蠢的行为！没有击中这位外乡人算是你的幸运，要是你击中了，我马上就会用长矛结束你的性命！你别以为我还是什么都不懂的小孩子，要是你再胆敢心怀恶意挑起争端，冒犯我的客人和我的话，我会让你死得很惨！"

忒勒马科斯的话让全场人都沉默了，阿革拉奥斯说道："朋友们，他说的话有道理，我们少安毋躁，不要引起纷争了。以现在的情况来看的话，奥德修斯没有办法回来了，你应该劝你母亲改嫁给我们其中的一位，这样就可以避免更多的纷争。"

"我没有想要拖延我母亲的婚姻，我也希望她能够嫁给一个好男人——既然我父亲不会回来的话。可是我不能强迫我母亲干任何事，她要怎么做还是按照她的心愿来。"忒勒马科斯回答。雅典娜在暗中施行魔法，她让在座的每个求婚者开始哈哈大笑起来，大家笑得前仰后合，眼泪都流下来了。预言者特奥克吕墨诺斯说道："天哪，这是怎么一回事？我似乎看见了黑暗将遮住你们的脸颊，到处都是呻吟声，鲜血流得满地都是，到处涌动着层层迷雾，整个大厅变得昏暗恐怖。"欧律马科斯听见他说的话，很不高兴，他让忒勒马科斯派人将这个不吉利的预言家赶出门去。特奥克吕墨诺斯反抗道："欧律马科斯，不用你找人把我送回家，我自己有脚，也有眼睛。但是你不相信我说的话，你就等着看吧，奥德修斯会回来给你们带来灭顶之灾的。"说完他就离开奥德修斯的家，重新回到佩奥赖斯的家中，其他求婚者还在雅典娜的魔法下笑个不停。一个胆大的年轻人喊道："忒勒马科斯，你收留了这样一个什么都不会的废物，引起这么多争吵，现在又有一个疯子一样的人在这里做什么预言。我看他们全都神经不正常，赶紧把他们装上船运到西西里人那里去卖个好价钱吧。"忒勒马科斯瞥了他一眼，什么话都没说，只是静静等待着父亲的命令。

射箭比赛

珀涅罗珀觉得是时候举行比赛了。她在房间里取出一把钥匙，和侍女们一起来到奥德修斯的库房，里面珍藏着许多珍宝和武器。她打开库房的门，爬上台板，伸手拿起挂在墙壁上的弯弓和箭壶。之后她来到求婚者所在的大厅，高声宣布："各位求婚者，现在我有重要的事情宣布。自从我丈夫去了特洛伊，你们就一直聚集在我家大吃大喝，这并不合理。你们声称要娶我为妻，但是迟迟不见你们送上珍贵的聘礼。现在你们给我送来了礼物，事情到了这一步，应该找到最终的解决办法了。今天我把奥德修斯曾经用过的弯弓带来，谁要是能一箭把十二把铁斧射穿的话，我就嫁给他。"她说完，就把弯弓交给牧猪人，让他给各位求婚者，牧猪人和牧牛人看见主人先前常用的弯弓，不由得回忆起主人来，两人流下眼泪。安提诺奥斯看见了，又在旁边冷嘲热讽。

忒勒马科斯说道："各位，我母亲的姿容你们都知道了，就让我们开始射箭比赛吧。正如她所说，获胜者将赢得她，我也不妨参加。如果我能射穿那十二把铁斧的话，那就说明我有能力继承父亲的家产，母亲即使再嫁，我也不用过分伤感。"然后他脱掉紫色大袍，在地上挖出一道深沟，然后把那十二把铁斧依次插进沟里，接着他走到门槛那里，在那里试拉弓弦。他射了三次，力气都太小了，弓弦安不上去。第四次他使尽力气，眼看马上就要装上去了，奥德修斯制止住他，于是他停住，大声说道："天啊，我居然装不上弓弦！看来我还是太年轻无力了，在座的各位你们谁要试一下，你们看起来都比我强盛有力啊。"说完他把弓箭放下，回到自己的座位上。安提诺奥斯对大家说："我们不妨从左到右开始吧，首先从司酒人斟酒的地方开始。"

勒奥得斯首先站了起来，他也是一位预言家，他平时就不是很满意求婚者的行动，往往坐得很远。他走到门槛前使劲拉弓弦，但还是没能将它拉开。他叹了口气，说道："朋友们，我没有办法将它拉开，让其他人去尝试吧，这把弓箭将要许多人为它付出生命，其实死去比失望地活着更有意思。你们一天天聚集在这里，心里满怀希望能够娶到珀涅罗珀，但是等你们拉开弓箭你们就会醒悟过来，早知道这样就应该把聘礼送给其他美好的姑娘，那样就可以幸福一生，快乐一生了。"安提诺奥斯不满意他说的话，反驳道："你说的是什么话！难道就因为你没有把它拉开，其他人就要为此丧命吗？会有人拉开它的。"于是他吩咐手下人拿来油脂，生起火堆，把油脂涂抹在弓箭上，然后将它放在火上烤，希望能够让它变得松软些。下人按照吩咐生起了火,端来了油脂,求婚者把弓箭放在火上烤,但还是没有人能够将它拉开。最后只剩下安提诺奥斯和欧律马科斯两人没有试过了,他们到底有没有将弓箭拉开呢?

真　相

牧猪人、牧牛人和奥德修斯一起走出宫殿,他们站在门外,奥德修斯首先开口说道:"牧猪人和牧牛人,有句话我不知道当讲不当讲。如果你们的主人奥德修斯突然回家出现在你们面前,你们是站在他这边,还是站在求婚者那边呢?"牧猪人和牧牛人纷纷表示他们对奥德修斯的忠心,奥德修斯这才重新开口道:"实话跟你们说吧,我就是奥德修斯。我历经了千难万险,经过了二十年才回到伊塔刻。我知道整个家中的仆人,只有你们两个是真心实意想让我回来。如果神明保佑我能制服那些求婚者,我到时候自然会赏赐你们衣服和宅院,把你们当作兄弟看待。你们走近来,我要给你们看一样东西。"说完他撸起自己的衣服,露出他脚上被野猪咬过的伤痕。"这就是我以前打猎时被野猪咬下的伤痕,你们应该都知道。整个疤痕现在都没有消退,也许它能证明我的身份。"

牧猪人和牧牛人面面相觑,呆了好几秒钟,等他们反应过来的时候,他们才相信站在他们面前的就是主人奥德修斯。他们抱住主人不断地亲吻他,哭得泪流不止。奥德修斯制止住他们的哭泣,悄声说道:"你们快别哭了,小心被人看见。现在我需要你们的帮助,那些求婚者绝对不会把那把弓箭交给我。牧猪人,我想让你把弓箭拿给我。另外,你还要把厅堂的门窗都关好,不让在里面干活的仆人进来——无论他们在里面听见了什么声音。牧牛人,我也需要你把外院的大门拴上,让人们不能从里面逃出来。我先进去,你们稍晚就跟进来。"

于是奥德修斯走进屋内,牧猪人和牧牛人等了一会儿也进去了。欧律马科斯已经把弓箭烤了好几回,但他还是没有办法将它拉开,他沮丧极了,叹了口气说:"唉!我不是为我自己叹息,我为在座的每位痛惜,我们那么多人居然没有一个人能够将它拉开!"安提诺奥斯安慰道:"你别沮丧了,还是让我们先吃点东西吧。拉了那么久,肚子早就饿了。等我们吃饱之后,向神明祭祀,等明天再来拉,说不定到时候就会拉开了。"

奥德修斯这时站出来说道:"安提诺奥斯,你的话有道理。但是现在请让我也试一试吧,把那弓箭给我。"

"什么?!"安提诺奥斯简直不敢相信自己的耳朵,"你是喝醉酒说胡话吧?你实在太贪得无厌了,就你这个乞丐能够坐在这里听我们谈话就已经是天大的荣幸，还想试什么弓箭！要是你还敢胆大妄为的话，我就要把你装进黑壳船，把你送到残忍的国王埃克托斯那里去了，让他也割掉你的鼻子！"

此时珀涅罗珀说话了："安提诺奥斯，你情绪不要那么激动，你是怕这个客人万一拉开弓箭就要把我娶回家吧？我看他自己未必有这想法，所以你们还是不要愤怒，坐下来安静吃点东西喝点酒吧。"

"哦，珀涅罗珀，我相信你也不会跟他走的，我们担心的不是这个，我们担心的是人们的议论。如果真有那么一天，别人会说这么多英俊有为的年轻人没有将弓拉开，居然败给了一个老人，我们会感到羞耻的。"欧律马科斯补充道。

"这些无谓的议论你们又何必在意呢？不妨让他试一试，要是他能将弓拉开，我就会赏赐给他精美的衣衫，还有一把长矛、一把双刃剑以及一双坚固的草鞋，让他走到他愿意去的地方。"珀涅罗珀说道。

"母亲，您还是上楼回房去吧。弓箭比赛是男人之间的事情，您不宜参加。再说了，我是这屋子的主人，由谁来射箭应该由我说了算。"忒勒马科斯说道。珀涅罗珀听见儿子这样说，不禁感到很惊异，但是又不好反抗，只得回到自己房间里去纺纱。

牧猪人捡起弓箭想要交给奥德修斯，求婚者看见了，其中一个叫道："可恶的牧猪人，你那双肮脏的手要把弓箭拿到哪里去！你要是再敢往前走一步，我就把你的脑浆摔出来！"牧猪人听见了，心里十分害怕，他站住不敢动了。忒勒马科斯喊道："牧猪人，你不能听从每个人的话，赶快把弓送给你要送给的人。但愿我有强健的力气，能给辱没我父亲的人带来灾难！"求婚者听见忒勒马科斯说出这样的话，觉得他太幼稚无知了，于是大家大笑起来。牧猪人赶紧把弓箭放在奥德修斯手中，然后又督促奶妈把大厅里的窗户紧紧关闭，牧牛人这时候也走过去把外面的大门关得紧紧的。

奥德修斯拿着弓仔细查看，看它的牛角是否已经被虫蚀空了。他把弓箭翻转过来，轻易给它装上弦，动作之快让在座的每位求婚者惊叹不已。然后他伸开右手拉了一下弓弦，弓弦发出美妙的声音。他拿起一支箭矢，稳稳地射了出去，箭矢穿过铁斧的洞孔，连续十二个，一个都没落下。众人一片哗然。奥德修斯对忒勒马科斯说："主人，看来我还有点力气，不像那些求婚者说的那样无能。现在是晚餐时间，趁天色尚早，还是请歌人和琴人弹奏起来给大家助助兴吧。"说完他对忒勒马科斯蹙蹙眉。忒勒马科斯知道这是暗号，于是他拿上一把锋利的佩剑，手中握着长矛，站在奥德修斯身旁。

复仇开始了

奥德修斯脱掉衣服,手中握着硬弓和装满箭矢的箭袋,站到门槛旁边。他向求婚人大声地说道:"刚才那场比赛已经分出胜负了,现在我要完成一个没有人能完成的任务!"说着他拉起弓,搭上箭,瞄准正在举杯喝酒的安提诺奥斯,箭正中他的咽喉,箭头从颈后穿出。安提诺奥斯口中和鼻中喷出了淋漓的鲜血,他倒下去的时候把桌子也推翻在地,桌上的碗碟食物撒了一地。求婚人见他倒下了,立刻变得慌乱起来。他们都从椅子上跳起来,跑到墙边找武器。可是矛和盾都不见了。于是他们破口大骂:"该死的外乡人,你射杀人会给你带来不幸,你知道你杀死的是此地最为高贵的安提诺奥斯吗?你活不了多久了!"他们这样说,还以为奥德修斯是偶然间不小心射中了安提诺奥斯。他们不知道他们都面临着同样的命运。奥德修斯怒视他们,大声吼道:"你们以为我永远不会从特洛伊回来了!你们挥霍我的财产,诱骗我的女仆,并在我活着时就来向我的妻子求婚。你们既不怕天神给你们带来惩罚,也不怕后世如何谴责你们,现在你们的死期到了!"

求婚人听了面色惨白,纷纷乱跑寻找出路。只有欧律马科斯仗着胆子说:"如果您真是奥德修斯,那您谴责我们是理所应当的,因为我们聚集在您家消耗你的财产。可是这些罪恶的罪魁祸首安提诺奥斯已经死在您的箭下,是他唆使我们干了这些事,他其实并不是真心想向您妻子求婚,而是想代替您做伊塔刻的国王。因此他设下埋伏想杀害忒勒马科斯。现在他罪有应得,请您宽恕他的手下人,我们可以用土地作为赔偿,按照我们在您家消耗的财产来算,并且我们每人都给您补偿二十头肥牛,还会送给您黄金和青铜。"

"欧律马科斯,即使你们把所有财产给我,另外再赠送给我许多财富,我也不会停止杀戮。你们现在只有两条路可以走:一条是逃跑,一条是接受我的挑战和我战斗。你们在座的每一个人休想从这里逃脱!"奥德修斯大声吼道。

求婚人吓得心惊胆战,双脚发软。欧律马科斯回过头来对大家说:"朋友们,这个人看来不会善罢甘休,我们要齐心协力,大家拔出剑来,用桌子挡住他的箭。我们一起冲过去把他推出门槛,然后我们去城里召唤援手。"他一面说一面抽出宝剑。他大喊一声冲上前去,还没等他冲到奥德修斯身边,奥德修斯的飞箭已射穿了他的胸部,他手中的剑掉落在地上,往前一栽,扑倒在地上。他痛苦得在地上翻滚,双脚在地上乱蹬,挣扎了一会就没有动静了。安菲诺摩斯挥剑向奥德修斯扑去,忒勒马科斯却在他身后拿起长矛向他刺去,刺穿他的胸部,他扑倒在地。忒勒马科斯不敢拔出长矛,担心在他弯腰的时候会有人攻击，于是他快速跑到父亲身边，对奥德修斯说："父亲，我要去取盾牌、长枪和头盔，还要给牧猪人和牧牛人一些装备。"

"快去快回。"奥德修斯说道。于是忒勒马科斯急忙跑进武器库，取来四块盾牌、八支长矛和四顶有马鬃盔饰的铜质头盔。他们四个人一起装备起来，穿好盔甲戴上头盔，四个人站在一起，准备并肩作战。

奥德修斯百发百中，他射出的利箭使求婚者一个个扑倒在地，等箭射完，他就把弯弓靠在门柱子上。他用盾护着身体，戴上头盔，又拿起两支装有铜尖的长矛准备刺杀敌人。大厅门槛的旁边有一道侧门，奥德修斯吩咐牧猪人欧迈俄斯看守着门。阿革拉奥斯发现了侧门，就跑过来对同伴喊道："朋友们，我们应该从侧门逃跑，到城里喊些援兵过来！"站在一边的牧羊人墨兰透斯却说道："侧门离奥德修斯站的地方太近了，再说侧门很小，只要有一个人挡住那门，我们就休想通过。还是让我去奥德修斯的库房取些武器来，他们不可能把武器放在其他地方的。"说着他就潜入奥德修斯的库房。不一会，他就搬来十二面盾牌、十二顶头盔和十二支长矛。他把它们交给求婚者，求婚者纷纷武装起来。奥德修斯看到对手都手拿长枪，不禁大吃一惊，他对忒勒马科斯说："忒勒马科斯，看来家里有个女仆或者墨兰透斯就是叛徒，他给我们带来了麻烦。"

"父亲，这是我的过失，刚才我忙着取武器，回来的时候忘记把库房的门给关上。牧猪人，你赶快去把库房的门锁紧，然后看是哪个女奴干的坏事。我看这事像是墨兰透斯干的。"忒勒马科斯着急地说道。这时墨兰透斯又跑到库房里找武器，被牧猪人看见了，他问忒勒马科斯："要是我们在库房里找到了墨兰透斯，是直接把他杀了还是把他带到这里来？"

"你同牧牛人一起去，把他抓住，把他的双手和双脚反绑起来，在后背上插一块木板，然后吊在库房的横梁上，把他活活吊死。"忒勒马科斯这样说。

两个牧人遵命而去。他们来到库房前，果然看见墨兰透斯在鬼鬼祟祟拿武器。当他拿了许多武器准备走出门来的时候，两个人扑上去把他的头发揪住，然后把他按在地上，用绳子把他的手脚反捆起来，再把一根长绳把他吊在横梁上。"墨兰透斯，这下你可以好好睡一觉了，这个床榻看起来舒服极了。"牧猪人讥笑道。随后他和牧牛人关上门，回到奥德修斯的身边。

这时雅典娜幻化成门托尔的模样站在大厅里，奥德修斯认出这是女神，于是请求道："门托尔，请你帮助我，念在我们的旧情上。"求婚人看到门托尔，也纷纷对他喊叫。阿革拉奥斯怒冲冲地吼道："门托尔，你不要上奥德修斯的当来对抗我们。否则，在我们杀死他们父子之后我们一定也会杀死你，还要收掉你全部的财产，你的儿子和妻子都不准再留在伊塔刻！"

第三卷　战争与英雄　303

雅典娜听了很生气,她激怒奥德修斯:"奥德修斯,你曾经为了一个海伦在特洛伊苦战九年,杀死了无数敌人。现在你回到自己家中竟然失掉了勇气,这些求婚者就让你束手无策了吗?你现在站在我身边,看我门托尔怎么对付他们。"雅典娜说出这样的话其实是想激发奥德修斯的斗志,她自己并不想参与战争。说完话之后,她变作一只小鸟蹲在横梁上。"门托尔走掉了,"阿革拉奥斯对朋友说,"你们不要被他的话吓住了。现在只剩下他们四个人,你们不要把长矛同时掷出去,我、欧律诺摩斯、安菲墨冬、得摩普托勒摩斯、佩珊德罗斯,还有波吕博斯,我们六个人把我们的长矛集中起来刺向奥德修斯,如果他倒下去,其他人便容易对付了!"可是,雅典娜却让他们的长矛掷偏了。一把击中了门柱,一把击中门扇,一把击中墙壁。奥德修斯对他的同伴大声喊道:"伙伴们,现在我们一起投掷长矛!"于是四个人一起把长矛掷出去,没有一把偏离目标。奥德修斯击中了得摩普托勒摩斯,忒勒马科斯击中了欧律诺摩斯,牧猪人击中阿革拉奥斯,牧牛人击中了佩珊德罗斯。这时更多的求婚者投来长矛。但是雅典娜都让他们的长矛偏离了方向,安菲墨冬的长矛刺伤了忒勒马科斯的手腕,擦破了一点皮,奥德修斯的长矛击中了欧律达马斯,牧猪人击中了波吕博斯。求婚者和他们四个展开了激烈的混战,打闹声、摔倒声和呻吟声充满了整个大厅。雅典娜这时站在横梁上,亮出了她那致命的神盾,求婚者看见了,吓得面目惨白,四处逃窜。雅典娜的助阵使得奥德修斯这边的人勇气倍增,他们到处砍杀求婚者,鲜血像小河一样流过。求婚者气势渐渐弱下来,勒奥得斯跑过来跪在奥德修斯的脚下,抱住他的双膝,苦苦哀求:"可怜我吧!我在你家没有做过坏事,我还常常劝阻他们不要那样做;但他们不听我的。我只是个预言者,要是这样也被杀死,那就太不公平了!"

"如果你真的是他们中的预言者,那么你向神明祈祷的时候也只会祈求让我不回家来,然后让你娶得我的妻子,对吧!现在你也难逃劫难!"说着,他挥舞利剑砍掉勒奥得斯的头,头颅滚落在地上,不一会就血肉模糊了。

歌手费弥奥斯吓得惊慌失措,他双手捧着弦琴站在侧门旁边,但是却不知道该从侧门穿出去逃命,还是该抱住奥德修斯的双膝求他饶命。最后,他还是觉得直接去求奥德修斯合适些,于是他放下弦琴,跪在奥德修斯的面前恳求道:"奥德修斯,请你开恩原谅我。要是你把一个能够歌颂神明和凡人的歌者杀死,你自己也会遭难的,我并非心甘情愿在这里歌唱,是那些求婚者强迫我这样干的,你儿子忒勒马科斯可以替我做证。"忒勒马科斯向奥德修斯跑来,大声说道:"父亲请住手,请不要杀害这个无辜的人,还有传令官墨冬,他们都是心地善良的人,在我小的时候他们尽心照顾过我。"这时墨冬正裹着一张黑色牛皮躲在椅子下。他听到忒勒马科斯的话连忙钻出来，跪在忒勒马科斯的面前，抱住他的膝盖请求饶命。看到他这副惊慌失措的样子，奥德修斯也不禁笑起来，他说："放心吧，忒勒马科斯救了你们，我不杀你们了，好让你们心里明白做好事远比做恶事要有好结果，你们也可以向人们传颂这事，现在你们离开这里，让我们把我们该算的账算清。"于是两个人连忙逃出大厅，躲在宙斯祭坛的旁边，四处张望大厅里的杀戮，吓得一句话都不敢多说了。

惩罚不忠的女仆们

奥德修斯砍杀了一阵，看看四周是否还有存活着的求婚者，他们都横七竖八地躺满一地，鲜血流得像小河一样，他们瘫倒在地上就像从海里被捕捞到沙滩上的小鱼儿一样。奥德修斯吩咐他的儿子把老奶妈叫来。奶妈进了大厅，看到主人站在尸体中间满身血污，就像一头威猛的雄狮一样，满地的鲜血和呻吟还有奥德修斯的胜利让她感到又恐惧又高兴。奥德修斯对她说道，"奶妈，现在我惩治了这些求婚者，你应该感到高兴，但不要欢呼出来，因为在死人面前欢呼是不合时宜的。他们作恶多端，现在也得到了他们应该得到的结果。现在请你对我说明家中女仆的情况，哪些人是不忠的，哪些人是忠诚的。"

"我一定如实禀告，您的家中一共有五十个女仆。"欧律克勒娅回答说，"我平日教导她们做各种手工活，也教导她们遵守仆人的规定。但她们中有十二人背叛了你。她们既不尊重我，也不尊重珀涅罗珀。现在请让我叫醒熟睡的女主人，把这好消息告诉她吧！"

"暂时别去惊动她。"奥德修斯说，"快去把十二个不忠诚的女仆带到这儿来。"

欧律克勒娅穿过厅堂去召集女仆，奥德修斯对儿子、牧猪人及牧牛人说道："把这些死尸搬出去，等那些女仆来了，让她们收拾这些桌椅，还有鲜血遍布的地面。等她们做完这一切，你们就把她们带到墙院那里，用利剑将她们全部杀死，谁让她们平日和这些该死的求婚者秘密偷欢！"

带进来的女仆们吓得挤作一团，泪流不止。在奥德修斯的监督下，她们把死者抬出去，然后把桌椅擦干净，用海绵把地上的血迹清除掉。等她们打扫干净之后，她们被牧猪人和牧牛人带到厨墙院边上。这时忒勒马科斯这样说道："这些女仆实在太可恶了！我可不能让她们死得那么轻松，她们平时和求婚者暗送秋波，蔑视我和我母亲！"

说完，他把一根粗绳子系在大门的横梁上，然后用绳索套住她们的脖子，吊在粗绳上。就这样，她们瞪着双腿痛苦地挣扎了一会儿，便咽了气。最后，他们把歹毒的牧羊人墨兰透斯抓过来，用铜器割掉他的双耳和鼻子，又割下他的双手和双脚。直到这一刻，复仇才终于完成。做完这些，他们洗净了双手，然后奥德修斯吩咐欧律克勒娅，让她取些硫黄生起火炉把整个大厅给熏一遍，然后再去叫醒珀涅罗珀。但她想先给主人送来外袍和衬衣，奥德修斯却要她快去做刚才吩咐的事。

欧律克勒娅把大厅熏了一遍后，又召来所有忠诚的女仆。她们手举着燃烧的火把看见主人重新回家来，不禁流下欢乐的泪水，她们拥抱着主人，亲吻他的双手和双肩，奥德修斯也感动得流下了眼泪。

爱情的甜蜜

老奶妈充满喜悦地爬上楼梯想要把这激动人心的消息告诉女主人，她站在珀涅罗珀的床前，女主人还在熟睡呢。她摇醒珀涅罗珀，兴奋地说道："快起来吧，我的孩子！你快下楼去看看是谁来了！奥德修斯回来了，他已经惩治了所有求婚者，你梦寐以求的那一刻到来了！"

"老奶妈，你在说些什么？"珀涅罗珀揉揉自己的眼睛，说道，"难道你变糊涂了吗？我心里一片苦涩你不是不知道，刚才正好进入一场美梦，要不是你的打扰，我现在还在幸福地做梦呢。你出去吧，不要再来打扰我了，否则我就要责怪你了。"

"好孩子！我没有糊涂也不是骗你，奥德修斯真的回来了，他就是那个化装成乞丐的人。忒勒马科斯其实早就知道他的底细，但是为了找着好机会报复求婚者，他们一直隐瞒着他的身份呢。"老奶妈急忙说道。

"真的吗？真的吗？"珀涅罗珀兴奋得跳了起来，"你快告诉我实情，到底是怎么回事，他是怎么处置这些求婚者的？"

"我没有看见，因为我们都被锁在大厅后面的房子里，门扇都被关上，只听见大厅里不断传来呻吟声。直到后来忒勒马科斯把我叫到大厅，我才看到奥德修斯站在许多死尸中间，浑身沾满了血迹，他威猛无比，就像一头雄狮一样！现在所有的死尸都被搬出大厅，奥德修斯吩咐我生起炉子把大厅熏一下，又叫我来把你叫下去。你快穿上衣服下去吧，他在下面等你呢。"

珀涅罗珀似乎仍然不敢相信这是真的，她呆呆地站着不动。老奶妈急了，她说道："傻孩子，你怎么了？你总是这样悲观又喜欢多疑。实话告诉你吧，我曾经为那个乞丐洗脚的时候发现他脚上的一道疤痕，就是以前他出去打猎时被野猪咬的，你也知道那回事。但是当时他不让我说出来，怕暴露身份。现在你总该相信了吧。"

珀涅罗珀急忙冲下楼去，她看见一个威猛的男人站在大厅中间。但是她始终不敢走向前去，怕是幻梦一场。她远远地站着，凝视着奥德修斯。

"母亲，你怎么了，你心肠变硬了吗？这是父亲啊，你看见他怎么不上前去拥抱他亲吻他呢？"忒勒马科斯不理解母亲的行为。"我的孩子，我内心巨大的激动使我什么话都说不出来了。我甚至都不敢正视他的眼睛，因为我担心这又是一场梦境！要是他真的是我丈夫，我想我有办法和他相认，他身上有一个标记只有我们两个人知道。"

奥德修斯对忒勒马科斯说："就让你母亲这样远远看着我吧，我想给她的冲击太大了，她一时无法接受。我们也要好好想想办法怎么处理后事。我们杀了那么多人，这些人还全是本地的权贵，我们要好好商量一下。我看你们先去好好沐浴一番，让仆人也穿好衣服，叫歌人弹奏起乐器，假装我们在举行婚礼什么的，不能让求婚者被杀的消息传出去，我们要离开这里前往田庄，在那里再好好想办法。"

于是仆人们按照他的吩咐去做，奥德修斯和珀涅罗珀在仆人的侍奉下好好沐浴了一番。出来后，奥德修斯穿上宽大柔软的衣袍，珀涅罗珀的面容焕发出美丽的魔力，奥德修斯端详着她的脸，说道："你真是个怪人啊，没有哪个女人像你那样美丽，也没有哪个女人像你一样心肠硬。二十年没看到自己的丈夫，如今看见了怎么还是不愿意靠近我？"

珀涅罗珀试探道："我不是怪人，也不是铁石心肠，我还记得你当初出征时的模样。老奶妈，你现在去布置一下他的婚床，在我的床边上，记得铺上柔软的羊毛。"

"谁动了我的婚床！没有人能够移动我的婚床，那张床是我亲自制作，它的主要部分是由一棵橄榄树做成的，我们的卧室就是布置在那棵橄榄树上的呀，我在上面镶满了黄金象牙，怎么可能被人搬走呢！"奥德修斯生气地说道。

珀涅罗珀听见他这样说，马上松软下来，她抱住奥德修斯的脖子狂吻不止。"奥德修斯，你不要生气，我刚才不敢靠近你是我心里警惕着，怕是有坏人用什么骗术来让我上当。上天嫉妒我们的婚姻，让我们在一起甜蜜缠绵的时光走得那么快！刚才你对我说了我们的婚床，那就是我们两人知道的标记。现在我完全相信你就是我的奥德修斯！"

奥德修斯搂着泪流不止的妻子，自己也忍不住流下眼泪，珀涅罗珀用手抚摸着他的脸颊和脖颈，很害怕这眼前的幸福会从指间溜走。整个晚上他们就这样一直拥抱着哭泣，直到黎明渐渐来临。

幸福的夫妻来到他们的卧室，二十年的分离似乎从来就没有过，一切都像从前一样温馨甜蜜。奥德修斯对妻子诉说着二十年来他遭受的苦难，珀涅罗珀细心地听着，害怕错过任何一个细节。等奥德修斯说完，她也把她在家中所受的痛苦一一对奥德修斯倾诉。久别重聚的夫妻两人完全没有睡意，他们倚靠在对方身上，双手紧紧扣在一起，时而哭泣，时而欢笑……他们的世界里除了对方再也存放不下任何东西，世界小得就像一个栅栏，里面只剩下两只互相爱抚的小鹿。

父亲拉厄耳忒斯

第二天奥德修斯打算前往田庄，临行前他对珀涅罗珀说："我们历经艰险才得以重聚，现在还有一些重要的事情需要我们共同承担。家里的财产还需要你的照看，我们杀了人要暂时避一避风口。我打算去田庄，一方面看看我那老父亲，另一方面在森林里祈求神明的启示。等太阳升起的时候，求婚者被杀的消息肯定会传遍全城，你和侍女们要待在楼上，不见任何人也不回答任何人提出的问题。"他说完后戴上头盔穿上战服，召唤装备好了的同伴牧猪人、牧牛人，还有儿子忒勒马科斯。雅典娜这时降下一团浓雾把他们团团围住，带领他们走出城堡。

他们一行来到了奥德修斯父亲拉厄耳忒斯的庄园，老人一手建造了这个庄园，周围全都是低矮的田舍，干活的奴隶平时就住在棚舍里。奥德修斯对儿子说："你们先去挑选一头猪当作午餐，我要去看看我的老父亲是否还认得我。"忒勒马科斯带着两个仆人按照奥德修斯的吩咐去做了，奥德修斯自己来到一个茂密的葡萄架边，看见老仆人多利奥斯在修剪枝叶采摘葡萄，他请求老仆人给他带路去找寻老父亲。在多利奥斯的带领下，奥德修斯来到一片结满果实的果园。他看见父亲穿着劳动的衣服，双手戴着护套，跪在地上为一棵小果树苗培土呢。奥德修斯看见正在辛苦劳作的父亲，不禁热泪盈眶，他忍耐住激动，走向前去想要试探一下父亲。于是他问道："老人家，我看您是一个管理果园的好手，你看你的果园里梨树、橄榄树、无花果树都长得葱葱郁郁、生气勃勃的，但是您自己为什么穿着这样破旧的衣服呢？看您的容貌实在不像一般的仆人，倒像一位高贵的主人。老年人应该好好地安度晚年，舒舒服服享受人生了。我是从外地来的，在经过贵地的途中知道此地是伊塔刻。我以前在家的时候曾经款待过一个客人，他自称来自伊塔刻，拉厄耳忒斯是他的父亲。我曾经送给他一大堆精美的礼物，有黄金衣衫也有青铜，现在我想向您打听一下这个人。不知道您有没有耳闻？"

老人听见自己的名字，又听到儿子的消息，不禁老泪纵横，他说道："客人，你说的这个人我知道，他就是我的儿子。二十年前他前去参加特洛伊战争,一去不回,音信全无。作为家人,我们每天都生活在痛苦的思念里。你刚才说过,你在家的时候曾经招待过他,请你细细对我说明当时的情况。"

奥德修斯继续试探他:"老人家,我来自阿吕巴斯。在海上航行的时候神明将我的船只吹到伊塔刻,我和奥德修斯相遇已经五年了,他在我家中短暂停留然后又离开了。不过您不要过度担心,他走的时候有飞鸟显示出吉兆,我看他现在平安着呢。"老人听见儿子的消息,不禁一阵伤心,他抓起脚边的黑土,将它们抛撒开去,一边大声哭泣着。奥德修斯看见父亲伤心,再也不忍心继续隐瞒了,于是他跑过去抱住父亲说道:"父亲啊,我就是您那不孝的儿子奥德修斯!历经二十年我终于回到家中,我已经把那些该死的求婚者全杀死了,现在来这里看望您。"

"不不不,你不可能是我的儿子,我不相信!"巨大的冲击让老人无法相信眼前的事实。

"父亲您看"奥德修斯掀开他的衣服露出他脚上的伤疤,"这道伤疤您总记得吧,当时您和母亲派我去外祖父那里,经过林子的时候被野猪咬伤,留下了这个疤痕。如果您还不相信,我还可以说出这个果园的果树。在我小的时候,您就拉着我的手教给我果树名称,我记得当时您说了十三棵梨树、十棵苹果树和四十棵无花果树,您当时还说要给我种五十棵葡萄树。"

老人听见奥德修斯的话,双脚瘫软下来,他跪在地上伸手拥抱奥德修斯,因为过度冲击,老人昏厥过去了。等到苏醒过来,他对奥德修斯说:"儿子,我担心你杀死求婚者的消息现在已经传遍整个伊塔刻,所有伊塔刻人也许要拿你的生命来偿命。"奥德修斯劝慰了一下父亲,把他背回庄园里休息。两个仆人和忒勒马科斯已经宰杀好肥猪准备了午餐。

奥德修斯和父亲以及他们的仆人一起聚集在庄园里。侍女们服侍奥德修斯沐浴,雅典娜施法让奥德修斯变得更为威猛高大,仆人们纷纷站在他周围,亲吻他的双颊。老父亲颤颤巍巍地说道:"奥德修斯,你不要担心,要是伊塔刻人来到这里,我就是拼了老命也要保护你的安全。"奥德修斯听见老父亲的话,心中一阵感动,他抚摸着老人,陪他坐在餐桌旁,然后邀请父亲的仆人西克洛斯和多利奥斯老人和他们一起进餐。于是主仆几个人围坐在一起,一边欣喜地品尝着菜肴,一边亲切地交谈。

冥界的幽灵

求婚者死后,灵魂聚集在一起,神使赫耳墨斯手执一把金杖,带领着灵魂穿过奥阿克诺的流水和坚固的岩石,经过赫利奥斯之门和梦幻之地,来到了常绿草地上。那里居住着许多伟大的亡灵,其中有阿喀琉斯、安提罗科斯还有英勇神武的埃阿斯。

　　这些魂灵聚集在阿喀琉斯周围，这时阿伽门农的灵魂从远远的地方走过来，他脸色抑郁苍白。阿喀琉斯对他说道："阿伽门农，我原本以为宙斯最宠幸你，他让你主掌大权，想当年你在特洛伊战争中统帅众将，何其英勇！命运就是这样无常，在你荣耀光鲜时没能让你在特洛伊战争中死去，这样的话，人们会给你建造精美的墓茔，你为国捐躯的英名也将永垂不朽。没想到你最后的结局竟然是这样凄惨。"

　　"唉！"阿伽门农深深叹了口气，"你倒是死得其所啊。想当年你在特洛伊战死，我们把你的遗体运回船上，为你擦洗，为你涂抹油膏，全体战士为你流下悲痛的眼泪，剪下自己的头发为你哀悼。你母亲在那个时候也带着许多海中女神前来为你送行，她们围绕在你身边哭泣，给你穿上神衣，缪斯也为你放声歌唱。一直到第十八天我们才将你火化，你的白骨被装进你母亲带来的黄金双耳罐中。阿耳戈斯人为你建造了巨大的坟茔，使后人也能瞻仰你的英姿，永记你的威名。相比之下，我又得到了什么呢？我在战场上抛头颅洒热血，结果却被自己的妻子杀死，无常的命运啊。"

　　他们正在回忆着往事，安菲墨冬在一旁驱赶着被奥德修斯杀死的亡灵，阿伽门农以前在安菲墨冬家做客时认识他，于是他问道："安菲墨冬，你那么年轻有为，是什么原因让你丧命来到冥界？是海神波塞冬的震怒，还是为了保护妇女儿童在战争中殒命？"

　　"阿伽门农，这一切说来话长。但是既然你问起，我不妨告诉你。你知道奥德修斯随着你们出征特洛伊，没有战死的将士早早回到故乡，唯独他没有回来。我们请求迎娶他的妻子珀涅罗珀。但是她不拒绝我们的求婚，却编造了一个织布的谎言让我们等待。她白天织布晚上又将布匹撕碎，实际上是在拖延时间而已。谁知神明没有给奥德修斯带来厄运，却让他潜藏在牧猪人的住处，他和他儿子一起里应外合，乔装打扮成一个乞丐来到他家中。我们没有识穿他的身份，侮辱了他，他最后终于显露身份，给我们带来了惨重的伤害：我们要么被他的长矛砍死，要么被他的弓箭射杀，没有人能逃脱他的进攻。我们的身体倒在黑色的血泊之中，灵魂在赫耳墨斯的指引下来到了冥界。"

　　阿伽门农听见他的述说，想起了自己的经历，他不由得喃喃自语道："奥德修斯，你真是有福之人，你娶了一个心地良善的女人。珀涅罗珀为你坚持等待了那么多年，始终抱着能将你等回来的信念，没有背叛你，这样贤淑的品性真是令人钦佩。神明们一定会为她的品德谱写一首赞歌来歌颂她。不像我那残酷的妻子克吕泰涅斯特拉，不仅不守妇道，还勾结情夫将我残忍地杀害！她的丑行也将在后世遭人谴责，遭人议论。"

各位灵魂站在绿草地上相互交谈着，为着他们身前的故事，为着在世间的荣光、善举、羞耻和罪恶。

神明平息叛乱

就在奥德修斯在父亲家里吃午饭的时候，消息女神奥萨奔跑在伊塔刻，她把求婚者被杀的消息传遍整个海岛。听到的人无不惊悚悲伤，他们纷纷来到奥德修斯家门前，将亲人的尸首抬回家，路途遥远的还派来小船装运尸骨。他们聚集在一起，其中有个叫作欧律佩斯的，他也是安提诺奥斯的父亲，他边哭边说："朋友们，奥德修斯这个人罪该万死！他先是带走我们土地上所有英勇的战士，为了特洛伊战争牺牲那么多生命。现在他回来了又杀死那么多权贵，我一定要为我儿子和死去的人报仇！否则生不如死！"

人群中站着墨冬和歌人，墨冬插话说："朋友们，奥德修斯这样做符合神明的意愿。我看见当时奥德修斯身旁站着一位幻化成门托尔的老人，她显然是位神明，就是在她的刺激和庇佑下奥德修斯才杀死了求婚者。"

他说完这些话，大家都心神不宁，沉默不语。老年人哈里特尔塞斯站出来开口说道："伊塔刻人啊，听我说一句。这件事我看你们要负大部分责任，你们不管束自己的亲人，由他们胡作非为，在别人家消耗财产，还恣意调戏别人的妻子，这些结果都是他们自己造成的，你们不要再去挑起争端，以免引起更多杀戮。"人群中大部分人不愿意接受老人的建议，他们吵吵嚷嚷的，纷纷跑回家去拿起武器武装自己，在欧律佩斯的带领下去找奥德修斯算账。

奥林匹斯山的雅典娜来到她父亲身边，问道："父亲，现在应该怎么办？您是想让屠杀继续，还是让这件事到此为止呢？"

"我的孩子，这件事都是在你的意愿下发生的，怎么你现在来问我呢？我看还是让那些心中充满仇恨的人忘掉仇恨，立奥德修斯为伊塔刻的国王，大家都像以前一样团结友爱，享受安宁富足的人生吧。"宙斯回答。雅典娜知道父亲的意愿之后，马上飞到人间去阻止更大的战争。

奥德修斯胜利了

奥德修斯在父亲家中和仆人们一起欢快地吃完午餐，随后命令多利奥斯前去打探是否有人前来追杀。多利奥斯马上来到门前查看，远远地，他看见有一群人朝庄园走来，他赶紧向奥德修斯报告。"动作倒是挺快的，让我们赶紧武装起来准备投入战斗吧！"奥德修斯说道。

于是主仆几个人都穿上坚固的铠甲，戴上青铜头盔，手拿长矛和厚盾，他们跟在奥德修斯后面，走出房门。这时雅典娜幻化成门托尔的模样出现在奥德修斯面前，奥德修斯看见了信心倍增，他对忒勒马科斯说道："好儿子，今天是个重要的日子，你要全力投入战斗赢得荣誉，不要辱没你祖先的威名！"忒勒马科斯点点头，心里非常渴望投入战斗。拉厄耳忒斯高兴地说道："今天实在令人兴奋，我、儿子和孙子三代将为我们的荣誉而战，同上战场！真是大快人心呀！"

雅典娜对老人说道："您应该在战争前抛出您的长矛，然后向宙斯和他的女儿雅典娜祷告。"于是老人将手中的长矛用力甩出去，长矛把队伍中站在最前面的欧律佩斯的头盔刺中了，他的头盔滚落在地上，自己也被这猝不及防的攻击吓住了，扑通一声摔倒在地上。奥德修斯大叫着带领仆人和家人冲进敌人的队伍中，他们挥动着利剑到处砍杀。宁静的庄园顿时响起了一阵阵兵器打斗的声音和人的惨叫声。

他们杀死了许多人，雅典娜这时候站出来阻止了他们的砍杀，她大声叫道："住手！全体伊塔刻人！不要再白白浪费自己的生命了！再斗下去对谁都没好处！"人们听见雅典娜的声音，吓得面色惨白，他们手中的武器纷纷掉落在地上。看着死去的同伴，他们全失去了勇气，夺路而逃。杀红了眼睛的奥德修斯一路狂追过去，就像老鹰抓捕小鸡一样。宙斯看见了这一幕，他抛下霹雳闪电，警告奥德修斯适可而止。雅典娜拉住奥德修斯，对他说道："奥德修斯，住手吧，你不见宙斯已经降下那么多霹雳闪电警告你吗？不要再争着分出什么胜负，再打下去只能两败俱伤，况且要是一意孤行，宙斯也会震怒的。"

奥德修斯听见女神这样说，只好停止了追捕，他扔掉了手中的武器。忒勒马科斯和其他仆人也纷纷丢掉手中的利剑长矛。在雅典娜的主持下，双方都缔结了神圣的盟约，奥德修斯重新成为伊塔刻的国王，成为伊塔刻人民的守护者，人民永远爱戴尊敬着犹如神明的凡人。在大家的簇拥下，奥德修斯和家人又回到了城堡中，珀涅罗珀穿戴好节日的盛装，带领着家中仆人前来迎接主人的归来。

于是，奥德修斯一家重新生活在一起。奥德修斯再也没有离开过家，他一直生活到高龄才去世，享受了幸福安宁的晚年，就像冥界的预言者曾经做过的预言一样。